JOAN WOLF

HERRIN DER PFERDE

◆

EIN
PRÄHISTORISCHER
ROMAN

Ins Deutsche übertragen von
Diane von Weltzien

GOLDMANN VERLAG

Originaltitel: The Horsemasters
Originalverlag: Dutton, an imprint of New American Library,
a division of Penguin Books USA Inc., New York

Umwelthinweis:
Alle bedruckten Materialien
dieses Taschenbuches sind chlorfrei
und umweltschonend.

Der Goldmann Verlag
ist ein Unternehmen der Verlagsgruppe Bertelsmann

Deutsche Erstveröffentlichung Juni 1995

Umschlaggestaltung: Design Team München
Umschlagillustration: Ference Regös, Oderding
Satz: Uhl + Massopust, Aalen
Druck: Graphischer Großbetrieb Pößneck GmbH
Verlagsnummer: 42478
Redaktion: Elke Bartels/SK
Herstellung: Stefan Hansen
Made in Germany
ISBN 3-442-42478-X

3 5 7 9 10 8 6 4 2

Für Patty,
die beste aller Schwestern
und Freundinnen

Vorwort

Den Anstoß für dieses Buch gab mir Paul Bahn, der englische Archäologe, der an mehreren Stellen in seinen Veröffentlichungen der Vermutung Raum gibt, daß die Freundschaft des Menschen mit dem Pferd früher begann, als die meisten Historiker zum gegenwärtigen Zeitpunkt annehmen. Bahn verweist sowohl auf einige Höhlenzeichnungen aus der Cromagnonzeit, in denen Pferde mit Zuggeschirr abgebildet zu sein scheinen, als auch auf figürliche Darstellungen aus der Höhle von Le Mas d'Azil, von denen einige Pferdeköpfe offenbar eine Art Zaumzeug tragen.

Ein anderes faszinierendes Beweisstück, welches Bahn zur Stützung seiner Theorie anführt, ist ein fossiler Pferdezahn, den er in der Sammlung einer Begouener Familie gefunden hat. Dieser Zahn, etwa dreizehntausend Jahre alt, weist zwei quer verlaufende, polierte Rillen auf, ähnlich jenen, die bei Stallhaltung normalerweise auftreten. Wie jede Reiterin und jeder Reiter weiß, ist das Anknabbern von Holz gleichzeitig mit dem Einatmen eine Unart, die typisch für in Gefangenschaft gehaltene Pferde ist; bei freilaufenden Pferden kommt sie nicht vor.

In Bahns Worten: »Es hat niemals einen triftigen Grund dafür gegeben, die Vorstellung von einer Beherrschung des Tieres im späten Paläolithikum von vornherein zurückzuweisen, vielmehr existieren eine Reihe unterschiedlicher Beweise, die eine solche Ansicht stützen. Auf dieser Basis halte ich es sehr wohl für möglich, wenn nicht gar wahrscheinlich, daß einige Menschengruppen in der späteren Würmzeit (vielleicht sogar früher) mit

Packtieren unterwegs waren oder auf Pferden geritten sind oder mit Geschirr ausgerüstete Pferde oder Rentiere zu Transportzwecken benutzt haben« (aus *Pyrenean Prehistory* von Paul Bahn).

Im Verlauf der Geschichte waren durch das Pferd ganze Zivilisationen dem Wandel unterworfen. Einst seßhafte Völker empfanden sich plötzlich als Herren des Raumes. Entfernungen schwanden dahin, und Siedlungen wurden nicht mehr als Heimat begriffen, sondern als Sprungbrett für Plünderungen ohne Ende.

Diese besondere, mit dem Pferd verbundene Einstellung, ist unbarmherzig männlich; der Besitz von Pferden bedeutete Macht. Seit der Bronzezeit preschten die Reiter der Kassiten, Hethiter, Skythen, der Kavallerie Alexanders des Großen über die Steppen der Welt. Die Hunnen, jene Pferdebändiger aus Zentralasien, bedrohten die Macht Roms, und Dschingis-Khan mit seinen mongolischen Reiterscharen eroberten große Teile Asiens und Europas. In Nordamerika verwandelte die Einführung des Pferdes die gerade eben zur Selbsterhaltung fähigen Prärie-Indianer schnell in büffeljagende Krieger.

Die Ankunft der »Pferdemänner« ist also ein uraltes Thema, und unter Hinzuziehung von Bahns Beweisen entschloß ich mich, es in diesem Roman zu erforschen.

Die Geschichte von *Herrin der Pferde* spielt vor zirka dreizehntausend Jahren in den Bergen der Pyrenäen. Die Anthropologen nennen die Menschen dieser Zeit Cromagnonmenschen und ihre Kultur Magdalénien.

Wie in dem vorangegangenen, *Die Tochter des Hirsch-Clans*, so ist auch in diesem Buch die Sprache modern. Natürlich sprechen die einzelnen Charaktere ihre eigene Sprache, aber statt mir irgendein Pseudo-Cromagnon-Idiom auszudenken, habe ich es vorgezogen, ihre Worte in unsere eigene Sprache zu »übersetzen«.

Die Pferde im Tal des Wolfes entsprechen in etwa den Villano, den iberischen Pferden der Pyrenäen, die in alten Büchern beschrieben werden.

Der Goldfluß steht für die Garonne, der Atata entspricht der Ariège und der Große Fischfluß dem Salar. Die heilige Höhle des Büffel-Clans ist die Höhle von Niaux, die Große Höhle entspricht Le Mas d'Azil und die heilige Höhle des Hirsch-Clans ist Le Tuc d'Audobert. Thorns Höhle im Tal des Wolfes ist nie gefunden worden.

Teil Eins

Der Hirsch-Clan

1

Kein Lufthauch regte sich in der Höhle. Diese Stille war es, die Ronan am meisten Ehrfurcht vor der Initiationshöhle einflößte. Nicht das Rauschen der Baumwipfel im Wind, kein tropfendes Wasser, kein Rascheln von Mensch oder Tier. Nur die Stille: tief, dunkel, endlos.

Ronan wartete nun seit einem Tag und einer Nacht in der Höhle. Er war allein, hatte weder etwas zu essen noch zu trinken und nur einen einzigen Speer zu seinem Schutz bei sich, für den Fall, daß ein Bär plötzlich in seine Einsamkeit eindringen sollte. Es brannte kein Feuer, nur eine kleine Steinlampe spendete in der Dunkelheit ein wenig Licht. Sein Oberkörper war nackt bis auf die Stellen, die sein Onkel gestern mit Ocker bemalt hatte.

Dies war seine Initiation – die Aufnahme in den Kreis erwachsener Männer –, und er mußte die Prüfung der Einsamkeit bestehen.

Seit einem Tag und einer Nacht war er nun hier, aber da er den Himmel nicht sah, hatte er keine Möglichkeit, die verstreichende Zeit zu messen. Ronan selbst konnte nicht wissen, ob er sich erst seit wenigen Stunden oder schon eine Woche in der Höhle befand. Hier war die Zeit ohne Ende. Er wußte nur, daß er bereit sein mußte, wenn die Männer ihn holen kamen. Sie durften ihn nicht schlafend antreffen.

Die Wunden auf seinem rechten Oberarm hatten längst aufgehört zu bluten, aber sie schmerzten immer noch. Es kam ihm so vor, als sei der Arm angeschwollen. Neihle hatte tief genug geschnitten, um Narben zu hinterlassen, aber doch nicht tief genug, um die unter der Haut liegenden Muskeln zu verletzen. Die Narben waren eine Ehre, ein Zeichen, daß der Mann, der sie trug, ein Initiierter des Hirsch-Clans war. Sobald die übrigen Männer ihn holen kommen und feststellen würden, daß er die Prüfung der Einsamkeit bestanden hatte, würde Neihle zwei weitere Schnitte auf seinem linken Oberarm anbringen.

Die Lampe flackerte. Das Tierfett, in dem der Docht schwamm, war nahezu vollständig verbrannt. Sicherlich ist das ein Anzeichen dafür, dachte Ronan, daß die Männer bald kommen werden.

Er fror. Er war hungrig. Er war erschöpft von zweiunddreißig Stunden ohne richtigen Schlaf. Aber er behielt seine aufrechte Position bei, mit dem Rücken an eine Höhlenwand gelehnt und mit dem Speer in der linken Faust. Wenn die Männer kämen, würden sie sehen, daß er bereit war.

Sie hatten bereits den Jagdtanz aufgeführt und ihn damit in die männliche Gemeinschaft der Jäger eingeführt, bevor sie ihn hier allein zurückgelassen hatten. Nach der Prüfung der Einsamkeit würde seine Einführung in den wichtigsten, den heiligsten und am meisten verehrten Ritus der Großen Erdmutter folgen.

Borba würde die Aufgabe übernehmen; darauf hatten sie sich schon vor einiger Zeit geeinigt. Borba war schon vor zwölf Monden, als ihr Mondblut zu fließen begonnen hatte, initiiert worden, und sie war deshalb gut geeignet, einem Jüngling die Dinge beizubringen, die er wissen mußte, wenn er sich zu einer Frau legen wollte.

Einen großen Teil der Zeit in der Höhle hatte sich Ronan mit dem Gedanken daran wach gehalten, was Borba und er in der kommenden Nacht tun würden und wie dies sein Leben verändern mußte.

Er würde aus der Hütte seiner Stiefmutter ausziehen und mit den anderen Initiierten in der Männerhöhle wohnen. Ronan hatte schon lange aufgehört, auf Orendas bittere Worte zu achten, aber es würde dennoch ein Segen sein, ihre Feindseligkeit nicht mehr in direkter Nähe ertragen zu müssen. Natürlich würde er heiraten, aber erst nach einigen Jahren. Im Hirsch-Clan heirateten vierzehnjährige Jünglinge im allgemeinen noch nicht.

Freiheit. Das war es, worüber Ronan im Verlauf der langen und einsamen Nacht der Prüfung der Einsamkeit nachgedacht hatte. Er würde in der Männerhöhle leben, jeden Tag mit seinen Altersgenossen jagen und jede Nacht bei einem anderen Mädchen liegen. Er würde nicht mehr länger ein Junge sein, sondern ein initiierter Mann des Clans.

Das würde ihn wenigstens ein bißchen für das entschädigen, was er nie gehabt hatte.

Daran werde ich jetzt nicht denken, sagte er sich entschlossen. Es brachte kein Glück, während der Prüfung der Einsamkeit über ärgerliche Dinge nachzugrübeln.

Ronans Ohren, inzwischen an die Stille gewöhnt, nahmen schwache, weit entfernte Geräusche wahr. Wenig später sah er das Flackern eines Lichts am Ende des Tunnels, der in den Raum führte.

Die Männer kamen. Ronans Haltung straffte sich.

Außerhalb der Initiationshöhle war ein großes Feuer angezündet worden, und nachdem Ronans Mutter-Onkel die beiden Schnitte an seinem anderen Arm angebracht hatte, ließen sich die Männer zu einem Festmahl an dem zu diesem Zweck erlegten Hirsch nieder. Ronan saß mit den Männern seines Stammes um das Feuer, lauschte dem Gelächter und den Gesprächen und reichte große Stücke über dem Feuer gerösteten Fleisches im Uhrzeigersinn in der Runde weiter. Seine Freude war so groß, daß er nicht einmal den Schmerz in seinem stark blutenden Arm spürte.

Das Gelächter schwoll mit den Obszönitäten des Gesprächsstoffes noch an. Ronans starke weiße Zähne gruben sich in das Fleisch, das man ihm gereicht hatte, und rissen einen großen Brocken heraus, bevor er es an den Mann neben sich weitergab. Er spürte, daß das Fleisch ihm Kraft gab, eine Kraft, die er später brauchen würde, wie die Männer vergnügt in freizügiger anatomischer Genauigkeit hervorhoben.

Der Saft des Fleisches rann an Ronans Kinn herab, und er wischte ihn mit dem Handrücken fort. Sein eigenes Blut, welches von den rituellen Wunden an seinem Oberarm bis auf seine Hand hinuntergelaufen war, vermischte sich mit dem Bratensaft des Hirschfleisches. Während er den Gesprächen zuhörte, merkte er, wie das ruhelose Tier der Begierde in ihm den Kopf hob, sein Blut pulsieren, sein Herz rasen ließ und zwischen seinen Lenden einen kraftvollen, fordernden Tanz begann. Das Fleischstück wurde erneut an ihn weitergereicht, und wieder riß er mit den Zähnen einen großen Bissen heraus.

»Es ist Zeit. Die Frauen werden schon warten.« Ronan blickte auf, sah die großgewachsene Gestalt seines Onkels vor sich stehen. Auch die übrigen Männer erhoben sich. Gemeinsam würden sie nun zu der heiligen Höhle der Großen Erdmutter gehen, um an dem letzten Teil der Initiations-Zeremonie teilzunehmen. Borba würde dort sein, und mit ihr die übrigen Frauen des Clans.

Jemand entzündete eine erste Fackel am Feuer, andere kamen hinzu und wurden hoch in die Luft gehalten. Einige wenige Männer blieben zurück, um das Feuer zu löschen, die übrigen nahmen den schmalen Pfad, der sich an der Seite des Flusses Volp durch die Landschaft wand und sie schließlich zu dem Ort bringen würde, der den Abschlußpunkt für alle Initiationszeremonien, männliche wie weibliche, bildete.

Die Frauen befanden sich bereits an der heiligen Höhle und hatten sich am Ufer des Flusses versammelt, der sich vor langer Zeit direkt in den Hügel gegraben und dort eine Reihe von unterirdischen Höhlen gebildet hatte. Für den Clan des Hirschen war diese endlos erscheinende, tiefe, dunkle Höhle der Schoß der Großen Erdmutter. Hierher brachte der Stamm seine jungen Mädchen, wenn ihr monatliches Blut des Lebens zum ersten Mal zu fließen begonnen hatte; hierher brachten sie die jungen Männer, die alt genug waren, um der Großen Erdmutter Ehre zu erweisen, indem sie bei einer Frau lagen; hier vollzog die Herrin des Clans zweimal im Jahr die Heilige Hochzeit, um das Fortbestehen des Stammes, das Leben der Herden und der Menschheit zu sichern.

Kein Stammesmitglied hatte diesen Ort jemals betreten, ohne daß sich ihm vor Ehrfurcht die Nackenhaare aufstellten. Und so war es auch in dieser Nacht für Ronan.

Dann sah er seine Halbschwester.

Morna. Die Auserwählte. Die Tochter. Diejenige, die nach Arikas Tod die nächste Herrin des Stammes sein würde. Sie war ein Jahr jünger als Ronan.

Sein Mund verzog sich in Bitterkeit, als sein Blick auf das liebliche Gesicht seiner Schwester fiel. Sie lächelte ihn an und warf ihre rotgoldenen Haare zurück. Ihre Augen glitzerten im Fackelschein.

Was tut sie hier? dachte er ärgerlich. Morna war noch nicht initiiert. Sie hatte hier heute nacht nichts zu suchen.

Die Herrin, dessen wurde er gewahr, als er sich rasch umblickte, war nicht anwesend. Nun, er hatte nicht erwartet, daß sie da sein würde. Soweit es die Stammesgemeinschaft zuließ, hatte sich Arika immer möglichst von ihrem einzigen Sohn ferngehalten.

Auch Borba konnte er nirgends sehen. Sie mußte sich wohl schon im Inneren der Höhle aufhalten. Angespannt und wachsam stand Ronan inmitten der übrigen Männer und wartete darauf, daß man ihm sagte, was er als nächstes tun sollte. Es war Fali, die Alte Frau des Stammes, die auf ihn zukam. In der einen

Hand hielt sie einen Steinteller, auf dem sich roter Ocker befand, in der anderen einen Pinsel aus Kiefernnadeln.

»Ronan, Sohn von Arika, Enkel von Elen«, sagte sie vernehmlich, als sie das Zeichen des Phallus auf seine Brust malte, »es ist an der Zeit, daß du die Göttin als die Erschafferin der Erde kennenlernst. Es ist an der Zeit, daß du lernst, ihr zu dienen, so wie der Himmelsgott ihr diente, als er bei ihr lag, um gemeinsam die Erde zu erschaffen.«

Die Alte Frau trat zurück. »Du darfst nun die Höhle betreten«, forderte sie ihn sanft auf. »Deine Gefährtin erwartet dich im ersten Raum.«

Ronan senkte sein schwarzes Haupt und blickte in die klaren braunen Augen der Alten Frau. Fali, eines der Mädchen, die vor so vielen Jahren von den Männern des Pferde-Clans entführt worden war, war nun die letzte Überlebende aus dieser schicksalhaften Zeit. Der Hirsch-Clan hatte sich seither verändert, wie Ronan erfahren hatte. Vor allem wurde nun den religiösen Bedürfnissen der Männer mehr Beachtung geschenkt. Seine Initiation war eine dieser Veränderungen.

Die Alte Frau hatte ihm eine Steinlampe gereicht, und langsam machte er sich auf, um erst dem Fluß und dann dem Bach zu folgen, der sich in die Tiefe des Berges wand. Im Frühling hätte Ronan noch ein Boot nehmen müssen, aber dies war ein trockenes Jahr gewesen, der Fluß war nicht so angeschwollen wie sonst, und es war daher möglich, am äußersten Rand des Tunnels auf dem Flußkies entlangzugehen.

Die Männer des Clans kamen nur zweimal im Jahr, anläßlich der Frühlings- und der Herbstfeuer, zu dieser Höhle, und sie durften nur bis in den ersten Raum gehen. Nur der Mann, der für die Heilige Hochzeit auserwählt worden war, durfte mit der Herrin des Stammes in das Allerheiligste vordringen.

Ronan war sich dessen bewußt, daß er niemals einer der Männer sein konnte, der dieses Allerheiligste betreten würde.

Seine Mutter war die Herrin, und seine Schwester würde ihr folgen. Da es ein strenges Tabu war, mit der einen oder der anderen zu liegen, war es ihm vorbestimmt, niemals die Mysterien jenseits des ersten Höhlenraumes kennenzulernen.

Ich bin nicht unglücklich darüber, dachte Ronan, als er sich vorsichtig entlang des Flusses im Licht seiner Steinlampe vorwärtstastete. Schon die Luft im Tunnel war erfüllt von der Anwesenheit der Großen Erdmutter, voll vom Geruch der Erde, des Flusses, voll der Geheimnisse.

Ronan fröstelte in der feuchten Kälte. Ich habe genug von Höhlen, dachte er plötzlich, als er an seine einsame Nachtwache zurückdachte. Dann fröstelte er wieder, aber diesmal aus Furcht. Solche Gedanken waren Blasphemie!

Er verbot sich derart gefährliche Gedanken und leerte seinen Geist. Ronan blickte nach vorn, und seine Augen versuchten, die Dunkelheit zu durchdringen, auf der Suche nach der Frau, die ihn erwartete.

Nach unendlich langer Zeit, so kam es ihm jedenfalls vor, weitete sich schließlich der Tunnel, und er fand sich in der ersten Höhle wieder. Die Wände dort waren mit Gravuren geschmückt, die Büffel, Rentiere und Pferde darstellten. Für den Zweck der Höhle war jedoch das zwischen allen anderen Darstellungen immer wiederkehrende Zeichen der Großen Erdmutter, das P, entscheidend.

Der Fluß passierte diesen Raum und verlor sich am anderen Ende in der tiefen Dunkelheit des Berges. Ronan folgte dem Fluß nicht weiter; statt dessen hielt er inne und betrachtete das Mädchen, das auf ihn wartete.

Die Frau hatte in der Mitte der Höhle ein kleines Feuer entfacht und aus Blättern und Gras einen Schlafplatz bereitet, der mit Hirschfellen bedeckt war. Aufrecht auf ihren Fersen sitzend, war Borba vollkommen nackt bis auf die Ketten aus Hirschzähnen, von der eine um ihren Hals und eine andere um ihre schmalen Hüften lag. Ihre Haare waren gewaschen worden, und ungeflochten flossen sie wie ein Mantel um ihre Schultern, schimmerten wie Sonnenlicht in der Dunkelheit der Höhle. Auf jeder der beiden festen, spitzen Brüste war ein Dreieck, das Symbol der Weiblichkeit, in rotem Ocker aufgetragen.

Ronan hielt inne. Er warf einen schnellen Blick auf das goldene Dreieck unterhalb ihres Gürtels und fühlte das Aufsteigen einer tiefen und dunklen Vibration in ihm, die sein Blut, seine Knochen und seine Muskeln erzittern ließ. Doch er zwang sich, ruhig zu stehen und zu warten. Es war ihre Aufgabe, ihm zu zeigen, was er tun sollte.

»Ronan«, sagte sie. Ihr Gesicht war vom Feuer erleuchtet, und er sah das Aufblitzen eines Lächelns. Er fand, es lag ein seltsam triumphierender Ausdruck darin.

»Hier bin ich.« Er bewegte sich auf sie zu.

In Borbas Lachen lag ein merkwürdiger, wilder Unterton. »Du siehst wie ein Höhlenpanther aus, wenn du so auf mich zuschleichst«, bemerkte sie. Sie streckte ihre Hände nach ihm aus, und er trat heran und ergriff sie. Sie zog ihn zu sich hinab, und er kniete vor ihr nieder. Sie hatte seine Hände nicht losgelassen, und nun hob sie sie auf ihre nackten, jungen Brüste. Sein Phallus stand aufrecht wie eine Säule.

Mit geweiteten Augen blickte sie zu ihm auf. »Das ist gut«, flüsterte sie. »Eine Frau liebt es, wenn ihre Brüste zärtlich gestreichelt werden, Ronan.« Und dann machte sie sich daran, den Lederriemen zu lösen, der seine Hirschlederhose hielt.

Nel kehrte gerade von der Beerensuche, die sie mit ihren Altersgenossen und einigen alten Frauen des Stammes unternommen hatte, nach Hause zurück, als sie das Weinen eines Babys aus dem angrenzenden Nadel- und Birkenwald schallen hörte. Sie blieb stehen.

Das Kind, welches hinter ihr auf dem schmalen Pfand einherschritt, stieß mit ihr zusammen und verlor einige der Beeren aus seinem Korb.

»Nel!« rief Rena, offensichtlich verärgert. »Bleib doch nicht so plötzlich stehen! Wegen dir habe ich meinen Korb fast ausgeschüttet.« Und sie ließ sich auf die Knie fallen, um aufzulesen, was sie verloren hatte.

»Hast du denn das Baby nicht gehört?« wollte Nel wissen.

»Doch«, entgegnete Rena. Sie blickte auf. Im Augenblick waren die beiden Kinder allein; sie waren die letzten in der Reihe der heimkehrenden Sammler gewesen, und diese hatten noch nicht bemerkt, daß die zwei Mädchen zurückgefallen waren. »Es ist einer von Miras Zwillingen. Sie werden ihn in den Wald gebracht haben, während wir am Wiesenrand Beeren gesammelt haben.«

Da war das Geräusch wieder, ein dünnes, verdrießliches Weinen. Es hörte sich an, als ob das Baby schon seit einiger Zeit so weinte.

Nel ballte die Fäuste. »Ich werde es suchen«, entschied sie.

»Das darfst du nicht!« Rena ließ den Korb fallen und ergriff Nel am Arm. »Dieser Zwilling ist gefährlich.«

»Ich tu's aber!« entgegnete Nel dickköpfig. »Wie soll er denn gefährlich sein, Rena? Er ist doch noch ein Baby!«

»Es ist der dunkle Zwilling, der Zweitgeborene«, sagte Rena. »Als die Große Erdmutter am Anfang der Welt Zwillinge gebar, wurde aus dem einen der Gott des Lichts und aus dem anderen der Gott der Unterwelt. Wenn jetzt Zwillinge in die Welt des Menschen geboren werden, dann muß man den dunklen Zwilling in die Unterwelt zurückschicken, bevor er seine Dunkelheit in der Welt des Lichts verbreiten kann. Das weißt du doch, Nel. Jeder weiß das!«

Nels Gesicht war weiß und angespannt. Ihr schmaler Nasenrücken und ihre ausdrucksstarken Wangenknochen schienen noch mehr als sonst hervorzustehen, und ihre glitzernden grünen Augen spiegelten ihre Verzweiflung wider. »Warum *macht* die Große Erdmutter dann Zwillinge, wenn einer schlecht ist?«

»Niemand weiß, warum die Mutter tut, was sie tut«, entgegnete das andere Kind ungeduldig. »Sie ist die Göttin. Sie muß sich uns nicht erklären.«

Das Weinen war wieder zu hören. »Ich werde das Baby finden und es irgendwo sicher verbergen«, meinte Nel. »Keiner wird es je erfahren.«

Renas Finger umspannten Nels Arm fester. »Wie wirst du es ernähren?« wollte die praktisch orientierte Rena von Nel wissen. »Du bist selbst nur neun Winter alt. Du hast keine Milch für ein Baby.« Rena lockerte ihren Griff ein wenig, als sie sah, welchen Eindruck ihre Worte auf Nel gemacht hatten. Mit weicherer Stimme fügte sie hinzu: »Mein Herz sagt mir, daß du mehr unter dem Los dieses Kindes leidest, als es Mira tut. Und schließlich, Mira hat ja noch das andere Kind, das sie versorgen muß, und das ist mehr als genug.« Und dann, als Nel nicht reagierte, ergänzte Rena: »Meine Mutter hat mir erzählt, daß die Stämme, die dem Himmelsgott folgen, beide Zwillinge aussetzen. Wenigstens geschieht das nicht bei uns.«

»Nel! Rena! Was hält euch auf?« Weiter vorn ertönte die Stimme einer der alten Frauen, die sie begleitet hatten. Sie hörte sich ärgerlich an.

»Komm schon!« verlangte Rena und gab Nel einen Stoß. Wenig später fügte sich Nel und ging mit.

Das Abendbrot war zubereitet, als Nel die Hütte ihres Vaters erreichte, aber sie hatte keinen Appetit. Ihre Stiefmutter nörgelte, schimpfte mit ihr und machte Bemerkungen über undankbare Kinder, doch Nel hörte ihr kaum zu. Alles, was sie hören konnte, was wie ein Echo in ihrem Kopf an- und abschwoll, war das verzweifelte Weinen des Babys im Wald.

Es gibt niemanden im gesamten Stamm, der verstehen würde,

wie ich mich fühle, dachte sie verzweifelt. Niemanden außer Ronan natürlich, den sie seit seiner Initiation kaum gesehen hatte. Jetzt, da er ein Mann war, hatte er offenbar keine Zeit mehr für die kleine Kusine, die noch ein Kind war.

»Ich habe der Alten Frau versprochen, ihr einige der Beeren zu bringen, die wir heute gepflückt haben«, log Nel. Sie konnte es nicht ertragen, auch nur eine Minute länger in dieser Hütte zu bleiben, und sie wußte, daß ein der Alten Frau gegebenes Versprechen sogar von ihrer Stiefmutter respektiert werden würde.

Olma runzelte die Stirn und murmelte, daß sie selbst Nels Hilfe benötigte, hielt das Kind jedoch nicht auf, als es die Hütte verließ. Nel ging jedoch nicht zu Falis Hütte, sondern schlug die Richtung zum Fluß ein, an dessen Ufer sich die Siedlung des Hirsch-Clans befand.

Der Clan des Hirschen hatte sich in diesem Gebiet am Großen Fischfluß aufgehalten, so lange sich irgend jemand zurückbesinnen konnte. Diese Niederlassung war ideal für die Jagd auf Rentiere und Hirsche, die Hauptnahrungsquelle des Stammes. Die Höhlen und Hütten lagen an einer trockenen, windgeschützten Stelle Richtung Osten, auf den Fluß hin ausgerichtet, und von der Spitze des Hirschbergs am gegenüberliegenden Ufer hatte man einen guten Überblick über das umliegende Gelände. Der Fluß bildete auf der Höhe der Ansiedlung eine Reihe von Furten, die sich mit Stromschnellen abwechselten. Flußaufwärts, direkt oberhalb der Heimstatt, verband er sich mit dem Leza und floß durch ein Marschland, das reich an Fischen und Vögeln war.

Derartig günstig zwischen zwei Flüssen angesiedelt, die aus den engen Bergtälern in das hügelige Vorgebirgsland strömten, war der Stamm hervorragend in der Lage, Beute in den Hirschrudeln zu machen, die im Sommer ins Hochland kamen und im Winter in die Ebene zurückkehrten.

An diesem Abend jedoch dachte Nel nicht über Hirsche nach.

Ihre Gedanken waren bei dem verlassenen Baby im Wald. Hinter ihr flackerten munter die Feuer der Kochstellen vor den Hütten, und der Stamm war zum Abendbrot versammelt. Nur das Baby im Wald wird heute abend nicht gefüttert werden, dachte Nel. Sie starrte in das schnell fließende Wasser des Großen Fischflusses, und dann, ganz plötzlich, begann sie zu weinen.

Ein großer Wolf kam flußaufwärts vom Waldrand her mit großen Sprüngen auf das einsame Kind zu. Nel sah ihn nicht, verharrte untröstlich weinend auf ihrem Platz am Ufer. Der Wolf kam heran und gab leise, fragende Laute von sich.

»Ist schon gut, Nigak«, sagte Nel mit einer Stimme, aus der tiefer Kummer sprach. »Es geht mir gut.«

»Was ist los mit dir, kleine Elritze?« Die Stimme war vertraut und heiß geliebt, und als Nel sie hörte, versuchte sie, sich wieder unter Kontrolle zu bekommen. »N-nichts«, schluckte sie.

»Ich glaube, es muß ein sehr großes Nichts sein, das dich so zum Weinen bringen kann«, meinte Ronan. Er setzte sich neben sie und legte einen Arm um ihre schmalen Schultern. »Was ist los, Nel?« fragte er. »Du kannst es mir ruhig sagen.«

Nigak verlagerte seine Aufmerksamkeit auf den Jüngling und streckte seine weiße Schnauze nach ihm aus, um seine Kleider zu beschnüffeln. Nel wandte den Kopf, um ihr Gesicht an Ronans Schulter zu bergen. »I-ich habe das Baby gehört«, schluchzte sie. »Es h-hat im Wald jämmerlich geweint. Ach, Ronan!« Ihr magerer Körper war von Gram geschüttelt.

»Einer von Miras Zwillingen«, sagte er weich.

»J-ja.«

»Er wird jetzt tot sein, Nel«, vermutete er. »Er muß nicht mehr länger leiden.«

»M-meinst du, die Tiere haben es gefunden?« fragte sie besorgt.

»Ja.«

Ihre Tränen flossen weiter, und er hielt sie immer noch im Arm.

Dann sagte er: »Komm, hör auf. Du machst mein Hemd naß. Du wirst es für mich neu abschaben müssen, weil die Hirschhaut ganz steif werden wird von deinen Tränen.«

»Ich versteh nicht, warum sie es getan haben«, klagte sie. »Ich werde nie begreifen, warum sie es tun. Sie sagen, es sei der Wille der Großen Erdmutter, aber woher wissen sie das, Ronan? Woher wissen sie, daß die Mutter von ihnen verlangt hat, das Kind zu töten?«

»Die Herrin hat es ihnen gesagt«, antwortete er. Sein Gesichtsausdruck war teilnahmslos.

»Und was, wenn sie unrecht hat?« wollte Nel herausfordernd wissen. »Angenommen, das Baby war nicht der dunkle Zwilling und sie haben versehentlich den lichten getötet?«

Ein Moment des Schweigens entstand. Dann sagte Ronan: »Du hängst gefährlichen Gedanken nach, Nel.«

»Du auch«, gab sie zurück.

Sie blickten sich an. Nach einer Weile mußte Ronan lächeln. Sein dunkler, arroganter Ausdruck wich einem strahlenden, verführerischen Lächeln. Nel erwiderte sein Lächeln zitternd.

»Es tut mir leid um das Baby, kleine Elritze«, sagte er. »Deshalb habe ich nach dir gesucht. Ich wußte, daß du es dir zu Herzen nehmen würdest.«

Sie fühlte sich getröstet, weil er nach ihr gesucht hatte. »Meinst du wirklich, es ist schon tot, Ronan?«

»Ich bin sicher.«

Sie ließ ihren Atem in einem langen, bebenden Seufzer ausströmen.

»Du kannst nicht alle Verstoßenen dieser Welt retten, so wie du Nigak gerettet hast, weißt du«, fügte er hinzu.

Der Wolf, der sich zu Nels Füßen ausgestreckt hatte, hob den Kopf, als er seinen Namen hörte. Er war ein wunderschönes Tier, von einem silbrigen Grau mit Ausnahme seiner vier weißen Läufe, seines weißen Brustlatzes und seiner weißen Schnauze.

Seine klaren, gelbbraunen Augen blickten von Nel zu Ronan, er wedelte mit dem Schwanz und legte seine Ohren zum Zeichen seiner Freundlichkeit zurück.

»Nigak konnte schon Fleisch essen, als ich ihn fand«, erklärte Nel. »Ich wollte heute nachmittag das Baby holen, aber dann erinnerte mich Rena daran, daß ich das Kind nicht würde ernähren können, und ich wußte, daß sie recht hatte.«

Ronan umschloß mit einer Hand spielerisch ihren Zopf. »Du mußt dein weiches Herz ein bißchen verhärten, Nel.«

»Ich bin kein Schwächling!« rief sie empört aus.

»Das ist wahr, wenn es um dich selbst geht, dann nicht«, stimmte er zu. »Ich kann mich nicht erinnern, dich jemals aus Selbstmitleid weinen gesehen zu haben.«

»Doch, einmal habe ich es getan«, verbesserte sie ihn. Ihre Stimme war leise. »Kannst du dich nicht erinnern?«

Er zog sanft an dem lohfarbenen Zopf. »Doch«, sagte er. »Ich erinnere mich.«

Schweigen senkte sich zwischen sie. Dann flüsterte Nel: »Ich dachte schon, du magst mich nicht mehr. Seitdem du in die Männerhöhle gezogen bist, habe ich dich kaum noch gesehen.«

»Natürlich mag ich dich noch.« Er klang überrascht. Dann zog er eine seiner schmalen Augenbrauen hoch. »Wir sind durch Blut miteinander verbunden. Weißt du das nicht mehr?«

Statt einer Antwort streckte sie ihren rechten Arm vor, an dessen Innenseite die weiße Narbe zu sehen war. Beide betrachteten sie mit Interesse. In der zarten Haut nahe des Handgelenks war eine kleine, halbmondförmige Narbe, eine Erinnerung an die Zeremonie, die Ronan abgehalten hatte, als er zehn und sie fünf war. Auch er entblößte sein Handgelenk, das dieselbe Narbe aufwies.

Ronan lachte. »Du warst so mutig«, erinnerte er sich, »als du mir erlaubtest, so an deinem Arm herumzuschneiden. Mutig oder dumm. Ich bin noch immer nicht sicher.«

»Ich glaube, beides«, erwiderte sie schlagfertig, und sie lachten zusammen.

Nel drehte den Kopf und sah, wie Borba aus dem Kiefernwald auf sie zukam. Die Abendsonne übergoß die Haare des Mädchens mit Gold, und sie lächelte Ronan entgegen.

»Lauf nun, kleine Elritze«, murmelte Ronan in ihr Ohr.

Ich war zuerst hier. Fast sagte Nel es laut. Doch dann sah sie Ronan ins Gesicht und hielt sich zurück.

2

Als wollte sie die Lüge gegenüber ihrer Stiefmutter wiedergutmachen, brachte Nel der Alten Frau am nächsten Tag einige der gesammelten Beeren.

Es war ein warmer Tag, und Fali schabte vor ihrer Hütte in der Sonne eine Hirschhaut und genoß dabei die willkommene Sommerwärme.

»Guten Tag, meine Mutter«, grüßte Nel höflich. »Ich bringe dir ein paar von den Hagedornbeeren, die ich gesammelt habe.«

Die Alte Frau kniff die Augen ein wenig zusammen, um zu erkennen, wer vor ihr stand. »Nel?«

»Ja, ich bin es.«

»Setz dich, mein Kind.«

Nel folgte der Aufforderung und blickte mit der Kindern eigenen Konzentration in das faltendurchfurchte Gesicht der Alten Frau. Falis wenige weiße Haare waren in einem kurzen, dünnen Zopf gesammelt, und ihr Lächeln zeigte mehr Zahnfleisch als Zähne, doch ihre braunen Augen waren noch immer klar und lebendig. Sie blickte Nel mit der Furchtlosigkeit an, die nur die ganz Alten den sehr Jungen gegenüber empfinden und sagte: »Nel, Tochter von Tana, Enkelin von Meli, Großenkelin von Elen.«

»Ja.« Nel zeigte sich erstaunt über die ausführliche Namensnennung. Es gehörte zu den Verantwortlichkeiten der Alten Frau, die Stammbäume des Clans in Erinnerung zu behalten. »Ja, das bin ich.«

Falis nächste Aussage überraschte Nel allerdings wirklich. »Nach Morna«, stellte die Alte Frau fest, »wärst du unsere nächste Herrin.«

Nel zuckte zusammen. »Das ist wahr«, sagte sie.

Die Alte Frau seufzte. »Morna sieht ihrer Großmutter ähnlich«, erklärte sie Nel, »aber ich fürchte, in jeder anderen Beziehung ist sie nicht wie Elen.«

Da Elen lange vor Nels Geburt gestorben war, konnte sie dieser Bemerkung nichts hinzufügen.

Die Alte Frau fuhr leise fort: »Seit Alin uns verlassen hat, hat der Stamm nicht mehr zu sich zurückgefunden.«

Dieses Suchen in der Vergangenheit war für Nel verwirrend. »Alin?« Sie dachte angestrengt nach und versuchte sich zu erinnern. »Meine Mutter, meinst du die Auserwählte, die vor langer Zeit den Clan verlassen hat, um mit einem Mann vom Stamm des Pferdes zu leben?«

Falis Augen blitzten auf, ein merkwürdig lebendiger Ausdruck mitten in diesem alten, verwitterten Gesicht. »Alin hat getan, was sie tun mußte.« Das weiße Haupt senkte sich. »Elen war eine gute Herrin«, fuhr sie fort, »Arika ist eine gute Herrin. Aber keine von beiden war Alin ebenbürtig.«

Vorsichtshalber schwieg Nel hierzu.

»Du hast ihr Blut, Nel«, war Falis nächste Bemerkung. »Du hast das Blut von Tor in dir, das Blut von Alins Vater.«

Nel nickte. Sie kannte den Namen Tor. Wie alle Stammesmitglieder hatte man auch sie dazu angehalten, sich ihre Vorfahren einzuprägen.

»Ich habe dich beobachtet«, sagte Fali nun, und Nel hob erschrocken den Kopf. Fali fuhr fort: »Ich denke, daß du vielleicht die heilenden Hände der Großen Erdmutter hast.«

»Es ist nur, daß ich nichts und niemanden leiden sehen kann«, flüsterte Nel. »Ich habe keine besonderen Hände.«

»Wenn du mehr über die Anwendung von Heilkräutern wissen möchtest«, bot Fali an, »dann werde ich es dir beibringen.«

Nels grüne Augen leuchteten auf. »Das würde ich sehr gerne, meine Mutter.«

Die Alte Frau nickte. »Arika besitzt einige Fertigkeiten, aber Morna scheint keine Neigung für die Heilkunst zu haben. Du, Nel«, – und die klaren braunen Augen betrachteten sie scharfsinnig – »du, glaube ich, könntest meine Nachfolgerin sein.« Bevor Nel noch etwas entgegnen konnte, waren Falis Augen zugefallen, und sie war in den leichten Schlummer der sehr Alten geglitten. Nel saß schweigend da, und ihre Gedanken wanderten von Falis Worten zu den Sorgen, die sie hergeführt hatten.

Schließlich öffnete Fali die Augen wieder. Sie nahm einen der Schaber auf und bearbeitete die Hirschhaut, die vor der Hütte ausgebreitet lag. Nel schaute einen Moment lang schweigend zu, dann sprach sie aus, was sie beschäftigte. »Meine Mutter«, sagte sie, »ich nehme an, daß es nicht zulässig ist, daß Cousins ein und desselben Herdfeuers einander heiraten ...«

Fali blickte von ihrer Arbeit auf. »Natürlich ist das nicht zulässig«, bestätigte sie. »Cousins, deren Mütter Schwestern waren, sind zu nahe verwandt, um zu heiraten.«

»Und dennoch ist es zulässig, daß Cousins, deren Eltern Bruder und Schwester waren, einander heiraten«, sagte Nel.

Fali zog den Schaber wieder über die Haut. »Bruder und Schwester, da ist ein Unterschied. Die Kinder von Bruder und Schwester sind Cousins über Kreuz und nicht desselben Herdfeuers.«

»Aber was ist ...«, Nel seufzte und nahm allen Mut zusammen: »Was ist, wenn ein Mädchen einen Jungen heiraten will, der Cousin ein und desselben Herdfeuers ist, wie ihre Mutter? Wäre das zulässig?«

Ein langes Schweigen breitete sich aus. Falis Arm war in seiner Haltung erstarrt. »Ronan«, sagte sie.

Nel spürte wie ihr das Blut ihres Herzens in die Wangen stieg. »Ich habe nur so gemeint.«

Falis Blick war durchbohrend. »Hat Ronan den Wunsch geäußert, dich zu heiraten, Nel?«

Nels Gesicht fühlte sich noch heißer an. »Nein«, gab sie schroff zurück.

»Warum stellst du dann eine solche Frage?«

Nel antwortete nicht.

Die Alte Frau legte ihren Schaber beiseite und faltete ihre verbrauchten Hände. Zu Nels Erleichterung schweifte ihr Blick fort zu den Hirschbergen. »Nun, wie liegen hier die verwandtschaftlichen Beziehungen?« fragte sie nachdenklich. »Ronan ist der Sohn von Arika. Arika und deine Großmutter waren Schwestern; deshalb sind Ronan und deine Mutter Cousins von ein und demselben Herdfeuer.«

»Ja«, warf Nel ein wenig atemlos ein. »Macht das aus Ronan und mir nicht Cousins über Kreuz?«

Fali wandte ihren Blick von den undeutlich sichtbaren Bergen ab und Nel zu. »Ich denke, Nel, es wäre beser, wenn du dich nicht auf Ronan versteifen würdest«, faßte sie ihre Gedanken zusammen.

»Warum das, meine Mutter?«

»Es wäre gefährlich.« Fali runzelte die Stirn, was ihr Gesicht noch faltiger erscheinen ließ. Sie wiederholte, nun mit lauterer Stimme: »Versteife dich nicht auf Ronan.«

»Sind wir denn zu eng miteinander verwandt?«

Fali schüttelte den Kopf. »Es ist nicht der Verwandtschaftsgrad.«

»Dann verstehe ich dich nicht, meine Mutter«, sagte Nel geduldig. »Wenn es nicht der Verwandtschaftsgrad ist, was ist dann gefährlich?«

»Du zusammen mit Ronan, das ist gefährlich.« Fali umfaßte Nels Kinn mit unerwartet fester Hand. »War das dein Einfall, Nel? Ronan hat dir gegenüber nicht von Heirat gesprochen?«

Nel schüttelte den Kopf, um die Frage zu verneinen und um ihr Kinn zu befreien. »Aber ich verstehe noch immer nicht, was du meinst«, rief sie und zog sich aus der Reichweite von Falis Hand zurück. »Wenn unsere Heirat doch kein Tabu brechen würde, warum wäre sie dann gefährlich?« In ihrer Stimme klangen Enttäuschung und Verwirrung mit. »Was haben wir getan?«

»Es ist nicht etwas, was ihr getan habt«, antwortete die Alte Frau düster. »Es ist das, was ihr seid.«

Dann, als sie Nels stummen und trotzigen Gesichtsausdruck sah, erklärte die Alte Frau: »Deine Großmutter war Arikas ältere Schwester, war vor ihr die Herrin. Du bist in der Nachfolge die nächste nach Morna. Arika wird es dir niemals gestatten, Ronan zu heiraten, Nel. Schlag dir das aus dem Kopf, mein Kind.«

Nel senkte den Kopf, um den Widerstandsgeist in ihren Augen zu verbergen.

Während der warmen Jahreszeit errichteten die Jäger des Stammes ihr Sommerlager im südöstlichen Hochland. Ihr Umzug wurde durch die Wanderung der Herden erforderlich, die im Sommer die höher gelegenen Weidegründe aufsuchten, um sich dort an dem fetten, schneegenährten Gras gütlich zu tun.

Das Sommerlager des Hirsch-Clans lag an der Spitze eines verlängerten, dreieckigen Beckens, dort, wo der Enge Fluß plötzlich in eine schmale gewundene Schlucht überging. Das Becken war auf allen Seiten von steilen Hängen umgeben, die durch das Zusammenlaufen mehrerer kleiner Täler gebildet wurden. All diese Täler waren Sackgassen bis auf jenes, welches zu dem Paß führte, der sich schließlich in das Gebiet des Büffel-Clans öffnete.

Die beiden großen Höhlen, die während des Sommers die Behausung des Hirsch-Clans bildeten, lagen ein wenig oberhalb des Tals mit Blick auf den Fluß, und die Männer des Stammes stellten zusätzlich noch Zelte aus Häuten auf, um weiteren Schutz zu schaffen.

Das Leben im Sommerlager war leicht. Die sehr Alten und die noch Jungen waren in der Heimstätte des Stammes am Großen Fischfluß zurückgelassen worden; nur die initiierten männlichen Stammesmitglieder und die Frauen ohne kleine Kinder zogen ins Sommerlager. Ziel der Wanderung war, genug Hirsche und Rentiere zu erjagen, um auch die in der Heimstätte Zurückgebliebenen ausreichend mit Fleisch versorgen zu können. Die Jagd war jedoch nicht schwierig, und das Leben war daher frei und angenehm.

Es war das erste Mal, daß Ronan ins Sommerlager zog, und er genoß es. Bei Tage streifte er mit seinen Altersgenossen durch die Berge; sie jagten in vollkommener Freiheit, trugen Ringkämpfe miteinander im warmen Sonnenschein aus, sangen die Jagdlieder des Clans und übten sich im Speerwerfen, wenn keine Tiere in Reichweite waren.

Die Nächte gehörten den Mädchen. Den Mädchen des Hirsch-Clans, mit süßem verführerischen Lächeln und weichen, willigen Körpern.

Ronan hatte von seinen Kameraden erfahren, daß die Mädchen in den verwandten Stämmen, die dem männlichen Himmelsgott folgten, nicht dieselben Freiheiten hatten, wie jene vom Stamm des Hirschen. Das war eine Sache, die Ronan bestimmt davon abhalten würde, dem Weg des Himmelsgottes zu folgen.

Der Jüngling sieht glücklich aus, dachte Neihle, als er eines

Abends auf das Herdfeuer der Initiierten zuging und Ronan in Gesellschaft seiner Altersgenossen beim Verzehren von geschmortem Hirschfleisch antraf. Ronan erhob sich respektvoll, als er seinen Onkel herankommen sah, und bot ihm etwas zu essen an.

»Nein, danke, ich habe bereits gegessen«, lehnte der Mann freundlich ab. Er blickte in die dunklen Augen seines Neffen und stellte erstaunt fest, daß sie ein wenig höher lagen als seine eigenen. »Du bist seit deiner Initiation um zwei Fingerbreit gewachsen«, stellte Neihle fest. »Irgend etwas muß dir gut bekommen.«

Ronan grinste.

»Borba bekommt ihm gut«, sagte Tyr, einer der Jünglinge, die am Herdfeuer lagerten. »Und Iva und Tosa und Lula und ...«

»Das ist genug«, verlangte Ronan, und ein leichtes Lächeln umspielte seine Lippen.

»Wir müssen alle warten, bis Ronan seine Wahl getroffen hat«, beklagte sich ein anderer der Jungen scherzhaft bei Neihle. »Die Mädchen wollen nicht mit uns gehen, bis er gewählt hat. Selbst die älteren Initiierten müssen warten.«

»Ich kann mir vorstellen, daß sie das nicht gerne tun«, meinte Neihle und zog fragend eine Augenbraue nach oben.

»Von einem anderen würden sie sich das nicht bieten lassen«, entgegnete Tyr trocken. »Aus irgendeinem Grund aber akzeptieren sie es von Ronan.«

»Der Grund ist sehr einfach«, fiel Adun ein. »Ronan kann jeden einzelnen von ihnen zu Boden ringen.«

»Tatsächlich ein sehr überzeugender Grund«, murmelte Neihle. Dann fragte er seinen Neffen: »Möchtest du einen Spaziergang mit mir machen?«

»Natürlich.« Ronan nahm seinen Speer von dem Haufen neben dem Feuer und folgte Neihle auf den Weg längsseits des Flusses.

»Es wird schon langsam kalt an den Abenden«, bemerkte Ronan und wartete höflich darauf, daß der Ältere das Thema anschneiden würde, weswegen er ihn aufgesucht hatte. »Das Sommerwetter ist bald vorbei.«

»Ja«, stimmte Neihle zu. Er machte einen tiefen Atemzug, noch nicht ganz bereit, das auszusprechen, wovon er nicht wußte, wie es aufgenommen werden würde. Statt dessen meinte er: »Ich glaube, es gefällt dir, in der Männerhöhle zu leben.«

Ronan schnaubte zustimmend. »Ja«, bestätigte er knapp.

Natürlich lebt er gerne in der Höhle der Männer, dachte Neihle. Nachdem er jahrelang seine zänkische Stiefmutter ertragen mußte, kommt ihm die Höhle der Männer wahrscheinlich wie das Paradies vor.

Im Stamm des Hirschen, wie in allen matriarchalischen Gesellschaften, war der engste männliche Verwandte eines Knaben nicht sein Vater, sondern der Bruder seiner Mutter. Selbst, wenn Ronans Vater nicht gestorben wäre, hätte Neihle Ronan gegenüber Verpflichtungen gehabt. Verpflichtungen, bei denen er immer das Gefühl hatte, daß er ihnen nicht ausreichend nachgekommen war.

Neihle starrte auf den Boden und stieß seinen Speer beim Gehen in die Erde. »Ronan«, hub er mit leicht gedämpfter Stimme an, »ich hoffe, du weißt, daß ich dich, wenn es in meiner Macht gewesen wäre, in meine eigene Hütte aufgenommen hätte. Aber meine Gefährtin mußte sich schon um so viele unserer eigenen Kinder sorgen... Sie konnte sich nicht auch noch um das Kind meiner Schwester kümmern.« Auch wenn es nicht ausgesprochen wurde, so war doch beiden Männern die Tatsache klar, daß Arika einem solchen Arrangement widersprochen hätte, und es war viel eher der Widerstand seiner Schwester, als der seiner Frau, der für Neihle den Ausschlag gab.

Ronan antwortete nicht sofort, und nach einer Weile drehte sich Neihle zu ihm um. Das Gesicht des Jünglings war ausdruckslos. Schmerzlich dachte Neihle, daß Ronan viel zu früh gelernt hatte, seine Gefühle zu verbergen.

»Ich weiß«, antwortete Ronan schließlich. »Du hast immer dein Bestes für mich getan, Onkel. Sei versichert, ich weiß das.«

Mein Bestes war nicht gut genug, dachte Neihle jetzt, als er an der Seite seines großgewachsenen Neffen ging. Ronans Vater war gestorben, als der Junge nur sechs Winter alt war, und hatte ihn in der Hütte einer grollenden Stiefmutter zurückgelassen. Dann hatte Orenda wieder geheiratet, und mehr Kinder waren hinzugekommen. Weder sie noch ihr Mann wollten Ronan. Sie hatten ihn nur auf Befehl der Herrin behalten.

Die Herrin, dachte Neihle. Arika. In vielen Dingen, fand Neihle, entschied seine Schwester sowohl gerecht als auch weise, aber ihr Verhalten im Zusammenhang mit Ronan hatte er nie begriffen.

Arika hatte bei einem Frühlingsfeuer bei Neihles Busenfreund Iun gelegen und dann Ronan geboren, ihr erstgeborenes, lange ersehntes Kind. Aber ein Junge nutzte der Herrin des Hirsch-Clans nichts, und Arika hatte ihn noch nicht einmal gestillt, sondern sofort an Iuns Frau weitergegeben, die zu dieser Zeit gerade ein eigenes Kind stillte. Orendas Kind war kurz darauf gestorben, und sie hatte Ronan dafür verantwortlich gemacht, weil er ihre ganze Milch für sich allein beanspruchte. Der Junge hatte unter Orendas Dach nicht einen glücklichen Moment erlebt.

Arika wußte all dies, und dennoch hatte sie Orenda befohlen, den Jungen bei sich zu behalten, und Neihle klargemacht, daß er ihn in der Obhut seiner Stiefschwester zu belassen habe. Neihle hatte nie verstanden, warum, bis zu diesem Sommer.

Er hörte Ronan sagen: »Dir trage ich nichts nach, Onkel.« Eine schwache aber unheilvolle Betonung lag auf dem *dir*, und Neihle rann ein Schauder über den Rücken.

Er überlegte, ob er das Thema wechseln sollte. »Erek hat

Nachricht von zu Hause gebracht; Morna soll beim nächsten Vollmond initiiert werden.«

Die Männer schauten sich an. In der Welt des Hirsch-Clans war es immer ein wichtiger Moment, wenn bei einem Mädchen erstmals die Mondblutung auftrat, die das zukünftige Leben des Stammes sichern würde. Wenn dieses Mädchen noch dazu die zukünftige Herrin war, dann war der Anlaß ein Grund für große Freude. Doch keiner der beiden Männer sah besonders froh aus.

»Dann ist sie also eine Frau geworden«, sagte Ronan mit merkwürdig flacher Stimme.

»Ja. Sie ist jetzt eine Frau.«

»Wenn Morna überhaupt jemals eine Frau werden kann.«

Neihle verzog den Mund. »Sie ist... gedankenlos... manchmal, aber sie wird erwachsen werden. Jetzt, wo ihr Mondblut fließt, wird sie erwachsen werden.«

Ronan schnaubte. »Nel hat mehr Verstand im Nagel ihres kleinen Fingers als Morna in ihrem ganzen Kopf.«

»Sag das ja zu keinem anderen außer mir!« warnte Neihle. »Wenn solche Worte der Herrin zu Ohren kommen sollten...«

»Ich bin nicht dumm. Ich weiß, wie blind sie ist, wenn es um die Auserwählte geht.«

Tiefe Bitternis klang in Ronans Stimme mit. Neihle verstand ihn, doch es war gefährlich. Ronans wachsende Anerkennung unter den Initiierten war nicht minder bedenklich. Arika gefiel das nicht. Neihle zog beim Anblick des falkengleichen Profils seines Neffen besorgt die Stirn in Falten und sprach endlich das Thema an, das ihn hergeführt hatte.

»Ich habe darüber nachgedacht, Ronan, dich dieses Jahr zur Herbstversammlung mitzunehmen, um dir eine Frau zu suchen.«

»Was?« Ronan schnellte herum, um seinem Onkel ins Gesicht blicken zu können. Seine Augen waren vor Überraschung geweitet. »Ich verstehe dich nicht, Onkel«, sagte er.

Neihle überraschte Ronans Reaktion nicht. Es war sicherlich Neihles Aufgabe als Ronans Mutter-Onkel, für ihn die Heiratsvereinbarungen zu treffen, und die Jünglinge des Hirsch-Clans verließen häufig ihr Zuhause, um eine Frau zu suchen, aber Ronan war noch sehr jung. Und er sagte zu Neihle: »Es ist noch nicht Zeit für mich, eine Frau zu nehmen.«

»Morna ist jung für ihr Alter, aber du, Schwester-Sohn, bist alt für deins«, entgegnete Neihle. »Noch glaube ich, daß du jemals unter Mornas Herrschaft glücklich sein wirst. Obwohl es dir offenbar nicht schwerzufallen scheint, unter den Mädchen des Hirsch-Clans eines für dich zu finden« – hier lächelte Neihle kurz, fuhr dann aber nüchtern fort – »meine ich doch, daß du darüber nachdenken solltest, dir in einem anderen Stamm ein Zuhause zu schaffen.«

Ronans ausdruckslose Maske erwies sich schließlich doch nicht als undurchdringlich, und Neihle sah ein Gefühl von Verletztheit in seinem Gesicht aufblitzen. »Es ist nicht, daß ich dich loswerden will«, fügte der ältere Mann sanft hinzu. »Es ist... ich fürchte für dich in diesem Stamm, Ronan.«

Nun zeigte sich Ronan erstaunt. »Du fürchtest für mich? Warum solltest du das tun, Onkel?«

Neihle zuckte die Schultern und antwortete nicht ganz aufrichtig: »Ich habe schon lange gedacht, daß du dich in einem Stamm wohler fühlen würdest, der dem Weg des Himmelsgottes folgt.«

Ronans erstaunter Gesichtsausdruck verschwand, und er blickte zur Seite.

»Ich weiß, daß du den Geschichten der Männer zuhörst, die in solche Stämme geboren wurden«, erklärte Neihle. »Ich habe deinen Gesichtsausdruck gesehen, wenn Midac vom Pferde-Clan oder Azur vom Büffel-Clan berichten.«

Ronan antwortete nicht.

»Von allen verwandten Stämmen dieser Gegend folgt nur

noch der Hirsch-Clan dem Weg der Großen Erdmutter«, fuhr Neihle fort. »Die Stämme in weiter entfernten Gebieten folgen zwar auch der Mutter, das weiß ich von den Händlern, aber hier bei uns sind es nur noch wir. Deshalb achtet Arika so sorgsam darauf, uns rein zu halten, Ronan. Deshalb erlaubt sie den jungen Männern, die in einen anderen Stamm hineinheiraten, die Rückkehr zu uns nicht. Sie will nicht, daß sich die Gewohnheiten jener, die dem Himmelsgott folgen, bei uns einschleichen.« Neihle legte seinem Neffen die Hand auf den Arm. »Und wenn ich beobachtet habe, daß du dich für den Weg des Himmelsgottes interessierst, dann sei gewiß, auch Arika hat es bemerkt.«

Ronan schob das Kinn vor. »*Mich* bemerkt? Die Herrin? Du mußt von jemand anderem sprechen, Onkel.«

Neihle zuckte zusammen, so deutlich trat die Bitterkeit in dieser jungen Stimme zutage. »Sie weiß alles über dich, Ronan«, entgegnete er. »Sie weiß, daß du im Begriff bist, zum Anführer in deiner Altersgruppe zu werden. Sie weiß, daß die Mädchen heiß darauf sind, mit dir zu liegen. Sie weiß, daß du dich zum Weg des Himmelsgottes hingezogen fühlst. Und auch, wenn sie es niemals zeigt, weiß sie, daß du ihr Sohn bist.«

Neihles Hand auf Ronans Arm packte fester zu. »All diese Dinge sind gefährlich, Schwester-Sohn. Du hast schon Grund genug zu wissen, wie unbarmherzig die Herrin sein kann. Wenn sie glaubt, daß du eine Gefahr für ihre Herrschaft bist ...«

»Eine Gefahr für ihre Herrschaft«, wiederholte Ronan. Wieder schaute er erstaunt. »Könnte Arika so etwas wirklich glauben?«

»Ich meine schon«, sagte Neihle. Die beiden Männer standen sich unter dem dunkler werdenden Himmel gegenüber. »Deshalb möchte ich dich zur Herbstversammlung mitnehmen, um dir dort eine Frau zu suchen. Ich wünschte, du würdest darüber nachdenken.«

Ein langer Augenblick der Stille folgte. Dann antwortete Ronan: »Vielleicht werde ich das, eines Tages. Aber noch nicht dieses Jahr, Onkel.«

Neihle ließ seine Hand von Ronans Arm gleiten und versuchte zugleich, auch seine üblen Vorahnungen zu verdrängen, indem er sich dazu zwang, humorvoll zu sagen: »Dir geht es also augenblicklich einfach zu gut, ich verstehe.«

Ronans dunkles Gesicht erhellte sich mit einem unwiderstehlichen Lächeln. »Ja«, gab er zu, »das ist wahr.«

Das Sommerwetter schwand dahin, und der Mond der fallenden Blätter erhob sich am Himmel. In den höher gelegenen Bergpässen fiel der erste Schnee. Die Hirsche begannen ihre jährliche Wanderung zurück zu den tiefer liegenden Weidegründen entlang des Großen Fischflusses. Die Jäger vom Hirsch-Clan folgten ihnen.

Als der Mond der fallenden Blätter schwand, begannen die Vorbereitungen für die jährlichen Fruchtbarkeitsriten des Stammes, für die Winterfeuer.

Es sollten die ersten Feuer sein, an denen Ronan teilnehmen würde, und er freute sich voller Begeisterung darauf. Nicht einmal die Nachricht, daß seine Halbschwester Morna die Heilige Hochzeit halten würde, konnte seine Erwartungen dämpfen.

Die drei Mädchen, die seit den Frühlingsfeuern initiiert worden waren, erwarteten die kommenden Zeremonien mit ebensoviel Spannung wie Ronan. Die Mädchen des Hirsch-Clans durften nicht wie die Jungen schon bei ihrer Initiation die Sexualität kennenlernen. Die Mädchen mußten bis zu den Zeremonien der Feuer warten, wo der Rhythmus der Trommeln und ungehemmte Tänze die Hitze in ihr Blut und das Feuer in ihre Lenden brachte. Erst dann paarten sie sich zum ersten Mal, und der Schmerz wurde durch das süße Drängen der Begierde zum Verstummen gebracht.

Morna war erfreut, als Arika ihr mitteilte, daß sie dieses Jahr erstmals die Heilige Hochzeit vollziehen würde. In Übereinstimmung mit dem Ritual paarte sich die Göttin zweimal im Jahr mit dem Gott, und diese Verbindung war es, die dem Stamm und den Herden, von denen der Stamm abhing, Fruchtbarkeit brachte. Die Rolle der Göttin wurde hierbei normalerweise von der Herrin übernommen, aber dieses Jahr würde sie von der Tochter der Herrin gespielt werden.

»Es verspricht ein machtvolles Ritual zu werden, wenn die Göttin von einer Jungfrau dargestellt wird«, erklärte Arika ihrer Tochter. »Deshalb erlaube ich dir, dieses Jahr die Heilige Hochzeit zugleich mit deiner ersten Paarung zu halten.« Mornas Gesichtsausdruck ließ die Herrin lächeln. »Du mußt einen Partner wählen, meine Tochter. Es ist immer das Vorrecht der Göttin, den Mann zu bestimmen, der die Rolle des Gottes spielen soll.«

Morna sagte: »Ich wüßte, wer gewählt würde, wenn ein anderes Mädchen des Hirsch-Clans die Wahl hätte. Ich finde, es ist ein Jammer, daß Ronan mein Bruder ist.«

Erschrocken schweigend starrte Arika in das gerötete Gesicht ihrer Tochter und auf ihre leicht geöffneten Lippen. Morna schien in keiner Weise zu bemerken, welche Bestürzung ihre Worte ausgelöst hatten.

»Sag so etwas nie wieder in meiner Gegenwart«, sagte Arika in ungewöhnlich strengem Tonfall.

Schließlich erkannte Morna, daß ihre Worte Arika aus der Fassung gebracht hatten. »Es ist doch nicht meine Schuld, daß ich an Ronan nicht wie an einen Bruder denke«, verteidigte sie sich. »Schließlich haben wir nie in einer Familie zusammengelebt, wie Geschwister das normalerweise tun.«

Arika war sehr blaß. »Nichtsdestoweniger, die Blutsbande sind da.« Ein tiefer Atemzug beruhigte sie ein wenig. »Vergiß nicht, Morna, du bist nicht irgendein Mädchen. Du bist die

Auserwählte des Stammes. Du mußt immer an den Stamm denken, meine Tochter, und daran, was gut für ihn ist. Nicht an dich selbst.«

Morna entgegnete schmollend: »Ja, Mutter. Das sagst du mir immer wieder.«

Arikas schön geschwungener Mund verengte sich zu einer harten Linie. »Du mußt den Mann nicht sofort benennen. Du hast noch Zeit, um über deine Wahl nachzudenken.«

Morna legte ihren Kopf ein wenig zur Seite und betrachtete ihre Mutter grüblerisch von oben nach unten. »Ich hoffe, ich bin fruchtbarer als du, Mutter«, meinte sie. »Wie viele Heilige Hochzeiten hast du abgehalten, bis du Ronan empfangen hast?«

»Viele«, antwortete Arika. Ihr Gesicht war versteinert. »Ich hoffe auch, daß dein Schoß fruchtbarer ist, als es meiner war.«

»War?« Mornas perfekt modellierte Augenbrauen hoben sich.

Sie kann schon ziemlich schlau sein, wenn es um ihre eigenen Interessen geht, dachte Arika ernst und blickte in das liebliche Gesicht ihrer Tochter. Das Problem an Morna war, daß ihr Interesse sich offenbar immer nur auf sie selbst beschränkte.

»Mein Mondblut fließt noch immer, wenn es das ist, was du meinst«, antwortete Arika ruhig. »Aber ich glaube nicht, daß ich noch einmal ein Kind empfangen werde.«

Morna wickelte die Spitze ihres langen rotgoldenen Zopfes um ihren Zeigefinger. Sie blickte Arika unter ihren Wimpern hervor an. »Dann wird es ja von jetzt an vielleicht meine Aufgabe sein, die Heilige Hochzeit zu vollziehen«, sagte sie.

Der Mund der Herrin wurde noch schmaler. »Ich werde dir das Ritual nur dann überlassen, wenn ich davon überzeugt bin, daß du die Verantwortung begreifst, die mit der Rolle der Göttin verbunden ist.«

Mornas Lippen kräuselten sich zu einem bezaubernden Lächeln. Sie ist so schön, dachte Arika verzweifelt. Viel schöner als

Nel. Bestimmt wollte die Große Erdmutter, daß Morna die Auserwählte sein sollte...

»Wenn die Verantwortung so angenehm ist, Mutter«, sagte Morna jetzt, »dann kannst du sicher sein, daß ich sie gerne auf mich nehme.«

»Ich rede nicht von den Freuden der Paarung«, stieß Arika hervor.

»Ich weiß. Ich weiß.« Morna zog ihre kleine, gerade Nase in Falten. »Ich soll an den Stamm denken. Ich weiß das, Mutter. Wie sollte ich das nicht wissen, wenn du über nichts anderes sprichst?«

»Sobald du den Mann gewählt hast«, erwiderte Arika knapp, »komm zu mir.«

»Ja.« Und wieder war da dieses bezaubernde Lächeln. »Das werde ich.«

Arika seufzte.

3

Für den Hirsch-Clan war der Winter nie eine so sorgenfreie Zeit wie der Sommer, aber dieser Winter erwies sich für Ronan als besonders unangenehm. Neihle hatte Gedanken laut ausgesprochen, die Ronan kaum je gewagt hatte, ernsthaft in Betracht zu ziehen, und nun hatten sie ein Eigenleben in seinem Kopf entwickelt. Ein Resultat davon war, daß seine Abneigung gegen Morna noch unerbittlicher wurde.

Ronan kannte seine Schwester sehr genau. In einem Stamm wie dem Hirsch-Clan hielt man das Band zwischen Bruder und Schwester, zwischen Kindern aus demselben Schoß, für enger, als jenes in einer Ehe. Der Bruder einer Frau war dafür verantwortlich, ihrem Sohn die Fertigkeiten der Jagd beizubringen und ihn durch die Initiationsrituale zu führen, die ihn zum Mann machten. Ehemänner kommen und gehen, sagten die Frauen des Hirsch-Clans, aber dein Bruder ist für immer dein Bruder.

Diese Einstellung galt auch für die Herrin des Stammes; ohne Zweifel war Arikas Bruder Neihle der Mann, der ihr schon immer am nächsten gestanden war. Deshalb fand es auch niemand im Clan merkwürdig, daß Morna die Gesellschaft ihres Bruders Ronan suchte. Obwohl Arika ihren Sohn fortgegeben hatte, war die Vorstellung von dem Blutsband zwischen Bruder und Schwester im Stamm so stark, daß niemand es für nötig befunden hatte, Arika davon in Kenntnis zu setzen, wie viele Stunden es Morna gelungen war, mit Ronan zu verbringen.

Viele Jahre hindurch hatte Ronan versucht, es seiner Schwester recht zu machen. Er verstand die Heiligkeit des Geschwisterbandes, und er besaß genug Intuition, um zu erkennen, daß er Morna nur deshalb zurückwies, weil sie das bevorzugte Kind ihrer Mutter war. »Morna kann nichts dafür, daß sie die ist, die sie ist«, war der Satz, den er sich wie eine Zauberformel all die Jahre ihrer gemeinsamen Kindheit hindurch immer wieder im Geiste vorgesagt hatte. Erst vor wenigen Jahren hatte er sich eingestanden, daß hinter seiner Abneigung gegenüber Morna mehr stand als nur Eifersucht.

Sie hatte nicht die Ausstrahlung einer von der Göttin Berührten. Sie war selbstsüchtig und oberflächlich, und nachdem ihre Sexualität einmal erwacht war, verschenkte sie sich wahllos und gedankenlos. Im Verlauf des Winters gelangte Ronan mehr und mehr zu der Überzeugung, daß sie eine erbärmliche Führerin für den Stamm abgeben würde.

Es mochte stimmen, daß Ronan seine Mutter haßte, aber niemals in der Zeit, in der er heranwuchs, hatte er ihr Recht auf die Herrschaft in Zweifel gezogen. Die mutterrechtliche Organisation des Hirsch-Clans war gut gefestigt und funktionierte in der Regel wunderbar. »Niemand sorgt sich mehr um seine Kinder, als es eine Mutter tut«, hatte Neihle einmal erklärt, als Ronan ihn über die Stämme befragte, die von einem Mann geführt wurden. »Schau dir die Tiere an«, hatte Neihle ihm geraten. »Gibt es irgendwo unter ihnen auch nur eine Mutter, die ihre Jungen nicht bis zum Äußersten, und sei es ihr eigener Tod, beschützen würde? Kein Vater würde das für seine Nachkommen tun; nur eine Mutter. Deshalb, Ronan, folgen wir in diesem Stamm dem Weg der Großen Erdmutter. Und für uns ist die Herrin die Stimme der Göttin, die Göttin-auf-Erden.«

Es war eine große Verantwortung, die Göttin-auf-Erden zu sein, und im Verlauf dieses langen, bitteren Winters beobachtete Ronan seine Schwester und erkannte ihre Mängel.

Es war eine akzeptierte Tatsache, daß sich die Herrin nicht an einen Mann band, sondern sexuell frei war. So wie die Erdmutter der Welt alles Leben schenkte, so war auch die Herrin der Lebensquell des Stammes. Ihre Sexualität war eine große und heilige Angelegenheit, was sich am deutlichsten während der zwei Fruchtbarkeitsriten der Herbst- und Frühlingsfeuer zeigte. Unter den Männern hatte es niemals einen Fall von Eifersucht in bezug auf die Sexualität der Herrin gegeben. Das war einfach undenkbar.

Während des Winters wurde Ronan jedoch klar, daß Morna kein Gefühl dafür hatte, wie heilig ihre Sexualität dem Stamm war. Arika hatte von Anfang an erkannt, daß die Herrin zwar in einer Beziehung freier war als andere Frauen, in den meisten anderen Dingen jedoch nicht. Morna fehlte diese Einsicht vollkommen. Endlich von der Einschränkung durch die Jungfräulichkeit befreit, ging sie von einem Jüngling zum nächsten, von einem verheirateten Mann zum anderen, förderte überall Rivalitäten und lachte dann über die oft schlimmen Folgen.

Sie ist nicht dazu geschaffen, den Stamm zu führen, überlegte

Ronan. Und seine Gedanken waren gefärbt von Zorn, Bitterkeit und Trotz. Sie würde niemals zu wahrer Führerschaft in der Lage sein.

Zum ersten Mal in seinem Leben dachte Ronan über die Möglichkeit nach, daß der Hirsch-Clan eines Tages von einem Mann angeführt werden könnte. Durch seine Bemühung, Ronan aus der Schußlinie zu entfernen, hatte Neihle die Saat einer Idee in seinen Neffen gepflanzt, die während der vielen langen Winterabende in Ronans Kopf Wurzeln schlug.

Neihle hatte behauptet, daß die Herrin ihren Sohn fürchtete. Sicherlich, überlegte Ronan, würde Arika einer solchen Furcht in ihrem Herzen keinen Raum geben, wenn es dafür nicht einen ernsten Grund gäbe. Hatte Arika ebenfalls erkannt, daß Morna unfähig war, den Platz ihrer Mutter einzunehmen? Sorgte sie sich vielleicht, daß sich eines Tages der Clan von der Tochter ab- und dem Sohn zuwenden könnte?

Dies waren die Gedanken, die Ronan an einem Frühlingstag beschäftigten, als er an einem einsamen Platz am Ufer des Großen Fischflusses stand, ein wenig flußabwärts von der Heimstätte des Stammes. Zwei der älteren Initiierten waren kürzlich mit ihren Mutter-Brüdern zum Frühjahrstreffen der Stämme gegangen und nicht zurückgekehrt. Wie so viele junge Männer des Hirsch-Clans hatten sie Frauen in den benachbarten Stämmen gefunden und waren aufgebrochen, um bei ihnen zu leben. So war nun einmal der Brauch im Hirsch-Clan; so war es immer gewesen. Die Jünglinge und nicht die Mädchen verließen das Haus ihrer Mütter, wenn sie heirateten.

Ronan wollte weder sein Zuhause noch seinen Stamm verlassen. Schon bei dem Gedanken daran bewölkte sich seine Stirn, und um sich abzulenken, nahm er eine Handvoll Steine auf und warf einen nach dem anderen kraftvoll in das schäumende Wasser des übervollen Flusses.

»Ronan.« Es war eine weibliche Stimme. Er blickte über seine

Schulter und sah, daß Cala auf ihn zukam. Sie lächelte ihn an. »Du bist seit einiger Zeit so beschäftigt, daß ich dich kaum zu Gesicht bekommen habe.«

Er warf den letzten Stein und wandte sich ihr dann zu. »Es ist der Mond des Steinbocks«, erklärte er. »Eine gute Zeit für die Jagd.« In Wirklichkeit hatte Mornas häufiger Wechsel ihrer Gefährten Ronan so abgestoßen, daß er sich einen Großteil des Winters von allen Mädchen ferngehalten hatte.

Cala nickte. »Ich habe mit den Mädchen gejagt«, sagte sie. Sie stellte sich ganz dicht neben ihn.

Er wandte sich wieder dem Wasser zu. Cala und er hatten während der Winterfeuer im letzten Jahr zusammen gelegen. Er war ihr erster Mann gewesen, und er mochte sie. Sie war von einer Sanftheit, die ihn an Nel erinnerte.

»Ronan«, sagte sie leise. Nun merkte er, wie sie sich gegen ihn lehnte, spürte ihre geschwungene Hüfte und die Länge ihres Schenkels an seinem. Er dachte daran, was zwischen diesen Schenkeln lag, und er umfaßte sie mit einem Arm, glitt mit der Hand unter ihre Rentierfelljacke und legte sie auf ihre Brust. Durch die Hirschhaut ihrer Bluse konnte er die aufgerichtete Knospe ihrer Brust spüren, die sich gegen seine Hand drängte.

Die Frühlingssonne war angenehm warm. Ich bin ein Idiot, daß ich mir von Morna den Spaß verderben lasse, dachte er. »Komm«, flüsterte er an Calas Ohr. »Laß uns in den Wald gehen.«

Eng umschlungen verschwanden Ronan und Cala in einer Gruppe von Bäumen, die diesen Teil des Flusses vom Talbecken abschirmte.

Eine halbe Stunde später trennten sie sich, Cala kehrte in die Siedlung zurück und Ronan blieb, wo er war.

Vielleicht kann ich Cala heiraten, dachte er. Ihr Verwandtschaftsgrad lag nicht innerhalb des verbotenen Bereiches und wenn er sie heiratete, dann würde er den Stamm nicht verlassen müssen.

Er hörte eine Bewegung hinter sich und drehte sich ärgerlich um. Er wollte keine Gesellschaft mehr. Sein Gesichtsausdruck entspannte sich, als er sah, wer auf ihn zukam. »Nel. Was tust du hier?«

Sie setzte sich neben ihn ans Ufer, nachdem sie ihren Korb unter einem Baum abgestellt hatte. Nigak begrüßte Ronan auf seine ihm eigene überschwengliche Weise, indem er Ronans Gesicht ableckte und ihn überall beschnüffelte. Ronan kraulte dem Wolf den Nacken und schaute Nel an. »Ich war dabei, für die Alte Frau Kräuter zu sammeln«, antwortete sie auf seine Frage. »Wir wollen morgen einige Arzneien zusammen zubereiten.«

Er lächelte sie an und gestattete Nigak, ihn weiter zu beschnüffeln.

»Ich habe Cala auf dem Weg getroffen«, sagte sie. Nigak war schließlich mit Ronan fertig und rollte sich neben Nel zusammen. Sie streckte die Hand aus und glättete das silbrige Fell zwischen seinen Ohren. Ihre Stimme klang gedämpft. »Hast du bei ihr gelegen?«

Er starrte in ihr abgekehrtes Gesicht. »Ja.« Er hörte sich abgelenkt an. »Was ist das für ein blauer Fleck auf deiner Wange?«

Sie zuckte die Schultern und sah ihn immer noch nicht an. Er faßte sie am Kinn und drehte ihr Gesicht zu sich, damit er es besser betrachten konnte. »Woher hast du ihn?« Seine Stimme klang nicht länger abgelenkt, sondern schneidend und gebieterisch.

Ihre Lider waren gesenkt, so daß er ihr nicht in die Augen blicken konnte. »Meine Stiefmutter war böse mit mir. Es ist nichts, Ronan. Wirklich.«

Eine angespannte Stille folgte. Dann sagte Ronan: »Ich werde mir Olma mal vornehmen.«

»Nein!« Sie befreite ihr Kinn aus seinem Griff. »Du machst es nur schlimmer, wenn du dich einmischst. Ich muß mit ihr leben. So lange, bis ich alt genug bin, um zu heiraten, gibt es keinen anderen Ort, wo ich hingehen kann. Es ist besser für mich, wenn ich versuche, mit ihr auszukommen, Ronan. Glaub mir!«

Er schüttelte den Kopf. »Es vergehen noch zu viele Jahre, bis du heiraten kannst, Nel.«

»So viele sind es nicht mehr. Ich habe schon zwei Handvoll Jahre, nicht wahr.« Sie strich Nigak über die Ohren und fügte ruppig hinzu: »Würdest du auf mich warten, Ronan, oder sind drei Jahre zu lang?«

»Auf dich warten?« wiederholte Ronan verblüfft. Sein Zopf hatte sich durch seine Begegnung mit Cala gelöst, und die vom Fluß kommende Brise zerzauste nun sein schwarzes Haar. »Was denkst du, kleine Elritze? Du und ich, wir können nicht heiraten – wir sind Cousins ein und desselben Herdfeuers.«

»Nein«, widersprach Nel, »das sind wir nicht. Ich habe die Alte Frau gefragt, Ronan. Du und meine Mutter, ihr wart Cousins desselben Herdfeuers. Du und ich aber dürfen heiraten.«

Mit einer Hand strich er die Haare aus seiner Stirn. »Tatsächlich?« Stille setzte ein. Und dann sagte er leise: »Ist das wahr?«

Sie nickte.

»Das habe ich bisher nicht bedacht.« Seine Stimme klang nachdenklich.

Voller Eifer lehnte sie sich an ihn. »Würdest du auf mich warten, Ronan? Ich verspreche, ich beeile mich mit dem Erwachsenwerden.«

Er lächelte. »Das Mondblut kommt dann, wenn die Erdmutter es will, Nel. Du hast in dieser Sache keine Wahl.«

Als Reaktion auf seine augenscheinliche Ablehnung warf Nel ihre Arme Nigak um den Hals und vergrub ihr Gesicht an seinem Nacken. Ronan legte ihr eine Hand auf den Rücken. Sie ist ein so furchtbar dünnes kleines Ding, dachte er, als seine Handfläche auf einem ihrer knochigen Schulterblätter ruhte. Er wollte Olma umbringen. Er spürte, wie Nel bebte, und verzog besorgt die Stirn. Sie weinte doch nicht etwa?

»Nel?« sagte er.

»Wirst du Cala heiraten?« preßte sie hervor.

Er mußte nicht einmal über seine Antwort nachdenken. »Nein. Ich werde Cala nicht heiraten.« Und dann fügte er bedachtsam hinzu: »Hast du wirklich die Alte Frau gefragt, ob man uns erlauben würde zu heiraten?«

Nel hob schließlich ihr Gesicht aus Nigaks Fell. »Sie hat gesagt, die Blutsbande sind nicht zu eng, aber sie hat auch etwas anderes gesagt, das sehr seltsam war, Ronan. Sie hat gemeint, daß die Herrin uns trotzdem verbieten würde zu heiraten.«

»Hat sie das?«

Nel beobachtete seinen Gesichtsausdruck. »Ich begreife es nicht«, meinte sie, »wenn doch das Blutsband nicht im Wege steht, warum sollte Fali dann annehmen, daß die Herrin gegen eine Verbindung zwischen dir und mir wäre?«

»Hat Fali es dir nicht gesagt?«

»Sie meinte nur, ich sei die nächste in der Reihe, um Morna zu folgen, und daß es deshalb gefährlich sein würde. Aber ich verstehe es noch immer nicht.«

Seine dunklen Augen funkelten. »Hat sie wirklich ›gefährlich‹ gesagt?«

»Ja.« Nels Augen waren geweitet. »Was kann sie denn nur gemeint haben, Ronan?«

Ronan nahm eine Handvoll Flußkiesel und begann einen nach dem anderen ins Wasser zu werfen. »Neihle meint, daß die Herrin fürchtet, ich könnte eine Bedrohung für Mornas Anwartschaft auf die Führerrolle sein«, erklärte er ihr.

Nel blickte finster drein und lutschte besorgt am Ende ihres Zopfes. Dann sagte sie: »Die Herrin hat Angst, daß die Männer des Stammes Morna im Stich lassen würden, um dir zu folgen?«

Ein kleiner, silbrig glitzernder Stein schoß in einem Bogen

über die Wasseroberfläche und versank dann darin. »Das scheint jedenfalls Neihle zu glauben.«

Nel kaute noch immer auf ihrem Zopfende herum. »Als ich Fali fragte, was wir getan hätten, um diese Heirat unmöglich zu machen, antwortete sie: ›Es ist nicht, was ihr getan habt, es ist, was ihr seid.‹«

»Hör auf damit«, verlangte Ronan schließlich. »Ich habe dir wieder und wieder gesagt, daß du nicht auf deinen Haaren herumkaufen sollst.«

Nel ließ ihren Zopf fallen. »Du bist Arikas Sohn«, bemerkte sie. Und sie wurde still, als sie über ihre Worte nachdachte.

»So ist es«, bejahte Ronan schließlich. »Obwohl sie es auch am liebsten vergessen würde, ich bin dennoch ihr Sohn. Und du, Nel, bist die Enkelin von Arikas älterer Schwester. Wenn deine Mutter nicht noch ein kleines Baby gewesen wäre, als Meli starb, dann wäre deine Mutter die Herrin geworden und nicht Arika.« Nel begann erneut besorgt an ihrem Zopf zu lutschen. »Es gibt einige, die sagen würden, du hättest mehr Anrecht darauf, die nächste Herrin zu werden, als Morna, kleine Elritze.« Er nahm ihr den Zopf aus dem Mund. »Ich glaube, das ist der Grund, warum Arika eine Verbindung zwischen uns als gefährlich erachten würde.«

»Aber, Ronan, ich würde doch gar nicht die Herrin sein wollen!« rief Nel leidenschaftlich. »Da ist man viel zu einsam! Und außerdem möchte ich eine Familie haben.« Ihr Gesicht war erhitzt; ihre großen grünen Augen funkelten. »Und ich würde nie, niemals meine Kinder fortgeben!« fügte sie hinzu. »Weder einen Jungen noch einen Zwilling. Niemals!«

Ronan erwiderte mit einem Gemisch aus Erheiterung und Hochachtung in der Stimme: »Uff, du kannst manchmal so gefährlich aussehen wie eine Berglöwin, Nel.«

Sie warf ihm statt einer Antwort einen vielsagenden Blick zu. Eine Zeitlang saßen sie schweigend da, jeder in seine eigenen

Gedanken vertieft. Dann streckte Ronan seinen Arm aus und berührte vorsichtig den blauen Fleck auf ihrer Wange. »Ich werde mit deinem Vater sprechen«, entschied er. »Er sollte sich schämen, seiner Frau zu erlauben, seine Tochter so schlecht zu behandeln.«

Nel war anderer Meinung. »Ronan, du weißt doch, wieviel Angst Vater vor Olma hat. Das wird nur dazu führen, daß er sich schlecht fühlt, aber erreichen wirst du nichts. Ich kann mit meiner Stiefmutter viel besser umgehen als er. Außerdem machst du um diese Kleinigkeit viel zuviel Aufhebens.«

»Dieser blaue Fleck ist keine ›Kleinigkeit‹.«

Nel zuckte mit den Schultern. »Sie hat mich gar nicht so hart geschlagen. Ich bekomme halt nur leicht blaue Flecke.«

Müde sagte er: »Wir haben beide bisher nicht viel Glück mit unseren Familien gehabt, nicht wahr, Nel?«

Statt einer Antwort lehnte sie ihre verletzte Wange an seine Schulter und schloß die Augen. Sein Arm umfing sie in einer gewohnten, schützenden Gebärde und drückte sie an sich. So saßen sie eine Weile schweigend da, während die Sonne in ihrem Rücken unterging.

In diesem Jahr war es Ronan zum ersten Mal gestattet, an dem wichtigsten Frühlingszeremoniell der Männer teilzunehmen, am rituellen Erschlagen des Bären. Zu einer der Traditionen, die der Hirsch-Clan übernommen hatte, gehörte die große Achtung vor den mächtigen Höhlenbären, und jedes Frühjahr, wenn die Bären von ihrem Winterschlaf zur Erde zurückkehrten, wurde ein besonderer Bär ausgewählt, um als rituelles Opfer zu dienen.

Nur die initiierten Männer des Stammes durften an dieser heiligen Jagdzeremonie teilnehmen. Obwohl Ronan und seine Altersgenossen bisher noch nie dabeigewesen waren, wußten sie dennoch genau über die Regeln Bescheid. Bei der Initiation wurden jedem Jungen des Hirsch-Clans die geheime Jagdsprache, die rituellen Lieder und die Formeln der Großen Entschuldigung beigebracht.

Bei den Mädchen zu liegen war eine feine Sache, aber jeder Junge des Stammes wußte, nur dem todbringenden Bären von Angesicht zu Angesicht gegenüberzustehen, machte einen Knaben zum Mann.

Das rituelle Erschlagen des Bären wurde immer während des Neumonds zwischen dem Mond des Steinbocks und des Lachses vorgenommen, und auch dieses Jahr war es nicht anders. Am Morgen der heiligen Jagd versammelten sich Ronan, Tyr und einige andere Initiierte am Fluß und beobachteten, wie das erste Licht des beginnenden Morgens den schwarzen Himmel grau färbte.

»Großer Bruder«, rief Tyr frohlockend und stieß seine Faust hoch in die Luft, »ich hoffe, daß du heute auf uns wartest.«

Der Hirsch-Clan glaubte, der Höhlenbär könne alles hören, was seine Mitglieder sprachen, selbst wenn es in großer Entfernung geschah. Er hörte die Worte, prägte sie sich ein und nahm Rache. Folglich war es verboten, den Bären bei seinem Namen zu nennen, damit er die Pläne des Stammes nicht vereiteln und sich an jenen rächen konnte, die versuchten, ihn zu töten. »Großer Bruder« war daher die geheime Formel, derer sich die Männer des Hirsch-Clans bedienten, um die Beute zu benennen, der sie hinterherpirschen wollten.

Ronan lächelte matt über den Ausdruck auf Tyrs Gesicht; und dann überprüfte er noch einmal die Spitze seines Wurfspießes. Das Tier mußte durch einen einzigen Wurf mitten ins Herz getötet werden, daher war es entscheidend, daß die Feuersteinspitze stark und scharf war.

Die Männer hatten bereits eine Höhle ausgespäht, die einem besonders großen Bär als Behausung diente, und ihr Ziel war es, dort anzulangen, bevor der Bär zu seiner täglichen Nahrungssuche aufbrach. Höhlenbären waren fast ausschließlich Pflanzenfresser und mußten, um ihren massigen Körper zu erhalten, eine immense Menge Nahrung zu sich nehmen.

»Sind die Jungen bereit?« So ließ sich Erek, der erste und bedeutendste Jäger des Stammes, vernehmen. Zwei Hunde folgten ihm auf den Fersen, als er seine Runde um die Gruppe zog, um sich davon zu überzeugen, daß ein jeder auf seinem Platz war.

Ronan sprach für die Initiierten: »Wir sind bereit.«

»Es darf auf keinen Fall gesprochen werden«, ermahnte sie Erek.

Ronan knurrte mißbilligend. »Ja«, sagte er knapp, »das wissen wir.«

Erek starrte den hochgewachsenen jungen Mann an, der es wagte, ihm mit scharfem Ton zu antworten. Der erste Jäger war ein großer stämmiger Mann, der selbst ein wenig das Aussehen eines Bären hatte. In den letzten Jahren war es immer er gewesen, der den Bären in diesem Ritual erlegt hatte. Manche behaupteten, daß bereits sein starrer Blick ausreichte, um den »großen Bruder« zur Unterwerfung zu bewegen. Bei Ronan, der seine arrogante Nase hob und zurückstarrte, wirkte dieser Blick allerdings nicht.

Erek murmelte etwas, das sich anhörte wie »unverschämter Welpe«, bevor er sich abwandte, um das Signal zum Aufbruch zu geben.

Das war unüberlegt, dachte Ronan ärgerlich, als er seinen Platz in der Reihe der Jäger einnahm. Warum mache ich mir Erek zum Feind?

Sofort beantwortete er sich die Frage selbst: Weil Erek dumm ist, und weil ich es hasse, Befehle von dummen Menschen entgegennehmen zu müssen.

Der Pfad weitete sich, und Tyr kam heran, um neben ihm zu gehen. Sie mieden es, einander anzuschauen.

Nun gut, fragte die andere Hälfte von Ronans Verstand spöttisch, von wem würdest du denn Befehle entgegennehmen?

Ronans Mund verzog sich in trauriger Selbsterkenntnis, und

diesmal verzichtete er darauf, sich selbst die Frage zu beantworten.

Die Jäger benötigten nahezu zwei Stunden, um die Höhle zu erreichen, in welcher der »große Bruder« sein Lager gebaut hatte. Die Höhle war von einem Bach vor vielen Jahren in den Fels gegraben worden. Jetzt jedoch war der Bach versiegt, und die Höhle lag nun mit Blick auf eine Wiese, die bald grasbewachsen und von Wiesenblumen übersät sein würde. Der Eingang zur Höhle war zum Teil durch einen Findling blockiert. Ronan starrte darauf und fragte sich, ob sich der Bär wohl noch in der Höhle aufhielt.

Erek machte ein entsprechendes Zeichen, und die Männer verteilten sich in einem großen Bogen vor der Höhle. Erek, dem als letztjährigem Bärentöter die Ehre zustand, den ersten Versuch zu machen, nahm seine Position wenige Meter vor dem Höhleneingang ein. Dann ließ er die Hunde los.

Beide Hunde bauten sich sofort unmittelbar neben dem Findling auf und begannen zu bellen. Minuten vergingen. Was sollen wir tun, wenn der Bär die Höhle schon verlassen hat? fragte sich Ronan. Werden wir ihn suchen gehen?

Ein scharfer Ton war plötzlich im Bellen der Hunde, und die Männer vor dem Höhleneingang strafften sich. Aus der Dunkelheit der Höhle, sich langsam auf allen vieren vorwärtsbewegend, trat der Bär ans Licht.

Ronans Herz schlug schneller. Das Tier sah riesig aus.

Die Hunde waren vollkommen außer sich, knurrten und gaben hohe, winselnde Töne von sich. Der Bär hielt inne, schaute die Hunde an und dann die Männer. Einer der Hunde sprang hoch, um nach der Nase des Bären zu schnappen. Der Bär schlug mit einer Pranke nach ihm. Die Hunde bellten und knurrten und griffen den Bären von zwei verschiedenen Richtungen aus an. Der Bär gab ein markerschütterndes Wutgebrüll von sich und erhob sich auf seine Hinterbeine.

Was für ein überwältigender Anblick! Er war viel größer, als sich Ronan jemals einen Bären vorgestellt hatte. Sein ohrenbetäubendes Gebrüll hallte über den leeren Wiesen wider. Der ranzige Geruch des Bären stieg Ronan in die Nase. Einige der Männer zogen sich einen Schritt weit zurück.

Jetzt! dachte Ronan. Jetzt war der richtige Moment für Erek gekommen, um anzugreifen. Traditionell griff der Bärentöter an, wenn der Bär aufrecht stand, und trieb ihm seinen Speer mitten ins Herz.

Erek hob seinen Speer. Die übrigen Männer hielten den Atem an, als ihr Anführer sich in die schreckliche Umarmung warf. Wenn der Speer die richtige Stelle traf, dann war der Bär sofort tot. Verfehlte er sie aber, so wurde er zu Tode gequetscht.

Der Bär machte unmittelbar vor Ereks Wurf eine kleine Bewegung. Ein schauerliches, schmerzverzerrtes Brüllen erfüllte den Raum. Dann mußten die Männer entsetzt beobachten, wie Ereks Speer zu Boden fiel und wie der erzürnte und verletzte Bär den Jäger mit seinen tödlichen Pranken packte.

Er hat eine Rippe getroffen, dachte Ronan erschrocken. *Er hat das Herz verfehlt und statt dessen eine Rippe getroffen.*

Der nächste qualvolle Schrei kam von Erek.

Ronan blickte wild um sich. Sollten sie denn alle hier erstarrt wie die Salzsäulen stehenbleiben und zusehen, wie ihr Anführer zu Tode kam? Erneut schaute er sich um. Keiner bewegte sich. Dann begriff Ronan.

Sie durften nicht alle gemeinsam angreifen, nur einem einzelnen Mann war es erlaubt, den heiligen Bären zu erlegen. Wenn sie als Gruppe über den »großen Bruder« herfielen, dann würde furchtbares Unglück den Stamm befallen. In Anbetracht dessen, was soeben mit Erek geschah, brachte jedoch keiner den Mut auf, sich dem Tier allein zu stellen.

Ein markerschütternder Schrei löste sich aus Ereks Mund.

Noch bevor Ronan sich bewußt wurde, was er tat, hatte er seinen Speer gepackt und rannte vorwärts.

»Ronan!« Das war Neihles Stimme. »Du kannst allein nichts ausrichten! Komm zurück, oder er wird auch dich töten!«

Erst später erzählte Neihle Ronan, daß er versucht hatte, ihn zurückzurufen. Jetzt aber nahm Ronan nichts anderes wahr als das riesige Tier vor sich. Er berührte den wütenden Bären mit seinem Speer an der Brust. »Nun, großer Bruder«, sprach er ihn an, »hier ist noch einer, der dich erschlagen will.«

Der Bär gab Erek frei und wandte sich Ronan zu. Erek stöhnte und bewegte sich schwach.

Nun kam der Bär, um Ronan zu holen.

Es geschah alles sehr, sehr schnell. Da war dieser Geruch, dieser schwere, beißende, atemraubende Geruch. Da waren die Krallen, die über seinen Rücken kratzten, und das grobe Fell, das sich gegen sein Gesicht drückte. Dann stieß Ronan zu und trieb seinen Speer mitten in das Herz des Bären. Er spürte, wie der Bär gegen ihn sank, fühlte den Moment, als der letzte Atemhauch den Körper des Tieres verließ. Langsam, unerbittlich sank der massige Bär in sich zusammen und zog Ronan beinahe mit sich zu Boden. Erst im letzten Augenblick gelang es Ronan, sich schwer atmend aus der Umarmung zu winden.

»Guter Junge.« Neihle war neben ihm und faßte ihn am Arm. »Guter Junge.«

»Wie geht es Erek?« keuchte Ronan und blickte über seinen Onkel hinweg auf den am Boden liegenden Jäger.

Der Mann, der sich über Erek gebeugt hatte, blickte auf. »Er ist schwer verletzt, aber er lebt. Wir müssen ihn nach Hause tragen, damit die Alte Frau sich um ihn kümmern kann.«

Schweigen trat ein. Alle blickten auf Ronan.

»Mach nur, mein Sohn«, flüsterte ihm Neihle ins Ohr. »Du bist der Bärentöter. Es ist deine Aufgabe, die Formeln der Großen Entschuldigung zu sprechen und das heilige Lied zu singen.«

Ronan schluckte hart und ging, um sich neben den Bären zu stellen. Selbst tot bot er noch einen erschreckenden Anblick. Ronan starrte wie hypnotisiert auf den mächtigen zylinderförmigen Rumpf, den großen Schädel mit seiner vorstehenden, gewölbten Stirn, die riesigen Pranken, die Klauen...

»Großer Bruder«, begann Ronan und war dankbar, daß sich seine Stimme klar und sicher anhörte, »ich bedaure, daß ich dich erschlagen habe, aber ich brauche deine Haut als Mantel und dein Fleisch als meine Nahrung. Großer Bruder, der Clan des Hirschen liebt dich. Vergib uns, daß wir dich aus unserer Not heraus erschlagen haben.«

Ein Seufzen entrang sich den umstehenden Männern. Die Große Entschuldigung war erfolgt; der Geist des Bären würde besänftigt sein.

Dann erhob Ronan seine Stimme in dem heiligen Lied des Bärentöters:

O du herrlichstes aller Tiere,
Du Getier in menschlicher Gestalt,
Jetzt, mein Großer Bruder,
Liegst du erschlagen.

Möge dein Elend all die anderen Tiere
Zu schwachen Frauen machen, wenn ich sie jage!
Mögen sie deinem Beispiel folgen
Und mir zufallen
Als leichte Beute!

Beim Singen des heiligen Liedes zum Tod des Bären war es lebenswichtig, das richtige Maß an Gefühl in die Stimme zu legen, und das tat Ronan. Es fiel ihm nicht schwer; er brauchte nur einen Teil seiner wahren Gefühle in seiner Stimme mitklingen zu lassen. Als er geendet hatte, mußte er erstaunt feststellen, daß einige der Männer hinter ihm zu weinen begonnen hatten.

»Das hast du gut gemacht, Schwester-Sohn«, beglückwünschte ihn Neihle. »Sehr gut sogar.« Und er drehte sich zu den übrigen Männern um und sagte: »Nun müssen wir den großen Bruder nach Hause schaffen.«

4

Arika war wütend, als sie erfuhr, daß Ronan derjenige gewesen war, der den Bären getötet hatte.

»Was haben sich die Männer dabei gedacht?« fragte sie Pier, den Jäger, der ihr die Mitteilung machte, aufgebracht. »Wie konnten sie einem Jungen, dessen Initiation nicht einmal ein ganzes Jahr zurückliegt, gestatten, der Bärentöter zu sein?«

»Vielleicht hast du mich nicht richtig verstanden, Herrin«, erklärte Pier geduldig. »Der Bär hatte Ereks Speer beiseite gestoßen und war im Begriff, ihn zu zerquetschen. Erek wäre jetzt tot, wenn Ronan nicht die Initiative ergriffen hätte. Gestehe dem Jungen die Wertschätzung zu, die er verdient, Herrin. Er war als einziger von uns dazu bereit, es mit dem Bären aufzunehmen.« Piers Nasenflügel zitterten. »Warte, bis du das Tier siehst! Noch nie habe ich einen so kolossalen Höhlenbären gesehen.«

Arika gab ein Geräusch von sich, das dem Zischen einer Schlange ähnelte.

Piers Gesichtsausdruck war eine Spur mißbilligend. »Erek ist schwer verwundet. Die Alte Frau kümmert sich jetzt um ihn.«

»Erek hätte den Bären töten sollen«, sagte Arika. »Wenn ein halbes Kind wie Ronan ihn bezwingen konnte, dann gibt es keine Entschuldigung für Ereks Versagen.«

Pier sprach langsam. »Ronan hat den Bären so kunstvoll erlegt, wie ich es nie zuvor erlebt habe, Herrin, und ich war oft bei der Jagd auf den heiligen Bären dabei. Schmälere nicht seine Tat. All die Männer, die dabei waren, wissen, was er geleistet hat.«

Arika drehte ihr Gesicht fort. »Also gut«, meinte sie knapp. »Du kannst jetzt gehen, Pier.«

»Ich werde gehen, um nach Erek zu sehen«, antwortete der Mann, betonte dabei ein klein wenig das Wort »ich« und drehte sich zum Ausgang der Hütte.

Nachdem die Türklappe hinter ihm zugefallen war, fing Arika an, ruhelos hin und her zu gehen. Als die Alte Frau die Hütte betrat, schritt sie noch immer unruhig auf und ab.

»Ich habe mich um Erek gekümmert«, berichtete Fali. »Wenn sich seine Verletzungen nicht entzünden, dann wird er überleben.«

»Gut«, stieß Arika hervor. Erek war während der letzten zwei Jahre ihr Liebhaber gewesen, aber sie hatte jetzt keine Sympathie mehr auf ihn zu verschwenden. Er hatte sie durch sein Versagen im Stich gelassen.

Fali sagte in die Stille hinein: »Die Männer können über nichts anderes reden als über Ronan.«

Arika drehte sich um und starrte die Alte Frau an.

Fali wich nicht vor ihr zurück. »Er ist wie du, Herrin«, fuhr sie fort. »Furchtlos. Und er ist eine Führerpersönlichkeit.«

Etwas anderes als Ärger flackerte kurz in Arikas Gesicht auf. Sie hob die Hand, als wolle sie es verscheuchen. »Ja«, sagte sie dann sehr leise. Sie ließ sich auf eines der Hirschfelle fallen, die auf dem Boden der Hütte lagen, und forderte Fali auf, es ihr gleichzutun. Langsam nahm die Alte Frau Platz.

»Er hat meine Willensstärke und Iuns Charme«, meinte Arika, als Fali sich endlich niedergelassen hatte. Und dann fügte sie mit sehr leiser Stimme hinzu: »Er jagt mir Angst ein.« Mit der

Linken ergriff sie einen Stock und stocherte vorsichtig in der Asche des erloschenen Feuers herum. »Er hat mir schon immer angst gemacht.«

Fali beobachtete Arikas Hand, die den Stock führte. »Er erinnert mich an Mar«, sagte sie.

Bei diesen Worten blickte Arika auf. »Mar? Der Mann vom Clan des Pferdes, der dich entführte?«

»Ja. Er und Ronan sehen sich nicht ähnlich, aber in vielen anderen Dingen gleichen sie sich sehr.«

»Er war Häuptling, dieser Mar, nicht wahr?«

»Ja.«

Arika nahm ihr Herumstochern in der Asche wieder auf. »Das habe ich noch nie irgend jemandem erzählt«, leitete sie ihr Geständnis ein, »aber in der Nacht, bevor Ronan geboren wurde, hatte ich einen Traum.« Ein kleiner Haufen Asche fiel in sich zusammen, und Staub stieg über der Herdstelle auf. Arika legte den Stock fort und blickte Fali an. »In diesem Traum sah ich ein Rudel Hirsche, das friedlich im Wald graste. Ein Höhlenpanther pirschte sich an sie heran. Ich sah, wie sich die Sonne im schwarzen Fell des Panthers spiegelte... sie polierte es, brachte es zum Glänzen. Es war, als ob die Sonne ihn streichelte, liebkoste...« Arikas Mund war schmal geworden vor Schmerz. »Sobald ich den Jungen sah, seine schwarzen Haare und diese dunklen Augen, wußte ich, daß er der Panther war. Und ich wußte, ich hätte ihn aussetzen sollen.« Ihre Augen verdüsterten sich. »Es ist meine Schwäche, daß ich es nicht konnte.«

»Das ist also der Grund, warum du dich von ihm abgewandt hast«, sagte Fali zögernd.

Arika nickte. »Ich wußte, es würde gefährlich sein, wenn er mich als seine Mutter sah, wenn er Grund hätte anzunehmen, daß er irgendeine Form von Autorität in diesem Stamm haben könnte.«

Fali machte ein Geräusch, das man sowohl als Zustimmung als auch als Ablehnung hätte werten können.

Arika sprach freudlos weiter: »Aber in den letzten paar Jahren, als ich beobachtet hatte, wie er langsam zum Mann wurde, war mir klar, daß es ein Fehler war, ihn am Leben zu lassen. Ich war schwach, Fali. So viele Jahre hatte ich mich nach einem Kind gesehnt... und dann kam er... und ich konnte es nicht tun.«

»Es stimmt schon, er ist eine Führernatur«, meinte Fali. »Aber die Männer haben immer einen Anführer bei der Jagd gehabt, Arika. Welche Gefahr siehst du darin?«

Arika sah plötzlich sehr alt aus. »Da ist etwas in Ronan, das die anderen Männer nicht haben.« Sie massierte sich die Schläfen, als schmerzten sie. Sie flüsterte: »Er hat Fragen gestellt über den Weg des Himmelsgottes.«

Fali antwortete nicht. Arika ließ die Hände fallen. Ihre Augen blickten ruhig in die Falis. »Ich bin die Herrin der Großen Erdmutter«, stellte sie fest. »Von allen verwandten Stämmen dieser Gegend folgt nur mehr der Hirsch-Clan der Göttin. Es ist meine Pflicht, Alte Frau, den Clan auf ihrem Weg zu halten.«

»Ronan ist Linkshänder«, gab Fali zu bedenken. »Der linkshändige Weg ist der Weg der Göttin. Ich denke, vielleicht hat sie ihn mit ihrem Zeichen markiert, Arika. Möglicherweise war das die Bedeutung deines Traums.«

»Das glaube ich nicht«, entgegnete Arika grimmig.

Wieder kehrte Schweigen ein. Dann seufzte Fali. »Der Grund, warum der Hirsch-Clan so lange zu der Göttin gehalten hat, ist, daß wir bisher immer eine weise Herrin hatten, die uns zu führen wußte. In meiner eigenen Lebenszeit habe ich Lana und Elen und Meli und dich erlebt. Jede von ihnen begriff genau, was es hieß, die Göttin-auf-Erden zu sein.« Falis Stimme klang nun anders. »Dir, Arika, wird Morna folgen.«

Arika hob das Gesicht. »Morna wird eine gute Herrin sein«, behauptete sie.

Falis Augenbrauen hoben sich.

»Sie ist noch jung«, ergänzte die Herrin bei diesen offensichtlichen Zweifeln. »Jung und ein bißchen gedankenlos. Aber sie wird reifen.«

»Meinst du wirklich?« wollte Fali wissen.

»Sie ist die Tochter, welche die Erdmutter mir gegeben hat«, antwortete Arika finster. »Sie muß.«

Während Ereks Wunden versorgt wurden, beschäftigte sich der Rest des Stammes damit, das Festmahl, den zweiten Teil des Rituals der Tötung des Bären, vorzubereiten. Traditionell wurde es in der Männerhöhle abgehalten, und nach strengem Stammesbrauch durften nur initiierte Männer und Frauen von dem Fleisch des erlegten Bären essen. Selbst die Hunde wurden an diesem Tag aus der Höhle vertrieben, denn es wäre ja möglich, daß sie ein wenig von dem heruntertropfenden Blut des Bären aufleckten oder einen der Knochen erbeuteten. Männer und Frauen mußten jedoch nach dem Mahl die Knochen aufsammeln und beerdigen.

Ronan als dem Bärentöter fiel die ehrenhafte Aufgabe zu, den Kopf, an dem das ganze Fell hing, vom Rumpf abzutrennen. Nachdem ihm dies gelungen war, befestigte er den Pelz an einem Ehrenplatz an einer der Höhlenwände, damit der Bär dem Stamm beim Mahl zusehen konnte. Sodann wurde das Fleisch zerlegt, und die Frauen kochten es in zwei Kesseln aus Mammutschädeln.

Neihle nahm Ronan mit in seine Hütte, damit der Jüngling sich waschen und seine blutverschmierten Kleider ablegen konnte.

»Du wirst bei diesem Mahl eine viel größere Rolle spielen, als du dir hättest träumen lassen«, bereitete Neihle ihn vor, als sie die Familienhütte verließen und auf dem Weg zur Männerhöhle waren. Er lächelte. »Ich hoffe, du bist hungrig.«

»Ich bin immer hungrig«, antwortete Ronan wahrheitsgemäß. Er fuhr mit einem Finger unter dem bemalten Lederstirnband entlang, das seine feuchten Haare zusammenhielt. Dieses Stirnband wurde traditionsgemäß von dem Bärentöter getragen.

»Sitzt es zu locker?« erkundigte sich Neihle. »Laß es mich richten.« Als das Band dann neu gebunden war und sie erneut auf die Höhle zuschritten, warnte ihn Neihle: »Du mußt alles aufessen, was man dir gibt. Es darf nichts von dem heiligen Bärenfleisch übrigbleiben; es muß alles bei dem Festmahl aufgegessen werden. Und die größte Portion von allen erhält der Bärentöter.«

»Ich werde es aufessen«, versprach Ronan mit dem Vertrauen eines Jünglings, der noch im Wachsen begriffen war.

Neihle setzte einen amüsierten Gesichtsausdruck auf, antwortete jedoch nicht.

Die Männerhöhle war überfüllt mit Menschen, die mit überkreuzten Beinen um ein schwach brennendes Feuer saßen, auf dem die beiden großen Kessel brodelten. Die Männer saßen auf der rechten, die Frauen auf der linken Seite des Feuers.

Der erste Mensch, den Ronan beim Betreten des Raumes wahrnahm, war seine Mutter, die auf dem Ehrenplatz saß, dort, wo das Halbrund der Männer mit jenem der Frauen zusammentraf. Neihle hatte ihm erklärt, daß er als der Bärentöter den Ehrenplatz der Männer neben ihr einzunehmen hatte. So lange er sich erinnern konnte, war Ronan niemals auf so engem Raum mit seiner Mutter zusammengewesen.

Beobachtet von den vielen neugierigen Augenpaaren der Stammesmitglieder, ging Ronan nun um das Feuer herum und erreichte den freien Platz neben Arika. Er setzte sich.

Nur ein einziges Mal blickte sie ihn an. Ihre rotbraunen Augen waren unergründlich. Dann drehte sie ihr Gesicht fort.

Blinde Wut überschwemmte Ronan. Seine Hände ballten sich zu Fäusten zusammen. Sie war so nah, daß er sie berühren könnte, und trotzdem war sie nicht bereit, seine Existenz anzuerkennen.

Ronan bemühte sich, kein ärgerliches Gesicht zu machen. Auf der Suche nach Ablenkung blickte er sich am Feuer um und traf auf Tyrs besorgten Gesichtsausdruck. Er zwang sich, ihm beruhigend zuzunicken. Dann betrachtete er den Bären, dessen Fell und Schädel an einem Pflock in der Nähe des Höhleneingangs hing.

Allerdings, es war ein mächtig großer Bär!

Ich werde nicht zulassen, daß sie es mir verdirbt, dachte Ronan grimmig. Ich bin der Bärentöter, und das werde ich sie nicht ruinieren lassen.

Ein großes Schafshorn gefüllt mit Brombeerwein wurde herumgereicht, und als es bei Ronan anlangte, nahm er es von Arika entgegen, ohne sie anzublicken, und tat einen tiefen Zug. Er fühlte, wie ihn die Wärme des Getränks durchdrang, und merkte, wie er sich langsam entspannte. Als das Horn nach der nächsten Runde bei ihm anlangte, griff er begieriger danach. Versehentlich berührte seine Hand dabei die Finger seiner Mutter. Ihre Augen trafen sich in schockierter Überraschung.

Mit einemmal schien es, als wäre die Nabelschnur, die sie einst miteinander verbunden hatte, niemals durchtrennt worden, so deutlich konnte er ihre Gedanken und Gefühle wahrnehmen.

Er entdeckte, daß sie längst nicht so abweisend ihm gegenüber war, wie sie ihn glauben machen wollte. Er spürte ihren raschen Atem, fühlte fast körperlich ihr Bemühen, ihn langsam und ruhig zu halten. Vor allem aber bemerkte er ihre Furcht.

Sie hatte ihr Gesicht fast sofort von ihm abgekehrt, er aber fuhr fort, ihr Profil zu betrachten. Dann blickte er auf ihre im Schoß gefalteten Hände. Die Knöchel waren weiß durch den Druck.

Sie hatte Angst vor ihm.

Ich bin froh darüber, daß du dich vor mir fürchtest, Mutter, dachte er, während er mit kühler Befriedigung auf diese bleichen Knöchel starrte. Sehr froh.

Er hob seinen Kopf, um den Kreis der Stammesmitglieder vor ihm zu betrachten, und er sah, wie Adun ihn mit einem sonderbar ehrfürchtigen Gesichtsausdruck anstarrte. Ronan lächelte.

Arika dachte schon, das Mahl würde nie zu Ende gehen. Das Singen schien überhaupt nicht mehr aufzuhören. An ihrer linken Seite konnte sie Mornas Ruhelosigkeit spüren. Beim Festmahl des heiligen Bären waren keine Gespräche gestattet, es durfte nur gesungen, gegessen und aus dem Horn getrunken werden. Männer und Frauen saßen auf den entgegengesetzten Seiten des Feuers. Sie aßen sogar aus unterschiedlichen Kesseln. Morna langweilte sich.

Ronan langweilte sich keineswegs. Arika spürte deutlich, wie erregt ihr Sohn war. Dieses plötzliche Bewußtsein der Nähe zwischen ihr und Ronan erfüllte sie mit Bestürzung. Sie wollte Ronan nicht kennenlernen. Darin konnte sich nur Gefahr verbergen. Gefahr und Herzschmerz.

Die Männer hatten sich wahrhaftig begeistert von der Art gezeigt, wie er den Höhlenbären getötet hatte. Es war tatsächlich ein riesiges Tier. Selbst Arika war beeindruckt gewesen, als sie ihn zum ersten Mal gesehen hatte.

Eine mit Wolfsfell bespannte Trommel wurde sanft geschlagen, und Pier begann, die Geschichte dieser Bärenjagd in einem Lied zu besingen. Alle in der Höhle Versammelten lauschten der Erzählung mit wachsendem Interesse. Sogar Morna hörte zu, beobachtete Arika. Die Herrin betrachtete erneut den immensen Bärenschädel. Sie versuchte sich vorzustellen, wie es sich wohl angefühlt haben mochte, sich in diese furchtbare Umarmung zu begeben.

Ungebeten und unwillkommen und ungewollt ließ mütterlicher Stolz ihr Herz anschwellen. Sie kehrte sich von dem Bären ab, um Ronan zu betrachten.

Er hatte das Lächeln von Iun und dessen Körpergröße, aber das falkenhafte Profil war sein ureigenes. Sie dachte: In seiner eigenen maskulinen Art ist er genauso schön wie Morna in ihrer femininen.

Er mußte die Bewegung ihres Kopfes bemerkt haben, denn auch er wandte sich ihr zu, und zum zweiten Mal an diesem Tag schauten sich Arika und ihr Sohn unverhüllt gegenseitig in die Augen.

Was der eine in den Augen des anderen sah, war das Spiegelbild seiner selbst. Das gleiche Blut floß in ihren Adern, die gleiche Kraft zeichnete ihren Willen aus; die gleiche Disziplin, der gleiche Mut, die gleiche kühle Entschlossenheit hatte ihren Charakter geformt. Sie waren im wahrsten Sinne des Wortes Mutter und Sohn. Und für einen kurzen flüchtigen Moment bedauerten beide, daß sie auch Feinde sein mußten.

Als man Ronan seine Mahlzeit vorsetzte, begriff er, warum Neihle so amüsiert gewesen war.

Ich kann doch unmöglich all das essen, dachte Ronan. Er blickte von den übergroßen Fleischbrocken auf. Sie hatten ihm mindestens die Hälfte der Leber aufgeladen!

Neben ihm flüsterte Arikas Stimme: »Du mußt alles aufessen, und dir darf dabei nicht schlecht werden.«

Ronan starrte auf das Fleisch, das der Herrin vorgelegt worden war. Im Vergleich zu den dicken Stücken, die man vor ihn auf die Rentierhaut gepackt hatte, war ihre Portion verschwindend klein. Er blickte sie empört an.

Sie lächelte ihm matt zu. Es war das erste Lächeln, das sie ihm jemals geschenkt hatte. Ronan nahm etwas von der Leber und biß hinein.

»Der große Bruder hatte wahrhaftig seine Rache«, sagte

Ronan viel später zu Tyr, als das Festmahl endlich vorüber war und die beiden jungen Männer sich zum Schlafen niederlegten.

»Ich habe noch nie in meinem Leben so viel gegessen«, stimmte Tyr zu. »Nicht einmal, als ich noch ein Junge war und mich mit dem ersten Lachsfang so vollstopfte, bis mir schlecht war.«

»Ich wünschte, ich dürfte mich erbrechen«, seufzte Ronan. »Ich würde alles tun, um diesen Felsblock aus meinem Magen loszuwerden!«

»Das ist der Preis, den man dafür bezahlen muß, wenn man ein Held ist«, sagte Tyr pflichtgetreu.

»Erinnere mich daran, daß ich dir diese Bemerkung heimzahle«, grunzte Ronan. »Eines Tages, wenn ich wieder gehen kann.«

Tyr lachte in sich hinein.

Auch die Mädchen hatten sich von Ronans Leistung beeindruckt gezeigt. Eine Gruppe von ihnen saß nach Abschluß des Festessens schwatzend in der Frauenhöhle. Sie fühlten sich noch nicht müde genug, um sich schlafen zu legen, vermochten jedoch auch keine andere Tätigkeit aufzunehmen. Für die Dauer von drei Tagen nach der Bärenjagd wurden die Männer des Stammes als unrein betrachtet und mußten sich sexueller Aktivitäten enthalten. Also blieb den Mädchen nichts anderes übrig, als sich zu unterhalten, und verständlicherweise kreiste ein großer Teil ihres Gesprächs um Ronan.

Morna hörte zu und schwieg.

»Ich frage mich, wen er wohl heiraten wird«, sagte Cala schließlich versonnen.

»Warum sollte er überhaupt heiraten?« wollte Borba lachend wissen. »Ihm geht es doch so, wie er jetzt lebt, viel zu gut.«

»Alle Initiierten müssen heiraten«, warf Tosa ein. »Genauso wie alle Mädchen.« Sie zuckte mit den Schultern. »So sind die Dinge nun einmal.«

»Ja.« Borba seufzte. »So ist es.« Sie selbst sollte beim nächsten Vollmond heiraten, und sie trauerte ein wenig der Freiheit nach, die sie mit diesem Schritt verlieren würde.

»Nicht alle Mädchen müssen heiraten.« Das waren nahezu Mornas erste Worte.

Die anderen starrten sie an.

»Das stimmt«, gab Tosa ruhig zu. »Die Herrin heiratet nicht.«

Morna blickte von einem feuerbeschienenen Gesicht zum nächsten. »Ihr werdet eben alle eure Männer mit mir teilen müssen«, sagte sie. Und sie lächelte dabei.

Ein angespanntes Schweigen machte sich breit. Die Gesichter der Mädchen drückten deutlich aus, daß sie diese Vorstellung nicht als besonders angenehm empfanden.

Mit einemmal weiteten sich Borbas Augen. Ihre Lippen formten ein Lächeln, das nicht weniger bezaubernd war als zuvor Mornas. »Wie schade für dich, Morna, daß du nie bei Ronan liegen kannst«, sagte sie. »*Das* ist eine Erfahrung, ich sag dir ...« Borba ließ ihre Stimme verstummen. Und dann stieß sie einen bedeutungsschwangeren Seufzer aus.

»Das ist wahr«, unterstützte Iva sogleich Borbas Bemühungen. Sie blickte flüchtig in Mornas Gesicht und fügte dann mit Genuß hinzu: »Eine Frau hat nicht richtig gelebt, wenn sie nicht in Ronans Armen gelegen hat.«

Mornas braune Augen waren zu schmalen Schlitzen verengt. »Er ist auch nur ein Mann, wie alle anderen«, bemerkte sie mit harter Stimme.

»Nein«, widersprach Cala in tiefer Ernsthaftigkeit. »Ronan ist nicht wie andere Männer.«

»Woher willst du das wissen?« fragte Tosa liebevoll, aber belustigt. »Du hast doch noch nie bei einem anderen Mann gelegen.«

»Ich hatte nie ein Bedürfnis danach«, erklärte Cala einfach.

»Was tut er, daß er sich so von anderen abhebt?« wollte Morna wissen.

Es war Borba, die antwortete. »Es ist nicht das, was er tut. Sogar beim ersten Mal, bei seiner Initiation...« Sie blickte seitwärts auf Morna und lächelte befriedigt über den Ausdruck im Gesicht der anderen.

»Ich glaube dir nicht«, stieß Morna hervor.

Borba zuckte mit den Schultern.

Iva fügte hinzu: »Wenn man Büffelfleisch nicht essen darf, Morna, dann ist es sicherlich besser, Büffelfleisch nicht zu mögen.«

»Ich verstehe euch nicht«, sagte Cala leicht verwirrt. »Warum sprecht ihr so von Ronan zu Morna? Ronan ist doch ihr Bruder.«

»Ja.« Borba warf ihre goldenen Haare in den Nacken. Sie und Morna schauten sich an. »Das ist er.«

5

Die Lachse begannen ihre jährliche Wanderung den Großen Fischfluß hinauf, und die Männer des Stammes verbrachten fast den ganzen Tag mit fischen. Im tieferen Wasser benutzten sie Rindenboote und Netze, die sie aus Zweigen und Lianen hergestellt hatten, um die Fische zu bergen. An den flacheren Stellen des Flusses spießten sie die Lachse mit dreizinkigen Speeren auf.

Fischen war für den Hirsch-Clan kein Sport, es geschah als Beitrag zum Lebensunterhalt. Lachs war im Frühling eine wichtige Ernährungsgrundlage, und was sie nicht sofort verspeisten, wurde getrocknet und für die Zeit eingelagert, in der Nahrung nicht so reichhaltig vorhanden war.

Einige Tage nachdem die Lachse den größeren Teil ihrer Wanderung hinter sich gebracht hatten, entschieden Ronan und Tyr, sich auf den Weg ins Hochland zu machen, wo sie zuvor Fallen aufgestellt hatten. Nel begleitete sie, angeblich, um Kräuter zu suchen. Im oberen Tal war der Fluß sehr schmal, und die Fischfallen, welche die beiden jungen Männer von Ufer zu Ufer gebaut hatten, bestanden zunächst aus einem steinernen Damm. Oberhalb des Dammes befand sich eine kreisförmige, ebenfalls aus Steinen errichtete Reuse, in der sich die Fische verfingen, sobald sie die zu diesem Zweck offen gelassenen Löcher im Damm passierten. Waren die Fische erst einmal in der Reuse gefangen, dann mußten Ronan und Tyr nurmehr ins Wasser waten und sie mit ihren Speeren aufspießen.

Schnelligkeit war die entscheidende Voraussetzung für diesen Arbeitsgang. Die Harpune, die aus einem hölzernen Schaft und drei aus Antilopenhorn geschnittenen Zinken bestand, war nur dann eine effektive Waffe, wenn man zielsicher und schnell warf. Beide, Ronan und Tyr, hatten sich durch ihren geschickten Umgang mit der Harpune bereits einen Namen gemacht. Deshalb verbrachte Nel, nachdem sie einige wenige Kräuter gesammelt hatte, den Tag am Ufer des Flusses, um die Sonne zu genießen und den Männern beim Fischfang zuzusehen. Jedesmal, wenn sie einen Fisch aufgespießt hatten, durchstachen sie seinen Kopf auf der Höhe der Kiemen mit einer Knochennadel und fädelten ihn auf eine Sehne auf, die an ihren Hüften hing.

Der Tagesfang war gut, und die Körbe waren randvoll mit Fisch, als sich die drei endlich auf den Heimweg machten. Ronan und Tyr trugen je einen Korb und Nel die Harpunen. Sie waren mit ihrem Fang und mit sich selbst zufrieden, und daher schritten sie leichten Fußes dahin, redeten und lachten gelegentlich über einen Witz.

Als sie zu Hause anlangten, trennten sie sich. Tyr brachte den einen Korb zu seiner Mutter, damit sie für ihn die Fische ausnehmen konnte, und Ronan und Nel taten gleiches mit dem Inhalt des zweiten Korbes. Es war eine anstrengende und dreckige Arbeit; jeder Fisch mußte aufgeschnitten, sein wertvolles Öl zur Aufbewahrung in eine Rentierblase gefüllt und zum Trocknen aufgehängt werden.

»Uff«, gab Ronan von sich, als sie endlich fertig waren, »ich bin genauso ölig wie diese Lachse und stinke nach Fisch. Ich gehe runter zum Fluß, um mich zu waschen.« Er warf Nel einen kritischen Blick zu. »Du solltest das auch tun.«

Es war schon spät, und in den Hütten wurden bereits die Herdfeuer entfacht. Nel sog die nach Essen duftende Luft sehnsuchtsvoll ein, sagte jedoch: »Also gut. Laß mich nur schnell Nigak holen.«

Ronan wartete, während Nel zu der Stelle lief, wo sie Nigak angebunden hatte, damit er ihnen beim Fischausnehmen aus dem Weg war. Er stützte sich lässig auf seine Harpune und schaute in den Himmel, um das kommende Wetter abzuschätzen. Seit einigen Tagen schon war es klar gewesen, und es sah ganz so aus, als hielte das gute Wetter an. Er dachte: Vielleicht werde ich morgen diesen großen Hirsch jagen, den Pier gestern gesehen hat.

Mit einemmal stürzte ein enormes Gewicht auf ihn ein. Hätte er sich nicht auf seine Harpune abgestützt, wäre er sicherlich zu Boden geworfen worden. Es war Nigak, der sich mit den Vorderpfoten an Ronans Schultern abstützte. Begeistert begann er, Ronans Gesicht abzulecken.

»Uff«, grunzte Ronan, als der Wolf spielerisch nach seiner Nase schnappte. »Das reicht, mein Freund! Runter jetzt!« Und Nel zugewandt sagte er: »Ich wünschte, er würde das sein lassen.«

»Ich kann es ihm nicht abgewöhnen«, entschuldigte sich Nel.

»Warum nicht? Die Hunde machen das doch auch nicht.« Es

war Ronan gelungen, sich aus Nigaks liebevoller Umarmung zu befreien.

»Das scheint einer der großen Unterschiede zwischen Wolf und Hund zu sein«, sagte Nel. »Beide können es lernen, Menschen zu lieben, aber während Hunde offenbar begreifen, daß Menschen keine Hunde sind, scheint Nigak nicht zu wissen, daß wir keine Wölfe sind.«

»Ist das der Grund, warum er darauf besteht, Gesichter abzulecken und in Nasen zu beißen?«

Nel nickte. »Ich glaube schon. So begrüßen sich Wölfe nun einmal untereinander.«

»Er meint, wir seien Wölfe?«

Nel nickte wieder.

Ronan grinste. »Das scheint mir ein sehr verwirrter Wolf zu sein, Nel.«

»Nun, wir sind seine Familie, du und ich. Wir waren es, seit er ein Welpe war. Warum sollte er nicht glauben, daß wir Wölfe sind?«

»Die Hunde glauben ja auch nicht, daß wir Hunde sind«, wies er sie hin.

»Hunde leben schon seit einer langen Zeit mit den Menschen zusammen. Wölfe nicht.«

»Wahrscheinlich hast du recht«, murmelte Ronan. Er schritt auf den Fluß zu, und Nel ging mit Nigak neben ihm her.

»Ich habe etwas Seifenkraut mitgebracht«, meinte Nel und hob die Pflanze hoch. Ronan brummte befriedigt.

Nel betrachtete ihn neugierig. Nach einer Weile fragte sie: »Warst du traurig, als Borba heiratete?«

Er sah erstaunt aus. »Nein. Warum hätte ich das sein sollen?«

»Ich dachte, du magst sie.«

»Das stimmt, ich mag sie. Ich mag sie so sehr, daß ich hoffe, daß sie mit ihrem Mann glücklich wird.«

»Oh«, machte Nel, und ihr Gesicht hellte sich auf.

Inzwischen waren sie an die Uferböschung des Flusses gelangt. Es war spät am Nachmittag, und das Wasser sah grau und kalt aus. Schon vor einer Stunde hatten die Männer mit ihren Booten den Fluß verlassen, und ihre Netze lagen nun für den kommenden Tag zusammengefaltet am Strand. Ronan hob seine Hand an die Nase, schnüffelte daran und sagte: »Ich kann den Gestank von Fisch an mir nicht mehr länger ertragen. Ich werde jetzt ins Wasser gehen.«

Nel schien nicht überrascht von seiner Entscheidung. Sie bemerkte nur: »Du hast keine frischen Kleider zum Wechseln mitgebracht.«

Er zuckte mit den Schultern. »Ich werde eben diese wieder anziehen müssen.«

»Dann wirst du aber wieder nach Fisch riechen.«

Wieder zuckte er mit den Schultern.

»Ich werde dir ein frisches Hemd holen«, bot sie an.

»Willst du das, kleine Elritze? Dann geh zur Männerhöhle und bitte einen der Anwesenden, dir eines zu geben. Sie wissen, wo ich meine Sachen aufbewahre. Laß dir auch eine Hose geben, ich habe noch ein frisches Paar.«

»Also gut.« Nel gab ihm das Seifenkraut und rannte davon, Nigak auf den Fersen.

Ronan ging am Fluß entlang zu einem Platz, wo das Ufer durch eine Gruppe von Birken und Kiefern von der Siedlung abgeschirmt war. Schnell zog er seine wenigen Kleidungsstücke aus und watete in das eiskalte Wasser. Seine Zähne klapperten, als er sich aus dem Seifenkraut etwas Seifenlauge aufschlug. Er hoffte, daß Nel sich beeilen würde.

Sie mußte den ganzen Weg hin und zurück gelaufen sein, denn als er gerade so weit fertig war, um aus dem Fluß zu steigen, war sie mit seinen frischen Kleidern zurück. Sie hatte auch eine alte Hirschfelldecke dabei, die er zum Abtrocknen benutzen konnte.

»Du bist ein liebes Mädchen«, bedankte er sich, nahm die

Decke von ihr entgegen und begann, sich damit abzutrocknen. Als er fertig war, reichte sie ihm seine Hose.

»Wie kommt es, daß du keine Haare auf der Brust hast?« wollte sie wissen, als er seine Hose mit dem dafür vorgesehenen Lederband verschnürte und nach dem Hemd griff.

Er zuckte mit den Schultern. »Es sind eben keine da gewachsen. Warum, weiß ich auch nicht.«

»Aber sie sind doch überall sonst gewachsen.«

Er grinste.

»Bei mir wachsen noch nirgendwo Haare«, seufzte sie traurig. »Meine Stiefmutter hat anderntags zu mir gesagt, ich würde wahrscheinlich nicht zur Initiation zugelassen, bis ich Falis Alter erreicht hätte.«

»Gib nichts auf ihre Worte«, riet er. Er fuhr mit den Fingern durch sein frisch gewaschenes Haar, um es zu entwirren. Als er begann, seinen Zopf neu zu flechten, fragte er beißend: »Willst du dich nicht waschen? Du hast auch Fische ausgenommen.«

Sie schenkte ihm ein sonniges Lächeln. »Ich werde mir gleich die Hände waschen.«

Er umwickelte das untere Ende seines Zopfes mit einem Lederband, machte einen Knoten und schüttelte dann den Kopf. Sie versuchte es auf einem anderen Weg. »Ronan, ich war gerade nett genug, dir deine Sachen zu holen...« Und als er auf sie zukam, jammerte sie: »Aber das Wasser ist so schrecklich kalt!«

»Du mußt dich ja nicht ganz ausziehen. Roll nur deine Hosenbeine nach oben. Hier, ich mache es für dich.« Er ließ sich in der Hocke nieder und krempelte ihr die Hosenbeine bis zu den Knien auf.

Ihre Beine sind im vergangenen Jahr länger geworden, aber sie sind noch immer dünn wie Stöcke, dachte er. Ihre Haut war jedoch wunderschön, von einem cremigen Weiß und glatt wie Elfenbein. Bis auf die Narbe an ihrer rechten Wade. Er wußte noch, wie sie sich die Verwundung zugezogen hatte. Um ein verirrtes Lamm zu suchen, war sie eine glatte Felswand hinaufgeklettert. Nel und ihre Tiere! dachte er und beendete sein Tun. »Komm schon, geh rein!«

Sie warf ihm einen langen gequälten Blick zu, nahm das Seifenkraut aus seiner Hand entgegen und watete ins Wasser. »Wasch dir die Haare«, verlangte er, als sie sich hinunterbeugte, um ihr Gesicht naß zu machen.

»Ronan!« rief sie qualvoll. »Mir ist kalt!«

»Dein Haar sieht fast so schwarz aus wie meins«, war seine erbarmungslose Antwort. »Wasch es.«

»Aber mein Hemd wird naß werden, und meine Stiefmutter wird schimpfen.«

»Dann zieh es doch aus. Ich halte es für dich.«

Die Sonne war im Begriff unterzugehen, und die klare Luft war kalt. Das Flußwasser war noch kälter. Aber Nels Haare sind wirklich sehr dreckig, dachte Ronan. Ihre Stiefmutter würde nie von selbst auf den Gedanken kommen, es ihr zu waschen. Wenn er nicht ein wenig auf sie achtgeben würde, dann wäre sie schmutzverkrustet. Nel selbst legte leider wenig Wert auf persönliche Sauberkeit.

Er sah zu, als sie sich das Hemd über den Kopf zog. Ihr armer kleiner magerer Körper war mit Gänsehaut übersät. Er fing das Kleidungsstück auf, das sie ihm zuwarf, verschränkte, um sich warm zu halten, die Arme über der Brust und schaute zu, wie sie sich die Haare wusch. »Komm her«, sagte er, als sie fertig war, »ich werde es für dich abtrocknen.«

Sie planschte durch das Wasser auf ihn zu, und er nahm die Hirschfelldecke und begann, ihren Kopf trocken zu reiben. Plötzlich legte sie die Arme um seine Taille und schmiegte sich an ihn. »M-mir i-ist s-so k-kalt«, klagte sie.

»Arme kleine Elritze.« Sie zitterte, und er rieb ihr mit beiden Händen den Rücken, um sie aufzuwärmen. Seine Hände sahen sehr dunkel aus auf ihrer Elfenbeinhaut. »Komm, zieh dir dein

Hemd wieder an, und dir wird gleich wärmer werden.« Sie streckte die Arme in die Höhe und gestattete ihm, ihr das Hemd über den Kopf zu ziehen. Ihr feuchtes Haar hing ihr über den Rücken, und er fuhr mit den Fingern hindurch und flocht ihr den Zopf neu.

»Achte darauf, daß du es noch einmal kämmst, wenn du nach Hause kommst«, verlangte er. »Du hättest sehr schöne Haare, wenn du dich nur besser darum kümmern würdest.«

Sie blickte an ihm hoch. Ihre langen schwarzen Wimpern klebten zusammen, weil sie naß waren. »Rate mal, was ich heute gefunden habe, Ronan. Eine kleine Krummsäbelkatze.«

Er stöhnte. »Nicht schon wieder ein Waisenkind, Nel.«

»Sie ist ganz niedlich«, versicherte Nel. Ihr Gesicht nahm plötzlich einen tragischen Ausdruck an. »Aber ich habe Angst, daß Olma mir nicht erlauben wird, sie mit nach Hause zu bringen.«

Ronan seufzte. »Ich denke, ich könnte dir irgendeinen Platz herrichten, wo du sie halten könntest.«

Ihr Lächeln war strahlend. »Vielen, vielen Dank, Ronan.«

Er schüttelte den Kopf, legte eine Hand in ihren Nacken und führte sie zur Siedlung zurück.

Der Sommer kam, die Rentiere und Hirsche wanderten zu den höher gelegenen Weidegründen, und die Jäger des Stammes schlugen ihr Lager wieder am Engen Fluß auf, um sie bequemer jagen zu können. Wie immer blieb die Herrin in der ständigen Heimstätte des Clans zurück, zum ersten Mal jedoch war Morna alt genug, um die Männer und initiierten Mädchen zu begleiten.

Irgend etwas an der Luft in dieser höheren Lage sagte Ronan besonders zu. Sie war so klar. Eines Tages, während des Antilopen-Mondes, war Ronan mit Neihle durch den Büffelpaß in das Tal des Atata-Flusses hinaufgestiegen, um mit den Männern des Büffel-Clans Handel zu treiben, und er hatte sich auf der Höhe des Passes besonders froh und glücklich gefühlt.

Der Stamm des Büffels folgte dem Weg des Himmelsgottes, und Ronan hatte das Funktionieren des Clans im Verlauf jener zwei Tage sehr genau beobachtet, die er mit Neihle in seinen Höhlen verbrachte. Ronan erschienen viele ihrer Bräuche außerordentlich fremd. Einerseits fand er es ausgesprochen aufregend, die offensichtliche Dominanz der Männer des Stammes mitanzusehen, andererseits verwirrte ihn aber gerade das zutiefst. Obwohl die Männer die Herrschaft innehatten, fand er, daß sie sich einen Großteil der Freuden des Lebens entgehen ließen.

Die jungen unverheirateten Mädchen, deretwegen Neihle ihn offenbar hergebracht hatte, waren getrennt von den Männern untergebracht. Man sagte Ronan, daß sie nicht beieinanderliegen durften, bis sie verheiratet waren. Der Grund hierfür war der, daß die Männer vom Stamm des Büffels sich der Vaterschaft ihres ersten Kindes sicher sein wollten. Ronan sagte dazu nichts, doch für sich dachte er, daß die Männer vom Büffel-Clan Dummköpfe waren. Was machte das schon für einen Unterschied, wenn ein anderer Mann der Vater des ersten Kindes war? Ronan hatte noch nicht verstanden, daß die Männer vom Hirsch-Clan eine andere Beziehung zu ihren Kindern hatten, als jene vom Stamm des Büffels. Wie in allen vom Mutterrecht bestimmten Gesellschaften gehörte ein Hirsch-Kind zu seiner Mutter, ein Büffel-Kind jedoch, das einer vaterrechtlichen Gesellschaft entstammte, gehörte zu seinem Vater. So kam es, daß die Clans eine sehr unterschiedliche Auffassung von der Bedeutung der Vaterschaft hatten.

Der Sommer verging zu schnell. Die Nächte wurden schon wieder länger, und es hatte bereits den ersten Frost in den hoch gelegenen Weiden gegeben, als Neihle eines Nachmittags seinen Neffen aufsuchte, um ihn zur Teilnahme an einem zweiten Besuch beim Büffel-Clan einzuladen.

»Haras, ihr Anführer, hat mehrere Töchter, die noch dieses Jahr Gefährten brauchen«, erklärte Neihle. »Ich glaube du würdest es im Büffel-Clan gut haben, Ronan.«

Ronan schaute von dem Hasen auf, dem er gerade die Haut abzog. Die beiden Männer waren vor der großen oberen Höhle allein, und als Ronan nicht sofort antwortete, fügte Neihle hinzu: »Die Herrin wird dir einen guten Brautpreis geben.«

Bei diesen Worten verzog sich Ronans Mund spöttisch. »Davon bin ich überzeugt, Onkel.« Er legte sein Feuersteinmesser aus der Hand und erhob sich. »Ich bin mir jedoch keineswegs sicher, daß ich meinen eigenen Stamm verlassen möchte.«

Neihles Stimme klang sanft. »Ich glaube fast, du wirst es müssen, mein Junge. Früher oder später.«

Ronan starrte auf seine blutigen Hände. »Warum?«

»Du weißt die Antwort«, entgegnete Neihle. »Unser Stamm hat keinen Platz für einen männlichen Anführer, Ronan. Ein Stamm, der von Männern geleitet wird, wäre besser für dich geeignet.«

Ronan schaute nicht auf. »Ich hätte in einem anderen Clan keinen Anspruch auf die Führerrolle, Neihle. Hier ... hier habe ich Ansprüche.«

Neihle erschrak. Dann schließlich sagte er: »Du hast auch bei uns keine Ansprüche. Du bist ein Mann, und dies ist ein Stamm, der der Göttin folgt. Du bist bei uns aufgewachsen, Ronan. Selbstverständlich müssen dir diese Zusammenhänge klar sein.«

Ronan öffnete und schloß langsam seine blutbesudelten Hände. »Wenn das stimmt, Neihle, warum hat dann die Herrin Anlaß, mich zu fürchten?«

»Sie fürchtet sich nicht um ihrer selbst willen«, erklärte Neihle. »Sie fürchtet dich um Mornas willen.«

»Ja. Sie ängstigt sich für Morna. Die Auserwählte.« Endlich blickte Ronan seinem Onkel wieder ins Gesicht. »Würdest du nicht auch lieber von mir als von Morna angeführt werden, Neihle?«

Neihle mußte sich räuspern, um seinen plötzlich trocken gewordenen Hals wieder zu befreien.

»Siehst du. Arika hat recht, sich vor mir in acht zu nehmen«, schloß Ronan.

Schweigen senkte sich über die beiden. Der Tag war ungewöhnlich warm für die fortgeschrittene Jahreszeit gewesen und Ronan hatte sein Hemd ausgezogen, um es nicht mit dem Blut des Hasen zu beschmutzen. Sein Oberkörper war noch immer von einem tiefen Sommerbraun. Und als Neihle jetzt auf diese breite Brust und auf die mit beeindruckender Muskulatur versehenen Schultern starrte, wurde ihm bewußt, daß Ronan schon lange seine knabenhafte Schlankheit abgelegt hatte, obwohl seine Taille und seine Hüften so schmal wie immer waren.

Sein Ausdruck, als er sagte: »Arika hat recht, sich vor mir in acht zu nehmen«, war fast grausam gewesen.

»Ich bin jung«, fügte Ronan nun hinzu, und seine Rücksichtslosigkeit trat dabei noch deutlicher hervor. »Und die Herrin ist alt.« Seine dunklen Augen waren eiskalt. »Ich kann warten.«

Neihle fühlte, wie ein Schauer seinen Rücken hinaufrann. Er hatte immer geglaubt, Arikas Furcht vor ihrem Sohn sei grundlos. Nie hätte er gedacht, daß die Herrin recht haben könnte, und daß Ronan tatsächlich etwas an sich hatte, was man fürchten mußte.

Bis jetzt.

»Hast du mit irgend jemandem außer mir darüber gesprochen?« fragte er Ronan schneidend.

»Nein.« Ronan ließ sich wieder in der Hocke nieder und nahm von neuem das scharfe Feuersteinmesser auf.

Wenigstens etwas. Neihle beobachtete seinen Neffen bei der Arbeit an dem Hasen und überlegte, wie er ihm die Unmöglichkeit seines unerlaubten Begehrens begreiflich machen konnte.

»Es stimmt, du warst der Bärentöter«, setzte er an. »Es stimmt auch, daß du den größten Hirsch erlegt hast, den je irgend jemand im Stamm gesehen hat. Aber in diesem Stamm ist es nicht die Jagd, Ronan, die einen zum Führer macht.«

»Das weiß ich«, sagte Ronan. »Der jeweilige Gefährte der Herrin ist der Anführer in diesem Stamm.« Neihle starrte wie hypnotisiert auf Ronans Finger, die mit großer Geschicklichkeit das Messer führten. »Was aber, wenn die Herrin nur einen Gefährten wählt, Neihle? Was ist, wenn die Herrin heiratet?«

»Du kannst Morna nicht heiraten«, entgegnete Neihle bestürzt.

»Nicht Morna«, erklärte Ronan. »Nel.«

Neihle war einen Moment sprachlos. Ronan blickte von dem blutigen Fell auf, das vor seinen Füßen lag. »Würdest du nicht auch lieber Nel statt Morna als Herrin sehen, Onkel?« wollte er wissen.

Neihle begann eindringlich: »Du darfst nicht sagen...«

Er wurde von einer weichen, weiblichen Stimme unterbrochen. »Ronan, ich habe auf dich gewartet.« Iva kletterte den letzten Rest des steilen Pfades zur oberen Höhle hinauf und blickte Neihle vorwurfsvoll an. Sie legte eine Hand auf Ronans nackte braune Schulter und sagte zu ihm: »Ich dachte, wir würden zusammen fischen gehen.«

»Ich bin schon fast fertig hier«, antwortete er. »Sei ein liebes Mädchen, warte am Fluß auf mich.«

Sie nickte, zog mit den Fingerspitzen zärtliche Linien auf seiner Schulter und verschwand auf dem steilen Pfad den Berg hinab.

Neihle beobachtete, wie Iva auf den Fluß zuging. Sein ernster Gesichtsausdruck schien so gar nicht zu dem verführerischen Anblick ihrer verlockend schwingenden Hüften zu passen. »Du kannst Nel nicht heiraten, Ronan«, sagte er schließlich. »Ihr seid zu nahe verwandt.«

»Die Alte Frau sagt, das sei nicht der Fall«, entgegnete Ronan.

»Nel und du.« Neihle war sehr blaß.

Ronan lächelte, und mit einemmal war die ganze rücksichtslose Arroganz, die ganze Grausamkeit aus seinem Gesicht verschwunden, verborgen hinter einem trügerischen Grinsen.

»Ich verspreche dir, Onkel, ich bin kein Dummkopf«, sagte er. »Ich weiß, wie man den rechten Augenblick abwartet. Aber bitte mich nie wieder darum, mir eine Frau aus einem anderen Stamm auszusuchen.«

Morna stand im Eingang der unteren Höhle und beobachtete, wie Ronan mit nachlässig über die Schulter geworfenem Hemd das Tal durchquerte. Sie sah, wie Iva unter einem Baum hervortrat, um sich ihm anzuschließen, und wie das Mädchen ihren Arm um seine Hüften legte und ihre Brüste an seinen nackten Oberkörper drückte. Sein dunkler Kopf beugte sich zu ihr. Es schien so, als flüsterte er ihr etwas ins Ohr. Dann trennte er sich von ihr und ging, um sich im Fluß die Hände zu waschen. Als er zu Iva zurückkehrte, legte er ihr einen Arm um die Schulter und beide folgten, auf diese Weise miteinander verbunden, dem Fluß stromaufwärts.

6

Nachdem sie Ronan einen ganzen Sommer lang beobachtet hatte, entschied Morna, daß sie mit ihm liegen wollte. Sie wollte selbst herausfinden, ob es stimmte, was all die anderen Mädchen über ihn sagten.

Es kann kein Unrecht sein, sagte sie sich. Schließlich hatte sie ihn niemals als ihren Bruder empfunden. Sie würden es einfach für sich behalten, und niemand würde es je erfahren.

Es kam Morna zu keinem Zeitpunkt in den Sinn, daß Ronan vielleicht nicht so begierig auf ihre Umarmung war, wie sie auf seine.

Sie wartete auf eine Gelegenheit, um mit ihm allein zu sein, aber im Sommer lebten die Stammesmitglieder zu dicht beieinander, und es ergab sich keine Möglichkeit. Sie entschied sich zu warten, bis sie wieder in ihre Heimstätte zurückgekehrt waren.

Der erste Schnee fiel im Hochland, und die Hirsche begannen ihre Wanderung zu tiefer gelegenen Weiden. Die Jäger des Hirsch-Clans folgten ihnen.

Der Büffel-Mond war fast zur Neige gegangen, als Pier im Wald einen Büffelbullen entdeckte. Büffel traf man im allgemeinen nur in großen Herden in den nördlich vor den Bergen gelegenen Grasebenen an, aber es gab auch eine geringe Zahl von Büffeln, die sich im Wald aufhielt, und dann und wann verirrte sich einer in das Gebiet des Hirsch-Clans. Morna schlug vor, daß die initiierten jungen Männer und Frauen am nächsten Tag auf die Jagd nach dem Büffel gehen sollten.

Die Gelegenheit, ein Büffelfell zu erbeuten, war zu wertvoll für den Stamm, um sie nicht zu nutzen, aber die Herrin war nicht angetan von der Idee, nur die jungen Leute zu schicken.

»Es ist gefährlich, Büffel zu jagen«, bemerkte sie gegenüber Morna mit gerunzelter Stirn. »Es ist besser, einige der erfahreneren Jäger zu schicken.«

»Wir haben den ganzen Sommer über gejagt, Mutter«, zeigte Morna auf. Auch wir sind erfahrene Jäger.«

»Büffel sind gefährlich«, wiederholte die Herrin.

»Ja«, lächelte Morna. »Deshalb macht es Spaß.«

Es ist ihr ernst, erkannte Arika. Morna war tatsächlich eine hervorragende Jägerin, die beste unter den Mädchen und besser noch als viele der Jungen. Sie war furchtlos und schnell und stark. Nach ihrer Rückkehr aus dem Sommerlager hatten mehrere Männer ihre Fähigkeiten Arika gegenüber lobend erwähnt.

Es war wichtig für den Stamm, Mornas Qualitäten zu sehen.

»Also gut«, stimmte Arika schließlich zu. »Die jungen Leute dürfen den Büffel allein jagen.«

Der Bulle, den Pier gesehen hatte, war in der Brunft, und brünstige Bullen waren wegen der bellenden Geräusche, die sie von sich gaben, leicht aufzuspüren. Deshalb hatte die Gruppe aus zwölf jungen Jägern, die sich vom Großen Fischfluß zum Volp aufmachte, berechtigte Hoffnung auf Jagdglück. Der Tag war für die Jahreszeit sehr warm, und der Himmel war wegen der ungewöhnlichen Hitze diesig. Die Jäger trugen nur ihre Hemden aus Hirschleder und verzichteten auf die sonst zu dieser Zeit üblichen Rentierfelljacken.

»Büffelfleisch schmeckt im Herbst besonders gut«, sagte Tosa, die hinter Morna auf dem Rentierpfad durch die bewaldeten Hügel einherschritt. »Es ist im allgemeinen besonders fett.« Tosa gab ein schlürfendes Geräusch von sich, um ihrer Vorfreude Ausdruck zu verleihen.

Morna, die nach vielen Dingen gierte, aber nicht nach Nahrung, legte ihre kleine formvollendete Nase in Falten.

Als sie das Gebiet erreicht hatten, in der der Bulle gesehen worden war, schlug Morna vor, sich in kleine Gruppen aufzuteilen.

Die anderen schauten sie verwundert an.

»Nein«, sprach Ronan für sie, »das wäre gefährlich.« Er blickte sie ernst an. »Ein Bulle in der Brunft ist eine schlechtgelaunte Kreatur, Morna.«

»Ich dachte, die Initiierten des Hirsch-Clans seien Männer und keine Knaben mehr«, bemerkte Morna spitz. »Habt ihr Angst?« Und sie ließ ihren Blick langsam von einem jungen Mann zum nächsten gleiten. Ein amüsierter Ausdruck spielte in ihren Augen.

»Natürlich haben wir keine Angst!« prahlte Adun. Er wurde lautstark von den anderen unterstützt.

Mornas Augen erreichten Ronan und hielten bei ihm inne. »Man hat mir gesagt, daß Bullen in der Brunftzeit auf der Suche nach Kühen ohne männliche Begleitung immer allein unterwegs sind«, sagte sie. »Ich glaube, wenn wir uns verteilen, haben wir bessere Aussichten, den Bullen zu finden.«

Dana, ein hübsches blauäugiges Mädchen, griff nach Tyrs Hand. »Vielleicht hat Morna recht«, sagte sie zärtlich. »Vielleicht sollten wir uns teilen. Wir können ja immer auf einen Baum klettern, wenn wir mit dem Bullen in Schwierigkeiten geraten.«

Tyr sah sie an; dann blickte er auf Ronan und hob die Augenbrauen. Ronans Mund spannte sich an, aber er zuckte mit den Schultern, überließ die Entscheidung absichtlich der Gruppe.

Sie beschlossen, sich in Paare aufzuteilen: die Brunft war an diesem trüben Herbstnachmittag offenbar nicht nur die Antriebskraft für den Büffelbullen.

Zum Erstaunen der anderen ging Morna mit Ronan. Sie erklärte einfach, daß sie seine Partnerin sein würde, eine Entscheidung, die Iva und Cala und einige der Jungen, die gerne mit Morna gegangen wären, offensichtlich wenig begeisterte. Ronan warf seiner Schwester einen einzigen harten Blick zu, gab aber sonst keinen Kommentar ab.

»Wer den Bullen findet, gibt das Jagdsignal des Clans«, verlangte er von den anderen; dann nahm er seinen Speer auf und verschwand zielstrebig im Wald. Morna folgte ihm.

Sie versuchte nicht, mit ihm zu reden. Morna war nie eine besonders gute Gesprächspartnerin gewesen. Sie ging ihm hinterher und betrachtete schweigend seinen von dem Hirschhauthemd bedeckten Rücken, seine schmalen Hüften, langen Beine und den mitternachtsschwarzen Zopf. Ihre Schritte machten kein Geräusch auf dem Waldweg.

Die Luft war warm, fast schwül. Von irgendwo tief aus dem Wald hörten sie eine Waldhyäne kreischen. Vögel erhoben sich aufgeschreckt hoch in den Himmel. Ronan ging weiter zwischen den Bäumen hindurch, bis er den Pfad erreichte, auf den er zugehalten hatte.

Die Sonne goß zwischen den Bäumen hindurch ihr Licht auf den aufgewühlten Boden, und die beiden Jäger folgten den Spuren des Wildwechsels auf lautlosen Mokassinsohlen. Der starke Geruch von Kiefern schwängerte die ungewöhnlich warme Herbstluft. Kleinere Tiere raschelten im Unterholz, und über den Baumwipfeln zog ein goldener Vogel langsam seine Kreise.

Mit einemmal wurde der nebelhafte Frieden des Nachmittags von einem zornigen, bellenden Geräusch zerrissen. Dann hörte man in erschreckender Nähe das Bersten und Krachen von Holz. Zwischen den schlanken Stämmen von Birken, Eichen und Kiefern hindurch sah Morna plötzlich einen großen schwarzen Schatten ... sah die ausladenden Hörner ... und der Geruch des Büffels überlagerte den Duft der Kiefern.

»Ronan«, sagte Morna schnell und stieß ihn an. Er war stehengeblieben, hatte sich dem Büffel zugewandt und den Speer erhoben. Er schaute sie nicht an, sagte aber ruhig: »Klettere auf einen Baum, Morna. Der Bulle ist zu dicht bei uns.«

Morna starrte auf den Bullen, der aggressiv in einer viel schnelleren Gangart als gewöhnlich einherschritt. Während sie ihn beobachtete, rammte er mit einem seiner Hörner einen kleinen Baum, dessen Stamm wie ein Streichholz entzweibrach.

Morna hielt den Atem an. Ronan hatte seinen Speer noch immer wurfbereit erhoben, aber die Bäume zwischen ihm und dem Büffel machten einen gezielten Wurf unmöglich.

»Klettere auf einen Baum«, wiederholte Ronan.

»Nein«, sagte Morna. »Ich werde deinen Rücken decken.« Sie stand an seiner Seite und hob ihren eigenen Speer bis zur Schulter.

Unter dem wachsamen Blick der beiden Jäger hielt der Bulle inne, senkte seinen Schädel und beschnüffelte intensiv die Erde. Dann urinierte er bedächtig auf genau die Stelle, die er beschnuppert hatte. Als nächstes kniete er nieder und rieb seinen Kopf und die Hörner in der Pfütze, die er hinterlassen hatte. Er richtete sich wieder auf und schickte ein lautes Brüllen in Ronans und Mornas Richtung. Sein Schwanz stand steil in die Luft, ein deutliches Zeichen für Gefahr.

Es gab nur eine Öffnung zwischen den Bäumen, die zu den beiden Jägern führte, und darauf hielt der Bulle nun zu.

Ohne Zögern trat Ronan einen Schritt vor Morna hin und nahm den linken Arm zurück. Sein Wurf war vollkommen, gerade und treffsicher. Unglücklicherweise machte der Büffel jedoch blitzschnell einen Schritt zur Seite, als Ronans Speer durch die Luft sauste.

Der Speer blieb, ohne das Tier verletzt zu haben, wirkungslos in einem Baumstamm stecken.

Der Bulle starrte sie an.

»Er wird angreifen«, bemerkte Ronan. Er hörte sich vollkommen ruhig an.

»Nimm meinen Speer«, bot Morna an und legte ihrem Bruder die Waffe in die Hand.

Aber offenbar hatte der Bulle seine Meinung geändert. Bevor Ronan zum zweiten Mal werfen konnte, drehte er sich von ihnen fort und stampfte in den Wald davon.

Die beiden standen einen Moment schweigend da. Dann drehte Ronan sich zu Morna um und rief wütend: »Ich habe dir gesagt, du sollst auf einen Baum klettern! Du hättest getötet werden können!«

»Du bist doch auch nicht auf einen Baum geklettert«, stellte Morna fest. »Ich bin dein Jagdpartner. Wenn du den Bullen angreifen wolltest, dann war es meine Aufgabe, bei dir zu bleiben.«

Ronan starrte ihr weiterhin ins Gesicht. Langsam verwandelte sich seine Wut in widerwillige Bewunderung. Schließlich nickte er. »Ich werde meinen Speer holen, und wir können ihm nachstellen«, sagte er. Er war im Begriff loszugehen.

Morna hielt ihn zurück. »Laß ihn doch gehen.«

Er schwang zu ihr zurück, eine Furche zwischen seinen schmalen schwarzen Augenbrauen.

»Ronan«, flüsterte Morna zärtlich. Sie lächelte in sein verständnisloses Gesicht.

»Wir können den Bullen noch immer stellen«, meinte er ungeduldig. »Laß uns aufbrechen.«

»Wir könnten etwas Interessanteres tun, als Bullen zu jagen.« Morna trat sehr nahe an ihn heran. »Findest du nicht?«

Er begriff noch immer nicht. Seine dunklen Augen hatten einen wachsamen... und bestürzten Ausdruck. Die Pupillen ihrer Augen waren geweitet. Sie setzte ihren Ellbogen locker auf seiner Schulter ab, ließ die Hand ein wenig baumeln und schlug ihm dann leicht mit dem Handrücken auf die Wange. »Dummkopf«, sagte sie spöttisch.

Er wich vor dem Schlag zurück. Sein Gesicht wurde unter seiner Sommerbräune sehr blaß. Seine Augen begannen zu glitzern.

»Laß uns gehen«, verlangte er. Nun war seine Stimme hart.

Morna blickte auf diesen hochgewachsenen, gutgebauten männlichen Körper vor sich. Ihre Sinnlichkeit war so sehr von ihm gefesselt, daß ihr schwindelte. Die schwüle Herbsthitze ließ kleine Schweißperlen auf ihrer Oberlippe erscheinen, und sie fuhr mit der Zunge darüber, um die salzige Flüssigkeit aufzulekken. »Ronan«, sagte sie heiser. »Tu es mit mir.«

Sie nahm wahr, wie er hörbar einatmete. Sie spürte, wie sein Körper zu vibrieren begann. Sie trat noch dichter an ihn heran.

»Du bist meine Schwester!« Seine Stimme war kaum mehr als ein Flüstern.

»Keiner wird es je erfahren.« Sie legte ihm ihre Arme um den Nacken. Sie drängte sich an ihn. »Wir sind nicht wie Bruder und Schwester aufgezogen worden, du und ich«, wisperte sie ihm ins Ohr. Sie stellte sich auf die Zehenspitzen und nahm, keineswegs besonders zärtlich, eines seiner Ohrläppchen in den Mund und biß hinein. »Keiner wird es je erfahren«, wiederholte sie.

Er erbebte. Sie stand nun nahe genug bei ihm, um auch die andere unmittelbare Reaktion seines Körpers zu fühlen. Ihre Lippen öffneten sich in einem schwachen Lächeln, ihre Augen waren halb geschlossen. Sie rieb sich an ihm.

Er stieß sie von sich. Stieß sie so hart, daß sie beinahe gefallen wäre. Sie suchte ihr Gleichgewicht wiederzufinden und blickte dann zu ihm auf. Der Ausdruck seiner dunklen Augen flößte ihr weit mehr Angst ein, als es der Büffel vermocht hatte.

»Das ist tabu, Morna«, sagte er. Seine Stimme zitterte. »Egal, ob jemand davon erfährt oder nicht, es ist tabu.«

Er ging zu der Stelle, wo sein Speer in den Baumstamm eingedrungen war, und zog ihn ungestüm heraus. »Berühre mich niemals wieder auf diese Weise«, sagte er kalt. Dann stapfte er allein in den Wald davon.

Morna starrte ihm hinterher. Nach einer Weile verschwand die Zornesfalte zwischen ihren Brauen.

Er hat Angst vor dem Tabu, dachte sie. Sie hätte nicht geglaubt, daß sich Ronan vor irgend etwas fürchten könnte.

Sie dachte daran, wie er sie angestarrt hatte, wie sie die Erregung seines Körpers an ihrem gefühlt hatte, und lächelte.

Es würde einfach noch ein bißchen länger dauern.

Ein wenig später im Verlauf des Tages sichteten Adun und Tosa den Büffel, der sich zuvor Ronan und Morna entzogen hatte, und gaben das Jagdsignal des Stammes. Morna und Ronan erreichten die Szene gerade noch rechtzeitig, um das langgezogene Todesbrüllen des sterbenden Bullen zu hören.

Sobald sie sicher waren, daß er auch bestimmt nicht mehr lebte, näherten sich die Jäger dem toten Tier, um sein Fell zu begutachten. Den Büffeln würden ihre Winterfelle erst in etwa einem Monat wachsen, doch das dickere, längere, dichtere Haar hatte schon zu wachsen begonnen, und das Fell war es auf jeden Fall wert, mitgenommen zu werden. Die Jungen zogen ihre scharfen Feuersteinmesser aus den Gürteln und machten sich an die Arbeit.

Adun, der den tödlichen Wurf gelandet hatte, durfte den ersten Schnitt über den Bauch machen. Er tat dies mit einem angemessenen Dankgebet an die Mutter, und als er sein Messer zurückzog, leerten sich die massigen Eingeweide durch den Schnitt auf den Waldboden. Dann, während er ein zweites Gebet diesmal an den Gott der Büffel sprach, machte er einen zweiten Schnitt und aus dem Magen ergoß sich eine Masse aus dampfendem, halbverdautem Gras und Blättern.

Die jungen Mädchen hatten schon ein Feuer entfacht, und während die Jungen den Büffel noch häuteten, brieten sie die Delikatessen Zunge, Leber und Schwanz über den Flammen. Dann setzten sie sich alle hin, um zu essen, bevor sie den Büffel in seine Einzelteile zerlegen und sich schließlich schwer bepackt auf den Heimweg machen würden.

Im Verlauf des gesamten Nachmittags waren Ronan und Morna auffallend still.

»Wir sind dem Bullen einmal begegnet«, antwortete Ronan auf Tyrs Frage, »aber ich konnte zwischen den Bäumen hindurch keinen guten Wurf auf ihn machen.« Dann hüllte er sich erneut in Schweigen. Nach ein oder zwei weiteren ergebnislosen Versuchen, ihn ins Gespräch zu ziehen, gaben es die anderen auf und überließen ihn seinen Gedanken.

Sie erreichten die Siedlung etwa zur Zeit des Sonnenuntergangs, und Ronan machte sich sofort auf, um nach Nel zu suchen. Er war schockiert und empört, sowohl über Mornas

Begehren als auch über seine eigene unerwartete Reaktion darauf, und er sehnte sich nach der Unschuld seiner kleinen Cousine. Nel hielt sich nicht in der Hütte ihres Vaters auf, und schließlich fand er sie in einem ihrer liebsten Verstecke, auf einer kleinen Lichtung nicht weit entfernt vom Fluß. Sie spielte mit ihrer Katze.

Ronan beobachtete die beiden einen Moment lang und erinnerte sich daran, wie ihm Nel zum ersten Mal das kleine Krummsäbel-Katzenjunge gezeigt hatte. Er war sich sicher gewesen, daß es nicht überleben würde.

»Jeden Tag müssen kleine Tierkinder sterben, Nel«, hatte er ernst versucht, sie auf das Unvermeidliche vorzubereiten. »Löwen und Hyänen und Wölfe und Wildhunde... sie sind immer hinter Kitzen und den neugeborenen Antilopenkälbern her. Die Eule wird immer die Maus töten. Das kannst du nicht aufhalten, kleine Elritze. Die einen müssen sterben, damit die anderen leben können. Das ist der Weg der Erdmutter. Warum mußt du dir soviel Kummer aufbürden, indem du zu retten versuchst, was nicht zu retten ist?«

»Ich *kann* dieses Kätzchen retten«, verteidigte sie sich hitzig. »Ich weiß, daß ich es kann.«

Sie hatte es gerettet. Die halbverhungerte kleine Waise war zu einer geschmeidigen, schönen Katze ausgewachsen, mit spitzen kleinen Eckzähnen von tödlicher Schärfe. Auch die Katze mußte töten, um zu leben.

Augenblicklich spielte sie mit Nels Fingern. Sie trommelte mit ihnen leicht auf die Erde, und schon setzte die Katze zum Sprung an. Ronan sah, daß die Katze ihre Krallen eingezogen hatte. Sie gab acht, Nel nicht zu verletzen; sie verstand sehr wohl, daß dies ein Spiel war.

Das Fell der Katze glänzte beinahe in genau der gleichen Schattierung wie die Haare des Kindes. Auch ihre Augenfarbe ist gleich, dachte Ronan und lächelte.

»Ronan!« Nel hatte ihn entdeckt.

Er ging auf sie zu. Die Katze hörte auf zu spielen und beobachtete ihn wachsam. »Sei gegrüßt, Nel«, sagte er und fügte zur Katze gewandt hinzu, »sei gegrüßt, Sharan.« Er setzte sich zu ihnen auf die Erde.

»Habt ihr den Büffel erwischt?« wollte Nel wissen.

»Ja. Das haben wir.«

»Wer? Du?«

Er schüttelte seinen Kopf. »Adun.«

»Oh.« Ihre großen Augen blickten ernst. »Wer war dein Jagdgefährte?« fragte sie als nächstes.

»Morna«, antwortete er mit schaler Stimme.

»Oh«, machte sie wieder. Sie hörte sich erstaunt an.

Sharan stupste sanft Nels Finger an. Sie trommelte wieder leicht auf den Boden, und erneut sprang die Katze. Nel sagte zu Ronan: »Ich habe heute meine Haare gewaschen.«

Er nickte zustimmend. »Es sieht genauso glänzend aus wie Sharans Fell.«

»Du mußtest es mir nicht einmal sagen. Ich habe es von ganz allein getan.«

Er lächelte. »Du wirst erwachsen, kleine Elritze.«

Sie erwiderte das Lächeln nicht. »Das stimmt.«

»Ich habe etwas von der Leber für dich aufgehoben.« Er zog das Fleischstück aus dem Beutel, den er an der Hüfte trug.

»Oh... Ronan!« Begeistert nahm sie die vorgekochte Leber entgegen. Ein wenig amüsiert beobachtete er, wie Nel sie gierig verschlang. Als sie fertig war, leckte sie sich über die Lippen und grinste ihn dankbar an. »Wunderbar.«

Er langte hinüber und wischte einen Rest Bratensaft mit dem Zeigefinger aus ihrem Mundwinkel.

Sie betrachtete sein Gesicht prüfend. »Was ist geschehen?« wollte sie wissen.

Er hob die Augenbrauen. »Geschehen? Nichts ist geschehen.«

»Doch. Irgend etwas muß passiert sein. Ich sehe immer, wenn etwas mit dir nicht stimmt. Was ist es?«

Er war nicht mit dem Ziel zu Nel gegangen, sich ihr anzuvertrauen. Er lächelte schwach und schüttelte den Kopf. »Es ist etwas, das ich dir nicht sagen kann, kleine Elritze. Du bist noch zu jung.«

»Du hast gerade gesagt, ich würde erwachsen«, wies sie ihn hin. Sie legte ihre Hand leicht, doch auch gebieterisch auf seinen Unterarm. »Außerdem, es gibt nichts, was du mir nicht sagen kannst, Ronan, genauso wie es nichts gibt, was ich dir nicht sagen kann.«

Er blickte auf die kleine Hand, die so selbstsicher auf seinem Ärmel lag. Sie war rauh und rissig, und an den Fingern fanden sich zahlreiche halbverheilte Schnitte. Die unschuldige Hand eines Kindes, dachte er. Kein bißchen wie die Hand, die ihn heute nachmittag ins Gesicht geschlagen hatte.

Der bloße Gedanke daran, was geschehen war, gab ihm das Gefühl, unrein zu sein.

»Ronan?« Er hörte Nels sanfte Stimme. »Hatte es etwas mit Morna zu tun?«

Er blickte ihr in die Augen, dann sah er zur Seite. Mit angespannter, ausdrucksloser Stimme erzählte er ihr, was sich zwischen ihm und Morna während der Jagd ereignet hatte.

Als er geendet hatte, stieß Nel einen langen, weichen Seufzer aus. Ronan schaute sie an. »Ich habe Angst«, schloß er, »daß sie es wieder versuchen wird.«

Nel sagte: »Ich glaube, das wird sie wohl bestimmt tun.«

»O nein, Nel!« – in seiner Stimme schwang Panik mit – »Was soll ich dann bloß tun?«

»Du darfst ihr nicht nachgeben«, riet Nel.

»Das weiß ich!« entgegnete er wild. »Ich *will* ihr nicht nachgeben. Wir entstammen beide demselben Schoß, Nel! Wie konnte sie nur überhaupt darauf kommen ...«

»Man kann wissen, daß etwas falsch ist, und es dennoch wollen«, sagte Nel. »Stimmt das nicht?«

Ein kurzes vibrierendes Schweigen breitete sich zwischen ihnen aus.

Nel begann, ihre Katze zu streicheln. »Und sie wollte nicht auf den Baum klettern?« fragte sie nach einer Weile.

Ronan rieb sich mit den Händen über die Augen. »Ich wünschte, sie hätte es getan.« Es hörte sich bitter an.

Nel kraulte Sharans Kopf zwischen den beiden spitzen Ohren. Die Katze schloß ihre Augen in seliger Zufriedenheit. Ronan beobachtete die Bewegungen dieser kindlichen Hand und fühlte sich merkwürdig getröstet. »Ja«, bemerkte Nel düster, »es wäre leichter, wenn man in keiner Weise gut von Morna denken müßte.«

»Aber was kann sie nur befallen haben, Nel?« fragte er zutiefst verwirrt. »Morna könnte doch jeden Mann haben, den sie will. Ich begreife sie überhaupt nicht.«

Sie hörten das Rascheln eines kleinen Tiers im Gebüsch, und Sharan öffnete ihre Augen. Nel und Ronan beobachteten, wie die Katze auf die Füße sprang, sich streckte und dabei das für Krummsäbelkatzen typische Gefälle von vorn nach hinten zeigte, da die Vorderbeine länger waren als die Hinterläufe. Sharan verschwand zwischen den Bäumen, um nachzusehen. Nel zog die Beine an und legte ihr kleines, spitzes Kinn darauf. Ronan sah über dem rechten Knie ein ausgefranstes Loch in ihrer Hirschlederhose. Nel würde wieder Ärger mit Olma bekommen.

»Vielleicht hat Morna beobachtet, wie all die anderen Mädchen mit dir liegen wollen«, schlug Nel langsam vor. »Morna ist es noch nie leichtgefallen, jemand anderem etwas zu lassen, was sie selbst nicht haben darf.«

Ronan blickte in das kleine magere Gesicht seiner Cousine. »Sie ist verdorben«, stellte er erbittert fest.

»Man ist nicht verdorben, weil man Begierde für jemanden verspürt, der tabu ist«, sagte Nel. »Erst dann, wenn man dem Wunsch nachgibt, ist man verdorben.«

»Das ist wahr«, lenkte Ronan ein. Er atmete hörbar aus und stellte fest, daß das widerliche Gefühl, das schon den ganzen Nachmittag lang an ihm genagt hatte, verschwunden war. Er lächelte Nel an. »Du bist immer eine gute Medizin für mich, kleine Elritze.« Er streckte sich und reckte dabei die Arme über den Kopf, kam auf die Füße und bot ihr seine Hand an, damit sie sich an ihr hochziehen konnte. »Laß uns gehen. Heute gibt es Büffelfleisch zum Abendbrot.«

7

Morna saß im Schatten des Höhleneingangs und beobachtete die Steinböcke, die auf dem Hügel oberhalb ihres Standortes lagerten. Es war der Mond der fallenden Blätter, und die kurze Zeit im Jahr war angebrochen, in der sich männliche und weibliche Tiere in einer Herde versammelten.

Die Sonne strahlte sehr hell; die Luft war dünn und kalt. In Erwartung der nahenden Brunftzeit boxten und rammten sich die jungen Steinböcke gegenseitig mit ihren Hörnern. Die größere Zahl der weiblichen Tiere lag in der Nachmittagssonne und käute wieder. Drei große Böcke hatten sich ein wenig abseits von den übrigen aufgebaut. Die meisten Tiere waren Morna zugewandt, aber weil der Wind günstig stand, nahmen sie sie nicht wahr und wurden durch sie nicht aufgeschreckt.

Morna blickte das Tal hinunter in südliche Richtung, von wo Ronan auftauchen würde. Aber sie konnte noch kein Zeichen von ihm sehen. Sie kam auf die Füße und verließ den Schatten des Höhleneingangs. Die Steinböcke beobachteten sie jetzt. Die weiblichen Tiere waren aufgestanden; die jüngeren unterbrachen ihr Spiel. Langsam bewegte sich die Herde höher hinauf in die Berge. Morna schaute ihnen zu, bis sie hinter dem Bergkamm verschwunden waren; dann blickte sie erneut in südlicher Richtung das Tal hinunter.

Sie war sich sicher, daß er kommen würde. Er war ihr den ganzen letzten Mond aus dem Weg gegangen. Aber heute morgen hatte Morna ihm eine Botschaft zukommen lassen, die besagte, daß die Herrin ihn hier, in dieser kleinen Höhle zu sehen wünschte.

Arika war nicht zu Hause und konnte Mornas Botschaft nicht als Lüge entlarven. Bei Sonnenaufgang war sie mit einigen der Frauen zur heiligen Höhle gegangen, um dort ein Heilungsritual zu zelebrieren. Das war jedoch eine reine Frauenangelegenheit, und Ronan konnte darüber nicht Bescheid wissen. Er würde keinen Grund haben, an der Botschaft zu zweifeln; er würde kommen.

Er hatte sie gemieden, aber Morna vertraute auf das, was sie bei ihrem letzten Treffen in seinen Augen gesehen und an seinem Körper gespürt hatte. Er wollte sie genauso, wie sie ihn. Ich muß ihn nur einmal allein treffen, dachte sie, und dann werde ich von ihm bekommen, was ich begehre, ob er es will oder nicht.

Morna zitterte vor sinnlicher Erwartung und schaute auf die Schlaffelle, die sie so einladend im Inneren der Höhle auf dem Boden ausgebreitet hatte. Dann fuhr sie mit den Fingern durch ihr gelöstes rotgoldenes Haar.

Würde er denn nie eintreffen? Sie setzte sich auf einen sonnengewärmten Felsen und ergab sich dem Warten.

Erst eine Stunde später kam er hinter dem Hügel hervor und trat in ihr Blickfeld. Sie beobachtete, wie er mit kraftvoller Anmut über einen Felsen sprang, der seinen Weg versperrte, und das Blut sang berauschend in ihren Adern. Wie würde er reagieren, wenn er herausfand, wer ihn hier wirklich erwartete?

In diesem Augenblick schaute Ronan vom Pfad auf und blinzelte im Gegenlicht der Sonne auf den Höhleneingang. Er zögerte, als sei er sich nicht ganz sicher, wie er empfangen werden würde. Doch dann ging er weiter.

Morna, umspielt von dem herrlichen Haar, das sie von ihrer Mutter geerbt hatte, stand auf und beobachtete sein Herankommen mit vor Erwartung geweiteten Augen. Sie konnte ohne Schwierigkeiten den genauen Moment bestimmen, in dem er erkannte, wer sie war. Mit einem Ruck blieb er stehen. Das ganze Tal hüllte sich in ein unheimliches Schweigen, als sie sich so aus der Entfernung musterten.

»Du!« rief er, und seine Stimme hallte laut in der stillen Nachmittagsluft wider. *»Was tust du hier?«*

Morna antwortete nicht. Endlich setzte sich Ronan wieder in Bewegung und kletterte das letzte Stück bis zu der kleinen Plattform vor der Höhle hinauf. Als er dann vor ihr stand, stellte er fest: »Du hast die Botschaft geschickt.«

Von irgendwo auf der anderen Seite des Hügels drang das blutgefrierende Heulen eines Wolfes zu ihnen. Morna lächelte. »Ja.« Ihre Stimme war sehr weich. »Ich habe die Botschaft geschickt.«

»Wo ist die Herrin also?«

»Sie zelebriert für Nara ein Heilungsritual in der heiligen Höhle.«

»Ich hätte es wissen sollen«, sagte er. »Ich hätte wissen müssen, daß sie nie auf diese Weise nach mir schicken würde.«

Morna hörte nicht die unaussprechliche Bitterkeit, die hinter seinen Worten verborgen lag. Sie wußte nur, daß er unendlich begehrenswert war, wie er so vor ihr stand mit seinem schwarzen Haar und so groß und mit seinem arroganten falkenähnlichen Gesicht. »Komm näher«, verlangte sie.

Er bewegte sich nicht. »Was willst du?« fragte er.

»Du weißt doch, was ich will«, entgegnete sie lächelnd.

Er machte einen Schritt zurück. »Was du willst, ist tabu.« Er legte noch einen weiteren Schritt zwischen sich und seine Schwester. »Ich habe dir nichts zu geben, was du nicht auch von jedem anderen Mann des Stammes bekommen könntest«, fügte er hinzu.

Morna schüttelte den Kopf, und ihr Haar bewegte sich dabei in goldenen Wellen um ihre Schultern. »Ronan, ich weiß, daß du es auch willst«, flüsterte sie. »Ich habe es deutlich gespürt, als wir das letzte Mal zusammen waren.« Mit einer Geste wies sie hinter sich. »Ich habe uns Schlaffelle mitgebracht.« Sie ging auf ihn zu. »Keiner außer uns wird je davon wissen.«

Ronan bebte wie ein gestellter Hirsch, seine schmalen Nasenflügel weiteten sich unter seinem hochgeschwungenen Nasenrücken. Morna, die spürte, daß er im Begriff war, die Flucht zu ergreifen, umfaßte seinen Hinterkopf. Dann erhob sie sich auf die Zehenspitzen und preßte ihm ihre Lippen auf den Mund, wobei sie seinen Kopf mit beiden Händen festhielt, so daß er sich ihr nicht entwinden konnte. Sein festes, schwarzes Haar fühlte sich unter ihren kalten Fingern warm an. Sein Mund war verschlossen und hart. Sie glaubte zu spüren, wie er ihren Kuß langsam erwiderte, und ihre Seele durchfuhr ein Schauer übermächtiger Gefühle. Sie wollte ihn berühren, wieder berühren, so lange, bis sie alles über ihn wußte, bis sie ihn ganz und gar in sich aufgesogen hatte ...

Sie spürte, wie sein Körper vibrierte, nahm seine Kraft wahr, als er sich zu ihr hinunterbeugte, ihr entgegenkam. Triumph und Lust brachten ihr Blut zum Kochen.

Und dann hatte er sie bei den Schultern gepackt und schüttelte sie, schüttelte sie so brutal, daß sie meinte, ihre Knochen klappern zu hören. Sie meinte, in Ohnmacht fallen zu müssen, so kräftig hatte er zugepackt.

»Berühre mich niemals wieder!« Er wiederholte den Satz immer und immer wieder und hörte nicht auf, sie dabei zu schütteln. Seine Finger bohrten sich in das weiche weiße Fleisch ihrer Schultern und hinterließen dort dunkelrote Druckstellen.

»Ronan!« stieß sie schließlich zwischen klappernden Zähnen hervor, und endlich gab er sie frei.

Einen Augenblick lang starrten sie einander in die Augen, durch eine fremde, mitleidlose Vertrautheit verbunden. In diesem Augenblick endlich begriff Morna, daß Ronan niemals bei ihr liegen würde.

Er ließ seine Arme fallen und trat zurück, keuchte wie ein Langstreckenläufer, der die Grenze dessen, was er ertragen konnte, erreicht hatte. Morna spürte in sich ein tiefes Bedürfnis nach Gewalt. Zwischen zusammengepreßten Lippen stieß sie hervor: »Das wird dir noch leid tun, Ronan.« Dann zwängte sie sich an ihm vorbei und rannte wie ein Reh auf den Pfad, der in südlicher Richtung aus dem Tal führte. In weniger als einer Minute war sie hinter dem Hügel verschwunden.

Ein wenig später ging Ronan in die Höhle, um die Schlaffelle zu holen, die Morna dorthin gebracht hatte.

Dieses Mal ging Ronan Nels zu durchdringenden Blicken aus dem Weg. Er hielt sich für den Rest des Tages von der Siedlung fern und kehrte erst zurück, als es bereits zu dunkeln begann. Er legte sich sofort in der Männerhöhle nieder, wo er eine schlaflose Nacht verbrachte.

Das wird dir noch leid tun, Ronan.

Er dachte an Mornas Worte, erinnerte sich an ihren Gesichtsausdruck, als sie den Satz ausgestoßen hatte, und er wußte, daß er vorsichtig sein mußte. Sie würde versuchen, sich für die Zurückweisung an ihm zu rächen. Am besten war es, wenn er sich ganz und gar aus ihrem Gesichtskreis fernhielt.

Der Mond der fallenden Blätter ging unter, und jener der Hirschkämpfe ging am Himmel auf. Der Clan beging die Winterfeuer mit Arika und nicht Morna in der Rolle der Göttin. Das Wetter wurde immer kälter, und ein wenig Schnee fiel. Ronan begann zu hoffen, daß ihm nichts geschehen würde.

Doch es geschah zu Beginn des Rentier-Monds. Die meisten Männer waren zur Rentierjagd flußaufwärts gezogen, aber Ronan war zurückgeblieben, um eine der Hütten neu aufzubauen, die durch den Funken eines Herdfeuers in Flammen aufgegangen war. Es war ein kalter Tag, die Frauen hielten sich daher alle im warmen Inneren auf und konnten also nicht beobachten, wie Morna Ronans halbfertige Behausung betrat.

Er war allein. Nel hatte ihm am Tag zuvor Gesellschaft geleistet, doch ihre Stiefmutter hatte sie heute damit beschäftigt, Häute zusammenzunähen. Sobald er Morna auf sich zukommen saß, wußte Ronan, daß er in der Falle saß.

Morna starrte ihn an, mit geweiteten und ausdruckslosen Augen. Das Licht, das durch die Türöffnung ins Innere drang, beleuchtete ihr Gesicht und ihre Haare. Er ließ den Zweig fallen, den er soeben in die Wandstruktur hatte flechten wollen, und stellte sich ihr mit locker herabhängenden Armen.

»Du hättest tun sollen, Ronan, was ich von dir verlangte«, sagte sie.

Er wußte nun, wie sich ein in der Falle gefangenes Tier fühlte. Hilflos mußte er zusehen, wie sie ihre Felljacke abstreifte und auf den Boden der Hütte fallen ließ. Dann legte sie die Hände an den Ausschnitt ihrer Hirschlederbluse und riß sie bis zum unteren Rand hin auf. Er konnte ihre wunderbar weiße Haut, die erhobenen rosa Knospen ihrer nackten Brüste sehen. Sie zog den Lederriemen vom Ende ihres Zopfes und schüttelte ihr Haar, bis es frei und wild ihr Gesicht umrahmte. Und dann begann sie zu schreien.

Bei dem ersten durchdringend hohen Schrei geriet Ronan in

Panik. Grob drängte er sich an Morna vorbei, stürzte aus der Hütte und rannte davon.

Überall steckten Frauen die Köpfe aus ihren Hütten und riefen einander ängstlich und verwirrt an. Das Blut pochte in Ronans Ohren; er raste auf den Fluß zu, mit einem einzigen Wunsch, diesem schrillen Schrei, der seinen Kopf zu spalten drohte und seine Welt auseinanderbrechen ließ, zu entkommen.

»Ronan!« Er meinte, Nels Stimme zu hören, die seinen Namen rief.

Und in das Geplapper all dieser vielen Stimmen mischte sich immer wieder von neuem Mornas ohrenbetäubendes Kreischen.

Vor ihm tauchten wie eine massive Mauer Männer auf. Die Rentierjäger waren zurückgekehrt.

»Haltet ihn!« schrie Arika den Männern zu.

Es war die Stimme seiner Mutter, die Ronan seinen kühlen Verstand zurückgab. *Es ist vorbei*, dachte er. Er verlangsamte seinen ungestümen Lauf. *Besser zurückgehen und sich der Sache stellen.* Er blieb stehen, um Atem ringend. *Es gibt keine andere Möglichkeit.*

Mit weißem Gesicht stand Arika in der fast fertigen Hütte und schaute auf ihre weinende Tochter.

»Er wollte, daß ich mit ihm liege, Mutter«, schluchzte Morna. »Er sagte, er sei der Sohn des Himmelsgottes, genauso wie ich die Tochter der Erdmutter sei, und daß wir dich aus dem Weg schaffen sollten, um den Stamm gemeinsam zu führen.« Morna zitterte. »Als ich sagte, daß ich das nicht wollte, versuchte er ... versuchte er mich zu zwingen.«

»Ist er in dich eingedrungen?« fragte Arika. Es schien, als käme ihre Stimme nicht aus ihrem Inneren, sondern von außerhalb, von irgendwo weit entfernt.

Morna schluchzte wieder.

»*Hat er es getan?*« bohrte Arika erneut.

Morna warf ihr einen schnellen, abschätzenden Blick zu – als wollte sie herausfinden, welche Antwort die bessere ist, dachte Arika. »Nein«, sagte sie dann. »Ich konnte ihn abwehren.«

Vor dem Eingang der Hütte war noch keine Türklappe befestigt, doch auf einmal wurde das hereinfallende Licht durch eine Vielzahl von Körpern abgeschirmt. Die Männer brachten Ronan.

Sie stießen ihn grob in die Hütte, so daß er vor Arika zum Stehen kam. Sie starrte ihn an. Woher hatte er dieses stolze, dunkle Gesicht? War es wirklich Iun, der in jener Nacht seiner Zeugung bei ihr gelegen hatte, oder war es eine andere Macht gewesen?

Der Sohn des Himmelsgottes, so hatte er sich selbst genannt und Arikas tiefsten und uneingestandenen Befürchtungen Ausdruck verliehen.

Die Herrin musterte ihren Sohn. Er hatte eine Felljacke getragen, um in der kalten, ungeheizten Hütte arbeiten zu können, und sie hing nun schief an ihm. Das muß Morna gewesen sein, dachte sie, oder vielleicht waren es auch die Männer, die Ronan rauh behandelt hatten.

Wieso trug er seine Felljacke überhaupt noch?

Er stand vor ihr, mit arrogant erhobenem Kopf. Seine Augen waren geweitet, dunkel und spiegelten seine bitteren Gefühle. Er sagte nichts.

»Hast du das deiner Schwester angetan?« fragte Arika.

Er antwortete nicht, sondern blickte auf Morna. Diese starrte zurück, und Arika meinte einen Schimmer von Triumph in den Augen ihrer Tochter wahrzunehmen, bevor diese wieder in Tränen ausbrach.

Ronan wandte sich von ihr ab. »Nein«, sagte er jetzt hart. »Ich habe meine Schwester nicht angefaßt.«

»Er hat es doch! Er hat es doch!« weinte sie. »Er sagte, daß wir uns paaren sollten, daß er mit mir gemeinsam den Stamm führen würde, damit sich in uns die Wege des Himmelsgottes und der Erdmutter vereinigen könnten. Und dann, als ich sagte, daß ich nicht wolle, zerriß er meine Kleider und versuchte mich... versuchte mich zu...« Morna brach erneut in ungezügeltes Schluchzen aus.

»Wenn Mornas Geschichte wahr ist, wieso sind dann an Ronan keine Spuren zu sehen?« Das war Neihles Stimme. Er blickte seine Schwester Arika an. »Seine Kleidung war nicht in Unordnung, als wir ihm begegneten«, gab Neihle zu bedenken, »und auch sein Haar war ordentlich. Nirgends an ihm sind Kratzspuren von Fingernägeln zu finden, Herrin. Kein Anzeichen dafür, daß er an einer Auseinandersetzung teilhatte.« Neihle wandte sich an seinen Neffen. »Was ist passiert, Ronan?« fragte er.

»Morna wollte mit mir liegen«, antwortete Ronan. Seine Stimme klang flach und ungewöhnlich ruhig. »Ich war derjenige, der das ablehnte, und nicht sie.«

»Lügner!« kreischte Morna. »Er hat mich niedergehalten, so daß ich mich nicht wehren konnte, erst als ich zu schreien begann, ist er davongelaufen!« Ihre Hand lag auf ihrem Busen und hielt ihr zerrissenes Hemd zusammen. Sie starrte Neihle trotzig ins Gesicht. »Wenn er nicht schuldig ist, warum ist er dann weggerannt?«

»Das stimmt«, hörte Arika sich sagen. »Er hat seine Schuld eingestanden, indem er weggelaufen ist.« Sie schaute erneut ihren Sohn an. »Ich hätte dich schon aussetzen sollen, als du geboren wurdest«, sagte sie und sah den Schock, den ihre Worte in ihm verursachten, in seinen Augen. Mit Bitterkeit in der Stimme fuhr sie fort: »Ich habe es immer gewußt, doch ich war zu schwach. Ich kann es mir nicht mehr länger leisten, schwach zu sein.« Ihr Blick schweifte von Ronan zu dem Kreis von Männern, der sie beobachtete. Was sie in ihren Gesichtern sah, gefiel ihr nicht.

Tyr, Ronans Freund, brach das Schweigen. »Du kannst Neihles Worte nicht erwogen haben, Herrin. Wenn wirklich eine versuchte Vergewaltigung vorliegt, dann müßten an Ronan irgendwelche Zeichen dafür zu finden sein.«

Nun ergriff Ronan das Wort. »Morna lügt, Herrin.« In seinen Augen brannte ein eisig kaltes Licht. »Sie lügt, und ich glaube, du weißt es auch sehr wohl.«

»Ich lüge nicht!« schrie Morna, und sie wußte, daß sie im Begriff war, die Sympathie der Umstehenden zu verlieren. Sie legte ihrer Mutter die Hand auf den Arm. »Er hat versucht, mich zu vergewaltigen, Mutter. An ihm ist nichts zu sehen, weil ich mich nicht wehren konnte – er ist zu stark!« Wütend starrte sie den Männern ins Gesicht. »Ich lüge nicht!«

Sie zweifelten an ihren Worten. Das stand in jedem männlichen Gesicht im Kreis zu lesen. Arika blickte ihren Bruder an und ihren Sohn und begriff das Ausmaß der Gefahr, in der sie schwebte.

Ich muß ihn jetzt loswerden, dachte Arika. Wenn ich noch länger warte, wird es zu spät sein. Wieder schaute sie die Männer prüfend an. Vielleicht war es schon zu spät.

Für eine Weile schloß sie die Augen, rief all die Kräfte der Göttin zu ihrer Hilfe herbei. Dann straffte sie ihre Schultern, und jeder Teil ihres Seins strahlte Autorität aus. »Hört mich an!« verlangte sie. »Ich bin die Herrin dieses Clans. Ich bin die Stimme der Großen Mutter, der Göttin der Erde. Dieser Mann hat es gewagt, seine Hand begehrlich nach meiner Tochter auszustrekken, der Auserwählten der Erdmutter, die seine Schwester ist, deshalb muß er aus dem Stamm verstoßen werden.«

Ihre Stimme wurde tiefer, und die Kraft der Göttin kam über sie. Arika spürte, wie sie durch ihre Adern floß und in ihrer Stimme pulsierte. Sie starrte Neihle an und zwang ihn, seinen Willen dem ihren zu unterwerfen. Sie sagte: »Jeden, der diesen Befehl mißachtet, belege ich mit meinem Fluch.«

Ein Schaudern erfaßte die Männer. In der Hütte herrschte

Totenstille. Sogar Morna hatte aufgehört zu weinen. Arika ließ ihre Augen weiterhin auf Neihle ruhen. »Dieser Jüngling ist eine Gefahr für den gesamten Stamm«, fuhr sie fort. »Er ist ein Feind des Weges der Erdmutter.« Sie sah ein Flackern des Erkennens in Neihles Augen. *Er weiß es*, dachte sie. *Er weiß, daß ich die Wahrheit sage.* »Die Erdmutter verlangt seine Verstoßung.«

Einige der Männer blickten auf Neihle, aber der schwieg. Schließlich drehte sich Arika zu Ronan. »Bis die Nacht hereinbricht, hast du diesen Ort zu verlassen. Ich werde die anderen Clans der Umgebung benachrichtigen, daß sie dich nicht aufnehmen dürfen. Auf dir liegt mein Fluch«, schloß sie, »mein Fluch und der der Göttin.«

Das Schweigen in der Hütte war absolut.

Ronan löste seine Augen von der Herrin, blickte um sich und wußte, daß sie gewonnen hatte. Seit ihrer Geburt waren die Männer des Hirsch-Clans dazu erzogen, ihr zu folgen. Sie würden sich jetzt nicht gegen sie wenden.

In das Schweigen drang die Stimme eines Kindes, das vom Eingang her schrie: »Herrin, glaub ihr nicht! Sie hat schon früher versucht, Ronan zu verführen…«

Es war Nel.

Arika schaute Erek an. »Sieh, daß du sie von hier fortbringst«, verlangte sie.

Der große Jäger legte seine Hand auf die magere Schulter des Mädchens.

»Nein!« Nel versuchte sich zu befreien. »Du mußt mir zuhören! Ronan sagt die Wahrheit!«

»Geh nach draußen, Nel«, bat Ronan. Er blickte seine kleine Cousine nicht an; seine Augen ruhten allein auf seiner Mutter. Sie sahen aus wie schwarze Löcher in seinem starren Gesicht. Er atmete wie ein verwundetes Tier.

»Das ist nicht das letzte Wort zwischen uns, Herrin«, sagte er.

»Doch«, sagte Arika überdrüssig. Sie fühlte den sauren Geschmack von Galle in ihrem Mund. »Ich glaube doch.« Von Pier verlangte sie: »Schaff ihn fort.«

Die Herausforderung ist zu früh gekommen, dachte Ronan, als er die wenigen Besitztümer zusammentrug, die Arika ihm gestattet hatte mitzunehmen. Ein klein wenig mehr Zeit, vielleicht ein weiteres Jahr, und die Männer wären bereit gewesen, sich gegen Morna zu wenden.

Arika war das natürlich klar. Das war der Grund, warum sie so entschlossen gehandelt hatte. Sie wußte, daß sie Ronan loswerden mußte, solange die Möglichkeit noch bestand.

Wie immer war ihr ihre Tochter wichtiger als ihr Sohn.

Ausgestoßen. Er war ein Ausgestoßener seines Stammes. Auch von den übrigen Stämmen in der Umgebung war er ausgeschlossen, denn keiner von ihnen würde es riskieren wollen, daß Arika den Zorn der Erdmutter auf sie herabriefe.

Es fiel ihm schwer, sich seine neue Situation vorzustellen. Jeder Mensch gehörte zu einem Clan. Man konnte unmöglich ohne die Gesellschaft der eigenen Art leben...

Das natürlich war es, worauf Arika rechnete. Sie meinte, ihn in den Tod zu schicken.

»Ronan...« Er blickte auf. Tyr betrat die Männerhöhle, und es standen Tränen in seinen dunklen, blauen Augen. »Ronan, ich glaube ihr nicht«, sagte er. Seine Stimme zitterte.

Auch den anderen Männern geht es nicht anders als dir, dachte Ronan bitter. Aber sie sind nicht dazu bereit, sich gegen sie aufzulehnen. Nicht einmal Neihle...

Er brachte sich dazu, mit den Schultern zu zucken, als ob es keine Bedeutung habe. »Die Herrin hat gesprochen, und der Clan muß gehorchen.«

»Ich werde mit dir gehen«, versprach Tyr.

Ronan starrte ihn überrascht an. »Hast du es nicht gehört?

Die Herrin hat gesagt, sie wird jeden, der mit mir kommt, verfluchen.«

»Das ist mir egal«, rief Tyr leidenschaftlich. »Ich will dich trotzdem begleiten.«

Ronan dachte, nun, da er die Augen der Herrin nicht mehr auf sich weiß, kann Tyr handeln wie ein Mann. Aber von Angesicht zu Angesicht mit der Herrin bringt er keinen Widerstand auf. Keiner von ihnen tut es.

»Nein, Tyr«, antwortete Ronan. »Bleib hier, wo du hingehörst.«

»Ich gehöre zu dir!« rief Tyr.

Ronan drehte sein Gesicht von ihm fort. »Ich will dich nicht bei mir haben.«

Die Abenddämmerung färbte den Himmel über dem Hirschberg lavendelfarben, als Ronan dem Hirsch-Clan den Rücken zukehrte und seine einsame Wanderung den Großen Fischfluß abwärts begann.

Nel und Nigak warteten nach der zweiten Biegung auf ihn.

Er sah die Schlaffelle zu ihren Füßen und sagte: »Du kannst nicht mit mir kommen, kleine Elritze.« Zu ihr sprach er milder als noch zuvor zu Tyr.

»Du kannst mich nicht aufhalten«, behauptete Nel. Er war nun nahe genug bei ihr, um zu sehen, daß ihre Augen vom Weinen rot und geschwollen waren. »Ich hasse sie!« rief Nel. Ihre kleinen Hände waren zu Fäusten geballt. »Ich hasse sie alle beide! Ich bleibe nicht hier bei ihnen, Ronan. Auf keinen Fall!«

Nigaks Ohren waren auf Halbmast, als er ängstlich von Nel zu Ronan und wieder zurück blickte. Er winselte, doch keiner der beiden achtete auf ihn.

»Sie hat dich genauso weggeworfen, wie sie einen Zwilling fortwirft«, klagte Nel leidenschaftlich. »Ich hasse sie!«

»Ich bin kein hilfloses Baby mehr, Nel«, gab Ronan zu bedenken. »Noch habe ich vor, da draußen umzukommen, das verspreche ich dir.« Sein Gesicht verhärtete sich. »Diese Befriedigung gönne ich ihr nicht.«

»Das ist es aber, was sie will.« Nel begann wieder zu weinen, und ihr Gesicht verzerrte sich vor Schmerz. »Sie w-will, daß d-du stirbst.«

»Höre mir zu, kleine Elritze.« Er legte sein schweres Bündel ab und öffnete seine Arme. Nel warf sich in sie. »Ich kann dich nicht mitnehmen«, sagte er über den kleinen Kopf hinweg, der sich an seine Schulter preßte. »Du bist noch zu jung. Du würdest mich nur behindern. Allein habe ich eine bessere Chance.«

»Keiner wollte mir zuhören«, klagte sie in das Rentierfell seiner Jacke. »Ich habe versucht, ihnen die Wahrheit über Morna zu sagen, darüber, was sie schon vorher versucht hat, aber keiner wollte mir zuhören.«

»Sie haben Angst vor der Herrin«, kommentierte Ronan grimmig. »Sie wollten deine Erklärung nicht hören.«

Nel weinte weiter, und er hielt sie und wünschte, er hätte sie nicht so angetroffen. Bisher hatte sein Zorn ihm ein Gefühl von Stärke gegeben; er wollte nicht fühlen, was Nel ihn fühlen machte.

»Komm«, sagte er und riß sich zusammen, »es wird bald dunkel sein. Ich muß gehen.« Er legte ihr die Hände auf die Schultern und schob sie von seiner Brust fort.

Nel weinte weiter.

»Ich werde dich holen kommen, kleine Elritze«, hörte er sich selbst sagen. »Ich verspreche dir, daß ich wiederkomme.«

»D-das v-versprichst d-du?«

»Ich verspreche es.«

Tapfer versuchte sie zu lächeln. Sie sagte: »Also, wenn du mich schon nicht mitnehmen willst, dann laß wenigstens Nigak dir folgen.«

Hoffnung flackerte in Ronans Herz auf. Er schaute den Wolf an. Nigaks gelbe Augen waren auf Nel fixiert. Die Hoffnung erstarb. Ronan schüttelte den Kopf und stellte fest: »Er würde dich nie verlassen.«

»Doch, für dich würde er es tun«, entgegnete Nel. »Wenn ich es von ihm verlangte.«

Ronan schluckte. Er wollte Nigak verzweifelt gerne haben. »Ich könnte ihn nicht von dir verlangen, Nel«, sagte er. »Du liebst ihn.«

»Ich habe doch Sharan«, gab sie zu bedenken. »Und ich würde mich viel besser fühlen, wenn ich wüßte, daß er bei dir ist. Bitte, Ronan, nimm ihn mit.«

Er konnte es nicht länger abschlagen. »Also gut«, stimmte er zu, »wenn er freiwillig mitkommt.« Und er griff einmal mehr nach seinem Bündel.

»Wohin wirst du gehen?« fragte Nel und beobachtete mit großen, tragischen Augen, wie er sein Bündel über die Schulter warf.

»Erst mal in unser Sommerlager«, antwortete Ronan. »Die Höhlen dort werden im Winter nicht benutzt, und es gibt immer noch ein bißchen Wild in der Gegend. Ich kann durch das Eis des Flusses fischen, und es sind immer irgendwelche Vögel da.«

»Das ist eine gute Idee.« Ihr Gesicht hellte sich auf. »Ich weiß, Ronan! Du mußt einen Platz finden, von dem die Herrin nichts weiß. Dann kannst du zurückkommen und mich holen, und wir gründen unseren eigenen Stamm, weit fort von allen anderen.«

Er lächelte nicht über ihre kindlichen Vorstellungen, sondern antwortete ernst: »Das ist ein guter Vorschlag.« Er blickte zum Himmel auf. »Es wird spät, Nel. Ich muß gehen.«

Sie nickte zustimmend, dreimal.

Er wandte sich ab.

»Nigak«, hörte er Nel hinter sich sagen, »geh mit Ronan.«

Der Wolf winselte protestierend. Ronan fühlte, wie sich seine Muskeln anspannten.

»Geh mit Ronan«, wiederholte Nel.

Ronan schaute nicht zurück. Nigak würde nicht kommen. Ein Gefühl von Verlassenheit, den ganzen Nachmittag lang so effektiv durch seinen Zorn unterdrückt, überschwemmte seine Seele. Er brachte sich dazu, weiterzugehen, eine einsame Gestalt in der zunehmenden Dämmerung, den Blick starr geradeaus gerichtet.

Plötzlich fühlte Ronan etwas Warmes und Feuchtes in seine herabhängende Handfläche stoßen. Es war Nigaks Nase. Tränen flossen ungehemmt Ronans Wangen hinab, als sich seine Hand vorsichtig um die wertvolle schwarze Liebesgabe schloß. Er und der Wolf gingen weiter.

TEIL ZWEI

Der Wolf-Clan

Drei Jahre später

8

Thorn stand gerade außerhalb des Schattens, den der Abhang warf, und genoß die erste schwache Wintersonne. Er und sein Vater hätten schon seit Stunden in der heiligen Höhle bei der Arbeit sein sollen, um die Zeichnungen von den Winterzeremonien des Büffel-Clans zu beenden, aber Rilik war zu einer Versammlung mit dem Stammeshäuptling gerufen worden. Haras hatte den Rat der Nirum einberufen, um mit ihnen die Situation der drei Stammesmitglieder zu besprechen, die in der vorangegangenen Nacht verschwunden waren.

Fara und Crim waren nicht mehr da, genauso wie Faras Schwester Eken. Sie hatten all ihre Bekleidung, ihre Kochutensilien und ihre Schlaffelle mitgenommen. Keiner war im Zweifel darüber, warum sie den Stamm verlassen hatten und wohin sie gegangen waren. Die Frage, die Haras diskutieren wollte, war die, ob der Clan ihnen folgen und sie zur Rückkehr zwingen sollte.

Es war der Verlust der Frauen, der Haras am meisten beunruhigte. Crim war ein guter Mann, ein ausgezeichneter Jäger und bei allen beliebt. Er würde dem Stamm fehlen. Aber die Frauen waren wertvoller; zwei junge Mädchen in gebärfähigem Alter standen für einen Reichtum, den kein Clan gerne in den Wind schreiben würde.

»Also gut, mein Sohn.« Da war endlich die Stimme seines Vaters, und Thorn drehte sich rechtzeitig genug um, um Rilik von dem schmalen Felssteig hinab das Tal betreten zu sehen. »Wir können jetzt gehen.«

»Ich bin bereit, Vater.« Sie gingen zusammen auf den Fluß zu und Thorn fragte: »Dann werden die Männer Crim und die Frauen also nicht verfolgen?«

»Nein«, Riliks Antwort war knapp. »Haras hat entschieden, sie ziehen zu lassen.«

Thorn blickte von der Seite her in das Gesicht seines Vaters. Rilik war mit der Entscheidung ihres Anführers eindeutig nicht einverstanden.

»Was hat Herok gesagt?« wagte sich Thorn weiter vor, nachdem sie die kleine Barke zu Wasser gelassen hatten und hineingeklettert waren. Herok war Thorns Vetter, den Eken noch dieses Jahr nach den Winterzeremonien hätte heiraten sollen.

Rilik murmelte etwas, als er sich mit dem Ruder vom Ufer abstieß. »Er war nicht glücklich.«

Ein kalter Wind wehte ihnen durch das Flußtal entgegen, und Thorn zog sich die Kapuze seiner Rentierfelljacke über die Ohren. »Ich kann verstehen, warum Eken es vorgezogen hat, Fara zu folgen«, sagte er und kuschelte sich noch etwas tiefer in das Fell der Jacke. »Als Schwestern standen sie sich ungewöhnlich nahe, und Eken wird nicht gewollt haben, daß Fara ohne eine Blutsverwandte sein sollte, wenn sie erneut gebären würde.«

Rilik trieb sie mit starken, gleichmäßigen Paddelschlägen durch das Wasser. »Ja«, bestätigte er düster. »Auch ich verstehe Eken. Crim ist es, den ich nicht verstehen kann. Er ist ein Mann. Seine Loyalität dem Stamm gegenüber sollte stärker sein als seine kindische Zuneigung zu einer Frau.«

»Es ist nicht einfach kindische Zuneigung, Vater«, entgegnete Thorn ein wenig herausfordernd. »Fara hat geschworen, sich zu töten, falls sie wieder Zwillinge auf die Welt bringen und der Stamm sie aussetzen würde. Sie hat das nicht nur so dahingesagt, Vater. Ich habe ihr Gesicht gesehen, als sie ihr die letzten fortnahmen …« Thorn hielt abrupt inne aus Angst, seine Stimme könnte überkippen.

»Es ist sehr wahrscheinlich, daß sie wieder Zwillinge haben wird«, sagte Rilik. »Sie hatte sie zweimal; warum sollte es beim dritten Mal anders sein?« Er zuckte mit den Schultern. »Deshalb hat Haras entschieden, sie gehen zu lassen. Er meinte, es habe keinen Sinn, daß der Clan mit einer weiteren Zwillingsgeburt gestraft würde.«

»Und sie sind in das Tal des Wolfes gezogen?«

Rilik fuhr ein letztes Mal mit seinem Paddel ins Wasser. »Es scheint so. Man hat Crim gesehen, als er beim letzten Herbsttreffen mit den Männern von Ronans neuem Stamm sprach. Wahrscheinlich haben sie ihm erklärt, wie er sie finden könne.«

Die Barke war am Ufer angelangt, und der Mann und der Junge sprangen hinaus, um sie aus dem Wasser zu ziehen.

»Vater...« Sie stolperten über das Geröll der Uferböschung auf die Felsklippe zu, über die sie würden hinwegklettern müssen, um zu der heiligen Höhle zu gelangen. »Wenn Fara tatsächlich Zwillinge hat, meinst du, Ronan wird ihr erlauben, sie zu behalten?«

Sie hatten den Fuß des Felsens erreicht. »Deshalb hat Crim sie zu ihm gebracht«, erklärte Rilik. »Er hat gesagt, wer dem Weg der Großen Erdmutter folge, der dürfe einen der Zwillinge behalten. Außerdem bin ich sicher, daß Ronan alles in seiner Macht Stehende tun wird, um Fara und Eken glücklich zu machen. Die Frauen sind ein wertvoller Gewinn für den Stamm von Gesetzlosen, die er um sich versammelt hat.« Vom Sonnenlicht geblendet blickte Rilik nach oben zum Höhleneingang. »Für den Büffel-Clan hingegen sind sie ein schmerzlicher Verlust«, fügte er bitter hinzu.

Rilik hatte die erste in den Felsen geschlagene Griffmulde erreicht, als er Thorn leise sagen hörte: »Ich hoffe, daß er sie beide behalten läßt.«

Rilik ließ die Hand sinken und drehte sich zu seinem Sohn um. »Warum sollte er das tun?«

Auf Thorns schmalem Rehgesicht lag ein ungewöhnlich nüchterner Ausdruck. »Weil Ronan keiner von denen ist, der Tabus, deren Notendigkeit er nicht einsieht, viel Raum einräumt.«

»Das Tabu von Zwillingen ist von außerordentlich großer Notwendigkeit.« Riliks Stimme klang hörbar kühl. »Jedoch, ich gebe dir darin recht, daß Ronan kein Mann ist, der Tabus sonderliche Beachtung schenkt. Das ist es schließlich, warum er überhaupt aus dem Hirsch-Clan ausgestoßen wurde.«

»Du selbst hast doch gesagt, Vater, du hieltest ihn für unschuldig«, erinnerte ihn Thorn schnell.

Rilik zog die Augenbrauen hoch. »Laß uns lieber sagen, daß es begründeten Zweifel an seiner Schuld gibt.« Eine Weile dachte er schweigend über seinen Sohn nach und bemerkte dann: »Ich wußte nicht, daß du solche Achtung vor Ronan hast, Thorn. Woher kommt diese Bewunderung?«

Thorn wurde rot. »Ich war viel bei ihm, als er sich bei uns von seiner Verletzung erholte. Weißt du das nicht mehr, Vater?«

»Ich erinnere mich daran, wie schlimm seine Verletzung war«, meinte Rilik. »Um ehrlich zu sein, ich habe mir nie recht erklären können, wie er es über den Büffel-Paß geschafft hat, auf diesem gebrochenen Bein. Wenn er nicht diesen zahmen Wolf gehabt hätte, dann wäre er ganz sicher gestorben, bevor wir ihn gefunden hätten.«

»Ich habe ihm in der Zeit seiner Genesung Gesellschaft geleistet«, wiederholte Thorn. »Ich habe ... für ihn gezeichnet.«

Der Blick, mit dem Rilik seinen Sohn musterte, war scharf wie eine Speerspitze. »*Für* ihn gezeichnet?«

»Ja.«

Schweigen. Schließlich fragte Rilik entschlossen: »Hast du sein Gesicht gezeichnet, Thorn?«

Erneutes Schweigen. »Ja.« Thorns Stimme war leise, doch auch eine Spur herausfordernd. »Ich habe es getan.«

»Hat er gewußt, daß du es tust?«

»Ja«, sagte Thorn wieder. Er begegnete dem durchdringenden Blick seines Vaters. »Er hatte keine Angst, Vater. Ich habe dir doch schon gesagt, daß er sich nicht um Tabus schert, deren Sinn er nicht einsieht.«

»Im Stamm des Hirschen zeichnen sie nicht.« Riliks Stimme wurde mit jedem Wort unerbittlicher. »Sie machen keinen Jagdzauber wie wir, die wir dem Weg des Himmelsgottes folgen. Ronan kann die Gefahr, die in der Ähnlichkeit liegt, gar nicht verstehen. Es war falsch von dir, Thorn, seine Unwissenheit auszunutzen. Sehr falsch.« Riliks Augen bohrten sich in das Gesicht seines Sohnes. »Was hast du mit den Zeichnungen getan?«

»Ich habe sie in den Fluß geworfen«, log Thorn.

Nun ließ Rilik seinem Zorn freien Lauf. »Wie oft muß man es dir noch sagen? Etwas zu zeichnen bedeutet, seinen Geist einzufangen! Deshalb zeichnen wir die Tiere, die wir jagen, damit wir Macht über sie gewinnen. Aber es ist ein Tabu, das Abbild eines Menschen zu zeichnen. Diese Art Macht ist sehr gefährlich, Thorn! Kein Künstler sollte jemals seine Gabe auf solche Art mißbrauchen. Ich habe es dir wieder und wieder und wieder gesagt...«

Thorn senkte den Kopf. Es stimmte, man hatte es ihm wieder und wieder gesagt. Er begriff selbst nicht, was ihn dazu bewog, die Gesichter von Menschen zeichnen zu wollen. Seinem Vater und allen anderen Künstlern, die vor ihm gewesen waren, genügte es, Tiere darzustellen. Warum war nur er allein mit diesem unnatürlichen Bedürfnis geschlagen?

Endlich verstummte Rilik. Thorn hörte, wie sein Vater seufzte. »Komm«, sagte er mit ruhigerer Stimme. »Laß uns unsere Arbeit tun.«

Sie benötigten zwanzig Minuten, um bis zu dem Loch hinaufzuklettern, welches den Eingang zu der heiligen Höhle des Clans darstellte. Sie nahmen sich die mit Tierfett gefüllten Lampen aus

Speckstein, die sie gleich neben dem Eingang zur Höhle verwahrten, und Rilik entzündete ihre Dochte mit dem glühenden Kohlestück, welches er in einem Antilopenhorn verpackt an seinem Gürtel getragen hatte. Die Höhle, die sie nun betreten würden, war besonders tief, und die Lampen setzten der gigantischen Dunkelheit nur wenig Licht entgegen. Rilik jedoch kannte den Weg so genau, daß er den engen Gängen mit erstaunlicher Sicherheit und Schnelligkeit folgen konnte.

Thorn ging hinter seinem Vater auf den gewundenen, dunklen Pfaden her ins Innere des Berges. Nach etwa achthundert Metern gelangten sie an einen schwarzen, stillen, unterirdischen See und damit in den ersten großen Saal der Höhle. Rilik wandte sich zur Seite und hielt sich, mit Thorn dicht hinter ihm, entlang der einen Wand des Saals.

Wenig später schon merkte Thorn, daß sie nun langsam nach oben gingen. Er hob seine Steinlampe etwas höher, der Raum weitete sich, und sie erreichten einen weiteren Gang.

Das aufwühlende Erstaunen und die Ehrfurcht, die ihn immer wieder an diesem Ort erfüllte, ergriff ihn auch dieses Mal. Denn hier, in dieser verborgenen, hoch aufstrebenden Höhle, bewahrte der Büffel-Clan seinen größten Schatz. Hier hatte Rilik für sein Volk den Geist jener Tiere eingefangen, die der Stamm jagte, um zu überleben. Auf den glatten, glänzenden Wänden waren Büffel und Pferde und Steinböcke und Hirsche dargestellt. Die Tiere waren derart mit Leben erfüllt, daß sie jeden Moment von den Wänden zu springen schienen.

Langsam richtete Thorn seinen bewundernden Blick von den Wandmalereien auf seinen Vater. Denn der größte Teil der Darstellungen in diesem Saal waren Riliks Arbeit. Vier abgeschlossene Felder von Tierdarstellungen hatte er geschaffen, durch den lockeren, schwungvollen Stil deutlich als Werke seiner Hand zu erkennen. Nur der Büffel sah ein klein wenig steifer, ein klein bißchen weniger flüssig und leicht aus als der Rest der

Tierdarstellungen. Als Thorn seinen Vater dazu befragte, hatte ihm Rilik geantwortet, daß es sich nicht schickte, den Büffel zu naturalistisch wiederzugeben, da er als das Totemtier des Clans weder gejagt noch verspeist werden durfte.

Es gab keinerlei Darstellungen von Menschen im Gewölbe der Höhle.

Obwohl Thorn schon seit einigen Wintern die Kunst des Zeichnens erlernte, hatte er erst dieses Jahr, nach seiner Initiation in die Männerwelt des Stammes, die Erlaubnis zum Betreten der heiligen Höhle erhalten. Anfangs hatte er sich, von der Sicherheit und Geschicklichkeit des älteren Mannes in Erstaunen versetzt, damit zufriedengeben müssen, seinem Vater bei der Arbeit zuzusehen. Der Schamane hatte Thorn beigebracht, zunächst die Umrisse der Figur zu zeichnen und sie später auszufüllen. Die Umrandung würde später wieder entfernt werden, hatte Jessl erklärt. Aber Rilik war ein so exzellenter Zeichner, daß er die nassen Pigmente auf den Fels auftrug, ohne noch vorher die Begrenzungen der Flächen festzulegen.

Derzeit arbeitete Thorn an der Darstellung eines Steinbocks. Diese Bergziegen waren eine wichtige Nahrungsquelle für den Büffel-Clan, und Thorn war daher bemüht, die Tiere so realistisch wie möglich wiederzugeben. Er besaß noch nicht soviel Vertrauen in seine Technik wie Rilik, und so hatte er damit begonnen, mit einer fein zugespitzten Vogelfeder die Umrisse in schwarzen Erdtönen zu zeichnen. Die Ockerfarben, mit denen er den geschaffenen Raum füllte, wurden ebenfalls mit Federn aufgetragen, die feinen Linien und die Schattierungen mit unterschiedlich breiten Federspitzen.

Thorn machte seine Arbeit. Er war glücklich, und er fand es aufregend zuzusehen, wie der Steinbock unter seinen geschickten Händen Gestalt annahm. Deshalb durchfuhr ihn, als er nun zurücktrat, um die Wirkung seines Bildes zu prüfen, schmerzhaftes Erstaunen: *Warum war das nicht genug?*

Der Winter verabschiedete sich aus dem Gebiet des Büffel-Clans, und der erste Frühlingsmond ging am Himmel auf. »Beim Frühlingstreffen werden wir erfahren, ob Fara wieder Zwillinge bekommen hat«, meinte an einem kalten Nachmittag Rilik, der in der Männerhöhle saß und die Abbildung eines Pferdes in einen Rentierknochen ritzte, zu seinem Sohn. »Wahrscheinlich wird auch jemand vom Wolf-Clan da sein, um mit Rentierhäuten zu handeln.«

»Ronan wird nicht selbst kommen?« fragte Thorn.

Rilik runzelte ironisch die Augenbrauen. »Ich kann mir kaum vorstellen, daß Ronan es wagt, auch nur für die kürzeste Zeit einem Haufen von Gesetzlosen den Rücken zu kehren. Er hat schon im Herbst jemand anderen geschickt.«

Es wurde still, als Rilik fortfuhr, den Knochen zu bearbeiten. Nach einer Weile fragte Thorn: »Wie viele Männer, meinst du, haben sich Ronan inzwischen angeschlossen, Vater?«

Rilik zuckte die Schultern. »Wer weiß? Sein Tal ist mittlerweile zur Zufluchtsstätte für all den Abschaum geworden, der aus dem eigenen Clan verstoßen wurde.« Rilik blickte von seiner Arbeit auf und legte seine Stirn in Falten. »Ich mache mir Sorgen darüber, inwieweit jemand, der so jung ist wie Ronan, sie unter Kontrolle halten kann. Er ist nicht durch das Recht des Blutes zum Anführer bestimmt so wie Haras. Er ist nur deshalb ihr Anführer, weil er es für sich in Anspruch nehmen kann, als erster die verborgene Zufluchtsstätte entdeckt zu haben, die er das Tal des Wolfes nennt.«

Rilik beugte sich wieder über seine Arbeit. Thorn beobachtete, wie sein Vater feine Linien zog, um den dicken Winterpelz des Pferdes anzudeuten. »Es gibt nicht mehr so viele Pferde in unserem Jagdgebiet«, murmelte der Jüngling.

Rilik gab ein zustimmendes Geräusch von sich.

»Vater...« – Thorn lehnte sich ein wenig vor – »darf ich dieses Jahr mit dir zum Frühlingstreffen gehen?«

Rilik nickte. »Ich habe schon darüber nachgedacht, dich vielleicht mitzunehmen, Thorn. Es wird gut für dich sein, einige der Arbeiten zu sehen, die dort getauscht werden. Letztes Jahr wurde dort eine der am schönsten geschnitzten Speerschleudern angeboten, die ich je gesehen habe.«

Thorns spitzes Rehgesicht leuchtete wie von innen auf. »Ist das wahr?« rief er aufgeregt. »Darf ich mit?«

»Wenn deine Mutter nichts dagegen hat.«

Thorn seufzte beglückt auf. Sie beide wußten, daß seine Mutter nichts dagegen haben würde. Es wäre Thorns Mutter niemals in den Sinn gekommen, Rilik zu widersprechen.

Thorn stützte sein Kinn auf den Knien auf. »Welche Stämme werden dort sein, Vater?«

Rilik legte seine Arbeit fort. »Clans kommen von überall her zu der Großen Höhle, wo das Frühjahrstreffen abgehalten wird«, erklärte er. »Sogar mehr Menschen als im Herbst. Verwandte Stämme aus dem Tal des Schlangen- und aus dem des Goldflusses. Es kommen immer ein paar Clans von der Morgenseite der Berge und von denen, die am Meer wohnen. Sie sind dem Hirsch-Clan insoweit ähnlich, als sie noch dem Weg der Großen Erdmutter folgen.« Rilik nickte ernst. »Ganz sicher kannst du nirgends sonst so vielen Menschen aus unterschiedlichen Stämmen begegnen wie in der Großen Höhle beim Frühlingstreffen.«

»Und es wird gehandelt?« trieb Thorn seinen Vater weiter.

»Ja, es wird getauscht: Muscheln vom Meeresstrand, Häute von Rentier und Büffel und weißem Fuchs, und Mammutelfenbein und Horn vom Moschusochsen aus dem Norden. Man erhält dort Nadeln und Speere und Speerschleudern, alles wunderbar verziert. Die Schnitzer werden sogar solche für dich machen, genauso wie du sie willst und beschreibst. Man erhält alle nur denkbaren Formen von Grabsticheln und Schabern und Tontöpfe zur Aufbewahrung von Lebensmitteln. Du bekommst geschnitzte Armreifen und Anhänger und Stirnbänder und Gürtel.« Rilik mußte lächeln, als er das entzückte Gesicht seines Sohnes sah. »Die Ware Neuigkeit und Klatsch ist genauso reichhaltig verfügbar wie die anderen Güter, und natürlich ist es mit der wichtigste Zweck dieses Treffens, gute Heiratsverträge auszuhandeln.«

Thorn seufzte tief. »Was wird unser Clan zum Tauschen mitnehmen, Vater?«

»Der Werkzeugmacher wird sein Werkzeug mitnehmen, die Jäger ihre Häute und ich meine Schnitzereien.« Rilik nahm den Rentierknochen und den Stichel wieder auf. »Es gibt unter den mit uns verwandten Clans nicht viele Künstler, die so gut zeichnen können wie ich«, sagte er trocken. »Nur jene vom Stamm des Pferdes können sich mit mir vergleichen, und sie kommen nur selten so weit in den Süden zur Großen Höhle.« Rilik bearbeitete gedankenverloren seinen Knochen. Er ritzte eine Linie ein und betrachtete sie prüfend. Wenig später erhob sich Thorn still und machte sich davon.

Es war ein windiger, kalter Frühlingsmorgen, als sich die Händler des Büffel-Clans dem Atata-Fluß nordwärts folgend aufmachten, um die Zweitagesreise zu beginnen, die sie zu dem Treffen bei der Großen Höhle bringen würde. Der Atata schuf eines jener großen Täler, die in Nord-Süd-Richtung die Berge durchschnitten, und die jahrhundertelangen Wanderungen der Tiere hatten Pfade geschaffen, die dann von den Menschen genutzt und noch tiefer in die Erde und die Felsen der Hügel eingegraben wurden. Steile Hänge fielen auf beiden Seiten in das Tal des Atata ab, und die Pfade folgten daher vornehmlich dem Flußufer.

»Wie sieht die Große Höhle aus?« hatte Thorn seinen Vater schon Wochen vorher gefragt.

»Warte ab und sieh sie dir mit deinen eigenen Augen an«,

hatte Rilik geantwortet. Die gleiche Antwort hatte er seinem Sohn gegeben, als dieser ihn, noch ein Kind, über die heilige Höhle befragte. Das Warten war eine Qual gewesen, aber schließlich hatte Thorn doch zugeben müssen, daß er froh war, nicht gewußt zu haben, was er erwarten sollte. »Es wird dir auch mit der Großen Höhle so gehen«, versprach sein Vater. »Du wirst schon sehen.«

Thorns Warten wurde am späten Nachmittag ihres zweiten Wandertages beendet. Die Leute vom Büffel-Clan folgten inzwischen dem Pfad entlang dem Kieselfluß, als vor ihnen eine Felswand emporragte, die ihnen den Weg zu versperren schien. Thorn hielt inne. Es mußte jedoch irgendeinen Weg geben, denn die Männer vor ihm bogen scharf nach links ab. Thorn folgte ihnen und sah direkt vor sich die Höhle liegen.

Sie war tatsächlich sehr groß, ein riesiger Triumphbogen aus rosafarbenem Stein, der sich mindestens dreißig Meter über den Fluß erhob. Tatsächlich handelte es sich bei der Großen Höhle eher um einen Tunnel als um eine richtige Höhle, ein überdimensionaler Tunnel, der die Felswand von einer Seite zur anderen durchschnitt. Der Fluß schäumte ungehindert in seinem Inneren. Menschen lagerten überall auf dem Flußkies vor der Höhlenöffnung, und Thorn sah eine Gruppe von Kindern, die bei ihrem wilden Spiel mit einem aufgeblasenen Pferdemagen entzückt aufkreischten. Einige der Kinder waren vom Fluß naßgespritzt.

In seinem ganzen bisherigen Leben war Thorn nur einer Handvoll Menschen begegnet, die nicht von seinem eigenen Stamm waren. Seine Augen weiteten sich, und sein Herz schlug vor Aufregung schneller. Die Last der geschnitzten Knochen auf seinem Rücken schien plötzlich abzunehmen. Er richtete sich auf, blickte noch einmal auf die kreischenden Kinder und lächelte.

9

Die Gruppe der Händler schlängelte sich zwischen den Zelten und Menschen hindurch, bis sie unter dem aufragenden Felsbogen verschwand. Thorn blickte sich neugierig um. Nie hätte er geglaubt, daß eine Höhle ein so hohes Gewölbe bilden könnte! Durch die weite Tunnelöffnung strömte Licht ins Innere, und auch die vielen Lagerfeuer, um die herum Männergruppen mit ihren Waren saßen, erleuchteten den Raum. Eine Gruppe insbesondere zog sofort Thorns Aufmerksamkeit auf sich; unmittelbar hinter ihnen an der Felswand aufgeschichtet befand sich ein immenser Berg von Rentiergeweihen.

»Was tun die Männer mit all diesen Geweihen, Vater?« fragte er Rilik mit leiser Stimme.

Rilik blickte zu der Gruppe. »Sie machen Grabestöcke daraus, Thorn.«

Die Gruppe vom Büffel-Clan war zum Stehen gekommen, während Rilik gesprochen hatte, und Thorn beobachtete, wie Haras mit einer Lampe zu den Männern mit den Geweihen hinüberging. Einer von ihnen zündete sie ihm freundlich am eigenen Lagerfeuer an. Haras verharrte noch einen Augenblick im Gespräch mit dem Mann und führte sie dann zu einer Öffnung im Fels, von der Thorn annahm, daß sie den Weg zu den Schächten im Inneren des Berges freigab. Er drehte sich um, um den anderen zu folgen, stolperte und wurde von der starken Hand seines Vaters aufgefangen. »Achte darauf, wohin du trittst«, sagte Rilik.

Haras war verschwunden, und gehorsam folgte Thorn ihm in die Dunkelheit. »Wir schlagen unser Lager immer in dem gleichen Felsensaal auf«, erklärte Rilik hinter seinem Sohn einherschreitend. »Es ist nicht weit.«

Thorn stand ruhig abseits, als die Männer daran gingen, ein Lagerfeuer zu errichten. Sobald das Feuer brannte und genug

Licht spendete, ging Thorn, um die Felswände zu betrachten. Er sah keine Zeichnungen.

»Komm«, forderte ihn Rilik auf, »wir haben noch genug Zeit, um uns ein wenig umzusehen.«

Begierig folgte Thorn seinem Vater den Gang entlang zurück in den Haupttunnel der Höhle.

Der Lärm des rauschenden Gebirgsflusses war allgegenwärtig, noch gesteigert durch die Felswände und das Gewölbe. Rilik und Thorn folgten dem steilen Pfad entlang des schäumenden Wassers, und Thorn konnte nun erkennen, daß auf jedem Fleckchen ebenen Grundes Männer mit ihren Waren lagerten. Einige der Männer trugen den langen Zopf, der sie als Anhänger der Göttin kennzeichnete, und Thorns braune Augen weiteten sich vor Erstaunen, als er hinter seinem Vater einherschritt und seinen Blick von Gruppe zu Gruppe schweifen ließ.

Rilik kannte viele der Männer von vorangegangenen Treffen und blieb oft stehen, um Grüße und Neuigkeiten auszutauschen. Selbst jene, die von weither kamen, schienen eine rauhere Sprachvariante der verwandten Stämme zu beherrschen. Thorn jedoch interessierte sich mehr für die Gegenstände, die zum Tausch angeboten wurden, als für die Gespräche, und die Waren, die ihn am meisten faszinierten, waren die Muscheln. Auch der Büffel-Clan kannte Muscheln, die sowohl für Männer als auch für Frauen zu Schmuck verarbeitet wurden, aber noch nie hatte Thorn eine so wunderschöne Sammlung ungefaßter Muscheln gesehen. Es gab goldfarbene und schwarze Muscheln und solche, deren Oberfläche in rosa, weißen und grauen Tupfen wie Perlmutt schimmerte. Eine fächerförmige, vollkommen weiße begehrte Thorn besonders heftig. Er würde für sie einige seiner eigenen Ritzarbeiten zum Tausch anbieten und für seine Mutter einen Anhänger daraus machen.

Thorn wandte sich von den Muscheln ab und sah, daß Rilik sich vor dem Federhändler niedergelassen hatte. Rilik konnte ganze Stunden damit zubringen, Federn auszuwählen. »Darf ich ein wenig nach draußen gehen, Vater?« flüsterte ihm deshalb Thorn ins Ohr.

»Hmmhmm«, machte Rilik geistesabwesend, nahm eine Rebhuhnfeder auf und schätzte ihre Länge ab. Thorn ging.

Draußen wurde es schon langsam dunkel, und Thorn stellte enttäuscht fest, daß die Kinder aufgehört hatten zu spielen. Nur ein kleiner Junge war noch übrig, der planlos den Pferdemagenball zwischen seinen in Mokassins gehüllten Füßen hin- und herkickte. Thorn betrachtete sein Gesicht mit Interesse.

Alle Linien im Gesicht des Kindes strebten nach oben mit Ausnahme der Augen, die mit ihrem Schwung nach unten seine Neugier weckten. Die Nase war besonders entzückend, lang und dünn, mit einer Spitze, die steil emporragte. Auch der Mund war schmallippig, aber an seinen Enden mit je einem unwiderstehlichen Bogen nach oben ausgestattet, der ihm einen fröhlichen und freigebigen Ausdruck verlieh. Die nebelhaften blauen Augen sahen schläfrig aus, aber ihr Funkeln war kein bißchen verschlafen. Thorn lächelte. Es war unmöglich, ein solches Gesicht nicht anzulächeln.

Das Kind bemerkte ihn und kam zögernd heran. »Willst du mit mir Ball spielen?« fragte es.

Thorn grinste. »Ja«, sagte er, »das würde ich gerne.«

Die zwei Jugendlichen spielten so lange glücklich miteinander, bis es dunkel wurde und ihre ärgerlichen Väter kamen, um sie zu holen. Der Junge war der Sohn des Schamanen vom Stamm des Leoparden, und der Schamane und Rilik meinten, ihre Söhne sollten eigentlich vernünftig genug sein, um bei Einsetzen der Dunkelheit von selbst zum Lagerfeuer zurückzukehren. Thorn und Kenje grinsten sich reuelos an und folgten ihren Vätern.

Thorn erwachte mitten in der Nacht, schweißgebadet. Er fühlte sich erbärmlich. Seine Nase war so verstopft, daß er keine Luft bekam, und sein Hals schmerzte. Er setzte sich auf und bemühte sich im Licht der einzelnen Lampe, seinen Vater zu finden, doch er sah nur seine Umrisse unter dem Schlaffell.

Außer dem Schnarchen der Männer vernahm er keine Geräusche in dem Höhlensaal. Keiner rührte sich. Rilik hatte einen tiefen Schlaf, und wenn Thorn versuchte, ihn zu wecken, dann würde er damit die anderen stören. Sie würden ihn für ein Baby halten, das wegen ein bißchen Halsschmerzen jammerte. Die Tränen traten ihm in die Augen, und er blinzelte sie fort. Er wünschte sich verzweifelt, daß er seine Mutter nicht verlassen hätte. Er legte sich wieder hin und stählte sich dafür, den Rest der Nacht durchzuhalten.

Kurz vor der Morgendämmerung schlief Thorn endlich ein, erwachte jedoch, als sich erstes Leben um die Feuerstellen rührte. »Ich fühle mich nicht gut«, krächzte er zu seinem Vater gewandt. »Mein Hals tut weh.«

Rilik zog die Augenbrauen hoch und legte ihm eine Hand auf die Stirn. »Dein Kopf ist heiß.«

Haras hatte sie beobachtet und kam heran. »Was ist hier los?« Er ließ sich neben Rilik auf den Fersen nieder, und beide Männer blickten besorgt auf Thorn nieder.

Der Häuptling des Büffel-Clans war eine imposante Gestalt: groß und mit breiten Schultern, mit sandfarbenem Haar und blaugrauen Augen. Diese Augen blickten nun auf Thorn mit einem Gemisch aus Besorgnis und Ärger. Haras wollte sich während des Treffens nicht um einen kranken Jungen kümmern müssen.

»Der Junge scheint irgendeine Halskrankheit zu haben«, bemerkte Rilik. »Auch seine Haut ist heiß. Ich werde ihm etwas Salbeitee geben, und er kann heute in seinem Schlaffell bleiben.«

Thorn stöhnte protestierend.

»Das würde auch der Schamane empfehlen«, bemerkte Haras autoritär. »Wenn die Haut heiß ist, dann muß man sich ruhig verhalten, um es dem ärgerlichen Dämon im Inneren zu ermöglichen, sich zu beruhigen. Sieh also, daß du schläfst. Vielleicht wirst du dich besser fühlen, wenn du wieder erwachst.« Der Häuptling wandte sich an Rilik. »Wenn seine Haut nicht kühler wird, dann werden wir einen Schamanen finden müssen, der ihm ein wenig Blut abnimmt, damit der wütende Dämon ihn verlassen kann.«

Rilik brachte Thorn den versprochenen Tee, und das heiße, nach Salbei duftende Getränk tat seinem geschwollenen Hals gut. Dann beluden die Männer des Stammes ihre Schultern mit den Waren und gingen davon, um das zu erhandeln, was sie brauchten. Thorn blieb zurück. Seine Halsschmerzen beruhigten sich durch den Tee ein bißchen, und er schlief wieder ein.

Er wußte nicht, wie lange er so gelegen war, als er erwachte. Der Saal war noch immer verlassen. Zu seiner großen Erleichterung fühlte er sich nun viel besser. Er haßte es, wenn ihm Blut abgenommen wurde, und da ihr eigener Schamane nicht bei ihnen war, würde der Eingriff von einem Fremden vorgenommen werden müssen. Thorn fachte das Feuer mit Hilfe der Lampe, welche die anderen für ihn zurückgelassen hatten, wieder an und wärmte sich noch ein wenig Tee. Er trank durstig, und als er fertig war, nahm er die Steinlampe auf, um die Felswände dieses Saals weiter zu untersuchen.

Der Stollen war weitgehend undekoriert, aber an einer der Wände entdeckte Thorn, daß irgend jemand einmal zwei Büffel mehr schlecht als recht in die Wand geritzt hatte. Thorn untersuchte sie und verzog angesichts ihrer Qualität verächtlich den Mund. Er kehrte zu seinen Sachen zurück, entnahm ihnen einen Stichel und ritzte einen anständigen Büffel neben die beiden ursprünglichen. Als er damit fertig war, machte er sich an die Abbildung eines Pferdes. Und dann, ohne daß er dafür einen eigenen Entschluß fassen mußte, zeichneten seine Finger wie aus einem eigenen inneren Antrieb heraus das Profil eines Gesichts.

Es war aber nur eine einfache Skizze, aber die lange, aufwärts gebogene Nase und die etwas schlaffen Augenlider ließen keinen Zweifel zu, um wessen Gesicht es sich handelte: Kenje, der Sohn des Schamanen vom Leoparden-Clan.

Thorn betrachtete die Darstellung, als er fertig war, und seine Augen strahlten vor Begeisterung über seine Schaffenskraft. Dann wurde ihm klar, was er getan hatte.

Bestürzt trat er von der Wand zurück. Wenn irgendwer dieses Bild sah, würde er in sehr großen Schwierigkeiten sein!

Thorn beugte sich vor, um einen Stein aufzuheben, mit dem er auslöschen wollte, was er gezeichnet hatte. Dann erinnerte er sich an die Worte seines Vaters. Wenn dieses Bild tatsächlich Kenjes Geist gefangenhielt, was würde dann mit diesem geschehen, wenn Thorn es mit einem Stein zerkratzte? Würde Kenje irgend etwas Furchtbares zustoßen, wenn Thorn sein Abbild zerstörte?

Zum ersten Mal begriff Thorn vollständig die Tragweite seines Tuns. Er hatte Kenje verletzbar gemacht. Ich hatte kein Recht, so etwas zu tun, dachte Thorn entsetzt. Was soll ich jetzt machen?

Die Antwort kam fast augenblicklich. Er würde gar nichts tun. Er würde die Zeichnung so lassen, wie sie war, und sie der Dunkelheit der Höhle überantworten. Nur seine Langeweile hatte ihn auf die Idee gebracht, die Höhlenwände zu untersuchen. Außer ihm würde sich bestimmt niemand für sie interessieren. Ganz sicher würde niemand die Zeichnung entdecken. Ganz bestimmt war Kenje in Sicherheit.

Als Rilik eine Stunde später in den Stollen zurückkehrte, fand er Thorn teetrinkend und in besserer Verfassung vor.

Während der Rest seines Clans handelte, traf sich Haras mit den übrigen Stammeshäuptlingen. »Die verwandten Stämme, die nördlich der Berge leben, erzählen sich beängstigende Geschichten«, teilte Haras abends am Lagerfeuer seinen Nirum mit. Thorn und die anderen Jugendlichen, welche die Männer zum Frühjahrstreffen hatten begleiten dürfen, saßen in einer eigenen kleinen Gruppe hinter den Männern und hörten schweigend zu. Haras runzelte besorgt die Stirn. »Ich weiß, es klingt unglaublich, aber ich habe es aus mehr als nur einer Quelle gehört.«

»Was ist das für eine Geschichte?« wollte Herok wissen.

»Es geht die Sage, daß es einen Stamm gibt, der aus den Ländern des kalten Nordens kommt. Man sagt, daß dieser Stamm nicht seßhaft ist, daß er sich ständig in Bewegung befindet, ununterbrochen nach besseren Weiden und Jagdgründen sucht. Die Männer erzählen, daß dieser Stamm über die Clans herfällt wie ein Feuer über eine Sommerweide; er zerstört alles, was sich ihm in den Weg stellt.«

Rilik rieb sich die Nasenspitze, ein sicheres Zeichen dafür, daß er skeptisch war. »Ich kann mir nicht vorstellen, daß das stimmt, Haras. Selbst wenn diese Plünderer von großer Zahl sind, warum tun sich die anderen Clans dann nicht zusammen und schlagen sie in die Flucht?«

»Das können sie nicht«, erhielt er zur Antwort. »Männer vom Stamm des Büffels, das ist von allem das Merkwürdigste.« Und Haras hob seinen löwenhaften Kopf. »Es heißt, daß diese Männer auf dem Rücken von Pferden sitzen.«

Verdutztes Schweigen. Dann riefen sie ungläubig aus: »Unmöglich!«

»Das muß der Traum eines Schamanen sein!«

»Das kann ich nicht glauben!«

Schließlich hob Haras die Hand, um für Ruhe zu sorgen.

»Hat irgend jemand von denen, die du gesprochen hast,

diese Männer tatsächlich *gesehen*?« fragte Rilik in das plötzliche Schweigen hinein.

Haras schüttelte verneinend den Kopf. »Sie sind noch nördlich der Stelle, wo der Goldfluß ins Meer fließt. Die Clans, die zu diesem Treffen gekommen sind, haben sie nicht selbst gesehen, aber bei den nördlichen Treffen ist ihnen von verwandten Stämmen von dem reitenden Volk berichtet worden.«

»Wie nennen sich diese Reiter?« wollte Herok wissen.

Haras antwortete: »Die verwandten Stämme nennen sie die Herren der Pferde.«

»Wenn sie sich nördlich vom Goldfluß aufhalten, dann sind sie in sicherem Abstand von uns«, wies Herok die übrigen Nirum hin.

»Das ist wahr«, stimmten die Männer zu, und schon bald sprachen sie über andere Dinge.

Männer, die auf Pferden sitzen? dachte Thorn. Kann das denn stimmen?

Am nächsten Tag fühlte sich Thorn sehr viel besser, und da der Stamm die Große Höhle erst einen Tag später verlassen würde, blieb ihm doch noch genug Zeit, das Treffen auszukosten. Die erste Person, die er aufsuchte, war der Muschelhändler, den er um die weiße fächerförmige Muschel bat, die er zwei Tage zuvor bewundert hatte.

Der Händler lachte über seine Unwissenheit und sagte ihm, daß sie längst fort war. »Laß dir das eine Lehre sein, Junge«, sagte der Mann belehrend. »Laß dir mit deinen Entscheidungen nicht soviel Zeit, sondern nimm dir, was du willst, solange es noch da ist.«

Mit hängenden Schultern entfernte sich Thorn von der Büffelhaut, auf welcher der Händler seine nun schon recht dezimierte Ware ausgebreitet hatte, als er eine Kinderstimme rufen hörte: »Thorn! Ich habe dich gesucht.«

Thorn drehte sich um, und beim Anblick von Kenjes fröhlicher Stupsnase durchzuckte ihn ein Gefühl von Schuld. »Ich war gestern krank.«

»Ich weiß. Ich habe deinen Vater nach dir gefragt. Hast du etwas dagegen, wenn ich mich dir heute anschließe?«

Der Anblick des Knaben rief Thorn jenes Profil ins Gedächtnis, welches er verbotenerweise gezeichnet hatte. »Weißt du, ob irgend jemand vom Stamm des Wolfes hier ist?« fragte er den Sohn des Schamanen.

Kenjes Gesichtsausdruck war zunächst erstaunt und dann mißtrauisch. »Warum fragst du danach?«

»Einer meiner Freunde hat sich ihnen letztes Jahr angeschlossen«, erklärte Thorn, von der Reaktion des Jungen überrascht. »Ich würde mich gerne nach seinem Befinden erkundigen.«

»Oh.«

»Stimmt etwas nicht?« wollte Thorn wissen.

»Nein«, antwortete Kenje leichthin. »Alles in Ordnung. Sie sind da. Fünf von ihnen. Sie haben ein paar feine Rentierhäute zum Tauschen mitgebracht.« Er lächelte freundlich. »Ich habe ein wunderbar weißes Bauchfell von ihnen für meine Mutter bekommen.«

Thorns Miene verdüsterte sich sofort, weil er sich an die weiße Muschel erinnerte, die er seiner Mutter nun nicht würde schenken können.

Auch wenn alle Stämme der Berge Rentiere jagten, war es nicht ungewöhnlich, daß eine große Nachfrage nach ihren Fellen während der Treffen vorherrschte. Man benötigte viele Rentierfelle, um eine einigermaßen große Familie ausreichend mit den Decken, Betten, Zelten und Kleidungsstücken auszurüsten, die sie zum Überleben brauchte. Siebzehn vollständige Rentierfelle, drei weiße Bauchstücke und dreißig Beine benötigte eine Frau, um daraus einen Mantel, ein Paar Stiefel und ein Schlaffell zu machen. Und hier waren noch nicht die anderen

Pelze eingerechnet, wie beispielsweise jener des Wolfes, der zum Säumen benutzt wurde. Die Rentierfelle des Wolf-Clans waren eine willkommene Ergänzung auf den Treffen, auch wenn ihre Jäger etwas zweifelhaft waren.

»Ich kann dir zeigen, wo sie lagern«, bot Kenje Thorn an. »Sag nur meinem Vater nicht, daß ich mit ihnen gesprochen habe. Er sagt, die Männer vom Wolf-Clan sind alle Verstoßene aus den anderen Stämmen, und er will deshalb nicht, daß ich mich bei ihnen herumtreibe.« Kenjes nebelhafte blaue Augen wurden ernst. Er dämpfte seine Stimme. »Einer von ihnen hat seine eigene Frau erschlagen.«

Thorn war so schockiert, daß ihm der Unterkiefer herunterfiel. »Ist das wahr?«

Kenje nickte. »Ich habe die Männer meines Stammes darüber reden hören. Der Name des Mörders ist Bror, und von ihm stammt das wunderschöne Bauchfell, das ich eingetauscht habe.«

»Er hat seine Frau ermordet?« Thorn konnte es nicht glauben. »Aber warum haben ihn ihre Verwandten dann nicht getötet, wenn er wirklich schuldig ist?«

»Sie war von einem anderen Stamm, und sie haben es nicht gleich erfahren. Er wollte es nicht tun. Er liebte sie, sagen die Männer, aber er wurde wütend auf sie eines Tages und schlug ihr über den Mund. Sie fiel hin und dann starb sie.«

Thorn dachte an seine Mutter und kniff die Lippen zusammen.

»Er hat sie ganz allein beerdigt«, fuhr Kenje fort und fand unübersehbar Gefallen an der blutigen Geschichte. »Er konnte ihre Verwandten ja nicht bitten, ihm zu helfen, denn sie hätten ihn getötet, wenn sie davon gewußt hätten. Sein eigener Clan war von seiner Tat so entsetzt, daß sie ihm nicht nahe kommen wollten. Also nahm er sich einen Grabestock und eine Schaufel und hob den ganzen Tag und die ganze Nacht ihr Grab aus. Er war voller Trauer und Schuldgefühle«, ergänzte Kenje, ganz offensichtlich die Worte eines Erwachsenen nachplappernd. »Dann hat er sie ganz allein begraben, und als er fertig war, nahm er den Pfad, der in die Berge führt, und traf dort auf Ronan, um mit ihm den Clan des Wolfes zu gründen.«

Thorn stieß seinen Atem in einem langen Seufzer aus. Das war eine Geschichte, die das ganze Entsetzen einer wahren Tragödie enthielt.

»Komm mit«, sagte Kenje jetzt, »und ich werde dir zeigen, wo sie sind.«

Die Männer vom Wolf-Clan packten gerade zusammen, als die Jungen sich näherten. »Der in der Mitte ist Bror«, sagte Kenje.

Thorn betrachtete den Mann, der sich über sein Bündel beugte und offensichtlich in düsterem Schweigen arbeitete. Bror hatte schwarze Haare, ein breites, knochiges Gesicht und einen muskulösen Nacken. Er sieht aus wie ein Mann, der die Last des Frauenmords auf seinen Schultern tragen muß, dachte Thorn. Kenje blieb zurück und ließ sich Thorn allein den Männern nähern.

»Ich bin Thorn, der Sohn von Rilik vom Stamm des Büffels«, stellte er sich höflich vor. »Ich wüßte gerne, ob ihr mir sagen könnt, daß es Fara gut geht?«

Einer der Männer richtete sich auf und sah Thorn an. Er war ein großer Mann mit kurzem braunen Haar und kleinen, blassen, blauen Augen. Er antwortete Thorn unübersehbar ärgerlich: »Dein Häuptling hat bereits nach ihr gefragt«, und wandte sich wieder seinen Steinen zu.

Obwohl entlassen, stand Thorn noch immer still auf seinem Platz und trat unbehaglich von einem Fuß auf den anderen. Er fühlte, wie Kenje ihn am Hemd zog und versuchte, ihn zum Fortgehen zu bewegen. Thorn ignorierte Kenje und fragte den Mann: »Hat sie wieder Zwillinge bekommen?«

Wieder schaute der Mann auf. Seine blauen Augen hatten einen harten Ausdruck. »Was geht dich das an?«

»Fara war mir eine Freundin«, antwortete Thorn.

»Sie hatte wieder Zwillinge.« Die Stimme des Mannes war so hart wie seine Augen.

Thorn wurde es leicht ums Herz. »Oh«, brachte er überglücklich hervor, »ich freue mich so für sie!« Er strahlte über das ganze Gesicht.

Nun schauten ihn alle fünf Männer neugierig an. »Du freust dich?« wiederholte Bror fragend. »Warum solltest du dich freuen? Es war doch dein Stamm, der ihre übrigen Zwillinge aussetzte.«

Thorn biß sich auf die Lippe. Wie sollte er sich nun erklären, ohne seinem Clan gegenüber illoyal zu erscheinen? »Es ist nur, es war so schrecklich für Fara, daß man ihr ihre Kinder weggenommen hat«, erklärte er. »In meinem Herzen weiß ich, daß es sie getötet hätte, wenn es ein weiteres Mal geschehen wäre.«

»Zwillinge sind von Übel«, sagte der Mann mit den blauen Augen matt.

»Nun, wenn die Kinder von Übel sind, dann befinden sie sich in der richtigen Gesellschaft«, warf der rothaarige junge Mann, der links neben dem blauäugigen Giganten stand, mit einem schiefen Lächeln ein. »Wie Ronan es dir ja schon klar gemacht hat, Heno, als du dich dagegen ausgesprochen hast, die Babys zu behalten.«

»Was hat er gesagt?« wollte Thorn fasziniert wissen.

Der Rothaarige, der so aussah, als sei er in Thorns Alter, antwortete mit den Augen auf jenen gerichtet, den er Heno genannt hatte. »Das Übel, welches zwei kleine Babys zu einer Bande von Vergewaltigern und Mördern beitragen könnten, sei sicherlich unerheblich, und genausogut könnten wir die allgemeine Bösartigkeit noch steigern, indem wir sie behalten.«

Thorn und Kenje lachten und hielten dann abrupt inne, starrten die Vergewaltiger und Mörder an in der Hoffnung, sie nicht beleidigt zu haben.

»Nicht zu vergessen, daß er die beiden Frauen behalten wollte«, murmelte ein blonder junger Mann.

»Er hat recht getan«, sagte der Rothaarige fest. »Wir brauchen die Frauen.«

Alle Männer stimmten dieser Aussage zu. Dann überraschte Kenje Thorn, indem er vortrat. »Bitte«, sagte Kenje zu Bror gewandt, der der Anführer der Gruppe schien. »Würdest du das meiner Schwester geben?« Und er hielt ihm genau jene weiße Muschel hin, die Thorn für seine Mutter gewollt hatte.

Thorn starrte auf die Muschel; dann blickte er Kenje an. Die Augen des Knaben waren auf Bror geheftet. Der große Mann nickte dem Blonden zu. »Nimm sie ihm ab, Dai.«

Der junge blonde Mann trat vor, und Kenje legte ihm die Muschel in die Hand. »Ich wollte sie euch schon gestern geben«, sagte Kenje, »aber mein Vater war ständig in der Nähe.« Auch jetzt blickte er sich nervös um. »Wie geht es ihr?« wollte er wissen.

»Beki geht es gut«, antwortete ruhig der junge Mann, der auf den Namen Dai hörte. »Ihr und Kasar. Sie trägt ein Kind.«

Kenje lächelte und sagte, wie zuvor Thorn: »Ich freue mich für sie. Wirst du ihr das von mir ausrichten? Daß ich froh darüber bin, daß sie und Kasar glücklich sind.«

Dai nickte und drehte sich fort, die Muschel mit seiner Hand umschließend. Thorn und Kenje blickten sich an und waren selbst im Begriff zu gehen, als ein junger Mann, der den für die Anhänger der Großen Erdmutter typischen Zopf trug, zu ihnen trat und von Bror wissen wollte: »Seid ihr Ronans Männer?«

»Wir sind Ronans Männer.« Absichtlich langsam richtete sich Bror zu seiner vollen Größe auf. Die anderen vier wandten sich ebenfalls dem Ankömmling zu. Die Luft war plötzlich dick vor Feindseligkeit.

Dem Mann mit dem Zopf schien die feindliche Atmosphäre nicht aufzufallen. »Ich bin Tyr, vom Hirsch-Clan«, sagte er, »und ich habe eine Botschaft für Ronan. Werdet ihr sie überbringen?«

»Der Hirsch-Clan hat ihn verstoßen«, entgegnete Bror grausam. Sein breites Gesicht wirkte wie aus Holz geschnitzt, so bewegungslos sah es aus. »Was willst du jetzt von ihm?«

»Es handelt sich nicht um eine Botschaft vom Stamm«, erklärte der Mann des Hirsch-Clans. »Es ist eine Botschaft von Tyr, seinem Altersgenossen.«

Stille kehrte ein. »Und was ist das für eine Botschaft?« wollte Bror schließlich wissen.

»Es ist die folgende. Die Stimmung im Clan ist im Wandel begriffen. Sei geduldig. Ich werde nach dir schicken, wenn die Zeit reif ist für deine Rückkehr.«

Die Feindseligkeit der Männer des Wolf-Clans war nun so spürbar, daß Thorn merkte, wie sich ihm die Nackenhaare aufstellten.

»Ist das alles?« fragte Bror bedächtig.

»Ja, das ist alles.«

»Ronan hat jetzt einen neuen Clan«, gab der Rotschopf zu bedenken. »Er braucht den Stamm des Hirschen nicht mehr.«

Bror legte dem Sprecher eine seiner großen Hände auf die Schulter. »Ich werde es Ronan ausrichten«, versprach er mit teilnahmslosem Gesicht zu Tyr gewandt.

Der Mann mit dem Zopf nickte und zögerte dann, als ob er noch etwas sagen wollte. Doch der Ausdruck auf Brors Gesicht entmutigte ihn, und die Männer vom Wolf-Clan beobachteten schweigend, wie sich der Eindringling des Hirsch-Clans umdrehte und langsam davonging. Dann packten sie weiter ihre Sachen ein.

Thorn und Kenje warteten, bis Tyr ein gutes Stück entfernt war, bevor sie ihm folgten.

»Deine Schwester ist bei Ronan?« wollte Thorn von Kenje wissen, als sie schließlich am Ufer des rauschenden Flusses standen.

»Ja«, seufzte Kenje. »Das ist sie.«

»Du hast mir nichts davon erzählt.« Es war ein vorwurfsvoller Unterton in Thorns Stimme.

»Mein Vater möchte nicht, daß es bekannt wird.«

»Sie muß etwas sehr Schlimmes getan haben«, überlegte Thorn laut. In seiner Stimme schwang deutlich hörbar Bewunderung mit.

Aber Kenje schüttelte seinen Kopf. »Sie hat nur dem falschen Mann ihre Liebe geschenkt.«

»Kasar?«

»Ja. Kasar.«

»Warum war er der falsche Mann?«

»Er kam aus einer armen Familie. Sein Vater war kein guter Jäger, und die Familie besaß gerade mal die allernotwendigsten Häute und Felle. Kasar konnte sich Bekis Brautpreis, der sehr hoch war, nicht leisten. Weißt du, in meinem Stamm ist der Brautpreis sehr wichtig. Der Rang einer ganzen Familie – Ehemann, Frau, Kinder – hängt davon ab, wieviel für die Frau bezahlt wurde. Mein Vater wollte seine Tochter nicht unter Wert fortgeben.«

»Und was sagte Beki dazu?«

»Sie sagte, das sei ihr egal und sie wolle nur Kasar. Aber mein Vater ist der Schamane, ein Mann von großer Wichtigkeit im Stamm. Er hätte sein Gesicht verloren, wenn er weniger für Beki genommen hätte, als sie wert war.«

Thorn nickte verstehend.

»Mein Vater erklärte sich einverstanden mit Kasars und Bekis Hochzeit, wenn er in meines Vaters Haus leben und für ihn arbeiten würde. Aber wenn Kasar das getan hätte, dann hätten seine Kinder meinem Vater und nicht ihm selbst gehört. Kasar aber ist sehr stolz. Er wollte nicht meines Vaters Diener werden, sagte er, nicht einmal für Beki.«

»Also, was haben deine Schwester und Kasar dann getan?«

»Beki tat so, als ob ihr Mondblut fließe, und zog in die Mondhütte«, antwortete Kenje offen. »Sie nahm sich etwas zu essen und zu trinken mit, so daß wir erst gegen Abend des folgenden Tages ihre Abwesenheit bemerkten. Natürlich haben wir auch sofort nach Kasar gesucht, aber auch der war fort.«

»Sie sind zusammen weggerannt«, faßte Thorn fasziniert zusammen.

»Ja. Kasar hatte von Ronans neuem Clan gehört, und dort sind sie hingegangen. Beki hat meiner Mutter durch den Muschelhändler sagen lassen, daß sie in Sicherheit ist.«

»Bestimmt vermißt du sie«, meinte Thorn und dachte dabei an die Muschel, die Kenje Dai für Beki gegeben hatte.

»Sie war eine gute Schwester«, bestätigte Kenje einfach.

»Ist dein Vater noch wütend?«

»Mein Vater behauptet, Kasar hätte sie aus der Mondhütte entführt. Er hat Kasar der Vergewaltigung bezichtigt und ihm verboten, jemals wieder in den Leoparden-Clan zurückzukehren. Deshalb bin ich froh, daß sie bei Ronan in Sicherheit sind. Sie haben in ihrem eigenen Stamm kein Zuhause mehr.«

»Thorn!« Thorn blickte auf und sah wie sein Vater ihm von oben nahe der Felswand zuwinkte.

»Ich muß gehen«, sagte er zu Kenje.

»Erzähl niemandem etwas von meiner Schwester«, bat der Jüngere ihn noch schnell.

»Das werde ich nicht«, versprach Thorn. Er machte einen Schritt, hielt an und sagte dann über die Schulter zurückgewandt: »Darauf gebe ich dir mein Wort.«

Kenje nickte und sah zu, wie er davonging.

10

Thorn erhandelte schließlich eine Handvoll goldfarbener Muscheln, die er seiner Mutter bringen würde. Es war für Thorn ermutigend gewesen, daß der Muschelhändler die von ihm verzierten Knochen zum Tausch angenommen hatte und er keine seines Vaters hatte erbitten müssen. Das wertete die goldfarbenen Muscheln für ihn auf, da Thorn sich nicht sicher war, ob er die weiße fächerförmige im Tausch gegen seine eigenen Arbeiten erhalten hätte.

Bis zum späten Nachmittag hatten sich die meisten Mitglieder des Büffel-Clans um ihr Lagerfeuer versammelt und packten ihre Sachen für den Rückmarsch am Folgetag ein. Es war ein gutes Treffen gewesen; fast alle hatten ihre Waren erfolgreich eingetauscht, und zweien der Männer war es gelungen, gute Heiratsverträge für ihre Töchter zu schließen. Neuigkeiten waren ausgetauscht und Freundschaften erneuert worden.

Sie waren mit dem Einpacken fast fertig, als einer der Männer eine Fackel ergriff und an der Felswand entlang suchte, ob auch nichts übersehen worden war. Thorn war damit beschäftigt, die Muscheln für seine Mutter so zu verstauen, daß sie nicht zerbrechen konnten, als er einen erstaunten Ausruf hörte. Er drehte sich um und sah, wie Herok mit der Fackel auf die Wand zeigte, wo Thorn seine Zeichnungen gemacht hatte. Das Blut gefror ihm in den Adern.

»Was ist los?« wollte Haras wissen.

»Komm her, und sieh dir das an«, antwortete Herok.

Haras ging hinüber und betrachtete die Wand. Dann rief er: »Rilik!«

Thorn saß wie versteinert und wartete. »Thorn«, hörte er die Stimme seines Vaters. Sie klang sehr wütend. »Hast du das getan?«

Thorn richtete sich auf und stellte sich mutig den Männern an der Felswand. Sein Herz hämmerte in seiner Brust. »Ja«, gab er zu, »das habe ich.«

»Was ist denn?« wollten die anderen wissen. »Was hat Thorn denn gemacht?«

Haras erklärte es ihnen. »Er hat den Sohn des Schamanen vom Leoparden-Clan gezeichnet. Ein Bild von seinem Gesicht.«

Schockierte Stille trat ein.

Hinter sich hörte Thorn einen der Jungen sagen: »Thorn, wie konntest du nur?«

»Ich wollte es nicht tun«, versuchte Thorn zu erklären. Im Licht der Fackel sah Riliks Gesicht so weiß wie der Tod aus. »Ich hatte den Büffel und dann das Pferd gezeichnet und dann... bevor ich noch wußte, was meine Finger taten... zeichnete ich das Gesicht Kenjes.« Er blickte seinem Vater in die Augen. »Es tut mir leid, Vater. Ich wußte sofort, daß ich es nicht hätte tun dürfen, aber ich hatte Angst, es zu zerstören...« Er biß sich auf die Unterlippe. »Ich fürchtete, daß Kenje dann etwas Schreckliches zustoßen könnte.«

»Was sollen wir tun?« Das war Haras' Stimme; auf seinem großen, sonst milden Gesicht lag ein besorgter Ausdruck. »Jessl ist nicht bei uns. Du bist der Künstler, Rilik. Weißt du, was in einem solchen Fall zu tun ist?«

Rilik antwortete heftig: »Wir müssen es dem Vater des Jungen sagen. Er ist Schamane. Er wird wissen, was zu tun ist.«

Thorn schob das Kinn vor. Er wollte nicht, daß Kenje oder dessen Vater erfuhr, was er getan hatte. Kenje dachte, er sei sein Freund.

»Hattest du vor, das so zurückzulassen, Thorn?« fragte sein Vater kühl.

Thorn nickte unglücklich. »Ich hätte nicht gedacht, daß irgend jemand es je finden würde. Ich hoffte, es sei sicher, Kenje sei sicher.« Er mußte den Augen seines Vaters ausweichen, sie waren so kalt.

»Ich werde den Schamanen holen«, teilte Rilik Haras mit. »Mit dir werden wir uns später befassen, Thorn.«

Der Schamane des Leoparden-Clans kam und begutachtete das Bild. Er war sehr beunruhigt. Er wußte nicht, welches Zaubers es bedurfte, um die Magie des Bildes außer Kraft zu setzen. Schließlich, nach einem langen Gespräch mit Rilik und Haras, erklärte er sich einverstanden, eine Zeremonie zu vollziehen. Er war auch bereit, einen großen Teil der Waren, den die Männer vom Büffel-Clan erhandelt hatten, als Wiedergutmachung für die Gefahr, in der das Leben seines Sohnes schwebte, anzunehmen.

Thorn war es verwehrt, der Zeremonie des Schamanen beizuwohnen. Er bekam auch keinerlei Gelegenheit, um mit Kenje zu sprechen. Er sah den Jungen nur, als er mit seinem Vater aus dem hinteren Stollen kam, nachdem der Schamane das Ritual abgehalten hatte. Kenje warf Thorn einen einzigen vorwurfsvollen Blick zu, und folgte seinem Vater aus dem Tunnel. Es bedurfte dreier Männer des Leoparden-Clans, um all die Waren zu tragen, von denen sich Haras hatte trennen müssen.

Thorn war in Ungnade gefallen. Keiner redete mit ihm. *Mit dir werden wir uns später befassen*, hatte Rilik gesagt und dieses *später* bedeutete offenbar, wenn sie wieder zu Hause waren. Zwei nicht enden wollende Tage lang ging Thorn unglücklich in der Reihe seines Stammes und dachte über seine Tat nach.

Seine Mutter war nicht in ihrer Hütte, als sie daheim eintrafen, und das erste, was Thorn tat, war die Zeichnungen von Ronan hervorzusuchen, von denen er Rilik gesagt hatte, er habe sie in den Fluß geworfen und auf diese Weise zerstört. Er hatte sie vor drei Jahren in einen weichen, ovalen Stein eingeritzt und sie unter einigen alten Spielsachen in einem Rentierlederbeutel aufgehoben. Er brachte den Beutel nun zu einer Felsenausbuchtung am Fluß und öffnete ihn.

Thorn erinnerte sich deutlich daran, daß er fünf unterschiedliche Bilder von Ronans Gesicht angefertigt hatte. Er griff in die Tasche und nahm zuerst einen kleinen Bogen heraus, mit dem er als Kind gespielt hatte; dann kamen einige Wurfpfeile zum Vorschein und die Ringe aus Schilfrohr, durch die man sie warf. Er fand außerdem ein altes Schwirrholz und einige Knöchelknochen. Schließlich einen merkwürdig geformten Stein, der ihm einmal besonders gefallen hatte. Und endlich schlossen sich seine Finger um einen weichen ovalen Stein. Er nahm ihn heraus und legte ihn vorsichtig vor sich auf den Fels. Er langte wieder in den Beutel und brachte einen weiteren zum Vorschein und dann einen dritten.

Beim vierten Mal stießen seine Finger auf eine scharfe Kante. Vorsichtig und ängstlich nahm er seine Hand aus der Tasche und sah sich mit den Bruchstücken eines der Bilder von Ronan konfrontiert. Eines war zerbrochen.

Thorn saß vollkommen reglos und überlegte.

Ronans Abbild war zerstört worden, aber Ronan lebte noch. Es ging Ronan gut. Thorn wußte das von den Männern des Wolf-Clans, mit denen er bei dem Treffen gesprochen hatte. Das Bild hatte keine Macht über Ronan.

Und die Darstellung war besonders treffend gewesen. Thorn betrachtete nun auch die anderen drei flachen Steine, auf denen ebenfalls Ronans Gesicht zu sehen war, seine hohen Wangenknochen, seine arrogant geschwungene Nase, sein stolzer Mund. Er hatte es sogar vermocht, seine argwöhnische Zurückhaltung und die Andeutung von körperlichem Schmerz in den Bildern auszudrücken. Das war Ronan.

Thorn griff noch einmal in den Beutel und zog den letzten Stein heraus. Ein großer Sprung durchzog ihn in der Mitte.

Und trotzdem ging es Ronan gut.

Nach einer langen Zeit legte Thorn die Steine und die Bruchstücke wieder in den Beutel und ging zurück zur Hütte seiner

Mutter. Sie war vom Sammeln zurückgekehrt und begrüßte ihn mit weichen Ausrufen und warmen Umarmungen. Er gab ihr die Muscheln, die er ihr mitgebracht hatte, und beobachtete erfreut, wie ihr feines Gesicht aufleuchtete. Für ein paar Minuten vergaß er beinahe, daß er in Ungnade gefallen war. Dann betrat sein Vater die Hütte, und all seine Freude war erstickt.

»Was ist denn los?« wollte seine Mutter von ihrem Gefährten wissen, weil sie durch den Ausdruck auf seinem Gesicht sofort erkannte, daß etwas nicht stimmte.

Rilik berichtete ihr, was Thorn Furchtbares getan hatte.

»Aber das kann doch nicht so schrecklich sein«, sagte Thorns Mutter und setzte sich für ihr Kind ein, wie sie es niemals für sich selbst getan hätte. »Hast du nicht gesagt, daß der Schamane eine Zeremonie abgehalten hat, um dem Bild die Magie zu nehmen?«

»Der Schamane war sich selbst nicht sicher, ob das Ritual wirken würde«, entgegnete Rilik finster. »Haras mußte einen großen Teil unserer Waren fortgeben, um den Schaden am Sohn des Schamanen wiedergutzumachen.«

In ihrer sanften Art sagte Thorns Mutter: »Wenn das der Fall ist, dann wird euch der Schamane ganz bewußt nicht gesagt haben, ob die Zeremonie nützt. Auch wenn er es sicher wußte.«

»Das mag sein«, gab Rilik zu. »Aber es besteht kein Zweifel darüber, daß seinem Sohn Schaden zugefügt wurde. Auch ist dies nicht das erste Mal, daß Thorn sich schuldig gemacht hat, indem er menschliche Gesichter zeichnete. Ich habe ihn bereits mehrfach deshalb verwarnt.«

Siba stieß einen leisen Ton des Unglaubens aus.

»Das stimmt, Mutter«, bekannte Thorn.

»Oh, mein Sohn«, sagte seine Mutter verzweifelnd. »Warum?«

»Ich weiß es nicht«, antwortete Thorn mit beinahe gleicher Verzweiflung. »Ich kann es anscheinend nicht unterdrücken, Mutter. Meine Finger übernehmen einfach die Kontrolle.«

»Ich habe mit Haras darüber gesprochen«, sagte Rilik.

Es herrschte angespannte Stille.

»Er hat entschieden, daß du gar nicht mehr zeichnen darfst, da du diesen Drang in dir offensichtlich nicht kontrollieren kannst.«

Thorn starrte seinen Vater an.

»Das ist ein schwerer Schlag für mich. Ein Schlag für den ganzen Clan«, fuhr Rilik fort. »In dir scheint ein vielversprechender Künstler zu schlummern. Aber ich glaube, Haras hat recht. Wenn du keine Gewalt über deine Gabe hast, dann kann man dir nicht erlauben, sie zu nutzen.«

Thorn sagte nichts. Rilik wandte die Augen vom Gesicht seines Sohnes ab, als schmerzte es ihn, Thorn anzublicken. Nach einer Weile verließ er die Hütte.

Thorn ertrug es für die Dauer eines Mondes, dann wurde die Leere in seinem Leben unerträglich. Er hatte das Tabu, das auf der Darstellung menschlicher Gesichter lag, als frustrierend empfunden, aber diese Frustration war bedeutungslos im Vergleich zu dem, was das generelle Zeichenverbot mit ihm tat.

Seit er zum ersten Mal einen Grabstichel hatte halten können, hatte Thorn gezeichnet. Für ihn war Zeichnen eine ebenso natürliche Angelegenheit wie Atmen. Das aufgeben zu müssen kam einer Amputation gleich.

Anfangs hatte er geglaubt, es könne seinem Vater nicht ernst damit sein. Sicherlich würde Rilik sich erweichen lassen. Er kannte die Begabung, die in den Fingern seines Sohnes schlummerte; der Künstler Rilik würde nicht zusehen können, wie dieses Talent ungenutzt brachlag.

Die Wochen vergingen, und langsam begann Thorn einzusehen, daß es nicht sein Vater war, der in dieser Angelegenheit das Sagen hatte. Der Häuptling war wütend gewesen, weil er derart hohe Wiedergutmachungsabgaben an den Schamanen des Leoparden-Clans hatte leisten müssen. Haras war unter normalen Umständen ein milder und großzügiger Mann, aber in Thorns Angelegenheit war er unerbittlich. Thorn habe geschickte Hände, sagte Haras. Sollte er also lernen, Werkzeuge herzustellen. Und er schickte Thorn, damit er mit dem Werkzeugmacher arbeite.

Als nur noch die schmale Sichel des Mondes silbern im Frühlingshimmel hing, da faßte Thorn einen Entschluß. Er würde tun, was Crim vor ihm getan hatte, und den Pfad in die Berge wählen, der ihn schließlich zu Ronan führen würde.

Dies war ein verzweifelter Entschluß für einen sanften und so beliebten Jungen. Er würde seiner Mutter und seinem Vater, die er beide liebte, große Schmerzen verursachen. Aber Thorn wußte, er konnte einfach nicht so weiterleben.

Er war zum Künstler geboren. Wenn er in seinem eigenen Stamm kein Künstler sein durfte, dann mußte er sich einen Ort suchen, wo man ihm gestattete, seinem Drang zu folgen. So erschreckend einfach war das.

Thorn hatte Kenje gefragt, ob er wüßte, wo sich das Tal des Wolfes befand, und der Junge hatte geantwortet, er wüßte lediglich, daß man dem Atatafluß in die Berge folgen, den Paß überqueren und den See des Adlers finden müsse.

Wenn eine schwangere Fara die Strecke bewältigen konnte, so sagte sich Thorn, dann wird es auch mir gelingen.

Nachdem er sich erst einmal entschlossen hatte, zögerte er nicht mehr länger. Er wartete, bis der Mond der neuen Fohlen soweit zugenommen hatte, daß er seinen Weg ausreichend beleuchten würde, und machte sich davon. Neben seine schlafende Mutter legte er einen der flachen Steine, in die er Ronans Gesichtszüge geritzt hatte, damit sie wüßte, wohin er gegangen war. Dann wickelte er seine Grabstichel, Farben und Pinsel in sein Schlaffell und wandte sich nach Süden, dem Fluß zu, der ihn hinauf in den Altas führen würde.

Der Pfad am Fluß entlang war geschützt durch die steil abfallenden Uferfelsen, aber als diese einem steilen Wald von Birken und Kiefern wichen, ließ Thorns Enthusiasmus nach. Der schwere, harzige Kieferndufт, der von den großen immergrünen Bäumen ausströmte, umfing den Jungen. Nur wenig entfernt heulten zwei Wölfe, und das schrille Kreischen der Hyänen drang von der anderen Seite des Flusses an sein Ohr. Mit einemmal fühlte sich Thorn sehr jung, sehr klein, und es war ihm sehr ängstlich zumute.

Er kam nur langsam vorwärts. Seit Jahrhunderten kamen die Herden hier entlang, den uralten Pfaden folgend, die sie zu den fetten Sommerweiden hoch auf den Altas führten, und schon seit Jahrhunderten folgte ihnen der Büffel-Clan, um die Tiere in ihren Sommerweidegründen zu jagen. Thorn war diesen Wegen viele Male gemeinsam mit den Männern gefolgt und deshalb darauf vorbereitet, als der Berg sich mit einemmal steil vor ihm erhob.

Der Atata hatte eine tiefe Schlucht, fast einer schmalen Rinne gleich, in den Kalksteinfelsen des Berges geschnitten, und Thorn kletterte neben dem Fluß entlang. Als er schließlich durch die steile, felsige Kluft bis zu der nebelverhangenen Ebene hinaufgeklettert war, ergoß sich bereits das erste Morgenlicht über den Himmel. Beschützt von den einzeln aufragenden Berggipfeln, welche die aufgehende Morgensonne gerade eben rot zu färben begann, legte Thorn sich nieder, um zu schlafen.

Er erwachte in einem Meer aus Narzissen, Stiefmütterchen, Lilien und anderen farbenprächtigen Frühlingsblumen, die überall in dem dichten Gras leuchteten. Antilopen und Hirsche und Rentiere weideten friedlich auf der farbenfrohen Wiese, harmonisch nach dem Willen der Natur vereint und erfreuten sich gemeinsam an dem Geschenk der Bergweiden.

Fast widerstrebend schulterte Thorn sein Bündel, durchquerte die Ebene und begann erneut aufzusteigen. Hinauf durch eine weitere Schlucht kletterte er, durch eine zweite Kluft zu einem zweiten, kleineren Weidegrund. Gegenüber, auf der anderen Seite, erhoben sich die steilen Felswände des Altas, und Thorn sank der Mut. Es kam ihm so vor, als sei sein ganzer bisheriger Aufstieg umsonst gewesen.

Die Dunkelheit senkte sich herab, und mit ihr kam die Kälte. Thorn zündete ein Lagerfeuer an und legte sich unter einem sternenklaren Himmel zum Schlafen nieder.

Mit dem Hellwerden erhob er sich und setzte seine Reise hinauf in eine kalte und ferne Welt aus Fels und Himmel fort. Die Bäume wurden weniger, und Büsche waren nun weit und breit die einzige Vegetation. Der Fluß stürzte sich in einem Wasserfall nach dem anderen zu Tale und bedeckte Thorn ohne Unterlaß mit seiner feinen, eisigen Gischt. Es ging bereits auf Mittag zu, als er schließlich eine dritte Schlucht erreichte, eingehüllt vom Nebel eines dreißig Meter hohen Wasserfalls. Thorn rastete eine Weile, dann begann er erneut zu klettern.

Eine Stunde später näherte er sich dem Büffel-Paß. Dicker, weißer Nebel lag auf der anderen Seite über den vereinzelten Schneeflächen, und der Wind schlug Thorn derart ins Gesicht, daß die Kälte bis in seine Knochen vorzudringen schien. Erst nachdem er den Paß überquert hatte und den Abstieg auf der Südseite der Berge begann, lichtete sich der Nebel. Er hielt inne, als Sonnenstrahlen sein Gesicht berührten, und vor ihm breitete sich das herrliche alpine Panorama aus, das eines Tages als Andorra bekannt sein würde.

Überall um Thorn herum ragten die düsteren schwarzen Gipfel des Altas empor, an deren Schattenseiten sich noch immer der Schnee hielt. Der Fluß, dem er nun folgte, schoß in ein reiches grünes und baumbestandenes Tal hinab, das Thorn vor sich ausmachen konnte. Die Berge auf beiden Seiten des Tals waren sonnenbestrahlt, glänzten in allen Blau- und Violettschattierungen, und auch die Schneeflächen an steileren Seiten glitzerten in der Sonne. Der Himmel über der majestätischen Landschaft war von einem klaren Kobaltblau.

Weiter unten, wo sich das Tal weitete, graste eine Herde von Steinböcken, hier und da durchsetzt von einigen Muttertieren mit ihren Lämmern. Die abfallende Weide leuchtete in wilder Blumenpracht: Narzissen und Hyazinthen, Butterblumen, Hahnenfuß, Enzian in tiefstem Blau, Stiefmütterchen, Anemonen und viele andere Blumen, die Thorn noch nie zuvor gesehen hatte.

Es war so wunderschön, daß es Thorn leicht ums Herz wurde.

Ich muß das Tal des Wolfes finden, dachte er benommen und wiederholte für sich im Inneren die einzige Richtungsangabe, die er hatte: Folge nach dem Paß dem Tal, das dich zum See des Adlers führt.

Erst spät am folgenden Tag fand der erschöpfte und hungrige Thorn den See, nach dem er suchte. Er lag am Fuß einer steil abfallenden Felswand, sein Wasser war klar und ruhig und blau wie der Himmel, der sich in seiner kristallklaren Tiefe spiegelte. Dreiviertel des Ufers war mit kleinen, struppigen Kiefern bestanden, aber es war vor allem die kolossale Kalksteinwand, die Thorn auffiel. Ein Paar goldener Adler kreiste träge über ihm, und Thorn ging näher an die Stelle heran, wo die Wand auf das Wasser stieß.

Aus der Nähe besehen erkannte Thorn, daß die Felswand mit Rissen und Vorsprüngen übersät war, in denen widerstandsfähige Pflanzen Halt gefunden hatten und Vögel ihre Nester bauten. Am Fuß der Felswand befand sich eine Geröllhalde. Thorn blickte hinauf; hier sind genug Vertiefungen, die meinen Füßen Halt bieten, um hinaufzusteigen, dachte er. Er würde jetzt sein Lager aufschlagen, und morgen wollte er sehen, was hinter diesem steinernen Hindernis liegen mochte. Er war sich sicher, daß es das Tal des Wolfes sein mußte.

Es gab Fische in dem See, und Thorn war dabei, sich einen

zum Abendbrot zu rösten, als eine kleine Herde grauer Pferde einzeln nacheinander zwischen den Bäumen hervorbrach, nahe bei seinem Feuer vorbeikam, ohne daß sie es wahrzunehmen schien, und ihren Durst im See stillte. Thorn beobachtete erstaunt die sieben Pferde, die in so kurzer Entfernung von ihm friedlich tranken. Es waren junge Pferde, erkannte er, alle grau und Hengste. Sie hörten auf zu trinken, kehrten um und verschwanden am Ufer entlang. Thorn blickte ihnen nach, bis er sie aus den Augen verlor.

Sie haben mich bestimmt gesehen, dachte er. Sie mußten ihn gewittert haben. Sie mußten das Feuer gerochen haben. Und trotzdem hatten sie keine Angst gezeigt.

Erstaunlich.

Thorn schlief bis weit in den folgenden Morgen; sein Körper mußte sich noch an die dünnere Luft gewöhnen. Als er erwachte, stand die Sonne strahlend am Himmel, die Vögel sangen, die Eichhörnchen lärmten, und zwei Männer mit Speeren über der Schulter kamen um den See herum langsam auf ihn zu. Thorn schluckte schwer und krabbelte aus seinem Schlaffell. Sie bemerkten ihn nicht, bis sie aus dem Schatten der Bäume an das Ufer des Sees traten. Dann hielten sie an. Mit klopfendem Herzen machte sich Thorn auf, um ihnen entgegenzugehen.

11

Als die Männer nahe genug herangekommen waren, so daß Thorn ihre Gesichter sehen konnte, erkannte er sie als Mitglieder jener Gruppe des Wolf-Clans, denen er auf dem Frühjahrstreffen erstmals begegnet war. Seine Stimmung hob sich, und seine Augen begannen zu glänzen. Er hatte Ronan gefunden!

Die Männer schienen nicht so glücklich zu sein, ihn zu sehen, wie er es war, als er ihnen gegenüberstand. »Wer bist du, und was tust du hier?« fragte der Blonde knapp und starrte Thorn mit einem Ausdruck an, in dem kein Wiedererkennen lag.

Thorn, ein bescheidener Junge, war nicht abgeschreckt. »Ich heiße Thorn«, antwortete er zuvorkommend, »ich bin der Sohn von Rilik aus dem Büffel-Clan. Ich suche nach dem Tal des Wolfes und nach einem Mann namens Ronan.«

Die schiefergrauen Augen des Blonden waren hart wie Stein. »Und aus welchem Grund ist ein Frischling wie du aus seinem Stamm verstoßen worden?«

»Ich wurde nicht verstoßen«, sagte Thorn schnell, darauf bedacht, den Männern zu versichern, daß er kein Verbrecher war. »Ich bin freiwillig gegangen.«

Der Blonde lachte.

Thorn ärgerte sich über den höhnischen Unterton dieses Lachens. »Es stimmt!« rief er aufgebracht. »Ich bin gegangen, weil ich mich Ronan anschließen wollte.«

Der Rothaarige hatte sich dem Gelächter seines Freundes nicht angeschlossen. Er sagte nun: »Ronan ist sehr wählerisch, wen er in seinen Wolf-Clan aufnimmt. Jeder muß eine besondere Begabung haben.« Der Blick, den er Thorn zuwarf, war verletzend. »Was ist dein Talent, Junge?«

Thorn stieß jetzt wütend hervor: »Ich zeichne.«

Die Augen des Rotschopfes verengten sich, und das Wiedererkennen zeigte sich nun langsam in seinem Gesicht. »Jetzt erinnere ich mich, wo ich dich schon einmal gesehen habe«, meinte er. »Du bist der Junge, der die ganze Aufregung bei dem Frühlingstreffen hervorgerufen hat, weil du den Sohn des Schamanen gezeichnet hast.«

»Ja«, bestätigte Thorn trotzig. »Das war ich.«

»Du hast uns über Ronan ausgefragt.«

»Ja«, nickte Thorn wieder, »das habe ich.«

Schweigend musterten die beiden jungen Männer, die beide einen halben Kopf größer waren, den Jungen.

Schließlich sagte der Blonde: »Ich denke, Ronan wird ihn sich ansehen wollen, Okal.«

Der Rothaarige grunzte zustimmend. »Wir werden ihn mitnehmen müssen, Dai. Wir können ihn nicht hier zurücklassen und ihm erlauben, uns dabei zu beobachten, wie wir den Durchgang benutzen.«

»Das ist wahr«, stimmte der Blonde zu.

Okal befahl Thorn: »Nimm deine Sachen.« Und Thorn ging schnell davon, um seinen Besitz einzusammeln. Als er zurückkam, zogen ihm die Männer sein Ersatzhemd so über den Kopf und befestigten es um seinen Hals mit einer Schnur, daß er nichts mehr sehen konnte. Sie führten ihn.

»Sobald wir im Durchgang sind, nehmen wir es dir wieder ab«, versprachen sie ihm.

Thorn hatte das Gefühl, unendlich lange so vollkommen blind durch die Dunkelheit zu stolpern und sich ganz und gar der Führung der Fremden anvertrauen zu müssen. Er strengte seine Augen umsonst an; das Hirschleder des Hemdes erwies sich als völlig undurchdringlich. Die Luft unter dem Hemd war heiß und stickig, und Thorn war dankbar, als sie anhielten und er die Finger spürte, die an der Schnur um seinen Hals zerrten. Von der unangenehmen Kapuze befreit, blinzelte er und schaute sich um.

Er befand sich in einem engen Felsdurchgang, und er erkannte, daß sie offenbar geradewegs in die Felswand hineingegangen waren, die er vorgehabt hatte zu besteigen. Also doch, dachte er triumphierend, das Tal liegt hinter der Felswand!

»Da vorne geht der Durchgang steil nach unten«, warnte Dai. »Gib also auf deine Füße acht.« Mit Dai vor ihm und dem Rotschopf in seinem Rücken kletterte Thorn wenig später einen tatsächlich sehr steilen Pfad hinunter.

Uff, dachte Thorn. Die Felswand muß auf der Talseite viel

höher sein als auf der Seite des Sees. Noch immer gingen sie abwärts auf dem Pfad, der jetzt in Serpentinen verlief. Weiter ging es, bis sich schließlich die Felswände links und rechts öffneten und über ihnen ein wenig blauer Himmel auftauchte. Dai kletterte das letzte Stück über einen Felsen nach unten, Thorn ihm hinterher, und die beiden traten aus dem Durchgang ins helle Sonnenlicht.

Thorn blickte überwältigt auf die Szene vor ihm. Auf dieser Seite der Felswand befand sich ein See, dessen Wasser genauso kobaltblau war wie der Himmel darüber. Hinter dem See erstreckte sich ein Tal, ein fruchtbares und wunderschönes Tal, ganz und gar grün von frischem Berggras, in dem überall die bunten Farbtupfer Tausender von Blumen verteilt waren.

Langsam hob Thorn die Augen, um der Bergkette zu folgen, die das Tal umschloß. Die Felswand, welche die nördliche und östliche Abgrenzung des Tals bildete, war gewaltig! Die Talsohle lag tatsächlich weit unter jener auf der anderen Seite. Thorn betrachtete die steil aufragende, vollkommen glatte Felswand. Ich wäre vielleicht dazu in der Lage gewesen, auf der anderen Seite hinaufzuklettern, dachte er, aber ich hätte niemals auf dieser Seite in das Tal des Wolfes hinuntergelangen können. Es war absolut unmöglich.

Er richtete seine Aufmerksamkeit wieder auf das Tal. Der Hauch einer Brise bewegte das hohe Gras, und die Schmetterlinge umkreisten die Blumen darin. Auf der anderen Seite des Sees graste friedlich eine Herde meist grauer Pferde, einige der Stuten und Fohlen lagen in der warmen Sonne. Antilopen ästen an der westlichen Felswand, und Schafe und Steinböcke kletterten behende zwischen den Felsen umher.

Ein goldener Adler erhob sich in die Lüfte und zog große, majestätische Kreise über dem sonnenerleuchteten Tal.

Sicherlich, so dachte Thorn ergriffen, muß dieses Land von den Göttern gesegnet sein.

»Dies ist das Tal, nach dem du gesucht hast«, stellte der Rothaarige fest. »Ronan hat es nach seinem Wolf benannt.« Zum ersten Mal lächelte er. »Obwohl es viele unter uns gibt, die glauben, daß Ronan selbst der Wolf ist.«

»Okal«, sagte Dai leise zu seinem Gefährten und wies nach links.

Thorn folgte der weisenden Hand, und zum ersten Mal nahm er die Hütten wahr, die zwischen dem See und der Felswand im Norden errichtet worden waren. Er meinte Frauen vor einer der Hütten sitzen zu sehen, doch es war der einzelne Mann, der auf sie zuschritt, der sofort seine ganze Aufmerksamkeit beanspruchte.

Sein schulterlanges schwarzes Haar war nur von einem Stirnband zusammengehalten und nicht mehr zu dem Zopf geflochten, an den Thorn sich erinnerte. Die Verletzung hatte ein kleines, kaum wahrnehmbares Hinken zurückgelassen, hinderte ihn jedoch nicht daran, sich wie eine Katze im hohen Gras zu bewegen.

Ronan. Thorn begann grüßend zu lächeln, aber dann erkannte er, daß Ronan ihn nicht beachtete. Seine dunklen, starrenden Augen waren statt dessen auf den Blonden gerichtet, und ihr Ausdruck war nicht freundlich.

»Du weißt, daß du niemanden hierhinein bringen darfst ohne meine ausdrückliche Erlaubnis«, sagte er.

»Wir dachten, du würdest dir diesen hier ansehen wollen«, erklärte Dai schnell. »Wir haben ihn in seinem Lager am See des Adlers gefunden, als wir auf der Jagd nach Steinböcken waren. Wir haben darauf geachtet, ihm die Augen zu verbinden, Ronan. Er hat nicht gesehen, wo der Durchgang anfängt.« Er wies auf Thorn. »Das ist der Junge, der bei dem Treffen nach dir gefragt hat.«

Ronan hob seine Brauen in einer Thorn plötzlich sehr vertrauten Geste. »Bekis Bruder?« fragte er seine Männer.

»Nein. Das ist der Junge, der ihres Bruders Gesicht gezeichnet hat.«

Es wurde still. Beide, Okal und Dai, standen in Habachtstellung da und sahen ein wenig besorgt aus. Schließlich, zur offensichtlichen Erleichterung der Männer, richtete Ronan seine Aufmerksameit auf Thorn. Als er in das harte, falkengleiche Gesicht des Anführers des Wolf-Clans schaute, wurde Thorn sich langsam bewußt, daß Ronan sich verändert hatte.

»Erinnerst du dich nicht an mich, Ronan?« preßte Thorn zwischen plötzlich steif gewordenen Lippen hervor. Er lächelte nun nicht mehr. »Als du verletzt warst und dich beim Büffel-Clan aufhieltest, habe ich bei dir gesessen und dir Gesellschaft geleistet. Wir haben zusammen ›Jag den Büffel‹ gespielt...« Thorns Stimme erstarb. Ronans dunkles Gesicht zeigte keinerlei Regung.

»Und du hast ein Bild von meinem Gesicht gezeichnet«, sagte Ronan. »Ja, ich erinnere mich an dich, Thorn, Sohn des Rilik.« Schweigend musterte Ronan den Jungen. Der Anführer des Wolf-Clans schien nicht beeindruckt von dem, was er sah. Schließlich fragte er: »Warum hast du den Büffel-Clan verlassen, und was willst du hier?«

Thorn hatte sich ein wenig besser gefühlt, als Ronan sich an seinen Namen erinnerte, aber diese kalten Augen waren entnervend. »Ich bin bei meinem Stamm in Ungnade gefallen«, gab er ehrlich zu. »Es ist so, wie man es dir gesagt hat. Beim Frühlingstreffen zeichnete ich das Profil des Sohnes vom Schamanen des Leoparden-Clans, und Haras mußte deshalb eine große Entschädigung zahlen. Also entschied er, daß ich nicht mehr länger ein Künstler sein dürfe und daß ich statt dessen lernen sollte, Werkzeuge aus Feuerstein herzustellen.«

»Und das ist eine Arbeit, die du nicht magst?« Ronans Stimme klang freundlich, doch da war etwas in ihr, was Thorn erröten ließ.

»Ich habe nichts dagegen, Werkzeug aus Feuerstein herzustellen, wenn es das ist, was du von mir willst«, sagte er, sich verteidigend. »Es ist jedoch nicht das, wozu ich geboren wurde. Ich bin ein Künstler.« Er warf den Kopf in den Nacken, und eine dicke Locke braunen Haars fiel ihm in die Stirn. »Ich bin zu dir gekommen in der Hoffnung, daß du mich sein läßt, wozu ich geboren wurde.«

Ronan fragte: »Was hat dich zu diesem Gedanken verleitet?«

Mutig hielt Thorn Ronans dunklen Augen stand. »Du hast mich schon einmal Gesichter zeichnen lassen«, gab er zu bedenken.

Ronans Mund verzog sich zu einem zynischen Lächeln. *Er hat sich geändert*, dachte Thorn wieder, und er sah die neue Härte in Ronans Gesicht. Früher einmal hatte Thorn die schmalen Lippen schön gefunden. Sie erschienen ihm nun noch schmaler als vor drei Jahren, und all ihre gefühlvolle Weichheit war verschwunden. Es gab nichts mehr in diesem Gesicht, was noch knabenhaft war.

»Ich denke, damals, als ich dir gestattete, mich zu zeichnen, hat es mir nicht soviel bedeutet, was mit mir geschehen würde«, erklärte Ronan. »Die Dinge haben sich geändert.«

Thorn warf ein: »Du hast Fara erlaubt, die Zwillinge zu behalten.«

Die dunklen Augen weiteten sich in echter Überraschung. Dann senkte Ronan die Lider. »Ich erinnere mich jetzt«, sagte er. »Du hattest dich nach Fara und den Zwillingen erkundigt.«

Thorn nickte und beobachtete ihn schweigend mit seinen riesigen braunen Augen.

»Auf welche Weise kannst du mir von Nutzen sein?« wollte Ronan von dem Jungen wissen.

»Ich bin gut darin, Feuerstein zu bearbeiten«, antwortete Thorn prompt. »Ich kann Werkzeug für dich machen.« Er durchforschte sein Inneres nach anderen Begabungen. »Ich kann jagen«, fügte er hinzu, »und meine Beute häuten und zerlegen. Ich werde all diese Dinge für den Stamm des Wolfes tun, wenn du mir die Freiheit gibst zu zeichnen.«

»Keine Gesichter!« warf Dai ein und blickte auf Ronan.

»Es liegt keine Macht darin, ein Gesicht zu zeichnen«, erklärte Thorn dem jungen Mann ernsthaft. »Der Sohn des Schamanen war nie in Gefahr. Es wäre für Haras nicht notwendig gewesen, die Wiedergutmachungsabgabe zu entrichten.«

»In meinem Stamm ist es tabu, einen Menschen abzubilden«, erklärte Okal. »Es ist bei all den Stämmen, die dem Himmelsgott folgen, ein Tabu.« Er blickte auf Ronan. »Und so sollte es im Wolf-Clan sein.«

Mit trügerisch freundlicher Stimme sagte Ronan: »Ich bin der Häuptling des Wolf-Clans, und ich bin derjenige, der die Regeln festlegt.«

Beide, Okal und Dai, starrten auf ihre Füße und antworteten nicht. Ronan drehte sich zu Thorn. »Woher weißt du, daß in einem Bild keine Macht liegt?« wollte er wissen.

»Ich habe die Zeichnungen, die ich von dir angefertigt habe, aufbewahrt, da war eine von ihnen zerbrochen«, antwortete Thorn ehrlich. »Eine andere hatte einen Sprung. Es muß vor langer Zeit geschehen sein, als ich sie zusammen mit den Spielsachen meiner Kindheit verstaute. Und doch stehst du hier vor uns« – und Thorn wies auf Ronan – »gesund und stark. Deshalb weiß ich, daß diese Bilder keine Macht haben – oder jedenfalls nicht die, die Menschen bisher fürchteten.«

»Welch ein Glück für mich«, sagte Ronan trocken. Er blickte zu seinen beiden Anhängern. »Wie du sagst, bin ich vollkommen gesund.«

Dai forderte: »Ich will nicht, daß er mich zeichnet!«

»Mich auch nicht«, stimmte Okal zu.

Ronan nickte. »Es ist euer Recht, diese Wahl zu treffen.« Er schaute Thorn an. »Hörst du mir zu, Sohn des Rilik? Es ist dir nicht gestattet, jemanden ohne dessen vorherige Erlaubnis zu zeichnen.«

»Ja«, antwortete Thorn. »Ich habe dich verstanden, Ronan.« Dann fragte er atemlos: »Heißt das, daß ich jetzt zum Wolf-Clan gehöre?«

»Ich glaube, wir brauchen jemanden, der Feuerstein bearbeiten kann« – Thorns braune Augen beobachteten ihn besorgt – »und einen Künstler«, sagte Ronan.

Ronan befahl Dai und Okal, Thorn zu Fara zu bringen, und die beiden jungen Männer führten den Jungen zu den Hütten, die sich an dem einen Seeufer zusammendrängten. Die Frauen, die Thorn zuvor gesehen hatte, waren verschwunden, und er betrachtete mit Neugier die solide gebauten Hütten, die im Morgenschatten der Felswand lagen. Er bewunderte laut, wie gut gebaut sie waren.

»Das müssen sie sein, damit sie das Winterwetter überstehen«, erklärte Okal.

»Verbringt ihr denn tatsächlich den Winter in diesem Tal?« wollte Thorn erstaunt wissen.

Die beiden jungen Männer nickten.

»Aber der Schnee muß hier sehr tief sein. Und die Kälte ... Uff, nicht einmal die Tiere verbringen mehr als sechs Monde im Jahr im Altas.«

»Es ist kalt«, stimmte Okal zu, »aber in den Hütten ist es warm. Der kurze Winkel, in dem die Wintersonne auf sie fällt, erwärmt sie. Tatsächlich gibt es nur wenig oder gar keinen Schnee bei der nördlichen Felswand, so daß die Tiere den ganzen Winter über genug zu grasen haben.«

»Dieses Tal ist besser geschützt als irgendein anderer Ort, den ich je gesehen habe«, fügte Dai hinzu. Er wies auf die sie umgebenden Felswände. »Wir sind sogar vor dem Wind geschützt.«

»Aber auf dieser Seite« – Thorn deutete auf die Felswand, die den westlichen Rand des Tales ausmachte – »ist sie sehr niedrig. Vielleicht schützt sie euch vor dem Wind, aber ich sehe nicht, wie sie Eindringlinge abhalten kann.«

Dai grinste. »Kletter rauf und schau, was auf der anderen Seite ist«, empfahl er.

»Was ist auf der anderen Seite?«

»Der Berg fällt in Stufen ab«, erklärte Dai. »Du hast doch gesehen, daß das Tal viel tiefer liegt als das Land jenseits der östlichen Felswand?« Thorn nickte. »Nun, es verhält sich ebenso auf der westlichen Seite. Der Fels fällt steil ab. Unmöglich, ihn zu erklettern.«

Thorn blickte zu der täuschend niedrigen Felswand. Dahinter konnte er lediglich die entfernteren Berge des Altas sehen, die ihre einsamen Gipfel der Sonne und den Wolken und dem Himmelsgott entgegenhoben.

Er ließ seine Augen in südliche Richtung schweifen. »Und in dieser Richtung?« fragte er und deutete auf die Stelle, wo sich der Fluß tief in die Felswand eingegraben hatte, um in südlicher Richtung das Tal zu verlassen.

»Ein Wasserfall«, sagte Okal. »Riesengroß, unpassierbar.« Er grinste befriedigt. »Der einzige Weg in das Tal ist jener, durch den wir dich gebracht haben, Junge.«

Thorn gestand: »Ich habe sogar gedacht, daß dies ein Land sein könnte, wo die Götter sich aufhalten.«

»Keine Götter«, sagte Okal trocken. »Nur Ronan.«

Dai lachte.

Sie kamen vor einer der Hütten zum Stehen, und Dai rief durch die offene Tür: »Fara! Eken! Ich habe einen Besucher für euch.«

»Was für einen Besucher?« wollte eine Frauenstimme wissen.

»Es ist Thorn, Fara«, rief Thorn laut. »Der Sohn von Rilik.«

»Thorn!« Eine Frau mit einem Baby im Arm kam zur Tür, und Thorn erkannte Faras Schwester Eken, das Mädchen, das seinen Vetter hätte heiraten sollen. »Er ist es!« rief Eken zurück in die Hütte.

»Ronan hat uns aufgetragen, ihn zu euch zu bringen«, erklärte Dai.

Eken lächelte. »Wir werden uns um ihn kümmern, Dai. Vielen Dank.« Dann sagte sie zu Thorn gewandt: »Komm rein, komm rein!«

Thorn duckte sich unter den Eingang der Hütte und sah Fara neben der Herdstelle auf einer Rentierhaut sitzen und ein Baby stillen. Auf Thorns Gesicht machte sich ein freudiges Lächeln breit, als er sie so sah. Ihre braunen Augen sahen so glücklich und heiter aus, wie sie mit dem Baby im Arm zu ihm aufschaute.

»Bist du wegen mir gekommen?« wollte Eken, die hinter ihm eintrat, besorgt wissen. Sorgenfalten furchten ihre schöne Stirn, als sie sich neben ihrer Schwester niederließ. »Wenn du gekommen bist, um mich zurückzubringen, damit ich Herok heirate, dann wisse, ich werde nicht gehen, Thorn. Ich bleibe hier mit Fara.«

»Ich bin nicht gekommen, um dich zu holen, Eken«, beschwichtigte Thorn. »Ich bin hier, weil ich mich selbst dem Wolf-Clan anschließen will.«

Die Frauen blickten sich erst gegenseitig erstaunt an und dann ihn. Eken bedeutete ihm durch eine Handbewegung, sich zu setzen, und verlangte dann zu wissen: »Warum?«

Thorn seufzte, hockte sich auf seine Fersen und erzählte ihnen die Geschichte vom Sohn des Schamanen. Während er sprach, hatte Fara das eine Baby fertig gestillt, gab es Eken, erhielt von ihr das andere und legte es an die Brust. Eken legte sich das erste Baby geschickt an die Schulter und klopfte ihm sanft auf den Rücken.

»Und so bist du gekommen, weil du hofftest, Ronan würde dir erlauben, weiter zu zeichnen?« fragte Eken, als Thorn zu Ende berichtet hatte.

»Ja. Und er hat zugestimmt, daß ich mich seinem Clan anschließe – als Werkzeugmacher und Künstler.«

»Mein Herz sagt mir, daß du an einem glücklichen Tag eingetroffen bist«, meinte Fara. »Er hat zwei andere Männer abgewiesen, seit wir hier sind.«

»Das verstehe ich nicht«, sagte Thorn verwirrt. »Wenn er einen Stamm aufbauen will, dann müßte er doch darauf bedacht sein, die Zahl seiner Anhänger zu vergrößern.«

Thorn dachte an Ronans Kommentar über Vergewaltiger und Mörder, wußte aber nicht so recht, wie er die Frage formulieren sollte. »Hmmh...« setzte er an, »aus was für Leuten setzt sich denn der Wolf-Clan zusammen?«

Ekens Hand massierte zärtlich den Rücken des Babys. »Aus Menschen, welche die Regeln in ihren eigenen Stämmen verletzt haben«, sagte sie. »Menschen, die einen Fehler begangen haben und teuer dafür bezahlen mußten. Nicht aus schlechten Menschen, Thorn.«

»Menschen wie Beki und Kasar?« fragte Thorn.

Die beiden Frauen schauten ihn neugierig an. »Wieso weißt du von Beki und Kasar?« wollte Fara wissen.

»Der Sohn des Schamanen, dessen Gesicht ich gezeichnet habe. Er ist Bekis Bruder.«

»Aha«, machte Fara und sie beugte ihren Kopf, um ihre Lippen auf den Haarflaum des Babys an ihrer Brust zu legen.

»Nun gut, ja, Menschen wie Beki und Kasar«, bestätigte Eken. »Wenn ich so darüber nachdenke, dann sind tatsächlich eine Reihe von Menschen hier, die Unglück in der Liebe hatten.«

Thorn dachte an Bror, dessen traurige Geschichte er von Kenje gehört hatte. Dies war ein Mann, der sicherlich Unglück in der Liebe erfahren hatte. »Was ist mit den beiden Männern, die mich hergebracht haben?« fragte er Eken. »Dai und Okal. Hatten sie auch Pech in der Liebe?«

»Okal, ja. Er kommt vom Bären-Clan, ein Stamm, der sehr

streng mit den unverheirateten Mädchen ist. Okal lag bei einer von ihnen und schwängerte sie. Sie versuchte, es abzutreiben und starb dabei. Ihr Bruder hatte geschworen, Okal zu töten, und so floh er zu Ronan.«

»Sie müssen wirklich streng sein, wenn das Mädchen sich zu so schrecklichen Methoden gezwungen sah«, wunderte sich Thorn. »Warum hat sie denn Okal nicht geheiratet?«

Fara hob ihr Gesicht aus den Haaren ihres Babys. »Er sollte eine andere heiraten«, antwortete sie trocken.

»Oh.« Thorn versuchte sich den rothaarigen jungen Mann, den er zum ersten Mal bei dem Frühlingstreffen gesehen hatte, ins Gedächtnis zu rufen, und schüttelte langsam den Kopf. »Er sieht nicht aus wie einer, der solche Sachen erlebt hat.«

Fara nahm das Baby von ihrer Brust und hob es an ihre Schulter. »Es ist nicht immer leicht, das Herz eines Mannes in seinem Gesicht zu sehen«, sagte sie.

Thorn nickte höflich. »Das ist wahr.« Er schaute durch die offene Tür ins Tageslicht. »Was hat also Dai hierher gebracht?« fragte er.

»Bei seiner Geschichte bin ich mir nicht sicher«, antwortete Eken. »Es hat irgend etwas mit dem Tod seines Bruders zu tun. Ich weiß nur, daß er schon sehr lange bei Ronan ist – fast so lange wie Bror.«

»Aus wie vielen besteht der Clan denn insgesamt?«

»Hier leben drei Handvoll Männer – und einer, seit du da bist. Und eine Handvoll und drei Frauen.«

»Das ist ganz schön viel«, sagte Thorn beeindruckt.

»Es gibt auch Kinder«, warf Fara ein. »Drei andere neben meinen Zwillingen.«

Thorn schaute von dem einen eingewickelten Zwilling an Faras Schulter zu dem, der in Ekens Armen schlief. »Sind sie Jungen?« wollte er wissen.

»Mädchen«, antwortete Fara stolz.

Thorn mußte über ihren Gesichtsausdruck lächeln. »Ich bin so froh, daß Ronan dir erlaubt hat, beide zu behalten.«

»Er wurde im Sinne der Großen Erdmutter erzogen«, erklärte Fara. »Die Göttin ist milder mit Kindern als der Himmelsgott.«

»Doch auch die Göttin, so glaube ich zu wissen, erlaubt normalerweise nur, einen Zwilling zu behalten«, sagte Thorn. »Jedenfalls hat mir das mein Vater so gesagt.«

»Dein Vater hat recht«, stimmte Eken zu. »Wir haben hier auch Leute aus den Ebenen, und sie folgen ebenfalls dem Weg der Großen Erdmutter. Zwillinge, so meinen sie, sind eigentlich ein Kind, das im Mutterleib in zwei geteilt wurde. Alles Gute, das die Göttin jenem ersten Kind gegeben hat, fließt in den erstgeborenen Zwilling, das Kind des Lichts, das sie behalten. Der zweitgeborene Zwilling, so glauben sie, empfängt all das Schlechte des ursprünglichen Kindes, und deshalb setzen sie ihn aus.«

»Behalten sie denn im Hirsch-Clan beide?«

Fara schüttelte den Kopf. Ihr Gesicht sah angespannt aus. »Nein. Der Stamm des Hirschen behält den erstgeborenen und setzt den zweiten Zwilling aus. Es ist Ronan, der bestimmt hat, daß beide Zwillinge bleiben sollen.« Ihre Arme drückten das kostbare Wesen an ihrer Schulter fest an sich. »Ich werde deshalb für den Rest meiner Tage die Segnung des Himmels für ihn erflehen.«

Thorn sagte: »Er hat ein gutes Herz.«

Beide, Fara und Eken, blickten ihn erstaunt an. »Ich bin nicht sicher, ob ich das so nennen würde«, murmelte Fara zweifelnd.

»Aus welchem anderen Grund hätte er dir erlaubt, beide Zwillinge zu behalten?«

Diesmal war es Eken, die das Wort ergriff: »Es ist wohl eher seine Furchtlosigkeit.«

Sie wiegte das Baby in ihren Armen hin und her, ihre Wange streifte dabei das Kind, welches so zufrieden bei ihr schlief. »Er fürchtet sich jedenfalls nicht vor Zwillingen. Und auch nicht davor« – sie warf Thorn ein schwaches Lächeln zu – »sich von dir zeichnen zu lassen.«

»Aber es ist gefährlich, nichts zu fürchten«, meinte Thorn ein wenig besorgt. »Ein Mann, der nichts fürchtet, hat auch keine Ehrfurcht.«

Beide Frauen zuckten gleichzeitig mit den Schultern.

»Welchem Gott folgt der Clan des Wolfes?« fragte Thorn als nächstes.

»Wir kommen alle von unterschiedlichen Stämmen, Thorn«, erklärte Fara, »und wir folgen alle unterschiedlichen Glaubensrichtungen. Ronan erlaubt jedem, seinem eigenen Weg zu folgen, solange er damit nicht jemand anderem in die Quere kommt.«

»Welchen Gott betet denn Ronan an?« fragte Thorn.

»Also das«, antwortete Eken leise, »das ist ein Geheimnis.«

12

Es dauerte nicht lang, bis eine Prozession von Frauen vor Faras Hütte erschien. Thorn fand sich selbst bald im Mittelpunkt einer freundlichen und neugierigen Gruppe, die alle Ekens frisch zubereiteten Salbeitee tranken. Thorn war noch jung genug, um sich in der Gesellschaft von Frauen und Kindern vollkommen wohl zu fühlen, und so trank er seinen Tee und beantwortete bereitwillig ihre Fragen, und die ganze Zeit wanderte sein Blick von einem Gesicht zum nächsten in dem Versuch, sie mit den Geschichten zusammenzubringen, die Fara und Eken ihm zuvor erzählt hatten.

Ich hätte Beki als Kenjes Schwester jederzeit erkannt, dachte er, und betrachtete die schläfrigen blauen Augen und die emporstrebende Nasenspitze des Mädchens. Neben Beki saß eine Frau namens Yeba, deren früher hübsches Gesicht durch eine schreckliche Narbe entstellt war. Erst hinterher erfuhr Thorn die Geschichte dieser Narbe: Yebas Mann hatte sie beim Ehebruch ertappt und sie zur Strafe mit abgeschnittener Nase aus dem Stamm des Eichhörnchens ausgestoßen.

Thorn wurde auch zwei Frauen vom Volk der Morgendämmerung vorgestellt, einem jener Stämme, der auf der Morgenseite des Altas lebte. Thorn war niemals zuvor Menschen begegnet, die nicht von verwandten Stämmen kamen, und starrte die beiden Frauen daher mit unverhohlener Neugier an.

Sowohl Berta als auch Tora hatten glänzende, dunkelbraune Haare, die sie in einem einzigen Zopf trugen, der bis zu ihren Hüften hinunterreichte. Ihre Augen waren groß und braun, ihre Nasen und Wangenknochen ausgeprägt, ihr Teint von einem warmen Olivton. Sie waren Schwestern, so erfuhr Thorn später, die ihren Stamm verlassen hatten, als ihr Bruder von der Heilerin verstoßen worden waren, weil er angeblich von einem bösen Geist besessen war. Die beiden Mädchen hatten sich geweigert, ihren jüngeren Bruder zu verlassen, und hatten ihn hoch in die Berge gebracht, um dort in einem tapferen Versuch Verbindung mit dem Geist aufzunehmen, der ihn von der Schwitzkrankheit befreien würde, die ihren Stamm so sehr geängstigt hatte. Dort waren sie von Heno, einem von Ronans Männern, entdeckt worden, und er hatte ihnen geholfen, den kranken Jungen zu versorgen. Als Mait genesen war, folgten alle drei Geschwister Heno in das Tal des Wolfes. Beide Mädchen waren seither verheiratet, und beide waren an Faras Feuer mit kleinen Kindern auf ihrem Rücken erschienen.

All diese Frauen waren auf höfliche Weise begierig zu erfahren, was Thorn zum Stamm des Wolfes geführt hatte. Zögernd erzählte er ihnen seine Geschichte. Als er geendet hatte, drehte er sich zu Beki um und versicherte ihr ernsthaft: »Ich bin davon überzeugt, daß Kenje zu keinem Zeitpunkt in Gefahr war.« Und er berichtete auch von den Gravuren, die er von Ronan gefertigt hatte.

»Ronan mußte verrückt gewesen sein«, erregte sich Fara, »daß er dir überhaupt erlaubt hat, ein Bild von ihm zu machen. Was hat er sich bloß dabei gedacht?«

Bevor Thorn noch antworten konnte, meinte Berta: »Ronan wurde dem Weg der Großen Erdmutter folgend erzogen, und wir glauben nicht an die Macht der Bilder, wie ihr das tut, die ihr dem Himmelsgott folgt.« Berta sprach die Sprache der verwandten Stämme, aber mit einem Akzent, der ihre ferne Herkunft bezeugte.

Beki, mit Bitterkeit in der Stimme, sprach als nächste. »Wie ich sehe, hat sich mein Vater nicht geändert. Du sagst, daß es ihm gelungen ist, eurem Häuptling eine große Entschädigung abzupressen?«

»Ja«, nickte Thorn. »Wir haben alles verloren, was wir erhandelt hatten. Haras war furchtbar böse auf mich.«

»Mein Vater hat schon immer sein Augenmerk darauf gehabt, mit seinen Kindern Profit zu machen«, fügte Beki noch bitterer als zuvor hinzu.

»Väter fühlen nicht so für ihre Kinder, wie Mütter es tun«, erklärte Berta. Ihr Baby hatte angefangen, sich bemerkbar zu machen, und sie war damit beschäftigt, es aus seinem Tragegestell zu befreien. »Es ist eine Quelle steter Verwunderung für mich, wieso die Frauen der verwandten Stämme den Männern erlaubt haben, sie in ihren Mutterrechten zu beschneiden.«

Alle Augen waren auf Berta gerichtet, die mit ihrem Baby hantierte. »So war es eben immer schon bei uns«, stellte Beki abschließend fest.

Berta hob das wimmernde Kind nun in ihre Arme. »Was ist mit dem Kind, das du trägst?« wollte sie von Beki wissen. »Wirst du Kasar das Recht einräumen, alle Entscheidungen über sein Wohl und Wehe zu treffen?«

Instinktiv legte Beki eine Hand auf ihren schwangeren Bauch. »Das werde ich nicht.«

Berta löste die Schnur, die ihre Bluse zusammenhielt, und legte das Kind an die Brust. Das Wimmern hörte sofort auf. »Wenn Tabara zum Volk der Morgendämmerung gehört hätte, dann hätte man ihr niemals ihre Kinder weggenommen«, erklärte Berta. »Einer Frau so etwas anzutun, ist barbarisch, schlimmer noch als das, was mit Yeba geschah.«

»Das ist wahr«, stimmte Bertas Schwester Tora zu.

Thorn konnte sich nicht daran erinnern, einer Frau namens Tabara vorgestellt worden zu sein, und dem Verhalten der anderen meinte er zu entnehmen, daß sie nicht anwesend war.

Eken war es, welche die plötzliche düstere Stille durchbrach. »Tabara wurde beim Ehebruch entdeckt. Für uns von den verwandten Stämmen ist das eine ernste Angelegenheit. Sie berührt die Wurzeln der Familie, Berta. Sie kann nicht einfach übergangen werden.«

Bertas Baby machte ein lautes Bäuerchen, und alle Frauen lächelten. »Die Familie besteht aus einer Mutter und ihren Kindern«, stellte Berta fest und klopfte ihrem Kleinen dabei sanft auf den Rücken. Sie blickte Thorn an, die einzige männliche Person im Raum. »Der Mann ist nicht wichtig.«

Thorn erwiderte den Blick dieser herausfordernden braunen Augen. Die Frauen waren still und warteten darauf, was er wohl entgegnen würde. »Es ist nicht wahr, daß der Mann für eine Familie ohne Bedeutung ist«, sagte er empört. »Mein Vater war für mich sehr wichtig. Er hat mir all die Dinge beigebracht, die ich wissen muß, um ein Mann zu werden. Wie sollte er also nicht wichtig sein?«

»Jeder Mann kann einem Kind diese Dinge beibringen«, behauptete Berta abweisend.

»Das ist wahr«, wurde sie von ihrer Schwester unterstützt. »In unserem Stamm erfolgt diese Art von Unterweisung durch den Mutter-Bruder. Ein Vater ist nicht wirklich notwendig.«

Thorn starrte die beiden Frauen erstaunt an. So also dachten die Frauen, die dem Weg der Großen Erdmutter folgten! Thorn war sehr froh darüber, daß er aus einem Stamm kam, der die Bedeutung der Männer anerkannte.

»Wird dein Stamm von einer Herrin angeführt, wie der Hirsch-Clan?« wollte Thorn wissen.

Berta schüttelte den Kopf. »Das Volk der Morgendämmerung wird von einem Mann angeführt. Eine Frau hat zu Hause zu viele Verantwortlichkeiten, als daß ihr noch Zeit bliebe, Verantwortung für jene zu übernehmen, die nicht zu ihrer Familie gehören. Aber die Stammütter aller Familien sitzen im Rat des Häuptlings und beraten ihn.«

Thorn rief sich das Bild seiner schüchternen und sanften Mutter ins Gedächtnis, die nicht einmal daran dachte, seinem Vater zu widersprechen. Er schüttelte erstaunt den Kopf.

Während Eken die Tassen neu füllte, trat ein kurzes Schweigen ein. Dann sagte ein sehr hübsches Mädchen namens Yoli zu Thorn: »Als du auf dem Frühjahrstreffen warst, hast du da von marodierenden Stämmen aus dem Norden reden gehört, die auf dem Rücken von Pferden reiten?«

»Ja«, erwiderte Thorn, dankbar dafür, daß das Thema ein anderes war. Er war es nicht gewohnt, mit Frauen umzugehen, die so geradeheraus waren wie Berta und Tora. »Unser Häuptling Haras hat davon erzählt. Anscheinend haben die Stämme aus dem Norden diese Nachricht auf dem Treffen verbreitet. Den Männern vom Stamm des Büffels fiel es schwer, die Sache zu glauben.«

»Ronan nahm die Sache ernst genug, um Bror und Lemo in den Norden zu schicken, damit sie soviel wie möglich in Erfahrung bringen«, teilte Fara Thorn mit.

»Ist das wahr?« Thorn war verwirrt. »Das kann ich nicht verstehen. Selbst dann, wenn die Geschichten stimmen, dieser Stamm ist aus dem Land, wo die Erde für immer gefroren ist. Sie können mit uns nichts zu schaffen haben.«

»Das sind auch die Gedanken meines Gefährten«, pflichtete ihm Yeba bei. »Cree hat Ronan gesagt, er würde die Zeit der Männer verschwenden, indem er sie auf eine solche Mission schickte.«

»Ronan weiß, was er tut.« Eken funkelte Yeba an.

Yeba warf einen amüsierten Blick in die Runde. »Ja«, lächelte sie mit gewollter Milde, »wir alle wissen, was *du* von Ronan denkst, Eken.«

Mehrere der Frauen lachten, und Eken wurde rot. Berta stand auf. »Es ist bald Abendessenszeit«, kündigte sie an. »Die Männer werden bald von der Jagd zurück sein. Es wird Zeit, die Herdfeuer anzuzünden.«

»Ja, ja.«

»Du hast recht.«

Eine nach der anderen erhoben sich die Frauen und gingen zurück in ihre eigenen Hütten. Thorn blickte verwirrt auf die friedlich grasenden Herden und fragte sich, wohin die Männer verschwunden waren. Offenbar jagten sie nicht im Tal.

Die Frauen des Wolf-Clans sind ganz gewiß ein willensstarker Haufen, dachte er ein wenig nervös und trat zurück in Faras Hütte. Das Gespräch, dem er heute nachmittag beigewohnt hatte, war ganz bestimmt nicht die Art von müßiger Plauderei, die er zu Hause von den Freundinnen seiner Mutter zu hören gewohnt war.

Die Männer hatten tatsächlich nicht im Tal gejagt. Eine halbe Stunde, nachdem die Kochfeuer angezündet waren, kam eine große Gruppe von ihnen durch den Durchgang zurück und brachte drei tote Rentiere mit sich. Thorn ging zum Schlachtgrund hinunter, wo die Männer die Körper häuteten und zerlegten.

Crim nahm sich Thorns an und stellte ihn den Männern vor, denen er noch nicht begegnet war. Überrascht stellte Thorn fest, daß etwa die Hälfte der Männer den Zopf trugen, der sie als Anhänger der Göttin kennzeichnete. Sie stammten jedoch nicht aus dem Hirsch-Clan. Das konnte Thorn an ihrem Akzent erkennen.

Mait, der Bruder von Berta und Tora, grinste Thorn fröhlich an, als Crim ihn vorstellte. »Ich bin sehr froh, dich kennenzulernen«, sagte er. »Nun habe ich doch noch einen Altersgenossen bekommen!«

Thorn erwiderte sein Lächeln. Mait sah seinen Schwestern sehr ähnlich; er hatte den gleichen glänzenden Zopf, die gleichen großen braunen Augen und eine ebensolche ausladende Nase und Wangenknochen.

»Wir müssen Ronan dazu bewegen, daß er euch Jungen eine eigene Hütte gibt«, meinte Crim freundlich. »Es könnte unsere Hütte für die Initianden werden.«

Maits Augen glänzten. »Ich werde Ronan heute abend fragen, ob wir das nicht machen können.«

»Wo ist Ronan?« wollte Thorn wissen und blickte zu der Öffnung in der Felswand, durch die er gekommen war.

»Irgendwo oben im Tal, nehme ich an«, vermutete Crim. Er kniff die Augen zusammen, als er gegen die Sonne Ausschau hielt. »Ja. Da kommt er.«

Thorn blickte in die gleiche Richtung wie Crim. In der Ferne sah er die Gestalt eines Mannes mit einem Hund durch das hüfthohe Gras gehen, das nahe an der Felswand wuchs. »Ist das Nigak bei ihm?« wollte er gespannt wissen.

»Ja.«

Thorn erkannte, daß der Mann nichts bei sich trug. »Sie sehen nicht so aus, als wäre ihre Jagd erfolgreich gewesen.«

»Sie haben nicht gejagt.« Crims Stimme war unerschütterlich. Er legte Thorn eine Hand auf den Arm. »Komm, Junge. Wenn du zum Wolf-Clan gehören willst, dann mußt du für deinen Unterhalt etwas tun. Du kannst mir helfen, dieses Rentierhinterbein zu zerlegen.«

Thorn warf Mait ein Lächeln zu und folgte Crim.

Thorn aß sein Abendbrot mit Crims Familie, aber die Schlafplätze waren rar in seiner Hütte, wo nicht nur seine Frau und Schwägerin, sondern auch die Zwillinge untergebracht waren. Also schlief Thorn diese erste Nacht auf Brors Lager in einer Hütte, die auch Dai und Okal beherbergte. Die beiden jungen Männer zählten nur eine Handvoll Jahre mehr als Thorn und wären in ihren eigenen Stämmen jetzt Nirum oder vollwertige Jäger gewesen. Thorn behandelte sie beide mit Respekt und war klug genug, sie nicht mit zu vielen Fragen zu bedrängen.

Ein paar Fragen stellte er aber doch, als er sein Schlaffell ausbreitete. »Wie lange ist Bror schon fort?«

»Fast seit einem Mond«, antwortete Dai. Auch er glättete sein Fell. »Ich glaube, er wird noch einen weiteren Mond fort sein, mindestens.«

»Bestimmt«, sagte Okal. Er lag bereits mit den Armen unter seinem Kopf verschränkt. »Wir haben noch viel Zeit, dir und Mait eine eigene Hütte zu bauen.«

»Wo schläft Mait denn jetzt?« wollte Thorn wissen.

»Er schläft bei den anderen unverheirateten Männern der Göttin.«

Thorn nahm im stillen diese Trennung entlang religiöser Grenzen wahr. »Ist es nicht ... manchmal ... schwierig«, wagte er zu fragen, »in Harmonie mit Menschen zu leben, deren Wege so anders verlaufen?«

»Manchmal«, gab Dai zu. »Es sind die Tabus, die am meisten Schwierigkeiten bereiten. Bisher ist es Ronan allerdings immer gelungen, die Dinge wieder zu glätten.«

»Bisher«, sagte Okal.

Dai kroch unter sein Schlaffell. »Bist du denn noch nicht fertig?« fragte er Thorn ungeduldig.

»Doch«, sagte Thorn. Er rollte sich rasch unter seinem Büffelfell zusammen, und Dai blies die Lampe aus. Schon nach kurzer Zeit ließ Thorn das regelmäßige Atmen der beiden Älteren vermuten, daß sie eingeschlafen waren, aber er lag noch immer wach. Sein Körper war müde, doch sein Geist war unbarmherzig lebendig und wiederholte wieder und wieder alle die Dinge, die er im Verlauf des Tages erfahren hatte.

Es gab noch so viele Fragen, die er gerne gestellt hätte! Warum hatten die Männer außerhalb dieses reichlich mit Tieren besetzten Tals gejagt? Welcher furchtbaren Taten waren die übrigen Männer schuldig, daß sie ihre Stämme hatten verlassen müssen? Gab es Unstimmigkeiten im Wolf-Clan zwischen den Anhängern des Himmelsgottes und jenen der Göttin? Und schließlich, was tat Ronan da oben im Tal allein?

Die Nacht verging, und Thorn war noch wach, als er ein Geräusch außerhalb der Hütte hörte. Sehr vorsichtig kroch er unter seinem Schlaffell hervor zur Tür, hob die Türklappe und spähte hinaus. Die monderleuchtete Nacht war hell genug, daß er die Umrisse eines Mannes erkennen konnte, der den Bereich der Hütten verließ und zu der geschützten Stelle ging, wo die wenigen Hunde des Stammes schliefen. Thorn erkannte sofort den Gang als jenen Ronans.

Langsam und leise ließ Thorn die Türklappe fallen und kehrte zu seinem Schlafplatz zurück. Er schloß seine Augen, und endlich schlief er ein.

Am folgenden Morgen erfuhr Thorn, daß Alos, die Hündin, die Yoli mit in den Stamm gebracht hatte und die von Nigak gedeckt worden war, in der Nacht geworfen hatte. Jeder war glücklich über die lebhaften, gesunden Welpen. Ronan schickte die Jungen in das Tal hinaus und gab Mait Anweisungen, Thorn herumzuführen. Mait war begeistert von der Aussicht auf einen freien Tag, und er fühlte sich geschmeichelt, daß er der Anführer sein sollte, eine Position, die er als mit Ausnahme der Babys Jüngster im Clan nur selten erreichte.

Thorn trug mit seinen vielen Fragen dazu bei, daß Mait sich noch wichtiger vorkam. Die erste war: »Wo gehen die Männer des Stammes jagen?«

»Um diese Jahreszeit haben die ersten Rentierherden die tiefer gelegenen Weidegründe des Altas erreicht«, erklärte Mait. »Dorthin gehen die Jäger. Du hast ja gesehen, daß sie gestern mit reicher Beute zurückkamen.«

»Das habe ich«, stimmte Thorn zu. »Dann wollten sie wohl ganz speziell Rentier jagen? Es stimmt, bisher habe ich innerhalb des Tals kein Rentier gesehen.«

»Wir jagen selten innerhalb des Tals«, sagte Mait einfach.

Thorn blickte ihn erstaunt an. »Warum denn nicht?«

»Das hat Ronan so festgelegt.« Mait lächelte, als er Thorns Gesichtsausdruck sah. »Ronan sagt, wir können es uns nicht leisten, die hier lebenden Tiere zu verängstigen. Er sagt, wenn wir nur hier jagen, dann werden sie uns fürchten und woanders hinziehen. Es ist besser, außerhalb des Tals zu jagen und Freundschaft mit den Tieren hier zu schließen.«

»Ihr jagt nie hier im Tal?«

Die Jungen waren beim Fluß angelangt und machten Rast. Thorn beobachtete eine Stute und ihr Fohlen, die friedlich nur wenige Meter entfernt von ihnen tranken. Die Stute war fast ganz weiß; das Fohlen war dunkelbraun.

»Wir jagen die Pferde im Herbst«, antwortete Mait, der ebenfalls die beiden Tiere beobachtete. »Wir treiben sie in einen Pferch und töten diejenigen, die nicht so aussehen, als würden sie den Winter überstehen. Auf diese Weise haben wir genug Fleisch für den Winter, und die anderen Pferde, da wir sie nicht wieder belästigen, vergessen schnell ihre Angst. Genauso verfahren wir mit den übrigen Tieren des Tals; wir isolieren die alten, die kranken und die verletzten und lassen die gesunden übrig.«

»Was ist mit den Pferden, die ich auf der anderen Seite der Felswand gesehen habe?« wollte Thorn wissen. »Woher kommen sie? Sie können ja wohl nicht auf den offenen Hängen überwintern?«

»Oh, das sind die jungen Hengste, die Impero aus seiner Herde vertreibt«, erklärte Mait.

»Impero?«

»Impero – so hat Ronan den Hengst der Herde genannt. Sieh, da ist er.«

Thorn betrachtete den wunderschönen weißen Hengst, der mit der Herde seiner Stuten herankam, die nahe beim Fluß grasten. Sogar auf diese Entfernung konnte Thorn sehen, wie stark und muskulös sein Hals war. Die Pferde in diesem Tal waren nicht wie jene, die Thorn in Höhlenmalereien dargestellt gesehen hatte. Diese hier hatten lange, geschwungene Gesichter und lange, fließende Mähnen und Schwänze. Und sie waren im allgemeinen grau.

Mait fuhr fort: »Impero gestattet den Jährlingen, im Tal zu bleiben, aber die Zweijährigen vertreibt er. Die paar, die du gesehen hast, waren die, die er dieses Jahr verjagt hat, als die Stuten anfingen, ihre neuen Fohlen zu werfen. Sie werden weiter hinunter ziehen, sobald das Wetter schlechter wird, und bis zum Winter werden sie den Altas verlassen haben und in die Ebenen gezogen sein.«

»Warum zieht der Wolf-Clan im Winter nicht auch in die Ebene?« bohrte Thorn weiter. »Es muß hier im Tal doch bitterkalt sein.«

»Wir sind ein zu kleiner Stamm, als daß wir unsere eigenen Jagdgründe in der Ebene halten könnten«, sagte Mait. »Dort leben viele Stämme, und sie würden uns nicht willkommen heißen. Wir müssen erst viel größer und mächtiger werden, bevor wir uns dort berechtigte Hoffnungen auf ein eigenes Jagdgebiet machen können.«

Der Morgen verstrich langsam, während die Jungen das Tal durchstreiften. Um die Mittagszeit wurden sie hungrig, und sie kletterten auf einen Felsvorsprung, wo sie ihre Füße baumeln lassen und die kleinen Schafherden unter sich beobachten konnten, und aßen, was Fara und Berta ihnen eingepackt hatten.

»Sind alle Männer des Wolf-Clans Verstoßene aus ihren eigenen Stämmen?« fragte Thorn weiter. Er griff gedankenverloren nach einem kleinen flachen Stein, auf dem er mit einem scharfen Kiesel herumkratzte.

»Ja«, bestätigte Mait, »das sind sie.«

»Bei dem Treffen sagte einer eurer Männer, Ronan hätte sie eine Bande von Vergewaltigern und Mördern genannt.« Thorn verengte seine Augen, um die Schafe besser zu sehen.

»Das hat er gesagt, als Heno dagegen stimmte, die Zwillinge zu behalten«, bestätigte Mait sofort und grinste bei der Erinnerung an den Vorfall.

»Heno ist der große Mann, nicht wahr?« erkundigte sich Thorn. »Der eine mit den mattblauen Augen?«

»Ja.«

»Aus welchem Stamm kommt er?«

»Er ist vom Fuchs-Clan, der am Goldfluß lebt. Ich weiß, ich sollte ihn mehr mögen«, gab Mait zu. »Er ist mit meiner Schwester verheiratet, und wenn er nicht gewesen wäre, dann wäre ich wahrscheinlich gestorben. Er hat uns in das Tal gebracht. Aber... ich mag ihn nicht. Er beklagt sich andauernd – die Zwillinge sind nur ein Beispiel.«

»Warum hat der Fuchs-Clan ihn hinausgeworfen?«

»Er wurde für den Tod des Häuptlingssohns verantwortlich gemacht«, sagte Mait. »Im Fuchs-Clan gibt es ein sehr strenges Tabu, das es Jägern verbietet, drei Tage vor einer großen Jagd sexuellen Kontakt zu haben. Heno aber lag mit seiner Frau in der Nacht vor der Jagd, und am nächsten Tag wurde der Sohn des Anführers von einem Büffel getötet. Irgend jemand hatte Heno und seine Frau belauscht und bezichtigte ihn, das Tabu gebrochen zu haben. Der Häuptling verstieß ihn darauf.«

»Ah...« nickte Thorn verstehend. »Wir haben auch ein solches Tabu. Aber die Männer des Büffel-Clans sind weise genug, es nicht zu brechen.«

»Beim Volk der Morgendämmerung gibt es ein solches Verbot nicht«, sagte Mait und zuckte die Schultern, »und unsere Jagd war deshalb nie schlechter.« Er beugte sich vor, um zu sehen, was Thorn zeichnete. Thorn reichte Mait den Stein, den er gerade bearbeitet hatte, und blickte selbst auf die Landschaft vor sich.

Die Pferdeherde hatte den Fluß verlassen und graste jetzt im südlichen Teil des Tals. Fast direkt unterhalb Thorns Füßen befand sich eine kleine Gruppe aus Mutterschafen mit ihren neugeborenen Lämmern. Die Lämmer lagen in der Sonne, während die Mütter grasten. Eines der Lämmer hatte plötzlich das Bedürfnis zu trinken. Es sprang auf und rannte blökend zu seiner Mutter. All die übrigen Lämmer entschieden mit einemmal, daß auch sie durstig waren. Die friedliche Szene war wie verwandelt: blökende Lämmer, die ihre Mütter suchten, und blökende Mütter, die ihre Lämmer finden wollten. Kaum hatten die Kleinen die richtige Mutter gefunden, da fielen sie auf die Knie und begannen gierig zu trinken. Endlich kehrte wieder Stille ein.

Die Jungen lachten. »Bis ich hierher kam, wußte ich gar nicht, wie lustig es sein kann, Tiere zu beobachten«, sagte Mait. »Man bekommt eine ganz andere Einstellung, wenn man so das Tal mit ihnen teilt, wie wir es tun.«

»Das sind wunderbare Voraussetzungen für einen Künstler«, schwärmte Thorn. »Den Tieren so nahe kommen zu können.« Und er nahm seinen Zeichenstein von Mait zurück.

»In meinem Stamm hatten wir keine Künstler«, bemerkte Mait. »Ich hoffe, du hast nichts dagegen, wenn ich dich beobachte?«

Thorn schüttelte den Kopf und begann von neuem zu zeichnen.

»Sieh nur«, sagte Mait leise, »da ist Ronan.«

Thorn hob den Kopf, und beide Jungen beobachteten schweigend, wie Ronan das Tal hinaufkam, mit Nigak an seiner Seite.

»Was wird er tun?« fragte Thorn.

»Er hat die Pferde beobachtet.«

Thorn war erstaunt. »Die Pferde beobachtet?« wunderte er sich. »Aber wozu? Ronan ist doch kein Künstler.«

»Er hat damit angefangen, gleich nachdem die Männer vom Frühjahrstreffen zurück waren und Nachrichten von diesem Stamm aus dem Norden brachten«, erklärte Mait.

Thorn sog tief die Luft ein. »Der Stamm, der auf Pferden reitet?«

»Ja. Der Stamm, der auf Pferden reitet.«

»Könnte es sein, daß er davon träumt...?« Thorn war nicht einmal dazu in der Lage, die Frage zu beenden, so abwegig schien sie ihm.

»Ja«, antwortete Mait jedoch. »Ich glaube, daß er daran denkt.«

13

Ronan lag auf dem Rücken im Gras, die eine Hand hatte er unter den Kopf geschoben, die andere schützte seine Augen vor der Sonne. Nigak lag neben ihm, mit der langen weißen Schnauze auf seiner Hüfte.

»Ich glaube, es geht«, sagte er leise. »Ich bin sicher, daß es funktioniert.«

Nigak antwortete nicht.

»Die anderen denken, ich sei verrückt. Vielleicht bin ich das.«

Noch immer schwieg Nigak.

»Um es zu schaffen, brauche ich jedoch Nel.«

Nigak stellte die Ohren auf.

»Du meinst, ich hätte sie schon viel früher holen sollen. Es ist nicht etwa, daß ich mein Versprechen vergessen hätte«, erklärte Ronan Nels Wolf. »Es ist nur so, daß ich ungern den Stamm verlassen wollte.«

Nigak setzte sich auf und beobachtete aufmerksam ein kleines, langbeiniges Fohlen, das sich von seiner Mutter entfernt hatte.

»Nein«, sagte Ronan fest. Nigak winselte. »Nein«, wiederholte Ronan. Nigak stand auf und tappte zum Fluß hinunter, um zu trinken. Er bewegte sich würdevoll. Ganz offensichtlich war dies nicht ein Wolf, der davon träumte, ein hilfloses Fohlen anzugreifen.

Ronan seufzte. Er würde schon bald handeln müssen. Er konnte nicht damit fortfahren, die anderen zum Jagen zu schikken, während er hier im Gras lag und Pferde beobachtete. Seine Position als ihr Häuptling gab ihm bestimmte Privilegien, aber ihm war klar, daß er schon bald ihre Toleranzgrenze erreichen würde.

Wann endlich kam Bror zurück? Soviel hing davon ab. Bror würde verläßliche Neuigkeiten über die sogenannten Herren der Pferde bringen. Und Bror war der einzige Mann, dem er die Verantwortung für den Stamm übertragen konnte, während er selbst Nel holen ging.

Die schmale Sichel des zunehmenden Antilopen-Monds war bereits nach dem gestrigen Sonnenuntergang aufgegangen. Es war Sommer. Bror war nun zwei volle Monde fort.

Nigak kam vom Fluß zurück und stellte sich über Ronan, von seiner Schnauze tropfte ihm Wasser ins Gesicht. Ronan setzte sich auf. »Morgen«, versprach er dem Wolf und wischte sein Gesicht trocken, »werde ich dich mit auf die Jagd nehmen. Ich kann sehen, daß der junge Thorn entsetzt ist über unsere Faulheit.«

Er legte Nigak eine Hand auf den Rücken, und die beiden gingen das Tal hinunter, auf die Siedlung zu. Ronan fragte sich resigniert, welches Problem ihn heute erwarten würde. Es schien kaum ein Tag zu verstreichen, an dem nicht der Glaube des einen Stammes mit dem eines anderen in Konflikt geriet. Das war einer der wichtigsten Gründe dafür, warum er abgeneigt war, zu lange fortzubleiben.

Er kam an der kleinen Hütte vorbei, welche die Frauen, die dem Himmelsgott folgten, ein wenig von den übrigen Hütten entfernt errichtet hatten, um sie als Hütte des Mondbluts zu ihrer Verfügung zu haben. Tatsächlich war es im Moment nur Eken, die sie nutzte, da sie als einzige blutete. Alle anderen Frauen waren entweder schwanger oder stillten.

Die Tradition, die blutenden Frauen zu isolieren, war keine, an die sich der Hirsch-Clan hielt. Auch bei den anderen Clans der Ebenen, die der Großen Erdmutter folgten, gab es sie nicht. Die Männer des Himmelsgottes jedoch waren unerbittlich und behaupteten, daß eine blutende Frau böse Kräfte in sich beherberge, die ihre Männlichkeit beeinträchtigen konnte, und bestanden daher auf der Hütte. Eken, im Geist des Himmelsgottes aufgezogen, stand der Isolation nicht ablehnend gegenüber, da sie ja vom Büffel-Clan daran gewöhnt war.

Ronan schauderte bei dem Gedanken daran, was geschehen würde, wenn das Mondblut bei Berta oder Tora wieder zu fließen begann. Keine dieser willensstarken Schwestern würde damit einverstanden sein, eine Woche allein in der Mondhütte verbringen zu müssen!

Ich werde mir etwas einfallen lassen, versprach sich Ronan. Dies war ein Satz, mit dem er sich die vergangenen drei Jahre hindurch häufig getröstet hatte.

Er blickte auf die Nordwand und sah zwei schmale, männliche Gestalten auf sich zurennen. Mait war noch ein gutes Stück entfernt, als er schon seine Botschaft hinausschrie: »Bror und Lemo sind zurück, und sie haben Neuigkeiten von den Herren der Pferde mitgebracht!«

Thorn und Mait gesellten sich auf dem ebenen, offenen Platz vor den Hütten zum Rest des Stammes, und Ronan bedeutete allen, sich zu setzen. Thorn begriff, daß die beiden Kundschafter ihre Erlebnisse vor allen erzählen sollten, und sein Herz schlug schneller vor Aufregung. Er wählte seinen Platz im Kreis direkt neben Mait und gegenüber von Ronan, Bror und Lemo. Nachdem alle saßen, begann Bror zu sprechen.

»Wir sind sehr weit nach Norden gegangen, bis an den Rand des Gebietes der verwandten Stämme zu einem Clan, der sich Elch-Clan nennt.« Brors ernstes, breites Gesicht war sehr düster. »Sie haben furchtbare Dinge berichtet.«

»Ja«, stimmte Lemo zu, und sein junges, hellhäutiges Gesicht sah fast so streng aus wie Brors. »Schrecklich.« Lemos Gefährtin Yoli betrachtete ihn ängstlich und nahm dann seine Hand, um sie fest mit der ihren zu umschließen.

»Was wir von den Herren der Pferde auf dem Frühjahrstreffen gehört haben, ist wahr«, fuhr Bror fort. »Der Stamm kommt ursprünglich aus dem kalten Norden, aber es scheint, daß sie dieser Steppe für immer den Rücken gekehrt haben. Bei der Frühjahrsversammlung hat es geheißen, sie hielten sich noch immer nördlich vom Goldfluß auf, aber Lemo und ich haben erfahren, daß sie tatsächlich schon in das Jagdgebiet der verwandten Stämme eingedrungen sind.«

Fragen und ängstliche Ausrufe kamen nun von allen Seiten. Es war Heno, der die Frage stellte, die Thorn am meisten auf den Lippen brannte: »Ist es wahr, daß sie auf den Rücken von Pferden reiten?«

»Es stimmt«, antwortete Bror. »Wir haben Männer aus dem Elch-Clan gesprochen, die sie gesehen haben.«

»Wie aber führen sie ihre Pferde?« Dies war offensichtlich ein Problem, mit dem Ronan sich beschäftigt hatte.

»Sie legen dem Pferd ein Seil um die Nase und halten die Enden davon in ihren Händen«, erläuterte Bror.

»Das aber hast du nicht selbst gesehen?«

Bror schüttelte bedauernd den Kopf. »Die Nirum des Elch-Clans waren nicht bereit, uns zu ihnen zu führen. Sie hatten zuviel Angst.«

Ronan hatte einen enttäuschten Gesichtsausdruck.

»Diese Herren der Pferde sind ein schreckliches Volk«, ergänzte Lemo. »Sie fallen über einen Clan her wie ein Sturm, der vom Norden herkommt, und hinterlassen nur Tod und Zerstörung.«

»Tod und Zerstörung?« sagte Berta scharf.

Lemo nickte. Sein junges Gesicht war blaß und gehetzt. »Die Männer vom Elch-Clan haben uns erzählt, daß die Herren der Pferde alle Männer des Eulen-Clans getötet und ihre Frauen vergewaltigt oder entführt haben.«

Ein Schweigen des Entsetzens breitete sich aus.

»Ich habe von Konflikten wegen Jagdgebieten gehört«, sagte Crim langsam, »aber noch nie hat sich etwas wie dies unter den verwandten Stämmen ereignet.«

»Auch nicht unter den Stämmen der Ebene«, ergänzte Cree.

»Haben sich die Herren der Pferde in dem Jagdgebiet des Eulen-Clans festgesetzt?« wollte Ronan wissen.

Bror antwortete: »Für den Augenblick. Aber genau das ist so schrecklich an ihnen, Ronan. Sie bleiben nicht an einem Ort. Sie nehmen sich, was sie wollen, und dann ziehen sie weiter.« Bror schüttelte bestürzt seinen Kopf. »Ich begreife, daß einem Volk aus dem kalten und unfruchtbaren Norden unsere Flußtäler des Südens paradiesisch erscheinen müssen. Aber warum verlassen sie ein gutes Jagdgebiet, nachdem sie es einmal für ihren Stamm erobert haben?«

Ronan sagte langsam: »Wenn es ihnen tatsächlich gelungen ist, Pferde zu beherrschen, dann fällt ihnen das Vorwärtskommen leicht.« Seine dunklen Augen musterten die Gesichter seiner eigenen Stammesangehörigen. »Stellt euch doch vor, wie schnell und bequem man auf dem Rücken eines Pferdes reisen könnte!«

Thorn lächelte, als er sich diese Möglichkeit vor Augen führte. »Es wäre wunderbar«, sagte er für sich.

Beki wollte wissen: »Wo befindet sich der Elch-Clan?«

»Er lebt am Ufer des Goldflusses, südlich der Stelle, wo er ins Meer mündet.«

Schweigen.

Heno meinte ernst: »Wenn sie dem Goldfluß folgen, dann wird er sie in unsere Berge führen.«

Beki zitterte, und Kasar legte ihr tröstend den Arm um die Schultern.

»Welche Pläne haben die nördlichen Stämme erwogen, um sich den Herren der Pferde entgegenzustellen?« wollte Ronan von Bror wissen.

»Keine Pläne, soweit ich erfahren habe«, antwortete Bror gleichmütig. »Sie haben eine Todesangst, Ronan. Sie reden nur davon zu fliehen.«

»Ich kann mir nicht vorstellen, daß die Männer der verwandten Stämme so schwach sind!« Ronans Nasenflügel weiteten sich vor Verachtung.

»Sie haben Angst vor den Pferden, Ronan«, erklärte Bror. »Und der Stamm der Herren der Pferde ist sehr groß, viel größer als ein einzelner der verwandten Stämme.«

»Nur ein weiterer Grund dafür, daß sich die verwandten Stämme zusammentun«, kommentierte Ronan knapp.

Bror zuckte mit den Schultern.

»Selbst wenn die Fremden so weit in den Süden kommen, daß sie die Berge erreichen, wird unser Stamm sicher sein«, meinte Yeba fest. »So eine große Zahl Menschen wird niemals versuchen, den Altas zu überqueren.«

»Das ist wahr«, stimmte Berta zu. »Auch die Stämme der Ebene werden vom Altas geschützt. Es sind vor allem die verwandten Stämme, die in Gefahr sind.«

All die Männer mit Zöpfen nickten zustimmend und blickten mitleidig auf jene mit den kurzgeschnittenen Haaren, die einem Gott und nicht einer Göttin folgten.

»Vielleicht folgen sie dem Goldfluß überhaupt nicht«, schlug Kasar vor.

Heno nickte. »Ja, vielleicht.«

»Sie haben die Angewohnheit, sich immer nach Süden zu wenden«, gab Bror zu bedenken.

»Nun, welchen Weg auch immer sie wählen«, meinte Mait, »der Wolf-Clan ist in Sicherheit.«

»So ist es«, stimmte Tora zu.

»Stimmt«, meinte auch Cree.

Die Männer von den verwandten Stämmen schwiegen.

»Trotzdem«, murmelte Thorn schließlich mit einer Sorgenfalte zwischen den Brauen, »die Vorstellung, daß der Büffel-Clan unter den Hufen dieser Marodeure zertreten wird, gefällt mir nicht.«

»Mir auch nicht«, stimmte Crim nachdenklich zu.

Alle blickten auf Ronan. Er schaute sie streng an. »Ich werde den Stamm für ein paar Tage verlassen«, kündigte er an, dramatisch das Thema wechselnd. Sein Ton machte es vollkommen unmöglich, irgendwelche Fragen zu stellen. »Ich werde nicht lange fortbleiben.«

Daß keine weiteren Fragen gestellt wurden, zeigte deutlich das Maß seiner Autorität.

»Du darfst nicht allein gehen«, sagte Bror schließlich. »Laß mich mit dir gehen. Crim kann so lange die Verantwortung für den Stamm übernehmen.«

Die Gesichter von Heno und Cree verdunkelten sich, als Crim genannt wurde, um Autorität über sie auszuüben. Ronan warf Bror einen warnenden Blick zu. »Ich gehe nicht allein, ich werde Nigak mitnehmen. Du wirst hier gebraucht.«

Bror öffnete den Mund, um erneut zu protestieren.

»Und das«, schloß Ronan freundlich, »ist ein Befehl.«

Der Weg war mit Erinnerungen gepflastert. Nachdem Ronan einmal über den Büffelpaß hinweg in das Jagdgebiet des Hirsch-Clans gelangt war, kehrten die Erinnerungen reichhaltig und stark zurück. Er war in den letzten Jahren so beschäftigt gewesen, daß es ihm gelungen war, sein vergangenes Leben bis auf den Grund seines Bewußtseins zurückzudrängen, von wo es nur dann und wann in beunruhigenden Träumen wieder auftauchte.

Nigak an seiner Seite winselte, als spürte er die Qual im Herzen seines Herrn. Als teilte er sie.

»Erinnerst du dich an diesen Platz, Freund?« fragte er den Wolf leise. Er vergrub seine linke Hand in dem dicken silbrigen Pelz in Nigaks Nacken, und der Wolf tat so, als wolle er Ronans rechten Unterarm mit seinen Zähnen packen, ein Spiel, das er immer nur mit Ronan gespielt hatte, aber nie mit Nel.

Nel. In den letzten Tagen waren Ronans Gedanken so häufig zu ihr zurückgekehrt wie nie zuvor in den vergangenen drei Jahren. Nel war ein Teil jenes Lebens, das er in die dunklen Winkel seines Verstandes zurückgeschoben hatte, jenes Leben, zu dem seine Mutter und Morna und Neihle und Tyr gehörten. Seine Verräter.

Aber nicht Nel. Nel niemals. Er hätte nicht so lange warten

sollen, um sie zu holen. Er hatte sich erschrocken, als er letztlich ihr Alter nachrechnete und ihm klar wurde, daß sie inzwischen wahrscheinlich eine Frau war. Er konnte es sich nicht vorstellen. Er wollte es sich nicht vorstellen. Er wollte nicht, daß Nel sich verändert hatte.

»Ich werde zuerst sehen, ob sie im Sommerlager ist«, teilte Ronan Nigak mit. Während der ersten Tage seines einsamen Exils hatte er es sich angewöhnt, mit dem Wolf zu reden, als sei er ein Mensch. »Wenn sie initiiert ist, dann wird sie im Sommerlager sein.«

Aber es gab kein Anzeichen, daß sich Nel dort befand. Ronan verbarg sich im Unterholz und beobachtete das Kommen und Gehen des Stammes für zwei volle Tage, aber Nel war nirgends zu sehen.

Die Mädchen waren jetzt andere als jene, mit denen er einmal den Sommer verbracht hatte. Diese Mädchen würden jetzt alle verheiratet sein und Kinder stillen, er dachte: Borba und Iva und Tosa und Cala. Er sah viele seiner früheren Altersgenossen im Lager, jedoch nicht Tyr.

Auch Morna konnte er nirgends entdecken, wofür er zutiefst dankbar war. Er war sich nicht sicher, ob er sich trauen konnte, wenn er Morna je wieder gegenüberstehen sollte.

Der Anblick des Lagers war ihm so vertraut, daß es ihn schmerzte: die Verbundenheit der Männer, die Zöpfe, die sie trugen, die Initiationsnarben auf ihren muskulösen Oberarmen, die wunderbare Freiheit der jungen, unverheirateten Mädchen. Der Rhythmus des Lebens hier war anders als der in jedem beliebigen anderen Stamm. Zum ersten Mal seit Jahren spürte Ronan die Verlassenheit seines Exils, die stechende Sehnsucht nach seinem Zuhause, von der er glaubte, daß er sich hoch oben auf dem Altas von ihr befreit hatte, in der neuen Heimat, die er sich im verborgenen Tal des Wolfes geschaffen hatte.

Nel war dabei, Kräuter zu sammeln. Unter Falis Anleitung lernte sie alles über die Heilkunst. Jung wie sie war, hatte sie doch ohne Zweifel die Gabe dazu, und wegen Falis fortgeschrittenen Alters war es ihre Aufgabe, für die Vollständigkeit ihres Kräutervorrats zu sorgen. Seit kurzem hatte Nel sogar darüber nachgedacht, ob es nicht möglich wäre, einige der Pflanzen in die Nähe ihrer Hütte zu versetzen. Manche Kräuter wuchsen immer an ähnlichen Stellen; das war ihr aufgefallen. Vielleicht gab es einen Weg...

Sie hörte ein leises Knacken von Zweigen, und dann brach etwas aus dem Wald neben ihr hervor. Nel stieß einen Schrei aus und versuchte, sich in Sicherheit zu bringen, wobei sie ihren Korb zur Abwehr gegen dieses Tier einsetzte, das ein übergroßer Hund zu sein schien. Bevor sie jedoch eine Chance hatte, fortzulaufen, stieg der Hund auf seine Hinterbeine, stieß ihren Korb beiseite, legte ihr seine riesigen Pfoten auf die Schultern und begann ekstatisch ihr Gesicht abzulecken und nach ihrer Nase zu schnappen. Nel schwankte unter seinem Gewicht, richtete sich jedoch wieder auf und sah dann die weiße Schnauze und die hellen gelbbraunen Augen.

»Nigak!«

Der Wolf tat noch einmal so, als wolle er nach ihrer Nase schnappen. Dann beschnüffelte er sie ausgiebig. Sein ganzer Körper zitterte vor Freude, seine Rute wedelte so wild hin und her, daß er damit einen Luftzug verursachte.

»Nigak!« sagte Nel noch einmal und stieß ihren Korb mit den Kräutern beiseite, um ihn so richtig herzen zu können. »Bist du es auch wirklich?«

Der Wolf schnüffelte selig an ihren Haaren. Nel lachte nervös und stolperte wieder unter seinem Gewicht. Sie nahm seine Pfoten von ihren Schultern, kniete auf der Erde neben ihm nieder und umarmte ihn wieder. Er bebte noch immer. »Aber wenn du hier bist, wo ist dann...« Sie schaute auf, um den Weg vor sich und den Weg hinter sich zu inspizieren. Nirgends ein Hinweis auf einen Menschen. Nigak rollte sich auf den Rücken, streckte seine vier weißen Pfoten in die Luft und winselte, damit sie ihm den Bauch kraulte.

Nel lachte wieder, noch immer nervös. »Oh, wie ich mich freue, dich zu sehen!« sagte sie und vergrub ihre Finger im weichen Bauchfell des Wolfes.

»Er hat dich nicht vergessen, kleine Elritze.« Die tiefe Stimme kam aus dem Wald zu ihrer Rechten, und Nels Kopf schoß herum. Eine hochgewachsene, schattenhafte Gestalt kam zwischen den Bäumen hindurch auf sie zu.

»Ronan?« Sie konnte kaum ihre eigene Stimme erkennen.

»Ja«, sagte er.

Nel kam auf die Füße. *»Ronan!«* und sie warf sich auf ihn mit fast der gleichen Begeisterung und Hingabe, wie es zuvor Nigak bei ihr getan hatte.

»Uff«, lachte er, als er sie auffing. »Du bist größer geworden, Nel. Du hast mir fast den Atem genommen!«

»Das stimmt nicht«, protestierte sie, die Arme noch immer um seinen Hals geschlungen. Sie blickte mit Augen in sein Gesicht, die Sternen glichen. »Du bist so unerschütterlich wie ein Fels.« Sie lächelte strahlend. »Ich dachte schon, du hättest mich vergessen. Ich hätte es besser wissen sollen ... Oh, Ronan ...« Und sie drückte ihre Stirn in seine Schulter, als ob sie es nicht mehr länger ertragen könnte, in sein Gesicht zu schauen.

Sie hörte ein Winseln von Nigak, als wollte er ihre Aufmerksamkeit erringen. Er begann von neuem, sie zu beschnüffeln. Nel hob ihr Gesicht von Ronans Schulter. Sie weinte.

»Weine nicht, kleine Elritze«, sagte Ronan. Er wischte zwei Tränen mit der Spitze seines linken Zeigefingers fort und betrachtete ihr Gesicht. »Du bist erwachsen geworden«, stellte er bedachtsam fest.

Sie schniefte und schluckte auf eine Weise, die überhaupt

nicht erwachsen wirkte. »Ich wurde im Mond des Rehkitzes initiiert.«

Der Mond des Rehkitzes war nach den Frühjahrsfeuern. »So«, bemerkte er, »das ist also der Grund, warum ich dich nicht im Sommerlager gefunden habe. Ich habe dich erst dort gesucht, bevor ich hierherkam.« Er nahm ihr Gesicht zwischen seine schmalen, muskulösen Hände und hob es zu sich hoch, um es genau zu erforschen.

Nel blickte ihn ihrerseits unerschrocken an. Auch er hatte sich verändert, sah sie, obwohl vielleicht nicht so sehr wie sie. Sein Gesicht sah ernster aus, als sie es in Erinnerung hatte. Die geschwungene Nase und die hohen Wangenknochen schienen ausgeprägter, die Linie des Mundes härter als früher. Sein Haar war kürzer, und er trug es nicht mehr in einem Zopf.

»Ich habe vom Stamm des Wolfes gehört«, sagte sie zärtlich, während sie ihn weiter erstaunt und entzückt betrachtete. »Du hast getan, was ich dir geraten habe, du hast deinen eigenen Platz gefunden und deinen eigenen Stamm gegründet.« Dann, als sein Gesicht einen erstaunten Ausdruck annahm, fragte sie ihn: »Erinnerst du dich nicht, Ronan?«

Plötzlich weiteten sich seine Augen. »Aber natürlich. Du hast gesagt, daß ...« Er lachte. »Ich hatte es vergessen.«

»Wie, du hattest es vergessen!« empörte sie sich. »Du hast es doch getan!«

Er lächelte, sein Gesicht erstrahlte, und mit einemmal ähnelte er wieder dem Ronan, an den sie sich erinnerte. »Du hast recht. Und jetzt bin ich gekommen, um dich zu holen, ganz wie ich es versprochen habe.«

Sie stieß einen tiefen Seufzer aus. »Ich dachte wirklich, du hättest mich vergessen«, gestand sie. »Ich habe mir solche Sorgen gemacht! Ich hätte darauf vertrauen sollen, daß du dein Versprechen hältst.«

Ein Schatten verdunkelte einen flüchtigen Moment lang sein

Gesicht. »Natürlich habe ich dich nicht vergessen«, sagte er. Er musterte wieder ihr Gesicht. »Ich kann es kaum fassen, wie sehr du dich verändert hast!«

»Ich bin gewachsen«, gab sie schüchtern zu. »Früher bin ich dir nur bis zur Brust gegangen; jetzt geh ich dir bis zum Kinn.«

»Es ist nicht nur das.« Sie erkannte mit bebender Freude, daß er auf *ihre* Brust schaute. »Wie gut, daß Nigak deinen Geruch erkannt hat«, meinte er. »Ich bin nicht sicher, ob ich dich erkannt hätte.«

»Aber ich bin noch immer Nel«, murmelte sie, ängstlich darauf bedacht, ihm zu zeigen, daß ihre Gefühle für ihn noch dieselben waren. »Im Inneren habe ich mich nicht verändert, Ronan.«

»Ich bin froh, das zu hören«, brachte er hervor.

»Hast du gesagt, du warst im Sommerlager?« fragte sie ihn.

Er nickte.

Nel kaute an ihrer Unterlippe. »Hast du mit irgend jemand anderem vom Stamm gesprochen?«

»Nein.«

»Wenn Arika erfahren sollte, daß du in der Nähe bist...« Nel warf einen schnellen, gehetzten Blick über ihre Schulter.

Alles Licht hatte sein Gesicht verlassen. »Ich habe keine Angst vor der Herrin, Nel.«

»Auch sie hat vom Stamm des Wolfes gehört, und sie ist nicht froh darüber.«

»Hör auf, auf deiner Lippe herumzukauen«, verlangte Ronan. Sein Mund sah hart aus. »Worüber die Herrin froh ist oder nicht, interessiert mich nicht mehr.«

Nel ließ von ihrer Lippe ab. »Wo sind die anderen aus deiner Gruppe?« wollte sie wissen.

»Ich bin allein gekommen.«

»Allein!« Sie starrte ihn mit sehr grünen Augen an. »Du hättest nicht allein kommen sollen!«

»Ich habe Nigak«, erinnerte er sie. Als er seinen Namen hörte, ließ der Wolf Nel stehen und bohrte seine Nase in Ronans Hand. Mit seiner freien Hand strich Ronan ihm über den Kopf. »Hast du Sharan noch?«

Nels Gesichtsausdruck ließ ihn die Antwort ahnen, noch bevor sie etwas sagte. »Nein«, antwortete sie mit belegter Stimme. »Sie ist eines Tages fortgegangen, um zu jagen, und nie zu mir zurückgekehrt.«

»Das tut mir sehr leid, kleine Elritze«, sagte er sanft.

Sie fixierte das Hirschlederband an seinem Hals, das sein Hemd zusammenhielt. »Vielleicht hat sie einen Gefährten gefunden und sich dazu entschlossen, bei Geschöpfen ihrer eigenen Art zu bleiben. Ich hoffe, daß es das ist, was geschah.«

»Das hoffe ich auch.«

Einen Moment lang schwiegen beide. Dann hob Nel ihre Augen und fragte ihn: »Wolltest du, daß ich jetzt gleich mit dir mitkomme, Ronan?«

»In diesem Augenblick, meinst du?«

Sie nickte ernst.

»Ich dachte, ich lasse dir ein wenig Zeit, damit du deine Sachen zusammensuchen kannst, Nel.« Seine Stimme klang amüsiert.

»Meine Sachen sind nicht wichtig, aber ich glaube, daß es besser wäre, bis morgen zu warten. Fali wird mich vermissen, wenn ich nicht bald zurückkehre, und sie wird bestimmt einige der Männer schicken, um nach mir zu suchen. Es wird vernünftiger sein, wenn wir einen guten Vorsprung haben.«

»Da hast du recht«, stimmte er zu.

»Ich muß Fali heute abend bei einem Heilritual helfen, aber ich werde dich morgen früh in der Lichtung bei der verkrümmten Kiefer treffen«, schlug Nel vor. »Wir können dann unsere Pläne machen.«

»Einverstanden.«

Sie legte ihre Arme um seine Hüften und umarmte ihn noch einmal herzlich. »Ich war so furchtbar einsam ohne dich, Ronan!« Sie blickte auf. »Ich bin so glücklich, daß du gekommen bist.«

»Ja.« Er blickte ihr ernst in die Augen. »Es ist gut, wieder mit dir zusammen zu sein, kleine Elritze. Sehr gut.«

14

Nel konnte die ganze Nacht nicht schlafen. Beim ersten Vogelzwitschern stand sie auf, ohne Fali zu stören, und machte sich Tee. Einer der großen Vorteile, Falis Gehilfin zu sein, war, daß die Alte Frau sie aus der Hütte ihrer Stiefmutter geholt hatte. Fali schlief noch immer, als Nel die Hütte auf leisen Sohlen verließ und sich auf den Weg in den Wald machte.

Nigak war nicht in der Lichtung, als Nel dort ankam. Ronan war allein und aß den Vogel, den er sich zum Frühstück zubereitet hatte. Er blickte auf, als sie vor ihm stand.

»Hungrig?« fragte er.

»Ja. Ich hatte nur ein wenig Tee.« Sie durchquerte die Lichtung, um sich bei dem kleinen Herdfeuer auf den Fersen niederzulassen. Er reichte ihr ein wenig von dem gebratenen Rebhuhn.

»Wo ist Nigak?« erkundigte sich Nel. Sie riß ein kleines Stück Fleisch von einem Knochen und steckte es in den Mund.

»Er ist jagen gegangen. Er wird zurückkommen.«

Nel aß einen Bissen und leckte sich dann die Finger ab. Ronan beobachtete mit lächelnden Augen, wie sie ein weiteres Stück abriß und in den Mund steckte. Friedliche Ruhe breitete sich aus, als die beiden ihr Frühstück verzehrten.

»Also«, begann Ronan, als er den letzten der kleinen Knochen ins Feuer geworfen hatte, »erzähl mir. Wie steht es mit dem Hirsch-Clan?«

Nel bemerkte: »Du hast deinen Zopf abgeschnitten.«

Er schaute sie an. »Ja, ich habe meinen Zopf abgeschnitten. Wie hat Morna sich betragen?«

»Warum?«

Er blickte sie ärgerlich an. »Weil ich es wissen will!«

»Ich meine, warum hast du deinen Zopf abgeschnitten?«

Ronan gab nach. »Damals schien es richtig zu sein.«

Nel betrachtete ihn weiterhin nachdenklich.

Er wunderte sich wieder. »Ich kann es noch immer nicht fassen, wie sehr du dich verändert hast.«

»Sicherlich hast du doch nicht erwartet, Ronan, daß ich noch ein Kind sein würde?«

Er zog die Stirn in Falten. »Aber sogar dein Gesicht ist anders, Nel. Du hattest ein spitzes kleines Gesicht, überall hervorstehende Knochen und spitze Winkel. Jetzt...« Er schüttelte verwirrt den Kopf.

»Nun, auch du bist anders«, machte sie ihm klar. »Und es ist nicht nur der Zopf.«

Sein Gesicht verhärtete sich. »Viele Dinge sind mir in den vergangenen Jahren zugestoßen.«

Nigak kam in die Lichtung getrottet. Sobald er Nel sah, hielt er inne, stellte die Ohren auf und begann mit dem Schwanz zu wedeln. »Nigak!« rief Nel und streckte ihre Hand aus, und der Wolf rannte über die Lichtung zu ihr, blieb abrupt stehen, winselte und warf sich auf den Rücken.

Der harte Gesichtsausdruck verließ Ronan, und er lachte. »Offenbar siehst du für Nigak kein bißchen anders aus.«

Nel kraulte Nigak den Bauch, und sie beugte sich über ihn, um ihm etwas ins Ohr zu flüstern. Dabei fiel ihr Zopf nach vorn über ihre Schulter und legte die weiche, zarte Haut ihres Nakkens frei.

Die einzigen Geräusche in der Lichtung waren nun Nels Flüstern und Nigaks Winseln der Zufriedenheit. Als sie schließlich den Kopf hob, sah sie, daß Ronan sie mit einem merkwürdigen Ausdruck in den Augen anstarrte. Er verschwand so schnell, wie sie ihn wahrgenommen hatte, und Ronan fragte hastig: »Lebst du noch bei deinem Vater und deiner Stiefmutter? Oder bist du in die Frauenhöhle gezogen?«

»Ich wohne bei Fali«, sagte Nel. Nigak stupste ihre Hand mit seiner Nase an, und sie beugte sich noch einmal zu ihm hinunter, um ihr Gesicht in seinem Fell zu verbergen. »Ich habe dich auch vermißt, Nigak«, flüsterte sie. »Das habe ich.«

»Fali?« griff Ronan den Gesprächsfaden auf.

»Ja.« Nel richtete sich erneut auf, und Nigak ging, um sich neben Ronan auszustrecken und ihm seine lange, weiße Schnauze in einer vertrauten Geste auf den Oberschenkel zu legen. »Es geschah, kurz nachdem du fort warst. Fali hatte angefangen, mich in der Heilkunst zu unterrichten, und dann nahm sie mich zu sich in ihre Hütte, damit ich noch mehr lernen konnte.«

»Wie hat Arika darauf reagiert?« fragte Ronan bedächtig.

Nel schien von der Frage überrascht. »Gar nicht.«

»Und Morna?«

»Oh, Morna hat das gar nicht gefallen, aber nur, weil sie mich nicht mag. Sie weiß, daß ich ihre Geschichte von dir nicht glaube. Um die Wahrheit zu sagen, es gibt nur eine Handvoll Leute im ganzen Stamm, die sie glauben, Ronan.«

»So kam es mir vor drei Jahren nicht vor«, erwiderte Ronan bitter.

»An diesem Tag entschied Arikas Wort«, versicherte ihm Nel. »Nicht Mornas. Die Herrin suchte einen Grund, um dich fortzuschicken.«

»Aber *warum*?« Zum ersten Mal, seit er fortgegangen war, sprach er die Frage, die ihn quälte, laut aus. »Warum haben sie ihr gestattet, es zu tun, wenn sie Mornas Geschichte gar nicht geglaubt haben?« Dunkle Schatten färbten die Haut unter seinen Augen. »Warum hat sich Neihle Arika nicht widersetzt?«

»Ich habe ihn das einmal gefragt«, bemerkte Nel. Sie hielt inne, um das Bild in sich wachzurufen, die Szene zwischen dem fast hysterischen kleinen Kind und dem Mann mit dem gebrochenen Herzen, die sie und Neihle damals waren. »Er hat mir gesagt, er verstände, warum Arika so handeln mußte. Daß sie dich verstoßen hatte, weil sie fürchtete, du würdest Morna nach ihrem Tod die Herrschaft über den Stamm streitig machen.«

Ronan sagte: »Er weiß, wie Morna ist. Neihle kann mit Morna nichts anfangen!«

Nel seufzte. »Ich glaube, es war Neihle nicht bestimmt, sich gegen seine Schwester zu erheben. Sie ist ihm heilig, Ronan. Sie ist dem ganzen Stamm heilig. Für den Clan ist sie die Große Erdmutter.«

Die Schatten unter seinen Augen sahen aus wie blaue Flecke. »Im Wolf-Clan habe ich Leute aus der Ebene. Die Stämme dort folgen noch immer dem Weg der Göttin, auch wenn sie von einem Mann geführt werden.«

»Das hat mir Fali auch erzählt«, bestätigte Nel.

Er sah erstaunt aus. »Wirklich?«

Sie nickte. »Sie meint, das sei der Grund, warum Arika es für so wichtig hält, daß der Hirsch-Clan einer Herrin folgt. Fali sagt, unserer sei der einzige Stamm, den sie kenne, der von einer Frau geführt wird.«

Ronan starrte vor sich hinbrütend in das fast verloschene Feuer. Nel beobachtete ihn schweigend. Schließlich fragte er: »Hat Morna Kinder geboren?«

Nel schüttelte den Kopf.

Die dunklen Flecken unter Ronans Augen begannen langsam zu verblassen. Er sieht so anders aus ohne seinen Zopf, dachte

Nel. Er sieht nicht mehr wie ein Junge aus. Sie fragte: »Welchem Gott folgt ihr im Wolf-Clan?«

»Die meisten meiner Leute sind von den verwandten Stämmen und sprechen ihre Gebete zum Himmelsgott, aber wie ich bereits erwähnte, kommt eine Reihe auch aus der Ebene, wo sie der Göttin folgen.«

»Und du?«

»Ich folge dem Weg von Ronan«, antwortete er, schob Nigaks Kopf von seinem Oberschenkel, stand auf und begann rastlos in der Lichtung auf und ab zu gehen. Jetzt erst bemerkte sie sein leichtes Hinken.

»Was ist mit deinem Bein geschehen?« fragte sie scharf.

Er blieb mit einem Ruck stehen. »Ich habe es mir gebrochen.«

»Wann? Wie?«

Er sieht so... abwesend aus, dachte Nel und widerstand der Versuchung, aufzustehen und ihn zu trösten. Statt dessen faltete sie die Hände, verbarg sie in ihrem Schoß und zwang sich, ruhig sitzenzubleiben, während er mit spürbarem Unwillen antwortete. »Es geschah im ersten Winter, als ich allein im Sommerlager war.« Er vermied es, sie anzusehen. »Ich kletterte einigen Schafen hinterher, als der Boden unter mir nachgab. Ich stürzte den Abhang hinunter.«

Nel tat einen erschrockenen Ausruf.

Sein Blick glitt schnell zu ihrem Gesicht. »Ich wußte sofort, daß es gebrochen war. Ich schnitt einige Zweige ab und band sie um das Bein, um es zu stützen. Dann ging ich zum Büffel-Clan, um sie um Hilfe zu bitten.«

Nel dachte über die knappen Bemerkungen nach. Es war Winter gewesen. Er hatte sich im Sommerlager befunden, und um zum Büffel-Clan zu kommen, hatte er den hohen Paß überqueren müssen. Nel atmete hörbar aus. Es war ein Wunder, daß er nicht erfroren war.

Wie lange hast du gebraucht, um zum Büffel-Clan zu kommen?« wollte sie wissen.

Er zuckte mit den Schultern. »Eine Handvoll Tage.«

»Du bist auf dem gebrochenen Bein gegangen?«

»Ich habe mich auf einen Stock gestützt.«

»Ich begreife nicht, wieso du nicht erfroren bist.«

Endlich schaute er sie an. »Wenn ich Nigak nicht gehabt hätte, wäre ich es. Du hast mir das Leben gerettet, Nel, als du mir Nigak gegeben hast. Er hat mich gefüttert. Wenn ich nichts zu essen bekommen hätte, dann wäre ich bestimmt erfroren.«

»Er hat dich *gefüttert*?«

»Ja.« Der angespannte Ausdruck auf Ronans Gesicht wurde ein wenig weicher. »Weißt du, wie Wölfe ihre Jungen füttern?« Nels Augen weiteten sich sichtbar, und sie nickte. »Nun, ich konnte ja nicht jagen, und ich hatte nichts zu essen, und ich erinnerte mich daran, wie Wölfe ihre Welpen füttern. Ich wußte, daß Nigak jagen ging, und ich wußte, daß ich Gefahr lief zu erfrieren, wenn ich nicht irgendwelche Nahrung zu mir nähme, deshalb habe ich, wenn er von der Jagd zurückkam, seine Lefzen geleckt, wie ich es einmal bei jungen Wölfen beobachtet habe.«

»Oh«, sagte Nel verblüfft.

»Was er erbrach, war nicht besonders appetitanregend«, gab Ronan kläglich zu, »aber nachdem ich es gekocht hatte, war es eßbar. Es hat mich warm und am Leben gehalten.«

»Oh, Ronan«, seufzte Nel und drehte sich zu Nigak, der dösend auf der Seite lag, alle vier Beine von sich gestreckt. »Ist Nigak nicht wundervoll?«

»Ja«, bestätigte Ronan todernst. »Das ist er. Er ist den ganzen Weg über nicht von meiner Seite gewichen, Nel, und als ich schließlich zusammenbrach, ging er, um Hilfe zu holen.«

Ein Schaudern rann Nels Körper hinauf und hinunter, und sie verschränkte ihre Arme fest vor ihrer Brust. »Wie weit bist du gekommen?« fragte sie.

Er begann wieder, auf und ab zu gehen. Das Humpeln ist nicht so schlimm, dachte sie. Es war nur eine kaum merkliche Ungleichmäßigkeit in seinem Gang. Bei einem Mann, der nicht Ronans fließende Bewegungen hatte, wäre es überhaupt nicht wahrnehmbar gewesen. »Ich habe es bis an den Atata-Fluß geschafft«, antwortete er. »Ich hatte Glück, daß Jäger in dem Gebiet waren.« Er blieb stehen, um auf den friedlich schlafenden Wolf hinunterzublicken. »Nigak hat einen ihrer Hunde zu mir geführt. Zumindest haben sie es mir so erzählt. Ich kann mich nicht erinnern. Ich war schon halb auf der Reise ins Land der Toten.«

Nel schauderte erneut, als ihr klar wurde, wie dicht sie davor gewesen war, ihn zu verlieren. »Und die Männer des Büffel-Clans haben sich um dich gekümmert?« wollte sie wissen.

»Ja. Ich bin den ganzen Winter über bei ihnen geblieben, und im Frühling, als mein Bein geheilt war, bin ich aufgebrochen.«

Sie bemerkte: »Das Bein ist gut verheilt. Du hast Glück gehabt.«

»Ich hinke.«

Sie schüttelte den Kopf.

»Du hast es gleich gemerkt.«

»Jemand, der dich nicht so gut kennt, würde es überhaupt nicht sehen.«

»Nun, es ist auch nicht wichtig«, schloß er.

Sie schenkte ihm ein wunderschönes Lächeln. »Nein, es spielt keine Rolle.«

Er starrte sie mit diesem merkwürdigen Ausdruck in den Augen an, den sie schon einmal an ihm bemerkt hatte. Dann blinzelte er schnell, als ob er etwas verscheuchen wollte, und sagte: »Nel, ich möchte mit Tyr sprechen. Ist er daheim? Ich habe ihn im Sommerlager nicht gesehen.«

»Ja, er ist hier. Dana wird bald ihr Baby bekommen; deshalb wollte Tyr dieses Jahr nicht mit ins Sommerlager ziehen.«

»Ich möchte ihn sehen. Wäre es dir möglich, ihn hierher zu mir zu bringen?«

»Natürlich.« Sie stand auf. »Er wird überglücklich sein, dich zu sehen. Er hat dich sehr vermißt, Ronan.«

»Hm«, meinte Ronan unverbindlich.

Nel blickte zum Himmel hoch. »Ich sollte ihn besser jetzt holen, bevor er die Siedlung für die Jagd verläßt.«

»Würde es dir etwas ausmachen, kleine Elritze?«

»Natürlich nicht«, lächelte Nel, schwang herum, lief leichtfüßig in den Wald hinein und war verschwunden.

Es war Mittag, als Nel wiederkam und Tyr mitbrachte, wie sie es versprochen hatte. Es war ein sehr gefühlsstarker Augenblick für Tyr, als er zum ersten Mal seit so langer Zeit seinem Freund und Altersgenossen wieder gegenüberstand.

»Ronan!« Er trat vor und legte ihm in der traditionellen Begrüßung der Männer die Hände auf die Schultern.

»Tyr.« Ronan war sehr viel gelassener als Tyr. Er schaute in die vertrauten dunkelblauen Augen seines alten Freundes und war überrascht, wie wenig Tyr sich verändert hatte.

Sie schwiegen. Tyr ließ seine Hände sinken. Er fragte: »Haben deine Männer dir meine Nachricht überbracht? Ist das der Grund, warum du gekommen bist?«

»Ich habe die Nachricht erhalten«, bestätigte Ronan, »aber es ist Nel, deretwegen ich gekommen bin.«

»Nel?«

Die drei standen am Rand der Lichtung, Tyr im Schatten eines Baumes, Ronan in vollem Sonnenlicht. Nel stand zwischen ihnen. Sie sagte zu Tyr gewandt: »Ich werde mit Ronan zurück ins Tal des Wolfes gehen.« Glück ließ ihre Stimme schwingen.

Tyrs Gesicht wurde spitzer, und plötzlich erkannte Ronan, daß der Freund doch nicht mehr der Junge war, den er zurückgelassen hatte. »Weiß Fali davon?« verlangte Tyr zu wissen.

»Natürlich nicht.« Nel runzelte die Stirn. »Du darfst es ihr auch auf keinen Fall sagen, Tyr.«

Tyrs Mund wirkte entschlossen. »Man muß es ihr sagen«, verlangte er.

Ronans Bemerkung: »Ich wußte nicht, daß Fali so sehr an Nel hängt«, prallte auf ihr wütendes »Nein!«

Tyr wandte sich an Ronan. »Es ist mehr als Falis Zuneigung, die hier berücksichtigt werden muß«, sagte er finster.

»Ich verstehe nicht, was du sagen willst«, entgegnete Ronan.

Tyr wurde deutlich. »Du kannst Nel nicht mitnehmen, Ronan. Fali bildet sie zu unserer nächsten Herrin aus.«

»*Was?!*« Dieser Ausruf kam nicht von Ronan, sondern von Nel. »Wovon redest du, Tyr? Morna wird unsere nächste Herrin sein!«

»Nein, Nel«, widersprach Tyr beinahe überdrüssig. »Fali will dich als nächste Herrin nach Arika lancieren.«

Nels Gesichtsausdruck war sowohl verwirrt als auch ärgerlich. »Fali hat mir beigebracht, wie man heilt.«

»Sie hat dir viel mehr als das beigebracht. Ist dir das nicht aufgefallen?«

Ronan fragte in barschem Ton: »Weiß Arika, was Fali tut?«

»Ja.« Bei dieser Bestätigung durch Tyr holte Nel hörbar Luft.

»Wer sonst weiß davon?« fragte Ronan.

»Der Rat der Stammesbrüder. Neihle, Erek. Ich. Das war es, was ich gemeint habe, als ich deine Leute bat, dir auszurichten, daß die Zeiten sich ändern. Wir werden Morna als Herrin nicht anerkennen, und Arika weiß das. Sie hat Morna noch nicht formell enthoben, aber ...«

»Worauf wartet sie noch?« unterbrach ihn Ronan.

»Sie hat darauf gewartet, daß Nel zur Frau wird«, erklärte Tyr.

Bei diesen Worten drehten sich die beiden jungen Männer zu dem Mädchen um, das zwischen ihnen stand. Sie stand still wie ein Stein, der Schatten eines einzelnen Blattes malte eine dunkle Stelle auf ihre sonnenbeschienene Wange, die aussah wie ein Falter. Tyr sagte zu ihr: »Nel, Arika hat vor, dich zu bitten, die heilige Hochzeit bei den kommenden Winterfeuern zu halten.«

Von Nels Lippen kam ein kleines Geräusch, ähnlich dem eines Tieres, das sich in eine Ecke gedrängt sieht. Aus der Gewohnheit vieler Jahre heraus öffnete Ronan seine Arme. Sie begab sich sofort in seine Umarmung, schmiegte sich an seine Schulter, wie sie es als Kind getan hatte.

Ronan wurde sich augenblicklich und brennend der Tatsache bewußt, daß es nicht mehr der Körper eines Kindes war, der sich an ihn preßte, und er holte tief Luft, bevor er sprach. »Nel wird die heilige Hochzeit dieses Jahres nicht vollziehen«, sagte er bestimmt. »Sie kommt mit mir.«

Er spürte, wie ein Teil der Anspannung aus dem jungen Körper wich, der sich an ihm barg. »Außerdem«, bemerkte Nel im sicheren Schutz seines Armes, »Morna würde es niemals zulassen, daß ich die heilige Hochzeit halte. Sie haßt mich.«

»Morna wird in dieser Sache kein Entscheidungsrecht eingeräumt werden«, grollte Tyr. Er blickte auf Ronan. »All dies geschah erst, nachdem du fort warst. Neihle und Arika hatten lange miteinander geredet, dann sprachen Arika und die Stammesmütter miteinander, und schließlich stimmte Arika zu, daß Fali sich um Nel kümmerte. Deshalb habe ich dir die Botschaft gesandt. Sobald Nel die Herrin ist, wird es sicher sein für dich zurückzukehren.«

»Ich kann mir nur schwer vorstellen, daß Arika es zuläßt, Morna durch Nel zu ersetzen«, wandte Ronan bitter ein.

»Die Herrin ist nicht mehr die gleiche, seit sie dich verstoßen hat«, erklärte Tyr.

Ronan lachte.

»Nicht«, gebot ihm Nel Einhalt und schmiegte ihr Gesicht in seine Schulter.

Die Stille war schmerzhaft.

»Also, kleine Elritze«, sagte Ronan schließlich mit ausdrucksloser Stimme, »was willst du tun?«

Sie hob die Augen zu ihm auf. In dem erbarmungslosen Licht der Mittagssonne war ihre Haut ohne Makel. »Ich möchte mit dir gehen«, entschied sie.

»Das darfst du nicht!« rief Tyr.

»Mein Bedürfnis nach Nel ist ein tieferes als eures, Tyr«, sagte Ronan finster. »Außerdem glaube ich, daß mein Bedürfnis und eures eines Tages das gleiche sein könnten.«

Tyr starrte Ronan mit einer Mischung aus Wut und Neugier an. »Was willst du damit sagen?« wollte er wissen.

»Hast du schon einmal von einem Stamm gehört, den sie die Herren der Pferde nennen?« fragte Ronan.

»Meinst du denn tatsächlich, daß der Hirsch-Clan in Gefahr ist?« fragte Tyr. Sie saßen nun zu dritt um die Überreste von Ronans Feuer, und Tyr hörte sich mit wachsendem Schrecken Ronans Geschichte an.

»Ich halte das für möglich. Wenn dieser Stamm seinen südwärts gerichteten Weg fortsetzt und dem Goldfluß weiter folgt, dann sind alle Clans hier in den Bergen in Gefahr.«

»Wir haben bisher nichts davon gehört«, wunderte sich Tyr. »Wir sind erst spät zum Frühjahrstreffen gekommen und haben nichts davon erfahren.«

»Meine Männer haben bei dem Treffen Gerüchte gehört, also habe ich Kundschafter in den Norden geschickt, um die Wahrheit herauszufinden«, erklärte Ronan. »Auf diesem Weg bin ich zu dem Wissen gekommen, an dem ich dich eben habe teilhaben lassen.«

»Du hast Kundschafter geschickt?«

»Ja, Männer, von denen ich wußte, daß sie nichts auf bloße Gerüchte geben würden.«

Nel fragte jetzt: »Und stimmt es? Hat dieser Stamm es wirklich vermocht, Pferde zu zähmen und zu reiten?«

Ronan nickte. »Ja, das stimmt.«

Nels grüne Augen glitzerten. »Wie schön das sein muß!«

Ronan setzte ein schiefes Grinsen auf. »Der Eulen-Clan würde dir nicht zustimmen, Nel.«

Nel biß sich auf die Unterlippe. »Du hast recht.«

»Es gibt Pferde im Tal des Wolfes«, setzte Ronan an und beobachtete sie dabei genau. »Eine Herde Stuten mit einem Hengst. Wir leben nun seit drei Jahren an ihrer Seite, Nel.« Er machte eine Pause. »Mein Herz sagt mir, daß wir sie zähmen können.«

Nels Augen weiteten sich.

»Wenn das irgendeiner kann, dann du. Du hast schon immer das Gespür der Göttin für Tiere gehabt.«

»Hast du versucht, sie zu zähmen?« erkundigte sich Nel.

»Nein. Ich habe mich entschlossen, zuerst dich zu holen.«

»Ich verstehe«, sagte sie ruhig.

Tyr hatte mit wachsendem Staunen zugehört und sagte nun: »Willst du denn selbst versuchen, ein Pferd zu reiten?«

»Wenn die Marodeure tatsächlich in den Süden vordringen, Tyr, dann wird es sehr nützlich sein, wenn wir sie mit ihren eigenen Waffen schlagen können.«

»Wir?« fragte Tyr.

»Wir. Der Wolf-Clan und der Hirsch-Clan und der Leoparden-Clan und der Büffel-Clan und all die anderen verwandten Stämme, die in diesen Bergen leben. Die Fremden sind sehr zahlreich, Tyr. Sie sind so viele, wie mindestens eine Handvoll von unseren Stämmen zusammengenommen.«

Tyr spielte mit seinem Zopf. »Uff. Es ist schwer, alles, was du erzählt hast, zu begreifen.«

»Jetzt weißt du also, warum ich möchte, daß Nel mit mir kommt«, schloß Ronan.

Die beiden jungen Männer schauten Nel an. »Es stimmt schon, daß sie gut mit Tieren umgehen kann«, gab Tyr zu. »Sie hat einen Wolf gezähmt und eine Krummsäbelkatze.«

Nel sagte nichts.

Tyr wandte sich wieder zu Ronan. »Aber woher sollen wir dann eine neue Herrin bekommen? Die Alte Frau sagt, Nel sei wirklich auserwählt. Der Stamm wird Nel statt Morna akzeptieren. Ich bin nicht sicher, ob er für eine dritte Kandidatin Verständnis aufbringt.«

Nel sagte mit angespannter Stimme: »Fali hat zu mir nie etwas davon gesagt.«

»Sie hat auf den richtigen Moment gewartet«, erklärte Tyr. »Sie wußte, daß du ... zögern würdest.«

»Sie hatte recht damit«, antwortete Nel. »Ich bin mehr als zögerlich.« Ihr Gesicht war ernst. »Ich lehne ab.«

Ronan legte seine Hand in Nels Nacken, eine Geste, die auf ihre früheste Kindheit zurückging. »Reg dich nicht auf, kleine Elritze«, forderte er sie düster auf. »Keiner wird dich zu irgend etwas zwingen, was du nicht willst, solange ich hier bin.«

Ihre Augen flammten kurz grün auf, als sie sich zur Seite wandte, um ihn anzusehen, dann richtete sie ihren Blick wieder auf Tyr.

Ronan sagte: »Ich werde Nel mit mir zurück in das Tal nehmen. Ich werde dir sagen, Tyr, wie man es findet, und wenn es Zeit wird, eine neue Herrin zu benennen, dann laß es uns wissen. Wir können dann entscheiden, was wir am besten tun sollten.«

»Ich möchte nicht die Herrin sein, Ronan«, erklärte Nel noch einmal ruhig.

Er drückte leicht ihren Nacken. »Ich höre dich, kleine Elritze.« Über den Kopf des Mädchens hinweg trafen sich die Augen der beiden Männer, und langsam nickte Tyr.

Nel riet Ronan, am besten erst in der Nacht zu gehen. »Sobald Fali sieht, daß mein Schlaffell verschwunden ist, wird sie wissen, daß etwas nicht stimmt«, meinte sie. »Wenn wir nachts gehen, werden wir für den Fall, daß sie uns verfolgen, einen guten Vorsprung haben.«

Er stimmte ihr zu, und da gerade Vollmond und der Himmel klar war, beschlossen sie, in der kommenden Nacht aufzubrechen.

Fali saß vor ihrer Hütte und schabte eine Haut, als Nel zurückkam. Das Mädchen hielt einen Augenblick inne, um sich zu beruhigen, bevor sie der Alten Frau gegenübertreten würde.

»Ich wünsche dir einen guten Nachmittag, Mutter«, sagte Nel. Sie setzte den Korb mit Kräutern ab, den sie eilig als Entschuldigung gesammelt hatte. »Wie geht es dir heute?«

»Es geht mir gut«, antwortete Fali. Sie blickte zu Nel hoch. Ihre braunen Augen in dem faltigen Gesicht waren noch erstaunlich klar. »Du warst früh fort, Nel.«

»Ja.« Nel hoffte, daß ihr Lächeln natürlich aussah. »Der Tag war schön, und ich konnte es drinnen nicht aushalten.«

Fali nickte weise. »Du bist ruhelos. In deinem Alter ist das nur natürlich. Es ist ein Jammer, daß dein Mondblut nicht vor den Frühlingsfeuern zu fließen begonnen hat.«

»Nein«, sagte Nel schnell. »Das ist es gar nicht. Ich bin froh, daß ich bei den Frühlingsfeuern noch keine Frau war, Mutter. Damals war ich noch nicht bereit.«

Fali blickte sie ruhig an, und Nel hielt diesem scharfsinnigen Blick nur mit Mühe stand. »Es stimmt, daß manche Mädchen in ihrem Kopf noch nicht soweit sind, obwohl ihr Körper etwas anderes ausdrückt«, stimmte Fali zu. »Ich selbst war auch so. Ein ganzes Jahr, nachdem mein Mondblut zu fließen begonnen hatte, habe ich gewartet, bis ich mir einen Gefährten wählte. Aber bei dir hätte ich das nicht angenommen, Nel. Ich fand immer, daß du reifer bist als deine Jahre.«

Nel zuckte die Schultern und begann, die Kräuter in ihrem Korb zu sortieren, um Falis forschendem Blick zu entgehen. »Wie dem auch sei, bei den Frühlingsfeuern war ich noch nicht soweit, um einen Gefährten zu wählen«, sagte sie.

»Und bei den Winterfeuern?« wollte Fali mit ein wenig schärferer Stimme wissen.

»Bis die Winterfeuer kommen, werde ich bereit sein«, versprach Nel. Sie blickte auf. »Werde ich den Mann selbst auswählen dürfen?«

»Natürlich darfst du das«, versicherte Fali. Die Schärfe war aus ihrer Stimme verschwunden. »Es gibt nicht einen Mann im Stamm, der nicht davon träumt, mit dir zu liegen, Nel.«

Nel beugte sich tiefer über ihren Korb, um ihren Unwillen zu verbergen. Natürlich werde ich den Mann auswählen, wenn ich die heilige Hochzeit abhalten soll, dachte sie. Es war schändlich, daß Fali ihr das nicht sagte.

»Du schmeichelst mir«, antwortete sie nur.

»Nein, das tue ich nicht. Aber anders als Morna weißt du nichts über die Macht deiner eigenen Schönheit.«

Und bei diesem Satz hob Nel ruckartig den Kopf. »Deine Zuneigung macht dich blind, Mutter. Ich bin nicht schön wie Morna.«

»Das stimmt«, stimmte Fali zu. »Du bist nicht schön wie Morna, du bist schön wie Nel.«

Nel lächelte, nickte und stand auf. »Ich werde uns Tee machen«, bot sie an und verschwand in die Hütte.

Die Alte Frau ging früh zu Bett, wofür Nel zutiefst dankbar war. Der Abend war sehr schwierig für sie gewesen. Sie mochte Fali sehr gerne, und sie war der Alten Frau immer tief dankbar gewesen, daß sie sie aus der Obhut ihres Vaters zänkischer Gefährtin befreit hatte. Diese Dankbarkeit war nun etwas gemildert, weil sie hatte erkennen müssen, daß hinter Falis Handlung ein Motiv stand. Nel erinnerte sich den ganzen Abend lang immer wieder an dieses Motiv, um ihre Schuldgefühle abzuschwächen, weil sie Fali in ihrem hohen Alter verließ.

Als Fali eine ganze Zeit lang ruhig schlief, packte Nel ihr Schlaffell und ihre übrigen Besitztümer zusammen. Auf leisen Füßen schlich sie zur Tür und schlüpfte hinaus. Nichts rührte sich. Vorsichtig entfernte sich Nel von der Hütte. Kein Hund schlug an. Wie ein Schatten im Mondlicht, der kaum zu atmen wagt, durchquerte Nel die Siedlung.

Ronan wartete auf sie an der vereinbarten Stelle. Er stand auf dem Kieselstrand und blickte auf den mondbeschienenen silbernen Fluß. Er hatte sie noch nicht wahrgenommen, und Nel blieb einen Augenblick stehen, um ihre Augen an seinem Anblick zu weiden. Dann kam Nigak auf sie zugesprungen, und Ronan drehte sich um und sagte ihren Namen. Nel ging auf ihn zu.

15

Ronan und Nel schritten im Mondlicht voran, dem Großen Fischfluß nach Süden bis fast an die Stelle folgend, wo er nach Osten abbog und dem Engen Fluß begegnete. Erst eine Stunde vor Morgengrauen machte Ronan Rast. »Laß uns bis Mittag ruhen«, schlug er vor, »und dann bis zur Abendbrotzeit weitergehen.«

Nel nickte müde. Schon die vorangegangene Nacht hatte sie kaum geschlafen, weil sie wegen Ronans Rückkehr so aufgeregt war, und sie war jetzt so erschöpft, daß sie kaum ein Wort hervorbrachte. Sie ließ ihr Bündel auf den Boden gleiten und setzte sich daneben nieder.

»Möchtest du etwas essen?« fragte Ronan weich.

»Nein«, antwortete sie. Sie hatte ihre Stirn auf ihre angezogenen Knie gebettet. »Ich möchte nur schlafen, Ronan. Ich bin so müde.«

»Dann schlaf.« Er nahm ihr Bündel und faltete das Schlaffell auseinander. Sie beobachtete ihn dabei. Er drehte sich zu ihr. »Etwas zu trinken?« bot er an.

Sie leckte sich über die trockenen Lippen. »Ja.« Sie nahm die Hirschblase, die er ihr anbot, und trank das warme Wasser. Ronan hatte einen Platz am Waldrand ausgewählt, zwischen den Bäumen und dem Fluß. Im Licht der Dämmerung sah Nel eine kleine Herde Antilopen, die am Fluß trank. Das Kreischen einer Hyäne drang aus dem Wald an ihre Ohren. Grillen zirpten, Frösche quakten, und dann und wann heulte ein Wolf.

»Kriech hinein, kleine Elritze«, forderte Ronan sie auf, und sie tat es. Schon nach wenigen Minuten war sie fest eingeschlafen.

Fali wußte sofort, was geschehen war, als sie aufwachte, und Nels Schlaffell nicht mehr da war.

»Er ist zurückgekommen«, sagte sie laut. Sie schloß ihre Augen kurz und öffnete sie wieder. Nels Schlafplatz war noch immer leer. »Göttin«, klagte die Alte Frau, »was sollen wir jetzt tun?«

Langsam und mühsam stand Fali auf. Ihre Gelenke waren morgens immer so steif. »Das habe ich immer befürchtet«, sagte sie in den leeren Raum. »Ich habe nie daran geglaubt, daß Arika ihn so leicht loswerden würde. Nun hat er unsere Auserwählte genommen.« Sie fuhr sich mit zitternden Händen über das Gesicht. »Er hat mich immer an Mar erinnert.«

Sie würde es Arika sagen müssen. Sie mußten Nel zurückholen. Arika wird den Männern im Sommerlager einen Boten senden, dachte Fali. Sie wird nach Neihle schicken. Neihle wird sie verfolgen und zurückbringen.

Fali ging zur Tür ihrer Hütte und schlug die Häute zurück. Draußen saß, offensichtlich darauf wartend, daß sie erwachte,

Tyr. Er stand auf, als er sie sah. »Meine Mutter«, grüßte er sie respektvoll. Seine blauen Augen hatten einen ernsten Ausdruck. »Ich muß mit dir sprechen.«

Fali bedeutete ihm einzutreten.

»Laß mich das Feuer für dich anzünden«, bot Tyr an, als er sich in die dunkle Hütte hineinduckte, die nach den Kräutern duftete, die zum Trocknen von der Decke hingen. »Du hast deinen Tee noch nicht gehabt.«

»Das wäre sehr nett von dir, Tyr«, dankte ihm Fali. Es stimmte, sie hatte noch keinen Tee gehabt. Nel hatte ihr immer den Morgentee aufgebrüht. Ein plötzlicher Schmerz durchfuhr Fali, als sie sich bewußt wurde, wie sehr sie Nel vermissen würde. Langsam ließ sie sich auf ihrem gewohnten Platz nieder und beobachtete Tyr, während er mit dem glühenden Stück Kohle, das sie zwischen den Herdsteinen aufbewahrte, das Feuer entfachte.

»Ich habe Ronan gestern getroffen«, sagte er, als das Feuer zu brennen begonnen hatte und der Tee sich langsam erwärmte.

»Ich wußte es«, antwortete Fali. »Als ich erwachte und sah, daß Nels Schlaffell verschwunden war, mußte ich gleich an Ronan denken.«

»Wirklich?« Er blickte sie bewundernd an.

»Ich kenne seit langem Nels Gefühle«, erwiderte Fali. »Und ich vermute seit langem, daß Ronan noch nicht abgeschlossen hat mit dem Hirsch-Clan.«

»Wenn du glaubst, daß er sie aus Rache mitgenommen hat, meine Mutter, dann irrst du dich«, widersprach Tyr.

Fali reichte Tyr zwei Tassen aus Hirschschädeln, und Tyr tauchte sie in den Tee, um sie zu füllen. Fali sagte: »Ich weiß nicht, was ich denken soll, Tyr. Was hat Ronan gestern zu dir gesagt?«

Tyr erzählte ihr von den Herren der Pferde.

Fali hörte ihn an, ohne ihn zu unterbrechen. »Wenn Ronan

versuchen will, Pferde zu zähmen, dann soll er es alleine tun«, sagte sie schroff. »Dazu braucht er Nel nicht. Du mußt ihnen folgen, Tyr, und sie überreden, zurückzukommen.«

»Ohne Ronan wird sie nicht zurückkehren«, zweifelte Tyr.

»Sie weiß nichts von den Plänen, die wir für sie haben«, gab Fali zu bedenken. »Wenn sie erst erfährt, daß sie zu unserer nächsten Herrin bestimmt ist...«

Tyr schüttelte den Kopf. »Sie weiß es«, sagte er. »Ich habe es ihr gesagt.«

Fali richtete ihren alten, zerbrechlichen Körper auf. »Es war nicht deine Sache, ihr davon zu berichten, Tyr.«

»Vielleicht nicht.« Tyr starrte in die Tasse mit dem Salbeitee. »Aber sie war im Begriff, uns zu verlassen, Mutter, und ich hoffte, daß ich sie damit würde zurückhalten können.«

»Was hat sie gesagt?« fragte Fali nach kurzem Zögern.

»Sie will es nicht.« Tyr leerte seine Tasse. »Sie will Ronan nicht verlassen.«

Fali murmelte etwas Unverständliches. Dann fragte sie klarer: »Was hat Ronan dazu gesagt?«

»Er meinte, wir sollen ihn benachrichtigen, wenn es an der Zeit sei, eine neue Herrin zu wählen, und sie würden dann entscheiden, was zu tun sei.«

»Sie?«

»Das waren seine Worte.«

»Ich weiß, was er denkt. Er denkt daran, sie zu heiraten«, sagte Fali zornig. »Er hat vor, sie zu heiraten und durch sie zu herrschen.«

Tyr zog an seinem Zopf. »Ja«, pflichtete er ihr bei, »ich glaube, das wird er tun.«

Sie schwiegen. Außerhalb der Hütte konnten sie das aufgeregte Schreien von Kindern hören, die Fangen spielten.

»Es ist also soweit«, sagte Fali schließlich mit großer Bitterkeit in der Stimme.

Langsam, vorsichtig, sprach Tyr die Worte aus, die er sich in der Nacht zurechtgelegt hatte. »So machen es die Stämme in der Ebene, meine Mutter. Der Mann der Herrin ist der Häuptling.« Er nahm seine Tasse auf und drehte sie zwischen den Fingern, damit er Fali nicht würde ins Gesicht blicken müssen. »Schließlich ist das nicht soviel anders, als wir es machen. Der Mann, der bei den Feuern den Gott spielt, ist unser Anführer. Wo ist der Unterschied?«

Stille. Als Fali das Wort ergriff, war ihre Stimme voller Ironie. »Es ist ein großer Unterschied zwischen einem Jagdanführer, der jedes Jahr wechselt, und einem Häuptling, der von Dauer ist.«

Diesmal wußte Tyr nichts zu erwidern.

Fali beugte sich vor. »In Nel ist eine große Erdmagie«, erklärte sie. »Sie steht all den Dingen nahe, die der Göttin wichtig sind. Ich habe schon vor langer Zeit gespürt, daß sie die Auserwählte ist, den Stamm zu führen.« Falis magere, fast knochige Hand zitterte, als sie die Tasse absetzte. »Auch Arika weiß das. Aber Arika wird Nel niemals gestatten, ihr zu folgen, wenn sie mit Ronan verbunden ist.«

»Ich begreife dennoch nicht, warum eine solche Verbindung so schlecht sein soll«, warf Tyr trotzig ein. »Auch andere Stämme mit einem männlichen Anführer folgen dem Weg der Großen Erdmutter. Und trotzdem bleibt eine Frau die Vertreterin der Göttin. Kein Mann wäre dumm genug, um in diese heiligen Angelegenheiten einzugreifen. Der Häuptling ist nicht der Sohn eines Sohnes, wie bei denen, die dem Himmelsgott folgen. Der Häuptling ist der Mann, den die Tochter heiratet.«

»Ronan ist zu dominant«, gab Fali zu bedenken.

»Ich sage dir, Mutter, und ich spreche als einer, der ihn gut kennt«, sagte Tyr. »In seinem ganzen Leben hat es nur einen Menschen gegeben, auf den Ronan gehört hat, und diese Person ist Nel.«

Falis Gesichtsausdruck war skeptisch.

»Doch, das ist wahr. Und wenn es schon in ihrer Kindheit so war, wieviel mehr wird es dann jetzt zutreffen, wo sie eine so schöne junge Frau geworden ist?« versuchte Tyr sie zu überzeugen. »Du unterschätzt sie, meine Mutter.«

Mit einemmal sah Fali sehr müde aus. »Ich weiß es nicht«, sagte sie, »ich kann es nicht beurteilen. Ich bin alt, Tyr. Ich bin alt und voller Trauer über den Verlust meiner Tochter.«

»Sie hat mich beauftragt, in ihrem Namen um deine Vergebung zu bitten«, sagte Tyr. »Sie hoffte, du würdest es verstehen.«

»Ich verstehe es nur zu gut. Sie hat Ronan gewählt. Vor dem Stamm, vor mir hat sie Ronan gewählt.«

Tyr starrte auf seine Mokassins und antwortete nicht.

»Ich muß es Arika sagen.« Fali begann aufzustehen, und Tyr beeilte sich, ihr zu helfen. »Arika wird wissen, was wir tun sollen. Arika wird wissen, wie wir sie zurückbekommen.«

Tyr beobachtete schweigend, wie die Alte Frau langsam aus der Hütte ging.

Arika wollte Nel nicht zurück. »Ich werde nicht hinter ihr herschicken«, sagte die Herrin, nachdem Fali ihre Geschichte beendet hatte. »Vor allem hätte sie bereit dazu sein müssen, die nächste Herrin zu werden, und heute hat Nel uns gezeigt, daß sie es nicht ist.«

»Das ist es doch gar nicht!« wandte Fali ein. »Es liegt daran, daß ihre Bindung an Ronan so stark ist...« Sie verstummte angesichts des Ausdrucks, der auf Arikas Gesicht lag, und Fali senkte ihren grauen Kopf.

»Ich kann mich nicht von ihm befreien«, murmelte Arika. Sie hielt einen Schaber in der Hand und schlug ihn nun im Rhythmus ihrer Worte auf den Boden. »Egal, was ich auch tue, ich kann mich nicht von ihm befreien.«

»Du hast von ihm immer nur als von deinem Feind gedacht«,

überlegte Fali laut. »Und auch ich, das gebe ich gerne zu, habe mich durch Ronan immer an einen Mann erinnert gefühlt, der dem Hirsch-Clan vor langer Zeit viel Ärger gemacht hat. Aber ich denke jetzt, vielleicht liegen wir mit dieser Einstellung falsch, Arika. Vielleicht wird Ronan von der Göttin geliebt. Vielleicht ist das der Grund, warum er überlebt hat.«

»Das kann ich nicht glauben«, sagte Arika. Tiefe Falten hatten sich links und rechts ihres Mundes gebildet.

Schweigen machte sich breit in der Hütte der Herrin. Fali war eingenickt, als Arika das Wort endlich wieder ergriff. »Ich bin froh, daß ich Morna nie offiziell als Nachfolgerin ausgeschlossen habe.«

»Du denkst doch nicht etwa daran, Morna als deine Nachfolgerin wieder einzusetzen?« rief Fali.

»Welche Wahl habe ich denn?« antwortete Arika.

»Nur zwei Kinder hast du in deinem Leben geboren, Herrin«, sagte Fali trocken, »und von diesen beiden ziehe ich deinen Sohn vor.«

Zorn flammte in Arikas rotbraunen Augen auf. »Ich werde ihm niemals die Gelegenheit geben, seine Hand auf diesen Stamm zu legen! Solange ich lebe, wird das nie geschehen, Alte Frau.«

»Ich höre dich, Herrin«, seufzte Fali. Dann, fast wie in einem nachträglichen Einfall, fragte sie: »Was wird mit diesen Herren der Pferde?«

»Damit soll sich mein findiger Sohn befassen«, gab Arika bissig zurück.

»Ja«, sagte Fali, »ja, ja.« Sie stand langsam von ihrem Hirschfell auf und verließ die Hütte der Herrin.

Arika ging zu Morna, um ihr mitzuteilen, daß Nel fort war.

»Zum Glück«, sagte Morna. »Die Alte Frau hat zuletzt soviel Aufhebens von ihr gemacht, daß sie sich aufführte, als sei sie der Schamane.«

»Fali mag Nel sehr gerne«, erklärte Arika beherrscht.

»Wohin ist sie gegangen?« wollte Morna wissen. Sie schüttelte ihre rotgoldenen Haare. »Sie ist wahrscheinlich mit irgendeinem Mann davongelaufen, nehme ich an.«

»Ja«, bestätigte Arika, »das ist sie.«

Obwohl sie selbst diese Vermutung geäußert hatte, war sie jetzt erstaunt. »Mit wem?« verlangte sie zu wissen. »Doch mit keinem Mann vom Hirsch-Clan?«

»Nein, nicht mit einem Mann vom Hirsch-Clan.«

»Mit wem denn dann, Mutter?« fragte Morna ungeduldig.

»Ronan.«

»*Ronan!*«

»Ja, Ronan.«

Eine Flut unterschiedlichster Gefühle zeigte sich auf Mornas Gesicht. Schließlich sagte sie verächtlich: »Ich nehme an, er hat keine Frau in seinem Tal, und Ronan ist kein Mann, der lange allein liegen kann. Nel ist ihm sowieso immer hinterhergelaufen, wie ein Rehkitz seiner Mutter. Also wird er sich wohl gedacht haben, mit ihr zu liegen wäre besser als nichts.«

Arika wandte sich zur Tür um. Morna war auf Nel eifersüchtig, seit deren zunehmende Schönheit unübersehbar geworden war. Arika selbst hatte nie unter Eifersucht gelitten, und sie haßte es, dieses Gefühl jetzt an ihrer Tochter zu sehen. »Ich kenne seine Gründe nicht«, sagte Arika knapp, »aber Nel ist mit ihm gegangen. Ich dachte, du solltest das wissen.« Sie hob die Türklappe und ging hinaus.

Allein gelassen zog Morna die Stirn in Falten und warf ruhelose Blicke in ihrer Hütte herum. Auf Arikas Bitten hin war sie dieses Jahr nicht mit in das Sommerlager gezogen, und sie haßte den Sommer, zu Hause eingesperrt, nur in der Gesellschaft der alten Männer, der Jungen und närrischer Ehemänner wie Tyr.

Der Gedanke daran, daß Nel mit Ronan zusammen war, fraß sie auf. »Ich bin froh, daß sie weg ist!« sagte Morna laut. Sie war tatsächlich froh darüber. Sie war jedoch keineswegs damit einverstanden, daß Nel mit Ronan gegangen war.

Morna ging zum Eingang ihrer Hütte, hielt die Türklappe auf und blickte auf die friedliche Siedlung. Die einzigen Menschen, die sie dort sehen konnte, waren Frauen und Kinder. Der Anblick von Frauen und Kindern machte Morna krank.

Es ist mir egal, was Mutter sagt, dachte Morna trotzig. Wenn ich ins Sommerlager gehen möchte, dann werde ich es tun. Ihre Stimmung hob sich. Sie wandte sich zurück in ihre Hütte und begann, ihre Jagdausrüstung zusammenzutragen.

Die Sonne schien strahlend, als Nel am Nachmittag erwachte. Sie setzte sich auf und sah, daß Ronans Schlaffell leer war. Über der erkalteten Asche eines Herdfeuers war ein gerösteter Hase auf einem Spieß befestigt. Er hatte sich beschäftigt, während sie schlief.

In diesem Moment kam Nigak um die Biegung des Flusses getrottet. Seine Ohren stellten sich auf, sobald er Nel sah; dann rannte er zu ihr und leckte ihr begeistert über das Gesicht.

Ronans Stimme sagte: »Ich hätte dich aufgeweckt, wenn du noch geschlafen hättest.« Nel hob ihren Kopf, und ihr Herz schlug schneller, als sie ihn vom Flußufer auf sich zukommen sah. Seine Haarspitzen waren naß, weil er sich im Fluß gewaschen hatte, und aus irgendeinem Grund trieb der vertraute Anblick Nel die Tränen in die Augen. Sie schaute fort, damit er es nicht bemerkte.

»Es wird spät«, hörte sie ihn sagen.

»Ich war müde«, murmelte Nel entschuldigend. Der Duft des gebratenen Hasen stieg ihr in die Nase. »Es riecht wundervoll. Ich bin hungrig.«

»Du hast erst noch Zeit, dich zu waschen«, bemerkte er streng.

Nel hob trotzig den Kopf. »Ich bin kein kleines Mädchen

mehr, Ronan«, informierte sie ihn. »Es ist nicht notwendig, daß du mir sagst, wenn ich mich waschen soll.«

»Das ist schön zu hören«, sagte er. Er begann damit, den Hasen vom Spieß zu nehmen, und schaute sie mit hochgezogenen Brauen an. »Du wirst nicht lange brauchen.«

Nel hätte ihn am liebsten zurückgewiesen. Dann dachte sie jedoch, eine solche Zurückweisung hätte ihn sicherlich nur davon überzeugt, daß sie doch noch ein kleines Kind war, also erhob sie sich mit Würde und ging zum Fluß hinunter.

Nel war furchtbar durcheinander; alles war so schnell geschehen, seit Ronan sich ihr das erste Mal gezeigt hatte bis zu dem Moment, wo sie den Stamm gemeinsam verlassen hatten. Sie war bisher außerstande gewesen, sich ihrer Gefühle klar zu werden. Zunächst hatte sie angenommen, er sei gekommen, um sie zu holen und zu heiraten, eine Vorstellung, die sich Nel seit Jahren ausmalte. Dann hatte er gesagt, daß er sie brauchte, um Pferde zu zähmen.

Es hat fast so geklungen, als ob das alles sei, was er von mir will, dachte sie, als sie sich einen Weg über die Felsen zum Wasser bahnte. Und er behandelte sie noch immer wie ein Kind... schickte sie, um sich Gesicht und Hände zu waschen! Die anderen Männer des Hirsch-Clans hatten zweifellos bemerkt, daß sie kein Kind mehr war.

Sie tauchte ihre Hände ins Wasser und bückte sich weiter hinunter, um ihr Gesicht zu waschen. Ronan hat meine Veränderung ebenfalls bemerkt, erinnerte sie sich jetzt.

»Im Inneren bin ich noch dieselbe«, hatte sie ihm versichert. Aber das stimmte nicht.

Eine furchtbare Angst überfiel Nel. Vielleicht war er schon verheiratet. Wenn dem so wäre, was würde sie dann tun?

»*Nel!*« Er klingt, als riefe er ein unartiges Kind, dachte Nel rebellisch.

»Ich komme«, rief sie zurück und watete aus dem Fluß.

Sobald Nel zum Fluß gegangen war, hatte Ronan angefangen, den Hasen zu zerlegen. Zwischen seinen Zähnen pfeifend schob er die zartesten Stücke für Nel auf einen anderen Spieß. Er wartete, und als sie noch immer keine Anstalten machte, zurückzukommen, rief er nach ihr. Er wartete jedoch nicht auf ihre Rückkehr, sondern begann hungrig seinen Anteil zu verzehren.

Er kaute langsam, als er beobachtete, wie sie über die Felsen zu ihrem geschützten Platz am Waldrand ging, wo er ihr Lager errichtet hatte. Die Nachmittagssonne spielte auf ihrem braunen Haar. Es fiel ihm immer schwerer, dieses schlanke und schöne Mädchen mit dem mageren kleinen Kind mit Beinen wie ein neugeborenes Fohlen in Verbindung zu bringen, das er sich all die Jahre im Gedächtnis bewahrt hatte.

Er wollte sie zu seiner Gefährtin machen. Das war der Grund, warum er unter den Frauen, die zum Wolf-Clan gestoßen waren, nie nach einer Ausschau gehalten hatte. Er hatte immer gewußt, daß er eines Tages zurückgehen würde, um Nel zu holen und zu heiraten.

Aber jetzt, als er sie wieder bei sich hatte, wußte er nicht, wie er vorgehen sollte. Jedes andere Mädchen vom Hirsch-Clan, das eine solche Reise mit ihm unternehmen würde, wäre davon ausgegangen, daß es mit ihm auch das Schlaffell teilen würde. Aber Nel hatte ihn immer als ihren großen Bruder betrachtet. Vielleicht würde er sie abschrecken, wenn er sich ihr als Liebhaber anböte. Er wollte Nel nicht erschrecken.

Ich muß ihr Zeit lassen, entschied Ronan. Er mußte sie langsam an die Vorstellung heranführen, ihn zu heiraten. Die ganze Art, wie sie sofort zugestimmt hatte, mit ihm zu gehen, zeigte ihre Unschuld. Sie hatte nie seine Ziele in Frage gestellt, war einfach davon ausgegangen, daß alles wie immer sein würde.

Ich werde mich beherrschen müssen, dachte er streng. Ich muß ihr Zeit lassen.

Nel kam zurück zur Herdstelle, warf ihm einen vorwurfsvollen Blick zu, nahm ihr Essen in würdevollem Schweigen an und setzte sich, um es zu verzehren. Als sie fertig war, zog sie einen ihrer Mokassins aus, bog ihren Fuß hin und her und beugte sich hinunter, um ihre Fußsohle zu reiben.

»Hast du dir weh getan?« fragte Ronan.

»Nicht wirklich. Ich bin letzte Nacht auf einen Stein getreten und habe mir dabei einen blauen Fleck an der Fußsohle zugezogen, das ist alles. Es ist nicht schlimm.«

»Laß es mich ansehen.« Er kam und kniete vor ihr nieder, und sie gab ihm ihren Fuß in die Hand.

Ihr schmaler, schön geschwungener Fuß hatte die Farbe von Elfenbein, war sauber und kalt vom Flußwasser. Ronan blickte auf die geraden Zehen und die gesunden rosa Nägel. »Dort«, sagte Nel und zeigte auf eine bläuliche Verfärbung am höchsten Punkt ihrer Fußwölbung.

»Ich sehe es«, sagte er.

Seine Hand sah sehr dunkel aus gegen ihre blasse, zarte Haut. Ihr Kopf war seinem so nahe, daß er den frischen Duft ihrer Haare riechen konnte. Er hielt ihren Fuß behutsam in seiner Hand und blickte auf in ihre Augen. Sie hatte sehr lange, schwarze Wimpern. Er hatte nie zuvor bemerkt, wie ungewöhnlich es war, daß ihre Wimpern so dunkel und ihr Haar so hell war. Sie schaute ihn ebenfalls an und sagte vorwurfsvoll: »Meine armen Füße sind eiskalt. Dieses Flußwasser ist wie Eis.«

Er ließ ihren Fuß fallen, als würde er sich daran verbrennen. »Ich weiß.« Seine Stimme klang heiser, und er räusperte sich. Er zog sich von ihr zurück. »Ich glaube nicht, daß dieser blaue Fleck dich daran hindern wird zu gehen.«

»Das habe ich dir gleich gesagt«, erwiderte sie ungeduldig. Sie warf ihren abgenagten Fleischspieß in den Wald. »Von mir aus können wir aufbrechen, wenn du es willst.«

Er sprang auf die Füße. »Pack deine Sachen zusammen, und wir gehen«, antwortete er.

Sie folgten dem gleichen Weg, den Ronan auch vor drei Jahren schon gegangen war, als er aus dem Hirsch-Clan verstoßen worden war: Südlich am Großen Fischfluß entlang, östlich dem Engen Fluß folgend, über den Büffel-Paß hinweg und in das Jagdgebiet des Büffel-Clans hinein. Dann würden sie sich nach Süden wenden zum Atata Fluß, ihm bis in den Altas hinein folgen und hinüber auf die andere Seite. Wenn sich das Wetter hielt und sie zügig gingen, dann würden sie für die ganze Reise sieben Tage benötigen.

»Wir werden das Sommerlager umgehen müssen«, sagte Ronan und Nel nickte zustimmend.

Ronan hatte den Pfad am Fluß entlang verlassen und statt dessen eine Reihe von Wildpfaden im dichteren Wald benutzt. Der Nachmittag war ruhig, aber verborgen hinter schützenden Kiefern und Birken gab es viele wilde Tiere, und Ronan faßte seinen langen Speer fester, während er beständig nach möglichen Gefahren Ausschau hielt.

Er sah den Schatten eines Hirsches, als sie durch den Wald wanderten, nur eine kaum merkliche Bewegung am äußersten Rand seines Sichtfeldes. Später im Verlauf des Nachmittags sah er die unverwechselbaren Spuren eines Bären, und seine Wachsamkeit nahm zu. Aber Nigak gab kein Anzeichen davon, daß der Bär sich in der Nähe aufhielt, und die Spuren verloren sich bald wieder. Nur wenige Stunden vor Sonnenuntergang sah Ronan einen wunderschönen Rothirsch mit einzigartigem Geweih, der auf einem moosbedeckten Felsen auf halber Höhe des Hügels zu ihrer Linken lag.

»Sieh nur«, flüsterte Ronan Nel zu. Der Hirsch paßte sich farblich so gut seiner Umgebung an, daß es schwer war, ihn überhaupt zu sehen.

»Er hat sich einen Platz mit hervorragendem Überblick ausgesucht«, sagte Nel, und Ronan konnte an ihrer Stimme hören, daß sie lächelte.

Sie waren seit vielleicht fünf Stunden unterwegs, als Ronan das grunzende Geräusch von Tieren hörte, die in der Nähe unter den Bäumen nach Futter suchten. Er blieb stehen und blickte sich nach Nel um, ihr Gesicht auf Anzeichen von Müdigkeit prüfend. »Eber«, sagte er. »Willst du für die Nacht Rast machen? Soll ich uns einen zum Abendbrot holen?«

Sie stellte ihren Speer ab, um das Bündel auf ihrem Rücken zurechtzurücken. »Sind wir in der Nähe der Höhle, von der du erzählt hast?«

»Es sind noch etwa zwei Stunden Weges bis zu ihr.«

»Ich kann noch zwei Stunden gehen«, erklärte sie.

»Bist du sicher?« Er hatte sich schuldig gefühlt, als er ihre Erschöpfung an ihrem ersten Rastplatz gesehen hatte. »Wir haben einen guten Vorsprung, falls sie einen Boten hinter uns hergeschickt haben.«

»Dessen bin ich sicher«, sagte Nel entschlossen und bezeigte ihm, weiter zu gehen.

Eine Stunde später sah Ronan die Fährte eines Leoparden. Vor allem Leoparden und Bären waren es gewesen, nach denen er den ganzen Nachmittag hindurch Ausschau gehalten hatte, da er wußte, daß das Gebiet im Umkreis des Hirsch-Clan-Sommerlagers von Leoparden bewohnt war. Der Stamm hatte während Ronans Lebenszeit schon mehr als einen Mann an Leoparden verloren. Ronan bückte sich, um sich die Losung auf der Spur genauer zu betrachten. Sie war noch warm.

Nel erschien neben ihm. Ronan schaute auf. »Ein Leopard«, sagte er.

Instinktiv blickte Nel nach oben in die Bäume.

Ronan schüttelte den Kopf. »Er hat eine Spur am Boden hinterlassen.« Er blickte seinen Speer an, als wolle er ihn prüfen. »Wir müssen vorsichtig weitergehen.« Er pfiff nach Nigak, erhielt jedoch keine Reaktion. Sie gingen weiter.

Kurze Zeit später stießen sie auf den Leoparden, der rechts

vom Weg ins Unterholz gekauert eine einzelne junge Antilope beobachtete, die auf einer kleinen Lichtung graste. Ronan und Nel blieben stehen, gaben keinen Laut von sich und warteten.

Der Leopard lag sehr tief, fast auf dem Bauch. Dies und sein getupftes Fell machten es der Antilope fast unmöglich, ihn zu sehen. Ronan und Nel sahen zu, wie der Leopard auf die Füße kam und langsam vorwärts kroch. Plötzlich blickte die Antilope auf, und der Leopard gefror sofort in seiner Position, eine Pfote noch ausgestreckt. Die Antilope schaute sich in der ganzen Lichtung um, nahm den Leoparden jedoch nicht wahr und senkte den Kopf, um friedlich weiter zu grasen. Der Leopard wartete und kroch dann erneut langsam vorwärts.

Wieder blickte die Antilope auf. Wieder erstarrte der Leopard. Dieses Mal jedoch hatte die Antilope ihren Angreifer gesehen, denn sie blickte ihn direkt an. Der Leopard bewegte sich nicht. Die Antilope starrte ihn weiter an. Langsam, Zentimeter um Zentimeter ließ der Leopard seinen Körper auf den Boden nieder. Die Antilope schaute noch immer zu ihm. Der Leopard drückte sich ganz flach an den Boden. Die Antilope begann wieder friedlich zu grasen.

Nach einer Weile kroch der Leopard erneut vorwärts.

Zehn lange Minuten standen Ronan und Nel still und beobachteten fasziniert das Drama. Schließlich war der Leopard so dicht bei der Antilope, daß sein Angriff erfolgreich sein mußte. Ronan spürte, wie sich seine eigenen Muskeln anspannten, als er beobachtete, wie sich der Leopard sammelte. Er hielt den Atem an.

Nigaks blutgefrierendes Geheul zerriß die Stille. Der Leopard und die Antilope reagierten ohne Zögern; die Antilope rannte um ihr Leben in den Wald, und der Leopard folgte ihr in großen Sprüngen. Innerhalb von Sekunden verschwanden die beiden Tiere aus Ronans Sichtfeld.

»Diesem Leoparden hast du ganz sicher den Nachmittag verdorben, Nigak«, hörte er Nel neben sich sagen.

Der Wolf hechelte mit heraushängender Zunge und schlappen Ohren. Er sah sehr zufrieden mit sich aus. Nel lachte. »Die Antilope hat Glück gehabt«, sagte sie.

»Das ist unser Unglück«, bemerkte Ronan. »Ich bin sicher, dieser Leopard hat irgendwo Junge zu versorgen. Die Antilope hätte die Katze beschäftigt, bis wir aus ihrem Jagdrevier verschwunden wären. Nun wird sie wieder jagen müssen.«

»Wie weit müssen wir noch gehen?« fragte Nel.

»Die Höhle ist noch eine Stunde entfernt«, antwortete er. »Wir werden dort sicherer sein als hier draußen mit einem hungrigen Leoparden.«

Nel nickte, rückte ihr Bündel auf ihrem Rücken in eine bequemere Position und war bereit weiterzugehen.

Die Höhle hatte Ronan während seines zweiten Sommers im Sommerlager des Hirsch-Clans gefunden. Einmal hatte er Cala dorthin mitgenommen, aber soweit er wußte, kannte sie niemand sonst. Sie war weit genug entfernt vom Lager und so ausreichend gut verborgen, daß er glaubte, dort mit Nel sicher zu sein, auch wenn Arika sie tatsächlich suchen ließ.

Sie erreichten die Höhle eine Stunde vor Dunkelheit.

»Ich habe ein paar Früchte und getrocknetes Fleisch in meinem Bündel«, sagte Nel, als sie das letzte Stück des Hügels hinaufkletterten, in dem die Höhle lag. »Das können wir essen. Es ist schon zu spät, um noch auf die Jagd zu gehen.«

»Einverstanden«, erwiderte er.

Die Höhle erstreckte sich nicht tief in den Berg hinein, dennoch war der einzige Saal recht groß. Als erstes fielen Nel die Überreste der Feuerstelle auf, die er mit Cala errichtet hatte. »Ronan«, bemerkte sie, »jemand ist vor uns hier gewesen.«

Aus irgendeinem Grund, der ihm selbst nicht klar war, wollte Ronan ihr nicht sagen, daß er Cala hierher gebracht hatte. »Nein«, antwortete er unbesorgt, »das sind nur die Überreste meines eigenen Feuers, als ich vor Jahren hier war.«

Nel starrte noch immer auf die Kochsteine. »Ich sollte lieber etwas Feuerholz suchen, bevor es dunkel wird«, versuchte er sie abzulenken. »Wirst du uns Wasser holen gehen? Dort hinten ist ein kleiner Bach.« Er wies in die Richtung.

»Gut«, stimmte Nel zu und wandte sich von der Feuerstelle ab, um die Blasen zu suchen, die sie zum Transport von Wasser benutzten.

Als es dann dunkel wurde, hatte Ronan ein Feuer in Gang gebracht. Sie aßen zusammen, und Nigak ging, um sich sein Abendbrot zu erjagen. Nel begann, die Schlaffelle auszurollen, und Ronan saß an seinem Platz beim Feuer und beobachtete sie bei ihrer Tätigkeit.

Ihre Taille ist so schlank und biegsam, dachte er. Er wollte seine Hände darum legen. Er konnte die süße Rundung ihrer Brüste unter ihrer Hirschhautbluse sehen und sehnte sich danach, auch sie zu berühren.

Uff, das war Folter! Sie war fertig mit ihren Schlafplätzen, kehrte zu ihm ans Feuer zurück und streckte ihre langen, schlanken Beine der Wärme entgegen. Noch immer schweigend öffnete sie das Lederband, das ihren Zopf hielt, und begann, ihr Haar zu lösen.

Ronan hatte seit langer, langer Zeit nicht bei einem Mädchen gelegen. Offenbar hatten die Männer, die dem Himmelsgott folgten, eine andere Vorstellung von den Frauen der Stämme, die der Göttin folgten. In der Tat, zum letzten Mal hatte er bei einem Mädchen von einem der Göttin verehrenden Stämme der Ebene gelegen. Sie hatten sich zufällig auf einem von Ronans Ausflügen getroffen, als er sein Umfeld auskundschaftete, große Freude aneinander gehabt und sich in freundlichem Wohlwollen wieder verabschiedet.

Das war letzten Herbst gewesen. Vor langer Zeit. Er schaute wieder auf Nel und verschlang sie mit Blicken.

Sie hatte das Geflecht ihres Zopfes aufgelöst und fuhr nun mit einem Kamm die ganze glänzende Länge ihres Haares entlang. Er beobachtete sie, und die Anspannung in ihm wuchs. Ihr rehfarbenes Haar reichte ihr bis zur Taille und sah so weich und seidig aus wie das Innere einer Eichel. Eine Strähne fiel wie ein Lichtstrahl über ihre Brust. Ronan mußte sich zwingen, nicht danach zu greifen.

Bei jedem anderen Mädchen, die ihm erlaubt hätte, sie beim Haarekämmen zu beobachten, hätte er es als Einladung verstanden. Aber dies war Nel. Unglaublich, aber diese sanfte und schöne Frau, die an seiner Seite saß und sein Blut mit so vollkommener Unschuld in Wallungen brachte, war Nel.

Er hatte nie versucht, sich vorzustellen, wie Nel als Frau aussehen würde.

Nel hob den Kopf und schüttelte ihr Haar zurück, und der Duft von Kräutern stieg ihm in die Nase. Sie sah, wie er sie beobachtete, und grinste. Das Grinsen eines kleinen Mädchens im wunderschönen Gesicht einer Frau. »Siehst du, du mußtest mir nicht einmal sagen, daß ich mir die Haare kämmen soll!« sagte sie.

Ronan konzentrierte sich entschlossen darauf, seine Erregung unter Kontrolle zu halten. Es fiel ihm nicht leicht. Ihre schmale Nase war eine weniger gebogene, kleinere Version seiner eigenen. Ihre hohen Wangenknochen waren vom Feuer rosig gefärbt. Die Zähne, die ihr spitzbübisches Grinsen freigelegt hatte, waren weiß und ebenmäßig.

»Nel«, hörte er sich selbst fragen, »wenn du zur heiligen Hochzeit bei den Winterfeuern geblieben wärst, wen hättest du dir als Gefährten ausgesucht?«

Das Grinsen verschwand. Ihr Gesichtsausdruck wurde beinahe wachsam. »Ich weiß es nicht«, antwortete sie.

Er mochte die Wachsamkeit in ihrem Blick nicht. Sie verbarg irgend etwas vor ihm. »Gab es denn keinen jungen Mann, den du besonders mochtest?« beharrte er.

»Natürlich nicht.« Sie wurde noch wachsamer.

»Das ist doch keine dumme Frage«, sagte er. Selbst für seine eigenen Ohren klang seine Stimme rauh. Er versuchte, sie weicher zu machen. »Bis zum Zeitpunkt ihrer Initiation haben die meisten Mädchen einen bestimmten Jungen, den sie mögen.«

»Das sagst du, weil alle Mädchen dich mochten!« erwiderte sie.

»Überhaupt nicht«, sagte er.

»Das stimmt schon, und du weißt es.« Sie sammelte all ihr Haar auf einer Seite ihrer Schulter, um es neu zu flechten.

»Wir haben nicht über mich gesprochen, sondern über dich«, gab er zu bedenken.

»Über mich gibt es in dieser Sache nichts zu sagen. Andererseits gibt es über dich immer etwas Interessantes zu berichten. Die Hälfte der Frauen war in Trauer, als du fortgegangen warst.«

»Wenn man dich so reden hört, könnte man glauben, ich hätte nichts anderes getan, als meine Zeit mit Mädchen verbracht«, grollte er.

»Du hast ohne Zweifel *viel* Zeit mit Mädchen verbracht«, neckte sie. »Da war Borba und Iva und Cala...«

Er starrte sie unverhohlen an. Sie hatte ihren Zopf fast fertig. Er fühlte sich wie ein Tier. »Nun, ich sage dir jetzt, daß ich in den letzten drei Jahren keine Zeit für Mädchen gehabt habe. Ich war zu sehr damit beschäftigt, den Stamm zusammenzuhalten.«

Sie wickelte das Lederband um das Ende des Zopfes, und ihr Kopf war vorgeneigt, so daß er ihr Gesicht nicht sehen konnte. Einen Augenblick hielten ihre Finger inne. »Du bist also nicht verheiratet?« fragte sie.

Stille. Nel hob den Kopf und blickte ihn aus dunklen Augen an. »Hast du gedacht, ich könnte verheiratet sein?« fragte er vorsichtig.

»Der Gedanke ist mir gekommen«, gab sie zu.

Er stand auf. »Nein, das bin ich nicht.« Und er ging zum Höhlenausgang, um nach Nigak zu sehen.

16

Als Ronan zurückkehrte, lag Nel in ihrem Schlaffell und tat so, als ob sie schlafe. Sie schlief jedoch nicht, sondern war wach und freute sich an dem Wissen, daß Ronan keine Frau hatte. Schon möglich, daß er sie noch immer für ein Kind hielt, aber wenigstens würde sie nun eine Chance haben, seine Einstellung zu ändern.

Sie hielt ihre Augen geschlossen, als er mehr Holz auf das Feuer legte und sich dann zu seinem eigenen Schlaffell begab. Er ärgerte sich über sie, weil sie ihn mit all seinen Mädchen aufgezogen hatte. Merkwürdig, dachte sie schläfrig, früher hat er sich damit nicht aus der Ruhe bringen lassen. Sie sank langsam in den Schlaf.

Kurz nach Mitternacht begann es zu regnen. Nel erwachte und hörte, wie die Tropfen stetig auf die Felsen fielen. Sie hatte den Regen immer gehaßt, weil er sich in ihrem Kopf auf immer mit dem Tag verbunden hatte, an dem ihre Mutter gestorben war. Sie konnte sich noch daran erinnern, wie naß ihr Vater war, als er die Hütte betrat, in der sie sich aufhielt, während ihre Mutter das neue Baby zur Welt brachte. Sie erinnerte sich noch an den Geruch seines nassen Hirschlederhemdes. Sie würde immer an das Geräusch der Regentropfen denken, die regelmäßig wie die Trommel eines Schamanen an die Wände der Hütte klatschten. Sie konnte sich nicht mehr auf die Worte ihres Vaters besinnen, aber sie würde niemals den Klang und den Geruch des Regens vergessen.

Auch an dem Tag, an dem Ronan und sie Blutsverwandtschaft geschworen hatten, hatte es geregnet. Er hatte sie im Wald zusammengerollt und weinend vorgefunden und dann diese Bindung vorgeschlagen.

Ein Windstoß blies einen Regenschwall in den Eingang der Höhle, der Ronans kleines Nachtfeuer verlöschen ließ. Es waren keine Geräusche von Tieren draußen zu hören, nur der Regen. Als ob das Verlöschen des Feuers eine leise Warnung gewesen wäre, setzte Ronan sich auf.

»Ich werde es wieder in Gang bringen«, sagte er, als er sah, daß auch Nel wach war. Sie krabbelte aus ihrem Schlaffell, hockte sich zitternd darauf und beobachtete, wie Ronan den Rest der Glut mit trockenen Blättern entfachte und dann Holz darüber schichtete. Die Blätter fingen Feuer, und die aufsteigenden Flammen färbten sein Gesicht und seinen Hals kupferrot. Das Lederband, das sein Hemd vorne schloß, hatte sich im Schlaf gelöst, und das offene Hemd gab nun den Blick frei auf seinen Hals und seine Brust. Er hatte das Stirnband abgenommen, und seine schwarzen Haare fielen ihm in die Stirn. Er fuhr mit den Fingern hindurch und blickte Nel an. »Geht es dir gut?« wollte er leise wissen.

Ihr Blick glitt über das Feuer hinweg zum Eingang der Höhle, in die Dunkelheit und den Regen. »Es regnet«, antwortete sie klagend. Ein winziges Zittern war in ihrer Stimme.

Er ergriff sein Schlaffell mit einer Hand und zog es neben die Stelle, wo ihres ausgebreitet lag. Dann ließ er sich neben sie fallen und griff mit der Linken nach ihr, während seine Rechte das Fell über sie beide zog. Er zog sie zu sich heran und umschloß sie mit seinen Armen. »Es ist alles in Ordnung, kleine Elritze«, flüsterte er. Sein Atem war ein warmer Hauch am ihrer Schläfe. »Nichts Böses wird geschehen. Du bist jetzt bei mir.«

Die Luft roch nach Rauch und Regen. Nel drehte ihr Gesicht zu dem weichen, freien Stück Haut seines Halses und atmete tief den Duft ein, der Ronan war. Seine Arme umfaßten sie fest und sicher. Sie schmiegte sich dichter an ihn, schloß die Augen und schlief ein.

Als Nel am anderen Morgen erwachte, war sie allein. Sie legte ihre Hand auf das Fell neben sich, wo Ronan geschlafen hatte, doch es war nicht mehr warm von seinem Körper. Sie fühlte sich merkwürdig verlassen.

Es war trübe draußen, aber es hatte aufgehört zu regnen, und Wasser für den Morgentee hing schon in einem Schädelgefäß über dem Feuer. Ronan war wahrscheinlich gegangen, um die Vogelfallen zu überprüfen, die er am Vorabend noch gelegt hatte. Nel setzte sich langsam auf, seufzte und fing an, den Tee zu bereiten.

Wenig später kam Ronan zurück und blieb kurz im Höhleneingang stehen mit zwei Moorhühnern in der Hand. Nels Kopf fuhr sofort herum, und ihre Augen begegneten sich. Er lächelte, aber es war kein Lächeln, das Nel wiedererkannte. Es war ein Lächeln, das er einem Fremden schenken würde. »Frühstück«, sagte er leichthin und trat in die Höhle.

Nel zupfte verwirrt schweigend die Federn von den Vögeln, während Ronan große Steine sammelte und sie so auf dem Feuer ablegte, daß sie sich schnell erhitzen würden. Als die Vögel gerupft waren, garte Nel sie auf den heißen Steinen. Sie schmeckten hervorragend, aber die Bissen blieben ihr im Hals stecken.

Was ist denn nur los? fragte sie sich und betrachtete Ronans abwesenden Gesichtsausdruck unter ihren Wimpern hindurch. Er war so gut und tröstend zu ihr gewesen in der vergangenen Nacht, und jetzt am Morgen verhielt er sich ihr gegenüber, als wäre sie eine Fremde.

»Lösch das Feuer«, sagte er mit der kühlen, beherrschten Stimme, die sie zu hassen anfing. Er hat den ganzen Morgen noch nicht einmal »kleine Elritze« zu mir gesagt, dachte sie bestürzt. Gehorsam erstickte sie die Flammen, schulterte ihr Bündel und trottete hinter ihm her den Wildpfad entlang.

Der zweite Tag ihrer Reise unterschied sich nur wenig vom ersten. Sie hielten sich an die Wildspuren im Wald und schlugen am späten Nachmittag in einer Höhle ihr Nachtlager auf. Ronan kehrte schon sehr bald danach mit einem erlegten Eber zurück, und so blieben ihnen nach Beendigung ihres Mahls noch mehrere Stunden Tageslicht übrig.

Gemeinsam saßen sie am Feuer, und zum ersten Mal in ihrem Leben fragte sich Nel, worüber sie und Ronan reden sollten. Sie kaute auf ihrer Unterlippe und beobachtete Ronan aus den Augenwinkeln heraus. Er starrte in das rauchende Feuer, eine steile Falte zwischen den schwarzen Augenbrauen. Er war von der Sonne sehr verbrannt, und sie sah den Schatten des Bartes unter seiner Haut. Wie die meisten Männer des Hirsch-Clans rasierte er sich jeden Morgen mit einem scharfen Feuerstein, aber bis zum Abend kam der Bart zurück.

Was stimmt nicht? fragte sich Nel verzweifelt. Warum behandelte er sie mit derart distanzierter Höflichkeit? Was hatte sie falsch gemacht? Bereute er bereits, daß er sie geholt hatte? War er wütend, weil sie sich in der vergangenen Nacht wegen des Regens so angestellt hatte?

Das Maß ihres Unbehagens war so groß, daß sie ihn nicht zu fragen wagte, was denn nicht in Ordnung sei.

»Erzähl mir von deinem Stamm«, sagte sie plötzlich. »Ich weiß nur das wenige, das ich von Tyr erfahren habe.«

Er kniff die Augen wegen des Rauches ein wenig zusammen und schaute sie so überrascht an, als hätte er ihre Anwesenheit in der Zwischenzeit vergessen. »Also gut«, stimmte er zu. »Aber laß uns einen anderen Platz zum Sitzen finden.«

Die Höhle lag auf halber Höhe eines Berges und bot ihnen einen guten Überblick über das umliegende Gelände. Ronan setzte sich außerhalb der Höhle mit dem Rücken an einen Felsen und bedeutete Nel, es ihm gleich zu tun. Es hatte bisher keinerlei Hinweis auf Verfolger gegeben, aber Ronans Wachsamkeit galt nicht nur den Menschen. Sie hatten weitere Leopardenspuren im Verlauf des Tages gesehen.

Nel setzte sich auf den Platz, den er ihr gezeigt hatte, und zog die Knie an. Sie war verletzt, daß ihr Platz so weit von ihm fort war. »Erzähl mir erst, wie du das Tal gefunden hast«, verlangte sie.

Offensichtlich war er genauso glücklich wie sie, endlich ein Gesprächsthema gefunden zu haben, denn er begann ohne Umschweife zu erzählen. »Ich fand es, kurz nachdem ich den Büffel-Clan verlassen hatte.« Während er sprach, glitten seine Blicke in der nie nachlassenden Wachsamkeit des Jägers über die Landschaft. »Die Männer vom Stamm des Büffels hatten mir von Stämmen erzählt, die der Göttin folgen und jenseits des Altas wohnen«, sagte er, »und ich entschied, daß ich versuchen würde, sie zu finden. Keiner der verwandten Stämme würde es riskieren, den Fluch der Herrin auf sich zu ziehen, und ich dachte, es sei am vernünftigsten, einen Stamm zu suchen, wo der Hirsch-Clan unbekannt war. Also machten Nigak und ich uns auf den Weg über den Altas.«

Ein wenig den Berg hinunter war zwischen den Bäumen eine Bewegung zu sehen, und Ronan unterbrach sich, um zu beobachten. Nachdem er sich sicher war, daß es sich nur um einen Hirsch handelte, nahm er seine Erzählung wieder auf. »Ich folgte dem Altas, wie es mir die Männer vom Büffel-Clan empfohlen hatten, und nach einem Zweitagesanstieg erreichten wir den Gipfel.«

Er machte wieder eine Pause, als ob er gerade diesen besonderen Augenblick in der Erinnerung noch einmal durchlebte. Sobald er zu sprechen angefangen hatte, war die Anspannung zwischen ihnen verschwunden, und er sagte, ganz natürlich jetzt: »Es ist unglaublich, Nel, wie anders das Land auf der Nachmittagsseite des Berges ist. Unsere Seite ist eng und steil mit nur kleinen Weideflächen, aber die andere Seite ist weit und abfallend mit großen, weiten Tälern, die im Sommer reichlich Gras bieten.«

»Gibt es auf dieser Seite des Berges auch Stämme?« wollte Nel wissen.

Er schüttelte den Kopf. »Ich habe dort Sommerlager gesehen, aber keine festen Wohnstätten. Dort liegt sieben Monate im Jahr Schnee, und die Tiere ziehen in tiefer gelegene Gegenden, sobald der Schneefall einsetzt. Wie bei uns folgen die Männer den Herden.«

Ronan überprüfte nun das Gelände vor ihnen in östlicher Richtung. »Ich hatte mich, schon bevor ich den Büffel-Clan verließ, dazu entschlossen, mich als einen Mann von den verwandten Stämmen auszugeben«, erzählte er. »Ich dachte mir, daß die Stämme, die der Göttin folgen, nicht besonders gastfreundlich zu einem ihrer Verstoßenen sein würden, deshalb habe ich meinen Zopf abgeschnitten und so getan, als sei ich ein Anhänger des Himmelsgottes.«

Sein reuevoller Ton konnte nicht ganz die Bitterkeit in seiner Stimme überdecken. Nel verharrte in angespannter Ruhe. »Die Stämme der Göttin wollen mit den verwandten Stämmen nichts zu tun haben«, fuhr Ronan fort. Er zuckte mit den Schultern. »Aber sie hätten mich auch nicht aufgenommen, wenn ich ihnen die Wahrheit gesagt hätte, also kann ich wirklich nicht sehen, daß ich einen Fehler begangen habe.«

Nel fühlte Zorn in sich aufwallen – so stark, daß er ihre Brust zu sprengen drohte. Sie stellte sich sein Ausgestoßensein vor, seine Isolation, und ihr Herz brannte vor Wut. Wie konnte Arika ihm das antun?

»... dann habe ich das Tal gefunden«, sagte er jetzt. »Nigak und ich kletterten wieder zurück zum Gipfel des Altas, und

Nigak fand es.« Er drehte den Kopf, um ihr ein schnelles Lächeln zu schenken. Ein richtiges Lächeln. »Deshalb habe ich es das Tal des Wolfes genannt. Nigak jagte hinter einem Pferd her, und unmittelbar vor meinen Augen verschwand das Pferd in der Felswand! Als ich nachforschte, fand ich den Weg ins Tal.«

Das Licht nahm langsam ab. Die Nacht begann hereinzubrechen. Nel sagte rauh: »Tyr hat mir gesagt, er hätte beim Frühjahrstreffen gehört, daß du das Tal nach dir selbst, nach dem einsamen Wolf, benannt hast.«

Er zog eine schwarze Augenbraue hoch. »Ist das wahr? Nun, sie haben sich geirrt.«

»Und wie ist es beschaffen, Nigaks Tal?«

»Es ist wunderschön, kleine Elritze«, antwortete er einfach. »Ich kann nicht mit Sicherheit behaupten, daß niemand anderer vor mir dort war, aber es gibt keinerlei Anzeichen für menschliches Leben, keine alten Unterstände oder Feuerplätze. Nur die Herden der Pferde und Antilopen. Die Steinböcke. Die Schafe. Die Adler.«

Nel sagte nichts, atmete nur lang und tief ein. Seine Zähne sahen sehr weiß aus in der herannahenden Dunkelheit. »Du wirst es liebgewinnen«, versprach er.

Sie nickte.

»Als ich es zum ersten Mal sah, dachte ich, an einem solchen Ort kann ich überleben. Nigak und ich, wir können überleben.«

Bei diesen Worten gruben sich Nels Fingernägel tief in ihre Handflächen. Ronan überprüfte wieder das Gelände. »Ich lebte dort für mehrere Monde allein«, sagte er, »und dann traf ich Bror.«

Durch den Schmerz in ihrer Brust hindurch fragte sie: »Wer ist Bror?«

»Einer meiner Männer. Der Steinbock-Clan hatte ihn ausgestoßen, und er hatte sich ebenfalls dazu entschlossen, es bei den Stämmen in der Ebene zu versuchen. Sie hatten ihn jedoch auf die gleiche Weise willkommen geheißen wie mich, und da er keinen schlauen Wolf bei sich hatte, blieb ihm nichts anderes übrig, als über die Weiden auf dem Altas zu wandern.«

»Warum hat der Steinbock-Clan ihn verstoßen?« wollte Nel wissen.

Sie sah, wie sich das Weiß seiner Augen bewegte, als er ihr einen Seitenblick zuwarf. »Er hat seine Frau erschlagen.«

»Oh«, murmelte Nel.

»Es ist nicht so schlimm, wie es sich anhört«, setzte Ronan an, um Brors Geschichte zu erzählen. »Er war am Boden zerstört, als ich ihn fand«, schloß er. »Also brachte ich ihn mit in das Tal, und wir haben dort den Rest des Sommers zusammen verbracht.«

»Ihr habt euch gegenseitig geholfen«, vermutete Nel.

In der Dämmerung sah sie, wie Ronans Mund sich ironisch verzog. »Wir waren nicht unbedingt ein glückliches Paar, kleine Elritze.«

»Wen hast du als nächstes für deinen Stamm gewonnen?« fragte sie.

»Asok. Er ist von einem der Stämme aus der Ebene. Sie haben ihn verstoßen, weil er eine Frau vergewaltigt hat.«

»Das hört sich gut an«, sagte Nel sarkastisch.

»Asok sagte, es sei keine Vergewaltigung gewesen, sie hätte es gewollt. Die Mutter des Mädchens jedoch behauptete, es sei Vergewaltigung.« Seine Stimme klang sehr trocken. »Der Stamm folgte dem Weg der Göttin, und das Wort der Frau galt mehr als seines. Er wurde verstoßen.« Ronans Profil wirkte jetzt sogar noch falkenhafter als sonst. »Es war ganz bestimmt nicht an mir, seine Geschichte anzuzweifeln.«

Nel schwieg.

»Das war im Herbst, während des Büffel-Mondes«, fuhr er fort. »Im Mond der fallenden Blätter kam Dai hinzu.« Er schaute in ihre Richtung. »Er und sein Bruder waren auf der

Jagd, und sein Bruder wurde von Dais Speer getötet. Dai schwört, es sei ein Unfall gewesen, aber sein Vater glaubte ihm nicht. Offenbar haben sich die beiden Brüder nicht immer gut verstanden – oder auch Dai und sein Vater.«

Nel nickte und fuhr mit der Spitze ihres Zeigefingers über das Hirschleder, das sich über ihrem Knie spannte.

»Das war unsere Gruppe im ersten Winter«, sagte er. »Wir blieben in dem Tal, und im nächsten Frühjahr kamen mehr Männer hinzu. Dann die ersten Frauen.«

»Welches Verbrechen kann eine Frau denn begehen, daß ihr Stamm sie verstößt?« wunderte sich Nel.

»Nun«, sagte Ronan amüsiert, »tatsächlich sind die meisten unserer Frauen nicht ausgestoßen worden; sie sind freiwillig gegangen. Zwei von ihnen haben sogar ihre Männer mitgebracht.«

Nel lächelte, mehr über die Belustigung in seiner Stimme als über seine Worte. »Erzähl mir, wie es war«, verlangte sie.

Also sprach er von Beki und Kasar und von Lemo und Yoli. Er schilderte auch Maits zwei unerschütterliche Schwestern. Und er erzählte von den zwei Frauen, die wegen Ehebruchs verstoßen worden waren.

»Der Stamm hat diese Frauen verstoßen, weil sie mit einem Mann geschlafen haben, mit dem sie nicht verheiratet waren?« fragte Nel ungläubig.

»Ja.« Ronan zuckte die Schultern. »Meinem Dafürhalten nach müßte der Mann sich schämen, weil er nicht fähig war, seine Frau zu befriedigen. Aber so ist der Weg des Himmelsgottes.«

Schweigen kehrte ein. Für kurze Zeit hatten sie zu der alten Kameradschaft zurückgefunden, aber bei der Erwähnung von Sex waren die neuen Zwänge zurückgekehrt. »Es wird dunkel«, sagte Ronan abrupt. »Laß uns in die Höhle gehen, und ich werde das Feuer anzünden.«

Nel saß mit überkreuzten Beinen auf ihrem Schlaffell, Nigak an ihrer Seite, und beobachtete Ronan aus besorgten grünen Augen. Das Feuer toste am Höhleneingang als Schutz gegen nachtaktive Tiere, und seine hochschlagenden Flammen beleuchteten Ronans schlanke, große Figur, als er auf sie zukam. Er machte in respektvollem Abstand vor ihr halt, ließ sich nieder und begann sein Messer zu schärfen.

Nel war noch nicht bereit zu schlafen, und sie gedachte, die Kameradschaft, die sie zuvor neu erlebt hatten, noch einmal wachzurufen, indem sie ihm weitere Fragen stellte. »Wie viele der Frauen des Wolf-Clans folgen der Göttin?« begann sie.

»Nur zwei«, antwortete er. »Berta und Tora, Maits Schwestern. Alle übrigen sind von den verwandten Stämmen.«

Nel beobachtete, wie die Schatten auf seinem Gesicht tanzten. Er konzentrierte sich auf die Feuersteinklinge seines Messers. »Die Stämme, die dem Himmelsgott folgen, behandeln ihre Frauen schlecht«, murmelte sie.

Für einen winzigen Augenblick richtete er den Blick auf sie. »Das habe ich schon mehr als einmal gedacht«, sagte er und wandte sich wieder seinem Messer zu.

Was ist denn nur los mit ihm? dachte Nel unglücklich. Warum schaute er sie nicht an? Vor allem, warum hatte sie den Eindruck, daß ihm ihre Fragen unangenehm waren?

Sie stellte ihm statt dessen andere Fragen. »Was ist mit den Männern? Welchem Gott folgen sie?«

»Bei ihnen sind die Anhänger der Göttin und des Himmelsgottes gleichmäßiger verteilt.«

Sie dachte darüber nach. »Wie schaffst du es, Frieden zwischen ihnen zu halten?« fragte sie mit echter Neugier.

Seine Lippen verzogen sich zu einem schiefen Grinsen. »Mit Schwierigkeiten.«

Sie ließ ihn damit nicht davonkommen. »Im Ernst, wie machst du es?«

Er zuckte die Schultern. »Ich bin der Häuptling. Sie tun, was ich sage, oder sie gehen. So halte ich es.«

Nel dachte über diese rücksichtslos einfache Philosophie nach. »Sind all deine Frauen verheiratet?« wollte sie als nächstes wissen.

Er war spürbar verärgert. »So viele Fragen!«

»Ich will es wissen«, beharrte sie dickköpfig.

»Alle außer Eken sind verheiratet.«

»Eken?« horchte Nel auf. »Wer ist Eken?«

Nigak, aufgeschreckt von dem Unterton in Nels Stimme, stand auf, um sich an Ronans Seite niederzulegen. Seine Schnauze schmiegte sich in einer vertrauten Geste an seinen Oberschenkel. Ronan strich dem Wolf über das Fell und sagte ruhig: »Eken ist Faras Schwester«, und dann erzählte er ihr die Geschichte von Faras Zwillingen.

Nel senkte den Kopf, um die Tränen zu verbergen, die ihre Wangen hinunterliefen. Er hat die Zwillinge behalten, dachte sie. Ihr Hals schmerzte unter dem Versuch, die Tränen zurückzuhalten. Sie liebte ihn so sehr. Er hatte die Zwillinge behalten.

Er beendete seine Geschichte. Sie schaute ihn nicht an. »Und wirst du diese Eken heiraten?« brachte sie mit verhaltener Stimme hervor.

»Nein.« Sie hörte, wie er sein Messer ablegte. »Weinst du?« fragte er mißtrauisch.

Sie schüttelte ihren Kopf in falscher Verneinung.

»Tu es nicht, Nel.« Seine Stimme klang beinahe verzweifelt. »Ich hasse es, wenn du weinst.«

»Ich k-kann's nicht verhindern«, schluchzte sie und gab den Versuch, ihre Tränen zu verbergen, auf.

»Aber warum denn?« Er klang gehetzt. »Ich verspreche es dir, die Zwillinge sind ganz und gar sicher.«

»Ich weine, weil du sie behalten hast«, sagte sie.

Er murmelte etwas, das sie nicht verstand.

»Und ich weine, weil ich dich liebe!« Ihr Schluchzen nahm noch zu.

Selbst durch ihr eigenes Elend hindurch konnte sie hören, wie er tief Luft holte. Nach einer Weile hörte sie ihn fragen: »Aber warum solltest du deshalb weinen?«

In einem Ausbruch entfuhr ihr: »Weil du mich nicht liebst!«

Stille.

»Aber natürlich liebe ich dich«, sagte er verwirrt. »Ich habe dich immer schon geliebt. Das weißt du. Warum sonst wäre ich deinetwegen zurückgekommen?«

»Du hast den ganzen Tag kaum mit mir gesprochen!«

Er kam nicht, um sie zu trösten. Er sagte nur: »Es tut mir leid. Ich habe über etwas nachgedacht. Es war nicht meine Absicht, dich zu übersehen, kleine Elritze. Bitte hör jetzt auf zu weinen!«

Sie hob ihr tränenüberströmtes Gesicht. »Du meinst, ich sei noch ein Kind«, beschuldigte sie ihn. »Du sagst mir noch immer, ich soll mich im Fluß waschen.«

Auf seinem Gesicht lag ein merkwürdig erschöpfter Ausdruck. »Was willst du von mir, Nel?« Unter seinen Augen lagen tiefe Schatten. »Du mußt es mir sagen, denn ich verstehe nicht.«

Nel schniefte und sagte: »Ich will, daß du mich heiratest.«

Er starrte sie an und konnte nicht antworten.

»Erinnerst du dich daran, wie du mich gestern gefragt hast, ob es nicht einen jungen Mann gäbe, den ich mag?« Sie wischte die Tränen mit dem Handrücken fort und schniefte wieder. Mutig blickte sie ihn an. »Nun, wenn du vor den Winterfeuern nicht gekommen wärst, um mich zu holen, dann hätte ich mich auf die Suche nach dir gemacht. Ich hätte keinen anderen Mann genommen.«

Zwischen ihnen lag leerer Raum, und sie schauten sich über ihn hinweg an. Vermischt mit dem Rauch stieg Nel der Geruch nach Regen in die Nase. Das Feuer flackerte plötzlich auf und beleuchtete in aller Deutlichkeit den Ausdruck auf Ronans Gesicht. Mit einem Schlag erkannte Nel ihn als einen, den sie bei Ronan viele Male beobachtet hatte, wenn er Borba oder Cala oder eine seiner anderen Freundinnen anschaute. Nur dieses Mal galt dieser Blick ihr. Ihr Atem setzte aus.

»Denk nach, kleine Elritze«, sagte er. »Bist du sicher, daß es das ist, was du willst?«

Sie starrte in das harte, angespannte, falkenhafte Gesicht. Er meint – jetzt erkannte sie erstaunt. *Jetzt.* Ihre Augen weiteten sich vor Überraschung. Sie hatte nicht genug Atem, um zu sprechen, aber es gelang ihr zu nicken.

Ja, dachte sie für sich über das Donnern ihres Herzens hinweg. Ja, Ronan. Das ist es, was ich will.

Ronan konnte kaum glauben, was gerade geschehen war, was Nel gerade gesagt hatte. Er hatte gemeint, es wäre für sie einfacher, zunächst die alte Freundschaft wieder aufzunehmen. Ihr zum Wohle hatte er sie wie das kleine Mädchen behandelt, das sie einst gewesen war.

Du glaubst, ich bin noch ein Kind, hatte sie ihm vorgeworfen. Uff, dachte sie denn, er sei blind?

Es stimmte, daß er den ganzen Tag lang kurz angebunden gewesen war. Aber doch nur, weil er es als so schwierig empfand, so zu tun, als sei er ihr Bruder. Er hatte sich in der vergangenen Nacht brüderlich verhalten, und was für ein Fehler war das gewesen! Instinktiv hatte er sie trösten wollen. Er wußte, wie sehr sie Regen fürchtete. Aber dann, als sie sich so vertrauensvoll an ihn geschmiegt hatte, hatte er gedacht, er würde wahnsinnig. Sie hatte geschlafen; und er hatte die ganze Nacht kein Auge zugetan.

Jetzt blickte er in ihre wunderschönen Augen. Er hatte sie nie zuvor so grün gesehen. Oh, wie sehr er sie begehrte! Es war ein Schmerz in ihm, dieses Begehren. Sie hatte auf seine Frage hin genickt, aber er fand, sie sah unentschlossen aus. Sie hatte vermutlich nicht erwartet, daß er so schnell reagieren würde. Er schob Nigaks Kopf von seinem Bein, streckte die Hand nach ihr aus und sagte weich: »Komm zu mir, kleine Elritze.«

Er sah zu, wie sie sich von ihren Fellen erhob, wie sich ihr schlanker, junger Körper mit geschmeidiger Grazie zu seiner vollen Höhe entfaltete. Sie durchquerte den Raum und ließ sich vor ihm auf den Knien nieder. Nigak stand auf, um sich auf die warme Stelle zu legen, die sie gerade verlassen hatte.

Ronan nahm ihr Gesicht in beide Hände. »Bist du noch unberührt?« fragte er, obwohl er sich der Antwort sicher war.

»Ja«, flüsterte sie.

Es hätte ihm leid tun sollen. Er war schon vorher für andere Partnerinnen der erste Mann gewesen, und er wußte, daß es beim ersten Mal sehr schmerzhaft sein konnte. Er strich das seidige Haar an ihren Schläfen zurück. Dort waren kleine Vertiefungen im Knochen angedeutet, zart und verletzbar. Das Licht des Feuers betonte ihre leicht schräg geschnittenen Augen und ließ sie geheimnisvoller und exotischer aussehen. Er fuhr mit seinen Daumen ihre Wangen entlang, die spitzen Knochen unter der vollkommenen Haut ertastend. »Wir können warten, wenn du es möchtest«, hörte er sich selbst sagen. »Du mußt nicht jetzt mit mir liegen, Nel, wenn du noch nicht bereit bist. Ich werde warten.«

Ich muß verrückt sein, dachte er und wartete atemlos auf ihre Antwort.

Sie benetzte mit der Zunge ihre trockenen Lippen. Alles in ihm war in wilder Begierde entbrannt. Es war zu lange her, seit er bei einer Frau gelegen hatte. Er würde sterben, wenn sie warten wollte. Sie schenkte ihm ein zaghaftes, schüchternes Lächeln und sagte: »Jetzt.«

Er beugte sich vor, um seinen Mund auf ihren zu legen, und fühlte sich von gewaltiger, kochender Leidenschaft ergriffen. Ihre Lippen waren so weich. Sie gab seinem Drängen nach, erlaubte ihm, sie auf die Felle zu betten, und umschlang seinen Hals mit beiden Armen. So weich war sie. So warm und süß und weich. Er küßte ihre Lippen, ihre Wangen, ihren Hals. Ihre Haut war wie Samt. Er zog ihr die Bluse aus und vergrub seinen Kopf zwischen ihren Brüsten.

»Ronan«, flüsterte sie. Sie griff unter sein Hemd und strich mit ihren Händen über seinen nackten Rücken. Die Berührung ihrer Hände machte ihn verrückt. Der Duft der Kräuter, mit denen sie ihre Haare wusch, stieg ihm in die Nase. Er legte seinen Mund auf eine kleine, vollkommen geformte Brustspitze und hörte ein Wimmern tief aus ihrer Kehle aufsteigen. Das Blut dröhnte ihm in den Ohren, und er begriff schlagartig, daß er die Kontrolle verlor.

»Nel«, brachte er mit einer verzweifelt klingenden Stimme hervor, die er selbst nicht erkannte. Er legte seine Hände auf ihre Taille und hob den Kopf, um sie anzusehen. »Nel, ich kann nicht länger warten...«

Sie lächelte ihn an. Durch einen roten Nebel der Begierde nahm er dieses Lächeln wahr.

»Komm nur, Ronan«, lud sie ihn ein. Ihre kleinen Hände berührten die seinen, halfen ihm mit ihren Kleidern. Er schwitzte am ganzen Körper. »Nel«, keuchte er, als er in ihre weiche, zarte Seligkeit eindrang. »Oh, Nel...«

Nel war es, die als erste einschlief, eingerollt an seiner Seite. Ronan lag wach und versuchte, mit einem ungewohnten Sturm von Gefühlen fertig zu werden.

Er blickte hinunter auf den rehfarbenen Kopf, der sich so vertrauensvoll an seiner Schulter barg. Er hatte ihr weh getan. Er war sich im klaren darüber, daß kein Weg daran vorbeiführte, aber er hatte ihr mehr weh getan als nötig. Er war viel zu eilig gewesen, zu ausgehungert. Ausgerechnet er, der immer so stolz auf seine Fähigkeiten als Liebhaber gewesen war. Ich habe mich ungefähr so geschickt angestellt wie ein Bulle, dachte er. Ausgerechnet bei Nel! Aber er hatte sie so verzweifelt begehrt. Er hatte sie mehr als alles andere begehrt, was er sich je zuvor in seinem Leben gewünscht hatte.

Sie bewegte sich ein wenig an seiner Seite und lag dann wieder still.

Ronan hielt sie umfangen, und zum ersten Mal in seinem Leben begriff er die Bedeutung von sexueller Besitzergreifung. Nel gehörte ihm. So war es immer schon gewesen; so würde es immer sein. Niemandem sonst. Nur ihm.

Er beugte seinen Kopf und vergrub seinen Mund in ihrem seidigen Haar, das sich über seine Schulter ergoß.

Sie bewegte sich wieder. »Ronan?« Ihre Stimme war von Schlaf verschleiert.

»Ja.« Seine Antwort kam weich. »Geht es dir gut, kleine Elritze?«

»Hmmmm.« Während sie noch antwortete, glitt sie zurück in den Schlaf. Nach einigen Minuten begannen auch ihm die Augen zuzufallen, und er schlief ein.

17

Nel erwachte, weil Nigak ihr das Gesicht leckte. Sie sah sofort, daß Ronan nicht mehr neben ihr lag, und fühlte sich durchdrungen von einem Verlassenheitsgefühl. Sei nicht albern, schimpfte sie mit sich, als sie sich aufsetzte und Nigak nachdrücklich streichelte. Er ist nur gegangen, um die Vogelfallen zu überprüfen; er wird zurückkommen.

Als Nigak fand, Nel habe ihn mit ausreichender Begeisterung begrüßt, stand Nel auf, um einen Blick vor die Höhle zu werfen.

Der Himmel war grau und bewölkt. Da sie von Ronan kein Anzeichen sah, nahm sie ein Schädelgefäß und ging damit zu dem Bach, aus dem sie schon am vergangenen Abend Wasser geschöpft hatte. Sie füllte das Gefäß und wusch sich. Sie füllte es erneut und trug es zur Höhle zurück, um den Morgentee zu bereiten.

Ronan trat in die Höhle, als das Wasser zu kochen begann. Er hatte zwei Wachteln in den Händen, und plötzlich, beim Anblick dieser herrlich maskulinen Gestalt, die sich so gut gegen den Höhleneingang abhob, überfiel Nel Schüchternheit. Er war an Mädchen gewohnt, die so viel erfahrener waren als sie... sie war nicht sehr geschickt gewesen, vergangene Nacht... sie schaute von ihm fort und sagte steif: »Der Tee ist fast fertig.«

»Gut«, antwortete er, »dann werde ich die Vögel rupfen.«

Nel beobachtete ihn unter den Wimpern hervor. Seine Gestalt war ihr so sehr vertraut: die Haltung seiner Schultern, der Schwung seiner arroganten Nase, der schwarze Bogen seiner Wimpern gegen die harte Linie der Wangenknochen, sein Mund. Sie dachte wieder an die vergangene Nacht, fühlte, wie ihr die Farbe in die Wangen stieg, und riß sich vom Anblick seines Gesichts los, um die schmalen, starken Hände zu betrachten, die so geschickt mit dem Vogel hantierten. Sie zitterte und blickte fort.

»Bist du zu wund, um heute zu gehen, Nel?« hörte sie ihn fragen.

Die Farbe in ihrem Gesicht vertiefte sich. Sie schüttelte den Kopf.

Schweigen kehrte ein, nicht das unangenehme Schweigen der letzten paar Tage, aber auch nicht das gewohnte aus den Tagen der Kameradschaft. Dies war ein lauerndes Schweigen. Schließlich fragte Ronan: »Stimmt etwas nicht, kleine Elritze?«

Sie hörte die Besorgnis in seiner Stimme. Sie schüttelte wieder ihren Kopf. Sie blickte ihn aus dem Winkel ihrer Augen an und sagte zaghaft: »Ich fühle mich schüchtern.«

Zuerst wirkte er erstaunt, dann grinste er. Nel betrachtete dieses wundervolle, vertraute Lächeln – so lebendig, so verlokkend, so lodernd aus schierer Lebensfreude – und sie grinste zurück.

»Mach diese Vögel fertig«, verlangte sie. »Ich verhungere.«

Er lachte. »Ja, ja, ja. Ich versuche mich zu beeilen.«

Sie brieten und aßen ihr Frühstück, schulterten ihre Bündel und nahmen ihre Wanderung wieder auf.

Wieder hielten sie sich an die schmalen Wildspuren, weit entfernt vom Fluß und damit außerhalb des gewohnten Jagdgebiets des Hirsch-Clans. Der bewölkte Himmel erschwerte es ihnen, im Wald ihren Weg zu finden, da die Sonne ihnen nicht die Richtung angeben konnte, in die sie gehen mußten. Doch Ronan fand sich im Wald ausgezeichnet zurecht und war dazu in der Lage, ihre Marschrichtung von der Rinde der Kiefern zu bestimmen. Die hellere Seite der Rinde wies immer nach Süden. Nel wußte das natürlich, wie alle Mitglieder des Hirsch-Clans es wußten, aber sie konnte die Rinde der Bäume nicht so sicher deuten wie Ronan. Inmitten von hellfarbigen Bäumen bedurfte es eines Experten, den genauen Bereich festzustellen, an dem die Rinde am hellsten war, um so Süden von Südost oder Südwest zu unterscheiden.

Nachmittags begann es zu nieseln. Da in der Nähe keine Höhle war, entschieden sie, ein Zelt zu errichten. Sobald Nigak die Vorbereitungen zur Errichtung des Lagers sah, verschwand er zwischen den Bäumen, um zu jagen. Ronan schnitt ein paar junge Bäume ab, um ein Gerüst für die dünne Zelthaut zu bauen, die er bei sich trug. Nel entfachte unterdessen ein Feuer und bereitete die Rebhühner zu, die Ronan vorher mit einer Schlinge gefangen hatte.

Sie aßen unter dem schützenden Dach des Laubes und zogen sich in das kleine Zelt zurück, als die Tropfen dichter fielen. Ihre

Schlaffelle bedeckten die gesamte Bodenfläche des Zeltes, und sie mußten hineinkriechen, da nicht genug Platz zum Stehen war.

Draußen war die Nacht naß und dunkel, und der Geruch nach Kiefern hing schwer in der Luft. Um ein Feuer zu entfachen und somit die wilden Tiere abzuschrecken, war es zu feucht. Der Wald raschelte ruhelos mit dem fallenden Regen.

»Ich glaube nicht, daß Regen mich je wieder unglücklich machen wird«, sagte Nel.

Ronan, der neben ihr lag, stützte sich auf den Ellenbogen auf und betrachtete sie mit undurchdringlich dunklen Augen. »Stimmt das auch?« fragte er weich.

Sie spähte durch das fahle Licht der einzelnen Steinlampe zu ihm hinüber. »Laß uns die Heiratsworte miteinander sprechen«, sagte sie.

»Jetzt?«

»Ja. Jetzt.«

»Also gut, wenn es das ist, was du wünschst.« Er setzte sich auf, die Stirn leicht gerunzelt. »Ich versuche mich an die Worte zu erinnern«, gab er zu.

»Ich weiß sie«, sagte Nel. »Soll ich anfangen?«

Er lächelte und streckte seine Hand aus. »Fang du an.«

Nel legte ihre Hand in seine und sagte klar und deutlich: »Dies ist Ronan, der Mann, den ich mir zum Gefährten erwähle. Ich bitte die Göttin, uns zu einer Einheit zu verbinden, so lange der Stamm besteht.«

Sie wartete einen Augenblick; dann drückte sie auffordernd Ronans Finger. »Jetzt du«, sagte sie.

»Dies ist Nel«, begann er und wiederholte ihre Worte, die Worte des Hirsch-Clans, »die Frau, die ich mir zur Gefährtin erwähle. Ich bitte die Göttin, uns zu einer Einheit zu verbinden, so lange der Stamm besteht.«

Sie blickten einander an, hielten sich bei den Händen gefaßt und lauschten dem Widerhall der Worte nach.

Ronan sagte: »Es tut mir so leid, daß ich dir letzte Nacht weh getan habe, kleine Elritze.«

Nel schüttelte den Kopf. »Das war nicht deine Schuld. So ist es immer für eine Frau. Fali hat gesagt, dies sei die Art der Göttin, uns daran zu erinnern, daß dem Vergnügen des Beieinanderliegens der Schmerz des Gebärens folgen muß.« Ihre Finger spielten mit seiner großen Hand. »Du hast mich sehr glücklich gemacht«, fügte sie hinzu.

Er umfaßte ihre Hand stärker und schüttelte den Kopf. »Aber heute nacht werde ich dich wirklich glücklich machen«, versprach er. »Ich schwör es dir, Nel. Du mußt mir nur vertrauen ...«

Sie lachte leise. »Nein«, zog sie ihn auf, »du weißt doch, wie unmöglich es mir ist, dir zu vertrauen.« Sie befreite ihre Hand aus seinem Griff und warf ihm beide Arme um den Hals.

Er tat so, als verlöre er das Gleichgewicht, so daß sie auf der Erde unter ihm zu liegen kam. Sie stieß einen Schrei des gespielten Protests aus, und er hob seinen Körper ein wenig an, indem er sich links und rechts von ihr mit beiden Armen abstützte. Er blickte hinunter in ihr lachendes Gesicht. »Du bist eine freche, unvernünftige Göre«, bemerkte er.

»Vielleicht«, erwiderte sie, »aber vergiß nie, ich bin *deine* freche, unvernünftige Göre.«

Das Lachen verschwand aus seinen Augen und machte einem zutiefst konzentrierten Blick Platz. »Ja«, sagte er. »Das bist du.« Und er senkte den Kopf, um seinen Mund auf den ihren zu legen.

Dieses Mal war es ihnen möglich, sich viel länger und hingebungsvoller zu lieben als in der vorangegangenen Nacht. Es war genug Zeit für Berührungen, für Zärtlichkeit, für die Suche nach den Geheimnissen des anderen Körpers. Als Ronan sich an Nels Bluse zu schaffen machte, richtete sie sich ein wenig auf, um ihm zu helfen, sie auszuziehen, faßte dann mit beiden Händen nach seinem Kopf und zog ihn zu sich hinunter. Sein Mund berührte ihre Brüste. Sie vergrub ihre Hände in seinen Haaren, damit er dort verharre.

In dem nahezu dunklen Zelt entkleideten sie sich und erforschten gegenseitig zärtlich ihre Körper. Irgendwann kehrte Nigak von der Jagd zurück und wollte sich an dem beteiligen, was er offenbar für ein Spiel hielt. Ronan knurrte ihn an, er solle verschwinden, und er winselte, zog sich rückwärts aus dem Zelt zurück und suchte sich draußen einen trockenen Fleck unter einem Baum.

»Armer Nigak«, murmelte Nel lächelnd.

»Er wird schon darüber hinwegkommen«, sagte Ronan. Und dann: »Nel! Jetzt, Nel. Jetzt!«

Sie hob ihm ihren Schoß entgegen, um ihm entgegenzukommen, seiner Kraft Einlaß zu gewähren, sich ihm in Leidenschaft hinzugeben, keuchend in der Dunkelheit, bis die Welt in ihrer beider Ekstase explodierte.

Noch lange danach lagen sie so eng umschlungen, und keiner wollte diese Nähe und Einheit aufgeben. Draußen floß der Regen in Strömen, aber er hatte nicht mehr länger die Macht, Nels Glück zu stören. Sie schlief ein.

Kurz nach Mitternacht hörte es auf zu regnen, und der Mond erhellte die Nacht, als Nel mit einem Ruck aus dem Schlaf aufschreckte. In der Erwartung, Nigak zu sehen, blickte sie zur Zeltöffnung, entdeckte dort jedoch eine ungewöhnlich große Höhlenhyäne, die zu ihnen hineinspähte.

»Ronan«, keuchte Nel, ohne die Hyäne aus den Augen zu lassen. Sie war so nahe, daß Nel ihren fauligen Atem riechen konnte.

»Ich sehe sie.« Seine Stimme war so ruhig, wie ihre es gewesen war.

Nel bewegte sich nicht. Höhlenhyänen waren gefährliche Angreifer, und diese interessierte sich viel zu sehr für das Zelt und seine offenbar schlafenden Bewohner. In einer blitzartigen Bewegung kam Ronan auf die Knie und riß zugleich seinen Arm nach vorn. Die Hyäne schrie auf, als sich die Speerspitze in ihre Brust grub. Sie stolperte zurück, fort vom Zelteingang und brach dann im hellen Mondschein zusammen.

»Hyänen sind nie einzeln unterwegs. Ich sollte lieber ein Feuer errichten, für den Fall, daß noch mehr von ihnen draußen sind«, sagte Ronan und kroch aus dem Zelt. Nel beobachtete, wie er sich über die tote Hyäne beugte, um sie vom Zelt fortzuziehen. Sobald sie sah, daß Nigak an seiner Seite war, schloß sie die Augen und schlief wieder ein.

Die Sonne stand schon am Himmel, als Nel das nächste Mal erwachte, und sie schien auch an allen folgenden Tagen ihrer Reise. Sobald sie den Büffel-Paß überquert hatten, drosselte Ronan ihr Tempo. Nel hatte nichts dagegen. Beiden war klar, sobald sie das Tal erreicht hätten, würden sie sich den Bedürfnissen der anderen widmen müssen, und so kosteten sie die kurze goldene Zeit des Alleinseins gründlich aus. Die Sommertage waren warm, und sie genossen es, in einem Bach zu planschen, Vögel zu jagen, die reifen Sommerfrüchte zu sammeln und zu verzehren und sich in der goldenen Sommersonne zu lieben.

Sie vermieden die Höhlen des Büffel-Clans, da Ronan kein Bedürfnis danach hatte, den Stammesangehörigen Erklärungen abzugeben, und sie ließen sich daher viel Zeit, um zum Altas vorzustoßen.

Nel spürte die Wandlung in Ronan, als sie die erste Bergwiese erreichten. Er war im Begriff, sich von ihr abzulösen. Er konzentrierte sich jetzt nicht mehr ausschließlich auf Nel. Sie wußte, das war unvermeidlich. Sie konnten kaum weiter in dieser herrlichen Abgeschiedenheit durchs Leben gehen, die sie die letzten zehn Tage erfahren hatten. Das war ihr klar, stimmte sie aber trotzdem traurig.

Ihre melancholische Stimmung verflüchtigte sich jedoch, sobald sie den Aufstieg begonnen hatten. Nel hatte ihr ganzes Leben zwischen Bergen verbracht, aber das Altas-Massiv hatte keinerlei Ähnlichkeit mit dem, was sie zuvor gesehen hatte. Die tiefen Schluchten, die gewaltigen Sturzbäche, die Wälder an den steilen Hängen – all dies weckte ihre Ehrfurcht und versetzte sie in entzücktes Staunen. Als sie den Bergsee am oberen Ende des letzten Tales erreichten und Nels Blick auf die majestätischen, schneebedeckten Gipfel vor ihr fielen, da war sie einfach überwältigt.

Nigak führte sie über den Paß; tatsächlich führte er sie sogar den ganzen Weg bis hin zum See des Adlers. Nel war entzückt, wieviel sanfter die südliche Seite war als die nördliche. Um diese Jahreszeit waren die Bergwiesen mit Blumen, Schmetterlingen, Vögeln, Steinböcken und Schafen übersät.

»Wann fällt hier der erste Schnee?« wollte sie von Ronan wissen und wandte ihr Gesicht der wärmenden Sonne zu wie eine Blume.

»Auf den hoch gelegenen Pässen kann es schon im Mond des Büffels sein«, antwortete er. »Unser Tal liegt unterhalb der Baumgrenze, und deshalb sehen wir den ersten Schnee meist nicht vor dem Mond der fallenden Blätter.«

Als sie den See des Adlers erreichten, betrachtete Nel in Erstaunen versetzt die scheinbar undurchdringliche Felswand, hinter der, wie sie von Ronan wußte, das Tal lag. Sie war noch mehr überrascht, als Nigak geradewegs auf die Felswand zurannte und dann verschwand.

»Genauso war es auch beim ersten Mal«, erklärte Ronan, als er mit Nel an seiner Seite dem Wolf folgte.

Nel war still, als sie den Durchgang betrat, still, als sie den steilen felsigen Pfad hinunterkletterte und endlich von der Geröllhalde am Fuß der Felswand ebene Erde betrat, um vor sich die verborgene, vollkommene Schönheit des Tals liegen zu sehen.

Pferde und Antilopen nahmen stumm die Ankömmlinge zur Kenntnis, indem sie die Köpfe hoben, und sie dann wieder senkten, um weiter zu grasen. Das Gras innerhalb des Tales war noch üppiger als jenes, welches Nel außerhalb der Felswand gesehen hatte. Zwei goldene Adler kreisten in der Luft und warfen ihren Schatten auf das blaue Wasser des Sees. Weitere Antilopen lagen entlang der östlichen Felswand in der Sonne, und unter ihnen waren auch einige Stuten mit ihren Fohlen. Auf einer kleinen Anhöhe über ihnen hatte sich ein wunderschöner, langmähniger, weißer Hengst aufgebaut, der den eindrucksvollen Kopf aufmerksam beobachtend von einer Seite zur anderen wandte.

Nel atmete langsam aus und schaute Ronan an. Er hatte einen finsteren Gesichtsausdruck aufgesetzt. Sie ließ sich jedoch von seiner grimmigen Miene nicht täuschen, denn sie wußte, auch er war von diesem Anblick tief bewegt. »Es ist wunderschön«, sagte sie.

Er nickte nur. Sie lehnte ihren Kopf an seinen Arm, und zusammen blickten sie hinunter auf das Tal des Wolfes.

Es war Nigak, der den Stamm auf Ronans Rückkehr aufmerksam machte. Der Wolf trabte aus dem Durchgang direkt zwischen die Hütten in der nordwestlichen Ecke, um zu prüfen, ob alles noch so war, wie er es in Erinnerung hatte. Fara und Eken waren dort mit den Zwillingen, und Berta, Tora und Tabara, die ebenfalls kleine Kinder hatten. Mait und Thorn waren auch bei ihrer Hütte, und Thorn fertigte gerade neue Speerspitzen für die Männer. Die beiden Jungen waren die ersten, die zum Durchgang liefen, um ihren zurückkehrenden Häuptling zu begrüßen.

Thorn war nicht überrascht, Ronan in Begleitung zu finden. Schließlich hatte Ronan ja gesagt, er würde gehen, um seine Kusine zu holen. Sein Lauf wurde jedoch gebremst, als er Nel nun tatsächlich sah. Neben ihm gab auch Mait einen kleinen erstaunten Ausruf von sich.

Als sie bis auf Hörweite herangekommen waren, hörte Thorn, wie Ronan zu seiner Begleiterin sagte: »Das sind die Welpen!«

»Ronan!« grüßte Thorn jetzt außer Atem.

»Warum seid ihr beide denn nicht auf der Jagd?« fragte Ronan.

»Ich habe gerade ein paar neue Speerspitzen gemacht«, antwortete Thorn mit einem strahlenden Lächeln. »Ich bin so froh, daß du wieder zu Hause bist!«

»Ja«, fiel Mait ein, »ich bin auch froh darüber.«

»War das Leben unter Bror so schlimm?« wollte Ronan wissen.

»Nein!« protestierten die beiden Jungen wie aus einem Mund.

»So haben wir das nicht gemeint«, fügte Mait hinzu.

»Bror ist ein guter Anführer«, erklärte Thorn. »Aber ... er ist nicht der Häuptling.«

Nel lachte weich in sich hinein, und Ronan drehte sich zu ihr. »Nel«, stellte er vor, »das sind Mait und Thorn, die beiden jüngsten Männer des Stammes.«

Nachdem er auf diese Weise formell vorgestellt worden war, gestattete sich Thorn, Nel anzusehen.

Sie war eines der schönsten Mädchen, die er jemals gesehen hatte, fand Thorn. Er starrte sie an. »Ich freue mich, euch kennenzulernen, Mait und Thorn«, sagte sie. Ihre Stimme war tiefer, als er erwartet hatte. Sie lächelte die Jungen an. Ihre Augen waren so grün wie das Gras.

»W-willkommen«, stotterte Mait. Er starrte Nel mit leicht geöffnetem Mund an.

»Ja«, sagte Thorn schnell und stimmte in Maits höfliche Begrüßung ein, »willkommen im Stamm des Wolfes.«

Zwei Welpen mit weißen Schnauzen rannten herbei.

Ronan sagte zu dem Mädchen: »Die beiden sind Nigaks Kinder.«

»Das kann ich sehen«, stimmte sie zu. Sie streckte ihre Hand aus und machte eine reibende Bewegung mit den Fingern. »Ich grüße euch, ihr Kleinen«, lockte sie. Und zu Thorns Erstaunen sprangen beide an Nel hoch, um sich von ihr den Kopf kraulen zu lassen.

»Sie sind wunderbar«, teilte Nel den Jungen mit.

Thorn sagte verdutzt: »Ich kann es nicht begreifen, daß sie einfach so zu dir gekommen sind.«

»Nel hat die Hand der Göttin, wenn es um Tiere geht«, erklärte Ronan lächelnd. »Sie war es, die Nigak erzogen hat. Sie fand ihn, als er noch ein Welpe war, nicht viel älter als die beiden hier.«

»Ist das wahr?« wollte Mait wissen. »Du hast ihn von seiner Mutter genommen?«

Nel schüttelte den Kopf. »Als ich ihn fand, weinte er über dem toten Körper seiner Mutter. Ihre anderen Welpen hatten sie verlassen, nicht aber Nigak. Ich habe einen ganzen Tag gebraucht, um ihn zu überreden, mit mir zu gehen.«

Thorns phantasievoller Geist malte sich die Szene aus. Seine braunen Augen flossen über vor Mitleid. »Armer Nigak«, rief er aus.

»Ich glaube, es war Nigaks Glückstag, als Nel ihn fand«, sagte Ronan.

»Deiner auch«, gab ihm Nel zu bedenken.

Ronan grinste.

Thorn beobachtete, wie dieses Grinsen Ronans feingeschnittenes arrogantes Gesicht veränderte. Es ließ ihn jung aussehen. Es sah aus, als strahlte es von innen heraus.

Mait fragte schüchtern: »Bist du Ronans Kusine?«

Ohne zu antworten, blickte Nel auf Ronan. Auch die Jungen

schauten ihren Häuptling nun an. Ronan sagte: »Sie ist meine Kusine.« Das Lächeln war von seinem Gesicht verschwunden. Er fügte hinzu: »Und sie ist meine Frau.«

18

Die Ankunft Nels im Wolf-Clan wurde an diesem Abend mit unterschiedlicher Begeisterung in den einzelnen Hütten diskutiert.

Berta und Tora waren beglückt, eine weitere Frau bei sich zu haben, welche die Göttin verehrte. »Nicht etwa, weil ich Fara und Beki und Yoli und die anderen nicht mag«, vertraute Berta ihrer Schwester an, als sie gemeinsam die Reste des Abendmahls forträumten. »Aber ihr Weg ist nicht der unsere. Es ist gut, daß Nel gekommen ist.«

»Ja«, stimmte Tora ruhig zu. Die Schwestern waren in Bertas Hütte allein, wo beide Familien zusammen ihre Mahlzeit eingenommen hatten. Bertas Baby begann zu schreien, und da Berta noch beschäftigt war, ging Tora zu dem Kind, um es zu säugen. Das Baby, das an die Milch seiner Tante genauso gewöhnt war wie an die seiner Mutter, wurde sofort ruhig.

»Die verheirateten Männer halten heute abend eine Versammlung ab«, sagte Berta, während sie letzte Hand an die Reinigung des Tontopfes legte, in dem sie das Wildgulasch zubereitet hatte.

»Ja«, stimmte Tora wieder zu. »Asok hat es mir gesagt.«

»Was hält denn Asok von dem Ritual, mit dem die Pferde gerufen werden sollen?« fragte Berta ihre Schwester.

Tora zuckte nur eine Schulter, sorgsam darauf achtend, das trinkende Baby nicht zu stören. »Asok wurde im Geist der

Großen Erdmutter erzogen, also ist ihm dieses Ritual nicht fremd. Aber er hat auch Heno und den anderen, die dem Himmelsgott folgen, zugehört, und es scheint ihm zu gefallen, was er dort erfahren hat.«

Berta war fertig mit dem Tontopf und stellte ihn zurück an seinen Platz. Sie drehte sich zu Tora um. »Armer Ronan«, bemerkte sie. »In meinem Herzen tut er mir fast leid. Ein paar der Männer werden wütend sein, ganz egal, welche Entscheidung er trifft.«

»Wir werden erfahren, was für ein kluger Häuptling er tatsächlich ist«, versprach Tora, und in den braunen Augen beider Frauen glänzte Belustigung, als sie sich nun ansahen.

Fara und Crim waren nicht so froh über die Ankunft Nels. Sie hatten allein in ihrer Hütte gegessen, da Eken die Woche in der Mondhütte zubrachte.

»Ich hatte so sehr gehofft, daß er Eken heiraten würde«, seufzte Fara. »Sie hoffte das auch, und deshalb hat sie sich den anderen Männern, die sie gerne genommen hätten, verweigert.«

»Ich weiß«, stimmte Crim zu. Er mochte seine Schwägerin sehr gerne. »Was hat sie gesagt, als du es ihr erzählt hast?«

»Gesagt hat sie nicht viel. Aber sie sah ... betroffen aus.«

»Nun, es besteht wohl kaum ein Mangel an heiratsfähigen Männern im Wolf-Clan«, tröstete Crim.

»Das schon, aber sie hat sich in ihrem Herzen auf Ronan festgelegt. Er hätte ihr das nicht antun dürfen.«

»Er hat nichts getan, um sie zu ermutigen«, wies Crim seine Frau hin. »Der Wunsch war nur auf Ekens Seite.«

»Er hätte uns wenigstens sagen können, daß er verheiratet ist«, nörgelte Fara. »Dann hätte sich Eken nicht unnütz Hoffnungen gemacht.«

»Er war nicht verheiratet«, stellte Crim richtig. »Ich dachte genauso wie du, und fragte ihn daher, warum er seine Frau niemals erwähnt hatte. Er sagte, er und Nel hätten die Heiratsworte erst vor einem halben Mond gesprochen.«

»Dann hätte er uns sagen müssen, daß er die Absicht hatte, zu heiraten.«

Crim zuckte die Schultern. »Er hatte Nel seit drei Jahren nicht gesehen, Fara. Er wußte wahrscheinlich gar nicht, was zwischen ihnen ablaufen würde.« Und er fügte hinzu, als er Faras noch immer unzufriedenes Gesicht sah: »Du hast dir doch nicht ernsthaft ausgemalt, daß ein Mann wie Ronan für immer ohne Frau leben würde?«

»Natürlich nicht«, antwortete Fara gereizt. »Deshalb war ich mir so sicher, daß er schließlich Eken heiraten würde.«

»Nun, Eken wird eben jemand anderen heiraten müssen«, sagte Crim. »Dai oder Okal würden sie sofort nehmen, und sie sind beide mutige und gutaussehende junge Männer.«

»Aber sie sind nicht Ronan«, murmelte Fara.

»Ich auch nicht«, gab ihr Mann zu bedenken, »und du scheinst trotzdem mit mir zufrieden zu sein.«

»Oh ...« Fara sah ihn an und lächelte. »Aber Eken kann auch dich nicht heiraten.«

»Das stimmt«, bestätigte Crim. »Das arme Mädchen.«

Seine Frau tat so, als wollte sie ihn mit einem Tontopf bewerfen, und lachend duckte er sich aus der Hütte, um zu der Versammlung der verheirateten Männer zu gehen.

Bror war viele Male in Ronans Hütte gewesen, aber dieses Mal betrat er sie nur zögernd. Jetzt gab es eine Frau in Ronans Behausung, eine Frau in Ronans Leben. Brors Herz schmerzte bei dem Gedanken, daß die Dinge zwischen ihnen nun nie wieder so sein würden wie zuvor.

Bror mußte seinen Kopf einziehen, um sich nicht an der Türöffnung zu stoßen; er richtete sich auf und blickte sich auf der Suche nach dem Eindringling rasch in der Hütte um. Ronan schaute von dem Ledergurt auf, den er gerade reparierte, und meinte lächelnd: »Setz dich nur, Bror.« Er wies auf dessen angestammten Platz nahe dem noch glimmenden Herdfeuer. Während Bror herankam, erforschte er noch immer den Raum nach der neuen Bewohnerin.

An der rechten Wand hing eine spärliche Reihe von Kleidungsstücken an Haken, die zwischen die Zweige gesteckt worden waren, welche das Gerüst der Hütte bildeten. Bror erkannte Ronans Kleidung, aber daneben befand sich heute eine kleinere Pelzjacke und eine Hirschlederbluse und -hose. Unter den Kleidungsstücken standen nur Ronans Stiefel aus Rentierleder. Bror dachte, das Mädchen wird sich einen Pelzmantel und ein Paar Stiefel machen müssen, wenn sie den Winter hier überstehen will.

Unweit von den Kleiderhaken befanden sich zwei Tontöpfe mit Wasser und ein kleiner Stapel Holz für das Feuer. Ronans Waffen lehnten wie gewohnt in der Ecke, und nicht weit davon lag ein Stoß Hirschhäute, auf denen Nigak sich gewöhnlich sein Lager bereitete.

Drei lange, flache Tischsteine sah Bror entlang der hinteren Wand. Darauf befand sich eine vertraute Ansammlung von Gegenständen: Sehnen, Speer- und Pfeilspitzen, Lederbänder unterschiedlicher Längen, Eßgerätschaften, ein Korb voller roter Beeren, ein Korb mit getrocknetem Tee und eine Ersatzsteinlampe.

Zwei sauber aufgerollte Schlaffelle lagen an der linken Wand zusammen mit einem Stoß geschabter Häute, die darauf warteten, daß Ronan sie verarbeitete. Auch das im Augenblick leere Trockengestell befand sich auf der linken Seite.

Unter dem Rauchloch in der Mitte der Hütte war der Herdplatz. Der Boden rings um die Feuerstelle war mit Rentierfellen bedeckt.

Ronans Frau, so dachte Bror, hat nicht allzuviel in ihr neues Heim mitgebracht.

»Also«, sagte Ronan und legte den Lederstreifen beiseite. »Was hat es für Probleme gegeben?«

Bror mußte lächeln. »Bist du so sicher, daß ich Probleme hatte?«

»Wenn du keine hattest, dann übergebe ich dir sofort die Führung.«

Bror lachte. »Mit den meisten Schwierigkeiten bin ich gut fertiggeworden. Zwei gibt es jedoch, mit denen du dich befassen mußt.«

»Zwei«, meinte Ronan ermutigt. »Das ist nicht so schlimm.«

»Warte, bis ich dir erzähle, welche«, mahnte Bror.

Ronan legte die Stirn in Falten. »Ich warte.«

»Die Männer, die dem Weg der Göttin folgen, wollen ein Ritual feiern, um die Pferde zu rufen«, setzte Bror an. Er sah, wie Ronans Gesichtsausdruck sofort wachsam wurde, und nickte traurig. Sie beide wußten, wie explosiv allein das Wort Ritual in ihrem in religiösen Dingen gespaltenen Stamm schon sein konnte. Bror fuhr fort: »Die Stämme der Ebene jagen das Pferd, um zu leben, und diese speziellen Rituale dienen dem Zweck, die Herden zu vermehren.«

»Hmm«, machte Ronan mißtrauisch. »Was läuft dabei ab?«

»Die jungen unverheirateten Männer des Stammes stellen die Hengste dar. Jede Nacht wickeln sich die ansonsten nackten jungen Frauen, unverheiratete und verheiratete, in Pferdehäute und gehen so zum zeremoniellen Tanzplatz. Nachdem der Tanz der Hengste vorbei ist, geht jede der Frauen zu einem Pferdemann ihrer Wahl, bietet ihm zu essen an und lädt ihn ein, mit ihr in den Wald zu gehen. Du kannst dir vorstellen, was dort passiert.«

Ronan stöhnte.

»Die Männer, die der Göttin folgen, sagen, dieses Ritual symbolisiere die Paarung der Frauen mit Hengsten. Das erfreut natürlich den Gott der Pferde, und er schickt der Herde mehr

Fohlen und führt mehr Pferdeherden in die Jagdgründe des Stammes.«

»Paaren sie sich wirklich?« wollte Ronan wissen. »Oder tun sie nur so?«

Bror erwiderte: »Bei all diesen jungen, vom Tanzen erhitzten Hengsten, was meinst du wohl?«

Zwischen Ronans Augenbrauen bildete sich eine Linie, so schmal wie der Rücken eines Messers. »Das haben die Männer vorgeschlagen, die der Göttin folgen?« fragte er.

»Die unverheirateten Männer der Göttin – unterstützt, so muß ich hinzufügen, von den unverheirateten Männern des Himmelsgottes. Es sei ein gutes Ritual, haben sie mir mit ernsten Gesichtern mitgeteilt, weil der Wolf-Clan ja auch Pferde jagt.«

»Aber die verheirateten Männer mögen es nicht.«

»Die verheirateten Männer werden es auf keinen Fall zulassen. Heno hat bei dem Thema eine recht große Beredsamkeit entwickelt.«

»Das kann ich mir vorstellen«, murmelte Ronan. »Was hast du ihnen gesagt?«

Bror antwortete prompt: »Daß wir auf deine Rückkehr warten müßten, und daß du die Entscheidung treffen würdest.«

Ronan fragte: »Was denkst *du* darüber, Bror? Ist es ihnen ernst?«

»Es ist ihnen ernst, ihnen allen. Es ist die alte Geschichte, Ronan. Nicht genug Frauen für zu viele Männer.«

Ronan seufzte. »Ich habe schon fast Angst, dich nach dem zweiten Problem zu fragen.«

»Die Jagd war in den letzten Wochen nicht gut. Wir haben kein Glück mit den Rentieren; wir müssen sie irgendwie beleidigt haben.«

»Wer beschuldigt wen?« erkundigte sich Ronan ergeben.

»Das Übliche. Cree beschuldigt die Männer, die dem Himmelsgott folgen, daß sie es an Ehrfurcht fehlen lassen. Er sagt, sie würden weibliche Rentiere töten, und deshalb sei die Große Erdmutter zornig und habe die Herden aus unserem Gebiet geführt.« Bror fuhr mit einer Hand durch das lockige schwarze Haar, das in seine breite Stirn hing. »Heno wiederum beschuldigt die Männer der Göttin, daß sie sich nicht an die sexuellen Tabus halten. Er behauptet, sie schliefen vor der Jagd mit ihren Frauen und deshalb hätten sich die Rentiere aus unserem Territorium zurückgezogen.«

»Heno wurde doch aus seinem Stamm ausgestoßen, *weil* er vor der Jagd mit seiner Frau geschafen hatte«, spottete Ronan.

»Deshalb weiß er, wie mächtig dieses Tabu ist, sagt er.«

»Uff.«

»Das sind die beiden Probleme, die ich nicht lösen konnte«, schloß Bror.

Ronan sagte: »Wenn ich dich richtig verstanden habe, dann sind in der einen Situation die unverheirateten Männer gegen die verheirateten aufgebracht und in der anderen die Anhänger der Göttin gegen die des Himmelsgottes.«

»Ja.«

Ronan seufzte. »Manchmal frage ich mich, Bror, ob das je aufhören wird.«

Eine neue Stimme, relativ tief und doch ohne Zweifel weiblich, sagte: »Was, meinst du, wird niemals aufhören?« Brors Kopf schoß rechtzeitig herum, um Ronans Frau mit zwei wassergefüllten Hirschblasen in den Händen zur Tür hereinkommen zu sehen. Nigak folgte ihr auf dem Fuße. Sie lächelte Bror an und ging, um die Blasen in die beiden Tontöpfe an der rechten Wand zu leeren. Dann setzte sie sich an Ronans Seite, so natürlich, dachte Bror verstimmt, als ob sie dort hingehörte. Nigak rollte sich auf seinem gewohnten Platz in der Ecke zusammen.

»Es ist die dieselbe alte Geschichte«, beantwortete Ronan ihre Frage. »Die Bräuche der Göttin scheinen immer in Konflikt mit jenen des Himmelsgottes zu geraten.« Knapp berichtete er, was er zuvor von Bror erfahren hatte.

Nel nickte verständnisvoll und sah Bror an. »Was sagen die Frauen dazu?« fragte sie ihn.

»Wozu?« Er war sich bewußt, daß er kurz angebunden klang, aber er konnte es nicht unterdrücken. Seit der Sache mit Eda fühlte er sich nicht wohl in der Gesellschaft von Frauen.

»Zu dem Ritual, um die Pferde zu rufen«, erwiderte Nel geduldig.

Bror schüttelte den Kopf und blickte Ronan verzweifelt an.

Ronan hatte Mitleid mit ihm. »Ich glaube, Nel, dieses Ritual hat ein wenig Ähnlichkeit mit den Zeremonien anläßlich der Frühjahr- und Winterfeuer im Hirsch-Clan«, erklärte Ronan.

Die grünen Augen wandten sich von Bror ab. Und Nel sprach gemessen zu ihrem Gefährten: »Die Feuer sind mehr als ein Gebet an die Mutter um gute Jagd und die Fruchtbarkeit der Herden, Ronan. Sie sind auch für das Leben des Stammes.« Sie richtete ihren Blick wieder auf Bror: »Warum spielen denn nur die unverheirateten Männer die Hengste?«

Bror richtete seine Antwort an Ronan. »Das habe ich mich auch gefragt. Die einzige Antwort, die ich erhielt, war die übliche, ›so war es von Anfang an‹.«

Sie hörten, wie sich Schritte der Hütte näherten, und ein Mann erschien in der Türöffnung. Es war Heno. »Ronan«, sagte er laut, »die verheirateten Männer des Stammes wollen mit dir reden.«

Ronan stand ohne Hast auf, ging zu der offenen Türklappe und duckte sich, um nach draußen zu gehen. Im Inneren der Hütte konnten Bror und Nel seine Stimme deutlich hören. »Ich habe gerade mit Bror gesprochen, und er hat mir von den Schwierigkeiten des Stammes berichtet«, sagte Ronan. »Ich werde mich morgen früh damit beschäftigen und jeden anhören.«

»Hat Bror dir auch gesagt, daß sich die verheirateten Männer der Göttin und die Männer des Himmelsgottes einig sind, was das Pferde-Ritual betrifft?« fragte eine nasal klingende Stimme in einem Ton, der noch nicht unverschämt war, wozu aber ohne Zweifel nicht viel fehlte.

»Das hat er mir mitgeteilt, Cree«, antwortete Ronan.

»Dann mußt du auch verstehen...«

»Du wirst verstehen, Cree«, unterbrach ihn Ronan mit kühler Autorität, »daß ich mich morgen damit befassen werde, nachdem ich die Gelegenheit hatte, mir Gedanken über die Angelegenheit zu machen. Nicht heute abend. Ihr könnt nun zu euren Frauen zurückkehren, ihr alle!«

Sie hörten Füße rascheln. Die Männer gehen, dachte Bror dankbar. Dann drang eine Stimme zu ihnen, die Bror als Henos erkannte. »Denk daran, Ronan, auch du gehörst jetzt zu den verheirateten Männern. Wie würde es dir gefallen, wenn deine hübsche junge Frau sich mit Bror paarte?«

Es folgte angespanntes Schweigen und dann das Geräusch davoneilender Schritte. Erst nachdem draußen nichts mehr zu hören war, kam Ronan zurück in die Hütte. Unter der Sommerbräune war sein Gesicht blaß vor Zorn. Bror konnte sich nicht dazu durchringen, Nel anzublicken, ballte jedoch seine großen Hände zu Fäusten und sagte zu Ronan: »Ich habe dir gesagt, es ist ernst.«

»Das hast du.« Ein Moment der Stille, dann fügte Ronan ruhig hinzu: »Es tut mir leid, daß du das mit anhören mußtest.«

Erst dachte Bror, daß Ronan zu seiner Frau sprach, doch dann bemerkte er, daß der dunkle Blick des Häuptlings ihm galt. Es überlief ihn heiß und kalt. Er stand auf. »Es wird dunkel. Gute Nacht, Ronan.« Er richtete seinen Blick kurz auf das Mädchen, murmelte etwas, von dem er hoffte, daß es höflich klang, und ergriff die Flucht.

Eine ganze Weile lang herrschte Stille in der Hütte. Dann meinte Nel sanft: »Der arme Mann.«

»Ja«, Ronan seufzte. »Er ist ein guter Mann, kleine Elritze.« Wieder seufzte er. »Und das ist natürlich der Grund, warum er so leidet.«

Es wurde langsam dunkel in der Hütte, und Ronan griff nach der Lampe, die auf einem Stein unweit des Herdfeuers stand. Die Lampe war jenen ähnlich, die Nel schon ihr ganzes Leben kannte, eine offene Schale aus Speckstein, gefüllt mit Tierfett, das schmolz, sobald der brennende Docht es erhitzte. Doch war der Docht nicht wie im Hirsch-Clan üblich aus Moos, sondern aus einem fadenförmigen pflanzlichen Material. Er wurde wie die Zähne einer Säge gefältelt und schwamm mit nach oben gerichteten Zähnen am Rand der Schale. Um mehr Licht zu gewinnen, konnte man den Docht weiter herausziehen, um es zu verringern, kürzte man ihn.

Nachdem Ronan den Docht nach ihren Bedürfnissen zurechtgestutzt hatte, entzündete er ihn mit einem Stück glühender Kohle aus dem noch glimmenden Feuer. Nel sagte: »Was wirst du zur Lösung der Konflikte tun?«

»Das Problem mit der Jagd kann ich lösen«, antwortete er und stellte die Lampe auf einem Stein ab. Er wandte sich ihr wieder zu. »Es ist die Angelegenheit mit den Frauen, die mir wirklich Kopfzerbrechen bereiten wird.«

»Keiner scheint die Frauen nach ihrer Meinung zu dem Pferde-Ritual gefragt zu haben«, gab Nel zu bedenken.

»Bror würde sich nicht in die Nähe der Frauen wagen, Nel. Das ist das größte Problem, wenn ich ihn als Verantwortlichen für den Stamm zurücklasse. Die Männer respektieren Bror. Sie haben sogar ein bißchen Angst vor ihm, und das ist gut. Männer müssen immer ein bißchen Angst vor ihrem Anführer haben. Aber er hält sich aus allem heraus, was mit den Frauen zu tun hat.«

»Du wirst dich selbst mit den Frauen treffen müssen, Ronan«, sagte Nel. »Du kannst keine Entscheidung treffen, bis du nicht weißt, was ihre Wünsche sind.«

Er hatte die Lampe fast direkt hinter sich abgestellt, so daß sie nun vor allem seinen Kopf und seine Schultern warm beleuchtete. Er schenkte ihr sein trügerischstes Lächeln. »Ich dachte, nachdem ich jetzt verheiratet bin, hätte ich endlich jemanden, der mich in den Angelegenheiten der Frauen unterstützt.«

Sie erwiderte sein Lächeln nicht. »Ich kenne diese Frauen nicht, Ronan.«

Er tat ihre Worte mit einer lässigen Handbewegung ab. »Das macht nichts. Du bist meine Frau, und das macht dich zur Anführerin der Frauen dieses Stammes. Das wird bei den Frauen, die dem Himmelsgott folgen, von Gewicht sein.« Er beugte sich ein wenig vor, um sie mit Stimme und Körper zu überzeugen. »Außerdem warst du die Auserwählte der Großen Erdmutter; das wird für Berta und Tora von Bedeutung sein.« Seine Augen wirkten sehr groß und leuchteten im Schein der Lampe.

»Und was soll ich tun?« fragte Nel.

»Das, was du gerade mir vorgeschlagen hast. Sprich mit ihnen. Finde heraus, wie sie in dieser Angelegenheit denken. Sie werden mit dir offener reden, als sie es je mit mir könnten.«

Nel starrte ihn an, sprachlos.

Er griff nach ihren Händen und nahm sie in die seinen. Sie fühlten sich warm und stark an, wie sie ihre kleinen kalten Finger umschlossen. »Kleine Elritze«, lockte er, »du wirst es doch nicht ablehnen, mir zu helfen?«

Das würde sie nie tun, und er wußte es. Sie seufzte. »Ich bezweifle meine Wirksamkeit weit mehr als du es tust, Ronan, aber ich werde mit den Frauen sprechen, um ihre Einstellung zu dieser Zeremonie zu erfahren.«

Sein Arm umfaßte sie und zog sie zu sich heran. Er senkte seinen Kopf, und sie hob ihre Lippen, um sie ihm zu überlassen.

Am nächsten Morgen ging Nel zunächst zu Bertas Hütte. Dort traf sie beide Schwestern dabei an, wie sie Rentierhäute zum Abschaben am Boden festpflockten. Sie boten Nel Tee an, und diese nahm gerne an.

»Ich bin auf Bitten des Häuptlings gekommen«, sagte sie, nachdem die einleitenden Höflichkeiten ausgetauscht waren. »Er möchte die Wünsche der Frauen des Stammes in bezug auf das Pferderitual erfahren.«

Berta und Tora tauschten einen erstaunten Blick aus. Berta sagte steif: »Wir sprechen nicht für die Frauen des Stammes.«

»Das verstehe ich«, gab Nel zurück. »Ich bin deshalb zuerst zu euch gekommen, weil ihr dem Weg der Göttin folgt. Dieses Ritual ist eines, das sich an die Göttin richtet, so jedenfalls hat Bror es dem Häuptling erzählt.«

Sie hielt inne, und zwei dunkle Köpfe nickten zustimmend. Berta sagte: »Ja. Es ist ein Ritual im Volk der Morgendämmerung, und ich glaube, auch bei den Flußleuten.«

»Ist es eines eurer wichtigen Rituale?« wollte Nel wissen.

Berta und Tora schauten sich unschlüssig an. »Es gibt so viele Zeremonien in unserem Stamm«, erklärte Tora. »Das Rufen der Pferde ist nur eine davon. Sie ist weder mehr noch weniger wichtig als die anderen.«

»Es ist also nicht eines der Hauptrituale?«

»Nein«, bestätigte Berta. »Die Hauptrituale sind die des Frühlings- und des Winterfeuers.«

Nel nickte verstehend. Dann fragte sie: »Kennt ihr den Grund, warum die Hengste nur von den unverheirateten Männern gespielt werden dürfen?«

Wieder das frustrierende gleichzeitige Schulterzucken.

»So war es von Anfang an«, sagte Tora ohne Hilfsbereitschaft.

Nel beharrte. »Würde man es als respektlos bewerten, wenn die verheirateten Männer ebenfalls die Hengste spielen?«

Wieder blickten sich die Schwestern an. »Es ist nie zuvor so gemacht worden«, gab Tora zu bedenken.

Nel nippte an ihrem Tee. »Das habe ich gehört«, sagte sie geduldig. »Aber was wäre, wenn wir es jetzt so machten?«

Berta zog die Stirn in Falten. »Die Macht des Unbekannten ist ausgeschlossen, wenn eine Frau bei ihrem Mann liegt«, überlegte sie laut. Ihr Kopf hob sich in einer Geste der plötzlichen Einsicht. »Vielleicht ist das der Grund, warum nur die unverheirateten Männer die Hengste spielen.« Sie sah Nel herausfordernd an. »Wenn du auf dem Weg der Göttin gehst, dann mußt du das verstehen.«

»Ich folge dem Weg der Göttin«, versicherte Nel. »Ich weiß von den Angelegenheiten der Großen Erdmutter. Aber bei unseren Zeremonien zur Zeit der Frühjahrs- und Herbstfeuer, die sehr wichtige Fruchtbarkeitsrituale sind, dürfen Frauen bei ihren Männern liegen.«

Berta lächelte und zeigte ihre sehr weißen, sehr starken Zähne. »Dürfen sie oder müssen sie bei ihren Männern liegen?«

Nel hob die Augenbrauen. »Sie dürfen«, sagte sie.

Schweigend trank Nel ihren Tee. Die Schwestern sahen sich an. Schließlich fragte Tora: »Will Ronan auch die verheirateten Männer Hengste spielen lassen?«

»Das ist eine Möglichkeit«, sagte Nel.

Die Schwestern überlegten. »Beim Volk der Morgendämmerung«, sagte Berta, »darf eine Frau sich zum Anlaß des Pferde-Rituals jede beliebige Zahl von Männern nehmen.«

Uff, dachte Nel erschrocken.

»Manche Frauen unseres Stammes sind mit zwei Handvoll Männern in einer Nacht gegangen«, sagte Tora stolz.

»Uff«, sagte Nel, diesmal laut.

Die Schwestern lächelten heiter.

Nel sagte langsam: »So etwas ist in deinem Stamm möglich, Tora. Es wäre auch in meinem Stamm denkbar. Aber es ist vollkommen undenkbar in den Stämmen, die dem Himmelsgott folgen.«

»Die Frauen des Pferde-Clans sind Dummköpfe«, murmelte Berta verächtlich.

»Nicht Dummköpfe«, gab Nel zu bedenken. »Es ist nicht ihre Schuld, daß sie vom Weg der Mutter abgetrennt wurden.«

»Sie leben ihr Leben unter der Herrschaft eines Mannes«, sagte Tora.

Nel war erstaunt. »Beki? Lebt Beki ihr Leben unter Kasars Herrschaft? Oder Yoli unter Lemos?«

»Die sind anders«, meinte Berta schulterzuckend.

»Ich denke an Yeba und Tabara«, sagte Tora. Ihre braunen Augen blitzten. »Weißt du, was mit Tabara geschah, weil sie bei einem Mann lag, mit dem sie nicht verheiratet war?«

»Sie wurde verstoßen«, vermutete Nel.

»Sie wurde verstoßen, ja, aber ihr Mann hat ihre Kinder behalten!«

»Das wußte ich nicht«, sagte Nel leise.

»Kannst du dir eine solche Sache vorstellen? Ihr einfach die Kinder wegzunehmen? Hat vielleicht ihr Mann die Kinder in seinem Bauch getragen? Hat er ihnen sein Blut gegeben? Hat er sie in Schmerz und Leid geboren?« Tora war wunderschön in ihrem Zorn. »Männer«, sagte sie. »Männer wissen nichts!«

»Arme Tabara.« Mitleid schwang in Nels Stimme. »Trauert sie noch?«

»Trauern?« Diesmal ergriff Berta das Wort. »Natürlich trauert sie noch. Sie hat diese Kinder unter ihrem Herzen getragen. Sie sind in ihr Herz hineingewachsen. Sie werden es nie verlassen. Das heißt es, eine Mutter zu sein.« Sie blickte Nel finster an. »Weiß ein Mann von diesen Dingen irgend etwas?«

Nel schüttelte den Kopf.

»Alles, was ein Mann kennt, ist ein kleiner Augenblick. Danach ist sein Leben und sein Körper wie zuvor. Es ist die Frau, die die Frucht dieses Augenblicks neun lange Monate in ihrem Leib trägt. Deshalb ist es nicht der Männer Sache, die Regeln für die Paarung festzulegen. Das ist eine Frauenangelegenheit.«

»Ronan meint, daß die Probleme mit dem Pferde-Ritual nur deshalb aufgekommen sind, weil die unverheirateten Männer eine Frau wollen«, erklärte Nel.

»Natürlich ist das der Grund«, stimmte Berta zu.

»Wenn also nicht die Männer, sondern die Frauen die Regeln der Paarung aufstellen sollen«, sagte Nel, »welche Regeln, meinst du, sollen wir dann dem Pferde-Ritual zugrundelegen?«

Schweigen.

»Ihr könnt euch nicht darüber beklagen, daß die Männer bestimmen, wenn ihr selbst es zulaßt«, wandte Nel vernünftig ein.

Noch immer Schweigen.

»Vielleicht sollten wir die anderen Frauen holen, und es in einer Gruppe diskutieren«, schlug Nel vor.

»Ja«, stimmte Berta zu. Sie lächelte. »Das sollten wir tun.«

19

Die Frauen versammelten sich. Eine Stunde später kehrte Nel zu Ronan zurück und teilte ihm mit, was sie beschlossen hatten. Nachdem er aufhören konnte zu lachen, gab er den Frauen die Erlaubnis, ihren Entschluß allen Stammesmitgliedern mitzuteilen.

Es war später Vormittag, als sich die Stammesmitglieder zusammenfanden, um ihrem Häuptling zuzuhören. Sie saßen in einem großen Kreis mit übereinandergeschlagenen Beinen im Freien. Ihre Gesichter waren ernst, ihre Anordnung entsprach ihrer momentanen Verbrüderung: Die verheirateten Männer saßen unter sich, die unverheirateten etwas abseits, daneben die Gruppe der Frauen.

Berta und Tora hatten ihre Babys auf dem Rücken. Fara hatte einen ihrer Zwillinge auf dem Schoß und neben ihr die blasse Eken, die am Morgen erst aus der Mondhütte zurückgekehrt war, den zweiten. Tabaras Kleinkind, das einzige, das ihr erster Mann ihr gelassen hatte, saß mit dem Daumen im Mund zwischen ihr und Beki.

Keiner redete. Sogar die Kinder waren still. Die einzige Bewegung kam von den Vögeln über ihnen und von den Hunden, die zwischen dem See und der Stammesversammlung hin- und hertrotteten und dabei mitunter die Kleidung eines besonderen Freundes beschnüffelten. Alle Köpfe wandten sich in einer Bewegung um, als Ronan, Nel und Nigak aus ihrer Hütte traten, auf den Kreis zugingen und ihren Platz am oberen und unteren Ende einnahmen. Der Stamm blickte seinen Häuptling mit einem unterschiedlichen Maß an Erwartung an und wartete darauf, daß er zu sprechen beginnen würde.

»Es gibt zwei Dinge, die wir heute in dieser Versammlung beraten müssen«, hub er freundlich an. Seine Stimme war ruhig und doch gut hörbar, sein Gesicht ausdruckslos. Er saß da, eine Hand auf seinem Knie, die andere auf Nigaks Kopf. Der milde Sommerwind blies ihm die Haare aus dem Gesicht und zerzauste Nigak das Fell. Ronans Augen verharrten kurz bei Thorn, als er in die Runde blickte.

Das möchte ich zeichnen, dachte Thorn. Letztlich hatte er Szenen aus dem Stammesleben an die Wände einer Höhle gezeichnet, die er in der Nähe der Wasserfälle auf der anderen Seite des Tals gefunden hatte. Er hatte sich jedoch gewissenhaft an das Versprechen gehalten, das er Ronan gegeben hatte, und bildete nur die Gesichter derer ab, die es ihm auch erlaubt hatten. Die anderen ließ er absichtlich unklar.

»... besprechen wir zunächst die Angelegenheit mit der Kränkung der Rentiere«, sagte Ronan gerade. Thorn riß sich los von seinen Gedanken an die Höhle und richtete seine ganze Aufmerksamkeit auf seinen Häuptling.

»Wir alle stammen aus unterschiedlichen Stämmen, und wir dienen unseren Göttern auf unterschiedliche Weise«, fuhr Ronan fort, »aber wenn ihr wirklich darüber nachdenkt, dann fußen all unsere Bräuche auf einem gemeinsamen Glauben: daß alles in der Welt seinen eigenen Geist hat.« Er machte eine Pause, um ihnen Gelegenheit zu geben, über seine Worte nachzudenken, und sprach dann weiter: »Die Bäume und das Gras, die Pflanzen und die Beeren, die Hirsche und die Rentiere, die Anhänger der Göttin und jene des Himmelsgottes – alle haben ihren eigenen Geist. Und damit wir unser Leben recht leben können, ist es notwendig, daß wir all diesen Geistern unsere Achtung erweisen.«

Es war sehr still an diesem Morgen im Tal. Die Tiere grasten alle auf der anderen Seite des Sees. Nicht einmal eine Biene summte, als Ronan den Faden jetzt wieder aufnahm. »Manche Dinge begreifen wir alle. Alle Jäger, egal aus welchem Stamm, wissen, daß sie dem Tier, das sein Leben für unsere Nahrung aufgegeben hat, Dank schulden. Wir alle behandeln den Körper eines Tieres mit Achtung, sprechen respektvoll von ihm, gehen achtsam mit seinen Überresten um, bemühen uns, ihn vollständig zu nutzen, und vermeiden Abfall. Wir alle begreifen die Notwendigkeit, dem, was uns gegeben wurde, Wertschätzung entgegenzubringen. Wir alle wissen, daß die Zurschaustellung von Arroganz, Macht oder Stolz den Geist des Tieres beleidigt und den Gott erzürnt.«

Thorn dachte an seinen Vater, der ihm klargemacht hatte, wie wichtig es war, das Tier zu ehren, das sein Leben gab, damit der Mensch zu essen hatte, und er nickte zustimmend. Um ihn herum sah er andere, die auf die gleiche Weise zustimmten.

Ronan redete weiter. »Die Jäger jedes Stammes haben ihre eigene Art, ihre Dankbarkeit an den Geist auszudrücken.« Er blickte auf Heno. »Die Jäger vom Stamm des Fuchses verzichten die drei vorangehenden Tage darauf, mit ihren Frauen zu schlafen, und das ist ihre Art, Hochachtung zu beweisen, den Geist des Tieres zu bitten, ihnen eine gute Jagd zu bescheren.«

Heno nickte nachdrücklich, und Ronans Blick schweifte weiter zu Cree, der ihm mürrisch in die Augen sah. Ronan sagte: »Die Jäger der Flußleute töten nur die männlichen Tiere. Das ist ihre Art, der Göttin ihre Ehrfurcht zu zeigen und zum Fortbestehen der Herde beizutragen.« Er machte eine Pause. »Stimmt das nicht, Cree?«

Nach einer Weile antwortete Cree mit seiner nasalen Stimme: »So ist es.«

Noch immer mit dem Blick auf Cree geheftet fuhr Ronan fort: »Wie ihr alle wißt, haben andere Stämme wieder andere Bräuche und andere Tabus.«

Ronan machte erneut eine Pause, und unwillig nickte Cree. Dann blickte Ronan langsam in der Runde umher, sich jeden Mann einzeln unterwerfend. Er rief: »Männer vom Himmelsgott. Hat irgendeinen von euch das Jagdglück verlassen, weil er ein weibliches Tier getötet hat?«

»Nein!«

»Nein.«

»Nie!«

»Das war es doch, was wir sagen wollten ...«

Ronan hielt die Hand hoch, die bis dahin Nigak gestreichelt hatte. Wieder kehrte Schweigen ein. Er fragte weiter: »Ihr, die ihr dem Weg der Göttin folgt, hat irgendeinen von euch das Glück verlassen, weil ihr vor der Jagd mit euren Frauen geschlafen habt?«

Die negativen Rufe waren erneut zu hören.

Crim brauste auf: »Was willst du damit sagen, Ronan? Willst

du etwa behaupten, daß keiner der Stämme dem richtigen Weg folgt?«

Ronan lächelte schwach. »Nein, Crim. Was ich sagen will, ist, daß alle Stämme dem richtigen Weg folgen.«

In die Stille hinein öffnete Nigak seine gelben Augen und blickte auf die Menschen, die um ihn versammelt waren. Schließlich sagte Mait: »Ich verstehe das nicht.« Zustimmendes Gemurmel zeigte, daß er nicht der einzige war.

»Ich will damit folgendes sagen, Mait: Für die Götter ist es nicht entscheidend, welchem Brauch wir folgen, sondern ob wir es mit dem Herzen tun. Einige Bräuche sind uns allen gemeinsam. Keiner von uns wird es einem Hund gestatten, das Blut unserer Jagdbeute aufzulecken. Das wäre sehr respektlos. Wir alle danken dem Tier, wenn es fällt, bitten darum, daß wir es wert sein mögen, an seinem Leben teilzuhaben. Stimmt das nicht?«

»Ja.«

»Ja.«

»Das ist wahr.«

»Dann gibt es aber auch unterschiedliche Bräuche. Manche begraben das Herz. Wir empfinden das als respektvoll. Manche verbrennen das Herz. Wir empfinden das als respektvoll. Was wir tun, ist nicht von Bedeutung, was von Bedeutung ist, liegt hier«, und Ronan schlug mit der Faust auf seine Brust. »Es ist der Geist des Mannes, der für den Geist des Tieres von Bedeutung ist.« Er blickte zu Mait. »Verstehst du mich?« fragte er ihn.

»Ja«, sagte Mait. Seine großen braunen Augen, die so sehr denen seiner Schwester glichen, glänzten. »Ja, ich verstehe dich.«

Ronan blickte von Mait zu Thorn und dann in alle anderen Männergesichter vor ihm. »Wir sind von unterschiedlichen Stämmen und Clans«, faßte er zusammen. »Wenn wir zusammenleben wollen, dann müssen wir einsehen, daß es auch andere

Möglichkeiten gibt, Dinge zu tun, andere Wege, Achtung zu zeigen. Heno bezeugt seine Achtung auf eine andere Weise, als Cree es tut. Crees Weg ist ein anderer. Alle Wege sind gut, wenn das Herz dahinter steht. Die Große Erdmutter weiß das. Der Himmelsgott weiß das. Sie können in die Herzen blicken, und das ist ihnen wichtig.«

Thorns Welpe kam herangelaufen, stieß seine Schnauze in seine Achsel und winselte um Aufmerksamkeit. Thorn beruhigte ihn leise.

Cree ergriff das Wort: »Aber die Rentiere kommen nicht mehr zu uns. Sie sind verletzt.«

»Das mag wohl sein«, sagte Ronan. »Jemand in unserem Stamm hat es vielleicht versäumt, Achtung zu bezeigen. Vielleicht hat jemand mit seiner Jagdbeute geprahlt. Vielleicht hat jemand auch beim Schlachten zu laut gelacht oder gesprochen. Diese Dinge kommen vor, und der Geist des Rentiers ist verletzt. Wir müssen alle besser darauf achten, ehrerbietig zu sein, und sie werden zu uns zurückkommen. So war es schon immer.«

»Ja«, sagten Dai und Okal und Lemo und Kasar.

»Das stimmt«, fielen Asok und Sim und Mitlik ein.

»Cree?« fragte Ronan. »Heno? Versteht ihr mich?«

Cree nickte widerstrebend. Heno brummte.

»Dann laßt uns hinfort in dieser Sache auf alle weiteren Anschuldigungen verzichten«, verlangte Ronan. Zum ersten Mal war eine Spur Kälte in seiner Stimme. »Es ist wichtig, daß wir an die Dinge denken, die uns zusammenhalten, und nicht an jene, die uns trennen. Wenn hier ein Mann unter uns ist, der sich nicht dazu durchringen kann, den Sitten und Gebräuchen eines anderen Stammes mit Toleranz zu begegnen, dem sage ich hier und jetzt, daß für ihn kein Platz im Wolf-Clan ist.«

Vollkommene Stille. Heno und Cree starrten aufmerksam auf ihre Knie. Thorn blickte Ronan mit geweiteten Augen an.

Gerade als die Stille anfing, unangenehm zu werden, sagte Ronan, jetzt in einem anderen Ton: »Wir haben noch ein anderes Thema zu besprechen heute.«

Überall um sich herum konnte Thorn spüren, wie Männer aufhorchten. Die Anspannung vibrierte in der Luft. Irgendwie war ihnen allen klar gewesen, daß es Ronan gelingen würde, das Problem des Jagdglücks zu lösen. So war es bisher immer gewesen. Die Männer würden miteinander streiten, und ein Stamm würde den anderen bezichtigen, und dann würden sie zu Ronan gehen, und er würde für Klärung sorgen.

So war es in den meisten Fällen abgelaufen. Die Sache mit dem Pferde-Ritual war allerdings etwas anderes, und alle wußten es. Zum ersten Mal waren Bündnisse geschlossen worden, die nicht bei der Stammeszugehörigkeit eines Mannes oder bei seinen religiösen Vorstellungen haltmachten. Manche der Männer im Stamm hatten eine Frau und andere nicht: Das war die Crux in dieser besonderen Angelegenheit. Sie würde sich nicht leicht bereinigen lassen.

Ronan hob an: »Die Jagd ist Sache der Männer, und deshalb ist es angemessen, wenn der Häuptling Fragen klärt, die die Jagd betreffen. Die Zeremonie, von der hier die Rede ist, ist jedoch nicht nur für Männer. An ihr nehmen auch die Frauen teil, und deshalb, so hat man mir gesagt, haben die Frauen des Stammes den Männern in dieser Sache etwas mitzuteilen.« Er neigte den Kopf seiner Gefährtin zu. »Nel?«

Nel zögerte und wandte sich dann an Berta. »Ich bin ein Neuankömmling in diesem Stamm«, sagte sie mit bezaubernder Schüchternheit. »Es ist noch nicht meine Sache, für die Frauen zu sprechen.«

Berta schüttelte ihren glänzenden schwarzen Kopf. »Du bist die Gefährtin des Häuptlings. Du hast uns gesagt, daß du die Auserwählte der Göttin warst. Die Frauen vom Stamm des Wolfes halten es für angemessen, wenn du für uns sprichst.«

Die anderen Frauen nickten alle, und Beki warf Nel ein ermutigendes Lächeln zu.

»Also gut«, gab Nel nach. Sie faltete ihre Hände, blickte die Männer vor sich an und sah einen unheimlichen Augenblick lang genauso aus wie Ronan.

Wie kann das möglich sein? überlegte Thorn. Aber sein Künstlerauge fand die Antwort beinahe sofort. Die Ähnlichkeit lag in der Neigung des Kopfes, in dem selbstbewußt vorgestreckten Kinn, in der schmalen, arroganten Nase. In diesem Augenblick sah Nel aus wie eine Frau, die das Zeug zur Anführerin hatte.

Nel begann zu sprechen. »Die Frauen des Stammes haben den Männern das folgende in bezug auf das Pferde-Ritual mitzuteilen.« Ihr Gesichtsausdruck war feierlich, beinahe finster, und sie richtete ihre Worte an die unverheirateten Männer. »Die Frauen sagen, es ist eine gute Zeremonie, wenn sie von den Stämmen der Ebene gefeiert wird. Sie ehrt die Pferde; sie sichert die Fruchtbarkeit der Herden; sie gewinnt ihre Mithilfe und erlaubt es den Jägern, die Tiere zu erlegen, die der Stamm für Nahrung und Bekleidung braucht. Es ist ein gutes Ritual.«

Während Nel sprach, so bemerkte Thorn, reckten die unverheirateten Männer ihre Nasen wieder selbstbewußter in die Luft. Mitlik, der von den Flußleuten kam und dem Wolf-Clan vorgeschlagen hatte, dieses Ritual zu zelebrieren, grinste.

»Die Frauen haben jedoch den Eindruck, als hätten die Männer nicht dabei bedacht, daß es im Wolf-Clan keine Frauen gibt, die für die Teilnahme in Frage kommen«, fuhr Nel fort.

Die unverheirateten Männer drehten sich alle zu Mitlik um. »Wieso das denn?« verlangte er ungehalten von Nel zu wissen. »In meinem Stamm haben die verheirateten Frauen immer an diesem Ritual teilgenommen. Tatsächlich«, fügte er laut hinzu, »sollte es einen Gefährten freuen, wenn seine Frau an dieser Zeremonie teilnimmt.« Hier warf Mitlik den verheirateten

Männern einen trotzigen Blick zu. »Eine Frau, die die Pferde ruft, beweist ihrem Mann, daß sie seinen Erfolg in der Jagd wünscht«, bemerkte Mitlik. »Und Jagderfolg führt zu einem guten Heim, guter Gesundheit und ausreichend Nahrung und Kleidung!« Er setzte sich zurück, und die unverheirateten Männer nickten alle in lebhafter Zustimmung.

Kasar rief hitzig: »Ich habe noch nie etwas so Lächerliches gehört...«

»Geht und sucht euch eigene Frauen und laßt unsere in Ruhe!« verlangte Lemo.

»Ich bin noch nicht fertig«, sagte Nel, und ihrer sanften Stimme gelang es irgendwie, sich gegen die tieferen, zornigen Stimmen der Männer durchzusetzen. Ronan verlagerte seine Position ein wenig, die Männer beruhigten sich und wandten sich wieder Nel zu.

»Stimmt es etwa nicht, Mitlik«, fragte Nel, »daß die schwangeren Frauen nicht bei der Zeremonie mitmachen?«

Wieder drehten sich alle Köpfe zu Mitlik. »Ist das wahr?« verlangte Okal zu wissen.

»Also...« Mitlik wirkte, als sei ihm unbehaglich zumute. »Ja. Ich nehme an, das stimmt.«

»Und stimmt es nicht auch, daß die Frauen, die noch ihre Kinder säugen, ebenfalls nicht dabei sind?« wollte Nel als nächstes wissen.

»Uff«, machte Dai voller Abscheu.

Crim lachte leise in sich hinein.

Mitlik sah ausgesprochen niedergeschlagen aus. Er murmelte: »Davon habe ich nie gehört.«

»Es gilt auf jeden Fall für das Volk der Morgendämmerung«, schnauzte Berta. »Also wird es aller Wahrscheinlichkeit nach auch für die Flußleute zutreffen. Es ist dir bloß nie aufgefallen.«

Mitlik zog den Kopf ein.

»Dann bleiben ja gar keine Frauen übrig!« rief Kort empört.

»Du bist ein Idiot, Mitlik«, sagte Okal.

Die verheirateten Männer grinsten wegen der offensichtlichen Niederlagen ihrer Rivalen.

Nel sagte: »Yoli und Beki und Yeba sind schwanger. Fara und Berta und Tora und Tabara stillen Kinder. Eken ist nach dem Verständnis ihres Stammes noch unberührt und daher für die Zeremonie nicht zugelassen. Also bleibt nur eine Frau übrig«, schloß Nel sanft, »und das bin ich.«

Alle Männer blickten Ronan an.

»Ich glaube, es hat keinen Sinn, die Zeremonie mit nur einer Frau zu vollziehen«, meinte Nel.

»Da hat sie recht«, stimmte Dai zu und wandte schnell den Blick von Ronans Gesicht ab. Die übrigen unverheirateten Männer stellten ihr lebhaftes Einverständnis mit Dai zur Schau.

Nel blickte in ihre Gesichter und kaute auf ihrer Unterlippe.

»Warum hast du uns das nicht früher gesagt, Berta?« wollte Heno von seiner Frau wissen. »Du hast zugelassen, daß wir uns gegenseitig beschimpfen, obwohl du die ganze Zeit wußtest, daß du ohnehin nicht teilnehmen würdest.«

Berta antwortete liebenswürdig: »Ich kann mich nicht erinnern, daß man mich gefragt hätte.«

Heno blickte wild um sich. Die Liebenswürdigkeit von Bertas Lächeln paßte zu ihrer Stimme.

»*Warum* darf eine schwangere Frau nicht bei dem Ritual mitmachen?« wollte Dai plötzlich wissen. »Wenn sie doch ohne Angst vor Folgen bei ihrem Gefährten liegen kann, wieso dann nicht bei einem anderen Mann?«

Tora schaute ihn mitleidig an. »Sie würde sich nicht mit einem anderen Mann paaren, sondern mit einem Hengst. Ihr Baby würde mit Hufen geboren!«

»Genau«, unterstützte Berta ihre Schwester. »Und stillende Mütter dürfen es nicht riskieren, ihre Milch zu verlieren.«

Der Rest der Frauen nickte zustimmend.

Crims tiefe, vernünftige Stimme ließ sich vernehmen. »Diese besondere Situation mag nun geklärt sein, aber es gibt dennoch ein Problem innerhalb des Stammes.« Er sprach nun zu Ronan. »Ich war nicht für das Ritual, das die unverheirateten Männer vorgeschlagen haben«, sagte er. »Es ist nicht unsere Art in den Stämmen, die dem Himmelsgott folgen, unsere Frauen mit anderen Männern zu teilen. Dennoch kann ich die Gedankengänge von Männern wie Mitlik und Dai und Okal verstehen. Sie sind jung, und sie waren zu lange ohne Frauen.«

»Auch ich verstehe sie, Crim«, stimmte Ronan zu. »Ich kann jedoch nur sehr wenig dagegen unternehmen. Wir werden wohl kaum erfolgreich sein, wenn wir auf den Stammestreffen versuchen, um Frauen zu handeln; kein Vater wird bereit sein, seine Tochter in den Stamm der Ausgestoßenen zu schicken, und wenn wir ihm einen noch so hohen Brautpreis bieten.«

Verdrießliches Schweigen war die Reaktion auf diese unwillkommene, aber doch wahre Beobachtung.

Nel ergriff als nächste das Wort. »Ich bin mir dessen nicht sicher, weil es in meinem Stamm keine solche Sitte gibt, aber es scheint, als würden die Clans, die dem Himmelsgott folgen, ihre Mädchen häufig mit Männern verheiraten, die sie nicht mögen.« Eine einzige, schmale Falte zeigte sich auf ihrer glatten Stirn, und sie drehte sich zu Yoli. »Stimmt das nicht so?«

»Ja.« Yolis Stimme klang bitter. »Das stimmt.«

Yolis Geschichte war dem Stamm wohlbekannt und diente sehr gut der Verdeutlichung von Nels Standpunkt. Beide, Yoli und Lemo, waren vom Fuchs-Clan, dessen Anführer Lemos Vater war. Lemos Mutter war jedoch zu schwach, um die Aufgaben der Frau eines Häuptlings zu erfüllen. Also nahm er sich Yoli als seine zweite Frau, um seine Position behaupten zu können. Unglücklicherweise liebten sich Yoli und Lemo bereits, aber ihr Vater, stolz auf die Ehre, die seiner Tochter zuteil werden sollte, achtete nicht darauf. Vollkommen gegen ihren Willen hatte er Yoli mit Lemos Vater verheiratet.

Während die Zeit voranschritt, verliebten sich die beiden jungen Menschen mehr und mehr ineinander. Yoli war verzweifelt. Sie haßte die Umarmung des alten Häuptlings, aber sie konnte sich auch nicht dazu überwinden, ihn mit seinem Sohn zu hintergehen.

Schließlich, in äußerster Verzweiflung, hatte Yoli versucht, sich zu erhängen. Glücklicherweise war sie gefunden worden, als es noch nicht zu spät war, und dann hatte man sie gezwungen, den Grund für ihre Gewalttat zuzugeben. Als Reaktion auf ihre Beichte hatte Lemos Vater sowohl seinen Sohn als auch seine Frau aus dem Stamm verstoßen.

»Es gibt bei uns viele Mädchen, die gezwungen werden, Männer zu heiraten, mit denen sie nicht zusammenleben möchten«, sagte Yoli nun zu Nel. »Ihren Vätern ist das egal. Sie interessieren sich einzig für einen guten Brautpreis.«

»Und je älter der Mann ist, desto wahrscheinlicher kann er einen guten Brautpreis bezahlen«, fügte Beki hinzu, die aus bitterer Erfahrung wußte, welch wichtige Rolle dieser Aspekt spielte.

Heno rutschte ungeduldig auf seinem Platz hin und her. »Es gibt Wichtigeres zu tun, als dem Gejammer von Frauen zuzuhören«, brummte er.

»Dir vor allem will keiner zuhören«, informierte ihn seine Frau.

»Halt deine Zunge im Zaum, Frau!« brüllte Heno.

Berta öffnete bereits den Mund, um zu antworten, aber Ronan schnitt ihr scharf das Wort ab. »Wenn du Wichtigeres zu tun hast, Heno, dann darfst du jetzt gehen und es tun.« Er wandte seinen Kopf. »Was denkst du, Nel? Meinst du, wir könnten einige dieser unglücklichen Mädchen dazu überreden, zum Stamm des Wolfes zu kommen?«

»Warum nicht?« sagte Nel.

»Ich kann dir drei Mädchen nennen, die es vorziehen würden, Dai zu heiraten, statt der Männer, die ihre Väter für sie ausgesucht haben«, verkündete Beki unverzüglich.

Dai sah sehr erfreut aus. Kasar blickte finster drein. »Ich wußte nicht, daß du eine Vorliebe für Dai hast«, sagte er zu seiner Frau.

Beki lächelte amüsiert. »Ich habe Dai nur als Beispiel benutzt, Kasar. Jeder unserer Männer – Okal oder Mitlik oder Kort oder Altair – ist besser als jene, welche die Väter für die betreffenden Töchter ausgewählt haben.«

»Das ist alles schön und gut«, wandte Okal ungeduldig ein, »aber wie sollen wir vorgehen, um diese Mädchen zu treffen?«

Ronan beantwortete diese Frage. »Beim Frühjahrstreffen. Ich werde die unverheirateten Männer mitnehmen und die Frauen, die sich dazu in der Lage fühlen, die Wanderung zu bewältigen.«

Beki grinste. »Ich werde zu den Mädchen vom Stamm des Leoparden sprechen.«

»Und ich zu denen vom Fuchs-Clan«, versprach Yoli.

»Und ich zu denen vom Büffel-Stamm«, sagte Fara.

»Es wird wenig Sinn haben, wenn wir mit den Mädchen von Stämmen sprechen, die der Göttin folgen«, bemerkte Tora. »Wir dürfen heiraten, wenn wir wollen.«

»Die Frauen der Göttin könnten froh sein über die Gelegenheit, sich mit richtigen Männern zu verbinden«, brüstete sich Heno.

Tora musterte ihn verächtlich. »Die Frauen der Göttin sind die einzigen, die richtige Männer gebären«, klärte sie ihn auf.

Nel kaute wieder auf ihrer Unterlippe.

Ronan sagte rasch: »Ich glaube, wir haben die Probleme gelöst, wegen der wir zusammengekommen sind. Ich habe festgestellt, daß wir kaum noch Brennholz haben. Bror, nimm die Männer und schaff uns einen neuen Vorrat.« Ronan erhob sich.

»Die Versammlung ist aufgehoben.« Während die Männer und Frauen des Stammes aufstanden, um ihren Tätigkeiten nachzugehen, wandte sich Ronan an Nel. »Du und ich, kleine Elritze«, sagte er, »wir gehen uns jetzt Pferde ansehen.«

Teil drei

Die Herren der Pferde

Zwei Jahre später

20

Fenris, der Anführer jenes Stammes, den die verwandten Stämme die Herren der Pferde nannten, saß auf seinem Hengst, der nach einem von Fenris' Göttern hieß, und blickte auf das Lager vor sich hinunter. Die Frauen hatten die Kochfeuer angezündet, und Kinder streiften zwischen den Zelten umher, um etwas Eßbares zu erbeuten. Ein wenig oberhalb der aus Büffelhäuten hergestellten Zelte weideten die großen Pferdeherden des Stammes gierig auf dem frisch sprießenden Frühlingsgras.

Der Tag war kalt und klar und hell, der Anblick der Szene vor ihm friedlich, und doch machten sich auf Fenris' Stirn Sorgenfalten breit. Die Pferde hatten ihre augenblickliche Weide bereits abgefressen und würden schon am Morgen auf eine neue getrieben werden müssen. Die Jagd in den letzten Tagen hatte nur wenig erbracht, und die ansässigen Stämme waren schon vor langem völlig verschwunden.

Kein Gras für seine Pferde. Keine Beute für seine ruhelosen Krieger.

Wir sind schon zu lange an diesem Ort, dachte Fenris. Der Winter ist vorbei, und es wird Zeit, daß wir weiterziehen.

Für viele Häuptlinge wäre die Vorstellung, eine so große Gruppe von Menschen und Tieren in Bewegung setzten zu müssen, außerordentlich erschreckend. Aber nicht für Fenris, dessen Großvater vor vielen Jahren seine Leute und seine Herde kurzmähniger, stämmiger Pferde um sich gesammelt hatte und sie aus den eisigen, offenen Steppen des Nordens in diese reiche, gemäßigte Flußlandschaft des Südens geführt hatte.

Es war ein Vagabundenleben, das die Herren der Pferde führten, seit sie die Steppe verlassen hatten, eine Art Lebensaufgabe für Abenteurer, für Männer, die rastlos und rücksichtslos, wild und mutig waren. Ein solches Volk waren die Männer dieses Stammes, und ihrer aller Häuptling, der Kain, war Fenris.

Das Gras in diesem Flußtal ist ergiebig und grün, dachte Fenris jetzt, als er im Sonnenlicht die Szene vor sich überblickte. Der Goldfluß, wie ihn die Männer der verwandten Stämme nannten, und die Weiden, die er speiste, waren für die Pferdeherden Gold wert – die Pferdeherden, die Fenris und seinen Männern heiliger als selbst die eigenen Kinder waren.

Denn es war das Pferd, das diese Männer zu dem gemacht hatte, was sie waren: Jäger und Krieger, wild und beweglich, ein Alptraum für die friedlichen unberittenen Stämme, über deren Land sie so rücksichtslos herfielen. Das Pferd war ihr wichtigster Schatz, ihr größter Reichtum, das Symbol ihres Ranges und ihrer Macht. Sie waren die Herren der Pferde, der Schrecken der Welt.

Während im Tal des Goldflusses bereits das Frühlingsgras sprießte, lag im Tal des Wolfes noch tiefer Schnee. Ronan, der nach einem im Freien verbrachten Tag in Brors Hütte trat, war dankbar für die Wärme des Feuers dort und für die fröhlichen Gesichter einer Gruppe von Männern, die redend, Tee trinkend und an gefrorenen Fischstückchen lutschend um den Herdplatz herum saßen.

Thorn sprang sofort auf, ergriff einen Knochenschaber und versprach: »Ich werde deinen Mantel für dich abklopfen, Ronan.« Er traf Ronan im Eingang, und der Häuptling stand geduldig mit ausgebreiteten Armen, während Thorn sorgsam den Schnee aus dem Rentierfellumhang klopfte. Der Stamm hatte längst begriffen, wie wichtig es war, ihre Kleidung so trocken wie möglich zu halten, denn nasse Häute wurden sehr steif und mußten neu abgeschabt werden.

Als Thorn fertig war, nahm er Ronans Mantel und hängte ihn zusammen mit seinen Handschuhen auf das Trockengestell an der rechten Wand der Hütte. »Was hast du gefunden?« fragte Ronan Bror, als Thorn an seinen Platz beim Feuer zurückkehrte.

Bror antwortete: »Der Schnee ist an manchen Stellen noch sehr hoch, aber es ist möglich, den Paß zu überqueren.«

Ronan streckte seine Hände dem wärmenden Feuer entgegen. »Gut«, knurrte er.

Thorn blickte in Ronans Gesicht und versuchte die Gedanken seines Häuptlings zu lesen. Crim, der Thorn zur Linken saß, sagte: »Wir brauchen mehr Tee« und machte sich damit zu schaffen, Wasser aus dem großen Tontopf, der nahe am Feuer stand, in den Schädelkessel zu schöpfen.

In den vergangenen Jahren hatte der Stamm des Wolfes unterschiedliche Methoden entwickelt, um mit dem bitterkalten Winterwetter fertigzuwerden, das in der hohen Lage des Tals vorherrschte. Das Problem der Wassergewinnung wurde gelöst, indem sie gleich nach dem ersten harten Frost Quader aus dem Eis des Sees schnitten. Die Eisquader stapelten sie auf Gestellen in der Nähe der Hütten, und wenn jemand Wasser benötigte, mußte er lediglich einen Eisblock hereinholen und in den Wassertopf beim Feuer legen.

Es war sehr schwere Arbeit, das Eis aus dem See zu holen, aber insgesamt empfand der Stamm diese Methode der Wassergewinnung doch als sehr viel einfacher, als das langwierige Sammeln und Schmelzen von Schnee.

Schweigend beobachteten die anderen Crim, als hätten sie noch nie einen Mann beim Wasserschöpfen gesehen. Die Stille wurde schließlich von einer nasal klingenden Stimme gebrochen, die noch immer den unverkennbaren Akzent der göttinverehrenden Stämme der Ebene trug. »Ich habe mich gefragt, warum es dich so interessiert, ob der Paß frei ist oder nicht, Ronan«, bemerkte Cree.

Ronan war damit beschäftigt, auf dem Stück gefrorenen Fisch herumzukauen, das Okal ihm gereicht hatte. Während der Jahre im Tal hatte der Stamm den Wert von rohem, gefrorenem Fisch entdeckt – ein weiterer Überlebenstrick. Ungefähr zwanzig Minuten nach dem Verzehr des Fisches würde er einen von innen her erwärmen und mehrere Stunden lang warm halten. Ronan hatte den größten Teil des Tages draußen verbracht, und er kaute nun voller Dankbarkeit. Nach so vielen Jahren mochte er wie der Rest des Stammes sogar den Geschmack von ungekochtem Fisch.

Heno antwortete für seinen anderweitig beschäftigten Häuptling. »Du weißt doch, warum er sich dafür interessiert, Cree. Er möchte die Herren der Pferde noch einmal ausspionieren.«

»Natürlich«, sagte Crim in seiner ruhigen Art. »In den tiefer gelegenen Tälern wird es jetzt schon Frühling sein, und sie werden ihr Winterlager bald verlassen. Wenn sie dem Goldfluß an den Atata folgen, dann kommen sie direkt in unsere Berge.«

Cree schleuderte den kalten Bodensatz seines Tees ins Feuer, das vernehmbar zischte. »Ich sehe nicht, warum uns das interessieren sollte.«

Ronan blickte Cree nachdenklich an, kaute bedächtig weiter und antwortete nicht.

»Wenn die Herren der Pferde tatsächlich dem Atata weiter folgen, dann werden sie die Höhlensiedlungen des Eichhörnchen- und des Büffel-Clans erreichen«, erklärte Crim, der wie Thorn aus dem Büffel-Clan stammte.

Kasar fügte hinzu: »Folgen sie jedoch dem Goldfluß weiter, so stoßen sie auf den Leoparden- und den Hirsch-Clan.« Sein Gesichtsausdruck war ernst. »Sicherlich kannst auch du, Cree, begreifen, daß wir Grund haben, uns wegen der Bewegungen der Pferdeleute Sorgen zu machen.«

Thorn blickte Cree voller Erwartung an. Innerhalb der letzten Jahre hatte sich die Spaltung zwischen den Anhängern der Göttin und denen des Himmelsgottes, die einst so viele Probleme verursacht hatte, in nichts aufgelöst. Thorn war sich dieses Wandels vielleicht bewußter, weil er eine Art Chronik des Stammeslebens an den Wänden einer Höhle des Tales gezeichnet hatte und auf diese Weise die wachsende Kameradschaft festhielt, die inzwischen zu einem besonderen Merkmal des Wolf-Clans geworden war.

Aber Thorn hatte nicht vergessen, daß Cree früher immer der Sprecher der Anhänger der Göttin gewesen war, und er wartete jetzt bestürzt darauf, daß Cree diese alte Rolle wieder übernehmen würde.

Als er es nun tat, klang Crees Stimme sanft, jedoch auf ähnlich gefährliche Weise, wie die Ronans, bevor dieser seiner Gereiztheit freien Lauf ließ. Thorn lief ein Schauer über den Rücken. »Mir scheint«, sagte Cree, »die Stämme des Eichhörnchens und des Büffels und des Leoparden und des Hirschen haben weit mehr Grund, sich wegen der Herren der Pferde Sorgen zu machen, als der Stamm des Wolfes.« Er machte eine Pause und breitete seine Arme in einer Geste aus, die alle Anwesenden einschloß. »*Wir* sind nicht in Gefahr. Die Pferdeleute werden dieses Tal nie finden.«

Das Prasseln des Feuers war das einzig hörbare Geräusch in der Hütte. Wie alle anderen anwesenden Männer wußte Thorn, daß Ronan beim Herbsttreffen vor den Häuptlingen einen Zusammenschluß der verwandten Stämme befürwortet hatte, um eine gemeinsame Verteidigung gegen die Herren der Pferde aufzubauen. Thorn wußte auch, daß Ronans Worte auf taube Ohren getroffen waren.

Als Ronan noch immer nicht reagierte, fuhr er fort: »Sicherlich haben wir doch in dieser Angelegenheit schon mehr als unsere Pflicht getan? Wenn die gefährdeten Stämme nicht auf unsere Warnungen hören wollen, dann ist das doch ihr Problem, aber nicht das unsere.«

»Ja«, stimmte Mitlik zu. »Nachdem du bei dem Herbsttreffen gescheitert bist, Ronan, waren wir sicher, du würdest deine Kundschafter endlich abziehen.«

Thorn beobachtete, wie Ronan sein letztes Stück Fisch hinunterschluckte. »Es schadet niemandem«, sagte der Häuptling mild.

»Unsere Jäger werden hier dringender gebraucht«, bemerkte Cree. »Und das Spionieren ist außerdem mit einem gewissen Risiko verbunden.«

Heno brauste auf. »Du bist nur deshalb unbesorgt, Cree, weil die Stämme der Ebene noch nicht in Gefahr sind! Wir von den verwandten Stämmen können es uns nicht leisten, so desinteressiert zu sein.«

Thorn fühlte, wie sich seine Bauchmuskeln zusammenzogen. Nun ist es wieder soweit, dachte er verzweifelt; die alte Spaltung hebt wieder einmal ihren abscheulichen Kopf. Cree erklärte: »Ich glaube, Ronan hat recht mit seiner Vermutung, daß die Pferdeleute nach Süden in die Berge vordringen werden. Die verwandten Stänmme verhalten sich dumm, weil sie sich nicht auf einen Kampf vorbereiten, um das zu bewahren, was ihnen gehört. Aber ich meine auch, daß der Wolf-Clan keinen Einsatz in diesem Kampf hat und daß wir uns nicht in eine Gefahr einmischen sollten, die uns nichts angeht.«

Eine Bewegung ging durch den Raum, dann ergriff wieder Mitlik das Wort, um Cree den Rücken zu stärken. »Mir kommt es so vor, als hätten die Männer der verwandten Stämme vergessen, daß sie nichts mehr an den Stamm ihrer Geburt bindet.« Er wandte sich an Heno und wollte von ihm wissen: »Was geht es dich an, wenn der Stamm, der dich verstoßen hat, von den Herren der Pferde ausgeplündert wird?«

Dieses eine Mal vergaß Heno, wie gewohnt aufzubrausen. »Es scheint sinnlos, ich weiß, aber...« Seine Stimme verstummte, und er zog ein finsteres Gesicht.

Thorn fixierte Ronan in einer stummen Bitte. Ronan fing seinen Blick auf und ergriff das Wort. »Ich begreife durchaus, daß die Anhänger der Göttin so denken.« Seine Stimme war ruhig. »Tatsächlich habt ihr euch als sehr geduldig erwiesen mit meiner ... fixen Idee von den Pferdeleuten.«

Cree unterbrach ihn. »Die verwandten Stämme haben nicht auf dich gehört, Ronan. Du hast versucht, sie zu warnen, aber sie meinen, sie könnten sich vor diesen Plünderern wie ein Fuchs in seinem Bau verstecken, bis der Sturm vorbei ist.«

»Das können sie nicht«, stimmte Ronan zu.

Cree zuckte die Schultern.

Das Wasser im Schädelkessel begann zu kochen.

»Wir können nicht in Isolation leben, Cree«, sagte Ronan. »Menschliches Leben würde von der Erdoberfläche verschwinden, wenn sich die Menschen nicht zu Gemeinschaften zusammenschließen würden.« Sein dunkler Blick glitt von Gesicht zu Gesicht, und ließ jeden Mann glauben, daß er direkt zu ihm sprach. »Mein Herz sagt mir, daß die Menschen dieses Stammes wie sonst niemand verstehen, wie verletzbar ein einzelner ist.«

Das ist die reine Wahrheit, dachte Thorn tief bewegt.

Asok, ein anderer Anhänger der Göttin, rief leidenschaftlich: »Wir haben unsere Gemeinschaft, Ronan! Sie ist hier in dieser Hütte bei den Männern des Wolfes.«

Die Luft vibrierte von der Kraft dieser Worte. *Die Männer des Wolfes,* dachte Thorn und blickte mit Qual in den Augen auf Mait, den Freund seines Herzens. Mait schaute ernst zurück.

Kasar war es, der die Worte fand, um Asok zu antworten. »Was du sagst, Asok, ist wahr und, glaub mir, die Männer der verwandten Stämme fühlen eine ebenso starke Loyalität zu diesem Clan, wie die Männer der Göttin. Aber ich kann nicht vergessen, daß ich noch eine Mutter habe, die im Leoparden-Clan lebt. Und auch eine Schwester und einen Bruder.« Kasars Stimme zitterte kaum merklich. »Ich kann ihnen nicht einfach meinen Rücken zukehren. Es ist mir einfach nicht gegeben, so etwas zu tun.«

»Ich meine, das trifft auf alle Männer der verwandten Stämme zu«, unterstützte ihn Cree.

Thorn dachte an seine Mutter. An Rilik. Und senkte zustimmend den Kopf.

Das Wasser kochte über und verdampfte im Feuer und auf den heißen Steinen. Schweigend nahm Crim das Behältnis vom Feuer und warf die Kräuter hinein, damit sie ziehen konnten. Alle beobachteten ihn, ihre Gesichter düster von der Ahnung, daß der Höhepunkt der Auseinandersetzung noch bevorstand.

Bror war derjenige, der sie in die Realität zurückrief. »Letzten Herbst hast du die Bergstämme gebeten, sich zur Verteidigung zusammenzuschließen«, sagte er zu Ronan. »Hast du vor, sie wieder zu fragen?«

Ronans Gesicht war ohne Ausdruck, seine Stimme ruhig. Wenn man ihn so sieht, dachte Thorn, würde man ihm nie anmerken, daß er jetzt gerade mit der Möglichkeit der Spaltung seines Stammes konfrontiert wird. »Das habe ich vor«, bejahte er nun. »Es ist wahr, daß sie im Herbst nicht auf mich gehört haben. Zum Teil lag es auch daran, daß die Häuptlinge noch immer zornig auf den Wolf-Clan waren, weil wir ihnen einige Mädchen fortgelockt haben. Wenn ich ihnen jedoch die Nachricht bringe, daß die Herren der Pferde wirklich in den Süden aufgebrochen sind, dann werden sie mich, so meine ich, doch anhören müssen.«

»Und wenn sie dieses Mal zustimmen?« fragte Bror weiter. »Wenn sie sich tatsächlich zur gemeinsamen Verteidigung zusammenschließen, erwartest du dann vom Stamm des Wolfes, daß er sich ihnen anschließt?«

Ronans Augen glänzten im Licht des Feuers. »Ja«, sagte er, »das tue ich.«

»Selbst von den Anhängern der Göttin?«

Thorn hielt den Atem an.

Ronan bestätigte: »Auch von den Männern der Göttin.«

Cree sagte nur ein einziges Wort. »Warum?«

Ronan hob den Blick zu dem Loch in der Decke, aus dem der Rauch aus der Hütte abzog. Als er antwortete, klang seine Stimme nachdenklich. »Im Winter, wenn der Schneesturm kommt, dann arbeiten wir alle zusammen, nur auf das Wohlergehen des Stammes bedacht. Es ist der Stamm als Ganzes, der dann zählt, denn nur, wenn er überlebt, können auch seine einzelnen Mitglieder überleben. Wenn eine Hütte beschädigt ist, dann muß nicht ein einzelner Mann oder eine Familie sie allein reparieren. Wir alle helfen gemeinsam. Und jeder vergißt dabei seine individuellen Bedürfnisse und reagiert auf die gemeinschaftliche Not.« Ronans Blick senkte sich um einen Bruchteil. »Ist es nicht so?« fragte er.

Alle Männer nickten zustimmend.

Ronans Stimme klang nun etwas anders. »Dann hört dies. Die Pferdeleute sind wie der Schneesturm. Sie sind der Sturm, der alle Menschen in diesen Bergen gefährdet. Angesichts einer solchen Bedrohung ist es nicht mehr länger möglich, von *meinem Stamm* und *meinem Land* zu reden.« Nun endlich senkte sich Ronans Blick so weit, daß er auf den Gesichtern der Männer vor ihm ruhte. »Seht ihr das denn nicht?« fragte er sie alle. »Es ist unsere Welt, die bedroht ist. Diese Sache kann keiner von uns allein überstehen.«

Thorn fühlte, wie ihm die Tränen in die Augen traten, und wütend drängte er sie zurück. Sicherlich, so dachte er zornig, kann doch nicht einmal Cree von diesem Aufruf ungerührt sein.

Er war erstaunt, als Cree seinen Kopf verneinend schüttelte. »Es tut mir leid, Ronan«, sagte der Mann der Göttin, »aber die Leute von den verwandten Stämmen sind nicht meine Leute, und die Berge jenseits des Passes sind auch nicht meine Welt.«

Ronans linke Hand bewegte sich und hielt abrupt inne. Seine

dunklen Augen waren auf Cree fixiert. Wie bitter dieser Augenblick für ihn sein muß, dachte Thorn. Fünf lange Jahre hatte Ronan darum gekämpft, diese Männer unterschiedlicher Stämme und Religionen zu vereinen. Und jetzt, gerade wo es so aussah, als sei es ihm gelungen, sollten sie wegen der Herren der Pferde auseinanderbrechen?

»Was ich bin«, griff Cree den Faden wieder auf, »ist ein Mann des Wolfes.« Er blickte Ronan an, und sein Gesichtsausdruck war sehr ernst. »Ich habe gesagt, was meiner Ansicht nach gesagt werden mußte. Jetzt sage ich dir dies. Wenn es die Entscheidung meiner Brüder ist, an diesem Kampf teilzunehmen, dann bin ich dabei.«

Etwas blitzte in Ronans Gesicht auf, und er senkte seinen Kopf. Er blickte plötzlich konzentriert auf sein Hosenbein, wo ihn offenbar ein Haar auf dem Hirschleder störte.

»Ich auch«, sagte Mitlik.

»Und ich«, stimmten Asok und Mait und all die anderen Männer der Göttin zu.

Thorn lächelte Mait an, und der grinste zurück. Dann richteten sich alle Blicke auf Ronan.

»Uff«, sagte Ronan und ließ das eingebildete Haar in Ruhe. Im Licht des Feuers sah sein Gesicht sehr gerötet aus. Seine Augen glühten. »Es scheint so, als ob wir tatsächlich ein rechtes Wolfsrudel sind.«

Thorn schnürte es den Hals zu.

Heno ließ eine große Hand auf Crees Schulter fallen. »Du bist ein guter Mann, Cree. Wir haben unsere Meinungsverschiedenheiten, aber ich habe dich immer für einen guten Mann gehalten.«

Thorns Aufmerksamkeit war plötzlich gefesselt. Er blickte auf Heno und Cree und sah ein Bild vor seinem inneren Auge.

Ronan sagte ein wenig atemlos: »Als erstes müssen wir herausfinden, in welche Richtung die Pferdeleute ziehen. Wenn sie zurück in den Norden gehen oder in den Osten, dann sind all unsere Pläne überflüssig.«

»Möchtest du, daß ich wieder den Kundschafter mache?« bot Bror an.

Ronan schüttelte den Kopf. »Ich werde selbst gehen, Bror. Du und Nel seid bis zu meiner Rückkehr für den Stamm verantwortlich.«

Die nickenden Köpfe der Runde zeigten an, daß die Männer mit dieser Lösung zufrieden waren. »Der Tee ist fertig«, kündigte Crim an, und Thorn half ihm, die Tassen zu füllen.

Es war eine Stunde später, als Ronan schließlich auf seine eigene Hütte zuging, dieselbe, die er auch vor zwei Jahren schon bewohnt hatte, als Nel ins Tal gekommen war. Er schob die Türklappe beiseite, duckte sich und wurde von Wärme, Helligkeit, zwei Hunden, einem Wolf und seiner Gefährtin begrüßt.

Nel war den ganzen Nachmittag bei ihm gewesen und hatte ihm mit den Pferden geholfen, doch während er in der Männerhütte war, hatte sie sich um das Rentiergulasch gekümmert, das ihr Abendbrot sein sollte. Ihre eigenen Pelze waren schon auf dem Trockengestell, und Ronan hängte seine dazu.

»Ist der Paß frei?« erkundigte sie sich.

»Ja.« Er verstaute seine Sachen auf dem Trockengestell und wandte sich zu ihr um. »Der Paß ist frei.«

Sie nickte. Leir und Sinta, die beiden Welpen des letzten Jahres, waren inzwischen ausgewachsen. Sie standen von ihren warmen Nestern an Nels Seite auf und begleiteten Ronan schwanzwedelnd an seinen Platz. Nigak, der mit der Nase auf Nels Schoß lag, öffnete die Augen, um die Hunde zu beobachten, und schloß sie dann wieder. Nel hatte die Jungen zu sich genommen, sobald sie nicht mehr säugten, und Nigak hatte es akzeptiert.

Ronan setzte sich.

»Wann willst du gehen?« fragte Nel.

»Sobald wie möglich. Ich habe den Männern gerade gesagt, daß ich Bror und dich hier in der Verantwortung zurücklassen würde.«

Nel nickte wieder. Sie und Bror waren letzten Frühling und Herbst sehr gut klargekommen, als Ronan den Stamm ebenfalls für einen ganzen Mond verlassen hatte, um die Pferdeleute auszukundschaften.

»Ich wünschte, ich könnte dich mitnehmen, kleine Elritze«, sagte Ronan voller Bedauern. »Unabhängig davon, daß ich dich vermissen werde, wäre es auch gut für dich, mit eigenen Augen zu sehen, wie diese Leute mit ihren Pferden umgehen. Aber ich kann Bror hier nicht allein zurücklassen, und er ist nun einmal der einzige Mann, der mich ersetzen kann, ohne daß Eifersucht aufkommt.«

»Ich verstehe das, Ronan«, besänftigte ihn Nel.

Ronan starrte brütend ins Feuer. Die beiden Hunde hatten sich links und rechts von ihm niedergelassen, mit den weißen Schnauzen auf ihren Vorderpfoten, und auch sie schauten ins Feuer. Ronan sagte: »Ich frage mich manchmal, Nel, ob ich mich nicht habe verleiten lassen durch meinen Drang, die Eindringlinge zu beobachten. Wir haben jetzt selbst ein paar Pferde gezähmt, das stimmt, aber die unseren sind nur eine Handvoll im Vergleich zu den großen Herden, welche die Herren der Pferde halten.«

»Zumindest tust du überhaupt etwas«, machte Nel ihm klar. »Die übrigen Stämme sitzen nur da und warten. Selbst als du ihnen beim Herbsttreffen gesagt hast, wie nahe die Angreifer schon sind, konnten sich die anderen Häuptlinge nur zu der Hoffnung aufraffen, daß sich die Pferdeleute wieder nach Norden wenden würden, um dort über andere Stämme herzufallen!«

Ronans Gesichtsausdruck war finster. »Es wird nun nicht

mehr lange dauern, bis wir alle sicher wissen, wohin sie sich als nächstes wenden.«

Nel hob die Hand, um eine unbändige Haarsträhne aus der Stirn zu streichen. Ihre Bewegung schreckte Nigak auf, der seinen Kopf hob und gähnte und dabei seine Zunge über den spitzen und scharfen Graten seiner Zähne aufrollte. Die Hunde beobachteten ihn dabei mit respektvoller Faszination.

»Wen willst du mitnehmen?« erkundigte sich Nel.

»Ich denke, ich nehme einen Mann von jedem Stamm mit«, antwortete Ronan gemessen. »Wenn die Herren der Pferde tatsächlich entlang einer der beiden Flüsse in den Süden ziehen, dann werden wir unsere Verteidigung schnell organisieren müssen. Wenn ich den Stämmen einen eigenen Mann als Boten schicke, dann sind sie vielleicht eher bereit, zuzuhören.«

Nigak bedachte Leir und Sinta mit einem gelbstarrenden, strengen Blick. Beide Hunde legten ihre Ohren als Zeichen der Unterwerfung an und blickten ängstlich zu Nel.

»Nigak«, sagte Nel tadelnd, und der Wolf legte ihr wieder seinen Kopf in den Schoß. Sie vergrub ihre Finger in seinem Fell.

»Wen willst du vom Büffel-Clan mitnehmen?« wollte sie von Ronan wissen.

»Crim.« Ronans Stimme war undeutlich, weil er sich gerade über seine Stiefel bückte, um ihre Bänder zu lösen.

»Warum nimmst du nicht statt seiner Thorn mit?«

»Thorn?« Ronans Kopf hob sich erstaunt. »Thorn ist doch noch ein Junge.«

»Er ist älter, als du es warst, als du aus dem Hirsch-Clan ausgestoßen wurdest«, bemerkte Nel.

Ronan richtete seine Aufmerksamkeit wieder auf seine Schuhe. »Thorn ist nicht so wie ich.«

»Er hat den Blick eines Künstlers«, gab Nel zu bedenken. »Er könnte Dinge bei den Pferdeleuten entdecken, die du übersehen hast.«

Ronan schnaubte ungläubig.

Nel blickte mit lächelnder Zuneigung auf seinen gesenkten schwarzen Kopf.

Die Schnüre hatten sich endlich gelöst, und Ronan zog seine Stiefel aus, seine Füße mit offensichtlicher Erleichterung strekkend und massierend. Dann zog er das Grasfutter aus den Stiefeln, damit es vor dem Feuer trocknen konnte.

Winterstiefel waren eine wichtige Angelegenheit im Wolf-Clan. Im Gegensatz zu Mokassins, die aus dem dünnen Leder an den Beinen der Rentiere gemacht wurden, bestanden Stiefel aus der dicken Stirnhaut zwischen dem Geweih. Wenn man die Stiefel anzog, dann kleidete man sie zunächst mit Gras aus, welches der Stamm zu diesem Zweck trocknete und aufbewahrte. Das Heu hielt die Füße trocken und warm, indem es den Schweiß aufnahm und durch die poröse Haut nach außen in die kalte, trockene Luft leitete. Das war wichtig, da in großer Kälte jede Flüssigkeit auf der Haut zu Erfrierungen führen konnte.

Ronan hatte das Heu inzwischen neben dem Feuer ausgebreitet und erhob sich, um seine Stiefel neben das sehr viel kleinere Paar von Nel zu stellen. Er nahm seine Mokassins auf und kehrte ans Feuer zurück. »Warum möchtest du nicht, daß ich Crim mitnehme?« fragte er.

»Er unterstützt mich mit seiner Ausgeglichenheit, wenn du fort bist«, gab Nel zu.

Ronan zog die Mokassins über seine Füße. »Ich nehme an, ich könnte wohl auch Thorn mitnehmen«, lenkte er schließlich ein. »Sein Vater ist nicht ohne Bedeutung im Büffel-Clan.«

Nach einer kleinen Pause sagte Nel bitter: »Es war unmöglich, im letzten Herbst mit den Häuptlingen zu reden, Ronan. Damals wollte keiner von ihnen auf dich hören. Warum glaubst du, daß es diesmal anders sein wird?«

»Zugehört haben sie schon«, verbesserte er Nel. »Sie wollten nur nicht glauben, daß sie in Gefahr sind. Ich wünschte nur, sie hätten recht.«

»Aber du glaubst es nicht.«

Er schüttelte den Kopf. »Nein, ich glaube es nicht.« Dann schnüffelte er. »Dieses Gulasch riecht hervorragend«, sagte er, »wann werden wir essen?«

Bei diesen magischen Worten setzten sich Leir und Sinta auf und bellten.

Später in der Nacht lag Nel in der Dunkelheit wach und lauschte dem Schnarchen der Hunde. Ronans nackte Schulter war warm und weich unter ihrer Wange, und ihrer beider Körperwärme machte die Schlaffelle, die sie teilten, besonders angenehm. Sie hatten sich nicht geliebt, da Nels Mondblut am Tag davor zu fließen begonnen hatte.

Ronan sagte immer, es mache ihm nichts aus, daß sie bisher kein Kind hatten. In Wahrheit hatte er ihr sogar bei mehr als einer Gelegenheit klarzumachen versucht, daß es so wahrscheinlich besser war, da er nicht wüßte, wie er ohne sie die Arbeit mit den Pferden bewältigen sollte.

Nel wußte, daß in Ronans Worten ein gutes Stück Wahrheit lag, aber sie fühlte sich deshalb nicht weniger schlecht wegen ihrer Kinderlosigkeit.

Jede andere Frau des Stammes hatte ein Baby. Nur sie allein war unfruchtbar. Ronan hatte bereits Kinder gezeugt, das wußte sie. Borbas und Calas Söhne waren ihm beide unverkennbar ähnlich. Doch jeden Mond aufs neue floß ihr Mondblut, und keines der Kräuter, die sie überbrüht hatte, schien zu wirken.

Die anderen Frauen machten sie ab und zu darauf aufmerksam, wie glücklich sie sein mußte, daß Ronan sie niemals beiseite schieben würde, bloß weil sie unfruchtbar war. »Jeder kann sehen, wie sehr er dich liebt«, hatte Fara erst gestern gesagt, als sie einen flüchtigen Eindruck von der Verzweiflung bekam, die Nel normalerweise zu verbergen vermochte.

Es stimmt, dachte Nel jetzt, während sie sicher und geachtet an Ronans Körper geschmiegt lag, er liebt mich wirklich. Sie war seine kleine Elritze, und er würde niemals etwas tun, um sie zu verletzen. Außerdem war er gerade jetzt so sehr mit den Pferden beschäftigt und mit der potentiellen Drohung eines Angriffs, so daß ein Kind im Moment einfach nicht wichtig für ihn war.

Ich habe soviel, sagte sich Nel. Es war einfach dumm von ihr, noch mehr zu verlangen.

Aber sie konnte es nicht unterdrücken. Sie sehnte sich nach einem Baby. Sie liebte ihren Gefährten. Sie liebte ihre Tiere. Aber von ganzem Herzen und aus tiefster Seele verlangte es sie nach einem Kind.

Nels größte Angst war, sie könnte die Große Erdmutter beleidigt haben und ihre Kinderlosigkeit wäre womöglich ihre Bestrafung. Die Göttin hatte sie auserwählt, um die nächste Herrin des Hirsch-Clans zu sein, und statt dessen war Nel Ronan gefolgt. Ihre Vereinigung war nicht von der Art, welche die Große Erdmutter segnen würde.

Was sollte sie tun? Jeden Mond, wenn ihr Mondblut kam, folgten ihre Gedanken der gleichen Linie. Was konnte Nel tun, um die Göttin zu besänftigen?

Wir sollten zur heiligen Höhle gehen.

Das war der Gedanke, der Nel immer häufiger in den Kopf kam. Wenn sie und Ronan die heilige Hochzeit zusammen an der Göttin heiligstem Ort vollziehen würden, dann vielleicht würde sie sich erweichen lassen. Dann vielleicht würde Nels Schoß mit dem Leben eines Babys erwachen.

Irgendwie, dachte Nel und legte ihre Hände auf ihren flachen Bauch, muß ich Ronan dazu bewegen, mit mir in die heilige Höhle zu gehen.

21

Die Sonne brannte heiß auf ihren Kopf, als Nel die Pferdeherde betrachtete, die der Stamm in einem weiten Gebiet zwischen dem See, der Felswand und einem Zaun, der aus jungen Bäumen und Ästen errichtet war, eingepfercht hatte. Die Pferde waren alle junge Hengste, eingefangen als Einjährige zu dem Zeitpunkt, als Impero sie aus seiner Herde vertrieb, weil die Stuten ihre Fohlen geworfen hatten. Die Dreijährigen wurden nun alle regelmäßig von den Männern des Stammes geritten, während den Zweijährigen nur das geringe Gewicht von Nel und Beki und Thorn und Mait zugemutet wurde.

Die Pferde sahen sie herankommen, und vier von ihnen trabten zum Zaun in der Hoffnung, einen Leckerbissen zu bekommen. Nel hatte herausgefunden, daß die Pferde insbesondere eine der wilden Wurzeln liebten, die im Wald hoch in den Bergen wuchs, und sie hatte zum Zweck der Belohnung und Bestechung extra einen kleinen Vorrat davon angelegt.

»Tut mir leid, Nessel«, sagte sie. Sie zeigte ihre leeren Hände und streichelte das weiche Maul. »Tut mir leid, Eichel, Kleeblatt und Nep.« Die Pferde schnaubten und wandten sich ab. Nel beobachtete, wie sie zur Herde zurückkehrten.

Diese jungen Hengste hatten eine dunkle Farbe, aber wenn man von den Pferden der Hauptherde auf die anderen schließen konnte, dann würden sie mit der Zeit alle noch heller werden. Die vorrangigen Farben in der Hauptherde waren Grauschattierungen bis hin zu Weiß, und man konnte häufig fast weiße Stuten mit dunkelbraunen Fohlen an ihrer Seite laufen sehen. Mit einemmal waren gellende Schreie zu hören, und Nel sah zu der Felswand, wo gerade zwei Pferde aufstiegen und sich gegenseitig mit ihren Hufen bearbeiteten. Nel runzelte die Stirn. Vielleicht zum hundertsten Mal dachte sie bei sich, daß es viel einfacher sein müßte, Stuten miteinander einzupferchen als

Hengste. Die Herren der Pferde ritten auf Stuten. Ronan hatte erzählt, daß der einzige Hengst der Herde dem Häuptling der Pferdeleute gehörte.

Nel und der Wolf-Clan sahen sich jedoch mit dem Problem konfrontiert, daß Impero sie auf jeden Fall angreifen würde, wenn sie versuchen sollten, Stuten von seiner Herde zu trennen.

»Er hat schon die halbe Arbeit für uns getan, indem er die Jährlinge vertrieben hat«, bemerkte Ronan, als sie zum ersten Mal ihr Projekt zur Zähmung der Pferde besprochen hatten. »Wir können die Einjährigen in einen Pferch treiben und mit ihnen arbeiten, ohne daß wir Imperos Versuch fürchten müssen, sie zu befreien. Und wenn wir sie von der Hauptherde abgesondert halten, dann kann ich mir nicht vorstellen, daß Impero etwas gegen ihren Verbleib im Tal hat.«

Nel hatte zugestimmt, und so war es gemacht worden. Tatsächlich hatte es sich als viel schwieriger erwiesen, den Zaun zu errichten, als die kleine Gruppe junger Hengste in den Pferch zu treiben. Auch hatte es Nel keinerlei Mühe bereitet, den Tieren nahe zu kommen. Solange sie sich ruhig verhielt, ließen sie sich sogar von ihr berühren. Die Junghengste hatten auch keine Anstrengungen gemacht, aus dem Gehege auszubrechen, da ihnen offenbar Imperos Zähne und ausschlagende Hufe, die sie jenseits der Einzäunung erwarteten, nur zu gut im Gedächtnis haften geblieben waren.

Der Stamm hatte fasziniert beobachtet, wie Nel vorgegangen war, um die gefangenen Pferde zu zähmen. Sie war unfehlbar, wenn es um Tiere ging, erkannte genau, wann eines von ihnen Angst hatte und wann es einfach Streit suchte, wann es notwendig war, es zu beruhigen oder streng mit ihm zu sein. Der Stamm hatte Halfter gemacht, wie sie Ronan bei den Herren der Pferde gesehen hatte, Lederriemen, die sich um die Nase legten und dann zu Zügeln verlängerten, und Nel hatte die Einjährigen mit viel Geduld daran gewöhnt, sie zu tragen.

Und dann, an einem denkwürdigen Tag im Spätherbst, kurz bevor man den ersten Schnee erwartete, war Nel auf den Rücken eines der Pferde geklettert. Für dieses Experiment hatte sie Sunny ausgewählt, ein stämmiges Jungtier mit einem besonders freundlichen Wesen. Seit Tagen schon hatte sie versucht, ihn an ihr Gewicht zu gewöhnen, indem sie sich an seine flauschige Flanke lehnte und beide Arme über seinen breiten Rücken legte, ihn dabei immerzu großzügig mit Leckereien belohnend. Schließlich hatte Ronan seine Hände um Nels Taille gelegt und sie hoch auf Sunnys bequemen Rücken gehoben.

Es war erstaunlich leicht gegangen. Das Tier hatte zuerst vollkommen still dagestanden, die Ohren bewegten sich in offensichtlichem Erstaunen über die neue Situation. Dann hatte Sunny den Kopf zu ihr umgewandt, um sie anzusehen. Nel hatte ihm den Hals gestreichelt und beruhigend auf ihn eingeredet. Dann, mit einem kleinen schnalzenden Geräusch, hatte sie ihn aufgefordert, sich in Bewegung zu setzen, und er hatte es getan. Nel hatte mit der einen Hand die lange, seidige Mähne und mit der anderen die Zügel gefaßt, und der Wolf-Clan war beritten.

Natürlich war es nicht immer so einfach. Nicht alle Pferde waren so freundlich wie Sunny, und der Stamm hatte auch eine Weile gebraucht, um zu lernen, wie man auf einem schneller laufenden Pferd sitzen mußte. Es gab keinen unter ihnen, der nicht seinen Anteil an blauen Flecken abbekommen hatte, weil er heruntergefallen war, als sein Reittier unerwartet anhielt oder abbog. Aber in diesem zweiten Jahr ihrer Pferdebändigung konnten alle Männer und Frauen des Stammes reiten. Manche waren ohne Zweifel bessere Reiter als andere, aber alle konnten sich auf ihrem Pferd halten.

Es waren für alle Stammesmitglieder genug Pferde da, ohne die Hengstfohlen mitzurechnen, die Impero als nächste vertreiben würde, wenn die Stuten im Frühjahr wieder fohlten.

Wir haben bereits zu viele Pferde für die Größe unseres

Pferchs, dachte Nel. Während der letzten beiden Jahre hatte der Stamm das späte Wintergras in anderen Teilen des Tals gemäht, getrocknet, gelagert und es im Verlauf des Winters an die Herde verfüttert. Es war eine ungeheuerlich schwere Arbeit, und sie wäre überflüssig, wenn sie es den Pferden nur gestatten könnten, das Gehege zu verlassen und das Tal zu durchstreifen. Sie hätten lediglich vor dem Durchgang durch die Felswand eine Sperre errichten müssen, um die Tiere daran zu hindern, das Tal zu verlassen. Dies aber war wegen Impero und seiner Stuten nicht möglich.

Nel seufzte. »Bist du besorgt wegen Ronan?« fragte Beki sie, und Nel blickte ihrer Freundin ins Gesicht.

Nel schüttelte den Kopf. »Um ehrlich zu sein, ich habe mir Gedanken darüber gemacht, wo wir die neuen Jährlinge hintun sollen.«

»Vielleicht könnten wir Impero und die Stuten aus dem Tal vertreiben«, schlug Beki vor.

»Vielleicht, aber wenn wir das täten, dann würden wir unsere Quelle für neue Pferde verlieren.«

»Nicht, wenn wir einige der Stuten behielten«, gab Beki zu bedenken.

»Wenn wir einige der Stuten behielten, dann würden die Hengste um sie kämpfen.« Nel seufzte wieder. »Wenn ein Hengst eine Stute sieht, dann hat er nur eines im Kopf.«

»Darin unterscheiden sie sich nicht allzusehr von Männern«, bemerkte Beki trocken, und beide Frauen lachten.

Nels Blick wanderte die Felswand hinauf, und noch weiter, bis sie die weiter entfernt liegenden Gipfel des Altas sich gegen den Himmel abheben sah. »Ich frage mich, wie es ihnen jetzt wohl gerade ergehen mag«, sagte sie.

Bekis Augen folgten denen Nels. »Ich habe kein gutes Gefühl, wenn ich daran denke, was sie finden werden, Nel.«

Auf Nels erhobenem Gesicht machte sich ein Ausdruck breit,

der ungewöhnlich ernst war. »Ich auch nicht, Beki.« Sie wandte sich von den schneebedeckten Gipfeln ab. »Ich auch nicht.«

Fenris blinzelte in die Sonne und beobachtete den langen Zug von Pferden und Menschen, die dem Verlauf des Flusses folgten. Seine Späher hatten ihm berichtet, daß der Fluß in die Berge des Südens führte, wo viele Stämme lebten und wo im Frühling und Sommer ausgezeichnetes Gras wuchs. Beute für seine Männer und Gras für seine Pferde, das waren die wichtigsten Voraussetzungen, die ein Kain für einen Stamm wie jenen des Fenris' suchte, und deshalb wandten sie sich nach Süden und folgten dem Fluß, den die Einheimischen den Goldfluß nannten.

Der Stamm brauchte weniger als einen Tag, um das Lager abzubrechen, obwohl dieses Lager den ganzen Winter über ihr Zuhause gewesen war. Die Frauen verstauten die Zelte und Haushaltsgegenstände auf Schlitten, vor die dann Pferde gespannt wurden. Die Männer banden ihre Schätze auf Packpferden fest und bestiegen ihre Rösser. Den Rest der Pferdeherde trieben sie vor sich her, gefolgt von einigen Berittenen, den Schlitten, dem Rest der Reiter und schließlich den Frauen und Kindern, die zu Fuß waren. Es war ein beängstigender Anblick, die Herren der Pferde ein so großes Lager in so kurzer Zeit auflösen zu sehen.

Fenris blickte zu den Bergen hin, und nicht zum ersten Mal dachte er über das mangelnde Rückgrat der Leute des Südens nach. Das Leben ist zu leicht für sie gewesen, dachte der Kain verächtlich. Es gab hier zu viel Wild, das zu leicht zu erjagen war; diese Stämme des Südens wußten nichts von der Härte des Lebens im Norden, das seine Leute gestählt hatte. Diese sogenannten verwandten Stämme taten nichts anderes, als in der Überfülle der Herden zu jagen und Bilder in Höhlen zu malen. Bisher hatten Fenris und seine Männer sie fast kampflos überwältigen können.

»Kain«, sagte Surtur, ein Mitglied seiner Anda, jener Gruppe von Männern, die seinen Rat und seine beste Kampftruppe verkörperten. Fenris blickte in die Richtung, in die Surtur wies, und sah eine einzelne Gestalt, die sich aus der langsam vorankommenden Gruppe der Frauen und Kinder herausgelöst hatte und allein und bewegungslos am Fluß stand.

Fenris' buschige blonde Augenbrauen zogen sich zusammen.

»Soll ich sie holen?« fragte Surtur.

»Nein. Ich werde es selbst tun«, antwortete Fenris knapp, trieb sein Pferd mit den Fersen an und galoppierte davon.

Das Mädchen stand still am Ufer und beobachtete, wie er herankam. Sie zuckte nicht mit der Wimper, als er sein Pferd nur eine Handbreit von ihr entfernt zum Stehen brachte. Statt dessen entblößte sie ihre kleinen weißen Zähne in einer Grimasse, die kein Lächeln war.

»Warum bist du von den Frauen fortgegangen?« verlangte Fenris zu wissen. Seine grauen Augen waren dunkel vor Zorn.

Das Mädchen schien nicht beunruhigt über die Laune des Kains, vor der jede Frau und die meisten Männer des Stammes zurückgewichen wären. Sie zuckte mit den Schultern. »Ich mag nicht gehen«, sagte sie.

»Du bist eine der Frauen, Siguna. Du wirst gehen«, befahl er.

Sie schüttelte ihren Kopf so ungestüm, daß ihr helles, silbriges Haar um die Schultern flog. »Ich sagte, ich mag nicht gehen.«

Sie starrten einander an, wütende graue Augen in wütende graue Augen. »Ich werde dich an mein Pferd binden und dich hinter mir herziehen«, drohte er.

»Ich bin den ganzen Winter geritten!« schrie sie leidenschaftlich. Ihre helle Haut verfärbte sich dunkel bei dem Gefühlsausbruch. »Ich kann genausogut reiten wie ein Mann. Das weißt du! Ich will nicht gehen.«

»Dann werde ich dich ziehen müssen.«

Ihre Augen flackerten nicht. Er würde es tun, und sie wußte es.

Seine Männer würden es ihm zugute halten, daß er eine seiner Frauen auf diese Weise disziplinierte. Sie biß die Zähne aufeinander. »Dann zieh mich, wenn du mußt«, preßte sie hervor.

Ein Schwarm Gänse stieg vom Fluß her auf, kreischend und rufend in der klaren, sonnenwarmen Luft.

Der Ausdruck auf Fenris' Gesicht veränderte sich nicht, aber plötzlich reichte er mit seiner großen, schwieligen Hand hinunter zu ihr. »Du kannst bei mir eine Weile mit aufsitzen«, sagte er. »Und dann mußt du wieder gehen.«

Ihr Gesicht, das angespannt und verschlossen gewesen war, öffnete sich leuchtend in einem strahlenden, glücklichen Lächeln. Sie streckte ihm ihre Hand entgegen, setzte ihren Fuß auf seinen und ließ sich auf das Pferd ziehen. Sie lehnte sich bequem an seine breite Brust und sagte zufrieden: »Ich danke dir, Vater.«

Thorn beobachtete, wie der große blonde Mann auf dem braunen Hengst das schmale, sogar noch blondere Mädchen vor sich auf den Rücken des Pferdes gezogen hatten. Dann galoppierten die beiden das Tal hinauf, gefolgt von einem ganzen Schwarm weiterer Reiter.

»Auf jeden Fall können sie wirklich reiten«, murmelte er, aus schmerzhafter Erfahrung wissend, wie schwer es war, auf diese Weise mit einem Pferd zu verschmelzen. Der große Mann hielt das Mädchen und lenkte sein Pferd offenbar ohne jede Anstrengung. Das Mädchen hat Haare von der Farbe des Mondes, dachte er.

»Ja, sie können reiten.« Das war Ronan, der antwortete. »Und sie ziehen den Goldfluß hinauf, genau wie wir es befürchtet haben.«

»Das ist offensichtlich«, bemerkte Kasar mit finsterer Stimme. Der Leoparden-Clan, in den er hineingeboren worden war, hatte seine Siedlung nicht weit von der Stelle, wo sich der Große Fischfluß mit dem Goldfluß verband.

»Ich wünschte, wir wären selbst auf Pferden gekommen«, murmelte Ronan jetzt. »Wir könnten um so vieles schneller sein!«

»Du selbst hast gesagt, daß es uns Schwierigkeiten bereitet hätte, die Pferde über den schneebedeckten Altas zu bekommen«, erinnerte ihn Kasar. »Unsere Pferde sind jung und unerprobt, nicht wie diese«, und er wies auf den Stamm, der zielgerichtet seinen Weg am Fluß entlang verfolgte.

»Wir werden sie jetzt über die Berge bringen müssen«, sagte Ronan. Er bedeutete seinen Männern, sich in die Deckung des Waldes zurückzuziehen. »Wir müssen nun folgendes tun«, bestimmte er, als sie sich wieder um ihn gesammelt hatten. »Kasar, du gehst zum Leoparden-Clan, Thorn, du zum Stamm des Büffels, Mitlik, du zum Hirsch-Clan, Dai zum Eichhörnchen-Stamm, Heno zum Fuchs-Clan und Okal zum Bären-Clan. Ihr sollt die Häuptlinge und Anführer dieser Stämme auffordern, sich beim nächsten Vollmond mit mir in der Großen Höhle zu treffen.« Ein Nerv zuckte entlang Ronans Wangenknochen. »Wir müssen uns zusammentun, wenn diese Eindringlinge die Stämme der Berge nicht ebenso zerstören sollen, wie sie dies bereits mit jenen der Ebene getan haben!«

Ernst nickten die Männer, die um ihren Häuptling versammelt waren. »Ich selbst werde in das Tal des Wolfes zurückkehren und den Rest der Männer und die Pferde zur Großen Höhle bringen«, fuhr Ronan fort. »Ich glaube, die Pferde werden wichtig sein; sie werden unseren Leuten das Herz stärken und sie ermutigen, nicht aufzugeben.«

Wieder ernstes Nicken.

»Sollte es mir nicht gelingen, rechtzeitig bei der Großen Höhle zu sein, dann müßt ihr die Häuptlinge dazu bewegen, auf mich zu warten.«

»Ronan«, sagte Mitlik, »du schickst mich zum Hirsch-Clan. Willst du, daß ich die Herrin hole?«

In die plötzliche, angespannte Stille hinein kletterte ein Eichhörnchen den Baum hinunter, neben dem sie standen, und raschelte über den Waldboden. »Wenn sie selbst kommen möchte, dann soll sie es tun«, antwortete Ronan schließlich. »Tut sie es nicht, dann mußt du versuchen, ein paar der Männer zu überreden. Sprich mit Neihle, dem Bruder der Herrin, und mit Tyr. Sie sind zwei, die auf meine Worte hören werden.«

Mitlik nickte.

»Laßt uns also aufbrechen«, schloß Ronan. »Wir haben keine Zeit zu verlieren.«

Nel war auf den Rücken ihres Lieblingspferdes aufgesessen, einem hellen, kupferfarbenen Tier mit drei weißen Socken, das sie Weißfuß genannt hatte, und hatte die Richtung zum schmalen südlichen Ende des Tals eingeschlagen, wo der Fluß durch eine Öffnung in der Felswand aus dem Tal austrat. An dieser Stelle war der Fluß nie zugefroren, weil die Strömung zu stark war, und hier war es auch, wo die Tiere des Tals während des Winters tranken.

Impero und die Stuten weideten an der östlichen Felswand, als Nel auf Weißfuß herantrabte. Die Felswand war an dieser Stelle besonders hoch, mehrere hundert Meter senkrecht nach unten fallend, als wäre sie mit einem Messer abgeschnitten worden; jedoch direkt oberhalb des Talbeckens fiel die Wand etwas sanfter in das Tal ab und bildete in diesem Bereich Schluchten und Spalten, in der kleine Gruppen von Wacholder, Bergkiefern und Alpenrosen wuchsen. Auf diesen sonnigen Hängen lag kein Schnee, und die Stuten und Fohlen, die auf der Suche nach Futter waren, kümmerten sich nicht um Nel und ihr Pferd.

Anders aber der weiße Hengst, der sofort die Anwesenheit eines Herausforderers witterte. Impero schnaubte, senkte den Kopf und fiel sofort in Galopp, um seine Stuten und Nachkommen in einem engen kleinen Kreis zu sammeln. Nachdem er sie alle hinter sich zusammengetrieben hatte, trabte er davon, um Weißfuß seine Verachtung entgegenzuschleudern, den Kopf hoch in die Luft streckend und eine blecherne Herausforderung zum Kampf hinausposaunend.

Weißfuß hatte Angst vor dem Hengst, dem Vater und Beschützer, der sich auf so unerklärliche Weise in einen unversöhnlichen Feind verwandelt hatte. Aber etwas in seinem Blut kochte hoch bei dieser wiehernden Herausforderung, und er stieg schnaubend auf und schlug mit den Vorderhufen in die Luft.

Nel hatte bereits eine Hand um die Mähne ihres Reittiers geschlungen, um sich festzuhalten, und nun nutzte sie die andere, um ihm auf die Schulter zu schlagen, damit er ihr seine Aufmerksamkeit wieder zuwende. Sobald seine Vorderhufe wieder den Boden berührten, drehte sie ihren Körper und riß so auch das Pferd mit sich; dann trieb sie es durch den Druck ihrer Beine von Impero fort. Sie galoppierten am Fluß entlang zum ausgestreckten südlichen Rand des Tals und hielten nicht eher an, bis sie die Felswand erreicht hatten. Nel schaute zurück.

Impero blickte ihnen noch immer nach, seinen narbenübersäten, muskulösen Hals hochgereckt und die Nüstern bebend. Thorn sollte ihn so zeichnen, dachte Nel plötzlich. Er sah eindrucksvoll aus. Während sie ihn noch beobachtete, wirbelte er herum und schoß mitten in seine dichtgedrängt wartenden Stuten und Fohlen hinein, gab ihnen so die Erlaubnis, sich wieder zu zerstreuen und die Suche nach Nahrung von neuem aufzunehmen. Seine Herde kehrte zu den Hängen unterhalb der Felswand zurück, und der weiße Hengst stand Wache, seine Aufmerksamkeit zwischen seinen Stuten und seinem dreijährigen Sohn geteilt, den er als potentiellen Rivalen erkannte.

Nun, dachte Nel ergeben, ich sollte wohl besser die Vorstellung aufgeben, in diesem Tal mehr als einen Hengst mit den Stuten zu halten. Wenn sogar Weißfuß sich auf einen Kampf einlassen will...

Augenblicklich jedoch war Weißfuß unempfänglich für den Herausforderer. Selbst Imperos Kampfschrei konnte das Donnern des Wassers nicht übertönen, das durch den Spalt in der Felswand schäumte und sich dann zweihundert Meter tief direkt in ein sprudelndes Becken am Fuß der Felswand außerhalb des Tals ergoß.

Weißfuß war mit dem Lärm des Wasserfalls aufgewachsen, und er hatte daher keine Angst davor. Der junge Hengst stand ruhig unter Nels Herrschaft, und sie streichelte ihm den Hals, bevor sie ihn wendete und sich auf den Rückweg machte, diesmal jedoch entlang der Westwand des Tals, wo noch vereinzelt Schneefelder waren.

Mait begrüßte sie am Gehege mit der Botschaft, daß Ronan zurückgekommen war. Sie überließ Mait die Aufgabe, Weißfuß wieder zu den anderen Pferden zurückzubringen, und rannte, so schnell, wie es ihre Winterstiefel zuließen, um den See.

Der ganze Stamm schien auf dem großen freien Platz zwischen den Hütten und dem See versammelt zu sein, als Nel angelaufen kam. Alle hatten sich zu Nel umgedreht, aber Nel ignorierte sie und warf sich geradewegs in Ronans Arme. Sie schlossen sich um sie, hoben sie von den Füßen.

»Du bist zurück«, sagte sie atemlos.

»Ja. Ich bin zurück.« Seine rauhe, kalte Wange preßte sich gegen ihre. »Du erwürgst mich, Nel.«

Sie hatte die Arme so fest um seinen Hals geschlungen, daß er wohl tatsächlich recht hatte. Sie hätte niemals zugegeben, wie sehr sie jedesmal, wenn er auf diese Expeditionen fortging, um ihn bangte. Sie lockerte ihre Umarmung ein wenig und legte ihren Kopf zurück, damit er in ihr Gesicht sehen konnte.

Er war unrasiert und sah erschöpft aus, aber darüber hinaus war sie einverstanden mit dem, was sie sah. Sie sagte: »Du hast mir gefehlt.«

»Auch ich habe dich vermißt, kleine Elritze«, flüsterte er ihr ins Ohr und beugte sich vor, um sie wieder auf die Füße zu stellen.

Nel blickte sich um, sah Beki ohne Kasar dastehen und begriff schließlich, daß Ronan allein zurückgekommen war. Sie wartete einen Augenblick, bis sie sicher sein konnte, daß sich die Angst, die sie plötzlich fühlte, nicht in ihrer Stimme zeigen würde. Dann fragte sie: »Ziehen sie in den Süden?«

»Ja«, antwortete Ronan ihr, seine Stimme dabei merkwürdig sanft. »Sie ziehen in den Süden.«

Zu Ronans Erstaunen und durchaus nicht zu seinem Vergnügen beharrten alle Männer des Stammes darauf, zu dem Treffen in der Großen Höhle mitgenommen zu werden.

»Ihr könnt nicht alle mitkommen«, sagte er sofort.

»Warum nicht?« wollte Crim wissen.

»Wir können Frauen und Kinder hier nicht ohne Männer zurücklassen.« Mit vorsichtiger, geduldiger Stimme meinte er, daß sie das doch wohl selbst einsahen.

Frauen, Männer und Kinder, sie alle hatten sich dicht gedrängt in Brors Zelt versammelt, und obwohl dort kein Feuer brannte, war es heiß von so vielen menschlichen Körpern. Die Hunde waren nach draußen geschickt worden, aber die Kleinkinder krabbelten lebhaft allen übrigen zwischen den Beinen umher. Ronan öffnete das Band, das sein Hemd am Hals schloß.

»Hast du auch zum Hirsch-Clan geschickt?« fragte Bror.

»Ja.«

»Wir haben darüber geredet, als du fort warst«, erklärte Bror, »und wir sind zu dem Schluß gekommen, daß wir dich nicht allein in die Arme deiner Feinde schicken können.«

Ungeduld stand klar auf Ronans Stirn geschrieben. »Ihr schickt mich nicht allein. Ich werde die meisten Männer mitnehmen und alle Pferde. Aber ein paar Männer müssen hier für die Frauen und Kinder zurückbleiben. Es muß jemand da sein, der für sie jagt.«

»Wen wolltest du hier im Tal zurücklassen?« ließ sich Crees nasale Stimme vernehmen. »Die Männer der Göttin?«

»Das scheint mir eine vernünftige Wahl zu sein«, gab Ronan zu. »Nach euren eigenen Worten habt ihr nicht den Einsatz in diesem Kampf wie die Mitglieder der verwandten Stämme.«

»Wenn du dich mit dem Hirsch-Clan triffst, dann brauchst du die Anhänger der Göttin, damit sie dir den Rücken stärken«, gab Cree zu bedenken.

Auf Ronans Gesicht machte sich ein Ausdruck breit, den Mait immer als »seinen schwarzen Blick« bezeichnete. Der Häuptling mochte es nicht, wenn seine Männer ihn zu überstimmen versuchten. »Wer soll eurer Meinung nach bei den Frauen zurückbleiben?« fragte Ronan in diesem überfreundlichen Tonfall, dem sie alle zu mißtrauen gelernt hatten. »Du, Bror?«

Bror zog ein finsteres Gesicht und antwortete nicht.

Es war Berta, die dem wütenden Häuptling antwortete. »Keiner wird wegen der Frauen hierbleiben müssen, Ronan, weil die Frauen auch mitkommen.«

Bei diesen Worten fuhr Ronan herum. Er blickte erstaunt in das madonnenhaft ruhige Gesicht von Berta. »Das könnt ihr nicht«, sagte er.

»Natürlich können wir das«, entgegnete sie. Nicht einen Funken ihrer Entschlossenheit hatte sie durch Ronans Blick eingebüßt.

Ronan drehte sich zu Nel. Auf ihrem Gesicht lag der gleiche entschlossene Ausdruck wie auf Bertas. Sie sah ihm in die Augen, sagte aber nichts.

Ina, die zweijährige Tochter von Berta und Heno, krabbelte herüber und ließ sich auf Ronans Fuß nieder. »Mit Ronan mit«, sagte sie befriedigt und lächelte ihn selig an.

»Die Frauen sind entschlossen, Ronan«, sagte Crim grinsend.

»Wir können die Babys doch nicht den Altas hinunterzerren!«

»Mit den Babys wird es leichter gehen als mit diesen hier«,

sagte Beki kläglich und kam, um Bertas Tochter aufzunehmen. »Die Babys können wir uns auf den Rücken binden.«

Zum ersten Mal, seit sie sich zusammengefunden hatten, ergriff Nel das Wort. »Die Herren der Pferde bewegen ihren ganzen Stamm«, legte sie sanft dar. »Sicherlich haben auch sie Frauen und Kinder.«

Ronan schaute vom Gesicht seiner Gefährtin in jene seiner anderen rebellierenden Anhänger. Dann vergrub er seine Hand im Haar und beugte den Kopf so vor, daß sein Gesicht verborgen war. Sie alle starrten nervös auf die langen, schlanken Finger, die in dem dicken, rabenschwarzen Haar verschwanden.

Bror holte entschlossen Luft. »Wir versuchen nicht, deine Autorität zu untergraben oder dich zu hintergehen«, erklärte er. »Du bist noch immer unser Häuptling. Das ist ja der Grund, warum wir denken, wir sollten alle mit dir mitkommen.«

»Ach so?« Ronans Stimme klang gedämpft.

Mait schaute ängstlich auf Nel. Sie beobachtete ihren Mann.

»Ronan«, sagte sie anklagend, »hör auf zu lachen!«

»Lachen?« entrüstete sich Asok. »Was ist da so komisch?«

Ronan erhob sein gerötetes Gesicht. »Die Vorstellung, wie ich mit einem Anhang kreischender Babys in die Große Höhle hineinstolziere.«

»Wir werden die Babys nicht schreien lassen«, versprach Fara grinsend.

»Das wäre eine schöne Abwechslung«, bemerkte Crim.

Ronan wurde wieder ernst. »Ich danke euch allen. Es ist schön, daß ihr so um mich besorgt seid. Aber wir haben diese Pferde noch nie aus dem Tal herausgenommen. Ich kann ihnen keine Kinder anvertrauen.«

»Wir haben sie draußen geritten, als du fort warst«, gab Berta zu. »Es gab keinerlei Probleme.«

Ronan schaute wieder zu Nel. »Ihr habt mit den Pferden das Tal verlassen?«

»Sie haben sich sehr gut benommen«, sagte sie gesetzt. »Ich bin überzeugt, sie werden uns keine Schwierigkeiten bereiten.«

»Gib es auf«, riet ihm Crim. »Wir haben es schon getan.«

»Mit Ronan mit!« krächzte Ina wieder, offenbar fasziniert vom Klang der Worte.

Wieder mußte Ronan lachen. »Also gut«, gab er nach. »Aber wenn ich es sage, dann müßt ihr in das Tal zurückgehen, und ich erwarte dann, daß ihr mir gehorcht. Wir wissen nicht, welche Entscheidungen die Stämme treffen werden.«

»Das genau ist der Grund, warum wir alle dich begleiten wollen«, sagte Bror ernst, und der Rest des Stammes nickte zustimmend.

22

Von den sechs Stämmen, denen Ronan Boten geschickt hatte, folgten drei seinem Ruf.

Vom Leoparden-Clan kam Unwar, ihr Häuptling, Hamer, der Schamane, und acht der wichtigsten Jäger.

Vom Büffel-Clan kam Haras, der Häuptling, Jessl, der Schamane, Rilik, Thorns Vater, und sieben der wichtigsten Jäger.

Vom Hirsch-Clan kam Arika, die Herrin, ihr Bruder Neihle, drei Stammesmütter und fünf Männer. Ihre Tochter Morna hatte sie zu Hause gelassen.

Die meisten von ihnen hielten sich schon mehrere Tage bei der Höhle auf, als Ronan mit seinem Troß eintraf. Die Häuptlinge des Leoparden- und des Büffel-Clans wußten, daß Ronan aus dem Altas kam, waren darauf vorbereitet zu warten und verbrachten die Zeit damit, sich miteinander zu beraten. Die Delegation des Hirsch-Clans traf lediglich einen Tag vor Ronan ein.

Es war eine abenteuerliche Reise den Altas hinunter gewesen, da sich die Pferde doch nicht als so friedlich erwiesen hatten, wie Nel vorausgesagt hatte. Nach den ersten zwei Tagen hatte sich die Aufregung jedoch ein wenig gelegt, und den Pferden war es leichter gefallen, gehorsam zu sein.

Nie, so lange er lebte, würde Thorn den Augenblick vergessen, als die Männer der verwandten Stämme den Wolf-Clan auf Pferderücken herankommen sahen. Er hatte mit Rilik und Haras vor der Großen Höhle gestanden, und als die Pferde um die letzte Kurve in Sicht kamen, blinzelte Haras in die Sonne und hielt sie zunächst für eine wilde Herde.

»Pferde!« rief der Büffel-Häuptling in einem Gemisch aus Unruhe und Überraschung. Dann holte er hörbar Luft, als er menschliche Gestalten auf den Rücken der Pferde sah.

Als Thorn beobachtete, wie sein Stamm herankam, fühlte er unglaublichen Stolz in seinem Herzen. Ronan und Nel ritten voraus, Ronan auf Wolke, dem großen Grauen, den er selbst zugeritten hatte, und Nel auf Weißfuß. Sie reiten so gut wie irgendeiner von diesen Pferdeleuten, dachte Thorn: aufrecht und stolz, die Oberschenkel leicht nach vorne gezogen, die Knie abgewinkelt und die Waden nach hinten ausgerichtet. Ihnen folgte der Rest des Stammes, einige der Männer führten Packpferde mit. Die Hunde rannten den Pferden zwischen den Beinen umher, außer Nigak, der Ronan nicht von der Seite wich.

»Uff!« rief Haras aus. »Ich traue meinen Augen nicht!«

»Ist das denn möglich?« brachte Rilik hervor.

Von überallher konnte man Menschen heraneilen sehen; alle wollten das Unmögliche sehen.

»Männer auf Pferden!«

»Nicht nur Männer – Frauen auch!«

»Das kann ich nicht glauben!«

»Wie haben sie das nur geschafft?«

Dann fragte eine ängstliche Stimme: »Sind das die Herren der Pferde?«

»Nein«, sagte eine weibliche Stimme mit dem Akzent des Hirsch-Clans. »Das ist Ronan!«

»Ronan hat uns davon nie ein Wort gesagt«, brachte Haras schließlich heraus. Er schaute Thorn vorwurfsvoll an.

Die Reiter hatten ihre Pferde in einem gewissen Abstand zu den staunenden Zuschauern angehalten.

Thorns Nasenflügel bebten vor Stolz. »Wir zähmen jetzt seit zwei Jahren Pferde«, erklärte er Haras. »Das ist das erste Mal, daß wir sie aus dem Tal herausgeführt haben.«

»Du auch?« Rilik starrte seinen Sohn an. »Du reitest auch?«

»Ja«, lachte Thorn. »Ich bin immer einer der ersten, weil ich so leicht bin.«

Riliks Mund stand staunend offen.

»Tretet zurück!« rief Thorn in die Menge, die nach vorne zu drängen begann. »Ihr werdet die Pferde erschrecken, wenn ihr ihnen zu nahe kommt.«

Alle machten einen Schritt zurück.

»Vater, du und die Häuptlinge, ihr könnt mit mir kommen«, sagte Thorn großartig und schritt voran, während Rilik, Haras und Unwar ihm folgten. Arika und Neihle hielten sich ein wenig abseits im Schatten des großartigen Tunnels, den die Große Höhle bildete.

Ronan ließ den Blick einmal kurz zu der Stelle gleiten, wo seine Mutter stand, bevor er die vier Männer begrüßte, die zu ihm getreten waren. »Thorn«, sagte er. »Rilik.« Dann, förmlicher zu Unwar und Haras: »Ich grüße den Häuptling des Leoparden und den Häuptling des Büffels.«

»Arika vom Hirsch-Clan ist auch hier«, sagte Unwar, der Ronans Blick zum Tunneleingang gesehen hatte, »aber die Häuptlinge des Eichhörnchen-, des Bären- und des Fuchs-Clans haben es abgelehnt zu kommen.«

»Ich verstehe«, sagte Ronan ausdruckslos.

Die Häuptlinge betrachteten staunend Wolke, der schnaubte, mit den Augen rollte und zur Seite tänzelte. Ronan tätschelte seinen geschwungenen Hals, und das Tier beruhigte sich wieder.

Nervös wegen der tanzenden Hufe, waren die Häuptlinge schnell einen Schritt zurückgetreten. »Das ist wirklich unglaublich!« sagte Haras aus der Sicherheit seines neu gewonnenen Abstands heraus. »Du hast uns nie erzählt, daß du auf Pferden reitest!«

Ronan saß ruhig auf seinem aufgeregten Pferd und antwortete auf die vielen Fragen, aber die ganze Zeit hatte Thorn das Gefühl, daß seine Aufmerksamkeit auf etwas anderes gerichtet war: auf die rothaarige Frau, die so vollkommen unbeweglich im Schatten der Höhlenöffnung stand, Wolke, der die Anspannung seines Reiters spürte, fing an, mit seinem Schweif zu schlagen und mit den Hufen zu stampfen.

»Die Pferde sind müde und auch die Kinder«, sagte Nel in ihrer weichen, tiefen Stimme zu Ronan. »Ich denke, wir sollten uns erst einmal einrichten, bevor wir uns weiter unterhalten.«

Ronan blickte sie an, und zum ersten Mal seit er ihn kannte, hatte Thorn das Gefühl, daß er nicht wußte, was er tun sollte. Sein Gesicht wirkte angespannt und steif. Wolke warf seinen Kopf unruhig hoch und bäumte sich auf. »Sitz ab, Ronan«, verlangte Nel ruhig, und Ronan rutschte gehorsam vom Rükken des Pferdes und tätschelte dem Grauen noch einmal den Hals. »Du hast gesagt, du kennst hier eine relativ gut abgeschlossene Wiese, wo wir die Pferde lassen könnten«, fuhr Nel in demselben Alltagston fort. »Warum bringst du mit den Männern nicht die Pferde dorthin, während ich die Frauen unterbringe?«

Wieder nickte Ronan. Doch er rührte sich nicht von der Stelle, unentschlossen und steif in dem Bewußtsein der Anwesenheit seiner Mutter. Nel sagte: »Thorn wird dich begleiten«, und auch sie rutschte von Weißfuß' Rücken und bedeutete Thorn, die Zügel des Pferdes zu nehmen. Dann ging sie zu Ronan.

Thorn schien es, als breche ihre Nähe den Zauber, der Ronan gefangen hielt. Er blickte hinunter in die besorgten Augen seiner Gefährtin und lächelte ein bißchen schief. »Also gut, Nel«, sagte er. Er berührte ihre Wange flüchtig mit zwei Fingern und atmete aus. »Es geht mir gut.« Er wandte sich an Thorn: »Komm, laß uns die Pferde wegbringen.«

Nel wartete, bis die beiden davongegangen waren, und begegnete dann den Häuptlingen. »Ihr werdet uns zeigen müssen, wo unser Stamm am besten sein Lager aufschlagen soll«, schlug sie vor. »Wir kennen diese Höhle nicht.«

»Natürlich«, erbot sich Haras, der von Natur aus ein freundlicher Mann war. »Es gibt noch ausreichend Platz in der Höhle selbst.«

Die Vertreter der anderen Stämme sahen mit ehrfurchtsvoller Faszination zu, wie die Frauen und Kinder des Wolf-Clans in die Höhle strömten und ihre Männer die Pferde fortführten.

»Berta«, sprach Nel eine der Frauen an, die auf gleicher Höhe mit ihr ging, »wirst du dich um die Errichtung des Lagers kümmern?«

»Natürlich.« Bertas große braune Augen blickten klug zwischen Nel und der Gruppe im Höhleneingang hin und her. »Es ist nicht nötig, daß du dich um uns sorgst, wir werden zurechtkommen.«

Nel lächelte sie dankbar an und ging dann auf die Gruppe des Hirsch-Clans zu.

Neihle stand auf einer und Erek auf der anderen Seite von Arika. Obwohl beide hochgewachsene Männer waren, so wurde ihre imposante Erscheinung dennoch von der kleinen schmalen Gestalt zwischen ihnen überstrahlt. Nel schaute nach den übrigen Mitgliedern der Delegation und stellte mit Erleichterung Mornas Abwesenheit fest.

»Herrin«, grüßte Nel respektvoll und senkte den Kopf.

»Nel«, antwortete Arika. »Ich war mir nicht sicher, ob ich dir hier begegnen würde.«

Nel hob den Kopf. Die Herrin sieht älter aus, dachte sie. Da waren schon graue Strähnen in ihrem Haar. Das Alter jedoch würde niemals die Schönheit von Arikas Gesicht trüben oder die Linien ihrer entschiedenen Unbarmherzigkeit glätten können.

»Wie geht es Fali?« erkundigte sich Nel.

»Sie starb, kurz nachdem du uns verlassen hast«, antwortete Arika ruhig, in keiner Weise darum bemüht, den Schlag, den sie Nel damit versetzte, abzumildern.

Nel preßte die Lippen zusammen, um einen Schmerzensschrei zu unterdrücken.

Arika war an der Reihe zu fragen. »Hast du ihn geheiratet?«

Nel nickte, ihre Lippen noch immer verschlossen.

»Hast du ein Kind?«

Nel atmete tief ein und sammelte all ihre Kraft. »Nein«, sagte sie, »wir haben keins.«

Arika runzelte die Stirn.

»Ich bin überrascht, Herrin, daß du selbst zu diesem Treffen gekommen bist«, bemerkte Nel als nächstes, wohl darauf bedacht, Arika von dem schmerzlichen Thema Kinder abzulenken. »Es ist normalerweise nicht deine Art, dich mit den Mitgliedern anderer Stämme abzugeben.«

»Es ist keine weite Reise von der Heimstätte des Hirsch-Clans bis zur Großen Höhle«, erklärte Arika. »Ich hielt es für vernünftiger, mich mit eigenen Augen davon zu überzeugen, welche Ränke Ronan schmiedet.« Sie blickte an Nel vorbei auf die Männer des Wolfes, die die Pferde fortführten. »Ich gebe es gerne zu, das hatte ich nicht erwartet.«

»Es war Ronans Idee, den Versuch zu wagen, selbst Pferde zu zähmen«, sagte Nel.

»Davon bin ich überzeugt«, stimmte Arika in fast dem gleichen täuschend freundlichen Ton zu, der auch ihrem Sohn eigen war. Sie blickte Nel leidenschaftslos an. »Nun begreife ich, warum er dich brauchte, Nel. Du hast im Umgang mit Tieren schon immer die Führung der Göttin gehabt.«

Nel schmeckte bittere Wut in ihrem Hals. Ihre schmalen Nasenflügel zitterten. »Du hast Ronan nie verstanden«, sagte sie, »dir fehlt das Herz dazu.«

Arika schien von Nels Reaktion überrascht und blickte gedankenverloren von ihr fort. »Ich verstehe ihn nur zu gut.«

Nie hatte irgend jemand einen so kalten Ausdruck auf Nels Gesicht gesehen. »Du verstehst gar nichts«, sagte sie zu der Herrin des Hirsch-Clans, drehte sich um und ging davon.

Ronan sammelte die Pferde in einem grasreichen Tal und ließ mehrere seiner Männer als Wachen zurück, damit sie Ausschau nach wilden Tieren hielten.

»Die Herren der Pferde halten ihre Tiere auf diese Weise zusammen«, erklärte er. »Pferde sind wie Menschen, ihr Instinkt rät ihnen zusammenzubleiben. Hier gibt es genug Gras, und wir sollten nur wenig Ärger mit Ausreißern haben. Allerdings sind unsere Pferde an ein Tal fast vollkommen ohne Feinde gewöhnt. Wir müssen also doppelt achtgeben, damit ihnen nichts zustößt.«

Die Männer stimmten inbrünstig zu. Keiner von ihnen wollte die Anstrengungen der letzten zwei Jahre unter den Pranken eines Löwen zerstört oder in alle vier Winde auseinandergetrieben sehen.

Als Ronan mit den übrigen Männern wieder beim Eingang der Höhle anlangte, war Arika von dort verschwunden. Beki und Yoli erwarteten sie statt dessen, um sie an die Stelle zu führen, wo die Frauen das Lager errichtet hatten und wo die Abendmahlzeit zubereitet wurde.

Die Stämme trafen sich an diesem Abend an der gleichen Stelle in der Höhle, wo sich bei den zweimal im Jahr stattfindenden Treffen normalerweise die Häuptlinge berieten. Es war kalt in dem Tunnel nahe des Flusses, und sie hatten in der Herdstelle ein großes Feuer angezündet und sich darum versammelt, jeder Anführer umgeben von seinen Anhängern. Ronan brachte neben den Männern, die ihn auf seiner letzten Mission begleitet hatten, auch Bror, Crim, Berta, Beki und Nel mit an das Feuer. Nel saß neben Ronan. Neihle neben Arika. Die Schamanen des Leoparden und des Büffels saßen neben ihren Häuptlingen. Die übrigen Begleiter saßen etwas abseits.

Ronan sprach als erster, zugleich lebhaft und sachlich. »Ich danke euch, daß ihr so schnell meinem Ruf gefolgt seid. Ich hatte gehofft, auch Männer von den Stämmen des Eichhörnchens, des Fuchses und des Bären zu sehen, aber man sagte mir, sie hätten sich entschlossen, nicht zu kommen.«

»Wie wir lebt der Eichhörnchen-Clan am Atata«, sagte Haras. »Als du berichtet hast, die Herren der Pferde hätten sich zum Goldfluß gewandt, dachten sie, sie seien in Sicherheit.«

Unwar vom Leoparden-Clan fügte hinzu: »Und die Stämme vom Fuchs und vom Bären siedeln südlich von uns am Goldfluß und meinten, sie seien außer Reichweite der Angreifer.«

Ronans Gesichtsausdruck war düster. »Um die Wahrheit zu sagen, ich bin überrascht. Ich hatte als erstes die Stämme erwartet, die am Goldfluß leben. Noch vor denen, die am Atata siedeln. Und auch vor dem Hirsch-Clan.« Er schaute Arika nicht an, als er das sagte.

Haras lenkte ein. »Unsere Anwesenheit hier verpflichtet uns zu nichts, Ronan. Wir sind nur gekommen, um dich anzuhören.« Er lächelte kläglich. »Thorn hat uns überzeugt, daß wir wenigstens diesen Schritt tun sollten.«

Neihle sagte: »Auch der Hirsch-Clan ist nur gekommen, um zuzuhören.«

»Was ich vorschlagen will, ist schnell gesagt.« Ronans Gesicht rückte aus dem Schatten in die Helligkeit des Feuers. »Ich bin der Meinung, daß wir all unsere Stämme vereinen sollten, um diese Pferdeleute aus unseren Bergen zu vertreiben.«

»Kämpfen, meinst du«, sagte Jessl, der Schamane des Büffel-Clans, in neutralem Ton.

Ronan nickte.

Hamer, der dürre Schamane des Leoparden-Clans, richtete einen glitzernden Blick auf Ronan. »Ich bin bereit zu akzeptieren, daß ein Stamm, wie du ihn beschreibst, tatsächlich existiert. Wir haben Nachrichten über sie aus anderen Quellen erhalten. Aus anderen *vertrauenswürdigen* Quellen«, fügte er mit einem Lächeln dünn wie eine Messerschneide hinzu. »Es ist mir jedoch vollkommen unbegreiflich, was wir damit erreichen wollen, uns ihnen direkt entgegenzustellen. Deine Pferde sind beeindrukkend« – die knochige Nase des Schamanen hob sich, um anzuzeigen, daß er nicht sonderlich überwältigt war. »Aber wie dein eigener Mann berichtet« – eine herablassende Handbewegung in Richtung Kasar, der mit Beki, der Tochter dieses Schamanen, davongelaufen war – »sind es nur eine Handvoll gegen die großen Herden der Angreifer.«

Hinter Nel knirschte Beki vor Zorn mit den Zähnen. Nel hörte, wie Kasar etwas murmelte, um sie zu beruhigen. Ronans Antwort an die Adresse des Schamanen war ruhig und vernünftig: »Sie müssen nicht erfahren, wie klein die Zahl unserer Pferde ist. Wenn wir schnelle Überfälle auf sie durchführen und uns dann in die Berge zurückziehen, wie sollen sie dann wissen, daß wir Pferde nicht in ähnlicher Menge besitzen wie sie?«

»Das ist ein gutes Argument«, pflichtete ihm Haras bei.

»Was soll sie davon abhalten, uns genauso zu beobachten, so wie wir es mit ihnen tun?« wollte Jessl wissen.

»Wir kennen die Berge, sie nicht«, gab Ronan zu bedenken. »Wir haben die Möglichkeit, uns an Orten zu verstecken, wo sie uns nicht finden können.«

»Das ist ein weiteres gutes Argument«, stimmte Unwar zu. Er reckte sein Kinn vor und verlangte von Ronan zu wissen: »Warum müssen wir uns diesem Stamm entgegenstellen, wenn wir uns doch verstecken und wieder Besitz von dem ergreifen können, was unser ist, sobald sie weitergezogen sind?«

Ronan musterte den Häuptling des Leoparden-Clans, einen kurzen, drallen Mann mit abstoßendem Äußeren und braunen Augen unter schweren Lidern. »Wir können sie reitend umgehen«, erklärte Ronan, »aber nicht zu Fuß. Andere Stämme haben solche Strategien erprobt, aber sie haben sich nicht als erfolgreich erwiesen. Zum einen, weil die Herren der Pferde ein gieriger Haufen sind. Sie holen sich nicht nur die Nahrung, die sie zum Leben brauchen. Sie rauben andere Stämme aus, damit sie sich vor ihresgleichen damit brüsten können. Sie werden sich nicht damit zufriedengeben, unsere Hütten und Höhlen nur zu benutzen, in unseren Wäldern und Wiesen nur zu jagen. Sie werden unsere Felle und Werkzeuge wollen, unsere Ketten und Armbänder.« Er legte eine Pause ein. »Sie werden unsere Kinder haben wollen, damit sie sie in ihren Zelten bedienen, und unsere Frauen, damit sie ihre Schlaffelle mit ihnen teilen. Das ist es, was sie aus anderen Stämmen gepreßt haben, deren Siedlungen auf ihrem Weg lagen, und das ist es, was sie auch von uns wollen. Der Versuch, sich zu verbergen, hat diesen anderen Stämmen gar nichts genutzt. Die Herren der Pferde haben sie immer gefunden.«

Das Rauschen des Flusses klang laut in der plötzlichen Stille. Ronan hatte noch nicht einmal in die Richtung von Arika und Neihle gesehen, aber Nel konnte spüren, daß ihm deren Anwesenheit bewußt war. Sie dachte dankbar, daß er nicht so angespannt zu sein schien wie zuvor. Er konnte es sich nicht leisten, jetzt abgelenkt zu sein; er brauchte seine ganze Konzentration für diese Diskussion.

Haras sagte entschlossen: »Es ist wahr, daß wir diese Geschichte bei den Treffen im Verlauf der letzten beiden Jahre gehört haben. Ich sage dir jetzt, Ronan, daß Unwar und ich zusammen mit unserem Rat von Nirum vor deiner Ankunft die Situation besprochen haben und zu dem Schluß gekommen sind, daß wir wegen der Berge bessere Voraussetzungen haben, die Pferdeleute draußen zu halten, als die Stämme der Ebene.«

»Ich will, daß sie gar nicht erst in unsere Berge kommen«, sagte Ronan kraftvoll. »Wenn wir uns zusammentun, dann werden wir genug sein, um sie zu vertreiben. Warum sollten wir uns jagen lassen und uns ängstlich und zitternd verstecken wie die Antilope, wenn sie den Leopard sieht, wenn es doch in unserer Macht liegt, uns wie Männer zu verhalten?«

Ein unangenehmes Schweigen machte sich breit.

»Große Worte sind leicht gesagt«, spottete Hamer.

Jessls versöhnlichere Stimme ließ sich vernehmen. »Sobald die Herren der Pferde erkennen, daß der Goldfluß sie aus den reichen Flußtälern des Nordens nur in hohe unwirtliche Berge führt, kehren sie vielleicht von ganz allein um.«

»Das ist wahr«, stimmte Unwar zu, und auch Haras schüttelte zustimmend sein prächtiges sandfarbenes Haar.

»Sie wissen bereits, daß sie in die Berge vorstoßen«, wandte Arika ein, und die Blicke aller Männer wandten sich ihr zu. »Der Häuptling des Wolf-Clans war nicht der einzige, der diesen Stamm von Zerstörern beobachten ließ«, sagte die Herrin ruhig. »Wir vom Hirsch-Clan haben uns ebenfalls unserer Augen bedient.« Sie legte ihren Kopf leicht zur Seite. »Sag es ihnen, Tyr«, verlangte sie.

Einer der jungen Männer, der hinter Neihle saß, kam ein wenig nach vorne. Tyr berichtete: »Wie die Herrin gesagt hat, haben auch wir diesen Stamm beobachtet. Vor einem Mond hat ihr Anführer eine Gruppe von Reitern ausgesandt, um das Land auszuspähen, in das sie der Goldfluß führt. Wir haben sie beobachtet. Sie sind dem Goldfluß bis zum Großen Fischfluß gefolgt.« Seine dunkelblauen Augen ruhten auf Unwar. »Sie haben die Siedlung des Leoparden-Clans gesehen«, sagte er, »und dann sind sie in ihr Lager zurückgekehrt.«

Unwars schwere Gesichtszüge sahen nun sogar noch häßlicher aus als sonst. »Bist du dir da ganz sicher?«

»Ich bin sicher«, bestätigte Tyr.

»Dann kommen sie also tatsächlich«, sagte Unwar trübe.

»Was genau schlägst du vor, was wir tun sollen, Ronan?« erkundigte sich Haras.

Ronans Antwort war kurz und bündig. »All unsre Stämme in einem Bündnis unter der Führung eines Häuptlings vereinigen und sie angreifen.«

Haras schüttelte langsam den Kopf. »Ich weiß nicht...«

Zum ersten Mal, seit er in der Höhle angelangt war, wandte sich Ronan seiner Mutter zu. »Du wenigstens mußt das doch begreifen, Herrin. Du hast diesen Stamm genauso wie ich beobachten lassen. Das Ganze ist eine Jagd, und bisher haben die verwandten Stämme nur die Rolle des Wildes gespielt. Ich sage, es ist an der Zeit, daß wir die Rolle des Jägers übernehmen.«

Arika erwiderte den Blick ihres Sohnes. »Ich denke, du hast recht«, sagte sie milde. Sie drehte sich zu den beiden anderen Häuptlingen um. »Der Hirsch-Clan hat nicht vor, sein Zuhause und seine Jagdgründe diesen Ungläubigen zu überlassen. Der Häuptling des Wolfes sagt, es sei an der Zeit, sich wie Männer zu verhalten. Über Männer kann ich nichts sagen, ich weiß jedoch, daß es nicht eine Mutter gibt, die nicht für ihre Kinder kämpfen würde, wenn sie in Gefahr sind. Ich habe nicht den Wunsch zuzusehen, wie meine Kinder verschleppt werden, um in den Zelten dieser Barbaren als Sklaven zu dienen. Ich werde kämpfen.«

Ronans dunkles, arrogantes Gesicht leuchtete plötzlich in einem Lächeln auf, wild und merkwürdig fröhlich.

Nel spürte Schmerz in ihrem Herzen, als sie ihn beobachtete. Sie dachte bitter: Aber du hast nicht für dein Kind gekämpft, Herrin, du hast versucht, es zu töten.

Die beiden Häuptlinge waren in düsteres Schweigen versunken, da es nun für sie unmöglich geworden war, noch einmal ihren ursprünglichen Vorschlag anzubringen. Es war Jessl, der Schamane des Büffels, der schließlich die Frage stellte: »Wer soll also der Anführer unseres Bundes sein?«

Unwar räusperte sich geräuschvoll und sagte: »Ich werde bereitwillig mich und meinen Stamm dem Kommando von Haras unterordnen. Der Büffel-Clan ist der größte von allen; sein Häuptling sollte den Vorrang haben.«

Nel hörte ein unheilvolles Grollen hinter sich. Dann dröhnte Brors tiefe Stimme: »Es gibt nur einen Mann hier, der die Führung in dieser Jagd übernehmen kann, und das ist Ronan!«

Knurrende Zustimmung kam von allen Männern des Wolf-Clans. Nel betrachtete Ronans Profil; es war vollkommen unbewegt.

Haras senkte den Kopf in huldvoller Anerkennung der Worte, die Bror geäußert hatte. »Ronan und die Männer des Wolfes haben uns allen einen großen Dienst erwiesen, indem sie uns auf die drohende Gefahr aufmerksam gemacht haben. Wahrhaftig, ihr habt den schlechten Ruf, der euerem Stamm ursprünglich anhaftete, in jeder Beziehung ausgelöscht.« Er lächelte freundlich. »Doch dieses Unternehmen bedarf eines Anführers, der die eindeutige Loyalität aller Bundesmitglieder auf sich vereinen kann. Sollte der Hirsch-Clan jedoch zu uns gehören, dann sehe ich nicht, wie Ronan unser Anführer sein kann.«

Arikas Gesicht war ausdruckslos. Neihle senkte den Kopf ein wenig, als wollte er sich aus der ganzen Diskussion heraushalten.

Nel war erfreut, Bertas fließende Stimme zu hören. »Es kann kein anderer als Ronan der Anführer sein«, verkündete sie. Sie lehnte sich ein wenig vor und brachte ihr rundes, olivfarbenes Gesicht in das Licht des Feuers. »Wer sonst hier hat eine Gruppe angeführt, die sich aus Menschen von so unterschiedlichen Stämmen und religiösen Vorstellungen zusammensetzt?« wollte Berta wissen. »Wem sonst könnte man vertrauen, daß er nicht die Bräuche seines Stammes denen der anderen vorzieht? Ich sage es euch jetzt« – und Bertas große braune Augen blickten Arika unerschrocken ins Gesicht – »Ronan ist ein Mann, der alle Arten des Glaubens und des Gottesdienstes toleriert. Meiner Auffassung nach gibt es hier niemand anderen, der so gut geeignet ist, den Bund zu führen.«

Berta zog sich zurück, und über ihre Schulter warf Nel ihr einen schnellen, dankbaren Blick zu.

Neihles Kopf hob sich ein wenig.

Hamer, der Schamane des Leoparden, sagte kalt: »Ich glaube, ihr vergeßt, was den Wolf-Clan überhaupt zusammengebracht hat.« Der Schamane blickte auf die Gruppe von Menschen, die hinter Ronan versammelt saßen. »Ihr seid Ausgestoßene«, fuhr er fort, und seine Augen verharrten insbesondere auf Kasar und seiner rebellischen Tochter Beki. »Es ist nicht einer unter euch, der in seinen alten Stamm zurückkehren könnte. Ihr folgt Ronan, weil ihr gar keine andere Wahl habt. Ich nehme an, daß ihr euch in gewisser Weise von eurer Schuld losgekauft habt, indem ihr uns gewarnt habt, aber denkt nicht einmal daran, hier die Führerschaft an euch zu reißen!«

»Ich kann nicht glauben, was ich da höre«, grollte Bror donnernd.

Zum ersten Mal blickte Ronan über seine Schulter zu seinen Anhängern.

»Ich dachte, es sollten nur die Häuptlinge sein, die heute abend hier das Recht zu sprechen haben«, bemerkte Unwar. »Es scheint mir, als hätte der Häuptling des Wolf-Clans nur wenig Kontrolle über seine Leute.«

Ronan entgegnete sanft: »Aber ich stimme überein mit dem, was sie sagen.«

»Dann willst du also die Führerschaft?« wollte Haras in aufrichtigem Unglauben wissen.

»Ich glaube nicht, daß jemand anderer geeignet ist, sie zu übernehmen«, antwortete Ronan.

Stille.

»Du bist ehrlich, wenn auch arrogant«, sagte Hamer mit eisigem Blick.

»Laßt uns doch die Realitäten betrachten«, schlug Ronan vor. »Wollt ihr wissen, ob ich bereit bin, mich dem Kommando von jemand anderem unterzuordnen? Ich sage es euch: Ja, das bin ich. Dies ist kein Ultimatum – mein Interesse besteht darin, die Sicherheit dieser Berge zu gewährleisten. Aber wie Berta es schon dargelegt hat, ich bin der einzige unter uns, der Erfahrung darin hat, eine Gruppe zu führen, die sich aus Menschen sehr verschiedenen Ursprungs zusammensetzt. Der Stamm des Wolfes hat seine Mitglieder aus sehr vielen verschiedenen Stämmen gewonnen, die alle unterschiedlichen Glaubens sind. Ich habe gelernt, wie man solche Menschen dazu bringen kann, zusammenzuarbeiten. Das ist eine Fähigkeit, die wir in den kommenden Tagen noch sehr brauchen werden.«

»Du bist nicht der einzige Mann in dieser Gesellschaft, der über Takt und Weisheit verfügt«, sagte Jessl ernst.

Nel öffnete den Mund, um zu sprechen, doch Bror kam ihr zuvor. »Ihr alle vergeßt, daß wir die Pferde haben und die einzigen sind, die wissen, wie man sie zähmt und reitet.«

Haras und Unwar hoben abrupt die Köpfe, und sie starrten Ronan an. »Willst du damit sagen, daß du uns die Nutzung deiner Pferde vorenthalten wirst, wenn wir dich nicht als unseren Anführer benennen?«

Ronans schmale schwarze Brauen zogen sich zusammen. »Natürlich nicht…«

Bror unterbrach ihn. »Ich sage folgendes, und hört mir gut zu«, grollte Ronans eigenwilliger Vize. »Der Wolf-Clan hat keinen Grund, sich dieser Jagdgesellschaft anzuschließen. Habt ihr das schon einmal bedacht, meine Freunde? Wir haben einen Ort, wo kein Eindringling uns jemals finden wird. Glaubt ihr vielleicht, wir sind hierher gekommen, weil wir uns danach sehnen, uns in die Speere der Pferdeleute zu werfen? Glaubt ihr vielleicht, wir seien aus besonderer Liebe zu euch gekommen?«

»Warum seid ihr denn dann gekommen?« wollte Jessl wissen.

»Wir sind Ronan zuliebe hier«, antwortete Bror kompromißlos. »Wir sind hier, weil er unser Häuptling ist und uns darum gebeten hat. Aber es ist Ronan, dem unsere Loyalität gilt, nicht euch, und wir werden es nicht zulassen, daß ihr jemand anderen an den Platz stellt, der ihm gebührt.«

Nel senkte den Kopf, damit die anderen die Tränen in ihren Augen nicht sahen.

»So«, sagte Haras finster, »ihr richtet also einen Speer gegen unsere Herzen.«

»Keinen Speer«, fiel Arika ein. Erstaunlicherweise war Humor in ihrer Stimme. »Nur Pferde.« Sie musterte die düsteren Gesichter von Haras und Unwar. »Es liegt Wahrheit in dem, was die Männer des Wolfes gesagt haben. Ich habe mir die Auseinandersetzung angehört, und die Häuptlinge des Leoparden und des Büffels haben viel von ›unseren Kundschaftern‹ und ›unseren Pferden‹ geredet. Tatsache ist jedoch, daß weder die Kundschafter noch die Pferde unser sind. Sie gehören dem Wolf-Clan.«

Zum ersten Mal ergriff Neihle das Wort. »Und der Wolf-Clan«, stellte er fest, »gehört Ronan.«

Haras war erstaunt. »Willst du ihn denn als deinen Anführer akzeptieren?« fragte er Arika. »Du hast ihn zu einem Geächteten, zu einem einsamen Wolf gemacht, ihn ausgestoßen. Dein

Fluch liegt auf ihm, hast du gesagt. Du hast uns durch Boten ausrichten lassen, daß du uns verderben würdest, wenn wir ihn aufnähmen. Und jetzt sagst du, daß du ihn darin unterstützt, der Anführer dieses Bundes zu werden, der höchste Häuptling aller verwandten Stämme in diesen Bergen?«

Arika antwortete nicht sofort, sondern fragte Ronan: »Warum hast du all deine Frauen mitgebracht? Wenn du dir sicher warst, daß du dich in Gefahr begibst, warum hast du sie dann nicht zu Hause gelassen?«

Ronan antwortete kläglich: »Sie wollten nicht zurückbleiben.«

»Natürlich wollten wir nicht zurückbleiben«, erschallte Bertas heitere Stimme hinter Nel. »Wir wußten ganz genau, daß du uns brauchen würdest.«

Arika sagte zu Haras: »Für die Dauer des Einfalls der Herren der Pferde akzeptiert der Hirsch-Clan Ronan als Häuptling.«

23

Nachdem die Versammlung aufgehoben worden war, kam Tyr durch die Höhle, um mit Ronan und Nel zu sprechen. »Ich hätte mir niemals vorstellen können, daß ich euch beide unter Umständen wie diesen hier wiedersehen würde«, sagte er mit einem Grinsen.

Ronans dunkles Gesicht erhellte sich mit einem Lächeln, und er legte Tyr, wie es traditionell beim Hirsch-Clan zur Begrüßung üblich war, die Hände auf die Schultern. »Das hast du gut gemacht, Tyr. Es war dein Bericht, der endlich diesem ganzen Gerede über Flucht und Verstecken ein Ende bereitet hat.«

»Kurz nachdem ich der Herrin von den Pferdeleuten erzählt

hatte entschied sie, daß es vernünftig sei, diesen Stamm unter Beobachtung zu halten.«

»Keiner der anderen Stämme scheint eine solche Notwendigkeit eingesehen zu haben«, entgegnete Ronan trocken.

Nel fragte Tyr: »Wo ist Morna?«

Das Lächeln verließ Tyr mit einem Schlag. »Zu Hause«, antwortete er. »Sie ist schwanger. Ich glaube, die Herrin hielt ihren Zustand für eine gute Ausrede, sie Ronan aus dem Weg zu halten.«

Nel hatte das Gefühl, als schlösse sich eine Hand schmerzhaft um ihr Herz. Morna war schwanger. Nel sagte nichts, konzentrierte sich nur darauf, ihre Gefühle aus ihrem Gesicht fernzuhalten, um sich nicht zu verraten.

»Schwanger?« wunderte sich Ronan. »Heißt das etwa, daß sie bei der Herrin wieder in Gnaden aufgenommen ist?«

Tyr zuckte die Schultern. »Ich kann dir nur soviel sagen, der Stamm denkt noch immer an Nel.«

»Wenn das wahr ist«, sagte Ronan, nachdem sie alle einen Moment lang still gewesen waren, »dann bin ich wirklich überrascht, daß Arika mich als Anführer akzeptiert hat.«

Tyr machte eine ungeduldige Geste mit der Hand. »Die Herrin hat nur das gesehen, was ohnehin alle anderen gesehen haben – außer natürlich Haras und Unwar. Du bist der einzige Mann, der es schaffen kann. Du warst derjenige, der den Einfall hatte, diesen Stamm zu beobachten. Du warst es, der die Idee hatte, selbst Pferde zu zähmen. Du warst derjenige, der vorgeschlagen hat, einen Bund zu bilden. Es war offensichtlich für jeden, der Augen hat, daß du der einzige Mann für die Führerschaft warst.«

Schritte waren zu hören und dann eine tiefe Stimme: »Ronan.« Es war Neihle.

Nel verdrängte ihren Schmerz und trat dichter zu ihrem Gefährten. Neihle war der Mann, der Vaterstelle bei Ronan vertreten hatte. In gewisser Weise hatte ihn Neihles Verrat noch tiefer verletzt als sogar Arikas.

»Ich bin froh dich zu sehen, Schwester-Sohn«, begrüßte ihn Neihle. Er hatte eine Bewegung gemacht, als wollte er die Hände zur traditionellen Begrüßung heben, und hatte sie dann doch wieder fallen lassen. Es lag ein düsterer Ausdruck auf Neihles Gesicht, und Nel wußte, dieses erste Treffen war auch für ihn nicht leicht.

Ronan nickte nur, seine Lippen fest zusammengepreßt. Nel half ihnen beiden, indem sie fröhlich bemerkte: »Wir waren überrascht, den Hirsch-Clan als unseren Verbündeten kennenzulernen.«

»Ja.« Die Schatten unter Neihles Augen waren noch dunkler geworden, als er erkannt hatte, daß Ronan ihn nicht auf die übliche Weise begrüßen würde. »Wir waren ehrlich gesagt zu den gleichen Schlüssen gekommen wie ihr, wir hatten allerdings nicht die Vorstellungskraft, um unsere eigenen Pferde zu zähmen.«

»Es wird kein leichter Kampf sein«, stellte Ronan fest, und Nel war erlöst, daß seine Stimme jetzt normaler klang. »Wir werden unsere Kenntnisse der Berge gegen sie einsetzen müssen. Der Versuch, sie von Angesicht zu Angesicht zu bekämpfen, hätte verheerende Folgen.«

»Ich habe sie gesehen«, sagte Neihle finster. »Ich stimme dir zu.«

»Ich werde erfahren müssen, wie viele Männer du hast, ihr Alter und ihre Fähigkeiten.«

Neihle nickte. »Ich werde es dir sagen.«

»Wer wird die Männer des Hirschen führen, Onkel?« fragte Ronan, und der »Onkel« gelang ihm mit beruhigender Natürlichkeit. »Erek?«

»Nicht Erek«, sagte Neihle. »Ich.«

Die Wachen bei den Pferden wurden ausgewechselt, und das Lager machte sich für die Nacht fertig. Der Mond stand hell am Himmel, als Ronan Nel bei den Frauen aufsuchte und sagte: »Komm doch noch ein wenig nach draußen mit mir.« Streng fügte er für Leir und Sinta, die bereit für einen Spaziergang schwanzwedelnd und hechelnd an ihm hoch sprangen, hinzu: »Ihr nicht.«

Nel paßte sich seinem Schritt an, und sie gingen in dem großen, hallenden Tunnel am Lager des Leoparden-Clans vorbei und hinaus in die frische, kalte Luft. Die Nacht war klar wie ein Kristall und sehr still. Nel zitterte in ihrem Fellmantel, und Ronan legte einen Arm um ihre Schulter und zog sie nahe zu sich heran. Aus der Ferne drang das Heulen eines Wolfes an ihr Ohr, das Heulen der Jagd, endlos langgezogen und unheimlich.

»Wo ist Nigak?« fragte Nel.

»Auf der Jagd«, antwortete Ronan. »Vielleicht haben wir ihn gerade gehört.«

Sie begannen, am Fluß entlangzugehen, dem dunklen Wasser lauschend, das rastlos durch die stille mondhelle Nacht floß. Ihre Körper bewegten sich harmonisch im Einklang miteinander. Immer noch spürte sie seine innere Anspannung. Kein Zweifel, er war noch nicht bereit zu schlafen.

»Es ist fast unmöglich für mich, dich einmal allein für mich zu haben dieser Tage«, beklagte er sich.

Nel lächelte. Es stimmte, daß sie keine Möglichkeit gefunden hatten, sich zurückzuziehen, seit sie den Stamm aus dem Tal hierhergebracht hatten.

»Kannst du glauben, wie Arika sich verhalten hat?« fragte er sie jetzt. »Sie hat mich unterstützt!«

»Tyr hat es richtig eingeschätzt«, sagte Nel. »Sie sah einfach, daß es keine Hoffnung auf Erfolg gibt, weder mit Haras noch mit Unwar als Häuptling.«

»Aber daß sie gesagt hat, sie würde kämpfen!« Er lachte. »Sie hat die Männer beschämt.«

»Ja«, stimmte Nel zu. »Sie war ohne Zweifel eine Überraschung.«

»Du hattest recht, darauf zu bestehen, daß die Frauen mit zu dieser Versammlung kommen sollten. Es war Berta, die die Herrin überzeugt hat, nicht ich.«

»Ich habe nicht gesagt, daß sie mitkommen sollen«, murmelte Nel. »Das war Berta.«

»Du hast mir nichts davon gesagt«, verbesserte Ronan sie, seine Stimme voller Belustigung. »Ich bin sicher, daß du mit Berta sehr viel darüber gesprochen hast.«

Nel warf ihm einen Blick zu. »Du hältst dich für sehr klug, was?«

»Ja, das tue ich.« Er kickte einen kleinen mondbeschienenen Stein fort. »Allerdings muß ich jetzt einen sicheren Platz für all unsere Frauen und Kinder finden.«

Nel antwortete: »Es geht nicht nur um unsere Frauen und Kinder, sondern auch um die des Leoparden- und des Hirsch-Clans, die wir schützen müssen. Wir können sie nicht da lassen, wo sie jetzt sind, mitten auf dem Weg der Pferdeleute.«

»Ich weiß.« Die Belustigung hatte seine Stimme vollkommen verlassen.

»Die Große Höhle wäre groß genug«, bemerkte Nel.

»Wieso habe ich geglaubt, daß du diesen Vorschlag machen würdest?«

»Weil du auch an die Große Höhle gedacht hast«, erwiderte sie.

Er lachte, legte ihr die Hände auf beide Schultern und drehte sie zu sich herum. Sie standen nun auf einer kleinen Anhöhe über dem rauschenden Fluß. »Wir können einer die Gedanken des anderen lesen, kleine Elritze«, sagte er, senkte den Kopf und küßte sie.

Nel drückte sich an ihn, ihre Arme umschlangen ihn, um ihn fest an sich zu pressen. »Das hat mir gefehlt«, murmelte er heiser mit den Lippen an ihrer Schläfe und dann an ihren Haaren.

»Ronan«, sagte Nel, »ich habe Angst.«

Sie noch immer in den Armen haltend, machte er mit ihr ein paar Schritte zurück, damit er sich an einen Baum lehnen konnte. »Ich auch«, antwortete er nüchtern.

Nel vergrub ihr Gesicht an seiner Schulter und wußte, daß sie von verschiedenen Dingen sprachen. Er ängstigte sich um den Stamm; sie ängstigte sich um ihn.

»Diese Herren der Pferde«, fuhr er fort. »Durch sie wird alles bedeutungslos, was ich einmal für wichtig hielt. Als ich aus dem Hirsch-Clan ausgestoßen wurde, habe ich an nichts anderes gedacht als an Rache. Ich schwor mir, daß ich es Arika zeigen würde. Ich entschloß mich, genauso zu sein, wie sie es von mir dachte, ihr den Stamm wegzunehmen. Jetzt« – Nel spürte wie seine Schulter unter ihrer Wange zuckte – »wo es um unser aller Überleben geht, erkenne ich diese Gedanken als das, was sie waren – kleinmütig.«

Das Rentierfell unter Nels Wange war rauh und kalt, aber die Arme, die sie umfangen hielten, waren warm und stark. Sie fragte leichthin, wie sie es nie für möglich gehalten hätte: »Ist das der Grund, warum du mich geheiratet hast, Ronan? Weil du hofftest, durch mich die Kontrolle über den Stamm zu gewinnen?«

Sie spürte, wie er sich versteifte. »Glaubst du das denn?«

Sie antwortete ehrlich: »Ich habe mich immer gefragt, warum du so lange gewartet hast, um mich zu holen.«

»Kleine Elritze, ich weiß es nicht, warum.« Sie zitterte, und er hielt sie einen Moment von sich ab, um seinen Mantel zu öffnen. Dann zog er sie wieder zu sich heran und schloß den Mantel um sie beide. »Besser?« fragte er.

Sie kuschelte sich an ihn. Sein Hirschlederhemd war wunderbar warm. Er selbst war wunderbar warm. »Ja«, sagte sie.

»Ich glaube, ich hatte Angst, daß du dich verändert haben könntest«, dachte er laut nach. »Ich glaube, ich befürchtete, daß eine erwachsene Nel nicht mehr länger Nel sein könnte.«

Nel hob ihren Kopf, bis ihre Lippen die weiche nackte Haut seines Halses fanden. Sie drückte ihn fester an sich.

Mit einem atemlosen Lachen fügte er hinzu: »Wenn du dich geweigert hättest, mit mir zu kommen, dann hätte ich dich entführt, so wie der Häuptling des Pferde-Clans vor vielen Jahren Alin entführt hat.«

»Das hättest du getan?« murmelte Nel. Statt einer Antwort senkte er den Kopf und suchte ihre Lippen.

Ein wenig später brachte er heiser hervor: »Das geht nicht. Es ist zu kalt für dich hier.«

»Ja? So hast du nicht gedacht, als du den armen Hunden verboten hast mitzukommen.«

Er schnaubte amüsiert. »Habe ich dir nicht gesagt, daß du in mein Herz blicken kannst?« Er stieß sich von dem Baum ab. »Laß es uns so machen – du behältst deinen Mantel an, und ich lege meinen für uns auf die Erde.«

»Einverstanden«, sagte Nel.

Der Mond blickte auf die Szene mit einer blassen, heiteren Ruhe, und Ronan zog Nel auf die durch den Pelz weich gemachte Erde. Nel konnte fühlen, wie der Rhythmus seines Blutes in seinen Küssen pulsierte, und sie antwortete mit einer Wildheit, die der vorangegangenen Angst entsprang, sich heiß an ihm erfreuend, den sie in den Armen hielt, so stark, so kraftvoll, so voller Leben.

Die Anspannung und der Triumph in der Höhle hatte Ronans Blut zum Kochen gebracht, und jetzt hatte Nel die Flamme reiner Lust in ihm entfacht. Er war sich sicher, daß er verrückt werden mußte, wenn er sie jetzt nicht haben konnte. Sie griff nach ihm, half ihm. Er drang in sie ein, sie waren vereint, und die monderhellte Welt versank in der Einheit der Liebe.

»Die Eindringlinge gehen folgendermaßen vor«, erklärte Ronan. »Erst galoppieren sie mit ihren Pferden in die Dörfer ihrer Opfer und verbreiten so Angst und Verwirrung. Dann steigen sie ab und benutzen ihre Speere gegen die Männer, überwältigen so die bereits zusammengebrochene Verteidigung durch ihre größere Zahl. Wenn alle Männer tot sind, dann sammeln sie die Frauen und Kinder ein, und ihr Häuptling verschenkt sie an seine Anhänger.«

Entsetztes Murmeln kam von Unwar und Haras. Arika nickte nur, aber auch sie sah blaß aus. Die vier Häuptlinge mit ihren Vertretern hatten sich in der frischen Morgenluft versammelt, um ihr weiteres Vorgehen zu besprechen.

»Ich denke, es ist wohl klar, daß wir ihnen zeigen müssen, daß wir keine schlechteren Kämpfer sind als sie selbst und daß sie in diesen Bergen nichts von Wert für sich herausholen können«, fügte Ronan hinzu. Entschlossenes Nicken überall um das Feuer.

»Ich finde, wir sollten noch einmal zu den Stämmen am Atata schicken«, schlug Haras vor. »Je mehr Männer sich uns anschließen, desto besser sind unsere Aussichten.«

»Ich bin deiner Meinung«, stimmte Ronan zu. »Ich glaube, unsere Aussichten auf Erfolg wären auch besser, wenn diesmal ein paar Männer des Leoparden- und des Hirsch-Clans als Boten gingen.«

Unwar richtete seine Augen unter schweren Lidern auf Arika und sagte: »Das kann schnell erfolgen.«

Arika nickte zustimmend.

»Als nächstes müssen wir dafür sorgen«, nahm Ronan seinen Faden wieder auf, »daß diejenigen unserer Leute in Sicherheit sind, die nicht kämpfen können: die Frauen, die Kinder und die Alten.«

»Sie können in den Höhlen des Büffel-Clans Zuflucht suchen«, bot Haras an. »Wenn die Herren der Pferde den Goldfluß entlangkommen, dann liegt das Gebiet des Büffel-Clans außerhalb ihrer Reichweite.«

»Das ist ein großzügiges Angebot«, sagte Ronan ernst. »Um die Wahrheit zu sagen, unter diesen Umständen ist es außerordentlich selbstlos von den Leuten des Büffel-Stamms, sich uns überhaupt anzuschließen.«

Haras hob den Kopf. »Nach dem, was ich über die Herren der Pferde gehört habe, kann sich kein Stamm raushalten.«

Jessl, der Schamane, brummte zustimmend. »Der Stamm hat letzte Nacht darüber beraten«, berichtete er stolz. »Wir können nicht mehr tun als der Wolf-Clan, der wie wir unbedroht ist und trotzdem den Kampf gewählt hat.«

Ronan schenkte den beiden Männern des Büffels einen Blick lebhafter Anerkennung, und Haras und Jessl richteten sich stolz auf.

Nel sagte: »Die Idee gefällt mir nicht, daß wir unsere verletzlichsten Mitglieder ohne jede Verteidigung zurücklassen sollen. Was, wenn die Pferdeleute sich entscheiden, eine Gruppe von Männern den Atata hinunterzuschicken? Wenn all unsere Kämpfer auf dieser Seite des Passes sind, dann wird außer den alten Männern keiner da sein, um Frauen und Kinder zu schützen.«

Haras murmelte etwas Unverständliches, und Arika sagte lebhaft: »Ich stimme Nel zu. Laßt uns die Nichtkämpfer hier in der Großen Höhle versammeln unter direktem Schutz der Kämpfer. Sollte die Höhle in Gefahr sein, dann ist es früh genug, sie woanders hinzubringen.«

»Auch die Frauen und Kinder des Büffels?« wollte Haras wissen.

»Es sei denn, daß ihr euch wohler damit fühlt, sie zu Hause zu lassen«, antwortete Ronan.

Haras brummte.

»Zunächst also«, faßte Ronan zusammen, »lassen wir unsere

Stämme geschlossen hierherkommen und trennen dann diejenigen, die kämpfen können, von den übrigen.«

»Falls wir nicht doch noch von den übrigen Stämmen Unterstützung erhalten, wird die Zahl der Gegner noch immer bedeutend größer sein als unsere«, gab Neihle zu bedenken.

»Du kannst auch die Frauen des Hirsch-Clans dazuzählen, die mit den Männern kämpfen werden«, sagte Arika.

»Was!« riefen Unwar und Haras gleichzeitig.

Arika sah entfernt amüsiert aus. »Nicht die Mütter von kleinen Kindern natürlich«, fuhr sie fort, »aber die jungen, initiierten Mädchen und diejenigen, deren Kinder älter sind. Sie werden froh sein, kämpfen zu dürfen.« Auf Arikas schönem, aber kühlem Gesicht machte sich ein Lächeln breit, und zum ersten Mal in ihrem Leben sah Nel im Gesicht der Herrin eine Ähnlichkeit mit ihrem Sohn. »Die Frauen des Hirsch-Clans können mit ihren Waffen umgehen«, informierte sie die männlichen Verbündeten mit großer Zufriedenheit.

»Ich war oft genug mit den Mädchen des Hirsch-Clans auf der Jagd, um zu wissen, daß das die Wahrheit ist«, stimmte Ronan mit ernstem Gesichtsausdruck zu.

»Auch die Frauen des Wolfes können mit ihren Waffen umgehen«, ergänzte Nel loyal.

»All eure Frauen scheinen mir entweder schwanger zu sein oder zu stillen«, hielt ihr Arika entgegen. Ihre Stimme war ruhig. »Außer dir natürlich, Nel.«

Nel erstarrte in Bewegungslosigkeit wie ein Reh, das versucht, seine Existenz vor einem Angreifer zu verbergen. Ronan sah sie nicht an, doch er hob die Hand, um sie sanft und tröstend unter ihrem Zopf hindurch auf ihren Nacken zu schieben. Er wandte sich zu den noch immer erschrockenen Häuptlingen. »Ihr müßt eure Frauen nicht bitten zu kämpfen, wenn ihr es nicht wollt.«

»Ganz bestimmt nicht!« sträubte sich Unwar.

»Unsere Frauen sind nicht wie eure«, erklärte Haras Arika höflich.

»Alle Frauen sind gleich«, bemerkte Arika. »Es ist der Häuptling, der den Unterschied macht.«

Unwar machte ein kollerndes Geräusch wie ein Truthahn, und Haras murmelte etwas in seinen beeindruckenden Bart.

»Sobald wir die Stämme versammelt haben«, sagte Ronan ruhig, »werden wir anfangen, Pfeile zu machen. Viele, viele Pfeile. Auch die Frauen und die Alten können uns darin unterstützen.«

»Ja.« Haras' Stimme kam hinter seinem Bart hervor. »Pfeile.«

Hamer, der Schamane des Leoparden, wandte ein: »Pfeile sind nicht so vernichtend wie Speere.«

»Das ist wahr«, stimmte Ronan zu. »Aber sie sind auch nicht so gefährlich für den Anwender.«

»Ja. Ja. Das stimmt.« Auf allen Seiten wurde genickt.

»Wir können es uns nicht leisten, viele unserer Kämpfer zu verlieren«, sagte Neihle. »Wenn wir dem Feind weh tun können und dabei selbst nicht verletzt werden, dann ist das eine gute Strategie. Wir werden Pfeile machen.«

»Was meinst du, Ronan, wieviel Zeit haben wir noch?« erkundigte sich Jessl unvermittelt.

»Diese Frage kann ich nicht mit Sicherheit beantworten«, entgegnete Ronan nachdenklich. »Es gibt gute Weiden im Vorland der Berge, und ich hoffe, daß dieses Gras sie eine Weile aufhält. Sie sind immer auf der Suche nach gutem Futter für ihre Pferde.«

»Diese Pferde«, sagte Neihle finster. »Sie sind es, die die Stämme im Norden so in Angst versetzt haben. Wenn wir nur die Pferde loswerden könnten!«

»Ich habe die berechtigte Hoffnung, daß wir einige von ihnen loswerden können«, versprach Ronan.

Sechs Augenpaare fixierten ihn.

»Wie?« wollte Arika wissen.

»Wenn unsere eigenen Reiter sich unter ihre Herden mischen und sie in Panik versetzen, dann stehen die Aussichten gut, daß die Herren der Pferde nicht alle wieder einfangen werden können.«

Schweigen breitete sich aus, während alle Anwesenden über diesen Vorschlag nachdachten. Dann sagte Neihle mit einem Lächeln: »Es will mir so scheinen, als hätten wir den richtigen Anführer für diesen Bund gewählt.«

Sogar Unwar murmelte seine Zustimmung.

24

Der Pfad wandte sich mit dem Goldfluß südwärts, hinauf und hinunter, hinauf und hinunter, die Konturen der einst weit entfernt liegenden Berge wurden immer deutlicher, je näher die Herren der Pferde an sie herankamen. Fenris befahl, in diesem Bergvorland an einer Stelle anzuhalten, wo reichlich Gras auf sanften Hügeln wuchs, und die Zelte wurden aufgestellt und die Pferde auf die Weide getrieben.

Die Eindringlinge hatten sich Zeit gelassen, nachdem sie ihr Winterlager abgebrochen hatten, und waren in gemächlichem Tempo den Fluß entlanggezogen. Fenris, der ihren augenblicklichen Lagerplatz mit Wohlgefallen betrachtete, entschied für sich, daß sie hier so lange bleiben würden, bis das Gebiet abgeweidet war, und daß er Gruppen von Reitern ausschicken würde, um die ansässigen Stämme auszukundschaften.

Nachdem er beobachtet hatte, wie die Pferdeherde gewendet worden war, und die Wachtposten bestimmt hatte, ritt Fenris mit Surtur und dem Rest der Anda an seiner Seite zu dem großen Zelt, das ihn und seine Familie beherbergte. Er hatte Hunger.

Die Frauen hatten am Fluß entlang Pflanzen und Beeren gesammelt und Wurzeln ausgegraben, während die Jäger mit ein paar erbeuteten Antilopen zurückgekehrt waren. Das Abendbrot sollte jetzt fertig sein.

Der Geruch nach Essen hieß den Kain willkommen, nachdem er die Zeltklappe zur Seite geschlagen hatte, und Fenris sah den Topf aus einem großen Moschusochsenschädel über dem Feuer brodeln. Die übrigen Zelte des Lagers waren klein und konnten nur wenige Menschen aufnehmen, jenes des Kains aber war riesig und bestand aus zahlreichen zusammengenähten Häuten, die auf langen Stangen befestigt waren und auf Schlitten transportiert wurden. Dieses Zelt war der Mittelpunkt des Stammes, der Herdplatz nicht nur von Fenris, sondern auch von seiner Anda, den wichtigsten seiner Männer.

»Teala«, brüllte Fenris seiner Frau entgegen, als er das Zelt betrat, »ich bin hungrig!«

»Dann setz dich und iß.« Teala trat aus der Gruppe der übrigen Frauen und bedeutete ihm, zum Topf zu kommen. Dann ging sie, um die Knochenschalen zu holen, aus denen der Stamm sein Essen zu sich nahm.

Die Mitglieder der Anda strömten hinter Fenris her in das Zelt, nahmen aus Tealas Händen die Schalen entgegen und tauchen sie in den Topf. Fenris' zwei älteste Söhne betraten ebenfalls die Behausung und gesellten sich zu den übrigen Männern. Die Hunde rannten knurrend und sich balgend vor dem Zelteingang umher und warteten darauf, daß sie an die Reihe kamen. Die Frauen saßen auf der linken Seite des Feuers und warteten ebenfalls darauf, zum Essen zu kommen. Die Kinder drängten sich am Rand des Zeltes zusammen, ihre großen hungrigen Augen auf die Männer fixiert, und hofften, daß auch für sie noch etwas übrigbleiben würde.

Die Männer aßen fast schweigend, tauchten ihre Schüsseln wieder und wieder in den Topf und schlürften das Gulasch daraus, bis sie satt waren. Dann reichten sie die Schalen an die Frauen weiter, die zwischen sich und den Kindern das aufteilten, was noch übrig war. Die Knochen wurden den Hunden hinausgeworfen.

Während die Frauen aßen, redeten die Männer. Fenris saß in ihrer Mitte, mit den Söhnen auf seiner einen und Surtur auf seiner anderen Seite, und hörte den gewohnten Geschichten von Jagd und Pferden zu, während er Siguna beobachtete. Er wußte, seine Männer hielten ihn für verrückt, daß er dem Mädchen soviel Freiheit gab. Bragi, einer der besten der jungen Krieger, wollte sie zur Frau, und Fenris wußte, es wäre eine weise Verbindung und zu seinem Nutzen. Bragi war es wert, durch Verwandtschaft an ihn gebunden zu werden. Und trotzdem zögerte Fenris. Siguna mochte Bragi nicht.

Selbst Teala dachte, das Mädchen sei zu vorwitzig. Aber Teala war ja auch immer auf Sigunas Mutter eifersüchtig gewesen. Fenris vermutete, seine Frau war froh über den Tod von Embla, die in ihrem zweiten Kindbett gestorben war. Die übrigen Frauen, die das Zelt des Kains betraten, schienen Teala nie besonders zu stören; schließlich waren sie nur Gefangene und standen in der Hierarchie unter ihr. Aber Embla war eine aus dem Stamm gewesen... und so wunderschön. Siguna sah ihr ähnlich.

Fenris hatte Embla sehr gemocht, aber er wußte, das war nicht der Grund für seine Schwäche für Siguna. Siguna war nicht wie ihre Mutter. Siguna war wie er. Es war ein furchtbares Unglück, daß sie nicht als Junge geboren war.

Er gähnte. Draußen wurde es langsam dunkel. Um diese Jahreszeit waren die Tage lang; an ihrem Ende war er müde. Surtur sah das Gähnen seines Kains und sagte: »Es wird Zeit, daß wir unsere Schlafplätze aufsuchen.«

Fenris nickte und sah zu, wie sich seine Anda erhob, um in die eigenen Zelte und zu den eigenen Frauen zu gehen. Auch seine

Söhne standen auf, um mit den anderen jungen Männern unter freiem Himmel zu schlafen. Im Zelt des Kains kümmerte sich eine der Frauen um das Feuer, während die anderen die kleinen Kinder für die Nacht fertig machten. Müßig ließ Fenris, im Gedanken an die kommende Nacht, seinen Blick über die Frauen schweifen. Seine Augen leuchteten auf, als sie auf Kara fielen, und hielten inne.

Kara stammte von einem der Stämme, die er im letzten Herbst überfallen hatte. Sie war sehr hübsch mit ihrem glänzenden schwarzen Haar und den großen dunklen Augen. Er hatte sie den Winter über in Frieden gelassen, um ihr die Gelegenheit zu geben, mit ihrer Trauer fertigzuwerden. Dann, vor einem Mond, hatte er sie in sein Bett genommen.

Der Kain war nie einer der Männer gewesen, der sich gerne über trockene, steife Frauenkörper warf. Er mochte sie warm und feucht und empfänglich, und mit den Jahren hatte er es gelernt, sie dazu zu machen. Die kleine Kara war es wert gewesen, auf sie zu warten.

»Kara«, sagte er jetzt und wies auf den Platz an seiner Seite. Er sah, wie Teala die Stirn runzelte, als das schwarzhaarige Mädchen aufstand und langsam zu ihm herüberkam. Er hatte in der letzten Zeit zu häufig Kara gewählt, um seine Frau glücklich zu machen.

Fenris zuckte die Schultern. Kara kniete neben ihm nieder, und er drehte sich, um in die tiefen, dunklen Augen zu sehen, die so anders waren, als die seines helläugigen Volkes. Er war in einer milden Gemütsverfassung, in der Stimmung zu werben. Er grinste sie an und flüsterte ihr ins Ohr: »Es wird gut sein, heute nacht, kleines Reh. Ich werde es sehr gut machen.«

Er sah mit Befriedigung, wie sich ihr Gesicht rötete. Er saß da und beobachtete ruhig, wie sich der Rest seiner Familie zur Ruhe bettete, legte sich dann selbst nieder und griff nach dem Mädchen an seiner Seite.

Thorn und Mait, zusammen mit einer kleinen Gruppe von den Männern des Wolfes, lagen am Waldrand auf dem Bauch und beobachteten das Lager der Herren der Pferde. Ihre eigenen Pferde waren ein wenig weiter fort gut festgebunden, um von den Feinden weder gehört noch gesehen zu werden.

Die letzten beiden Tage waren Thorns Augen dem schmalen, silberhaarigen Mädchen gefolgt, die in dem Häuptlingszelt so leise ein- und ausging, Wasser und Holz holte und auf die kleineren Kinder achtgab. Die anderen Frauen verrichteten ihre Arbeit gemeinschaftlich, nicht aber dieses Mädchen. Sie arbeitete allein. Thorn hätte angenommen, daß sie eine der Gefangenen war, wäre ihr Haar nicht so blond gewesen.

Sie war auch jetzt allein, als sie mit einem Korb in der Hand auf den Fluß zuging. Während er sie beobachtete, erreichte sie das steile Flußufer, kletterte hinunter bis zur Wasserkante und begann dort zwischen den Pflanzen, die dort wuchsen, nach Eßbarem zu suchen. Dann sah Thorn, wie sich eine Gestalt von den nahe des Lagers angepflockten Pferden löste und dem Mädchen zum Fluß folgte. Der Mann kletterte die Uferböschung hinunter, die sie beide vor den Blicken der Lagerbewohner verbarg, nicht aber vor Thorns, der seinen Posten in etwas höherer Lage bezogen hatte.

Das Mädchen wirbelte herum, als sie den Mann kommen hörte; dann warf sie ihren Kopf hoch und wandte sich wieder ab. Thorn sah, wie der Mann nach ihrem Arm griff, sie zu sich heranzog und sich mit der anderen Hand an ihrer Brust zu schaffen machte. Er versuchte sie auf den Boden zu werfen, aber sie schlug nach ihm und zog ihm ihre Nägel durch das Gesicht. Er lockerte seinen Griff einen Augenblick, um nach seiner zerkratzten Wange zu fassen, und schon kletterte sie die Uferböschung hinauf und rannte wie ein Reh in die Sicherheit des Lagers zurück. Ihr Korb lag verlassen am Ufer des Flusses.

»Ein zärtlicher Freier«, bemerkte Kasar angeekelt.

»Es sieht so aus, als wollten sie sich hier für eine Weile niederlassen«, sagte Heno. »Die Gruppe der Jäger ist jetzt seit zwei Tagen unterwegs, sie suchen nach mehr Fleisch als nur für einen Abend.«

»Das stimmt«, sagte Mait. »Und die Frauen haben all die Schlitten entladen.«

»Es quält mich, hier so viele Frauen von verwandten Stämmen unter diesen Mördern arbeiten sehen zu müssen«, stieß Kasar hervor, sein junges Gesicht dabei sehr finster.

»Wir sollten ihnen Berta auf den Hals schicken«, sagte ihr Gefährte düster. »Die würde ihnen gleich sagen, wo es langgeht.«

Die übrigen Männer der Gruppe lachten herzlich.

»Heno, du weißt, das größte Vergnügen in deinem Leben liegt in deinen Kämpfen mit Berta«, witzelte Kasar.

Heno grinste unwillig.

Thorn hatte seine Augen nicht von dem silberhaarigen Mädchen genommen. »Was glaubst du, wer sie wohl ist?« fragte er.

»Wer?«

Thorn schaute Mait an, als ob dieser verrückt sein mußte. »Na, das Mädchen mit den Haaren von der Farbe des Mondes.«

»Aha...«, sagte Kasar. »Das Mädchen mit den Haaren von der Farbe des Mondes.« Er lachte in sich hinein. »Das hört sich für mich so an, als ob unser Thorn verliebt ist.«

Die Hitze stieg Thorn rot ins Gesicht. »Das ist nicht wahr!«

»Zeichne uns ihr Bild, Thorn«, schlug Heno vor.

»Ich habe mich doch nur gefragt, wer sie wohl ist!«

»Dort sind viele, viele Frauen in diesem Lager«, legte Kasar dar, »und doch ist sie die einzige, die dich interessiert.«

»Laßt ihn zufrieden«, verlangte Mait treu. Zu Thorn gewandt sagte er: »Sie lebt im Zelt des Häuptlings, Thorn. Sie ist wahrscheinlich eine seiner Frauen.«

»Das glaube ich nicht«, gab Thorn zu bedenken. »Dieser

Mann hätte sie nicht eben beinahe vergewaltigt, wenn sie dem Häuptling gehörte.«

»Das ist wahr«, gab Heno zu. »Dieser Häuptling gehört eindeutig nicht zu der Sorte, mit dem man gerne Streitigkeiten hat.«

Schweigend beobachteten die Männer nun wieder das Lager. Eine Gruppe von Männern kam herangeritten und zog drei tote Büffel auf Schlitten hinter sich her.

»Büffel!« rief Mait voller Ehrfurcht. »Ich hatte mir nicht klargemacht, daß es Büffel in diesem Gebiet gibt.«

Fasziniert sahen die Männer des Wolfes zu, wie die drei großen Körper in die Mitte des Lagers gezogen wurden. Frauen rannten herbei, und nach einer Weile wurden die Männer unter großem Zeremoniell in ihre Zelte geführt und offenbar von ihren Frauen versorgt. Andere Frauen nahmen die Pferde, um sie abzureiben und zu tränken. Die noch übrigen Frauen begannen damit, die Tiere zu schlachten.

»Die Frauen schlachten die Tiere in diesem Stamm!« wunderte sich Heno.

»Nun, da ist eine weitere Aufgabe für Berta«, murmelte Kasar schalkhaft.

Heno warf ihm einen Blick unter gesenkten Augenbrauen zu. »Schlag ihr das vor, und sie schlachtet *dich*.«

Mait lachte.

Die Männer des Wolf-Clans sahen, wie die Frauen, nachdem die Körper der Tiere zerlegt waren, die Felle auf dem Boden festpflockten, um sie abzuschaben. Die Felle mußten von Fett und anderem Gewebe befreit werden, solange sie noch warm waren, denn sonst wurden sie zu steif und nur schwer zu gerben. Das Abschaben der Häute war in allen Stämmen Frauenarbeit, und daher waren ihnen Frauen auf Händen und Knien über einem Fell ein vertrauter Anblick. Die ganze Zeit über, in der die Männer das Lager beobachtet hatten, war an Häuten gearbeitet worden, und auch die Werkzeuge, welche die Frauen benutzten, sahen wie gewohnt aus: der Schaber, der bei diesem Stamm ein scharfkantiger, flacher ovaler Stein war, der mit beiden Händen geführt wurde, um die Oberfläche der Haut zu säubern; der Kratzer aus einem Stück Geweih und einem Feuerstein, mit dem die Haut geglättet wurde, damit sie dünn genug für die weitere Verarbeitung war; der Knochen, um die Oberfläche so anzurauhen, damit sie das Gerbemittel – bestehend aus Fett, Gehirnmasse und Leber – gut aufnehmen konnte; und das Schulterblatt, mit dem man nach Abschluß der übrigen Arbeitsgänge das Fell weich machte.

Während eine Frauengruppe angefangen hatte zu schaben, verarbeitete die zweite bereits das Fleisch, schnitt einen großen Teil davon in Streifen, um es an der Sonne zu trocknen.

Die Männer waren nirgends zu sehen und schliefen offenbar nach ihrer großen Anstrengung bei der Jagd.

»Ich fange an zu glauben, daß es manche Dinge bei diesem Stamm gibt, die mir gefallen«, bemerkte Heno.

Mait schnaubte.

Kasar sagte: »Ich meine, wir sollten noch einen weiteren Tag hierbleiben, dann sollten zwei von uns zu Ronan zurückkehren und berichten. Bist du einverstanden, Heno?«

»Ja«, stimmte Heno zu. »Zwei gehen jetzt zurück und zwei erst dann, wenn sich die Herren der Pferde wieder in Bewegung setzen.«

»Ich bleibe hier«, sagte Thorn schnell.

»Das ist großzügig von dir, Thorn«, bemerkte Kasar grinsend.

»Ich bleibe bei Thorn«, bot Mait an.

Heno schüttelte den Kopf. »Ich glaube nicht, daß es eine gute Idee wäre, die beiden Jungen hier allein zurückzulassen. Entweder Kasar oder ich sollten besser bei Thorn bleiben.«

Mait blickte finster drein. »Ich bin kein Kind mehr, Heno!«

Stille trat ein, als Heno das Gesicht des Bruders seiner Frau betrachtete. »Ich nehme an, das stimmt«, gab er schließlich zu. »Ich denke noch immer an dich als an den kleinen Jungen, um den Berta so besorgt war, als ich euch fand. Aber du hast recht. Du bist nicht mehr länger dieser kleine Junge. Also gut, Thorn und Mait bleiben hier.«

Die beiden Jungen grinsten sich an.

»Danke, Heno«, sagte Mait, und Heno zog ein finsteres Gesicht und grunzte und konnte doch niemanden irreführen.

»Ich habe die Erlaubnis meines Vaters, eines der Pferde zu nehmen, um im Wald nach Kräutern zu suchen«, sagte Siguna hochmütig zu dem Krieger, der des Kains persönliche Pferde bewachte, die nicht mit der Hauptherde liefen, sondern in einem kleinen Gehege nahe des Lagers gehalten wurden.

Die beiden Wächter waren jung, Freunde ihres ältesten Bruders, und sie betrachteten das Mädchen mit unverhohlener Bewunderung.

»Welches Pferd möchtest du, Siguna?« fragte der eine mit dem Namen Skyr.

»Butterblume«, antwortete sie und wies auf eine gelbfarbene Stute.

»Ich werde sie für dich einfangen«, sagte Skyr.

Siguna beobachtete schweigend, wie Skyr mit dem Zaumzeug in der Hand zu Butterblume ging und es ihr über die Nase streifte. Er führte die Stute aus der Umzäunung und fragte Siguna: »Soll ich dir hinaufhelfen?«

Siguna warf ihm einen finsteren Blick zu, sprang hoch und schwang ihr Bein über den Rücken des Pferdes. Sie nahm die Zügel auf, schnalzte mit der Zunge und ritt davon, ohne einen Blick zurückzuwerfen.

Sie ritt ein ganzes Stück, immer einem Wildwechsel folgend, und fühlte sich glücklicher, jetzt wo sie aus dem Lager fort war und Tealas ständigem Schimpfen entging. Schließlich stieg sie in einer Lichtung ab, wo Butterblume genug Gras finden würde und wo sie selbst nach Kräutern suchen wollte. Fenris würde wütend sein, wenn er herausfand, daß sie die Wachen belogen hatte, und es würde besser für sie aussehen, wenn sie tatsächlich mit einigen Kräutern zurückkam. Siguna machte Butterblume an einem Fels fest und trat zwischen die Bäume.

In der Nähe schrie ein Hengst. Siguna erschrak, dann eilte sie mit heftig schlagendem Herzen den Weg zurück zu Butterblume. Sie hörte das Geräusch von brechenden Zweigen im Wald, und der Hengst schrie wieder. Dann hörte sie das Donnern der Hufe.

Siguna erreichte Butterblume und griff nach ihren Zügeln. Die Stute zog an ihrem Halfter und zitterte am ganzen Körper.

Die trommelnden Hufe kamen immer näher, und plötzlich, zu Sigunas vollkommener Überraschung, brach ein dunkelgraues Pferd in die Lichtung, auf dessen Rücken sich ein Junge befand. Der Hengst kam rutschend zum Stehen und starrte die Stute an; der Junge, der wie ein erschrockenes Reh aussah, starrte auf Siguna.

»Uff«, machte der Junge.

Der Hengst schnaubte und scharrte mit den Hufen. Der Junge tätschelte den gebogenen Hals seines Pferdes und schaute Siguna weiter an. »Kannst du verstehen, was ich sage?« fragte er sie langsam.

Siguna, die von der Sprache der Gefangenen ihres Vaters mehr gelernt hatte als jeder andere unter den Pferdeleuten, verstand ihn. Sie nickte.

»Ich glaube, wenn ich ihn an sie heranlasse, damit er sie beschnuppern kann, dann wird nichts weiter geschehen«, sagte der Junge. »Er ist noch ein halbes Fohlen; er wird wohl kaum wirklich irgend etwas versuchen.«

»Ich verstehe dich«, entgegnete Siguna vorsichtig, »aber sitz doch erst ab.«

Der Junge rutschte vom Rücken seines Pferdes, sprach ihm dabei die ganze Zeit gut zu. Dann, die Zügel kurz gefaßt, führte er den Hengst zu Butterblume. Die beiden begannen sich intensiv zu beschnüffeln, begleitet von kleinen Schreien und Sprüngen. Der Junge und das Mädchen hielten die Zügel ihrer Pferde und mußten selbst immer wieder zur Seite springen, um den aufgeregten Pferden auszuweichen. Nach einigen Augenblicken entschieden die beiden Pferde jedoch, daß das Gras in der Lichtung einladend aussah, und begannen, Seite an Seite zu grasen. Siguna wandte sich dem Jungen zu.

Er konnte nur wenig älter sein als sie selbst, wie sie feststellte, mit ein wenig zerzausten braunen Haaren und braunen Augen unter langen Wimpern. Wieder erinnerte er sie an ein Reh. »Du reitest auf einem Pferd«, sagte sie matt und drückte damit den für sie überraschendsten Teil ihrer Begegnung aus.

Seine großen Augen bekamen einen vorsichtigen Ausdruck. »Ja«, sagte er, »du sprichst meine Sprache sehr gut.«

»Ich habe ein paar von euren Leuten kennengelernt«, antwortete sie, auf der Hut.

Sie musterten sich wieder gegenseitig.

»Reiten alle Leute in diesen Bergen Pferde?« fragte Siguna langsam.

Das Gesicht des Jungen war sehr ernst. Er antwortete nicht.

»Was machst du hier allein?« wollte sie als nächstes wissen.

»Ich könnte dir die gleiche Frage stellen«, antwortete er.

»Ich verstehe dich nicht.«

»Was tust *du* hier allein?«

»Ich sammle Kräuter«, antwortete sie.

»Du bist weit fortgeritten von deinem Lager, nur um Kräuter zu sammeln.«

Ihre Augen verengten sich argwöhnisch. »Woher weißt du, wo mein Lager ist?«

»Ich habe es gesehen.«

Mit einem Mal begriff sie. »Du hast uns beobachtet, nicht wahr?« beschuldigte sie ihn. »Uns ausspioniert?«

Seine schmalen Nasenflügel bebten. »Dein Volk hat sich kaum als Freund meines Volkes erwiesen.«

»Thorn!« erscholl eine Stimme aus dem Inneren des Waldes.

»Hierher, Mait!« rief der Junge zurück. »Sei vorsichtig, hier ist eine Stute.«

Siguna und der Junge standen schweigend und hörten, wie ein weiteres Pferd herankam. Eichel hob den Kopf und wieherte seinem Freund schrill entgegen.

»Ist das auch ein Hengst?« wollte Siguna wissen.

»Ja. Auch ein Dreijähriger. Vielleicht wird es gutgehen.«

Ein zweiter Junge auf einem Pferd brach aus dem Wald in die Lichtung hervor, und die Dinge liefen ähnlich ab wie zuvor. Nachdem alle drei Pferde sich beruhigt hatten und grasten, musterte Siguna den Jungen namens Mait. Er war dunkler als der andere, der Thorn hieß, hatte dunkelbraunes Haar und ebensolche Augen. Seine olivfarbene Haut war weich und bartlos.

»Was sollen wir jetzt mit ihr machen?« fragte Mait Thorn. »Wenn wir sie in ihr Lager zurückschicken, dann wird sie ihnen erzählen, daß wir Pferde haben.«

»Darüber habe ich auch schon nachgedacht«, bemerkte Thorn.

Es ist sehr merkwürdig, dachte Siguna, aber sie fürchtete sich nicht. Sie sollte Angst haben. Sogar milchgesichtige Jungen in ihrem Stamm waren sehr wohl dazu in der Lage, ein Mädchen zu ermorden, das ihre Pläne durchkreuzte. Aber aus irgendeinem Grund konnte sie sich nicht vorstellen, daß diese Jungen ihr etwas antun würden.

»Wir haben beobachtet, wie du im Zelt des Häuptlings ein- und ausgehst«, sagte der eine, dessen Name Thorn war. »Wer bist du?«

»Ich bin seine Tochter«, antwortete sie stolz. Ihr Kinn hob sich. »Mein Name ist Siguna.«

Auf Thorns Gesicht machte sich etwas breit, was Siguna als Erleichterung erkannte. Sie fragte sich, warum.

»Ich fürchte, Siguna«, sagte er langsam zu ihr, um sicherzugehen, daß sie ihn auch wirklich verstand, »du wirst mit uns kommen müssen. Wir werden dir nichts tun, aber wir können dich auch nicht freilassen, damit du deine Leute warnst.«

»Vielleicht würdest du uns versprechen, uns nicht zu verraten?« fragte Mait hoffnungsvoll.

Siguna schüttelte den Kopf. »Ich würde nie meinen Vater verraten.«

Mait seufzte. »Das kann man wohl nicht verlangen.« Er zog an seiner Unterlippe und murmelte an Thorn gerichtet: »Was wird Ronan wohl sagen, wenn wir mit der Tochter des Häuptlings der Pferdeleute zurückkommen?«

»Ich glaube nicht, daß er glücklich sein wird. Aber er wird noch weniger glücklich sein, wenn wir ihr gestatten, daß sie uns verrät.«

»Stimmt. Aber wird ihr Stamm sie nicht vermissen und sie suchen?«

»Wir werden folgendes tun«, sagte Thorn. »Wir werden ihre Stute mit zerrissenen Zügeln zurückschicken. Sie werden glauben, daß Siguna im Wald einen Unfall hatte. Sie werden sie natürlich hier suchen, aber wenn sie sie nicht finden können, dann werden sie davon ausgehen, daß sie tot ist.«

Mait nickte ernst.

»Wir werden sehr darauf achten müssen, unsere Spuren zu verwischen.«

Wieder nickte Mait. Sigunas klare graue Augen weiteten sich erstaunt, als er hinzufügte: »Wir können sie auf eines der Pferde setzen und uns beim Gehen abwechseln.«

»Ja«, sagte der Junge namens Thorn, der offenbar nichts

Schlimmes an der Vorstellung fand, daß eine Frau ritt, während er zu Fuß ging. »Ich weiß, wir sollten hierbleiben, bis die Herren der Pferde sich wieder in Bewegung setzen, aber ich meine, die Situation hat sich geändert.«

Siguna, die dem größten Teil dieses Gespräches hatte folgen können, erkannte erschrocken, daß ihr Stamm mehr oder weniger die ganze Zeit über beobachtet worden war.

»Wohin bringt ihr mich?« verlangte sie zu wissen.

»Wir bringen dich in unser eigenes Lager«, antwortete Thorn, »und zu unserem Häuptling.«

Bei diesen Worten regte sich in Siguna zum ersten Mal die Angst. Sie nahm den eisigen Gesichtsausdruck an, den sie immer aufsetzte, wenn sie ihre Furcht verbergen mußte, und fragte: »Wird er mich zu einer seiner Frauen machen?«

Die Jungen waren entsetzt. »Natürlich nicht!« entgegnete Thorn.

»In unserem Stamm hat ein Mann nur eine Frau«, erklärte Mait freundlich, »und Ronan ist mit Nel verheiratet. Du wirst keines Mannes Besitz sein, Siguna. Es geht nur darum, die Tatsache geheimzuhalten, daß wir Pferde besitzen und deshalb können wir dich nicht zu deinem Vater zurückschicken.«

»Was werdet ihr denn dann mit mir machen?« fragte Siguna wirklich verwirrt.

»Das wird Ronan entscheiden müssen«, lautete Maits Antwort. Er wandte sich zu Thorn. »Wir sollten uns lieber nicht länger aufhalten.«

»Du hast recht«, stimmte Thorn zu. Er nahm Siguna die Zügel ihrer Stute aus der Hand und führte sie von den beiden Hengsten fort. Dann zerschnitt er die Lederzügel mit seinem Messer und schlug der Stute auf die Kruppe, um sie nach Hause zu schicken. Erst wollte sie nicht gehen, vor allem nicht, als Eichel seinen Kopf hob und sie rief. Doch Thorn hob ein paar Steine auf und jagte sie eine kurze Strecke den Wildwechsel entlang. Als er zurückkam, saß Siguna auf Eichel und Mait auf Frost mit ihren Zügeln in der Hand.

Mait grinste. »Du darfst als erster gehen.«

Thorn zog ein Gesicht. »Also komm«, sagte er, »laß uns aufbrechen.«

25

Zu Sigunas vollkommener Verblüffung erlaubten ihr die Jungen, den ganzen Weg über zu reiten. Es schien weder Mait noch Thorn jemals in den Sinn zu kommen, sie zu Fuß gehen zu lassen. Sie konnte es nicht fassen.

Sie begriff, wie sie über ihren Häuptling sprachen. Sie hatten Angst vor ihm, aber noch mehr als das wollten sie, daß er gut von ihnen dachte. Diese Einstellung war für Siguna vollkommen nachvollziehbar; es war die gleiche, welche die Männer ihres Vaters zu ihrem Häuptling hatten. Es war das Benehmen der Jungen ihr gegenüber, das ihr ungewöhnlich vorkam.

Der erste Anblick der Großen Höhle war für Siguna beruhigend. Der riesige Tunnel war beeindruckend, aber die vielen Menschen, die im hellen Sonnenlicht beim Eingang des Tunnels lagerten, schienen hauptsächlich Frauen und Kinder zu sein. Erst später, als Siguna die Pfeile sah, an deren Herstellung die Frauen so fleißig arbeiteten, verschwand ihre anfängliche Selbstzufriedenheit.

Alle Köpfe hoben sich, als Siguna und die Jungen um die letzte Biegung kamen und von der Höhle aus sichtbar wurden. Thorn brachte die Pferde in einer gewissen Entfernung von den Frauen zum Stehen, und Siguna saß stolz aufrecht und beobachtete wachsam, wie sich eine schlanke, langbeinige junge Frau aus einer Gruppe löste und mit zwei wolfähnlichen Hunden an ihre Seite kam.

»Sei gegrüßt, Nel«, sagte Thorn gesetzt, als die Frau bei ihnen angelangt war. »Ich bin froh, daß du hier bist. Wir haben ein kleines Problem.«

»Das sehe ich«, sagte die Frau namens Nel und hob ihre großen grünen Augen, um Siguna zu mustern. »Sind die Herren der Pferde wieder in Bewegung?«

»Nein.« Es war Mait, der antwortete, während Thorn von Eichels Rücken rutschte. »Aber wir sind im Wald durch Zufall auf dieses Mädchen gestoßen, und sie hat uns auf den Rücken von Pferden gesehen. Wir dachten, daß es Ronan nicht gefallen würde, wenn sie mit dieser speziellen Neuigkeit zu ihren Leuten zurückkehren würde.«

»Sie ist die Tochter des Häuptlings«, erklärte Thorn, nahm Eichels Zügel ein wenig kürzer und führte ihn ein paar Schritte vor.

»Uff«, machte die Frau, die sie Nel nannten. Einer der Hunde kam zu ihr heran und stieß seine Schnauze in ihre Hand. Geistesabwesend begann Nel, seinen Kopf zu streicheln. Der andere Hund winselte, und Mait schnalzte mit den Fingern. Der Hund trottete schwanzwedelnd zu Mait und ließ sich von ihm den Kopf kraulen.

Siguna beobachtete die Hunde mit wachem Erstaunen. Die Hunde, die zu ihrem Stamm gehörten, waren nicht von der Art, die man streichelte. Aus ihrer Kindheit hatte Siguna sogar eine Narbe an der Wade, die sie beredt an die Wildheit von Hunden erinnerte. Sie war noch ein kleines Mädchen gewesen, als es geschah, aber sie erinnerte sich gut daran, daß sie, wäre ihr Vater nicht gewesen, um den Hund von ihr zu ziehen, sicherlich mehr Narben davongetragen hätte, als die eine an ihrem Bein.

Nel sah sie noch immer an. »Verstehst du unsere Art zu sprechen?« fragte sie Siguna, langsam und klar formulierend.

»Ja«, antwortete Siguna barsch.

Nel richtete sich auf, und der Hund, den sie gestreichelt hatte, ging zu Thorn auf der Suche nach mehr Aufmerksamkeit. Siguna versteifte sich, als das Tier näher zu ihr herankam. Nel sah ihre Reaktion und lächelte beruhigend. »Die Hunde werden dir nichts tun.«

Siguna streckte ihr Kinn vor. »Ich habe keine Angst vor Hunden«, sagte sie stolz, wenn auch nicht ehrlich.

Nel erwiderte nichts, fuhr nur fort, sie anzusehen. Siguna hatte das sonderbare Gefühl, daß diese grünen Augen mitten in ihre Gedanken eindrangen. Und was noch sonderbarer war, es schien ihr nichts auszumachen.

Schließlich sagte Nel zu den Jungen: »Ihr habt es richtig gemacht. Es ist Pech, daß ihr ihr begegnet seid, aber es war richtig, sie nicht wieder freizulassen.« Wieder waren ihre Augen auf Siguna gerichtet. »Ich fürchte, du wirst dir für eine Weile bei uns dein Zuhause einrichten müssen.« Ihre Stimme klang ein wenig traurig.

»So hat man mir zu verstehen gegeben.« Sigunas Ton war noch immer barsch.

Ein kleiner Junge kam aus dem Tunneleingang angerannt und rief: »Onkel Mait! Onkel Mait! Du bist wieder da!« Er stürzte ihm entgegen und warf dem jungen Mann die Arme um die Knie.

Mait lachte und hob das Kind auf seine Schultern. »Ja, ich bin zurück, Leam. Wo ist deine Mutter?«

»Da.« Sein kleiner Finger wies auf eine Frau, die den Tunnel in gemessenerem Schritt verließ als ihr Sohn. Siguna sah, daß sie das gleiche weiche dunkle Haar und die gleiche olivfarbene Haut hatte wie Mait. Das muß seine Schwester sein, dachte sie.

»Was ist geschehen?« fragte die Neuhinzugekommene mit einer Stimme, die den gleichen Rhythmus hatte wie Maits.

Ein weiteres Mal hörte Siguna, wie ihre Anwesenheit erklärt

wurde. Dann blickten alle auf die schlanke junge Frau, die hier zuständig zu sein schien.

»Tora, wirst du bitte jemanden schicken, der mir Weißfuß holt?« bat Nel. »Thorn und ich werden Siguna in das Lager der Männer bringen. Wir sollten die Angelegenheit lieber mit Ronan besprechen.«

Sie brauchten nicht lange, um in das Tal zu gelangen, wo die Männer ihre Zelte aufgeschlagen hatten und wo die Pferde weideten. Siguna, die sich scharfsinnig ein Bild von der Zahl der Pferde machte, war erleichtert, als sie die kleine Pferdeherde sah. Die Zahl der Männer allerdings war größer, viel größer als jede gegnerische Macht, der sich ihr Vater bisher gegenübergesehen hatte. Und dennoch, schätzte Siguna, waren hier nur halb so viele Männer wie im Gefolge ihres Vaters. Hier gab es nichts, was ihrem Vater ungewöhnliche Schwierigkeiten bereiten sollte.

»Du und Siguna, ihr wartet hier«, sagte Nel zu Thorn und trabte, gefolgt von ihren zwei Hunden, den Hang hinunter in das Tal hinein zu einer Ansammlung von Männern. Sie brachte ihr Pferd zum Stehen, und ein schwarzhaariger Mann trat an die Seite ihres Pferdes. Sie sprachen miteinander.

»Das ist Ronan, unser Häuptling«, erklärte Thorn.

Siguna fragte neugierig: »Und ist Nel seine Frau?«

»Ja.«

»Sie ist eine gute Reiterin«, bemerkte Siguna.

Jemand lief, um das Pferd des Häuptlings zu holen, und schon nach kurzer Zeit trabte Nel mit ihrem Gefährten dorthin, wo Thorn und Siguna warteten.

Die Pferde kamen auf den Hang zu, wurden hinaufgetrieben, direkt auf die beiden zu, die auf der Spitze des Hügels auf sie warteten. Der graue Hengst kam rutschend vor Siguna zum Stehen, und sie erkannte mit Verwunderung, wie jung der Häuptling noch war.

»Uff, Thorn«, sagte er mit deutlich schlechtgelaunter Stimme, »ich habe euch gesagt, ihr sollt euch außer Sichtweite aufhalten.«

»Es tut mir leid, Ronan«, antwortete Thorn demütig.

Siguna spürte ein plötzliches Bedürfnis, das Reh zu verteidigen, das sie entführt hatte. »Ich war recht weit in den Wald hineingeritten, um Kräuter zu sammeln«, hörte sie sich sagen.

Ein Paar kalte dunkle Augen musterte sie prüfend, und ihre Kälte verschwand auch bei dem Anblick ihres hübschen Gesichts nicht. Dieser Ronan ist vielleicht jünger als Vater, dachte Siguna, aber er ist ohne Zweifel genauso beunruhigend.

»Starr das arme Mädchen doch nicht so an«, sagte Nel sanft zu ihrem Gefährten. »Sie wird mehr Schwierigkeiten mit der Situation haben als wir.«

Ronan warf seiner Frau einen ungeduldigen Blick zu. »Ich kann die zusätzliche Sorge um eine Gefangene jetzt wirklich nicht gebrauchen, Nel.«

Eine graue Gestalt streifte den Pfad entlang auf sie zu, und Siguna unterdrückte einen Angstschrei, als sie die Gestalt als Wolf erkannte. Ihr Pferd, das ihre Angst spürte, warf den Kopf hoch und tänzelte zurück.

Sigunas Hände zitterten. Nel schenkte ihr ein wundervolles Lächeln. »Er kann ein bißchen beunruhigend sein, ich weiß, aber es ist nur Nigak. Er gehört zu uns und ist vollkommen ungefährlich.«

Siguna starrte den Wolf aus großen Augen an.

»Also, Thorn«, hörte sie den Häuptling sagen, »du hast sie hierher gebracht, deshalb übergebe ich sie in deine Verantwortung. In deine und Maits. Ihr beide könnt sie versorgen; ich habe dazu weder die Neigung noch die Zeit.« Siguna hob ihre Augen rechtzeitig, um zu sehen, wie er seine arrogante Nase zu seiner Frau hindrehte. »Und du auch nicht, Nel«, fügte er warnend hinzu.

»Sie kann nicht in Thorns Zelt schlafen, Ronan«, wandte Nel ein.

»Sie kann im Frauenlager schlafen«, antwortete Ronan. »Aber Thorn ist mir für sie verantwortlich. Thorn und Mait.«

»Ich höre dich, Ronan«, sagte Thorn, und Siguna bemerkte, daß auch sie ihr Einverständnis durch ein Nicken kundtat.

»Nel sagte mir, daß ihr losgeritten seid, bevor die Herren der Pferde ihr Lager abgebrochen haben?« fragte Ronan Thorn als nächstes.

»Ja«, antwortete Thorn mit gedämpfter Stimme.

»Wir können es uns nicht erlauben, daß sie uns durch die Finger schlüpfen. Ich werde Dai und Tyr schicken, damit sie das Lager weiter beobachten. Vielleicht haben *sie* ja genug Verstand, sich außer Reichweite zu halten.«

Thorn ließ seinen Kopf hängen, und Siguna fühlte eine Welle der Sympathie für ihn in sich aufsteigen.

»Laßt die Pferde hier und geht zurück zur Großen Höhle«, befahl Ronan dem Jungen. »Berta oder Fara oder irgend jemand wird euch etwas zu essen geben.«

Thorn nickte.

Ronan wendete sein Pferd und galoppierte zurück zu seinen Männern. Zu Sigunas großer Erleichterung folgte der Wolf ihm. Die Hunde, die sich verzogen hatten, sobald Nigak aufgetaucht war, stellten sich Nel wieder zur Seite. Siguna folgte behutsam dem Beispiel der beiden anderen und rutschte vom Pferd. Sie entspannte sich ein wenig, als die Hunde sie ignorierten.

Nel wartete, während Thorn Frost und Eichel die Halfter abnahm. Ihr eigener Hengst hatte seinen Kopf bequem auf ihre Schulter gebettet und machte keine Anstalten, sich den beiden anderen Pferden anzuschließen, als sie in das Tal hinuntergaloppierten. Siguna fand das sehr verwunderlich.

Als sie sich von dem Tal abwandten, fiel Siguna etwas an den Männern dort unten auf. Sie blieb unvermittelt stehen. »Sind das Frauen, die ich zwischen den Männern sehe?« wollte sie wissen.

Nel und Thorn folgten ihrem Zeigefinger mit den Augen. »Ja«, antwortete Thorn. »Das sind Frauen.«

»Aber sie schießen mit Pfeil und Bogen!«

Schweigend beobachteten die drei ein leichtfüßiges, schwarzhaariges Mädchen, das auf eine aufgespannte Haut schoß, die als Ziel diente, und mitten ins Schwarze traf. Das Mädchen verlangsamte ihren Schritt, hielt inne und warf ihren Kopf zurück. Siguna war sich sicher, daß sie lachte.

»Das verstehe ich nicht«, sagte Siguna. »Habt ihr Krieger *und* Kriegerinnen?«

»Manche der Frauen, die nicht Mütter von kleinen Kindern sind, nehmen mit den Männern an Waffenübungen teil«, erklärte Thorn.

Sigunas Augen glänzten. »Aber das ist ja wundervoll!«

Nel lachte, und Siguna wurde klar, was für eine dumme Bemerkung dies für die Tochter des feindlichen Häuptlings war. Zu ihrer großen Erleichterung ließen es ihr die beiden anderen ohne Kommentar durchgehen.

Sie gingen weiter, und Nel sagte zu Thorn: »Ich schlage vor, du bringst Siguna bei Fara unter. Jetzt, da Eken selbst ein Baby hat, kann Fara Hilfe mit den Zwillingen gut gebrauchen.«

Wieder blieb Siguna unvermittelt stehen und starrte Nel ungläubig an. »Euer Volk behält die Zwillinge?«

Nels feine Gesichtszüge schienen sich einen Augenblick lang zu verhärten. »Wir tun es im Wolf-Clan«, sagte sie und ging dann weiter, gefolgt von Weißfuß und den Hunden.

Siguna schloß wieder auf und betrachtete neugierig Nels Profil. Auf ihrer anderen Seite erklärte Thorn: »Die meisten verwandten Stämme behalten Zwillinge nicht, aber unserer tut es. Wirst du Angst davor haben, im selben Raum mit ihnen zu leben?«

Seit ihrer frühesten Kindheit hatte Siguna den Vorsatz gefaßt, niemals ihre Angst zu zeigen. Sie hob ihr Kinn. »Natürlich nicht.«

»Gut«, kommentierte Nel und schenkte ihr einen anerkennenden Blick.

Sie kamen an zwei Hütten vorbei, die so aussahen, als ob sie neu direkt am Hang errichtet worden wären. Eine Handvoll Frauen saß vor der einen und nähte. Wie sie es schon auf dem Hinweg getan hatte, hob Nel eine Hand zum Gruß, und die Frauen winkten zurück.

»Das ist ein merkwürdiger Platz für Hütten«, bemerkte Siguna.

»Das sind die Mondhütten«, gab ihr Thorn zu verstehen.

Siguna sah ihn verständnislos an. »Mondhütten?«

Nel erklärte ihr, was der Zweck dieser Hütten war. »Kennt ihr in eurem Stamm diese Sitte nicht?«

Siguna schüttelte den Kopf.

»In meinem Stamm ist sie ebenfalls unbekannt«, sagte Nel. »Viele unserer Leute folgen dem Brauch jedoch.« Sie zog ihre feinen Augenbrauen scherzhaft nach oben. »Anfangs empfand ich diese Sitte als schändlich, das Blut der Großen Erdmutter entweihend, das doch alles Leben eines Stammes trägt. Doch habe ich bald herausgefunden, daß die Frauen, die dem Himmelsgott folgen, den Brauch mögen. Er gibt ihnen einmal im Mond die Gelegenheit, von ihren Männern und ihrer Arbeit fortzukommen, weißt du.«

Für sich dachte Siguna, daß sich die Sache mit der Mondhütte gut anhörte.

Für eine Weile schritten sie schweigend dahin. Dann bemerkte Siguna vorsichtig: »Es ist also nicht bloß ein Stamm, den ihr hier versammelt habt?«

Nel warf ihr einen langen grünen Blick zu und antwortete nicht.

»Wenn sie hier mit uns lebt, dann wird sie es ohnehin herausfinden«, sagte Thorn vernünftig.

Nel richtete ihren entnervenden Blick auf Thorn. Dann seufzte sie. »Da hast du wahrscheinlich recht.«

Mit dieser stillschweigenden Erlaubnis wandte sich Thorn an Siguna. »Wir sind ein Bund von Stämmen, die überall in diesen Bergen leben«, erklärte er. »Wir haben das Vorankommen deiner Leute verfolgt und uns verbündet, damit sie uns nicht vernichten, wie sie die verwandten Stämme im Norden vernichtet haben.«

»Im Namen des Donnerers«, murmelte Siguna, den bevorzugten Fluch ihres Vaters benutzend.

Ihre beiden Wärter blickten sie an, verzichteten jedoch auf eine Übersetzung.

Siguna fing an zu denken, daß ihre Gefangennahme vielleicht doch eine gute Sache war. Sie würde über diese Gegner soviel wie möglich herauszufinden versuchen und dann fliehen, um mit ihrem Wissen zu Fenris zurückzukehren. Wenn es mir gelingt, dachte sie, eine so wichtige Neuigkeit zu meinem Stamm zu bringen, dann wird sich mein Leben ändern! Dann würde ihr Vater sie mit Stolz betrachten Er würde ihren Wert so hoch einschätzen wie den ihrer Brüder. Ein kleines Lächeln spielte um Sigunas Mund, und sie phantasierte Bilder von einem glücklichen Leben in der Zukunft.

Siguna fand sich mit einer Leichtigkeit in dem fremden Lagerleben zurecht, die sie selbst in Erstaunen versetzte. Fara war freundlich, und die Hausarbeiten, die sie von Siguna erwartete, waren ihr nicht lästig. Die Frauen in der Großen Höhle arbeiteten hart, versorgten die Kinder, sammelten Wurzeln, Beeren, eßbare Gräser und Körner, kochten, hielten die Bekleidung ihrer Familien in gutem Zustand und fertigten neue – alles Dinge, welche die Frauen auch in Sigunas Stamm taten. Ein großer

Unterschied zwischen Sigunas Leuten und den verwandten Stämmen war, daß hier die Männer allein für das Fleisch zuständig waren. Sie schleppten es nicht nur herbei, sondern häuteten und schlachteten auch. Von dieser anstrengenden Arbeit befreit, hatten die Frauen mehr Zeit für ihre übrigen Aufgaben.

Fara und ihre Freundinnen waren entsetzt gewesen, als Siguna ihnen erzählte, daß sich die Frauen ihres Volkes um das Schlachten kümmerten.

»Ja, was machen denn dann die Männer?« wollte Beki wissen.

»Sie sind alle Krieger«, antwortete Siguna. »Sie versorgen ihre Pferde und Waffen. Sie jagen.«

Berta blickte von dem Pfeil auf, den sie in Arbeit hatte, und bemerkte: »Die Frauen deines Stammes müssen Dummköpfe sein.«

Siguna dachte, die Frauen meines Stammes sind keine Dummköpfe. Es ist nur, daß sie es nie anders kennengelernt haben.

Sigunas Aufgaben waren es, auf die Zwillinge zu achten, die sie als lebhafte, bezaubernde Kinder kennenlernte, und beim Kochen und Nähen zu helfen. Die Frauen baten sie nicht, sich an der Arbeit zu beteiligen, die den größten Teil ihrer Tage ausfüllte: dem Herstellen von Pfeilen.

In normalen Zeiten waren es die Werkzeugmacher des Stammes, so erklärte Fara, welche die Pfeile herstellten. Aber Ronan hatte die Werkzeugmacher veranlaßt, die Frauen in ihrer Kunst zu unterweisen, und dies war nun die Aufgabe, mit der sich die meisten Hände befaßten.

Einige stellten Pfeilspitzen aus den Knochen der Tiere her, die sie aßen. Andere machten den Schaft des Pfeils, schabten zunächst das Holz sauber, machten es über dem Feuer geschmeidig und schoben es schließlich durch das Loch eines Schaftbegradigers. In einem letzten Arbeitsgang wurde die Pfeilspitze mit Sehnen an den Schaft gebunden, und der Pfeil war fertig.

Fara hatte Siguna gesagt, die Frauen wollten ihr die Arbeit an einer Sache ersparen, die zur Vernichtung ihres eigenen Stammes dienen sollte. Wie merkwürdig, dachte Siguna immer wieder, daß ich im Lager meiner Feinde mit mehr Rücksicht und Höflichkeit behandelt werde, als mir jemals zu Hause zuteil wurde.

Entweder Thorn oder Mait waren immer in der Nähe, aber Siguna betrachtete sie bald mehr als Gefährten, denn als Bewacher. Sie beobachtete besonders gerne Thorn, wenn er zeichnete. Sie hatte solche Abbildungen in einigen der Höhlen der Stämme gesehen, die ihr Vater besiegt hatte, und sie war fasziniert davon, wie Thorn mit wenigen geschickten Strichen ein Pferd darstellen konnte.

Es war Thorn, der ihr eines Nachmittags vom Hirsch-Clan erzählte, deren Mädchen Siguna im Lager der Männer mit Pfeil und Bogen hatte üben sehen. Danach hatte Siguna keine Ruhe, bis sie eine Gelegenheit fand, mit Arika zu sprechen. Die Frauen des Hirschen hatten ihren Lagerplatz am hinteren Ende des Tunnels gewählt, ein wenig abseits von den übrigen Frauen der verwandten Stämme, und Siguna brauchte ein paar Tage, bevor ihr eine Ausrede einfiel, um sich der Herrin zu nähern.

Sie verbrachte einen für sie weltbewegenden Nachmittag zu Arikas Füßen und erfuhr von ihr Dinge, von denen sie nie geträumt hätte, daß man sie denken konnte, geschweige denn sagen oder leben.

In dieser Nacht verließ Siguna ihr Schlaffell neben Fara und den Zwillingen mit der Entschuldigung, den Latrinenbereich aufsuchen zu müssen. Statt dessen ging sie außerhalb der Höhle auf und ab, nur um allein zu sein und die Sterne zu betrachten. Ihr Geist war von dem Gespräch mit Arika so angeregt, daß sie unmöglich schlafen konnte, und sie erlebte die ferne Schönheit der Sterne als enorm beruhigend. Es war kühl, sie kuschelte sich tiefer in ihren Fellumhang hinein, lehnte sich an die Felswand und blickte zum Himmel empor. Sie hatte keine Vorstellung davon, wie lange sie schon so stand, als sie das leise Murmeln von näher kommenden Stimmen hörte. Siguna, die nicht gestört werden wollte, bewegte sich leise nach links, tiefer in den Schatten der Felswand hinein.

Das Mondlicht machte die Umrisse von Ronan und Nel sichtbar. Siguna hatte den Häuptling seit ihrem ersten Aufeinandertreffen nicht mehr wiedergesehen, da er und die Männer sich hauptsächlich in dem Tal, wo ihr Lager aufgeschlagen war, aufhielten. Heute abend jedoch ging er mit seiner Frau, den Speer in der Linken und die Rechte um ihre Schulter gelegt, den dunklen Kopf in angeregtem Gespräch dem ihren nahe zugeneigt. Sie waren so sehr aufeinander konzentriert, daß Siguna nicht entdeckt zu werden glaubte.

Doch es war Nigak, der sie verriet. Siguna erstarrte vor Angst, als sie den Wolf geradewegs auf sich zukommen sah. Er hielt an, als er nur drei Schritte von ihr entfernt war, und knurrte tief, weit hinten in seinem Rachen.

»Wer ist da?« fragte Ronan scharf.

Siguna fürchtete sich so sehr, daß sie keinen Ton von sich geben konnte. Der Wolf knurrte wieder, und Siguna gelang es, ihren Namen hervorzubringen.

»Siguna?« hörte sie Nel sagen. »Was tut sie hier draußen?«

»Komm raus«, verlangte Ronan, »Nigak wird dir nichts tun.«

Siguna hatte Angst, sich dem Wolf zu nähern, aber sie ängstigte sich genauso, daß Nigak angreifen würde, wenn sie nicht gehorchte. Am ganzen Körper zitternd, trat sie ins offene Mondlicht.

Ronan hatte seinen Arm von der Schulter seiner Gefährtin genommen und den Griff seines Speers geändert. Als er die schmale, mädchenhafte Gestalt Sigunas sah, entspannte er seine Haltung. »Was schleichst du hier draußen herum?« fragte er gereizt und bezeigte Nigak gleichzeitig, zu ihm zurückzukommen.

Siguna war so erschüttert, sowohl von Nigak als auch von der Gefahr, die sie auf Ronans Gesicht gelesen hatte, daß sie ihm die Wahrheit sagte. »Ich bin gekommen, um mir die Sterne anzusehen.«

»Die Sterne?« entgegnete er entgeistert.

»Sterne«, wiederholte seine Frau amüsiert. »Diese kleinen hellen Lichter am Nachthimmel.«

»Ich weiß, was Sterne sind, Nel«, schnappte er. »Was ich nicht weiß, ist, warum dieses Mädchen mitten in der Nacht ohne Bewachung draußen herumstreicht. Uff, sie könnte schon auf dem Rückweg zu ihrem Vater sein, und wir würden es erst am Morgen bemerken!«

»Sie würde nicht so dumm sein, so etwas zu versuchen«, entgegnete Nel unberührt von Ronans schlechter Laune.

»Ich bin froh, daß du dir dessen so sicher bist.«

»Das bin ich. Und Fara ist es auch, sonst hätte sie Siguna nicht gestattet, sich von ihr zu entfernen.«

Ronan blickte sich um. »Und wo, das würde ich gerne wissen, sind Thorn und Mait? Ich dachte, ich hätte ihnen gesagt, daß sie für dieses Mädchen verantwortlich sind.«

Nel übersah ihn, blickte Siguna statt dessen direkt an und fragte mitfühlend: »Ist heute irgend etwas Besonderes geschehen, Siguna, daß du das Bedürfnis hast, die Sterne zu betrachten?«

Siguna sagte: »Ich habe heute mit der Herrin des Hirsch-Clans geredet.«

Ronan stöhnte. Nel boxte ihn sanft gegen die Schulter und sagte in gespielter Autorität: »Benimm dich.«

Wenn eine von Fenris Frauen es gewagt hätte, auf so kecke Weise zu ihm zu sprechen, dann hätte sie die Schwere seiner Hand zu spüren bekommen. Ronans Hand legte sich lediglich auf den Nacken seiner Frau.

»Ist es wahr«, fragte Siguna Nel langsam, »daß du die nächste

Herrin des Hirsch-Clans geworden wärst, wenn du nicht geheiratet hättest?«

»Wer hat dir davon erzählt?« fragte Ronan schneidend. »Arika?«

Siguna schüttelte den Kopf und wollte Thorns Namen nicht nennen, aus Furcht, ihn vielleicht in Schwierigkeiten zu bringen.

Nel antwortete Siguna ruhig: »Solches Gerede ist reine Spekulation.«

Nigak gähnte, all seine Zähne zeigend. Siguna zitterte.

»Es wird spät, und ich muß zurück ins Lager«, bemerkte Ronan. »Nel, nimm Siguna mit dir zurück in die Höhle und behalte sie dort. Ich mag es nicht, wenn sie allein herumläuft.« Er bedachte Siguna mit einem seiner falkenähnlichen Blicke. »Es ist nicht sicher.«

»Geh schon voraus, Siguna«, schlug Nel vor, »ich komme gleich nach.«

Siguna brauchte keine weitere Ermutigung, sich in den Schutz des Tunneleingangs zu begeben. Kurz bevor sie ihn erreichte, drehte sie sich jedoch noch einmal um und blickte zurück über ihre Schulter.

Nel und Ronan standen dort, von Mondlicht übergossen. Seine Hände lagen auf ihren Schultern, und sie blickte auf in sein Gesicht. Sie antwortete etwas, und dann, so beobachtete Siguna erstaunt, senkte er seinen Kopf, und sein Mund legte sich auf Nels, und ihr Kopf bog sich zurück, so daß ihr langer glänzender Zopf über den Arm fiel, der sie so kraftvoll zu sich herangezogen hatte. Ihre Arme legten sich um seinen Hals.

Siguna wandte sich ab und betrat allein die Höhle.

26

Die Herren der Pferde kommen!!!

Die Neuigkeit verbreitete sich unter den Männern des Bundes wie ein Lauffeuer. Dai und Tyr waren gerade herangaloppiert, als sie auch schon nach Ronan riefen. Dann verbreitete sich die Neuigkeit durch das Lager. Jetzt endlich hatte sich der Feind wieder in Bewegung gesetzt.

Ronan handelte augenblicklich. Im Verlauf der letzten paar Wochen hatte er sich einen genauen Plan zurechtgelegt, wie er sich den Herren der Pferde entgegenstellen wollte, und seine erste Herausforderung war es, sie in das Tal des Flusses Volp zu locken.

Er hatte mit Arika darüber gesprochen, denn der Volp war der Fluß, der durch die heilige Höhle des Hirsch-Clans floß.

»Ich möchte sie in der Schlucht einsperren, die einen halben Tagesmarsch nördlich von der Höhle liegt, Herrin«, hatte Ronan erklärt. »Die Männer des Hirsches haben an dieser Stelle schon oft Rentiere in die Enge getrieben, und es ist auch ein guter Platz, um eine große Zahl Männer und Pferde einzuschließen.«

Arika hatte geschwiegen, sich offenbar im Geiste die dunkle, fast unheimliche Schlucht vorstellend, die von dem Fluß Volp nördlich der Höhle in den Berg geschnitten worden war. »Ja«, hatte sie geantwortet, »das ist ein guter Ort, um ihnen eine Falle zu stellen.«

»Sie werden nicht durchbrechen können, Herrin«, versprach Ronan. »Ich könnte den Paß, der aus der Schlucht hinausführt, mit der Hälfte meiner Männer halten. Die heilige Höhle ist nicht in Gefahr.«

Arika hatte ihn einen Augenblick lang schweigend angesehen. Dann fragte sie: »Was, meinst du, werden sie tun, wenn sie begreifen, daß wir uns gegen sie stellen?«

»Ich denke, als erstes werden sie in ein anderes Gebiet ziehen.

Es ist unmöglich für sie, die Schlucht zu durchqueren, und ihr Anführer ist zu schlau, um das nicht zu erkennen. Sie werden an den Goldfluß zurückkehren. Aber ich hoffe, daß ich ihnen in der Schlucht so viel Schaden zufügen kann, daß ihre Zahl um einiges vermindert ist.«

Arika nickte. »Und ein Sieg wird vielleicht dem Fuchs- und dem Bären-Clan Mut machen, sich uns doch noch anzuschließen.«

»Das hoffe ich«, sagte Ronan düster. »Sie sind verrückt, wenn sie sich einbilden, zu weit oben am Goldfluß zu siedeln, als daß die Herren der Pferde sie dort finden könnten.« Er schüttelte verständnislos den Kopf und blickte Arika an. »Ich begreife sie nicht. Wieso wollen sie nicht kämpfen?«

Arika war aufgestanden. »Sie haben nicht wie wir die Kraft der Großen Erdmutter«, antwortete sie. »Das ist die Ursache ihrer Furchtsamkeit.« Und sie war davongegangen, ihren Sohn zurücklassend, der ihr angespannt mit dunklen Augen hinterherstarrte.

Ronan wußte, er konnte nicht davon ausgehen, daß die Herren der Pferde freiwillig dem Fluß Volp folgen würden. Bei allen bisherigen Erkundungsritten waren die Pferdeleute immer an dem kleineren Fluß vorbeigezogen, um dem Goldfluß zu folgen. Ronan mußte den Eindringlingen einen Grund geben, einem Weg zu folgen, den sie nicht zuvor erkundet hatten, und er würde ihnen diesen Grund liefern, indem er ihre Pferde stahl.

Um dieses Vorhaben in die Tat umzusetzen, hatte Ronan drei Handvoll Reiter aus dem Wolf-Clan ausgewählt.

»Ich will nicht, daß gekämpft wird«, hatte er seiner ausgesuchten Gruppe in der Nacht zuvor eingeschärft. »Wir werden lediglich in ihre Herde hineingaloppieren und sie in Panik versetzen. Wir werden Lederriemen mitführen und versuchen, einige von den Pferden vor uns her in das Tal des Volp zu treiben, aber ich will auf keinen Fall, daß einer von euch in eine Situation gerät, wo er gefangengenommen werden könnte.« Seine Augen glitten von Thorn zu Mait und zu Kasar. »Habt ihr mich verstanden?«

Die jungen Männer nickten.

»Beki?« sagte Ronan. »Yoli? Versteht ihr?«

»Ja, Ronan«, antworteten die beiden Frauenstimmen sanft, »wir verstehen.«

»Wenn wir unsere Sache richtig machen und ihre Pferde weit genug auseinander treiben«, fuhr Ronan fort, »dann werden sie uns nicht sofort verfolgen können. Sie werden erst ihre Pferde wieder einfangen müssen. Inzwischen haben wir genug Zeit, um in die Schlucht zurückzukehren und uns auf sie vorzubereiten.«

»Ich kann mir nicht vorstellen, daß das sehr schwer sein wird«, sagte Beki und grinste ihren Gefährten Kasar dabei an. »Sie können nicht wissen, daß wir auch Pferde haben.«

»Das glaube ich auch«, antwortete Ronan ernst. »Wenn sie erst erkennen, daß wir auch reiten, dann wird ihr Interesse an uns groß genug sein, daß sie uns folgen werden. Wenn sie diesen Schritt tun... dann werden wir sie in der Schlucht überraschen.«

»Das größte Problem wird sein, daß ihre Pferde Stuten sind und unsere Hengste«, warnte Nel.

»Wir haben ja bereits ein großes Gehege gebaut, um die Stuten aufzunehmen, mit denen wir zurückkommen«, erinnerte Dai sie.

»Ich weiß. Aber es wird nicht so leicht wie sonst für euch sein, eure Pferde mitten in einer Herde von Stuten unter eurer Gewalt zu halten«, sagte Nel. »Ich möchte nur, daß ihr vorbereitet seid.«

Ernst nickten alle in der Runde.

Ronan erklärte: »Ich habe für diese Aufgabe nur die besten Reiter ausgewählt, weil die besten Reiter auch die gehorsamsten

Pferde haben. Wenn irgendwer unter euch ist, der meint, daß er seinen Hengst unter diesen Umständen nicht kontrollieren kann, dann soll er es jetzt bitte sagen.«

Stille.

»Gut«, schloß Ronan. »Wir brechen im Morgengrauen auf.«

Die Herren der Pferde errichteten ihr Nachtlager nicht weit von der Stelle, wo ein kleinerer Arm des großen Flusses, dem sie folgten, abzweigte. Die Männer brachten die Pferdeherde auf eine nahegelegene Wiese; die Frauen bauten die Zelte auf und schürten die Herdfeuer. Ich werde einen weiteren Tag oder zwei an dieser Stelle lagern, dachte Fenris, damit die Männer Zeit für die Jagd haben. Dann würde er seinen Stamm den Goldfluß entlang führen auf die Siedlungen zu, die seine Kundschafter Anfang des Jahres entdeckt hatten.

Reiche Stämme lebten am Ufer des Goldflusses, hatten die Kundschafter berichtet. Ihre Höhlen und Hütten waren bequem, die Jagdgründe reich an Hirschen, und es gab genug Gras für die Pferde.

Fenris wußte, daß seine Männer ruheloser wurden. Sie hatten seit dem letzten Sommer keine Gelegenheit zum Kampf gehabt, und ihr Blut erhitzte sich. Sie hatten angefangen, sich gegenseitig zu bekämpfen; es war mehr als Zeit dafür, daß sie ihre Speere in das Blut der Feinde tauchten.

Wind kam vom Fluß her auf, und Fenris zog seine Schultern ein, während er langsam auf sein Zelt zuging.

Siguna fehlte ihm. Es war ihm nicht klar gewesen, wie oft seine Augen auf ihrem silberfarbenen Kopf geruht hatten, bis sie plötzlich nicht mehr da war.

Sie ist so mutig gewesen, dachte er. Und so dumm. Ein Mädchen, das davon träumte, Dinge zu tun, die den Männern vorbehalten waren.

Seine Schuld. Er hatte das mehr als einmal so gedacht. Es war seine Schuld, weil er ihr nachgegeben hatte, sie Pferde reiten ließ und ihr etwas von der Freiheit gab, auf die sie so wild war. Wenn er sie gezwungen hätte, das Leben zu führen, in das sie hineingeboren war, dann würde sie jetzt am Leben sein.

Fenris bedauerte sehr wenig in seinem Leben, aber er bedauerte, daß er Siguna nicht erfolgreich beschützt hatte.

Er warf die Zeltklappe zurück und trat ein. Die Gespräche verstummten bei seinem Eintritt, und er hob die Hand zum Gruß. Seine kleinen Kinder begannen wieder zu plappern, seine Frauen zu schimpfen und seine Anda sich voreinander zu brüsten. Nichts hat sich geändert, sagte er sich. Er sollte sich nicht gestatten, so traurig zu sein.

Sie kamen in der Morgendämmerung des folgenden Tages. Das Wiehern eines Hengstes durchdrang die Stille des Lagers, und Fenris saß kerzengerade auf seinem Schlaffell.

»Was ist das?« keuchte Kara, die wieder sein Bett geteilt hatte.

»Ein Hengst ist bei den Stuten.« Er war schon auf den Beinen und zog sich die Stiefel an. Draußen hörte er das Geräusch von laufenden Männern. »Ich hole mir die Herzen der Männer, die auf Wache waren«, zischte Fenris zwischen den Zähnen hervor und rannte aus dem Zelt.

Die Luft außerhalb seines Zeltes war grau und kalt und roch nach der Angst der Pferde.

»Vater!« Er drehte sich um und sah seinen zweitältesten Sohn auf sich zukommen. »Reiter, Vater! Sie treiben die Stuten auseinander!«

»Im Namen des Donnerers!« Fenris rannte zu dem Gehege, wo seine eigenen Pferde standen. Sein Hengst, der einzige Hengst in der Herde, wurde fast verrückt vor Aufregung.

Das Geräusch donnernder Hufe ließ Fenris herumwirbeln, und er sah, wie eine Gruppe von etwa fünfzehn seiner eigenen

Pferde auf ihn zugepprescht kam. Mitten unter ihnen, pfeifend und schreiend und einen Lederriemen schwingend, war ein schwarzhaariger Mann auf einem grauen Hengst. Die Ohren hatte der Hengst angelegt, und den Kopf hielt er weit unten, und er schnappte mit bloßen Zähnen nach den Stuten.

Fenris starrte erschrocken auf den Mann auf dem Rücken des Hengstes. Der Kerl ritt so gut wie er! Die Pferde waren schon fast über ihm, als Fenris die einzige Möglichkeit wahrnahm und sich in den Pferch hineinduckte. Die Stuten schossen vorbei, und Fenris' Schock nahm noch zu, als er einen weiteren Reiter auf einem Hengst mit weißen Fesseln am Ende der Herde sah, der fachkundig dafür sorgte, daß keine der Stuten zurückblieb. Nur daß dieser Reiter eine Reiterin war!

»Im Namen des Donnerers!« sagte Fenris wieder.

Fenris' Hengst, der passend Donner hieß, schrie wie wahnsinnig hinter seinen verschwindenden Stuten her. Die Stuten in dem Pferch rasten umher in dem Versuch, dem Hengst aus dem Weg zu gehen. Fenris duckte sich wieder aus der Umzäunung heraus, bevor er seinerseits zertrampelt werden konnte. Es würde eine ganze Weile dauern, bis er irgendeines dieser Pferde fangen und ihm ein Halfter anlegen konnte.

Eine Gruppe von Männern rannte auf ihn zu, und er erkannte Surtur an ihrer Spitze. »Sind irgendwelche von den Männern zu Pferde?« rief Fenris ihm entgegen.

Surtur lief herbei. »Vili pflegte gerade seine Stute und konnte sie festhalten. Er ist ihnen nachgeritten, um herauszufinden, wohin sie geritten sind.«

Fenris blickte finster drein. »Wer war auf Wache bei der Pferdeherde?«

»Sie sind so schnell gekommen, Kain, daß keiner Gelegenheit hatte, irgend etwas gegen sie zu unternehmen«, wandte einer der Männer ein. »Es war nicht die Schuld der wachhabenden Männer.«

»Sie haben nicht aufgepaßt, wenn sie sich so haben überraschen lassen«, sagte Fenris kompromißlos. »Wer waren sie?«

Surtur nannte die Namen.

»Haben die Diebe alle Pferde fortgetrieben?« fragte Fenris als nächstes.

»Sie haben sie alle auseinandergetrieben, aber viele halten sich noch in nächster Umgebung auf.«

»Wir werden sie wieder einfangen müssen«, bemerkte Fenris grimmig. »Die Männer werden das zu Fuß erledigen müssen.«

»Ja, Kain.«

»Wenn Vili zurückkommt«, verlangte Fenris, »dann schick ihn zu mir.« Und er schritt wütend zu seinem Zelt zurück.

»Sie sind dem kleinen Fluß hinauf gefolgt, Vater«, sagte Vili eine Stunde später, nachdem er in das Lager zurückgekehrt war und den Kain aufgesucht hatte, um ihm zu berichten. »Dort waren mehrere kleine Gruppen von ihnen, und sie haben etwa sechs Handvoll von unseren Pferden erbeutet.«

Fenris saß auf dem Rücken einer seiner eigenen Stuten und zählte die Pferde, die zurückgebracht wurden. Er starrte seinen Sohn mit zusammengezogenen goldenen Augenbrauen an, seine Augen so dunkelgrau wie die nördliche See, von der sein Volk gekommen war.

»Den kleinen Fluß hinauf«, wiederholte er.

Vili nickte. »Ich bin ihnen ein Stück weit gefolgt, um sicherzugehen.«

Fenris fuhr mit den Fingern den Spalt in seinem Kinn auf und ab, was er nur tat, wenn er sehr beunruhigt war. »Im Namen des Donnerers, von wo sind diese Leute so plötzlich aufgetaucht? Unsere Kundschafter haben nie Anzeichen für einen Stamm gesehen, der Pferde reitet.«

Vili, der keine Antwort wußte, hielt weise seine Zunge im Zaum.

»Du hast keine Anzeichen von Siedlungen dort gesehen?« fragte Fenris als nächstes.

»Nein, Vater. Dort waren viele Höhlen in den Berghängen, aber ich habe keine Anzeichen dafür gesehen, daß sie bewohnt sind. Ich bin ihnen nicht sehr lange hinterhergeritten. Ich dachte, es sei wichtiger, dir erst Meldung zu machen.«

Fenris nickte. »Das hast du gut gemacht, mein Sohn.« Er legte Vili eine Hand auf die Schulter. »Der einzige Mann, der sein Pferd gehalten hat. Ich bin stolz auf dich.«

Vilis helles Gesicht, eine dünnere, jüngere und weniger hübsche Version der des Kains, glühte vor Stolz.

»Was wirst du unternehmen, Vater?« wagte er zu fragen.

»Sie verfolgen«, erwiderte Fenris grimmig. »Ich erlaube niemandem, meine Pferde zu stehlen und weiterzuleben.«

Die Aufregung im Lager des Bundes erreichte ihren Höhepunkt, als Ronan und die Seinen hereingaloppierten, eine Gruppe von quirligen, wiehernden Stuten und Fohlen vor sich hertreibend. Crim rannte sofort, um den Pferch zu öffnen, und die Reiter trieben die verwirrten und verängstigten Tiere in die robuste Einzäunung, die der Stamm für diesen Zweck errichtet hatte.

Nach einiger Rangelei waren die Stuten drin und die Hengste draußen. Die Reiter konnten endlich von ihren Pferden steigen.

»Uff!« machte Thorn und wischte sich mit einer Hand über seine verschwitzte, dreckige Stirn. »Das war kein Ritt, den ich so bald vergessen werde.«

»Ich auch nicht«, fiel Mait grinsend ein, und seine Zähne sahen sehr weiß in seinem schmutzigen Gesicht aus. Die Jungen waren hinter der Herde hergeritten, wo der Staub am dicksten war. »Meine Beine zittern.«

»Ihr habt es getan.« Das war Sigunas Stimme. Sie trat neben sie und betrachtete die vertrauten Stuten, die in dem Gehege aufgeregt umhertollten. »Mein Vater wird wütend sein.«

Ronan führte gerade seinen Hengst in ihre Richtung und hatte Sigunas Kommentar gehört. »Ich hoffe, daß er das ist«, sagte er und dann: »Ruhig, Wolke, ruhig«, da sein grauer Hengst plötzlich ausschlug und sich aufbäumte. Ronan ruckte einmal hart an dem Nasenhalfter und sagte erneut sehr streng: »Ruhig.« Der Graue rollte seine großen, glänzenden Augen und schnaubte, aber er ließ seine Hufe auf dem Boden. »Die Stuten regen ihn auf«, sagte Ronan zu Siguna und faßte die Zügel des Hengstes kürzer.

Thorn betrachtete den wunderschönen Kopf des Hengstes. Er hatte Wolke schon mehrmals gezeichnet, und er hielt eines seiner Bilder, ein großes, das er in der Höhle ihres Tals an die Felswand gemalt hatte, für sein bestes. Es zeigte Ronan zusammen mit seinem Pferd, wie sie, ähnlich wie jetzt, Seite an Seite nebeneinanderstanden. Thorn hatte versucht, den ähnlichen herrschaftlichen Ausdruck von Stolz und Führungsanspruch, der beide Gesichter auszeichnete, zu vermitteln. Er betrachtete nun das Gesicht des Hengstes und jenes des Mannes vor sich, erinnerte sich an sein Bild und sah eine kleine Verbesserung, die er noch machen konnte.

»Sie sind alle durch die Stuten aufgeregt«, bemerkte Mait, »aber Wolke reagiert schon mehr wie ein erwachsener Hengst als wie ein Dreijähriger. Ich habe ihn sie jagen sehen, Ronan.« Mait blickte zu seinem Anführer mit ungeheuchelter Bewunderung auf. »Ich weiß nicht, wie du es geschafft hast, oben zu bleiben!«

Ronan grinste. »All diese donnernden Hufe hinter mir, Mait, haben mich sehr darin unterstützt, oben zu bleiben.« Wolke versuchte wieder zu steigen, doch Ronans eiserne Faust hielt ihn zurück. »Ich werde ihn hier wegbringen«, sagte Ronan zu den dreien, die vor ihm standen, schnalzte mit der Zunge und ging schnellen Schrittes davon. Wolke bog seinen dicken muskulösen Hals und folgte ihm auf tänzelnden Hufen.

Ronan hatte angenommen, es würde mindestens einen Tag dauern, bis Fenris genug Pferde eingesammelt hätte, um die Diebe zu verfolgen, aber der Häuptling des Wolfes ging kein Risiko ein. Schon gegen Mittag desselben Tages verlagerte er seine Streitkräfte aus der Großen Höhle westwärts in das Tal des Flusses Volp.

Der Platz, den Ronan für seinen Überfall ausgewählt hatte, war eine tiefe Schlucht, die von dem Fluß in eine höhlendurchlöcherte Kalksteinformation geschnitten worden war. Der Grund der Schlucht war schattig, und der Fluß rauschte lautstark durch sie hindurch, als ob er darauf bedacht sei, sie möglichst bald wieder zu verlassen.

Im Verlauf der letzten Wochen hatte Ronan die besseren Bogenschützen seiner Stämme von den übrigen getrennt. Dies waren die Schützen, die er jetzt ausschickte, um die beiden Hänge auf beiden Seiten des Tals zu erklimmen und sich in den zahlreichen Höhlen dieser Felsformation zu verbergen. Diese Schützen würden nicht nur die riesige Zahl Pfeile mitnehmen, welche die Frauen des Stammes so fleißig hergestellt hatten, sondern auch den größten Teil der im Besitz der Stämme befindlichen leichten Speere.

Die übrigen Männer des Bundes mußten ausschließlich auf ihre schweren Speer vertrauen. Diese Männer hatte Ronan Schulter an Schulter als tödliche Mauer an dem Paß postiert, der aus der Schlucht herausführte.

Ronans Anweisungen für seine Bogenschützen waren knapp gewesen. »Zielt erst auf die Pferde. Sobald die ersten Pferde fallen, wird sich Panik unter den übrigen breitmachen. Tote Pferde werden außerdem den Weg durch die Schlucht blockieren und es den anderen erschweren, wieder herauszukommen. Dann könnt ihr auf die Männer zielen.«

»Ja, ja«, stimmten die Bogenschützen zu und machten sich fröhlich zu den ihnen zugewiesenen Verstecken auf.

Den beiden anderen Häuptlingen war unwohl bei dem Gedanken an die Formation am Ausgang der Schlucht. »Es ist alles schön und gut, zu sagen, daß sie gar nicht erst versuchen werden, unsere Speerwand am Paß zu durchbrechen, Ronan«, brummte Unwar, »was aber, wenn sie es doch tun? Sie werden auf Pferden sitzen. Sie können uns niederreiten.«

»Sie können uns unmöglich niederreiten, wenn wir fest stehen«, antwortete Ronan geduldig. Er hatte seine Stimme erhoben, damit ihn auch die übrigen Männer um ihn herum hörten. »Ich könnte diesen Paß auch allein nur mit den Männern des Wolfes halten, wenn es sein müßte.« Seine Stimme strahlte Zuversicht aus. »Wenn wir fest zusammenstehen, dann wird es den Herren der Pferde unmöglich sein durchzubrechen. Wir werden sie vernichten.« Er grinste und wandte sich an die Männer. »Ich frage mich, wie ihnen das wohl schmecken wird.«

Ein aufbrüllendes Lachen hatte er zur Antwort erhalten.

Und so nahmen die Stämme ihre Positionen ein und warteten. Der Tag schritt voran, und die Männer und Frauen in den Höhlen oberhalb der Schlucht machten sich für die Nacht fertig, ohne ein Herdfeuer zu entzünden, aßen das getrocknete Fleisch und Obst, das sie mitgebracht hatten, um sich selbst zu versorgen. Die Männer auf dem Paß taten es ihnen gleich.

Jenseits des Passes, einen halben Tagesmarsch entfernt in der heiligen Höhle des Hirsch-Clans, warteten Nel, Arika und die Schamanen des Büffel- und des Leoparden-Clans, alles Notwendige zur Versorgung der möglichen Verwundeten nahe bei der Hand.

Die Nacht ging vorbei, und die Sonne begann ihre Bahn am Himmel zu ziehen. Die Männer der Stämme nahmen wieder ihre Positionen ein. Eine Stunde verstrich und dann eine weitere. Dann, endlich, tauchten die ersten Reiter auf der Höhe am nördlichen Eingang zur Schlucht auf.

Fenris hielt an beim Anblick der tiefen, schattigen Schlucht, die sich vor ihm ausstreckte. Er hielt die Hand hoch, und auch die Männer hinter ihm kamen zum Stehen. Fenris betrachtete aus schmalen Augen prüfend die Felsformationen. Nirgendwo ein Anzeichen für Leben. Der Fluß raste mit weißen Schaumkronen geschmückt durch die Schlucht. Fenris konnte sein Dröhnen von dort, wo er stand, gut hören. In der Schlucht haben außer dem Fluß höchstens drei Pferde nebeneinander Platz, überlegte Fenris. Er hob die Augen. So weit er sehen konnte, war der Ausgang am hinteren Ende der Schlucht frei.

»Für mich sieht es in Ordnung aus«, sagte Surtur auf seiner Rechten.

»Ja«, stimmte Fenris bedächtig zu.

»Stimmt irgend etwas nicht, Kain?«

Nichts, dachte Fenris, außer daß sich meine Nackenhaare aufstellen. Er fühlte, daß er dieser Schlucht nicht trauen konnte. Sein Hengst verhielt sich jedoch ruhig; auch die übrigen Pferde schienen keine Gefahr zu wittern. Fenris drehte sich um und blickte auf die ihm folgenden Männer.

Er hatte ein Viertel seiner Männer mitgebracht, einen Kader seiner besten Krieger, für die Verfolgung der Diebe seiner Pferde. Die Frauen und Kinder und die übrigen Pferde waren im Lager zurückgeblieben, beschützt von einer ausreichenden Zahl Männern, für den Fall, daß während seiner Abwesenheit ein Angriff erfolgen sollte. Der Kain war es nicht gewohnt, an Verteidigung zu denken, aber der Überfall vor zwei Tagen hatte seine sonst so unerschütterliche Zuversicht doch etwas ins Wanken gebracht.

»Stimmt etwas nicht?« wiederholte Surtur.

Es gab keinen konkreten Grund. Er konnte nicht umkehren wegen eines Gefühls... »Nein«, sagte er zu Surtur. »Laß uns weiterreiten.« Er setzte seinen Hengst in Trab, und seine Leute folgten ihm. Die Herren der Pferde ritten in die Schlucht.

Ronan hatte seinen Bogenschützen die Notwendigkeit eingeschärft, daß sie warten mußten, bis die Eindringlinge drei Viertel des Weges durch die Schlucht waren, bevor sie zu schießen begannen. Genau im richtigen Moment regneten die ersten Pfeile auf die ungeschützten Köpfe der Pferdeleute und auf die verletzlichen Weichen der Tiere nieder.

Pferde schrien. Männer brüllten.

Ich wußte es! dachte Fenris, bevor er mit seinem Hengst auf den Paß zugaloppierte. *Ich wußte, es war eine Falle!*

Surtur ritt auf seiner einen, Hugin auf der anderen Seite. Die drei rasten vorwärts, die Köpfe tief über die Hälse der Pferde gebeugt. Die Schreie von verwundeten Pferden zerrissen die Luft.

Vor ihnen war eine Bewegung, und Fenris blickte hoch und sah, wie eine Phalanx von Männern auf dem Paß Position bezog. Instinktiv zügelte Fenris sein Pferd. Die Männer auf dem Paß stellten sich auf und zielten mit ihren Speeren direkt nach vorne.

Fenris starrte auf die engen Reihen von Männern. Wenn er Donner in diese Speerwand galoppieren ließe, dann würde er ihn töten. Es war nur Platz für drei Pferde nebeneinander, und die Männer standen in zu vielen Reihen hintereinander, als daß die Pferde sie durchbrechen könnten.

Fenris fluchte und verlangsamte den Schritt seines Hengstes noch weiter. Er spürte, wie sich die Pferde hinter Donner aufstauten. Der Hengst schlug nach hinten aus. Fenris drehte sich um, um die Lage hinter ihm zu überprüfen.

Viele Pferde waren zusammengebrochen und verstopften die enge Schlucht und den Rückweg. Panik, stechend und fühlbar, lag in der Luft. Fenris riß Donner herum. »Geht zurück!« brüllte er und schwang die Faust gegen die Männer hinter ihm. »Es ist eine Falle! Geht zurück!«

Wenn die Männer auf dem Paß sie umkehren sahen, dann würden sie vielleicht angreifen. Das war seine einzige Chance, um sie aus dieser engen Formation in die Schlucht zu ziehen. Erst dann hätte er die Gelegenheit zu einem Durchbruch. Seine Männer wendeten ihre Pferde und trieben sie mühevoll langsam zurück in die Richtung, aus der sie gekommen waren. Schimpfend und fluchend blickte Fenris über seine Schulter, um zu sehen, ob die Männer im Paß den Köder angenommen hatten.

Für einen kurzen, wild hoffnungsvollen Augenblick schien es dem Kain so, als schwankte die Reihe der Männer und bewegte sich nach vorn, um sie zu verfolgen. Dann trat ein schwarzhaariger Mann vor sie hin, spreizte weit die Arme und hielt seinen Speer quer über den Pfad, als könnte er seine Männer allein damit aufhalten. Die Vorwärtsbewegung kam zum Stillstand, und die Männer fügten sich seinem Befehl.

Fenris fluchte bösartig. Wer auch immer ihr Anführer war, er war zu schlau, um sich aus seiner sicheren Position fortlokken zu lassen.

Dem Kain und seinen Männern blieb keine andere Möglichkeit mehr, als sich aus der Schlucht herauszuwinden, um dem prasselnden Pfeilhagel zu entkommen. Im Namen des Donnerers, wie viele Pfeile hatten sie denn bloß?

»Absitzen!« brüllte er seine Männer an. »Sitzt ab und geht hinter den Pferden in Deckung.« Dann, mit wutentbranntem Gesicht, folgte er seinem eigenen Rat.

27

Nel, Arika und die Schamanen mußten sich lediglich um zwei verstauchte Knöchel und um ein verletztes Bein kümmern. Die Schamanen konnten ihr Glück kaum fassen, vor allem, nachdem sie in die Schlucht gegangen waren, die einem Schlachthaus glich.

Nel hatte sich den Anblick erspart. Ronan hatte ihr davon abgeraten, und sie war seinem Rat gefolgt. Es war schon schlimm genug, sich die Beschreibungen derer anhören zu müssen, die dort gewesen waren.

Die Pferdeleute hatten sechs Handvoll Männer in der Schlucht zurückgelassen, entweder tot oder so schwer verwundet, daß sie sich nicht in Sicherheit bringen konnten. Die Zahl ihrer in der Schlucht verbliebenen Pferde war noch größer.

Mit finsterem Gesichtsausdruck hatte Ronan Befehl gegeben, die verwundeten Männer und Pferde zu töten und den Toten die Waffen abzunehmen. Zugleich sammelten die Männer so viele ihrer eigenen Pfeile und Speere ein, wie sie finden konnten, zogen sie in vielen Fällen sogar aus den toten Leibern ihrer Gegner. Dann kehrten die Bundesmitglieder der Schlucht den Rücken und überließen die Leichen den lauernden Hyänen.

Die etwa hundertfünfzig Männer und Frauen der vier verbündeten Clans kehrten in dieser Nacht nicht in ihr Lager in der Großen Höhle zurück, sondern blieben statt dessen in der Nähe jener Höhle, in der die Männer vom Hirsch-Clan traditionell ihre Initiationsriten feierten. Ronan hatte Boten ausgesandt, die den bei der Großen Höhle wartenden Frauen die Kunde vom Sieg bringen sollten, und schon vorher Posten am Lager der Herren der Pferde aufgestellt, so daß es keinen Grund für ihn gab, sich nicht zu entspannen und an der Siegesfeier teilzunehmen. Aber es gelang ihm nicht.

Er konnte seine Augen nicht von dem Höhleneingang abwenden und dachte an den Tag seiner Initiation. Er schien ihm so weit, eine ganze Ewigkeit zurückzuliegen. Er tastete nach den Initiationsnarben an seinem Oberarm. Es war unmöglich, sie durch die Hirschhaut seines Hemdes hindurch zu fühlen, aber er wußte, daß sie da waren.

Ruhte sein Blick einmal nicht auf dem Höhleneingang, dann schweifte er hin zum Lagerfeuer, wo Arika war. Neihle saß neben ihr, der Platz auf ihrer anderen Seite jedoch war frei. Die hochschwangere Morna, die diesen Ehrenplatz neben ihrer Mutter so lange eingenommen hatte, war mit den anderen Frauen in der Großen Höhle zurückgeblieben.

Ronan starrte auf den freien Platz. Während seiner ganzen Kindheit hatte er sich danach gesehnt, dort zu sitzen, hatte sich danach verzehrt, seinen Platz als der Sohn der Herrin einzunehmen. Und jetzt nach so vielen Jahren, nach soviel Bitterkeit, schien sie bereit, ihn zu akzeptieren. Sie hatte seine Führungsrolle unterstützt. Sie hatte gesagt, daß er von der Göttin gesegnet sei. Er begriff sie überhaupt nicht.

Er schüttelte den Kopf, als wolle er ihn von dem Nebel befreien, der sich über seine Gedanken legte. Eine Hand berührte ihn leise an der Schulter, und er wußte, ohne sich noch umzudrehen, wer hinter ihm stand.

»Laß uns einen Spaziergang machen«, flüsterte ihm Nel ins Ohr.

Er nickte und stand auf. Die Männer vom Clan des Wolfes, die um ihn herum lagerten, blickten auf, sahen Nel, lächelten und widmeten sich weiter dem Essen und dem Austauschen der Tagesereignisse. Ronan und Nel verschwanden im Wald.

»Du siehst so ernst aus«, bemerkte Nel.

»Ich habe darüber nachgedacht, daß ich mich eigentlich wieder wie zu Hause fühlen müßte«, erklärte er. »Diese Höhle ist der Ort meiner Initiation. All meine Altersgenossen saßen dort mit mir um das Lagerfeuer und auch Neihle, mein Mentor. Aber es scheint mir, als sei der Junge, der im Hirsch-Clan aufgewachsen ist, ein anderer als der, der ich heute bin.«

»Du bist noch immer derselbe«, sagte Nel. »Aber du hast einen weiten Weg zurückgelegt.«

Er seufzte. »Ja. Ich nehme an, das ist wahr.«

Schweigend gingen sie einige Schritte weiter, jeder in seine eigenen Gedanken vertieft. Dann begann Nel: »Ronan ...«

Er hob den Kopf und tauchte, von der Dringlichkeit in ihrer Stimme getrieben, aus seinen Träumereien auf. »Ja?«

»Laß uns in die heilige Höhle gehen«, bat sie.

Er runzelte die Stirn. »Jetzt?«

»Ja. Wir sind nicht so weit von ihr fort. Wir können hingehen und vor dem Morgen zurück sein. Niemand braucht zu wissen, wo wir waren.«

Er blieb stehen und blickte, vom Mondlicht bestrahlt, auf sie herab. »Warum, Nel?«

Sie konnte ihm nicht in die Augen schauen. Er forschte in ihrem angespannten, von ihm abgekehrten Gesicht, und mit einemmal verstand er sie.

Sein Herz zog sich schmerzhaft zusammen. Er wußte, wie sehr sie sich nach einem Kind sehnte. Wenn sie also mit ihm in der heiligen Höhle liegen wollte, dann würde er mit ihr gehen. Aber er spürte, daß es nichts helfen würde.

»Möchtest du die Große Erdmutter bitten, daß sie dich mit einem Kind segnet?« fragte er, Zärtlichkeit in der Stimme.

»Ja.« Ihr sonst so wunderschöner Mund verzog sich schmerzerfüllt. »Ich glaube, sie ist zornig auf mich, Ronan. Sie glaubt, daß ich sie verlassen habe. Deshalb segnet sie mich nicht mit einem Kind. Ich muß einen Weg finden, wie ich sie besänftigen kann, und ich dachte, vielleicht, wenn du und ich an ihren heiligen Ort gehen ...« Sie hob ihre ausdrucksstarken Augen zu ihm auf. »Begreifst du mich?«

Er zog mit den Daumen die Linie ihrer hohen Wangenknochen nach. »Ja. Ich verstehe dich. Aber ich glaube nicht, daß die Göttin zornig auf dich ist, meine kleine Elritze. Ich glaube, daß sie dich sehr liebt.«

Verzweifelt rief sie: »Wenn das wahr ist, warum schenkt sie mir dann kein Kind?«

Er umfaßte ihr Gesicht, so daß sie ihn ansehen mußte, und sagte nüchtern: »Hör mich an, Nel. Ich glaube, du begreifst gar nicht, wie groß die Gabe ist, mit der dich die Mutter bedacht hat. Sie hat dir die richtige Hand für den Umgang mit Tieren gegeben. Weißt du denn nicht, daß wir ohne dich niemals dazu in der Lage gewesen wären, Pferde zu zähmen?«

»Das hättet ihr auch ohne mich geschafft«, entgegnete sie. »Du hast doch gesehen, wie gut der ganze Stamm gelernt hat, mit ihnen umzugehen.«

»Nein.« Seine Stimme hatte einen scharfen Unterton. »*Jetzt* können wir mit ihnen umgehen, aber ohne dich wären wir am Anfang noch nicht einmal in ihre Nähe gekommen. Ich hätte vielleicht ein Fohlen aufziehen und zähmen können, so, wie du es mit Nigak getan hast. Aber nie wäre es mir gelungen, eine Herde von frei laufenden Einjährigen zu Reitpferden zu machen. Niemals. Wenn es um den Umgang mit Tieren geht, dann bist du eine einzigartige Schamanin.«

Sie blickte zu ihm auf, versuchte, ihn zu verstehen. »Nel«, sagte er sanft, »mein Herz sagt mir, daß die Göttin für eine solche Gabe ein Opfer verlangt.«

Schweigen. Er beobachtete, wie sich ihre Augen weiteten, bis sie nahezu schwarz waren.

»Das ist ein zu großes Opfer«, flüsterte sie schließlich.

»Warum?«

Sie befreite ihr Gesicht aus seinen Händen und blickte von ihm fort. »Weil es auch für dich ein Opfer bedeutet«, antwortete sie über ihre Schulter.

Er schüttelte den Kopf. »Ich habe dich. Ich brauche keine Kinder.«

Sie zuckte mit den Schultern. »Das sagst du nur, damit ich mich besser fühle.«

»Das tue ich nicht. *Schau mich an, Nel.* Ich meine es ernst. Es macht mir nichts aus, wenn wir niemals Kinder haben werden.«

Langsam, widerwillig drehte sie sich um. Sie blickte in seine Augen, und er wich ihr nicht aus. Als sie erkannte, daß er aufrichtig war, stiegen Tränen in ihr auf.

»Weine nicht, kleine Elritze«, verlangte er sanft. »Bitte weine nicht. Du weißt, ich ertrage es nicht, dich weinen zu sehen.« Und er streckte ihr die Arme entgegen.

Sie erschien ihm so klein und zerbrechlich, als er sie an sich drückte. Er nahm den Duft der Kräuter wahr, mit denen sie sich die Haare wusch. Keines anderen Menschen Haare rochen so gut wie ihre. Für keinen anderen Menschen hatte er jemals eine derart bittersüße Zärtlichkeit empfunden wie für Nel. Vielleicht hätte er lieber schweigen sollen, aber er konnte es nicht ertragen mitanzusehen, wie ihre Sehnsucht sie zerfraß.

»Wenn du es möchtest, dann werde ich mit dir zu der heiligen Höhle gehen«, versprach er. »Wir werden die heilige Ehe am geweihten Platz der Großen Erdmutter vollziehen. Aber ich möchte nicht, daß du enttäuscht bist, Nel, wenn du kein Kind empfängst.«

Er spürte, wie sie erbebte, und versuchte, sich wieder unter Kontrolle zu bringen. Ihre Arme legten sich um seine Taille und drückten ihn an sich. Es brach ihm fast das Herz, aber er war sich sicher, daß er richtig reagiert hatte. Ronan hatte schon vor langer Zeit begriffen, daß die Göttin nichts gab, ohne einen Gegenwert dafür zu fordern.

Tief in seinem Inneren verbarg er vor Nel seine Erleichterung darüber, daß sie ihm bisher keine Kinder geboren hatte. Dieses Geheimnis würde er für sich behalten, entschied er, damit sie nicht auf den Gedanken kommen würde, daß dies der Grund für den Zorn der Mutter sein könnte.

Die Frauen seines Blutes hatten kein Glück beim Gebären. Nels eigene Mutter war bei der Niederkunft gestorben. Arika hatte mit viel Glück Mornas Geburt überlebt und danach nicht mehr empfangen können. Auch Morna schien es in ihrer Schwangerschaft nicht gut zu gehen. Ronan war sehr daran gelegen, daß Nel in dieser Hinsicht sicher war.

Und er war auch froh darüber, daß er sie so für sich behalten konnte. Er hatte vielen Männer zugehört, die sich über die unfreiwillige Enthaltsamkeit beklagten, die ihnen die Monde der Schwangerschaft und die ersten Wochen des Stillens aufzwangen. Wenn es sein müßte, würde er sich damit abfinden, aber sich selbst wollte er die Wahrheit eingestehen. Seine Frau sollte nur ihm gehören. Seine Aufgabe war es, den Clan zu führen und zu lenken; er brauchte nicht auch noch Kinder.

Er berührte ihr Haar mit seinen Lippen. »Du bist genug für mich, kleine Elritze.« Und er fügte ein wenig klagend hinzu: »Bin ich denn nicht genug für dich?«

Bei diesen Worten löste sie ihre Umklammerung, seufzte und lehnte den Kopf zurück. Das Mondlicht, das auf ihre Tränen fiel, tauchte ihr Gesicht in Silber. »Ja«, brachte sie mit rauher Stimme hervor. »Du warst immer genug für mich.«

Sie blickten einander in die Augen. Ronan fragte: »Möchtest du trotzdem zu der heiligen Höhle gehen?«

»Ja.« Die Rauheit von Nels Stimme hatte eine fast unmerklich andere Färbung.

Ronans Gesicht war angespannt. »Ich werde Bror Bescheid sagen, damit niemand uns vermißt und nach uns sucht.«

Nel nickte.

Er hob einen Finger und legte ihn leicht auf ihren Mund. »Ich werde nicht lange fort sein«, versprach er und lief wie von Flügeln getragen zum Lagerfeuer zurück.

Sobald die Männer zur Großen Höhle zurückgekehrt waren, machte sich Siguna auf die Suche nach Thorn. Sie wollte in die Schlucht gehen, um nach ihrem Vater zu suchen. »Ich kann ihn dort nicht liegenlassen«, beharrte sie. »Wenn er tot ist, dann muß ich ihn begraben.«

»Ich habe nicht gesehen, daß er gefallen ist, Siguna«, wiederholte Thorn geduldig. »Und auch Mait hat ihn nicht unter den Toten entdeckt. Mait war einer von denen, der unsere Pfeile und Speere einsammeln sollte, und er hat deinen Vater nicht gesehen. Ich habe ihn anschließend danach gefragt, weil ich mir schon dachte, daß du es wissen wolltest.«

»Ich muß Gewißheit haben«, entgegnete Siguna. »Er ist mein Vater.«

Sie war weder heftig noch hysterisch. Aus ihr sprachen Ruhe und Entschlossenheit. Thorn, der sie unbedingt daran hindern wollte, aufs Schlachtfeld zu gehen, wußte nicht, wie er sie von ihrem Vorhaben abbringen konnte.

»Die Aasfresser werden schon einen ganzen Tag und eine Nacht an den Leichen gewesen sein«, sagte er schließlich barsch. »Was sich in dieser Schlucht befindet, Siguna, willst du doch nicht wirklich sehen.«

Kein Schatten der Abscheu war auf ihrem schönen Gesicht zu sehen. »Das ist nicht wichtig«, erwiderte sie. »Für mich zählt nur, daß ich mich selbst davon überzeugen muß, daß mein Vater nicht dort liegt.«

Thorn biß die Zähne zusammen, um das eigene Entsetzen zu unterdrücken. »Dann laß mich statt deiner gehen«, schlug er vor. »Ich weiß, wie dein Vater aussieht. Wenn er dort ist und ich ihn noch erkenne, dann verspreche ich, daß ich ihn dir bringe, damit du ihn begraben kannst.«

Siguna gab nicht nach. »Du begreifst nicht. Ich muß selbst gehen, Thorn.« Sie wiederholte: »Er ist mein Vater.«

Thorn starrte sie mit funkelnden Augen an. »Ich weiß, daß er dein Vater ist!« Sie warfen sich wütende Blicke zu. »Du hast recht«, bemerkte Thorn, »ich verstehe dich nicht. Vertraust du mir denn nicht?«

Siguna machte eine ungeduldige Geste. »Laß uns zur Herrin gehen«, schlug sie vor.

Diese Worte ließen Thorn aufmerksam werden. Er war nicht übermäßig glücklich, daß seine Anbefohlene seit kurzem soviel Zeit in Arikas Gesellschaft verbrachte. Siguna war immer verändert, wenn sie von Arika zurückkam. Das war Thorn aufgefallen, und er mochte es nicht. Tatsächlich war Thorn ein wenig eifersüchtig auf das Band, das sich zwischen Siguna und der Herrin des Hirsch-Clans entwickelte.

»Warum?« fragte er jetzt. »Was soll Arika zu dieser Sache zu sagen haben?«

»Sie wird verstehen, warum ich gehen muß.«

»Siguna.« Thorn wurde jetzt wirklich wütend. »Was geht in dir vor? Es gibt keinen Grund für dich, diese Schlucht zu betreten!«

»Keinen Grund, den du verstehen kannst, Thorn«, gab sie ruhig zurück. »Ich werde jetzt die Herrin dazu befragen.«

»Also gut«, fuhr er sie an. »Ich komme mit dir.« Und die beiden jungen Leute machten sich auf den Weg in den Teil der Höhle, wo der Clan des Hirschen lagerte.

Arika war gerade dabei, ein Kind des Clans durch einen heiligen Gesang zu segnen. Als sie fertig war, hörte sie sich Sigunas Ansuchen ohne das geringste Zeichen von Entsetzen an.

»Es wird sich dir ein abscheulicher Anblick bieten«, war alles was sie entgegnete, als Siguna zu Ende gesprochen hatte.

»Das weiß ich«, sagte Siguna. Ihr Gesicht war aschfahl und starr, ihre grauen Augen geweitet, dunkel und voller Hingabe. »Aber ich muß mich selbst davon überzeugen, daß mein Vater dort nicht als Futter für die Raben und Aasfresser liegt.« Sie hob den Kopf. »Für euch ist er einfach irgendein Feind, für mich ist er mein Vater.«

Thorn hatte bisher geschwiegen, aber jetzt warf er ein: »Herrin, ich habe Siguna angeboten, daß ich an ihrer Stelle in die Schlucht gehen will, um ihren Vater für sie zu suchen. Sie muß diese schreckliche Aufgabe nicht selbst auf sich nehmen.«

Arikas Augen kehrten zu Siguna zurück. »Verlangen deine Götter von dir, daß du so handelst?« wollte sie wissen.

»Ich weiß nicht sehr viel von den Göttern«, antwortete Siguna ehrlich. »Die Frauen meines Stammes haben keine eigene heilige Welt, wie sie die Frauen vom Hirsch-Clan haben. Dies ist eine selbstauferlegte Aufgabe.«

»Du liebst deinen Vater?«

»Ich liebe meinen Vater«, bestätigte Siguna, »aber darum geht es nicht.«

»Du hast recht«, sagte Arika. Der Gesichtsausdruck der Herrin war sehr ernst. »Darum geht es tatsächlich nicht.« Sie wandte sich Thorn zu: »Dem Mädchen muß gestattet werden, ihren Vater zu suchen.«

Thorn hielt die unbedachten Worte zurück, die ihm schon auf der Zunge lagen.

Siguna verbeugte sich ehrerbietig vor der Herrin. »Ich danke dir dafür, Herrin, daß du meinen Wunsch verstehst und mir gestattest, ihm zu folgen.«

Dagegen war Thorn machtlos. Arikas Entscheidung in dieser Sache würde nicht widersprochen werden, auch nicht von Ronan. In dem Wunsch, das Beste aus der Sache zu machen, verlangte er: »Sie darf nicht alleine gehen.«

Die Herrin musterte ihn von Kopf bis Fuß. Thorn biß die Zähne zusammen und ließ sich nicht beirren. Schließlich sagte Arika: »Dann kannst du sie begleiten.«

»Aber ich muß selbst suchen!« forderte Siguna scharf. »Ich kann diese Aufgabe nicht den Augen eines anderen überlassen.«

»Du wirst diejenige sein, die sucht«, versprach Arika. »Geh jetzt, meine Tochter. Du hast keine Zeit mehr zu verlieren.«

Nachdem die beiden jungen Leute in einer Kurve des Tunnels verschwunden waren, wandte sich Arika an eine der Frauen aus ihrem Rat, die den Wortwechsel verfolgt hatte. »Da haben wir ein junges Mädchen, welches die Heiligkeit der Pflicht begreift«, sagte die Herrin nachdenklich.

»Das habe ich auch gedacht«, stimmte die alte Frau zu.

»Ein solches Mädchen wird nicht genug Luft bekommen in den Stämmen, die dem Himmelsgott folgen.«

»Der Junge schien sehr an ihr interessiert«, kommentierte die andere. »Wenn er danach strebt, sie zu heiraten, dann wird sie ihm in seinen Clan folgen müssen.«

»Er scheint mehr an ihr interessiert als sie an ihm«, entkräftete Arika die Befürchtungen der anderen Frau.

Diese seufzte. »Es ist ein Unglück, daß das gleiche nicht auch für Nel und Ronan galt.«

Arikas Gesichtsausdruck wurde verschlossen. »Komm«, verlangte sie in scharfem Ton, »es wird Zeit, daß wir nach den Verwundeten sehen.«

Wolke suchte sich sicheren Fußes selbst seinen Weg über den steinigen Pfad zwischen den Hügeln hindurch, während der Mann auf seinem Rücken im Geiste noch einmal die Taktiken durchging, die er gegen die Herren der Pferde angewendet hatte.

Ich muß herausfinden, was genau unseren Erfolg herbeigeführt hat und wie wir uns das beim nächsten Mal zunutze machen können, dachte Ronan.

Bedauernd war er sich darüber im klaren, daß das Überraschungsmoment nie wieder ein derart vernichtender Faktor in seiner Planung würde sein können, wie er es in der Schlucht gewesen war. Der Häuptling der Pferdeleute würde dafür sorgen, daß seine Männer nie wieder in eine solche Falle tappten.

Er war schlau, dieser Fenris. Es war ihm beinahe gelungen, Ronans Männer dazu zu verleiten, ihre Stellung aufzugeben. Wenn ihm das gelungen wäre... Ronans Mund wurde schmal bei der Vorstellung, was geschehen wäre, wenn seine Männer ihre nahezu unbesiegbare Formation aufgegeben hätten, um hinunter in die Schlucht zu laufen.

Die Bogenschützen auf dem Felsvorsprung hätten ihren Angriff einstellen müssen. Die feindlichen Reiter hätten eine gute Chance gehabt, die ausgeschwärmten Reihen der Verteidiger zu durchbrechen und den Paß zu erreichen. Wenn es Ronan nicht gelungen wäre, seine Männer aus der Schlucht fernzuhalten, dann würden sich die Raben jetzt nicht nur an den Pferdeleuten schadlos halten.

Fenris hatte all das durchschaut. Ronan hatte den Ausdruck von bitterer Enttäuschung auf seinem Gesicht gesehen, als er erkannte, daß die Männer mit den Speeren standhalten würden. Es war ein merkwürdiges Gefühl gewesen, denn für einen kurzen Augenblick hatte Ronan eine starke Verwandtschaft mit dem Anführer seiner Gegner gespürt. Er hatte genau gewußt, was Fenris empfand.

Wolke hatte den Fuß des Berges erreicht, und Ronan lenkte ihn nun in Richtung auf das Männerlager. Heute ist es sehr still in den Hügeln, dachte er und blickte sich um. Alle Aasfresser waren andernorts beschäftigt.

Diese Schulter-an-Schulter-Formation mit gezückten Speeren hat erstaunlich gut funktioniert, entschied Ronan und wechselte seinen eigenen Speer von der rechten auf die linke Seite. Sie hatte die Reiter abgehalten. Jetzt mußte er sich nur einen Weg überlegen, wie er dieses Mittel in einem anderen Gelände, ohne eine Schlucht, aus der die Gegner keinen Ausgang finden würden, zur Anwendung bringen konnte.

Wolke schnaubte plötzlich und warf den Kopf hoch. Ronan zwang sich aus seiner Gedankenverlorenheit in die Gegenwart zurück, richtete seine Aufmerksamkeit auf den Weg vor sich und sah die einzelne Frau, die nur wenig entfernt am Wegesrand auf ihn wartete. Instinktiv straffte er seinen Rücken, und Wolke blieb abrupt stehen. Es war Morna.

Die beiden hatten nun seit über einem Mond in Sichtweite voneinander gelebt, aber niemals waren sie in derselben Gesellschaft gewesen. Ronan hatte noch kein Wort mit seiner Schwester gewechselt, und auch sie hatte ihn nicht angesprochen. Sie hatten sich beide so benommen, als sei der andere unsichtbar, eine Taktik, die von den Männern und Frauen ihrer Clans unterstützt worden war. Jedem waren die Schuldzuweisungen und die Bitterkeit bekannt, die zwischen Morna und Ronan standen, und alle zogen es vor, so zu tun, als wüßten sie nichts davon.

Für einen kurzen entsetzlichen Augenblick schien es Ronan so, als würde die Zeit zurückgedreht. Er war wieder ein Jüngling, und Morna war gekommen, um ihn dazu zu verführen, eine schreckliche Sünde zu begehen. Wolke, der auf die plötzliche Anspannung seines Reiters reagierte, scharrte mit den Hufen und versuchte seitwärts auszubrechen.

Ronan kehrte in die Gegenwart zurück und nahm den angeschwollenen hochschwangeren Leib seiner Schwester wahr. Er ließ Wolke leicht seine Fersen spüren und ritt auf sie zu.

»Du«, sagte er, ohne sich dessen bewußt zu sein, daß er seine fünf Jahre zurückliegenden Worte wiederholte. »Was tust du hier?«

Sie lächelte ihn spöttisch an. »Ich bin nicht zu dem Zweck gekommen, wie du vielleicht vermutest, Ronan.« Sie legte eine schmale weiße Hand auf ihren großen Bauch. »Der ist mir dieser Tage etwas im Weg.«

Er blieb auf Wolkes Rücken sitzen und beobachtete sie vorsichtig. »Du hättest dich nicht allein auf einen so weiten Weg wagen sollen. Deine Zeit steht zu kurz bevor.«

»Ich weiß, daß es bald soweit ist«, sagte sie. »Ich habe die letzten zwei Tage den Windhauch des Todes gespürt.«

Seine Augenbrauen zogen sich zusaammen. »Der einzige Tod, von dem der Wind dir gesprochen haben kann, ist jener der Herren der Pferde. Du bist abgespannt, Morna. Das ist alles.«

»Nein.« Sie schüttelte den Kopf, und ihr offenes, rotgoldenes Haar verteilte sich üppig über ihre Schultern. Selbst jetzt, wo sich die Erschöpfung so deutlich in jeder einzelnen Linie ihres Gesichtes abzeichnete, mit den dunklen Schatten unter ihren Augen und ihren eingefallenen Wangen, selbst jetzt war sie noch schön. »Ich wußte vom ersten Moment dieser Schwangerschaft an, daß ich zum Tode verurteilt war«, erklärte sie. Sie zuckte die Schultern. »Es ist die Strafe, die mir die Göttin auferlegt hat, auch das weiß ich.«

Sie machte ihm angst. Sie machte ihm angst, weil er spürte, daß er ihr glaubte.

»Die Strafe für das, was du mir angetan hast?« fragte er, und seine Stimme klang krächzend wie die eines Raben.

Ihre Augen blitzten in der ihm altbekannten Weise auf. »Du hast verdient, was ich dir angetan habe«, zischte sie. »Nein, das ist für etwas anderes.«

Er hatte nicht die Absicht, sie zu fragen, was dieses andere war.

»Ich werde sterben«, fuhr sie mit unheimlicher Nüchternheit fort, »aber mein Kind wird überleben. Es wird ein Knabe sein, und meine Mutter wird ihn nicht wollen. Und deshalb, Ronan, werde ich ihn dir und Nel hinterlassen.«

Ronan erstarrte.

Mornas Gesicht leuchtete in einem bezaubernden Lächeln auf. »Ich hätte dir nicht davon erzählen sollen, ich weiß. Ich hätte warten sollen, bis du nichts mehr dagegen hättest unternehmen können. Aber ich wollte unbedingt deinen Gesichtsausdruck sehen.«

Ronan fand seine Stimme wieder. »Nel kann keinen Säugling nähren«, entgegnete er schroff.

»Jemand anderer kann das für sie übernehmen. Aber Nel werde ich als seine zukünftige Mutter benennen.« Sie legte die Hände auf ihre Hüften und beugte sich ein wenig vor. »Sobald sie mein Kind erst in ihren Armen hält, Ronan, wirst du es ihr nie wieder wegnehmen können.«

Er starrte sie an und sah, wie sie über das, was sie in seinen Augen gesehen hatte, frohlockte. Dann gewann sie die Gewalt über sich zurück und lächelte ihn erneut spöttisch an. »Wirst du daran nicht Gefallen finden, Ronan? Meinen Sohn jeden Abend an deinem Herdfeuer zu sehen? Zu beobachten, wie deine geliebte Nel meinen Sohn an ihr Herz drückt?«

Er fühlte sich wie zu Eis erstarrt. Seine Glieder wollten sich nicht rühren. Er konnte sich nicht vorstellen, daß er jemals wieder von Wolkes Rücken herabgleiten würde. Steif schlug er vor: »Der Vater des Kindes mag vielleicht etwas zu deinen Plänen sagen wollen.«

»Ronan.« Ihr Gesicht floß über vor gehässiger Freude. »Glaubst du denn wirklich, irgend jemand weiß, wer der Vater ist?«

Er schloß seine Faust um Wolkes Mähne, um sie davon abzuhalten, den Speer gegen sie zu erheben.

»Du haßt mich«, stellte Morna zufrieden fest. »Das ist gut, denn ich hasse dich auch.«

»Warum?« Er hatte nie begriffen, aus welchem Grund sie ihn derart haßte. »*Warum?* Morna. Warum haßt du mich?«

Sie antwortete einfach: »Weil ich dich wollte und du mich abgewiesen hast.«

Er erwiderte nichts, sondern stieß einen tiefen Seufzer aus und bewegte Wolke vorbei an der Schande, die seine Schwester für ihn verkörperte, und an seiner Schwester ungeborenem Kind.

28

Eine Woche nach Ronans Zusammentreffen mit Morna gebar sie ihren Sohn. Ronan hatte Nel nichts von seinem Gespräch mit seiner Schwester erzählt. Die Unterredung hatte Ekel und Entsetzen in ihm hervorgerufen, und zum ersten Mal in seinem Leben fürchtete er, daß Nel die Dinge nicht so sehen würde wie er. Morna hatte eine Waffe gefunden, die ihn im Zentrum seines Lebens treffen würde, in seiner Beziehung zu Nel, und er wußte nicht, was er dagegen tun sollte.

Während der Woche des Wartens hatte Ronan sich mit der Vorstellung beruhigt, Morna müsse sich geirrt haben. Alle Frauen, die kurz davor sind zu gebären, fürchten, daß sie sterben, dachte er. Es war dumm von ihm, daß er sich von den Worten einer kranken und böswilligen Frau so aus der Ruhe hatte bringen lassen. Er hatte ohne Zweifel schon genug, worüber er sich Sorgen machen konnte, ohne sich noch zusätzlich mit Mornas Problemen zu belasten!

Kurz nachdem die Stämme sich in der Großen Höhle gesammelt hatten, war bereits ein Baby geboren worden, und Mornas war nun das zweite. Die Frauen brachten sie in die Abgeschlossenheit der Mondhütte, und nach einer ganzen Nacht und einem ganzen Tag schwerer Wehen bestand kein Zweifel mehr darüber, daß diese Geburt nicht normal ablief.

Arika blieb bei ihrer Tochter, betete zur Großen Erdmutter und vollführte die Zeremonien, die den Weg des Kindes aus dem Mutterleib hinaus in die Welt erleichtern sollten. Aber Stunde um Stunde verging, und noch immer war das Baby nicht da.

Morna litt fürchterlich. Ihre Schreie waren außerhalb der Mondhütte zwar kaum zu hören, aber alles Leben im Lager war durch das Warten wie durch eine Decke gedämpft. Jeder wußte, daß es zu lange dauerte.

Als der Tag voranschritt, wurde Ronan das Herz schwerer

und schwerer. Morna hat die Wahrheit vorausgesehen, dachte er dumpf. Sie würde sterben und ihm ein Kind hinterlassen, das er aufziehen mußte.

Wirst du daran nicht Gefallen finden? Meinen Sohn jeden Abend an deinem Herdfeuer zu sehen? Zu beobachten, wie deine geliebte Nel meinen Sohn an ihr Herz drückt?

Es war sehr spät am Nachmittag, als Berta endlich in das Männerlager kam, um ihm die Nachricht zu bringen: Morna war tot und hatte ihren Sohn der Pflege und Fürsorge von Nel und Ronan übergeben.

Jede Faser in Nel verzehrte sich nach diesem Baby. Als Arika ihr Mornas Kind in die Arme gelegt hatte, war Freude wie ein Buschfeuer in Nels Herz aufgelodert. Sie hatte sich für diese Freude geschämt, aber sie konnte sie nicht unterdrücken. Ihre Arme hatten sich um das winzige, warme Bündel gelegt, und sie hatte in das kleine, vollkommene Gesicht von Mornas Sohn geblickt.

»Eine der Frauen vom Hirsch-Clan hat ihn bereits gestillt«, sagte Arika. »Du wirst eine Frau in deinem Stamm finden müssen, die das für dich macht, da du es selbst nicht kannst.«

Nel blickte in Arikas von der Anstrengung gezeichnetes Gesicht, und Mitleid überlagerte die Freude in ihrem Herzen. Sie sagte: »Wirst du dich setzen und ein wenig Tee trinken, Herrin? Du siehst so müde aus.«

Arika seufzte tief und bebend. »Ja«, stimmte sie zu, »ich werde Tee mit dir trinken, Nel.«

Beki bot Nel weich an: »Laß mich das Kind so lange nehmen, Nel, wie du mit der Herrin sprichst. Ich werde ihn neben Ekens Kleinem zum Schlafen legen.«

Nel wollte das Baby nicht schon wieder hergeben, aber sie blickte in Arikas Gesicht und drehte sich um, damit sie das wertvolle Bündel in Bekis Arme legen konnte. Die übrigen

Frauen zogen sich ebenfalls zurück und ließen die beiden allein am Feuer zurück. »Sie wußte, daß sie sterben würde«, sagte Arika. »Als der erste Schmerz begann, hat sie mir gesagt, daß sie ihren Sohn nicht mehr lebend sehen würde.« Arika senkte den Kopf. Sie sah geschlagen aus. Sie sah alt aus. »Es ist das einzige Mal, daß ich die Göttin in Morna gesehen habe, als sie mir gesagt hat, daß sie sterben wird.«

In der Verkrampfung von Nels Mund spiegelte sich Arikas Schmerz wider.

Arika hob den Kopf. »Sie sagte mir, daß sie sterben würde und daß sie dir das Kind hinterlassen wollte.«

Nel nickte ernst. »Ich bin die einzige Frau, die in der Linie ihrer Mutter noch lebt, und Ronan ist ihr einziger Bruder. Es ist natürlich, daß sie uns als die Eltern ihres Kindes benennen würde.«

Arika blickte ernst in Nels Augen. »Das mag sein, aber das ist nicht der Grund, warum Morna euch benannt hat. Verstehst du denn nicht, Nel?« Eine kleine Pause entstand, während der Arika ihr Augen in die Nels bohrte. »Sie hat es getan, um Ronan zu bestrafen«, sagte Arika.

Nun war der Schmerz in Nels Herz nicht mehr nur ein Spiegelbild jenes von Arika. »Ach ...« Nel fuhr sich mit der Hand an den Hals, »ich hatte gedacht ...«

In Wahrheit hatte sich alles in ihr nur auf das Baby konzentriert, und sie war eines anderen Gedankens gar nicht fähig gewesen.

»Ich habe dir das Kind gebracht, weil ich es Morna versprochen habe«, sagte Arika. »Aber du und Ronan müßt entscheiden, ob ihr es behalten wollt.«

»Ronan wird es nichts ausmachen«, brachte Nel stammelnd hervor.

»Ganz im Gegenteil« – Arikas Stimme klang barsch –, »Ronan wird es sogar sehr viel ausmachen.«

Nel ließ den Kopf sinken.

»Ich kann jemand anderen im Stamm finden, der ihn aufnimmt«, schlug Arika vor. »Ich werde ihn nicht aussetzen, Nel. Das mußt du nicht befürchten.«

Nel schauderte.

Als Arika wieder das Wort ergriff, klang ihre Stimme etwas sanfter. »Bist du nie schwanger geworden?«

Nel schüttelte den Kopf. Mit niedergeschlagenen Augen erzählte sie Arika von ihrer Annahme, daß sie die Göttin beleidigt haben müßte. Dann wiederholte sie, was Ronan ihr gesagt hatte.

»Das hat Ronan gesagt?« fragte Arika mit merkwürdiger Stimme.

»Ja«, antwortete Nel.

»Er überrascht mich«, sagte die Herrin. »Er überrascht mich andauernd.« Sie betrachtete Nels halbverborgenes Gesicht. »Vielleicht wird er mich wieder überraschen und dir erlauben, das Kind zu behalten.«

Bei diesen Worten hob Nel den Kopf. »Es reicht nicht aus, daß er es mir um meinetwillen erlaubt. Er muß es auch annehmen.« Nels Augen glitzerten. »Ronan und ich, wir beide wissen, was es bedeutet, unter Menschen aufzuwachsen, bei denen man nicht willkommen ist, und es bedeutet nichts Gutes. Ich würde einem Kind das niemals antun. Nie!«

Arika war sehr blaß geworden. Sie stellte ihre nur halbausgetrunkene Teetasse ab. »Du mußt es also mit ihm besprechen und mir dann berichten.« Langsam, wie eine alte Frau, raffte sich Arika auf. »Ich muß jetzt gehen und mich um die Beerdigung meiner Tochter kümmern«, sagte sie, drehte sich um und ging müde davon.

Ronan schickte seine Männer zu ihrer Abendmahlzeit, aber er selbst blieb nicht zum Essen in ihrem Lager. Er spürte, wie die Männer ihm nachblickten, als er mit Nigak auf den Fersen aus dem Tal ging. Bertas Neuigkeit hatte inzwischen alle Ohren erreicht, und die Männer fragten sich nun, wie er bezüglich Mornas Kind entscheiden würde.

Er hatte den Pfad gewählt, der zur Großen Höhle führte, aber sobald er außer Sichtweite des Lagers war, verließ er den Pfad und wanderte nach Süden auf die Felsformationen zu. Er war noch nicht bereit zu einer Konfrontation mit Nel.

Was soll ich tun?

Berta hatte ihm gesagt, daß Nel das Kind angenommen hatte. Nun, das überraschte ihn nicht. Er hatte von Anfang an gewußt, daß Nel das Baby annehmen würde. Sie hatte tapfer versucht, ihre Enttäuschung vor ihm zu verbergen, als ihr Mondblut, ein paar Tage nachdem sie gemeinsam in der heiligen Höhle gewesen waren, zu fließen begonnen hatte, aber er hatte den Schmerz in ihren Augen gesehen.

Wenn er ihr sagen würde, daß er Mornas Kind niemals Zutritt zu seinem Herzen verschaffen könnte, dann würde sie das verstehen. Sie würde das Kind aufgeben. Mehr als irgendwer sonst begriff Nel, wie falsch es war, ein Kind dort zu lassen, wo es unerwünscht war.

Aber er hatte den Schmerz in ihren Augen gesehen.

Was soll ich nur tun?

Er hielt inne, als er eine einzelne weibliche Gestalt am Fuß der Felsformation auf sich zukommen sah. Einen Augenblick lang ließ ihn Panik erstarren. Nigak winselte. Dann erkannte Ronan, daß die Haare des Mädchens silberblond waren und nicht rotgolden, und sein Herz schlug wieder in normalem Rhythmus.

Es war Fenris' Tochter. Siguna. Er zog die Stirn in Falten. Sie sollte hier draußen nicht allein herumlaufen. Er ging weiter, Nigak aufmerksam an seiner Seite.

Siguna sah Ronan fast im gleichen Augenblick wie er sie, und sie stützte sich an dem Felsen ab, ihre Augen wachsam auf Nigak gerichtet. Sie hatte es inzwischen gelernt, sich in Gesellschaft von Nels Hunden einigermaßen wohl zu fühlen, aber der Wolf machte ihr noch immer angst.

»Was tust du hier draußen allein?« fragte Ronan.

Zu Sigunas Erleichterung trottete Nigak an ihr vorbei und beschnüffelte interessiert den Boden. »Wo sind Thorn und Mait?« wollte Ronan als nächstes wissen, als sie die Augen zu ihm hob und sah, wie er sie finster anblickte.

»Sie sind in der Großen Höhle«, antwortete Siguna. »Ich wollte allein sein.«

Die Furchen auf seiner Stirn wurden tiefer. »Für meinen Geschmack ist dir das Alleinsein zu lieb.«

Siguna nahm einen tiefen Atemzug und beruhigte sich. Sie wußte nicht, warum, aber da war etwas an Ronan, das sie immer aus der Fassung zu bringen schien. Sie antwortete ihm in gleichmäßigem Ton. »Die letzten Tage waren nicht sehr leicht für mich, und Thorn und Mait waren freundlich genug, dafür Verständnis aufzubringen.«

Sie konnte sehen, wie er sich daran erinnerte, warum sie in die allgemeinen Freudenbekundungen im Lager nicht hatte mit einstimmen können. Er fuhr mit der Hand über seine Stirn, als wollte er die Falten dort forttreiben, und sagte mit freundlicher Stimme: »Es tut mir leid, Siguna.« Er ließ die Hand fallen. »Aber es gibt hier gefährliche Tiere; es ist nicht sicher für dich, so weit vom Lager fortzugehen.«

Sie fand, daß er müde aussah. Es kam ihr in den Sinn, daß auch Ronan nicht am rechten Ort war. Hatte auch er allein sein wollen?

Versuchsweise fragte sie ihn: »Stimmt etwas nicht?«

Ein Rabe flog knapp über sie hinweg, und sein Flügelschlag machte das charakteristische *flapp, flapp* in die Stille hinein. Siguna erinnerte sich daran, was der Rabe letzte Woche getan hatte, und sie schauderte. Wie aus großer Entfernung hörte sie

Ronans Stimme fragen: »Kann es sein, daß du nichts davon gehört hast?«

Sie schüttelte den Kopf und zwang sich, seinen Worten zuzuhören. »Ich habe nichts gehört.«

»Ich dachte, jeder würde es inzwischen wissen.« Auch er beobachtete den Raben, seine Augen wegen der grellen Sonne zusammengekniffen und mit Linien der Bitterkeit um seinen Mund. »Es ist Morna«, erklärte er. »Sie ist im Kindbett gestorben und hat ihren Sohn meiner und Nels Verantwortung überlassen.«

Sigunas Atem machte ein pfeifendes Geräusch in ihrem Hals.

Die Linien der Bitterkeit um Ronans Mund wurden tiefer. »Ja. Es ist schwer zu verstehen, nicht wahr?«

Langsam setzte sich Siguna auf einen großen Felsen, der aus der Felsformation herausragte. Sie wußte, was Ronan von seiner Schwester trennte; sie war noch keine zwei Wochen beim Wolf-Clan gewesen, als man ihr die Geschichte schon erzählt hatte. Auch Nels Kinderlosigkeit und den Schmerz, den sie ihr verursachte, hatte sie wahrgenommen. Jetzt sagte sie, indem sie zu Ronans frostigem Gesicht aufblickte: »Das habe ich nicht gewußt.«

Er brummte. »Nun gut, jetzt weißt du, warum auch ich Anlaß habe, mich von zu Hause fernzuhalten.«

Sie war zutiefst überrascht, daß er mit ihr auf diese Weise sprach. Langsam dämmerte es ihr jedoch, daß seine vertraute Mitteilung seine Art war, sie dafür um Verzeihung zu bitten, daß er zuvor ihre eigene Trauer vergessen hatte.

»Wird Nel das Kind annehmen?« fragte sie vorsichtig, bereit, das Thema fallenzulassen, wenn es das war, was er wollte.

Er stützte sich mit der rechten Hand an der Felswand ab und senkte seinen Kopf, um sie zu betrachten. »Was meinst du?«

Siguna antwortete ehrlich: »Ich glaube, daß es für sie nicht wichtig ist, wessen Kind es ist – sie wird es auf jeden Fall lieben.«

Sein Gesicht war vollkommen ausdruckslos. »Das glaube ich auch.«

Siguna wandte ihre Augen von diesem unkontrollierten Gesicht ab und richtete sie statt dessen auf die Hand, mit der er sich am Fels abstützte. Es war eine schmalere Hand als die ihres Vaters, aber der Unterarm, der aus Ronans aufgerolltem Ärmel herausschaute, war muskulös und tiefbraun.

Ronan sagte: »Sie wünscht sich ein Kind, und wenn eine Frau eine solche Sehnsucht in ihrem Herzen trägt, dann gibt es nichts, was ein Mann tun oder sagen kann, um es zu ändern.«

Siguna riß ihren Blick los von dieser merkwürdig erregenden Hand. Sie sagte etwas darüber, wie schwer es für einen Mann sein mußte, das Kind eines anderen anzunehmen.

Er schüttelte den Kopf, um zu zeigen, daß dies nicht der Fall war. »Ich bin sein Mutter-Bruder«, erklärte er. »Im Hirsch-Clan ist der Mutter-Bruder der nächste Verwandte eines Kindes. Ich habe Verpflichtungen diesem Kind gegenüber. Ich weiß das. Aber...« An dieser Stelle brach er ab. Sein Gesicht schien ihr jetzt noch leerer als zuvor.

Er suchte Hilfe, dachte Siguna plötzlich. Deshalb sprach er mit ihr darüber. Er suchte nach einem Weg, wie er dieses Kind annehmen könnte.

Plötzlich hatte Siguna das wilde, verzweifelte Verlangen, ihm zu helfen. Sie nahm einen tiefen, beruhigenden Atemzug, bevor sie sagte: »Warum nimmst du ihn dann nicht an, Ronan?«

Seine Nasenflügel bebten. »Die Antwort darauf sollte klar sein, denke ich. Es ist Mornas Kind.« Die Art, wie er den Namen seiner Schwester aussprach, zeigte die Tiefe seiner Ablehnung.

Siguna betrachtete das dunkle, arrogante Gesicht, das sich so gut gegen den kobaltblauen Himmel abhob. »Fürchtest du, daß das Kind so werden könnte wie Morna?«

Er nickte.

Ein Bock und ein Reh tauchten plötzlich zwischen den Felsen

auf, die den Weg nach Süden hin abgrenzten. Während Siguna sie betrachtete, nahmen sie Nigak wahr, sprangen davon und waren so plötzlich verschwunden, wie sie aufgetaucht waren.

Das war ein Zeichen, dachte Siguna. Die Hirsche kamen als Zeichen von der Göttin. Mit einem Mal war sie sich vollkommen sicher, daß es das Werk der Großen Erdmutter war, daß sie und Ronan sich an diesem Spätnachmittag auf diesem Weg getroffen hatten.

Zum ersten Mal in ihrem Leben schloß Siguna die Augen und betete: *Göttin, hilf mir. Wenn du diesen Mann wirklich zu mir geschickt hast, dann laß mich die richtigen Worte finden.*

Siguna öffnete ihre Augen. Sie sah Ronan an und sagte: »Wir haben in meinem Stamm viele Generationen lang Pferde gezüchtet, Ronan, und jeder von uns könnte dir sagen, daß ein früh gezähmtes Fohlen, ganz gleich, wie wild sein Vater oder seine Mutter gewesen sein mögen, immer dir gehört. Die Farbe, die Schnelligkeit, das Temperament, all dies mag von den Eltern herrühren; aber den Geist erhält es von demjenigen, der es zähmt. Ich meine, daß dies für Fohlen und Kinder gleichermaßen zutrifft.«

Ronan schwieg eine lange Weile. Schließlich erwiderte er: »Ich weiß es nicht.« Er sah plötzlich sehr unsicher und sehr jung aus. Er wiederholte: »Ich weiß es nicht.«

Sigunas Herz öffnete sich für ihn. Ihre Hände sehnten sich danach, sich zu ihm auszustrecken, und sie faltete sie in ihrem Schoß, als sie ihre Regung spürte. Sie ließ ihre Stimme ganz ruhig erscheinen, um ihre Gefühle zu verbergen. »Wie hätte Nigak sich entwickelt, wenn er von seiner eigenen Mutter großgezogen worden wäre?« fragte sie. »Er wäre in Fleisch und Blut derselbe Wolf gewesen wie jetzt, aber sein Geist wäre ein anderer.«

Sie beide blickten sich zu Nigak um, der den Pfad entlang schnüffelte auf der Spur eines anderen männlichen Wolfes.

Langsam, den Blick noch auf Nigak gerichtet, antwortete Ronan: »Das ist wahr.«

Wieder senkte sich ein Moment des Schweigens zwischen sie. Nigak hob ein Hinterbein und markierte den Fels mit seinem eigenen Duft.

Siguna lächelte, als wäre ihr plötzlich die Eingebung gekommen, nach der sie gesucht hatte. »Du hast Zwillinge in deinem Stamm aufgenommen, etwas, was kein anderer Clan getan hätte. Warum warst du dazu bereit?«

Seine dunklen Augen blickten verwirrt drein, als ob ihm der Themenwechsel nicht einleuchtete. Er zuckte die Schultern und antwortete: »Ich glaube einfach nicht, daß Babys böse sein können.«

Schweigend lauschte er dem Klang seiner eigenen Worte hinterher.

Diesmal dauerte das Schweigen eine lange Zeit. Hoch oben auf dem Berghang sah Siguna mehrere Steinböcke. Ein Bock mit spitzen Hörnern hatte sich auf einer vorstehenden Bergschulter aufgebaut. Während sie ihn beobachtete, senkte sich sein Kopf langsam unter dem Gewicht seiner Hörner, bis die Nase den Boden berührte; dann riß er ihn hoch und das Ganze begann von vorn.

Sigunas Stimme schien tief aus ihrem Inneren zu kommen. »Kannst du dir überhaupt vorstellen, daß irgend etwas Lebendiges von Nel berührt werden könnte, ohne dadurch sanft zu werden?«

Ein unglaublich weiches Geräusch, als ob Atem langsam und zärtlich ausgestoßen würde, schwebte in der Luft. War das Ronan? Oder war es etwas anderes? Siguna blickte sich um und stieß auf Ronans dunkle Augen.

»Du verfügst über eine Weisheit, Siguna, die über deine Jahre hinausgeht«, sagte er.

Sie schenkte ihm ein wunderschönes Lächeln.

Sein Gesichtsausdruck veränderte sich, und Siguna sah sich mit einem Mal mit dem harten, zielgerichteten, jagenden Blick der männlichen Sexualität konfrontiert. Es war ein Blick, mit dem Siguna nur allzu vertraut war. Es war ein Blick, den sie sowohl fürchtete und haßte. Normalerweise.

»Wie alt bist du?« wollte Ronan wissen.

Sie versuchte zu antworten, erinnerte sich daran, daß sie auch atmen mußte, und stotterte: »D-drei Handvoll Jahre.«

Der dunkle Blick glitt lässig forschend über ihre Brust. Sigunas Herz schlug schneller, aber sie hatte keine Angst. »Das ist alt, um noch unberührt zu sein.«

Sie hob ihr Kinn. »Woher willst du wissen, daß ich noch unberührt bin?«

Er lächelte, als ob ihn ihre Frage belustigte. »Warst du in deinem Stamm schon einem Mann versprochen?«

Sie schüttelte ihren Kopf in wilder Verneinung.

Beide, der jagende und der belustigte Blick, lagen jetzt in seinen Augen, und Siguna erkannte mit Erstaunen, daß sie wollte, daß er sie berührte.

Er streckte die Hand aus, um seinen Speer aufzunehmen. »Komm«, sagte er, »ich werde mit dir zur Großen Höhle zurückgehen.«

Sie rutschte von dem Fels herunter, auf dem sie gesessen hatte, und bemerkte, daß ihre Augen genau auf den Puls blickten, der in der starken braunen Säule seines Halses schlug. Sie atmete schnell, und ihre Beine waren unsicher.

Was ist denn bloß los mit mir? dachte sie.

Er sagte in einem weichen, dunklen Ton: »Die Vorstellung fällt mir schwer, daß es in deinem Stamm keinen Mann gegeben hat, der dir etwas bedeutete.«

Sie antwortete, unklug sich selbst verratend: »Die Männer in meinem Stamm sind nicht so wie du.«

Es folgte ein kurzes beängstigendes Schweigen, und dann

grinste er. »Das sind sie tatsächlich nicht. Heno sagt, die Männer deines Stammes benötigen die Unterweisung Bertas.«

Sie erkannte erleichtert, daß er sie mißverstanden hatte. Sie starrte in sein berauschendes Lächeln und krächzte: »Ich glaube, Heno hat recht.«

»Ein Mann, der eine Frau nicht zu schätzen weiß, ist ein Dummkopf«, sagte Ronan, und der Jägerblick ergriff wieder Besitz von seinen Augen. Seine Stimme klang tiefer. »Ich verspreche dir, meine Kleine, wenn du dich dazu entschließt, bei uns zu bleiben, dann wird mehr als nur ein Mann glücklich sein, dich zu schätzen und zu achten.«

Aber du wirst keiner von ihnen sein.

Sobald sich die Worte in Sigunas Kopf geformt hatten, geriet sie in Panik. Was dachte sie da?

Ronan rief Nigak zu sich und lenkte seine Schritte in Richtung auf die Große Höhle. Als sie neben ihm ging, sagte er mit seiner normalen Stimme zu ihr: »Ich bin froh, daß ich dich heute getroffen habe, Siguna, aber geh nicht wieder allein so weit vom Lager fort. Ich sage das nicht, weil ich dir nicht vertraue, sondern weil es wirklich nicht sicher ist.«

»Nel geht allein umher«, antwortete Siguna, sich selbst verteidigend.

»Nel ist nie allein«, antwortete Ronan. »Wenn Nigak nicht bei ihr ist, dann sind es die Hunde. Seit neuestem folgt ihr sogar Weißfuß wie ein verlorener Welpe.« Er versuchte gekränkt zu klingen, aber Sigunas scharfe Ohren nahmen die Zärtlichkeit unter den Worten der Erbitterung wahr.

Siguna erkannte in einer Mischung aus Trauer und Erleichterung, daß sie vor Ronan immer sicher sein würde. Vielleicht schätzte er den Anblick einer attraktiven Frau, aber Nel war es, der sein Herz gehörte.

Siguna war noch nie zuvor einem Mann wie Ronan begegnet. Er konnte so rücksichtslos sein wie Fenris; das hatte sie erkannt, als sie zwischen den stinkenden Körpern in der Schlucht des Volp umhergegangen war. Er war ein Anführer, der von seinen Männern das gleiche Maß an Gehorsam erwartete, wie ihr Vater es tat. Doch hatte er darüber hinaus nicht wirklich viel Ähnlichkeit mit ihrem Vater.

Ein Mann, der eine Frau nicht zu schätzen weiß, ist ein Dummkopf.

Siguna hatte nicht nur an Nigak gedacht, als sie Ronan gesagt hatte, daß Nel nichts Lebendiges berühren konnte, ohne es zugleich zu zähmen.

29

Das Baby schlief, und als es erwachte, stillte Eken es. Nel hatte die Große Höhle kurz nach ihrem Gespräch mit Arika verlassen, und jetzt, als das letzte Tageslicht langsam verblaßte, war sie noch nicht zurückgekehrt. Die Frauen des Stammes legten ihre Kinder schlafen und sammelten sich um die Feuerstelle des Höhlensaals, in den sie anfangs eingezogen waren.

»Es wäre grausam, wenn Ronan Nel das Baby nicht behalten ließe«, sagte Beki herausfordernd.

Die Frauen des Wolfes blickten einander an, und es war schließlich Fara, die sprach. »Mehr als irgend jemand sonst habe ich Grund zu wissen, wie tolerant Ronan in bezug auf Kinder sein kann.« Ihr hübsches Gesicht hatte einen tiefbesorgten Ausdruck. »Aber, Beki, ich finde es ist nicht fair, von ihm zu erwarten, daß er Mornas Kind an seinem Herdfeuer willkommen heißt.«

Berta sagte heftig: »Er ist der Mutter-Bruder des Kindes.«

»Ich kann mir nicht vorstellen«, fiel Thorn ein, »wie eine wie

Morna einmal als die Auserwählte der Großen Erdmutter gelten konnte.« Ihre braunen Augen richteten sich auf ihre Schwester. »Morna hat das getan, um Ronans Partnerschaft zu zerbrechen.«

Berta seufzte.

»Das wird nicht geschehen!« versicherte Yoli. »Du hast gehört, was Nel der Herrin gesagt hat, Tora. Sie hat gesagt, daß sie das Kind Arika zurückbringen würde, falls Ronan sich nicht dazu durchringen sollte, es zu behalten. Nel wird es nicht zulassen, daß Morna ihre Beziehung zu Ronan zerstört.«

Beki winkte ab. »Es ist mir egal, was Nel gesagt haben mag. Eins weiß ich jedoch sicher: Wenn Ronan sie zwingt, das Kind aufzugeben, dann wird sie ihm das nie verzeihen.«

Bedrücktes Schweigen legte sich über den Raum.

»Ich fürchte, daß Beki recht hat«, meinte Berta schließlich. »Nichts auf der Welt ist mächtiger als die Sehnsucht einer Frau nach einem Kind. Sie wird ihr von der Göttin ins Herz gelegt, und kein Mann kann sich dem entgegenstellen.«

»Daß es im Hirsch-Clan ein paar Kinder gibt, die genauso aussehen wie Ronan, macht die Sache auch nicht eben leichter«, kommentierte Fara bekümmert.

Yoli seufzte.

»Keine Frau könnte eine bessere Mutter abgeben als Nel«, versicherte Beki leidenschaftlich. »Es ist so ungerecht, daß sie bisher kein Kind bekommen hat.«

Eken, die den Waisenjungen zusammen mit ihrer eigenen Tochter gestillt hatte, gab zu bedenken: »Er ist so ein hübsches Baby. Vielleicht, wenn Ronan ihn erst sieht...«

Tora schüttelte den Kopf. »Männer fühlen in diesen Dingen nicht so, wie Frauen es tun.«

Keiner widersprach ihr.

In dem plötzlichen Schweigen hörten sie die Schritte, die auf sie zukamen. Dann trat ein Mann zu ihnen ans Feuer und schaute auf die Frauen nieder, die seinen Blick erwiderten. Es war Ronan.

»Wo ist Nel?« fragte er, als er sich vergewissert hatte, daß sie nicht unter den Frauen am Feuer war.

»Wir wissen es nicht«, antwortete Berta. »Sie hat mit Arika gesprochen kurz nachdem...« Sie machte eine Handbewegung, statt den Satz zu beenden, und fügte dann hinzu: »Wir haben sie seither nicht gesehen.«

Ronans Gesichtsausdruck war müde und leer. »Wo ist das Baby?« fragte er als nächstes.

»Im anderen Saal, wo die anderen Kinder schlafen«, antwortete Eken. »Ich habe ihn gestillt, nachdem ich meine Melie versorgt hatte.«

»Wirst du ihn mir holen?« bat Ronan sie.

»Ja.« Eken erhob sich. »Natürlich, Ronan. Natürlich werde ich ihn dir holen.« Sie warf Fara einen schnellen Blick zu, bevor sie in den Raum verschwand, wo die Kinder schliefen.

Fara fragte vorsichtig: »Möchtest du, daß wir dich allein lassen, Ronan?«

Er starrte sie an, als ob er sie nicht verstanden hätte. Doch dann nickte er. »Ja. Das wäre... gut.«

Die Frauen standen schweigend auf und gingen hinaus, während Ronan näher kam. Er stand mit gesenktem Kopf neben der Herdstelle, als Eken mit dem Baby in den Armen zurückkam. Sie zögerte einen Augenblick und trat dann an ihn heran. »Hier ist er«, sagte sie und streckte die Arme ein wenig aus, damit Ronan besser sehen konnte.

Ronan blickte auf das Bündel vor sich.

Es war tatsächlich ein hübsches Baby. Das kleine Gesicht war vollkommen geformt, die Haut von zartem Rosa und nicht zornig gerötet, wie bei vielen Neugeborenen. Sein krauses Haar war braun, und die Augen, die verschlafen zu Ronan hinaufblinzelten, waren von einem weichen, nebelhaften Grau.

»Er sieht Morna nicht ähnlich«, bemerkte Ronan. Sein Gesicht war eine undurchdringliche Maske.

»Nein.« Eken hatte es schwer, trotz des Klumpens in ihrem Hals verständliche Worte zu sprechen. »Er sieht aus wie er selbst.«

Ronan starrte das Baby weiter mit diesem maskenhaften Gesichtsausdruck an. Eken streckte ihm weiter das Kind wie eine Opfergabe entgegen. Ein leises Geräusch drang an ihr Ohr, und dann stand Nel bei ihnen im Raum.

Nel hatte gerade die emotional vielleicht anstrengendsten Stunden ihres Lebens verbracht, und man sah es ihr an. Als sie schließlich in den Raum trat und dort Ronan mit dem Kind stehen sah, wußte sie noch immer nicht, was sie sagen sollte. Sie hatte Stunden mit dem Versuch zugebracht, den Konflikt zu lösen, und ihre Gedanken bewegten sich noch immer im Kreis.

Schöne Worte hatte sie zuvor Arika gegenüber gebraucht, Worte, die verletzt hatten, Worte, die verletzen sollten. »Ronan und ich wissen, was es bedeutet, unter Menschen aufzuwachsen, bei denen man nicht willkommen ist«, hatte sie gesagt, und Arika war besiegt gewesen.

Schöne Worte, aber Nel wußte, daß dieses Baby nicht unwillkommen war. Kein Baby auf der Welt konnte willkommener sein als dieses.

Ein Teil von ihr sagte sich, daß Ronan das Kind schließlich doch annehmen würde. Sicherlich, sagte sie sich wieder und wieder, würde sie ihm klarmachen können, daß ihnen dieses Kind von der Göttin gegeben worden war. Das war es, was sie selbst fühlte. Mit absoluter Gewißheit. Bestimmt würde sie doch auch Ronan davon überzeugen können.

Aber ihr Verstand sagte ihr, daß es ungerecht war, von Ronan zu verlangen, das Kind seiner Schwester anzunehmen. Wenn sie Ronan gegen sein Gefühl dazu zwang, das Kind aufzunehmen, dann fürchtete sie damit den wichtigsten Teil ihres Lebens zu vergiften: ihre Partnerschaft mit ihm.

Nichts war es wert, dieses Risiko einzugehen.

Und dann betrat sie die Höhle und sah Ronan und das Baby. Ohne ein Wort kam Eken auf sie zu, legte ihr das Kind in die Arme und ging hinaus. Ronan und Nel blieben allein zurück, blickten sich über das Bündel in Nels Armen hinweg gegenseitig an.

Ronan ergriff als erster das Wort. »Er sieht nicht aus wie Morna.«

Nel blickte hinunter in das schläfrige Kindergesicht. Sie holte tief und zitternd Luft. »Ronan«, setzte sie an, »Ronan ...«

Langsam durchquerte Ronan den Raum, der sie trennte, stellte sich neben Nel und blickte ebenfalls auf das Kind hinunter. Der Säugling gähnte und zeigte sein beeindruckend gesundes, rosa Zahnfleisch.

»Morna hat mir schon vor einer Woche gesagt, daß sie dies tun würde«, gab er zu.

Nel löste ihre Augen von dem Baby. »Davon hast du mir gar nichts gesagt!«

Er schüttelte den Kopf. »Es war eine abscheuliche Szene.«

»Ronan.« Sie umklammerte das Kind, als müsse sie ertrinken und als sei dies ihre einzige Chance, über Wasser zu bleiben. »Ich werde nicht versuchen, dir irgend etwas Gutes über Morna zu sagen. Sie hat es aus Rache getan, das sehe ich sehr wohl ein. Aber ... manchmal ... manchmal kann aus Schlechtem Gutes erwachsen, Ronan. Ich habe darüber nachgedacht, daß du und ich zusammen die heilige Hochzeit an dem geweihten Ort der Göttin vollzogen haben, und daß ich sie um ein Baby gebeten habe. Und jetzt ... schon so bald danach ... ist ein Baby in meine Arme gelegt worden.« Sie machte einen tiefen, zitternden Atemzug. »Meinst du nicht vielleicht, es ist der Wunsch der Göttin, daß wir ihn annehmen?«

Ronan blickte Nel ins Gesicht, sah die bläulichen Ringe unter ihren Augen. Sie erschien ihm gerade jetzt genauso klein und verletzlich wie das Kind in ihren Armen. Seine Augen kehrten zu dem Säugling zurück. Er sah Morna überhaupt nicht ähnlich.

Ich glaube nicht daran, daß Babys schlecht sein können. Er selbst hatte das so ausgedrückt, und es war die Wahrheit.

Er hörte sich mit fester Stimme sagen: »Ich glaube, du hast recht, kleine Elritze.«

Nel blickte zu ihm auf und wagte nicht zu glauben, was sie eben gehört hatte. Er war plötzlich wütend, daß ihr all das soviel bedeutete. Es kam ihm so vor, als sei er aus dem Mittelpunkt ihres Lebens vertrieben. »Ich bin kein Untier«, bemerkte er rauh. »Hast du gedacht, ich würde ihn dir aus den Armen reißen?«

Sie schüttelte heftig den Kopf. Er sah, daß sie versuchte, die Tränen zurückzuhalten. Das erst ließ ihn sich wirklich wie ein Untier fühlen, und er streckte die Arme nach ihr aus. Damit er sie umarmen konnte, mußte er dies auch mit dem Baby tun.

Nel lehnte sich an ihn und begann zu weinen, in quälend tiefem, schmerzlichem Schluchzen. Sie weinte so sehr, daß er fürchtete, sie würde das Kind fallen lassen, deshalb nahm Ronan es aus ihren Armen in die eigenen. Dann begann auch das Kind zu jammern.

»Uff«, machte Ronan, »wenn du das so beibehältst, Nel, ich warne dich, dann werde ich meine Meinung noch ändern.«

Bei diesen Worten lachte sie. Es war ein heiseres, zitterndes, nasses Lachen, aber ohne Zweifel ein Lachen. »Gib ihn mir«, verlangte sie. Sobald sie ihn wieder hielt, hörte das Kind auf zu schreien.

»Siehst du, du hast den gleichen beruhigenden Einfluß auf Babys wie auf Pferde und Wölfe«, sagte Ronan.

Nels Lächeln war naß, aber strahlend. Sie hob ihr Gesicht und drückte ihm einen Kuß auf die Wange. »Ich liebe dich so sehr«, murmelte sie. »Es gibt auf der ganzen Welt keinen anderen Mann wie dich.«

Ronan blickte auf seinen winzigen Rivalen hinunter. »Sieh nur zu, daß du dich daran erinnerst«, sagte er, und er meinte es nur zum Teil im Scherz.

Am Tag nach ihrer vernichtenden Niederlage in der Schlucht sammelte Fenris seine Anda um seine Feuerstelle. Sie waren seine Hauptleute, die Krieger, denen er das Kommando über die übrigen Reiter des Stammes gegeben hatte. Am vorgestrigen Tag waren sie noch acht gewesen, heute waren es sechs.

Als sie sich jetzt mit düsteren Gesichtern um den Herdplatz im Zelt ihres Kains niederließen, kamen zwei Neulinge hinzu: Vili, der älteste Sohn des Häuptlings, und Bragi, dessen Freund. Die Jünglinge ließen sich auf den Plätzen nieder, die den beiden in der Schlucht Umgekommenen gehört hatten, senkten bescheiden ihre Augen und warteten.

Fenris hatte seine großen Hände auf den Knien abgelegt. »Also«, sagte er, »es scheint so, als ob wir einen Feind haben.«

Ein knurrendes Geräusch löste sich aus sechs Kehlen.

»Feiglinge«, ließ sich Surtur vernehmen. »Sie haben Angst, wie Männer im offenen Feld zu kämpfen.«

»Genau«, grunzte ein anderer Mann.

Der Kain war anderer Meinung. »Es war eine schlaue Falle«, sagte er kühl. »Schlau ausgedacht und schlau durchgeführt.«

Seine frostigen grauen Augen musterten die Gesichter der Männer vor ihm. »Es ist viele Jahre her, seit wir das letzte Mal auf echten Widerstand gestoßen sind, aber diese Bergstämme scheinen entschlossen zu sein, uns aus ihren Jagdgebieten herauszuhalten.«

»Sie haben uns einmal überrascht«, grollte Surtur. »Das wird ihnen kein zweites Mal glücken.«

Die übrigen Männer begannen alle zugleich zu reden. Nur

Fenris und die beiden neu Hinzugekommenen schwiegen. Schließlich wurden es wieder ruhig, und die Gesichter richteten sich auf den Kain.

Inmitten dieser Stille nahm Fenris seinen Speer auf und rammte ihn tief in die Erde neben sich. Die Männer blickten mit wilder Erwartung auf den vibrierenden Schaft. Das war es, worauf sie gewartet hatten. Der Speer war das sichtbare Zeichen dafür, daß der Kain Worte des Krieges sprechen würde.

Fenris sagte: »Ich habe sechs Handvoll meiner besten Krieger verloren, und ich sage euch jetzt, daß ich sie rächen werde. Ich habe den Donnerer angerufen, und er hat mich gehört.«

Ein tiefes Murmeln kam von den Männern.

Fenris fuhr fort. »Ich werde mir diese Berge nehmen, meine Brüder. Ich werde wie der Blitz in das Land meiner Widersacher hineinfahren, und euch werden ihre schönsten Frauen und Pferde gehören. Die Tiere ihrer Jagdgründe werden sich euren Speeren ergeben, und ihre Kinder werden an den Eingängen eurer Zelte euch dienend erwarten.«

Dieses Mal löste sich ein gemeinsames, zustimmendes Brüllen aus den Kehlen, und Vilis Zähne erstrahlten weiß in einem breiten Grinsen.

Es war Surtur, der rituell für die Anda antwortete. »Du bist unser Kain, und wohin auch immer du uns führst, wir werden dir folgen. Wenn wir dich je im Stich lassen sollten, dann ist es an dir, uns aufzugeben, uns auszustoßen und allein in den Rachen des Todes zu jagen.« Das war das Band, welches den Kain und seine Krieger im Stamm der Herren der Pferde miteinander verknüpfte. Ehrfürchtige Stille machte sich an dem Feuer breit, während die Männer die Worte in ihre Herzen einließen. Am Rand des Zeltes konnte man das leise Murmeln von Frauen hören, die ihre Kinder beruhigten: »Sei ruhig, mein Kind, sei ruhig. Dein Vater ist in einer Versammlung mit seiner Anda. Du mußt still sein.«

»Ich frage mich, wie sie es gelernt haben, Pferde zu zähmen«, murmelte Vili schließlich.

Fenris antwortete: »Wie sie die Pferde bekommen haben, ist nicht von Bedeutung. Es zählt allein, daß sie sie haben.« Er setzte einen Gesichtsausdruck auf, der den Spalt in seinem Kinn noch mehr hervorhob. »Ich habe gesagt, daß ich diese Bergleute verfolgen will, und ich werde es tun. Aber ich werde nicht mehr wie ein Blinder zwischen Berge hineinreiten, die ich nicht kenne.«

Die Gesichter der Männer waren düster. Sie nickten.

»Wir werden dem Goldfluß weiter folgen«, kündigte Fenris an, »wie wir es geplant hatten. Unsere Kundschafter waren vor uns dort, und wir wissen, daß es offenes Land ist. Es leben Stämme an diesem Fluß. Stämme ohne Pferde. Meine Kundschafter haben sie gesehen.«

»So ist es«, bestätigte Skoggi, der der Anführer der Vorausgeschickten war.

»Diese Stämme werden wir angreifen«, bestimmte Fenris.

Zufriedenes Gemurmel begrüßte diese Bemerkung und dann erwartungsschwangere Stille.

»Wir werden ein Schlachtfest feiern, das die Berge rot färbt vor Blut«, versprach Fenris.

Grinsen.

»Ich werde diese Bergleute dazu bringen, zu mir zu kommen«, sagte Fenris, »und dann werde ich sie in Stücke schlagen.«

Eine Gruppe von Kindern spielte laut auf der kleinen Lichtung in der Nähe der Großen Höhle, die ihnen von den Erwachsenen zu diesem Zweck zugesprochen worden war. Jemand hatte Thorn gesagt, daß Siguna die Kinder beaufsichtigte, und er war auf der Suche nach ihr hierhergekommen.

Die unbeschwerte Szene in der Lichtung ließ nichts von dem bevorstehenden Kampf ahnen, der den Erwachsenen der verbündeten Stämme drohte. Auf einer Seite der freien Fläche wechselten sich Kinder an der Schaukel ab, die Neihle für sie gebaut hatte. Er hatte eine starke Kletterpflanze über den dicken Ast einer am Rand der Lichtung stehenden Birke gelegt und beide Enden unten an einem Holzscheit befestigt.

Eine weitere Gruppe, hauptsächlich Jungen vermischt mit vereinzelten Mädchen des Hirsch-Clans, gaben sich dem Spiel mit Reifen aus geschälten Zweigen und kleinen Speeren hin. Thorn beobachtete die Kinder eine Weile mit einem wehmütigen Lächeln auf den Lippen.

Das Spiel war vom Konzept her einfach, jedoch in der Durchführung schwer. Ein Kind würde eine Reihe von Reifen einen nach dem anderen über den Boden rollen, und während sie vorbeirollten, würde ein weiteres Kind versuchen, seinen Speer so durch den Reifen zu werfen, daß er sich in den Boden bohrte während der Reifen um seinen Schaft kreiste. Da die Reifen mit ganzer Kraft gerollt wurden, sprangen sie hoch und unberechenbar, aber dennoch, so beobachtete Thorn erfreut, mißlang den Kindern nur selten ein Speerwurf.

Er wandte sich von dem Spiel ab und sah Siguna auf sich zukommen, ihr silbriges Haar glänzte im Sonnenlicht. Während er beobachtete, wie sie herankam, spürte er den ihm mittlerweile vertrauten Schmerz im Bereich seines Herzens. Sie ist so wunderschön, dachte er. Verzweifelt gerne wollte er sie zeichnen, aber es gab wenig Raum für Zurückgezogenheit dieser Tage. Auch wollte er ihr Gesicht nicht auf die Wände der Großen Höhle zeichnen. Er wollte sie in seiner eigenen, diesem Zweck geweihten Höhle im Tal des Wolfes malen; er wünschte sich ihr Bild neben den anderen, die er von den Mitgliedern seines Stammes gemacht hatte. In Wahrheit war es mehr als nur Sigunas Abbild, nach dem er sich sehnte. Wenn dieser Kampf vorbei war, dann wollte er sie mit sich heimführen.

Sie schenkte ihm ein flüchtiges Lächeln, als sie zu ihm trat. »Was machst du hier, Thorn?«

»Ich habe nach dir gesucht«, antwortete er. Die Stunden, die sie gemeinsam in der Schlucht verbracht hatten, waren unbeschreiblich schrecklich gewesen, und obwohl Siguna auf ihrer Suche beharrt hatte, wußte Thorn, daß diese Erfahrung verheerend für sie gewesen war. Für ihn war sie ohne jeden Zweifel verheerend gewesen, und er hatte weder einen der Männer gekannt noch gemocht, die dort durch den Tod und die Aasfresser in schauerlichen Unrat verwandelt worden waren.

Jetzt blickte er in Sigunas Augen und stellte erleichtert fest, daß der Schatten, der seit diesem Nachmittag über ihnen lag, offenbar verschwunden war. Er lächelte sie an. »Ich habe Nel nie so glücklich gesehen«, sagte er leichthin.

»Ja«, stimmte Siguna zu.

»Ronan ist der einzige Mann, den ich kenne, der ihr erlaubt hätte, das Baby zu behalten«, bemerkte er als nächstes. »Keiner hat je daran geglaubt.«

Siguna musterte ihn neugierig. »Was hättest du getan, Thorn?« wollte sie von ihm wissen.

Thorn starrte sie überrascht an.

»Hättest du ihr erlaubt, das Kind zu behalten?« insistierte Siguna.

»Nun...« Thorn fuhr sich mit den Fingern durch sein braunes Stirnhaar. »Ich glaube schon«, antwortete er.

Siguna lächelte. »Das dachte ich mir.«

Thorn blickte sehnsüchtig in ihr liebliches Gesicht. Er wollte ihr so gerne sagen, was er für sie empfand, aber er wußte, es war jetzt nicht der richtige Augenblick dafür.

»Juchuu!« Das schrille Kreischen erhob sich unüberhörbar über das leisere Plappern der friedlich spielenden Kinder. Thorn und Siguna wandten sich beide um, damit sie die Ursache für die Aufregung sehen konnten.

Mehrere Jungen hatte einige Hände voll Eicheln vom Waldboden aufgesammelt und bewarfen sich nun gegenseitig damit.

Thorn beobachtete, wie einer der Jungen seinen Gegner unerschrocken angriff und ihn mit tödlicher Sicherheit mit seinen Eicheln bewarf. Die zurückkommenden Geschosse prallten wirkungslos von der Rentierjacke ab, die er vor sich hielt.

»Uff«, machte Siguna und wollte der Schlacht Einhalt gebieten.

»Warte.« Thorn hielt sie am Oberarm zurück.

Sie blieb stehen, überrascht von der Stärke seines Griffs, und schaute ihn ärgerlich an. »Eins der Kinder könnte ein Auge verlieren, Thorn! Ich muß ihnen Einhalt gebieten.«

Er schien sie nicht zu hören. Mit einem Ausdruck äußerster Konzentration im Gesicht starrte er den Jungen mit der Jacke an. Schließlich, ganz langsam, öffneten sich seine Finger, und er ließ sie los.

Nachdem Siguna dem Kampf ein Ende bereitet und die Jungen zu einem friedlicheren Spiel überredet hatte, kehrte sie an den Platz zurück, wo Thorn noch immer stand. »Warum hast du versucht, mich davon abzuhalten, den Kampf zu beenden?« fragte sie ihn neugierig.

»Das war nichts.« Er schaute sie an, aber sein Gesichtsausdruck wirkte zerstreut. »Ich muß gehen, Siguna.«

»Wohin?« wollte sie wissen.

»Ich muß mit Ronan sprechen.« Ohne weiteren Kommentar drehte er sich um und ging davon.

Ronan saß da und starrte den Speer in seiner Hand nachdenklich an. Schon die letzten Abende hatte er so gesessen, und weder Bror noch Crim, die das Zelt mit ihm teilten, wagten zu fragen, worüber er nachdachte.

Ein halber Mond war seit der Schlacht in der Schlucht des Volp vergangen, und die Stämme hatten erfahren, daß die Herren der Pferde zusammengepackt hatten, um dem Goldfluß weiter zu folgen. Ronan hatte auf diese Neuigkeit mit der Ankündigung reagiert, daß er die verbündeten Stämme in den nächsten Tagen in die Siedlung des Hirsch-Clans am Großen Fischfluß verlagern würde.

Inzwischen saß er da und betrachtete seinen Speer. Schließlich konnte Bror die Spannung nicht mehr länger ertragen. »Was siehst du in diesem Speer, Ronan, daß du ihn zwei ganze Nächte lang mit solcher Faszination betrachten kannst?«

Ronan hob seine Augen nicht von der Waffe in seiner Hand. »Er ist nicht einer unserer Speere. Es ist einer von denen, die wir den toten Pferdeleuten in der Schlucht abgenommen haben.«

»Ja«, sagte Bror geduldig. »Das kann ich erkennen.«

Schließlich heftete Ronan seinen strahlend dunklen Blick auf seinen Freund. »Woran kannst du das sehen?«

Bror blinzelte. »Der Holzschaft ist nicht so lang wie der unserer Speere.«

Ronan brummte und hielt Bror, der ihm gegenüber auf der anderen Seite der kleinen Herdstelle saß, den Speer hin. »Was sonst ist anders?«

Bror betrachtete den Speer nachdenklich, dann hob er ihn wie zum Wurf. »Er ist leichter«, antwortete er.

Ronan lächelte zufrieden. »Ja. Er ist kürzer, und er ist leichter. All ihre Speere sind so, Bror. Wir haben genug davon in der Schlucht aufgesammelt, um ganz sicher zu sein, daß sie alle gleich sind.«

»Ich nehme an, sie machen sie so, weil sie reiten«, überlegte Crim laut. »Ein längerer, schwerer Speer würde sie beim Reiten behindern und es ihnen erschweren, die Balance zu halten.«

»Genau.« Jetzt grinste Ronan.

Bror legte den Speer fort. »Also gut«, sagte er ergeben. »Wir geben auf. Was bedeutet das?«

»Es bedeutet, daß unsere Speere, die länger und stärker sind, den Feind verletzen werden, bevor er uns verletzt«, erklärte Ronan.

Die beiden starrten ihn sprachlos an. »Ronan«, sagte Crim schließlich mit vernünftiger Stimme, »es stimmt schon, es wäre ein Vorteil, wenn Männer zu Fuß gegen Männer zu Fuß kämpften. Aber sie werden auf Pferden sitzen. Und wir haben nicht genug Pferde, um uns ihnen entgegenzustellen.«

»Wir haben ihre Pferde in der Schlucht zurückgedrängt«, erinnerte Ronan.

Bror schlug mit der Hand auf den Boden. »Das war nur durch den Vorteil der Schlucht möglich.«

»Das ist richtig. Aber es gibt keinen Grund, warum wir die gleiche Taktik nicht noch einmal anwenden sollten. Zwar werden wir nie wieder einen so vollkommenen Ort finden wie die Schlucht, aber es gibt mehrere Stellen entlang des Großen Fischflusses, wo ein feindlicher Angriff abgebremst werden könnte. Wir würden unsere Linien natürlich viel weiter auseinanderziehen müssen als in der Schlucht.« Seine Augen verengten sich. »Stellt es euch vor, mehrere Reihen von Lanzenträgern hintereinander, Schulter an Schulter, die eine Schranke bilden, wo sich das Tal des Hirsch-Clans hinter ihnen öffnet.«

»Das ist unmöglich«, sagte Crim.

»Die Pferdeleute würden ihren Angriff den Berg hinauf führen müssen«, erläuterte Ronan.

Von draußen hörten sie die Stimmen der Männer, die am Feuer Wache hielten.

»Das macht keinen Unterschied. Männer zu Fuß können Männern zu Pferde nicht standhalten«, sagte Crim.

»Ich meine, wir können eine ganze Weile standhalten. Erinnert euch, Fenris kennt unsere Zahl nicht. Ich bin überzeugt, wenn wir lange genug durchhalten wird er umkehren.«

Schweigend dachten die Männer über das Bild nach, das Ronan mit seinen Worten in ihnen wachgerufen hatte. Brüllendes Gelächter von den Wachhabenden drang plötzlich zu ihnen herein.

»Sie könnten Wurfspeere und Pfeile gegen uns einsetzen, bevor sie uns angreifen«, gab Bror zu bedenken.

Ronan lächelte vergnügt. »Thorn hat sich für diesen Fall schon eine Verteidigung ausgedacht.«

Bror und Crim starrten ihn in erstaunter Erwartung an.

»Er hat etwas entworfen, um unsere Männer gegen die Waffen der Gegner zu schützen.«

»Was denn?« entfuhr es Bror.

»Es würde etwa so aussehen.« Ronan ergriff einen spitzen Stein und ritzte die Skizze eines Rechtecks in die Erde. »Wir könnten sie aus Holz machen und auf der Innenseite eine Art Griff anbringen. Seht ihr? Man könnte es vor sich hinhalten, und es würde einen vor den Waffen seiner Feinde schützen.«

»Uff«, machte Crim. »Das leuchtet ein.«

»Das war Thorns Idee?« fragte Bror.

Ronan grinste. »Der Einfall kam ihm, als er eine Gruppe Jungen dabei beobachtete, wie sie sich gegenseitig mit Eicheln bewarfen.«

Bror brummte anerkennend.

»Es wird eine Weile dauern, bis wir diese Ideen in die Tat umsetzen können«, sagte Crim. »Die Männer müssen es üben, ihre Formation beizubehalten. Und wir müssen diese Schilde erst anfertigen.«

Ronan hob den Kopf. »Ich weiß.«

»Meinst du, die Herren der Pferde werden uns soviel Zeit lassen?«

»Wenn sie es nicht tun«, antwortete Ronan, »dann werden wir sie ablenken müssen.«

30

»Wollt ihr einige von den Stuten mitnehmen?« fragte Nel. »Wir haben zwei Handvoll von ihnen, und sie sind gezähmt und reitbar.« Es war ein heißer Sommernachmittag, und Nel war in das Männerlager gegangen, um sich mit Ronan zu treffen. Zusammen waren sie in das nächste Tal geritten, hatten die Pferde festgepflockt und für sich selbst einen bequemen Platz im dichten Gras gefunden.

»Ich würde für sie eine eigene Koppel bauen müssen, um sie getrennt von den Hengsten zu halten. Zwei Handvoll Pferde, Nel, lohnen diesen Aufwand nicht.«

Nel seufzte. »Ich nehme an, da hast du recht.«

Ronan lag auf dem Rücken im Gras, die Augen halb geschlossen wegen der hellen Sommersonne. »Ich bin sicher, du kannst die Stuten hier gebrauchen«, sagte er in leicht schläfrigem Ton. »Benutze sie als Packpferde, um uns die Schilde zu schicken, welche die Frauen herstellen.«

Nel, die mit überkreuzten Beinen neben ihm saß, nickte. »Ich denke, ich werde Siguna fragen, wie ihr Stamm Pferde zum Ziehen einsetzt. Denn außer den Schilden werden wir euch ja auch mit frischem Obst und Gemüse versorgen müssen. Männer haben wenig Begabung zum Sammeln, ihr solltet jedoch außer Fleisch auch noch etwas anderes essen.«

»Hmhmm«, machte Ronan. Seine Augen hatten sich geschlossen.

Nel blickte zugleich zärtlich, aber auch ein wenig ärgerlich in sein entspanntes Gesicht hinunter. Auf der einen Seite befürchtete sie, daß er sich zuviel abverlangte. Andererseits war sie aber auch nicht bloß gekommen, um ihm beim Schlafen zuzusehen.

Sie sagte: »Die Herren der Pferde sind euch zahlenmäßig weit überlegen. Siguna hat erzählt, daß auf jeden von uns mindestens zwei von ihnen kommen.«

Seine Lider hoben sich. »Ich weiß das, Nel.«

Sie biß sich auf die Unterlippe. Eine lange Haarsträhne hatte sich aus ihrem Zopf gelöst und war ihr ins Gesicht gefallen. Sie blies sie fort, und Ronan lächelte schwach. Er legte sich einen Arm auf die Stirn, um seine Augen zu beschatten, und fragte: »Was ist los, kleine Elritze? Du bist doch nicht mit mir hierhergekommen, bloß um mir Dinge zu sagen, die ich schon weiß.«

Nel forderte mit großem Nachdruck: »Ich möchte mit dir kommen, Ronan.«

Eine lange Weile antwortete er nicht. Dann setzte er sich auf. »Du kannst nicht mitkommen. Ich nehme nicht einmal die Mädchen vom Hirsch-Clan mit.«

»Arika wird dabei sein.«

»Arika ist der Häuptling ihres Stammes. Das ist etwas anderes. Außerdem« – und er warf ihr einen dunklen Seitenblick zu – »Arika hat kein Baby, um das sie sich kümmern muß.«

»Ich würde Culen nicht mitnehmen«, entgegnete Nel prompt. »Er kann bei Eken bleiben.«

Ronan schwieg erstaunt. Dann schüttelte er den Kopf. »Du redest Unsinn, Nel. In Wahrheit willst du Culen nicht verlassen, und du kannst für mich nichts tun, wenn du mitkommst.«

Sie lehnte sich vor. »Ich kann mich um die Pferde kümmern. Sie werden auf niemanden so gut hören wie auf mich.«

Wie sie beide wußten, war diese Aussage über jeden Zweifel erhaben. Er meinte: »Die Pferde werden uns ohnehin nur wenig zu schaffen machen. Und da Arika nicht anwesend ist, brauche ich dich hier, damit du die Herstellung der Schilde beaufsichtigst und unsere Nahrungsmittel sammelst.«

»Das kann Berta genausogut wie ich.«

»Berta wird nicht mit den Stuten fertigwerden.«

»Siguna und Beki können diese Aufgabe übernehmen.«

Seine Augen schlossen sich. »Nel. Du kannst nicht mitkommen. Es ist unmöglich.«

Sie antwortete nicht. Er öffnete die Augen wieder und blickte sie an. Die Sommersonne hatte ihrer Haut eine zarte goldene Färbung gegeben, mit einem Hauch von Rosa auf den Wangen. Ihre Unterlippe war rissig, weil sie in Zeiten der Anspannung immer darauf herumkaute. Die Haarsträhne war ihr wieder in die Stirn gefallen und lief Gefahr, sich in ihren Wimpern zu verfangen. Er hob eine Hand und strich die Locke zärtlich zurück.

»Ich hatte letzte Nacht einen Traum, Ronan«, sagte sie leise. »Einen schrecklichen Traum.« Ihre sonst grünen Augen waren jetzt grau vor Sorge. Sie schaute ihn eindringlich an.

Er verhärtete sein Herz gegen diesen Blick. »Du kannst nicht mitkommen«, wiederholte er. »Wie ich es schon den Mädchen des Hirsch-Clans gesagt habe, ich möchte keine der Frauen in der Nähe dieser Vergewaltiger wissen. Wenn ich dich mitnehme, dann haben Haras und Unwin beide das Recht, ihre Frauen ebenfalls dabeizuhaben. Dann werden ihre Frauen die Kinder nicht zurücklassen wollen. Deshalb brauchen sie dann weitere Frauen, die ihnen mit den Kindern helfen...« Er schüttelte entschlossen den Kopf. »Nein, Nel. Du kannst nicht bei mir sein.«

Während er sprach, hatte Nels Augenfarbe langsam von Grau zu dem glitzernden Grün gewechselt, das ihren Ärger anzeigte. Sie sagte: »Wie ich sehe, hat die Herrin doch recht.«

»Recht worin?« Die Worte waren heraus, bevor er noch darüber nachdenken konnte, ob es weise war, diese Frage zu stellen.

»Recht damit, wie arrogant sich Männer verhalten, wenn sie zu Macht gekommen sind.«

Sein Mund wurde schmal. »Hat sie auch etwas darüber gesagt, wie unfair Frauen manchmal sind?«

Sie warfen einander wilde Blicke zu.

»Du hast nicht einmal nach meinem Traum gefragt«, beschwerte sich Nel.

Ronan beherrschte sich mit aller Gewalt, erinnerte sich daran, daß er Nel nicht in dieses abgelegene Tal gebracht hatte, weil er sich hier mit ihr streiten wollte. Um Zeit zu gewinnen, zog er einen einzelnen Halm aus der Wiese und betrachtete ihn. »Ich möchte jetzt einfach keine traurige Geschichte darüber hören, wie du mich irgendwo tot in meinem eigenen Blut hast liegen sehen.« Er nahm den langen Halm in den Mund und kaute darauf herum.

Seine Worte besänftigten Nel keineswegs. Sie brachten sie erst recht in Wut. »Du bist verärgert, weil du meinst, daß ich Culen zuviel Zeit widme und dir zuwenig. Das ist der wirkliche Grund für dein Argument, Frauen und Kinder wären dir nur im Weg.«

In ihren Worten war genug Wahrheit, um Ronan zu erzürnen. Er zog den Grashalm aus seinem Mund und warf ihn von sich. »Du undankbarer kleiner Balg«, grollte er.

»Außerdem habe ich dich *nicht* in deinem Blut liegen sehen«, schnappte Nel. Ihre Augen blitzten, auf ihren Wangen hatte sich ein hektisches Rot ausgebreitet. Die Haarsträhne fiel ihr zum dritten Mal ins Gesicht, und zornig hob sie die Hand, um sie fortzuschieben. Der Ärmel ihrer Hirschlederbluse war wegen der Sommerhitze aufgerollt, und Ronan konnte schwach die Narbe auf der Innenseite ihres zerbrechlichen Handgelenks sehen.

Als er auf dieses zarte Gelenk starrte, verschwand sein Zorn. Was bin ich doch für ein Esel, dachte er. »Kleine Elritze«, sagte er und schenkte ihr eines seiner bezaubernsten Lächeln. Er streckte die Hand aus, und seine schwieligen Finger schlossen sich um ihren Unterarm. »Ich möchte mich nicht mit dir streiten.«

Nel warf ihm einen noch immer zornigen, skeptischen Blick zu.

Er streichelte mit seinem Daumen ihr Handgelenk. »Was hast du geträumt, wenn es nicht von meinem blutigen Leichnam war?« fragte er besänftigend.

»Ich wünschte, du würdest aufhören, von Leichen und Blut zu reden! Das kann kein Glück bringen, Ronan.«

Die Haut an ihrem Handgelenk war so glatt, so unglaublich weich. Er hob seine andere Hand und strich ihr wieder die lose Haarsträhne aus den Augen. Er atmete den vertrauten Duft ihrer Haare ein. Ihr Kopf war nun zurückgelegt, die länglichen Katzenaugen auf ihn gerichtet. »Du bist mein Glück, Nel«, sagte er und senkte den Kopf, um sie zu küssen.

Er spürte, wie sie ihre Arme um ihn legte und sich dann an ihn klammerte. »Du hast so gar keine Angst«, flüsterte sie, nachdem er seine Lippen von ihren gelöst hatte, um zärtlich an ihrem Hals zu knabbern. »Verstehst du das denn nicht? Das ist der Grund, warum ich Angst um dich haben muß. Weil du selbst keine Angst um dich hast.«

»Hab keine Angst, Nel«, murmelte er. Er zog sie zu sich herunter, damit sie neben ihm auf dem warmen Sommergras zu liegen kam. »Es führt zu nichts.«

Sie seufzte tief. »Ich weiß«, sagte sie, »ich weiß.«

Schon bald nachdem Ronan die Männer und die Hengste von der Großen Höhle fortgeführt hatte, brachte Nel die Stuten und Fohlen in einem anderen nahegelegenen Tal unter. »Es führt einfach zu nichts, sowohl männliche als auch weibliche Pferdeherden zu halten«, sagte Nel traurig zu Siguna, als die beiden jungen Frauen im Sonnenlicht beobachteten, wie die Pferde ihre neue Weide in Besitz nahmen.

»Aus diesem Grund hält mein Volk nur Stuten«, erklärte Siguna. »Wir haben nur einen einzigen Hengst, Donner, der meinem Vater gehört. Natürlich verlieren wir mitunter ein paar Stuten an den Harem eines fremden Hengstes« – Siguna lächelte – »aber mein Vater hat immer Wachen bei der Herde aufgestellt, und deshalb geschieht es nicht so oft, wie man glauben möchte.«

Nel seufzte. »Ich habe schon oft darüber nachgedacht, wieviel einfacher die Pferdehaltung sein würde, wenn wir nur Stuten statt Hengsten zähmten.«

»Warum tut ihr es nicht?« wollte Siguna neugierig wissen. Und Nel erzählte ihr von Impero und dem Tal des Wolfes.

»Willst du damit sagen, daß ihr diese Pferde erst seit zwei Jahren zähmt?« staunte Siguna.

»Ja.«

Siguna blickte Nel an. »Ist dir eigentlich klar, wie ungewöhnlich das ist?«

Nel zuckte die Schultern. »Ronan sagt das auch. Ich selbst finde es nicht so ungewöhnlich. Tiere haben eine so großherzige Freigebigkeit, Siguna. Wenn du nur freundlich zu ihnen bist, dann werden sie fast alles für dich tun.«

»Die Tiere schenken ohne Zweifel dir ihr Herz, Nel«, erwiderte Siguna lächelnd, »aber das muß nicht unbedingt für jeden anderen zutreffen.« Sie dachte über Nels Problem nach. »Eure einzige Möglichkeit besteht darin, den Hengst, der jetzt über die Stuten herrscht, zu töten und ihn durch einen eurer eigenen zu ersetzen«, riet sie. »Ein gezähmter Hengst läßt menschlichen Kontakt mit seinen Stuten zu.«

»Ich habe schon daran gedacht.« Nel senkte den Kopf und blickte auf ihre Mokassins. »Ich bin sicher, auch Ronan hatte diesen Einfall. Wolke wäre ein wunderbarer Ersatz für Impero.«

Siguna lächelte. »Es gibt also eine Lösung für euer Problem.«

Nel blickte auf die friedliche Szene vor ihnen und schüttelte den Kopf.

»Warum nicht?«

Nels Blick ruhte weiter nachdenklich auf den Stuten und ihren Fohlen. »Das Tal war Imperos Zuhause, bevor wir gekommen sind. Wenn wir ihm das antun würden, dann wären wir so schlimm wie dein Vater.«

Signunas Atem stockte hörbar.

Nel wandte sich zu ihr. Ihr Gesichtsausdruck war düster. »Es stimmt doch, Siguna. Es tut mir leid, daß ich so etwas über deinen Vater sagen muß, aber es ist wahr.«

»Er...« Siguna suchte nach erklärenden Worten. »Er ist nicht wirklich schlecht, Nel. Die Männer meines Stammes kennen nur keinen anderen Weg.«

»Sie achten nichts«, sagte Nel geradeheraus.

»Nein«, stimmte Siguna traurig zu, »das tun sie nicht.«

»Möchtest du zu ihnen zurückkehren?«

Siguna schaute Nel erstaunt an. »Meinst du jetzt?«

»Jetzt kannst du nicht fort. Aber eines Tages... wenn all dies vorbei ist... wirst du dann zurückkehren wollen?«

Siguna dachte an die Pläne, die sie gemacht hatte, als sie als Gefangene in dieses Lager gekommen war. Sie würde ihre Ziele hinsichtlich der Herren der Pferde in Erfahrung bringen, hatte sie gedacht, und dann zu ihrem Vater zurückkehren und eine Heldin sein. Langsam schüttelte sie den Kopf. »Ich möchte nicht mehr zurück, Nel. Ich habe ein klein wenig über Ehrfurcht gelernt, und ich möchte nicht mehr von hier fort.«

Nel legte Siguna einen Arm um die Schultern und drückte sie kurz an sich. »Mein Herz sagt mir, daß es die Große Erdmutter war, die dich an jenem Tag, an dem du Mait und Thorn begegnet bist, in den Wald geschickt hat.«

»Ich habe den gleichen Gedanken gehabt«, gab Siguna zu.

Zwei langbeinige Fohlen galoppierten über die Wiese, das eine hinter dem anderen her. Nel lächelte.

»Meinst du, der Wolf-Clan würde mich aufnehmen?« fragte Siguna.

»Natürlich. Aber ich glaube, die Herrin hofft, dich für den ihren gewinnen zu können«, gab Nel zu bedenken.

Sigunas Augen weiteten sich.

»Das kann dich doch nicht so überraschen«, bemerkte Nel. »Sie hat dir einen großen Teil ihrer Zeit gewidmet.«

Siguna war offensichtlich durcheinander. »Ich hatte so viele Fragen, und sie ist sehr freundlich.«

»Arika ist nicht freundlich«, sagte Nel bestimmt. »Wenn es dir angeboten würde, hättest du dann Lust, im Hirsch-Clan aufgenommen zu werden, Siguna?«

Die großen grauen Augen begannen zu leuchten. »Ja«, sagte sie.

»Dann sprich mit der Herrin«, riet Nel.

Fenris schickte erneut Späher aus, bevor er das Lager abbrach, und sie kamen mit der Botschaft zurück, daß der Leoparden-Clan seine Siedlung am Großen Fischfluß verlassen hatte.

Fenris zog seine dicken blonden Augenbrauen finster zusammen. Nichts funktionierte zur Zeit, wie es sollte.

»Vielleicht ist der Stamm nur für die Dauer des Sommers an einen anderen Ort gezogen«, schlug Surtur vor, der neben dem Kain saß.

»Vielleicht«, brummte Fenris. »Oder aber sie gehören zu den Bergleuten, die uns angegriffen haben.«

Der Späher, der die Neuigkeit gebracht hatte, sagte jetzt eifrig: »Wir haben andere Stämme weiter oben am Goldfluß entdeckt, Kain. Sie schienen uns genauso reich wie der, den wir ursprünglich überfallen wollten.«

Fenris' Stirn glättete sich ein wenig. »Habt ihr diese Stämme gesehen?«

Der Späher nickte. »Wir haben sie gesehen. Erst hatten wir vor, dem anderen Fluß nach Osten zu folgen, aber wir hatten den Eindruck, er führte höher in die Berge hinauf, und wir fürchteten, uns in einer neuerlichen Falle wiederzufinden.«

Fenris' Blick verfinsterte sich wieder, wie immer, wenn jemand seine Niederlage in der Schlucht erwähnte.

Der Späher redete schnell weiter. »Also sind wir zum Goldfluß zurückgegangen, um ihm nach Süden zu folgen. Er führt in sehr hohe Berge, doch am Fuß dieser Berge haben wir zwei Stämme entdeckt. Wir waren sehr vorsichtig, Kain. Sie haben uns nicht bemerkt.«

»Wann habt ihr sie gesehen?« wollte Fenris wissen.

»Gestern früh. Wir sind den ganzen Weg zurück im Galopp geritten.«

»Gut«, sagte Fenris und nickte anerkennend. Er blickte sich im Kreis seiner Anda um. »Ich will diesen Stämmen keine Zeit geben, auch noch zu verschwinden«, sagte er. »Im Morgengrauen reiten wir. Gebt den Männern Bescheid.«

Grinsend stimmten seine Hauptleute zu und erhoben sich gehorsam. »Im Morgengrauen«, sagten sie. »Wir werden bereit sein.«

Am nächsten Morgen galoppierten die Herren der Pferde aus ihrem Lager heraus. Sie ritten den ganzen Tag Richtung Süden, trieben ihre Pferde schnell über die fruchtbare Ebene, die den Goldfluß links und rechts säumte. Gegen Abend waren die Reiter nahe genug bei der Siedlung des Bären-Stammes, um anzugreifen.

Sie würden auf den nächsten Tag warten, entschied Fenris. Die Morgendämmerung war ihm die liebste Tageszeit für einen Angriff, da er sicher sein konnte, daß die meisten Stammesmitglieder noch in ihren Hütten waren. Als die Sonne also hinter dem Horizont verschwand, pflockten die Herren der Pferde ihre Tiere an und ließen sich für die Nacht nieder, gerüstet für den kommenden Tag.

Der Schamane des Bären war ein alter Mann, und er hatte einen leichten Schlaf, besonders gegen Morgen. An diesem besonderen Morgen lag er wach in seinem Schlaffell und wartete geduldig auf den Tag, als er das Getrappel von Hufen in der Ferne hörte.

Rentiere? Rentiere waren um diese Jahreszeit sonst nicht im Tal. Sie hielten sich in den Bergen auf.

Das trommelnde Geräusch kam näher. Was konnte es sein?

Aus dem Nichts tauchte plötzlich Ronans ernstes, warnendes Gesicht vor dem inneren Auge des Schamanen auf.

Die Herren der Pferde, dachte er. *Es sind die Herren der Pferde.*

Der alte Mann kam schwankend auf die Beine, und ohne sich noch die Mühe zu machen, seine Mokassins überzustreifen, stürzte er zur Hütte des Häuptlings. »Wacht auf! Wacht auf!« schrie er im Laufen. »Die Herren der Pferde kommen!«

Er erreichte die Hütte des Häuptlings und stürmte hinein. »Die Erde bebt wie der Donner!« rief er. »Wach auf, Sanje! Die Herren der Pferde kommen!«

Der Häuptling, der nackt mit seiner Frau in den Schlaffellen gelegen hatte, richtete sich auf. Einen Augenblick stand er bewegungslos und horchte. Tatsächlich hallte die Erde vom Herandonnern der Hufe wider.

»Weck die anderen!« sagte er zu dem Schamanen. »Ich komme!« Und er griff verzweifelt nach seiner Kleidung.

Der Schamane stürzte wieder hinaus, sein Atem rasselte in den alten Lungen. Männer mit Speeren kamen aus der Männerhöhle angelaufen; sie hatten seine ersten Rufe gehört. Das graugelbe Licht des Morgens färbte den Himmel. Frauen und Kinder kamen aus ihren Hütten hervor, die Kinder schreiend vor Angst. Der Schamane brach neben der Männerhöhle zusammen, seine alten Beine zitterten so sehr, daß sie ihn nicht mehr tragen konnten. Der Häuptling kam an ihm vorbeigelaufen und befahl den Frauen barsch, in ihre Hütten zurückzukehren.

Der Schamane blickte hinunter zum Fluß. Er blickte das Tal hinauf.

Sie kamen aus dem Morgennebel, fielen über den Bären-Clan her wie ein Sturm aus Grauen und Tod. Der Schamane merkte, wie sein Atem kürzer ging, spürte einen stechenden Schmerz in seiner Brust. Sein letzter bewußter Gedanke war: *Wir hätten auf Ronan hören sollen.*

31

Am Tag nachdem er und seine Männer die Heimstätte des Bären-Clans überfallen hatten, zogen Fenris und die Herren der Pferde in den Süden weiter und bereiteten dem Fuchs-Clan das gleiche Schicksal.

»Es wäre dumm, ihnen die Gelegenheit zu geben, eine Verteidigung aufzubauen«, sagte er zu Surtur, als sie sich nach dem Hauptangriff auf den Bären-Stamm zu einer Besprechung zusammensetzten. »Ein Teil dieser Bergleute ist in den Wald entkommen, und sie könnten versuchen, den Stamm im Süden zu warnen.«

Surtur stimmte brummend zu.

Die beiden Männer hielten ihre Pferde an den Zügeln und blickten auf die zerstörte Siedlung. Überall lagen Tote auf dem Boden. Aus dem Inneren der Hütten drang das Weinen von Kindern und Frauen.

»Laß eine der Hütten ausräumen und die Leichen hineinschaffen«, befahl Fenris seinem Stellvertreter.

»Hugin kümmert sich bereits darum, Kain.«

Fenris nickte. Über die Jahre hatte er herausgefunden, daß er die Erschlagenen am effektivsten beseitigen konnte, indem er sie in einer Hütte aufstapelte und mit so viel Holz, wie sie finden konnten, anzündete. Wenn er die Leichen den Raben und Hyänen überließ, dann konnte er die Siedlung des überfallenen Stammes nicht mehr nutzen. Und tatsächlich, während er sich noch umsah, begannen einige seiner Männer bereits damit, die Erschlagenen auszuziehen. Hugin stand bei der Hütte, die er für die Leichenverbrennung ausersehen hatte, und achtete mit Falkenaugen darauf, daß sämtliche Besitztümer der Toten auf einem Haufen landeten, damit der Kain die Dinge später nach eigenem Ermessen unter seinen Anhängern verteilen konnte.

»Ich werde morgen ein paar Männer zur Bewachung der Gefangenen hierlassen. Der Rest von uns wird wieder im Morgengrauen aufbrechen«, entschied Fenris.

»Gut«, stimmte Surtur zu.

Fenris' Hengst scharrte rastlos mit den Hufen in der Erde, und der Kain hob eine Hand und streichelte seine weiche Nase. »Sag den Männern, daß ich die Beute von beiden Dörfern zusammen verteilen werde.«

»Was ist mit den Frauen?« fragte Surtur. »Unsere eigenen sind nicht bei uns, und die Männer werden nach der Aufregung des Kampfes darauf brennen, mit den Frauen zu liegen.«

»Hmm.« Der Hengst begann damit, seinen Kopf an Fenris' Oberschenkel zu reiben, und der Kain stemmte sich gegen den Druck. »Es sind nicht genug Frauen, damit jeder eine abbekommt.«

»Es macht ihnen nichts aus zu teilen.«

Fenris hatte die Stelle gefunden, an der der Hengst gekrault werden wollte, und das Pferd stand nun mit halbgeschlossenen Augen still, während der Kain es verwöhnte. »Ich vergebe die Frauen aber noch nicht endgültig«, bestimmte Fenris. »Wir warten damit, bis wir die Frauen beider Stämme zusammen haben. Die Männer, die für heute nacht eine Frau wollen, mögen sich eine auswählen, aber sie gehört ihnen nur heute.«

Surtur nickte. »Willst du als erster eine aussuchen, Kain?«

Fenris lächelte kläglich. »Ich bin ein zu alter Bulle, Surtur, als daß ich nach einem Kampf noch brünftig wäre. Ich werde die Frauen heute nacht den jüngeren Männern überlassen.«

Surturs Augen blitzten. »Du bist nicht alt, Kain!«

Der Hengst hob den Kopf und schnaubte, als eine Stute in der Nähe vorbeigeführt wurde. Fenris fuhr mit einer schmutzigen Hand durch sein dickes, blondes Haar. »Ich weiß es nicht, Surtur«, erwiderte er mit einer ungewohnten Müdigkeit, die ihn selbst überraschte. »Ich weiß es nicht.«

Die Männer und Frauen des Bären-Clans, die dem Blutbad entkommen waren, das die Herren der Pferde in ihrem Stamm angerichtet hatten, wandten sich allerdings nicht nach Süden und Westen zum Fuchs-Clan, sondern nach Norden und Osten, um Ronan zu finden. Sie waren in zerstreuten kleinen Gruppen geflohen, und als solche trafen sie auch nach zwei Tagen in der Heimstätte des Hirsch-Clans ein.

Die Männer des Bundes waren erschrocken, aber nicht überrascht.

Als einer der ersten Flüchtlinge traf ein Mann ein, der mit einer Kusine von Riliks Frau verheiratet war. »Wir haben euch gewarnt«, sagte Rilik zu Altin, seinem angeheirateten Verwandten. »Dreimal seit der Entstehung des Bündnisses hat Ronan zum Bären-Stamm geschickt, um euch zu sagen, daß ihr nicht sicher seid. Ihr wolltet nicht hören, und nun sieh, was euch widerfahren ist.«

Der düster blickende Altin entgegnete: »Sanje dachte, wir seien nahe genug am Altas, um in Sicherheit zu sein. Er war sich sicher, daß die Herren der Pferde eher dem Großen Fischfluß folgen würden als dem Goldfluß in den Süden zu den Hängen des Altas.«

»Sie wollten zuerst dem Großen Fischfluß folgen«, bemerkte Rilik. »Aber der Leoparden-Clan hatte seine Heimstätte verlassen. Deshalb haben sich die Herren der Pferde euch als Opfer ausgesucht.«

»Allerdings«, bestätigte der Gefährte der Kusine von Riliks

Frau verzweifelt. »Es war entsetzlich, Rilik! Sie kamen im Morgengrauen. Wir hatten keinerlei Gelegenheit mehr, eine Verteidigung aufzubauen. Unsere einzige Chance bestand darin, in den Wald zu fliehen, und das haben wir getan. Es war unser Glück, daß ich schon beim ersten Rufen des Schamanen aufgewacht bin und daß unsere Hütte mit am weitesten vom Zentrum der Siedlung entfernt war. Mara und dem Kind und mir ist es gelungen, den Hügel hinaufzuklettern, und dann im Wald zu verschwinden, eben als die Herren der Pferde angriffen.«

Thorn, der neben seinem Vater saß und dem Bericht schweigend zugehört hatte, fragte jetzt: »Was ist mit dem Fuchs-Clan? Hat sich einer der Entkommenen nach Süden gewandt, um sie zu warnen?«

»Ich mußte mich um meine Frau und mein Kind kümmern«, gab Altin zu verstehen, sah jedoch dabei ein wenig beschämt aus. »Vielleicht hat sich einer der anderen Männer zu ihnen aufgemacht.«

Wie sich herausstellte, waren tatsächlich zwei Männer des Bären-Stammes zum Fuchs-Clan aufgebrochen, um die Leute zu warnen. Aber die Männer des Bären waren zu Fuß gewesen, und sie trafen zu spät ein.

Dies erfuhren die überlebenden Männer des Fuchs-Clans, die ebenfalls ihren Weg in die Heimstätte des Hirsch-Clans fanden.

Ronan schickte die Frauen weiter zur Großen Höhle, damit Nel sich um sie kümmern konnte. Dann, eine Woche später, als er sicher sein konnte, daß alle Überlebenden den Weg in ihr Lager gefunden hatten, berief Ronan eine Versammlung der Häuptlinge ein.

»Was waren sie doch für Dummköpfe«, sagte Unwar, der Häuptling des Leoparden-Stamms, als sich die vier in der Männerhöhle trafen, um die Verfahrensweise mit den Flüchtlingen zu besprechen.

»Nicht einmal drei Handvoll Männer des Bären-Stammes

sind entkommen, und noch weniger vom Fuchs-Clan.« Haras Stimme und Gesichtsausdruck spiegelten seine aufrichtige Trauer.

»Kaum ein paar der Frauen und Kinder konnten fliehen«, erinnerte Arika kalt.

Unwar richtete seine Augen unter den schweren Lidern auf die Herrin. »Wenigstens sind die Frauen und Kinder nicht tot«, stellte er fest. »Die Männer sind es.«

Im dämmrigen Licht, das durch den Höhleneingang fiel, sah das Gesicht der Herrin gleichermaßen streng und unbarmherzig aus. »Vergewaltigung ist eine widerliche Angelegenheit«, sagte sie. »Manche der Frauen könnten durchaus den Tod vorgezogen haben.«

Haras beschwichtigte. »Das bezweifeln wir nicht, Arika.«

Ein Schatten huschte im diesigen Sonnenlicht in die Höhle; es war Nigak, der Ronan suchte. Ronan wartete, bis der Wolf spielerisch nach seiner Nase geschnappt und sich an seiner Seite niedergelassen hatte, und sagte dann: »Dieser Häuptling der Pferdeleute ist ein sehr schlauer Mann. Ich habe diese Versammlung unter anderem auch deshalb einberufen, um gemeinsam mit euch zu überlegen, was seine nächsten Schritte sein könnten.«

»Was würde ein Wolf als nächstes tun?« fragte Haras ironisch.

Arika wollte wissen: »Was würdest *du* als nächstes tun, wenn du Fenris wärst, Ronan?«

Ronan blickte seine Mutter nachdenklich an, doch dann antwortete er: »Als erstes würde ich den Rest meines Stammes nachholen. Im Gebiet des Fuchs-Clans gibt es genug gute Weiden. Wild ist reichlich vorhanden und ausreichend Gras für die Pferde. Es ist ein idealer Ort für ein Sommerlager.«

»Ja?« drängte Haras. »Und dann, was würdest du dann tun?«

»Noch vor dem Herbst«, antwortete Ronan, »würde ich die Vernichtung meiner Feinde in Angriff nehmen.«

Zwei Raben kreisten vor der Höhle, und Unwar machte ein

Zeichen mit Daumen und Zeigefinger, um Böses abzuwenden. »Wie würdest du es machen?« brummte er.

»Ich würde zum Großen Fischfluß zurückkehren. Denn wir lagern ja offensichtlich im Süden und Osten des Goldflusses.«

»Du meinst, sie kommen den Großen Fischfluß herauf?« fragte Haras.

»Ja«, sagte Ronan, »davon bin ich überzeugt.«

Stille.

»Ich glaube, du hast recht«, stimmte Haras schließlich zu.

Arika tat ihre Zustimmung nickend kund.

Unwars flaches Gesicht sah noch eine Spur abstoßender aus als sonst. »Nun dann«, kündigte er an, »dann werden sie uns in Bereitschaft vorfinden.«

»Sie sind noch immer erheblich in der Überzahl«, sagte Haras. »Ich meine, es ist an der Zeit, noch einmal zum Eichhörnchen-Clan zu schicken. Vielleicht erkennen sie jetzt die Gefahr.«

»Ich habe auch schon daran gedacht«, erwiderte Ronan. »Vielleicht kannst du zwei deiner Nirum schicken, Haras. Die Worte der Männer des Büffels werden beim Eichhörnchen-Clan Beachtung finden, denke ich.«

Haras nickte zustimmend. »Ich werde Megar schicken«, versprach er. »Die Tochter von Megars Schwester ist mit einem der Häuptlingssöhne verheiratet.«

Alle stimmten dieser Abmachung zu.

Ronan legte seine Hand auf Nigaks Kopf. »Nun, was machen wir mit den Männern vom Fuchs- und Bären-Stamm?« fragte er. »Mit wem zusammen sollen sie kämpfen?«

Bei all ihren Übungen hatte Ronan sorgsam darauf geachtet, die Männer eines jeden Stammes zusammenzuhalten. Auf diese Weise würde Nachbar neben Nachbar und Freund neben Freund kämpfen. So würde sich jeder Krieger verpflichtet fühlen, treu zu sein und sein Bestes zu geben.

»In deinem Stamm ist die Zahl der Männer am geringsten,

Ronan«, schlug Haras freigebig vor. »Laß sie mit den Männern des Wolfes kämpfen.«

Unwar und Arika waren seiner Meinung.

Ronan sagte bedächtig: »Ihr habt recht damit, die Flüchtlinge den Männern des Wolfes für den Kampf zur Seite zu stellen. Aber ich meine, daß wir es ihnen erlauben sollten, einen eigenen Anführer zu wählen, der mit uns im Rat der Häuptlinge sitzt.«

Mit diesem Vorschlag war Unwar nicht einverstanden. »Diese Männer hatten schon Glück, daß es überhaupt einen Ort gab, zu dem sie fliehen konnten«, grollte er. »Ich sehe keinen Grund dafür, ihnen in unserer Runde auch noch eine Stimme zu geben.«

Haras fragte neugierig: »Aus welchem Anlaß würdest du das anstreben, Ronan?«

»Sie sind gebrochene Männer«, erklärte Ronan. »Sie müssen spüren, daß sie nicht nur Schmarotzer sind, sondern ein Teil des Bundes. Wenn wir ihnen erlauben, einen Anführer zu bestimmen, wird ihnen das ein Gefühl von ...« Er brach den Satz ab, als suchte er nach dem richtigen Wort.

»Wert, ein Gefühl von Wert geben«, ergänzte Haras.

»Ja.« Ronan schenkte Haras einen anerkennenden Blick. »Wert.«

Der Häuptling des Büffels war zufrieden mit sich und wandte seinen löwenhaften Kopf zu Unwar. »Ich glaube, Ronan hat recht«, sagte er.

»Na, also gut«, bemerkte der Leoparden-Häuptling ungnädig. »Mir ist das schließlich egal.«

Arika sagte nichts dazu, blieb aber in der Höhle, bis die beiden anderen Häuptlinge hinausgegangen waren. Als Ronan vom Höhleneingang zurückkam, wo er letzte Worte mit Haras gewechselt hatte, blickte er sie an und hob fragend eine Augenbraue.

»Wen, glaubst du, werden die Männer des Fuchses und des

Bären als Ihren Häuptling benennen?« wollte Arika von ihrem Sohn wissen.

Ronan zuckte die Schultern. »Ich weiß es nicht, Herrin.«

»Matti, würde ich annehmen«, sagte Arika.

Unter dem schmalen Grat seiner arroganten Nase bebten Ronans Nasenflügel kaum wahrnehmbar. Arika lächelte.

»Vielleicht«, antwortete er.

Matti war der älteste Sohn des Häuptlings des Fuchs-Clans, und er war in den letzten paar Tagen dafür bekannt geworden, daß er seinen Vater gedrängt hatte, sich dem Bund anzuschließen. Matti war nur deshalb nicht im Kampf gestorben, weil er zu dem Zeitpunkt mit ein paar Altersgenossen in den Bergen auf der Jagd gewesen war.

»Ein eifriger junger Mann wie Matti wird dazu neigen, allen deinen Vorschlägen zuzustimmen«, bemerkte Arika.

Ronans Gesichtsausdruck wurde sehr ruhig. Er sagte nichts.

»Du bist ein sehr schlauer junger Bursche«, bemerkte Arika leise. Sie ging auf den Höhleneingang zu. »Das habe ich schon immer gewußt.« Sie ging direkt an Ronan vorbei und schritt heiter davon.

Ronan hatte recht mit seiner Annahme gehabt, daß Fenris nach seinem Stamm schicken würde und daß die Heimstätte des Fuchs-Clans, verborgen am Fuß des Altas, ein hervorragendes Sommerlager für die Herren der Pferde abgeben würde. Die Frauen und Kinder, Pferde und Schlitten und die Herde der Stuten und Fohlen brauchten den Goldfluß hinauf viel länger als die Krieger, und sie ließen sich schließlich in dem bequemen Tal nieder, das einst die Heimat des Fuchs-Clans gewesen war.

Die Frauen und Kinder des Bären- und des Fuchs-Clans nahmen ihre Plätze in den Zelten der Pferdeleute ein.

»Warum rebelliert ihr nicht?« fragte Mira, eine Häuptlingstochter des Fuchs-Clans und Mitglied der verwandten Stämme, die seit einem Jahr im Zelt des Kains lebte. »Es gibt viele Frauen in diesem Lager, mehr Frauen als Männer. Wenn die Frauen sich alle zusammen in einer Rebellion erhöben, was könnten die Männer dann schon gegen uns tun?«

»Unsere Kinder töten«, war die einfache und vernichtende Antwort.

Miras Augen weiteten sich, bis sie fast ganz schwarz waren. »So etwas würden sie nicht tun.«

»Doch, das würden sie. Sie haben es bereits. Es gab einmal eine Frau, die einen Speer gegen den Mann erhob, dem Fenris sie gegeben hatte. Sie hat den Mann getötet. Als Antwort töteten die Männer des Stammes sie, ihre Schwestern und all ihre Kinder. Sie vertilgten ihr Blut vom Angesicht der Erde.«

Mira war entsetzt. »Hat Fenris das getan?« fragte sie heiser.

Kara schüttelte ihren Kopf. »Das war, bevor Fenris Kain wurde. Es war sein Vater, der diese Morde befohlen hatte.«

»Uff.« Mira schnaufte und machte ein Zeichen mit ihren Fingern. »Sie sind böse, böse Männer.« Sie schauderte. »Und er hat dich gezwungen, mit ihm zu schlafen.?«

Kara wurde rot. »Fenris ist kein böser Mann«, widersprach sie. »Ich weiß, es ist schwer, dies zu erklären in Anbetracht der schrecklichen Dinge, die er getan hat. Aber ich glaube nicht, daß er ein böser Mann ist.«

Mira schaute sie an, als ob sie verrückt sei.

»Er folgt einem grausamen Gott«, bemerkte Kara nachdenklich. »Es ist der Gott, der ihm befiehlt, diese schrecklichen Dinge zu tun.«

»Jedesmal, wenn ich ihn ansehe«, sagte Mira kalt, »sehe ich die toten Körper meines Vaters und meiner Brüder.«

»Das verstehe ich. Mir ist es auch so gegangen«, meinte Kara.

»Aber jetzt nicht mehr?«

»Ich bin am Leben, Mira, so wie du am Leben bist. Wir müssen das Beste aus dem machen, was uns gegeben wurde.«

Miras Atem kam kurz und hart. »Ich finde, du bist genauso schlimm wie er«, sagte sie bitter, wandte sich ab, zog sich an den Rand des großen Zeltes zurück und setzte sich mit dem Rücken zu Kara nieder.

Kara ging langsam zum Zelteingang und duckte sich hinaus. Ihre Augen suchten das große Lager ab, bis sie die Gestalt gefunden hatte, nach der sie suchte.

Ich kann Mira wegen ihrer Denkweise keine Vorhaltungen machen, dachte Kara. Manchmal kamen ihr selbst ebensolche Gedanken. Aber so einfach ist es nicht, überlegte sie jetzt. Fenris ist nicht so leicht zu begreifen.

Er stand in einem Kreis von Männern und sah zu, wie zwei Jüngere im Inneren des Kreises miteinander rangen. Es wurde viel gelacht und gebrüllt. Während Kara dies beobachtete, kam eines von Fenris' zahlreichen Kindern angelaufen und zog ihn an der Hand. Der Kain lachte und beugte sich nieder, um den kleinen Jungen auf seine Schultern zu heben, damit er dem Ringkampf besser zusehen konnte.

Kara betrachtete die breiten Schultern, auf denen der Junge so sicher saß, die große Hand, die den zerbrechlich-kindlichen Arm sicher umfaßte, den hübschen blonden Hinterkopf.

Sicherlich, so dachte sie, sicherlich wird ein solcher Mann nicht dazu in der Lage sein, den Tod einer Frau und all ihrer Kinder zu befehlen.

Aber sie fürchtete, daß er es doch könnte.

Sie hatte schon seit langem vergessen, wie ihr erster Mann ausgesehen hatte, hatte es seit langem aus ihrem Gedächtnis verdrängt, was für ein unerfreulicher und schmerzhafter Vorgang der Liebesakt für sie gewesen war. All dies war unwiederbringlich von den neuen Gefühlen begraben worden, die sie in den Armen von Fenris kennengelernt hatte.

Er konnte so zärtlich sein. Das war es, was am meisten von ihr Besitz ergriffen hatte, daß unter all dieser Brutalität diese atemberaubende Zärtlichkeit verborgen lag. Sie hatte ihn manchmal dabei ertappt, wie er sie mit derartiger Wärme in seinen grauen Augen anblickte, daß ihr ganzer Körper mit Sehnsucht nach seiner Umarmung überflutet wurde. In diesen letzten ungestümen Monden, als er ausschließlich sie zu seinem Schlafplatz gerufen hatte, hatte sie beinahe vollkommen vergessen, was er war.

Aber dann hatte er wieder ein Blutbad angerichtet, und die Männer des Bären- und des Fuchs-Clans hatten erschlagen am Boden gelegen, und ihre Witwen und Waisen waren in die Zelte und Schlaffelle der Mörder gezwungen worden.

Mira hat recht, dachte Kara. Ich bin zur Verräterin an meinem Volk und meinen Göttern geworden.

Der Ringkampf war vorbei, und Fenris wandte sich ab. Er setzte den kleinen Jungen von seinen Schultern ab und sagte etwas zu Surtur, der wie immer an seiner Seite war. Sein Gesicht blitzte in einem offenen Lächeln auf.

Kara seufzte tief, kehrte um und ging zurück ins Zelt.

32

Nel benötigte anderthalb Tage, um die Schlitten von der Großen Höhle zum Lager der Männer am Großen Fischfluß zu bringen. Sie benutzte die Stuten, von denen Siguna ihr gesagt hatte, daß sie an das Ziehen gewöhnt waren, und Siguna hatte ihr auch genau erklärt, wie man ein Geschirr herstellt, um Pferd und Schlitten zu verbinden.

Drei der Schlitten waren mit den Schilden beladen, an denen die Frauen seit Wochen gearbeitet hatten, ein weiterer mit Körben voller Früchte und Beeren. Die Frauen hatten sie gesammelt, um damit die Ernährung der Männer zu bereichern, die, auf sich gestellt, sich hauptsächlich von Fleisch ernährten. Nel und Siguna und Beki und Yoli führten die Stuten den größten Teil des Weges. Den Schlitten folgte eine ganze Reihe anderer Frauen, die den Wunsch hatten, ihre Männer zu besuchen.

Ronan hatte ein paar Männer bei der Großen Höhle zurückgelassen, damit sie den Frauen Fleisch beschaffen konnten. Er wechselte sie regelmäßig aus, um möglichst vielen von ihnen Gelegenheit zu geben, ihre Frauen zu sehen. Nel hatte als Begleitung für ihre Schlittenkarawane diejenigen Frauen ausgewählt, deren Männer noch nicht an der Reihe gewesen waren.

Nel selbst hatte Ronan seit über einem Mond nicht mehr gesehen. Er hatte ihr Botschaften durch die wechselnden Jäger geschickt, er selbst hatte sich jedoch nicht dazu in der Lage gesehen, das Lager am Großen Fischfluß zu verlassen. Deshalb führte Nel die schwitzende braune Stute mit begierigem Herzen jenen Weg entlang, der sich, wie sie wußte, jeden Moment auf die Heimstätte des Hirsch-Clans öffnen würde.

Jetzt kommt die letzte Biegung, dachte sie. Die Stute, die Nels Aufregung zu spüren schien, ging schneller. Um die Kurve. Jetzt!

Uff. Nel blieb abrupt stehen, und der Zug von Menschen und Tieren hinter ihr war gezwungen, genauso plötzlich anzuhalten, um nicht gegen ihren Schlitten zu prallen.

Auf Nel und ihren Versorgungszug bewegte sich eine Wand aus Speeren zu.

Die Männer in der ersten Reihe sahen sie zuerst und hielten an, behielten jedoch ihre Formation bei. Diszipliniert paßten die hinteren Reihen ihren Schritt an und blieben ebenfalls stehen.

Eine vertraute Stimme, in der ebenso vertraute Schärfe mitschwang, brüllte: »Warum haltet ihr an?«

»Es ist Nel«, rief ein Mann. »Ronan, Nel ist mit den Schilden gekommen!«

Die Männer, deren Frauen Nel nicht hatte mitnehmen können, machten die Hütten und Zelte für die Nacht frei und überließen sie den Glücklichen, die keine Zeit verschwendeten, um sich für die zu lange Trennung schadlos zu halten.

»Wir haben Glück, daß das Wetter so warm ist«, murmelte Ronan Nel ins Ohr, als sie zusammen in Ronans Schlaffell in dem Zelt lagen, das er normalerweise mit Bror und Crim teilte. »Hätte es geregnet, dann wären die Männer vielleicht nicht so bereitwillig gewesen, draußen zu schlafen.«

»Das Wetter ist im Sommer immer warm«, bemerkte Nel ruhig, ihren Kopf bequem an Ronans Schulter geschmiegt. »Und die Frauen, die ich mitgebracht habe, gehören zu den Männern, die noch keinen Jagddienst bei der Großen Höhle getan haben. Es muß schon gerecht zugehen.«

»Ich beklage mich nicht, kleine Elritze«, sagte Ronan, und sie konnte das Lächeln in seiner Stimme hören. »Du kannst sicher sein, daß ich mich nicht beklage.«

Einer der Hunde, die beide im Eingang schliefen, jaulte im Schlaf. »Um die Wahrheit zu sagen«, stichelte Ronan, »es war leichter, Bror und Crim loszuwerden, als deine Hunde!«

»Sie gehen nachts nicht jagen, so wie Nigak.«

»Das heißt doch noch nicht, daß sie unbedingt bei dir schlafen müssen!«

»Sie leisten mir Gesellschaft, wenn du fort bist.«

Ronan seufzte.

Nel fragte: »Sind die Schilde in Ordnung?«

»Das sind sie.«

»Keine weiteren Nachrichten von den Pferdeleuten?«

»Soweit ich informiert bin, leben sie noch in der Heimstätte des Fuchs-Clans. Natürlich habe ich Männer dort, die sie beobachten.«

»Und was ist mit dem Eichhörnchen-Clan?«

»Vom Eichhörnchen-Clan haben wir gute Nachrichten. Die

beiden letzten Angriffe haben sie offenbar überzeugt, daß es keinen sicheren Ort gibt. Sie wollen sich uns anschließen.«

»Ronan! Das ist eine wunderbare Neuigkeit. Der Eichhörnchen-Clan ist ziemlich groß, nicht wahr? Das bedeutet, du hast viel mehr kampffähige Männer.«

Sie spürte, wie sich seine Brust mit tiefen, kontrollierten Atemzügen hob und senkte. »So sollte es sein. Aber es gibt ein Problem. Sie halten beim nächsten Vollmond eine ihrer wichtigsten Jahreszeremonien ab, und sie werden erst danach zu uns stoßen.«

Der Mond hatte noch nicht einmal sein erstes Viertel gefüllt. »Oh«, sagte Nel erschrocken, »das ist dumm.«

»Sehr dumm.« Ronans Stimme klang bitter. »Aber ich kann nichts dagegen tun. Als die ersten Boten mit dieser Nachricht zu uns kamen, schickte ich wieder Männer, um den Häuptling dazu zu bewegen, seine Meinung zu ändern. Kein Erfolg. Der Eichhörnchen-Clan wird sich erst nach der Zeremonie in Bewegung setzen.«

»Vielleicht macht es gar nichts aus«, vermutete Nel. »Offenbar geht es den Herren der Pferde sehr gut dort, wo sie jetzt sind. Sie werden sich wahrscheinlich erst in Bewegung setzen, wenn das Sommerwetter vorüber ist und es weiter oben anfängt, kalt zu werden.«

»Ich hoffe das, Nel. Das kannst du mir glauben.«

»Ich habe dich so sehr vermißt«, murmelte sie, flink ein Thema aufgreifend, das ihnen beiden angenehmer war. Sie richtete sich auf, um federleichte Küsse auf seinem Hals und auf seinen glattrasierten Wangen zu verteilen. Sie hatte schon vorher ihren Zopf gelöst, und ihr Haar floß nun über seinen Hals und seine Schultern, ein Mantel von hellem Braun.

Er lag bewegungslos auf dem Rücken und ließ sich von ihr liebkosen. Die einzelne Steinlampe auf dem Boden hinter seinem Kopf warf ihr gedämpftes Licht gerade nach oben und beleuchtete dabei Nels Gesicht. Er flüsterte: »Du bist wunderschön, Nel. Die Mutterschaft bekommt dir gut.«

Sie hielt inne. Ihre Gesichter waren sehr dicht beisammen, und sie schauten einander ernst in die Augen. Er hatte sich bisher nur einmal der Form halber nach dem Baby erkundigt.

»Bisher gab es in meinem Herzen immer diese eine unausgefüllte Stelle«, sagte sie zu den vertrauten, geliebten dunklen Augen. »Jetzt ist auch sie ausgefüllt.«

»Darüber bin ich froh.« Sein Gesichtsausdruck war sehr ernst. »Ich habe dauernd darüber nachgedacht.« Spitzbübisch blitzten seine Augen auf. »Das heißt, wenn ich nicht gerade an die Herren der Pferde denken mußte.« Er streckte seine Hand aus und umfaßte ihr Handgelenk. »Ich weiß jetzt, daß ich Culen ein Vater sein kann. Vielleicht dauert es noch ein Weilchen, bis ich mich an ihn gewöhnt habe, aber es wird mir gelingen. Du mußt dir keine Sorgen mehr machen.« Er streichelte mit seinem Daumen die Innenseite ihres Handgelenks. »Es wird alles gut werden.«

Die Augen, die in die seinen blickten, waren tiefgrün. »Ich werde nicht weinen«, sagte sie schließlich mit schwankender Stimme, »weil ich weiß, du haßt es. Aber mir ist wirklich nach Weinen zumute.«

»Nel«, murmelte er, »du kannst etwas Besseres für mich tun, als zu weinen.« Und er legte sie sanft neben sich auf die Felle nieder.

Sie schniefte. »Natürlich kann ich das.« Ein Funke von Entrüstung schwang in ihrer Stimme mit. »Und das habe ich ja auch schon.«

»Einmal?« Nun klang er entrüstet. Er kam auf die Ellenbogen hoch und starrte hinunter in ihr Gesicht. »Du bist den ganzen weiten Weg für ein einziges Mal gekommen?«

Sie lächelte ihn an. »Ich dachte, du seist müde.«

Er verbrachte einen guten Teil der Nacht damit, ihr zu zeigen, daß er es nicht war.

Sigunas Nacht verlief anders als die der anderen Frauen, aber auf ihre eigene Art war auch sie aufregend. Arika war in ungewöhnlich gesprächiger Laune, und sie und Siguna saßen beim Licht der Steinlampe und unterhielten sich stundenlang. Die Herrin interessierte sich besonders für die Details von Sigunas Leben bei den Herren der Pferde.

»Dein Vater ist ein entsetzlicher Mann«, bemerkte Arika, als Siguna eine Anekdote zu Ende erzählt hatte. »Hart und gnadenlos. Und dennoch hast du ihn lieb.«

»Ich nehme an, er ist all das, was du von ihm sagst«, gab Siguna unwillig zu. Sie legte ihr Kinn auf ihre angezogenen Knie. »Aber er kann zärtlicher sein als jede Frau. Er war es zu mir, oft. Vielleicht hat er mir so viele Freiheiten gelassen, weil er auf seine Art versuchte, mich für den Tod meiner Mutter zu entschädigen. Und er hat Teala nie erlaubt, auf mir rumzuhacken.« Sie lächelte. »Einmal, als ich gefallen war und mich am Bein schwer verletzt und Fieber bekommen hatte« – sie fuhr mit dem Zeigefinger über die Stelle an ihrer Wade, wo die alte Narbe war – »da hat er mich sogar neben sich schlafen lassen und mir lustige Geschichten erzählt, um mich aufzumuntern.«

»Möglicherweise hat er dich vorgezogen«, schlug Arika vor, »weil er fand, daß du ihm ähnlich bist.«

»Nein«, entgegnete Siguna, die Arika falsch verstanden hatte. »Man sagt, ich sehe meiner Mutter ähnlich.« Sie fuhr erneut über die Stelle an ihrem Bein, wo die Narbe war. »Weißt du«, sagte sie nachdenklich, »ich habe mir manchmal gedacht, daß mein Vater, wäre er im Hirsch-Clan aufgewachsen«, vielleicht wie Ronan geworden wäre.«

Arika stellte die Steinlampe auf einen anderen Platz. Sie meinte: »Und ich habe manchmal gefürchtet, Ronan könnte wie dein Vater werden.«

Die Blicke der beiden Frauen, der alten und der jungen, trafen sich und hielten einander fest.

»Aber das ist er nicht«, stellte Siguna fest.

»Er ist es nicht«, stimmte Arika zu. »Und daß er es nicht ist, halte ich hauptsächlich Nel zugute.«

Siguna lächelte ein bißchen traurig. »Ich habe noch nie einen Mann so eng mit einer einzigen Frau verbunden gesehen, wie Ronan mit Nel.«

Arikas Augenbrauen hoben sich in einer Geste der Ironie. »Ich denke, ich kann guten Gewissens behaupten, daß Ronan zum einen oder anderen Zeitpunkt mit jedem unverheirateten Mädchen seiner Altersgruppe ›verbunden‹ war. Er war nicht immer so ausschließlich auf Nel fixiert.«

Aus irgendeinem Grund mußte Siguna plötzlich an die Geräusche denken, die von den Schlaffellen ihres Vaters kamen, wenn er dort mit einer seiner Frauen lag. Dann erinnerte sie sich daran, wie Ronan sie einmal angesehen hatte, und in ihrem Magen schienen Schmetterlinge zu flattern.

Arika erzählte weiter: »Aber ich gebe auch gerne zu, daß Nel ihn bereits als Kind beeinflußt hat. Durch seine Fürsorge für sie lernte er Zärtlichkeit.«

Siguna senkte den Kopf, aus Angst, Arika könnte die Gefühle sehen, die ihr ins Gesicht geschrieben standen. Als die Herrin das Thema wechselte, war Siguna zugleich erleichtert und enttäuscht.

»Warum bist du an dem Tag deiner Gefangennahme in den Wald geritten?« fragte Arika.

Siguna sammelte ihre Gedanken. »Ich weiß es nicht. Ich hatte nur ein solches Bedürfnis, von den anderen Frauen fortzukommen.« Sie zog die Stirn kraus in dem Versuch, sich zu erinnern. »Ich hatte das Gefühl, ich müßte ... ersticken.«

»Was hat dich diesen bestimmten Pfad entlanggeführt?«

»Ich erinnere mich nicht. Ich glaube, ich habe meine Stute einfach laufen lassen.«

Arika lächelte, als habe sie die Antwort befriedigt.

Stille kehrte in die Hütte der Herrin ein. Doch Arika begab sich nicht zu ihrem Schlaffell, und Siguna fragte versuchsweise: »Darf ich dir eine Frage stellen, Herrin?«

»Ja.«

»Auf welche Weise unterscheidet sich der Hirsch-Clan von anderen Stämmen, die der Großen Erdmutter folgen?«

Arika suchte sich eine bequemere Sitzposition auf ihrer Büffelfelldecke. »Das Mutterrecht herrscht überall im Land der Göttin vor«, erklärte sie, »aber nur der Hirsch-Clan hat auch einen weiblichen Häuptling.«

»Ich glaube, ich verstehe nicht ganz, was du mit Mutterrecht meinst«, sagte Siguna. »Ich weiß, daß Berta von einem Stamm kommt, der von einem männlichen Häuptling angeführt wird, aber ich verstehe nicht, wie man von einem Stamm behaupten kann, er folge dem Mutterrecht, wenn er von einem Mann beherrscht wird.«

»Mutterrecht bedeutet, daß das Blut einer Familie und auch ihr Hab und Gut von der Mutter an die Tochter weitergegeben wird, und nicht, wie in deinem und den verwandten Stämmen vom Vater und an den Sohn«, erklärte Arika.

»Meinst du, der Besitz einer Familie ... die Haushaltsgegenstände ... die Werkzeuge ... sogar die *Pferde* ... gehören den Frauen?« fragte Siguna ungläubig.

Die Herrin lächelte schwach über den Ausdruck auf Sigunas Gesicht. »Natürlich, es ist das einzig richtige, wenn du Besitztümer in einer Familie halten willst«, bestätigte die Herrin vernünftig. »Mutterschaft ist ohne Zweifel; Vaterschaft nicht.«

Siguna blinzelte.

»Im Stamm der Göttin«, fuhr Arika fort, »ist die Frau das Oberhaupt der Familie. Eine Mutter wird ihr Zuhause mit ihrer Tochter, dem Mann ihrer Tochter und den Kindern ihrer Tochter teilen. Und sie, die Stammesmutter, ist es, die das letzte Wort in allen Familienangelegenheiten hat.«

Siguna dachte an die Männer in ihrem Stamm und konnte sich nicht vorstellen, daß sie mit dieser Lebensweise einverstanden wären. Sie fragte: »Und was ist mit den Söhnen?«

»Wenn ein Sohn heiratet, dann geht er und lebt mit der Familie seiner Frau.«

»Und die Männer der Göttin stimmen dem zu?«

»Warum sollten sie es nicht? Die Autorität der Göttin ist für sie so natürlich wie für dein Volk die des Gottes.«

Siguna ließ diese neuen Vorstellungen auf sich wirken. Dann wollte sie wissen: »Aber selbst unter dem Mutterrecht werden die meisten Stämme von einem Mann geführt?«

»Ja.«

»Ich frage mich, woher dieser Brauch wohl kommt.«

»Darüber habe ich mich selbst auch schon oft gewundert«, gab Arika zu. »Ich hatte vor kurzem ein langes Gespräch mit Berta, und sie meinte, der Grund sei wohl, daß Frauen einen großen Teil ihres Lebens damit zubringen, Kinder auszutragen, zu stillen und zu versorgen. Wenn die Bedürfnisse der unmittelbaren Familie eine derartige Belastung sind, dann ist es schwer für eine Frau, auch noch die Verantwortung für einen ganzen Stamm auf ihre Schultern zu nehmen.«

»Es ist bestimmt nicht zu bezweifeln, daß Männer weniger Zeit damit zubringen, sich um ihre Kinder zu kümmern«, sagte Siguna halb scherzhaft, halb traurig. Sie verschränkte ihre Arme um die Knie und blickte in Arikas erleuchtetes Gesicht. »Aber im Hirsch-Clan stehen die Dinge anders.«

»Der Hirsch-Clan wird seit Menschengedenken von einer Frau angeführt.«

»Warum ist das so, Herrin?«

»Ich weiß es nicht. Vielleicht hat irgendwann in der Vergangenheit eine Stammesmutter entschieden, nicht zu heiraten, und die Herrschaft selbst in die Hand zu nehmen, und seither ist es so gehandhabt worden.«

»Ist das ein Gesetz, daß die Herrin nicht heiraten darf?«

Arika blickte Siguna durchdringend an. »Warum fragst du danach?«

Siguna blickte konzentriert auf die Spitzen ihrer Mokassins. »Irgend jemand hat mir gesagt, daß Nel die nächste Herrin sein sollte, dies aber aufgegeben habe, um Ronan heiraten zu können.«

Schweigen.

»Ich meine, daß Nel der Göttin tatsächlich sehr am Herzen liegt«, sagte Arika schließlich. »Aber sie hat es nicht in sich, die Herrin des Hirsch-Clans zu sein.«

»Wieso nicht?« fragte Siguna.

»Es ist so, wie du es schon zuvor bemerkt hast. Sie ist zu sehr mit Ronan verflochten. Der Stamm würde bei ihr nie an erster Stelle stehen.«

»Ich verstehe.« Siguna nickte bedächtig.

»Der Hirsch-Clan steht der Göttin sehr nahe«, fuhr Arika fort. »Davon bin ich zutiefst überzeugt. Und die Herrin des Stammes steht der Großen Erdmutter von allen Stammesangehörigen am nächsten. Sie darf daher keinen festen Gefährten haben, der ebenfalls ihre Treue beansprucht oder in dessen Hände die Macht auf Umwegen gelangen könnte.« Arikas Hand hob sich instinktiv, um den Anhänger zu berühren, den sie immer um ihren Hals trug. »Deshalb ist es mir so wichtig, unsere Frauenherrschaft zu bewahren. Etwas Einzigartiges und Heiliges würde verlorengehen, wenn der Hirsch-Clan jemals von einem Mann geführt würde.«

»Selbst dann, wenn dieser Mann ebenfalls dem Weg der Göttin folgt?« wollte Siguna wissen.

Arikas rotbraune Augen glühten im Licht der Steinlampe. »Selbst dann, wenn er der Mann der Herrin selbst wäre.« Sie machte eine Pause. »Selbst, wenn dieser Mann Ronan wäre.«

Arikas Finger spielten weiter mit dem Elfenbeinanhänger, auf dem eine dickbäuchige Frau eingeritzt war, die gerade gebärte. »Ich bin nicht mehr jung«, sagte sie, »und ich habe sowohl meine Tochter als auch Nel verloren. Nachts liege ich wach und denke darüber nach, wer mir wohl folgen wird.«

»Du hast einen Sohn«, sagte Siguna leise. »Mein Herz sagt mir, daß Nel zurückkäme, wenn Ronan bei ihr bleiben würde.«

Arika schüttelte den Kopf. »Ronan ist ein Mann, dessen ganzes Wesen danach verlangt, die Führung zu übernehmen.« Sie lächelte ein wenig bitter und gab dann zu: »Er ist mir zu ähnlich. Wenn Nel die Herrin würde, dann wäre es letztlich Ronan, der über den Stamm herrschte. Das will ich nicht.«

Siguna betrachtete den Elfenbeinanhänger, der zwischen Arikas Brüsten hing. »Gibt es denn keine andere Frau deines Blutes, Herrin, auf die du zurückgreifen kannst?«

Arika verschränkte ihre Finger miteinander und blickte sie nachdenklich an. »Ich denke seit einiger Zeit darüber nach, daß die nächste Herrin vielleicht nicht unbedingt von meinem Blut sein muß«, sagte sie. »Vor vielen Jahren, als Alin, die Auserwählte, vom Häuptling des Pferde-Clans entführt wurde, erwählte die damalige Herrin ein Mädchen fremden Blutes zu ihrer Nachfolgerin. Dieses Mädchen war Elen, meine Mutter.«

Arika machte eine Pause, und Siguna nickte, um zu zeigen, daß sie das Gesagte verfolgt hatte.

»Ich habe mir gedacht«, fuhr Arika fort, »die Göttin hat uns vielleicht dich gesandt, um uns für den Verlust Alins zu entschädigen.«

Sigunas Augen weiteten sich erstaunt. *»Mich?«*

»Es war der Ruf der Göttin, dem du an jenem Tag in den Wald gefolgt bist«, sagte die Herrin mit erhabener Sicherheit. »Hast du das nicht gespürt?«

»Doch«, flüsterte Siguna, »ich habe es gefühlt.«

»Du hast die Stärke deines Vaters in dir, Siguna; und du hast auch etwas von seiner Rücksichtslosigkeit. Das ist gut. Die

Herrin muß manchmal mitleidlos sein, wenn sie ihre Pflicht tut. Du verstehst das. Du begreifst die Heiligkeit der Pflicht. Ich habe es miterlebt, als du zwischen den Toten in der Schlucht nach deinem Vater gesucht hast.«

»Aber ich bin doch nicht einmal ein Mitglied deines Stammes!«

»Du könntest es werden«, bot Arika an, »wenn du es willst.« Ein Augenblick des Schweigens. »Willst du, Siguna?«

»Ja.« Wieder war die Antwort ein Flüstern. »Das möchte ich sehr gerne.«

Arika lächelte, als sei sie nicht überrascht.

Siguna dachte, sie würde niemals einschlafen können, so viele Gedanken wirbelten in ihrem Kopf herum. Als sie endlich einschlummerte, wurde sie kurz nach Sonnenaufgang vom Klang mehrerer Stimmen geweckt.

Arika war noch vor ihr aufgewacht; Siguna sah ihre Gestalt im Eingang der Hütte stehen. »Komm«, rief sie über ihre Schulter. »Es scheint, als habe Tyr einen der Männer deines Vaters gefangengenommen.«

Spätestens jetzt endgültig wach, kam Siguna auf die Beine, fand ihre Mokassins und folgte Arika aus der Tür.

Eine kleine Gruppe von Männern stand vor dem Zelt, die Siguna als zu Ronan gehörig erkannte. Sie erkannte außerdem Tyr und zwei weitere Männer des Hirsch-Clans, ihr Blick schweifte jedoch zu dem trotzigen jungen Gefangenen, der mit auf dem Rücken gefesselten Händen in ihrer Mitte stand. Es war ihr Bruder Vili. Mit einem erstaunten Ausruf stürzte Siguna auf ihn zu.

»Siguna!« Vili war noch überraschter, sie zu sehen. »Wir dachten, du seist tot!«

»Nein«, antwortete sie in ihrer eigenen Sprache. »Ich wurde gefangengenommen, als ich im Wald unterwegs war. Was ist mit dir geschehen? Warum seid ihr hier?«

»Vater hat mich ausgesandt, um den Verlauf dieses Flusses zu erforschen. Auch ich bin gefangengenommen worden.« Vili fluchte und warf Tyr einen wütenden Blick zu. »Sie haben nach uns Ausschau gehalten.«

»Warst du allein?«

Vili schüttelte den blonden Schopf, der dem seines Vaters so ähnlich war. »Nein, zum Glück konnte Bragi entkommen.«

Die drei Männer des Hirsch-Clans hatten dieser Unterhaltung in verständnislosem Schweigen zugehört, und jetzt blickte Tyr auf den Eingang des Zeltes und begrüßte dessen Bewohner mit offensichtlicher Erleichterung. »Ronan, sieh mal, was wir im Wald gefunden haben.«

Siguna drehte sich um und sah gerade noch, wie Ronan sich vor dem Zelteingang aufrichtete. Er trug sein Stirnband nicht, und sein schwarzes Haar umrahmte sein Gesicht. Er trug weder Schuhe noch ein Hemd, sondern lediglich eine Hirschlederhose, die er offenbar in aller Eile angelegt hatte. Er fuhr sich mit den Fingern durch sein lose herabhängendes Haar und musterte Vili von Kopf bis Fuß. Er sprach mit Siguna, ohne sie dabei anzusehen. »Kennst du ihn?«

»Ja. Er ist mein Bruder.«

»Es ist offensichtlich, daß er hierher geschickt wurde, um uns auszukundschaften.« Ronans Blick haftete immer noch auf Vili. »War er allein?«

Als Siguna schwieg, antwortete Tyr. »Wir haben keinen anderen gesehen, doch ich bezweifle es.«

Schließlich drehte Ronan den Kopf, um Siguna anzublicken. Sie starrte zurück, sagte aber nichts. Nach einigen Augenblicken meinte Ronan: »Macht nichts, ich weiß die Antwort auch so. Dein Vater hätte ihn niemals allein losgeschickt.« Damit wandte er sich von den beiden ab.

Siguna starrte Ronan an, das leicht verworrene schwarze Haar, das an seinem starken, sonnengebräunten Nacken klebte, die geschmeidigen Muskeln seiner Schultern, seine Oberarme, den breiten Brustkorb, den flachen Bauch und die schmalen Hüften. Tief in ihrem Inneren stieg ein unbestimmtes Gefühl auf.

»Wer ist er?« fragte Vili sie eindringlich und nickte in Ronans Richtung.

»Ihr Kain«, antwortete Siguna. Dann, als Ronan sie fragend anblickte, erklärte sie: »Er wollte wissen, wer du bist. Ich habe gesagt, du seist der Häuptling.«

Sie hörten, wie die Zeltklappe zurückgeschlagen wurde, und dann stand Nel bei ihnen. Sie hatte länger als ihr Gefährte gebraucht, um sich anzuziehen, nur ihr ungeflochtetes Haar verriet ihre Eile. Ronan sagte zu ihr: »Es ist Sigunas Bruder. Tyr hat ihn dabei ertappt, wie er uns ausspionierte.«

Der wunderschöne, zarte Rosaton auf Nels Wangen verblaßte. Ronan schob seine Hand unter ihre glänzenden Haare und legte sie beruhigend auf ihren Nacken. Die beiden großen Wolfshunde kamen aus dem Zelt getappt und stellten sich neben sie.

»War er allein?« fragte Nel ihren Mann.

»Er will es nicht sagen, aber natürlich war er nicht allein.«

»Wir haben im Wald nach anderen gesucht«, sagte Tyr, »aber wenn sie wie dieser auf Pferden waren ...« Er zuckte die Schultern.

»Wo ist sein Pferd?« wollte Nel wissen.

Tyr antwortete: »Wir mußten es leider töten, um den Mann zu fangen.«

Ein Moment des Schweigens trat ein. Dann sagte Ronan finster: »So, nun weiß er also, wo er uns finden kann.«

Siguna begriff sofort, daß mit dem »er« ihr Vater gemeint war.

»Möchtest du ein paar deiner eigenen Männer hinter dem anderen herschicken?« fragte Tyr.

»Wann hast du diesen gefangen? Heute morgen?«

»Gestern abend. Wir haben nach seinen Kameraden gesucht, bis es dunkel war.«

»Dann ist es ohnehin zu spät«, sagte Ronan. »Sie haben zuviel Vorsprung.«

Die ganze Zeit über hatte Vili kerzengerade dagestanden, mit stolz erhobenem Kopf und trotzigem Gesichtsausdruck, die Hände hinter dem Rücken gebunden.

Nel meinte: »Der arme Junge sieht erschöpft aus.«

Vili drehte sein Gesicht in ihre Richtung, als ahnte er, daß sie von ihm sprach. Er blickte auf die zwei Hunde, die neben ihr lagen, und Siguna sagte sofort: »Die Hunde sind so zahm wie Vaters alte Stute, Vili.«

»Vili?« wiederholte Nel. »Ist das der Name deines Bruders, Siguna?«

»Ja.«

»Bitte, vergiß nicht, Nel, er ist nicht unser Gast«, erinnerte Ronan sie streng. »Er ist unser Gefangener. Ich möchte nicht, daß er freigelassen wird, damit auch er mit weiteren Informationen über unser Lager und unsere Anzahl zu seinem Vater zurückkehrt.«

»Das begreife ich, Ronan«, sagte Nel ruhig. »Aber das heißt nicht, daß wir dem Jungen nichts zu essen geben dürfen. Schließlich ist er trotzdem Sigunas Bruder.«

Siguna lächelte ein wenig über Nels typische Freundlichkeit. Als sie jedoch zu Ronan schaute, sah sie, daß er seinen »schwarzen Blick« aufgesetzt hatte, wie Thorn und Mait es nannten. Er war ganz ohne Zweifel über diese neue Entwicklung unglücklich.

Arika ließ sich zum ersten Mal vernehmen. »Wenn sie den Fluß ausgekundschaftet haben, dann heißt das, sie kennen das Gelände.«

Ronans Gesicht wurde noch finsterer.

»Wir sollten besser die anderen Häuptlinge zusammenrufen«,

schlug die Herrin vor, »und die neue Situation mit ihnen besprechen.« Dann, als Ronan sich noch immer nicht in Bewegung setzte, fügte sie schroff hinzu: »Tyr und Siguna sind durchaus in der Lage, sich um den Jungen zu kümmern, Ronan. Geh und zieh dich an!«

Alle starrten Arika erstaunt an. Sie hatte genau wie eine Mutter geklungen.

33

Innerhalb einer Stunde hatten sich die Häuptlinge des Bundes an dem Ort versammelt, der in normaleren Zeiten die Männerhöhle des Hirsch-Clans gewesen wäre. Sie setzten sich auf die Hirschfelldecken in einem Kreis um die kalte Herdstelle, und auf ihren Gesichtern lag ein düsterer Ausdruck.

»Unsere Situation ist die folgende«, begann Ronan. »Bis morgen wird Fenris wissen, wo unser Lager ist und wie viele Männer wir haben. Wir müssen seinen Angriff innerhalb kürzester Frist erwarten.«

»Wir könnten uns in das Sommerlager des Hirsch-Clans zurückziehen«, schlug Arika vor.

»Das ist eine gute Idee«, fiel Unwar ein. »Das wird uns den benötigten Aufschub gewähren, damit die Männer des Eichhörnchen-Clans zu uns stoßen können. Ohne sie würden wir den Eindringlingen eins zu zwei unterlegen sein.«

»Ganz zu schweigen davon, daß die Feinde alle beritten sind«, ergänzte Haras.

Matti, der junge Mann, der zum Sprecher der Überlebenden des Fuchs- und des Bären-Clans gewählt worden war, hörte mit glänzenden Augen und ernstem Gesicht zu.

»Vor allem die Zahl unserer Männer hätte ich ihm gerne vorenthalten«, sagte Ronan verbittert. »Ich habe nur deshalb Posten aufgestellt, damit sie Kundschafter abfangen.«

»Vielleicht war der Junge doch allein«, versuchte Unwar zu beschwichtigen.

»Er ist der Sohn des Häuptlings«, gab Haras zu bedenken. »Würdest du deinen Sohn allein auf einen solchen Ausflug schicken?«

Unwar brummte, dann zuckte er mit den Schultern.

Ronan wiederholte: »Ich glaube, Fenris wird schnell zuschlagen. Er wird uns keine Gelegenheit geben wollen, unseren Aufenthaltsort zu ändern.«

»Die Herrin hat recht«, sagte Unwar, »wir sollten uns ins Sommerlager des Hirsch-Clans zurückziehen.«

»Wenn wir das tun, dann lassen wir Frauen und Kinder in der Großen Höhle ohne Schutz«, protestierte Haras.

»Wir verlegen eben auch Frauen und Kinder«, schlug Arika vor.

Ronan sprach bedächtig. »Ich habe darüber nachgedacht...«

Alle Gesichter wandten sich ihm zu.

Ronan verschränkte seine Hände auf den Knien und blickte gedankenverloren auf seine Hände. »Die ganze Zeit über hatte ich vor, den Herren der Pferde vorzugaukeln, wir wären mehr als es in Wahrheit der Fall ist«, sagte er. »Dieser Fenris ist ein zu schlauer Häuptling, als daß er seine Männer in einem Kampf riskieren würde, in dem er unterlegen sein könnte. Er hat keinen Grund, ein solches Risiko einzugehen,wo er doch anderswo leichte Beute finden kann.« Die Furchen in seiner Stirn vertieften sich. »Wie auch immer, jetzt jedenfalls müssen wir davon ausgehen, daß Fenris unsere zahlenmäßige Stärke kennt. Er wird nicht so leicht abzuwehren sein, wie ich es erhofft hatte, und deshalb müssen wir unsere Strategie ändern.«

»Und auf welche Weise?« fragte ein finster dreinschauender Haras.

Ronan blickte von seinen Händen auf. »Selbst zu Pferde brauchen sie mehr als einen Tag, um von der Heimstätte des Fuchs-Clans zum Großen Fischfluß zu gelangen. Sie werden irgendwo entlang der Strecke einmal ein Nachtlager aufschlagen müssen, und ich glaube, der hierfür am besten geeignete ist diese halbmondförmige Wiese unterhalb des Großen Fischflusses am Ufer des Goldflusses.« Er warf dem Leoparden-Häuptling einen fragenden Blick zu. »Kennst du den Ort, Unwar?«

Unwar grunzte bejahend. »Es wäre eine gute Stelle für sie, um ihr Lager aufzuschlagen. Der Fluß versorgt sie mit Wasser und die Wiese mit Gras für die Pferde.«

»Die Berge reichen genau bis an den Rand dieser Wiese«, erklärte Ronan, von Gesicht zu Gesicht blickend. »Und diese Berge sind dicht mit Kiefern und Birken bestanden. Wir könnten all unsere Männer in diesen Berghängen verstecken, und die Herren der Pferde würden es nie herausfinden.«

»Was schlägst du vor, Ronan?« wollte Haras unbehaglich wissen.

»Ich bin der Meinung, wir sollten sie angreifen, während sie noch auf dieser Wiese am Goldfluß sind«, sagte Ronan.

»Angreifen?« fragte Haras.

»Du bist verrückt!« rief Unwar.

»Warum?« ließ sich Arika vernehmen.

Matti schwieg.

Haras beugte sich vor. »Ronan«, begann er in maßvollerem Ton, »überlege dir gut, was du da vorschlägst. Diese Pferdeleute sind erprobte Kämpfer. Sie haben eine ungenannte Zahl von Stämmen im Norden ausgeplündert und vernichtet. Jetzt sind sie uns auf den Fersen. Sie sind ernstlich in der Überzahl. Die Männer des Eichhörnchen-Clans haben uns ihre Unterstützung versprochen; sicherlich mußt auch du zugeben, daß es weiser wäre abzuwarten, bis sie sich mit uns verbünden können, und erst dann zur Tat zus chreiten.«

»Haras hat recht«, stimmte Unwar zu. »Ich gebe gerne zu, daß deine Führung bisher effektiv gewesen ist, Ronan, aber dieser Vorschlag ist verrückt! Die Berge sind unser wichtigster Schutz. Sie zu verlassen, heißt, sich von den Pferden des Feindes niedertrampeln zu lassen und von ihren Speeren in Stücke gerissen zu werden.«

»Und überleg einmal, was das für unsere Frauen und Kinder bedeuten würde«, ergänzte Haras.

Ein unangenehmes Schweigen machte sich breit, als sich die Häuptlinge diese schrecklichen Bilder in ihrem Kopf ausmalten. Die Morgensonne fiel schräg durch die Öffnung in die Höhle und ließ einen kleinen Lichtflecken auf Ronans Kopf tanzen.

»Warum?« fragte Arika wieder.

»Ich glaube, es ist der Weg, um zu gewinnen«, antwortete er einfach. Seine Augen verengten sich. »Stellt euch doch vor, wie es sein wird. Wir werden bei Mondlicht angreifen, wenn sie schlafen. Der wichtigste Teil dieses Planes ist, daß sie keine Zeit haben werden, zu ihren Pferden zu gelangen, und zu Fuß sind wir die besseren Kämpfer. Unsere Speere sind schwerer und länger, und wir haben die Schilde. Unsere Männer sind guten Mutes – sie erinnern sich an den Sieg in der Schlucht. Sie haben hart trainiert, und sie vertrauen einander.«

Irgendwo von außerhalb der Höhle konnte man ein Pferd wiehern hören. Ronan sagte fest: »Ich glaube, daß unsere Formation fest zusammenhalten wird. Ich glaube an unseren Sieg.«

Mattis sehr junges Gesicht glühte vor Freude, und er sagte seine ersten Worte in dieser Versammlung. »Ich stimme zu.«

»Ich nicht. Ich bin der Meinung, wir sollten uns ins Sommerlager des Hirsch-Clans zurückziehen und die Ankunft der Männer des Eichhörnchens abwarten«, grollte Unwar.

»Kannst du mir sagen, was die Herren der Pferde davon abhalten könnte, uns sofort ins Sommerlager zu folgen?« wollte Ronan wissen. »Ich bezweifle sehr, ob sie uns genug Zeit lassen werden, damit sich die Eichhörnchen-Leute uns anschließen können.«

Unwar zog ein finsteres Gesicht, und Arika gab zu bedenken: »Worauf auch immer wir uns einigen, wir müssen es schnell tun. Es wäre tödlich für uns, wenn sie uns jetzt hier antreffen würden.«

Alle vier Männer stimmten diesem Argument zu.

Arika blickte sich in dem Kreis der Gesichter um. »Wir, die wir hier sitzen, sind eine Handvoll. Zu welcher Entscheidung auch immer drei von uns kommen, muß als Beschluß für diesen Rat bindend sein.«

Sie alle blickten auf Ronan. »Ich bin der Meinung, wir sollten die Herren der Pferde angreifen, solange sie noch am Goldfluß sind«, sagte er mit verschlossenem, ernstem Gesicht.

Matti ergriff schnell das Wort: »Ich stimme mit Ronan überein.«

Unwar war der nächste im Kreis. »Ich finde, wir sollten in das Sommerlager umziehen und auf die Männer des Eichhörnchen-Clans warten.«

Alle blickten nun auf Haras. »Es tut mir leid, Ronan«, sagte der Büffel-Häuptling bedauernd, »aber ich bin Unwars Meinung.«

Ronan senkte den Kopf. Sein Haar glänzte schwarz wie das eines Panthers in der Sonne. »Das also heißt«, faßte er zusammen, »es steht zwei gegen zwei.«

Alle außer Ronan blickten auf Arika.

»Herrin«, sagte Haras mit großem Ernst, »es scheint, als sei deine Stimme die entscheidende in dieser Angelegenheit.«

Arika starrte mit tranceähnlicher Abwesenheit auf Ronans sonnenbeschienenen Kopf. Offenbar bemerkte sie nicht, daß

Haras das Wort an sie gerichtet hatte. »Mein Traum...« murmelte sie leise, »es ist genauso wie in meinem Traum.«

Die Männer schwiegen, um ihre Versunkenheit nicht zu stören. Ronan saß da wie aus Stein gemeißelt, sein Kopf in Sonnenlicht gebadet.

Schließlich tat Arika einen tiefen Atemzug, und Haras fragte ruhig: »Hast du etwas gesehen, Herrin, wovon wir erfahren sollten?«

Arika war sichtbar erschüttert. Ronan, der ahnte, daß der Traum irgend etwas mit ihm zu tun haben mußte, hob seinen Kopf und blickte seine Mutter aus finsteren Augen an.

Arika begegnete seinem Blick und holte ein weiteres Mal tief und zitternd Luft. Aber ihre Stimme war klar und scharf wie ein Eiszapfen. »Was ich gesehen habe, sagt mir, daß wir siegen werden, wenn wir Ronan folgen«, sagte sie, ihr Blick noch immer mit dem ihres Sohnes verschmolzen. »Ich bin dafür, daß wir angreifen.«

Siguna und Tyr brachten Vili in die Höhle, welche die Frauenhöhle gewesen war. Tyr stellte eine Wache auf, und Siguna ging davon, um ihrem Bruder etwas zu essen zu besorgen. Als sie zurückkehrte, traf sie Vili allein im Inneren der Höhle an, und sein junges Gesicht sah blaß und erschöpft aus. Dankbar nahm er den heißen Tee und die Früchte aus ihrer Hand entgegen.

Siguna setzte sich schweigend und beobachtete, wie er aß und trank. Vilis Anwesenheit bringt mir Vater soviel näher, dachte sie schmerzlich. Sie hatten das gleiche Haar, die gleichen Augen, sogar die gleiche Vertiefung im Kinn.

»Wie geht es Vater?« fragte Siguna, sobald Vili seine Mahlzeit beendet hatte.

»Es geht ihm gut.« Er wischte sich mit dem Handrücken über den Mund und musterte seine Schwester düster. »Er glaubt du seist tot, weißt du.«

»Ich habe es dir bereits gesagt. Ich bin gefangen worden. Ich hatte keine Möglichkeit, ihm eine Nachricht zukommen zu lassen.«

»Er hat um dich getrauert«, fügte Vili hinzu. »Er hat dich immer vorgezogen, und er trauert heftig um deinen Verlust.«

Siguna hörte und erkannte den feinen Unterton der Eifersucht in Vilis Worten. Vili war Tealas Sohn und hatte sein ganzes Leben lang die Geschichte zu hören bekomnmen, wie ungerecht es war, daß Fenris Siguna vorzog. »Das tut mir leid«, sagte sie nun sanft und senkte den Kopf. »Ich wollte ihn nicht unglücklich machen.«

Vili trank seinen Tee aus. »Vielleicht ist es besser, wenn er glaubt, du bist tot«, entgegnete er ruhig. »Es wäre schlimmer für ihn, wenn er wüßte, daß du von diesen Bergleuten vergewaltigt worden bist.«

»Keiner hat mich vergewaltigt!«

Vili starrte sie ungläubig an.

»Es ist wahr«, sagte Siguna in gemäßigterem Ton. »Diese Leute hier behandeln Frauen nicht so, wie die Männer unseres Stammes es tun. Hier wird eine Frau... respektiert. Sogar verehrt.«

»Die Frauen unseres Stammes werden respektiert und verehrt«, empörte sich Vili. »Meine Mutter hatte immer die Befehlsgewalt im Zelt des Kain!«

»Und was ist mit den Frauen, die gegen ihren Willen in unseren Dienst gezwungen wurden?« entgegnete Siguna.

»Ach die« – ihr Bruder zuckte die Schultern – »die sind doch nur Gefangene.«

Die Stimmen der Wachen draußen drangen in die Höhle. Sie redeten beiläufig über eine Eberjagd, an der sie beide teilgenommen hatten.

Siguna bemerkte schließlich: »Nun, auch ich bin hier nur eine Gefangene, aber ich bin mit dem gleichen Respekt behandelt worden, den die Männer der verwandten Stämme auch ihren eigenen Frauen zubilligen.«

Vilis Augen verengten sich. »Das klingt ja, als gefiele es dir, hier zu leben.«

Siguna bestätigte herausfordernd: »So ist es.«

Vili preßte die Lippen zusammen und sah einen Moment lang seinem Vater unheimlich ähnlich. »Dann bist du wahrhaftig tot für uns«, sagte er grausam. Er wandte sein Gesicht von ihr ab. »Mach, daß du rauskommst!«

Siguna stand auf, blickte noch einmal auf das abgewandte Gesicht ihres Bruders und verließ die Höhle.

Vili verbrachte den Rest des Tages damit, auf sie zu warten. Sie würden Informationen von ihm wollen bezüglich der Pläne seines Vaters, und sobald sie herausgefunden hätten, daß er nichts preisgäbe, würden sie ihn töten. Vili konnte sich keinen anderen Grund denken, warum er noch am Leben war.

Der Morgen verstrich. Keiner kam. Nichts geschah. Das Lager schien in lebhafte Aktivität verfallen zu sein, und schließlich ging Vili an den Höhleneingang und blickte hinaus.

Die beiden mit Speeren bewaffneten Wachen blickten ihn an, sagten etwas zueinander und bedeuteten ihm dann, ein paar Schritte zurückzugehen. Er folgte gehorsam ihrem Befehl, und sie ließen ihn in Ruhe, musterten ihn aus wachsamen Augen.

Eine militärische Übung irgendeiner Art ging unten am Fluß vor sich. Vili blinzelte in die Sonne und versuchte zu erkennen, was es war, was die Männer vor sich hielten. Vielleicht irgendeine neue Art von Waffe?

Ganz gleich, was es war, diese Bergleute rüsteten sich eindeutig zum Kampf. Das ist eine gute Nachricht, dachte Vili. Sie hatten weniger als die Hälfte der Männer, die seinem Vater zur Verfügung standen, und kaum Pferde. Fenris würde die Eigenheiten des Terrains hier durch Bragi erfahren, so daß es also keine unangenehmen Überraschungen mehr geben konnte wie in der Schlucht.

Ein sehr hübsches junges Mädchen brachte Vili sein Mittagessen, aber obwohl Vili versuchte, mit den wenigen Brocken ihrer Sprache, die er von den Gefangenen seines Vaters aufgeschnappt hatte, ein Gespräch mit ihr anzufangen, lächelte sie nur, schüttelte den Kopf und duckte sich aus der Höhle.

Nachdem er gegessen hatte, begann Vili, auf und ab zu gehen. Diese Unsicherheit war schrecklich! Es war ein Fehler gewesen, Siguna fortzuschicken. Wenigstens hätte sie ein paar seiner Fragen beantworten können. Er ließ sich auf den Hacken nieder und starrte in die kalte Herdstelle. Die Wachen vor der Höhle wurden alle paar Stunden ausgewechselt, es war also nicht anzunehmen, daß ihre Wachsamkeit nachlassen würde. Der Nachmittag brach an, und Vili, der die ganze Nacht auf den Beinen gewesen war, schlief ein.

Die Sonne stand bereits tief am Himmel, als Vili wieder erwachte. Das erste Gesicht, das er sah, als er die Augen öffnete, war Sigunas, und die Erleichterung stand ihm ins Gesicht geschrieben. Er machte Anstalten, sich aufzusetzen, und sah, daß sie in Begleitung des Schwarzhaarigen war, der ihr Häuptling war. Die beiden sprachen miteinander in der Sprache der verwandten Stämme. Vili schickte ein Gebet um Kraft zum Himmel hinauf und bereitete sich darauf vor, sein Schicksal zu erfahren.

»Hier ist der Anführer der Bergleute, Vili«, sagte Siguna. »Er hat mir gerade erklärt, daß er dich auf jeden Fall getötet hätte, wenn du nicht mein Bruder wärst.«

Ein Hoffnungsfunke flammte in Vilis Herz auf. »Er wird mich nicht töten?«

Siguna schüttelte den Kopf. »Es ist wahr, daß wir nie gute Freunde waren, Vili, aber du bist mein Bruder. Ich habe ihn um dein Leben gebeten, und er hat es mir geschenkt.«

Vilis Augen verengten sich. »Ist er dein Mann?«

»Nein.«

Ein großer Wolf betrat die Höhle. Vili erstarrte. Der Wolf ging zu dem Schwarzhaarigen, der ihn mit einer Hand am Kopf kraulte. Der Mann sagte etwas zu Siguna. Vili schnappte das Wort für *fliehen* auf.

»Ronan sagt, wenn du versuchst zu fliehen, dann wird dich der Wolf holen«, übersetzte Siguna ihrem Bruder. »Die Männer des Stammes werden diesen Ort morgen früh verlassen, und die Frauen werden dich von da an bewachen.«

Der Mann namens Ronan sagte als nächstes etwas über Hunde.

»Außerdem sind da noch die beiden Wolfshunde seiner Frau«, klärte ihn Siguna auf.

Vili stand langsam auf. Stehend war er nicht ganz so groß wie der schwarzhaarige Häuptling. Mit einem wachsamen Blick auf den Wolf fragte Vili Siguna: »Wohin gehen sie?«

»Das geht dich nichts an.«

Vilis Blick schnellte zwischen seiner Schwester und dem Wolf hin und her. »Bist du eine der Frauen, die mich bewachen sollen?«

»Nein«, antwortete Siguna. »Ich werde dich weder zurückhalten, noch werde ich dich befreien, Bruder. Aber du wirst so lange hierbleiben, bis der Kampf zwischen deinem und unserem Stamm beendet ist.«

Vili bemerkte das *unser* mit Entsetzen. Ganz gleich, wessen er sie beschuldigt hatte, er hatte keinen Moment lang daran gezweifelt, daß sie ihm helfen würde, wenn es in ihrer Macht lag. »Wie kannst du deinen Vater so betrügen?« fragte er ungläubig. »Er war immer so gut zu dir.«

Siguna wurde blaß. Der schwarzhaarige Häuptling machte in scharfem Ton eine Bemerkung. Sie warf ihm einen sehr aufschlußreichen Blick zu, schüttelte ihren Kopf und sagte dann zu Vili: »Du würdest es doch nicht verstehen.«

Doch Vili glaubte, sehr wohl zu verstehen, und er blickte den Häuptling der Bergleute in einer Mischung aus Ärger und Neugier an. Er hatte eine Frau, so hatte Siguna erzählt, und ganz sicher hatte er, als er heute morgen aus der Hütte getreten war, alle Anzeichen eines Mannes an sich gehabt, der im Bett nicht passiv war. Aber offenbar gefiel er Siguna. Siguna, die keinerlei Interesse für irgendeinen der Männer ihres eigenen Stammes gezeigt hatte, die sogar seinen Freund Bragi verächtlich zurückgewiesen hatte, mochte diesen schwarzhaarigen Mann mit der Hakennase, der jetzt neben ihr stand.

»Niemand hat mich vergewaltigt«, hatte sie heute morgen zu ihm gesagt. Vielleicht nicht, dachte Vili jetzt zynisch, aber der Kerl hat ihr ganz bestimmt mehr als nur den Respekt und die Ehrfurcht zukommen lassen, von der sie vorhin geredet hat.

Der Häuptling beobachtete ihn aus schmalen Augen, und Vili kam der Gedanke, daß der Mann genauso gefährlich aussah wie der Wolf an seiner Seite. Zum ersten Mal überfielen Vili Zweifel über den Ausgang des bevorstehenden Kampfes.

»Was waren das für Waffen, die ich die Männer dort unten vor einiger Zeit habe tragen sehen?« fragte er Siguna unvermittelt.

»Waffen?« entgegnete sie verwirrt. »Das waren Speere, Vili.«

»Die anderen Waffen«, erklärte er. »Jene, die so aussahen.« Und er zeichnete den Umriß der Schilde in die Luft.

»Oh«, machte Siguna und sie blickte den Häuptling namens Ronan an.

Dieser lächelte, und ein Schauder rann Vili das Rückgrat hinauf und wieder hinunter. Der schwarze Haarschopf machte eine abschlägige Geste. Siguna antwortete: »Das geht dich nichts an.«

Ich werde fliehen müssen, dachte Vili. Er würde das Risiko des Wolfes und der Hunde auf sich nehmen müssen und zu fliehen versuchen. Die Frauen spielten keine Rolle. Man konnte einen Speer in die Hand einer Frau legen, aber man konnte ihr nicht beibringen, wie er zu werfen war.

»Ronan hat nach den Mädchen des Hirsch-Clans geschickt, damit sie dich bewachen«, teilte ihm Siguna mit.

»Die Mädchen des Hirsch-Clans?«

»Der Hirsch-Clan ist ein Stamm, der von einer Frau geführt wird«, erklärte Siguna genüßlich, »all seine Frauen sind im Gebrauch der Waffen unterwiesen. Erinnerst du dich an den Kampf in der Schlucht?«

Vili nickte finster. Ohne Zweifel erinnerte er sich an den Kampf in der Schlucht.

»Viele der Bogenschützen an diesem Tag waren die Mädchen des Hirsch-Clans«, informierte ihn Siguna.

»Das glaube ich dir nicht.«

Siguna grinste. »Warte ab«, schlug sie vor, »und sieh selbst.«

Thorn stand bei Vili Wache, als Siguna und Ronan aus der Höhle traten. Ronan warf dem Jungen einen Blick zu und entschuldigte sich bei Siguna. Er müsse gehen, um seine Männer ein letztes Mal zu überprüfen, erklärte er.

Siguna blieb stehen, wo Ronan sie zurückgelassen hatte, und beobachtete, wie Thorn herankam. Er hatte noch immer das Rehgesicht ihrer ersten Begegnung, aber seit dem Kampf in der Schlucht hatten seine großen, von langen Wimpern beschatteten Augen einen Teil ihres unschuldigen Ausdrucks verloren. »Wie geht es deinem Bruder?« fragte er noch, bevor er bei ihr angelangt war.

»Ich glaube, er ist erleichtert«, antwortete sie. »Er hat damit gerechnet, getötet zu werden.«

Thorn nickte, und Seite an Seite gingen sie schweigend auf das Lager zu. Schließlich bemerkte er: »Ich wünschte, es gäbe einen Ort, wo ich mit dir allein reden könnte!«

Siguna betrachtete ihn aus den Augenwinkeln heraus. Thorns

Interesse an ihr war ihr nicht verborgen geblieben. Und sie mochte ihn. Sie mochte ihn mehr als irgendeinen anderen Jungen, den sie je kennengelernt hatte. Sie betrachtete ihn als ihren Freund. Aber sie fühlte für ihn nicht das, was er sich höchstwahrscheinlich erhoffte.

Er blickte sie sehnsüchtig an. Es wird eine Schlacht geben, dachte Siguna. Männer würden sterben. Es würde niemandem schaden, wenn sie ihm ein paar Augenblicke ihrer Zeit schenkte. »Wir könnten ein wenig am Fluß entlanggehen«, schlug sie vor.

Statt einer Antwort leuchtete sein Gesicht auf.

Sie gingen am Ufer entlang, und nachdem sie um die Kurve gebogen und außer Sichtweite des Lagers waren, hielten sie an. Siguna wandte sich ihm zu und traf auf einen Ausdruck in seinem weichen, jugendlichen Gesicht, der sie überraschte. Es war der gleiche harte, zielgerichtete Blick, den sie erst vor kurzem auf Ronans Gesicht gesehen hatte, als sie einander bei der Großen Höhle in den Hügeln begegnet waren.

Der Ausdruck auf Thorns Gesicht machte ihr keine Angst, aber ihr Atem ging auch nicht schneller, und ihr Herz hämmerte nicht in ihrer Brust.

»Siguna«, setzte Thorn an. Seine eigene Stimme klang entschieden atemlos. »Ich liebe dich.«

Sie sagte nichts.

»Ich habe bisher den Mund gehalten«, sprach er weiter. »Ich weiß, daß wir dir die Freiheit geraubt haben. Ich weiß, daß du in deinem Loyalitätsgefühl zerrissen bist. Ich weiß, ich sollte diese Dinge jetzt nicht zu dir sagen. Aber ...« Hier biß er sich auf die Lippe und verfiel in Schweigen, ganz offensichtlich, weil er sie nicht unter Druck setzen wollte mit einem Satz wie dem folgenden: *Aber es könnte sein, daß ich nie wieder die Gelegenheit dazu haben werde.*

Es wäre nicht richtig, wenn ich ihm falsche Hoffnungen machen würde, dachte Siguna. Besser war es, Klarheit zu schaffen.

Sie öffnete ihre Lippen, um ihm von dem Gespräch mit Arika zu erzählen, und hielt inne, als sie einen Schatten auf Thorns Gesicht fallen sah.

Es war spät am Tage, und die beiden standen in den schrägen, orangefarbenen Lichtstrahlen der untergehenden Sonne. Siguna blickte auf. Der Himmel war ohne Wolken, und nirgendwo flog ein einziger Vogel. Und dennoch hatte sie ganz deutlich einen Schatten auf Thorns Gesicht wahrgenommen. Angst berührte ihr Herz, und ihr wurde klar, was sie soeben gesehen hatte.

»Ich werde dich jetzt nicht zu einer Antwort drängen«, sagte Thorn zärtlich. »Aber wenn alles vorbei ist, wirst du dann darüber nachdenken, mich zu heiraten?«

Siguna konnte nicht antworten.

»Du würdest das Tal des Wolfes bestimmt lieben«, fuhr Thorn fort. »Ich bin ganz sicher.« Er blickte sie unsicher an.

Siguna hörte sich selbst merkwürdig hohl antworten: »Ich werde darüber nachdenken.«

Thorns Gesicht strahlte auf. Er hob zögernd seine rechte Hand und fuhr zärtlich mit einem Finger über ihre Wange. Siguna trat näher an ihn heran, hob ihren Mund und spürte, wie sich seine Lippen auf ihre senkten. Schmerz durchfuhr sie bei der Zärtlichkeit dieser Berührung, und sie legte ihm ihre Arme um die Taille und klammerte sich an ihm fest.

»Warum weinst du?« fragte er sie besorgt, als sie schließlich einen Schritt von ihm fort machte und die Arme sinken ließ. Seine eigenen Augen glänzten vor Glückseligkeit.

Sie schüttelte ihren Kopf, wie um ihn zu klären. »Ich weine, weil du fortgehst«, antwortete sie.

Er lächelte und ergriff ihre Hand. »Ich komme zurück«, sagte er leichten Herzens. »Fürchte nichts, Siguna. Und wenn ich zurückkehre, dann wirst du mir deine Antwort geben.«

Sie hob seine Hand an ihre Wange und antwortete nicht.

34

»Wir werden uns in den Bergen verstecken und dann über die Eindringlinge herfallen wie eine Lawine im Frühling«, versprach Ronan den versammelten Stämmen am Morgen. »Und wie die Lawine werden wir sie unter uns begraben!«

Die Männer des Bundes brüllten ihr Einverständnis.

Den ganzen Tag war Ronan damit beschäftigt, mit den Männern den Umgang mit den Schilden und den Marsch zu der halbmondförmigen Wiese zu üben. Die Stämme sollten im Morgengrauen des Folgetages aufbrechen, aber Ronan kroch erst lange nach dem Dunkelwerden in sein Schlaffell.

Crim und Bror hatten ein weiteres Mal auf ihre Schlafplätze in dem Zelt zugunsten Nels verzichtet, und Nel saß nun allein vor dem kleinen Feuer, das sie angezündet hatte, um die Abendfrische zu vertreiben, und wartete. Die Szene in der Hütte war friedlich: Leir und Sinta dösten in der Nähe des Eingangs, das kleine Feuer flackerte, und die Steinlampe warf ihr warmes Licht auf die ausgebreiteten Schlaffelle. Aber in Nels Herz war kein Friede.

Es ist soweit, dachte sie wieder und wieder. Jetzt ist die Situation da. Morgen wird Ronan mich zurücklassen, um mit den Herren der Pferde zu kämpfen. Er wird mich zurücklassen und vielleicht nicht wiederkommen. Nie wieder. Vielleicht kommt er nicht zurück.

Das kann ich nicht ertragen, dachte sie. Ich könnte es nicht ertragen, wenn Ronan sterben sollte.

Am allerschlimmsten war ihre eigene Hilflosigkeit. Sie konnte ihn nicht begleiten. Sie konnte ihn aber auch nicht zurückhalten – sie wußte natürlich, daß es falsch wäre, ihn zurückzuhalten, selbst wenn sie es könnte.

Aber ... Ronan nie wiederzusehen ... »Das kann ich nicht ertragen«, flüsterte sie in die Stille hinein.

Die Minuten verstrichen. Nel hatte gerade ein weiteres Stück Holz auf das Feuer gelegt, als die Hunde die Köpfe hoben. Die Zeltklappe wurde von außen angehoben, und Ronan betrat das Zelt. Die Hunde, erleichtert, daß Nigak nicht bei ihm war, ließen ihre Köpfe wieder auf ihre Pfoten sinken.

Nel hatte sich geschworen, Ronan nicht mit ihren eigenen Ängsten zu belasten. Sie zwang sich zu lächeln und sagte leichthin: »Du hast einen anstrengenden Tag gehabt.«

»Ja.« Er ließ sich auf die Decke neben ihr fallen und rieb sich die Stirn in einer Geste der Erschöpfung. »Sehr anstrengend. Aber ich glaube, alles ist für unseren Aufbruch gut vorbereitet.«

Nel blickte ihn an und spürte das verzweifelte Bedürfnis, sich in seine Arme zu werfen, sich an ihn zu klammern und auszuweinen. Ihn zu halten und niemals fortgehen zu lassen.

Er sagte: »Es ist ein großes Ärgernis, daß der Kundschafter, den Tyr gefangengenommen hat, Sigunas Bruder ist. Um die Wahrheit zu sagen, wenn er irgend jemand anderer gewesen wäre, dann wäre ich ihn irgendwie losgeworden. Aber Sigunas Bruder kann ich das kaum antun.«

Nel brauchte einen Moment, um ihren Verstand auf seine Worte zu konzentrieren. Sie legte ihre Stirn in Falten. »Auch jemand anderen würdest du nicht ›irgendwie loswerden‹«, wandte sie ein.

Er hob eine seiner wohlgeformten schwarzen Augenbrauen. »Das würde ich nicht?«

Sie schüttelte ihren Kopf. »Das ist der Unterschied zwischen den Herren der Pferde und uns. Wenn wir uns so wie sie benähmen, wären wir auch nicht besser als sie.«

Ronan hob auch seine andere Augenbraue und schien über diese Antwort nachzudenken. »Vielleicht hast du recht«, sagte er, um Zeit zu gewinnen.

Nel behauptete fest: »Du würdest nie so etwas tun.«

Ronan sah nicht so aus, als ob er ihrer Meinung wäre. »Du

kannst dir kein weiches Herz leisten, falls er zu fliehen versucht«, warnte er. »Es wäre sehr schlimm für uns, wenn es ihm gelänge, Fenris zu warnen!«

»Das verstehe ich, Ronan. Wenn wir ihn mit einem Speer durchbohren müssen, damit er dableibt, dann werden wir es tun.«

Ronan lächelte schwach. »Erinnere mich daran, daß ich dich irgendwann frage, wo der Unterschied wäre, wenn wir den Mann sogleich töten würden.« Nel öffnete ihre Lippen, um zu antworten, doch er hob eine Hand, um ihr zuvorzukommen. »Ich werde vier unserer Männer hierlassen, um Vili zu bewachen, bis die Mädchen des Hirsch-Clans eintreffen.«

»Das ist nicht notwendig, Ronan«, widersprach Nel. »Du hast ohnehin zu wenig Männer. Diejenigen von uns, die hier sind, können Vili gut bewachen.«

Ronan schüttelte seinen Kopf. »Ich lasse den Männern auch Pferde zurück«, erklärte er. »Berittene Männer können uns einholen, bevor wir unser Ziel erreicht haben.« Er hob seine linke Hand und fuhr ihr damit zärtlich über die Wange. »Trotz all deiner schönen Worte, Nel, kann ich mir nicht vorstellen, daß du dazu fähig wärst, einen Mann zu töten. Und du bist die einzige anwesende Frau, die weiß, wie man einen Speer wirft.«

Die zärtliche Berührung machte beinahe ihre Selbstbeherrschung zunichte. Sie senkte den Blick, schluckte und fragte mit leiser Stimme: »Welche der Männer willst du hier lassen?«

»Dai, Okal, Kasar und Lemo.«

Sie nickte, ohne den Kopf zu heben.

»Beki und Yoli sind noch am Vormittag zur Großen Höhle aufgebrochen, und sie werden schnell reiten. Die Mädchen des Hirsch-Clans sollten morgen vor dem Dunkelwerden hier sein.«

Wieder nickte Nel.

»Nel«, sagte Ronan jetzt in einem etwas anderen Tonfall,

»wenn wir den Kampf verlieren sollten, dann mußt du die Frauen der Stämme sammeln und in das Tal des Wolfes führen.«

Nels Hals fühlte sich trocken an.

Ronan fuhr fort: »Sollte der Bund verlieren, dann werden die übrigen Männer ihr Bestes tun, um Frauen und Kinder in der Großen Höhle zu schützen. Aber ich möchte, daß die Frauen des Wolf-Clans in ihr Tal zurückkehren.«

Nel zog die Knie an und umschlang sie mit ihren Armen.

»Hörst du mir zu, Nel?« fragte Ronan. »Hole unsere Frauen aus der Großen Höhle und geht durch den Wald zurück, so wie wir es getan haben, als du mit mir fortgelaufen bist. Du wirst dich an den Weg erinnern.«

Nel sagte nichts.

»Im Tal werdet ihr sicher sein.« Dann, als sie noch immer nichts erwidert hatte, verlangte er: »Nel, du mußt mir versprechen, daß du das tun wirst.«

Das kann ich nicht, dachte sie. Wenn du tot bist, dann möchte auch ich sterben.

»Ich bin es meinen Männern schuldig, alles in meiner Macht Stehende zu tun, um ihre Frauen und Kinder in Sicherheit zu bringen. Wenn ich es nicht selbst tun kann, dann mußt du es für mich tun.«

Kaum wahrnehmbar schüttelte sie den Kopf.

Eine Weile schwiegen beide.

Dann sagte Ronan sehr sanft: »Nel, ich kann nicht ruhigen Gewissens in den Kampf ziehen, wenn ich in meinem Herzen Angst um dich haben muß. Versprich mir, daß du in das Tal zurückgehst.«

Sie versuchte, ihre Angst zu verdrängen. Schließlich sagte sie: »Ich habe dich gehört« und hob die Augen.

Sein Gesicht sah angespannt, besorgt und müde aus. Die Sorge, das wußte sie, galt ihr. Er hat recht, dachte sie plötzlich. Sie durfte ihn nicht mit Sorge und Zwiespalt im Herzen hinausschicken. Sie achtete darauf, daß ihre Stimme fest klang. »Ich werde die Frauen und Kinder in Sicherheit bringen, Ronan. Ich verspreche es.«

Langsam entspannten sich seine Gesichtszüge. Dann hob er die Hände und umschloß mit seinen langen, harten Fingern ihr Gesicht. Sie spürte seine rauhen Schwielen auf ihrer Haut. Er senkte den Kopf und preßte seine Lippen auf die ihren.

Rette ihn für mich, Göttin, betete Nel, als sie die Augen schloß und sich verzweifelt in seine Arme schmiegte. Laß ihn nicht sterben. Rette ihn.

Sie umschlang ihn und drängte sich eng an ihn, das Gesicht noch immer zu ihm emporgewandt. Ein wenig später lehnte er sich vor und legte sie zurück auf ihre Schlaffelle.

Ihr Liebesspiel war wild und grimmig, eine hell lodernde Bejahung des Lebens und der Liebe unter dem kalten Schatten des Todes. Nachdem er eingeschlafen war, lag Nel noch lange wach und wiegte eifersüchtig den warmen, lebendigen Körper in ihren Armen, der morgen vielleicht schon kalt und still sein würde.

Ich kann nicht ohne dich leben, schrie es in ihrem Herzen. Ronan, ich kann es nicht. Ich kann es nicht.

Es gab nichts, was sie tun konnte.

Ronan hatte behauptet, sie sei nicht dazu in der Lage einen Mann zu töten. Er irrte sich. Wenn sie Fenris jetzt hier hätte, in Reichweite ihres Speers, dann würde sie ihn ohne einen Gedanken und ohne Gnade durchbohren.

Rette ihn für mich, Mutter. Laß ihn nicht sterben.

Es gab nichts, was sie tun konnte.

Bei Sonnenaufgang des folgenden Tages marschierten die Männer des Bundes aus der Heimstätte des Hirsch-Clans hinaus und hielten am Ufer des Großen Fischflusses entlang auf den Goldfluß zu. Ihr Ziel für diesen Tag war die Siedlung des Leoparden-

Clans. Von dort aus würden sie sich nach Westen in die Berge wenden, die oberhalb des Goldflusses lagen.

Der Tagesmarsch verlief wie geplant, und die Stämme erreichten ihr Ziel noch vor Einbruch der Dunkelheit. Sie verzehrten ihr Abendbrot und rollten sich für die Nacht in ihre Schlaffelle. Die einzige Störung der Nacht erfolgte durch das Eintreffen von Okal, Dai, Kasar und Lemo. Sie berichteten Ronan, daß eine Gruppe von Hirsch-Mädchen kurz nach Mittag eingetroffen sei, um die Bewachung von Vili zu übernehmen.

Die Männer des Bundes waren schon vor dem Morgengrauen wieder auf den Beinen, und mittags hatten sie die Stelle erreicht, wo die Berge bis hinunter zum Tal des Goldflusses steil abfielen.

Vor ihren Augen dehnte sich eine große, halbmondförmige Wiese aus, die der Fluß in ihrer Mitte in zwei Hälften trennte. Jenseits des Flusses und hinter der Wiese ragten die scharfkantigen Kalksteinberge wieder steil in den Himmel, dicht bestanden von Kiefern und Birken. Die Männer errichteten ihr Lager, und Ronan stellte Wachen am Taleingang auf. Von ihrer vorteilhaften Stellung aus würden sie die Herren der Pferde den Fluß hinauf kommen sehen, lange bevor sie die Wiese erreicht hätten.

Der Tag schritt fort und noch immer kein Zeichen vom Herannahen des Feindes. Die Männer rollten ihre Schlaffelle auf, machten jedoch kein Feuer. Sie aßen getrocknetes Fleisch und Früchte, tranken kaltes Wasser statt des üblichen Tees und legten sich schlafen.

Der Mond war fast voll. In wenigen Tagen würden die Männer des Eichhörnchen-Clans ihre Zeremonie abgehalten haben und frei sein, sich ihnen anzuschließen.

Zu spät, dachte Ronan mit einem bitteren Gefühl und blickte zu dem hellen Mond hinauf.

Ob es in Zukunft überhaupt einen Eichhörnchen-Clan geben würde, um dieses Ritual abzuhalten, hing davon ab, was in den nächsten Tagen auf dieser Wiese geschehen würde. Denn Ronan hatte nicht den geringsten Zweifel daran, daß der Ausgang des bevorstehenden Kampfes über das Fortbestehen aller Bergstämme bestimmen würde.

Was sollte mit den gegnerischen Pferden geschehen? Dieses Problem beschäftigte Ronan am nachhaltigsten. Er vertraute darauf, daß sich seine Männer gegen die Herren der Pferde würden behaupten können, wenn der Feind gezwungen war, zu Fuß zu kämpfen. Aber sollte es auch nur einer kleinen Gruppe gelingen, zu den Pferden und hinter die Linien des Bundes zu gelangen, dann wäre dies eine wirkliche Gefahr.

Wie der Geist eines Verstorbenen schlich Nigak zwischen den schlafenden Männern hindurch zu der Stelle, wo Ronan lag. Der Wolf hatte Ronan begleiten wollen, und Nel hatte darauf bestanden, das Tier nicht gewaltsam zurückzuhalten. Als Nigak sich neben ihm niederließ, schweiften Ronans Gedanken zu seiner Frau. Sie hatte versprochen, in das Tal des Wolfes zurückzukehren, und er wußte, daß er sich darauf verlassen konnte. Die Göttin wird Nel beschützen, dachte er. Selbst wenn das Schlimmste einträfe, wenn er und all seine Männer hier erschlagen würden, so würden doch Nel und die Frauen in dem Tal überleben können. Wenn es nicht anders ginge, würden sie sich von den dort lebenden Tieren ernähren.

Sein Geist kehrte zu der Ursache seiner Unruhe zurück. Was sollten sie bloß mit den Pferden machen?

Plötzlich hörte er Nels Stimme in seinem Inneren: *Hengste!* hatte sie zu ihm einmal in einer Mischung aus Ungeduld und Belustigung gesagt. *Sie sind ohne Zweifel die besitzergreifendsten Kreaturen, die es gibt.*

Bei welchem Anlaß hat sie das gesagt? dachte er, und dann erinnerte er sich: Sie hatten Impero dabei beobachtet, wie er seine Stuten eifersüchtig aus der Reichweite eines der ausgestoßenen Jährlinge vertrieben hatte, der seinem Harem zu nahe gekommen war. Nel hatte diese Bemerkung gemacht, als sie sah, wie Impero unbarmherzig einer Stute in die Fersen gebissen hatte, die wahrscheinlich die Mutter des jungen Hengstes war und ihn wohl hatte begrüßen wollen.

Ronan öffnete seine Augen und starrte den Mond von neuem an. Er dachte an Impero. Er erinnerte sich an Wolkes instinktives Bedürfnis, bei dem Überfall die Stutenherde Fenris' zusammenzutreiben.

Das ist die Lösung, dachte Ronan. Die Herde der Pferdeleute lief frei herum. Er mußte lediglich seinen jungen Hengst in die Stutenherde lassen, und er würde ihm die ganze Arbeit abnehmen.

Wenig später schloß Ronan die Augen und schlief beruhigt ein.

Es war am späten Nachmittag des Folgetages, als Ronan die Nachricht erhielt, daß die Herren der Pferde den Fluß hinaufkamen. In den Bergen verborgen konnten die Männer des Bundes die große Gruppe von Männern und Pferden beobachten, die unter ihnen in das Tal hineintrabten. Ronan erkannte Fenris auf den ersten Blick; er ritt in der vordersten Linie mit einem Mann links und einem rechts an seiner Seite, und ihm folgte die kleine Gruppe seiner Hauptleute. Zu Ronans übergroßer Erleichterung lenkte der Kain sein Pferd zum Fluß, hielt an und stieg ab. Die übrigen Reiter folgten seinem Beispiel, und bald schon waren alle von ihren Stuten abgesessen. Die Reitpferde wurden abgerieben. Von den Packpferden wurden die Zelte abgeladen und aufgebaut. Die Herde wurde frei gelassen, um im Fluß zu trinken und auf der Weide zu grasen. Herdfeuer wurden entfacht. Die Herren der Pferde hatten ihr Lager für die Nacht aufgeschlagen.

Es half Ronan enorm, daß Fenris tatsächlich für die Nacht auf der Wiese haltmachte. Im anderen Fall hätte Ronan natürlich seine Pläne einfach geändert, aber so war es am besten. Die

Krieger des Bundes hatten hier bereits ihre Stellungen bezogen, und wenn sie nur einigermaßen vorsichtig waren, dann war die Chance gering, daß ihre Anwesenheit vor der Zeit entdeckt würde.

Ronans Plan war, im Verlauf der Nacht anzugreifen, wenn die Herren der Pferde schliefen. Der Tag war klar gewesen, und der Mond schien hell genug, um die Gegend ausreichend zu beleuchten, wie es für ein solches Unternehmen erforderlich war.

Er traf sich mit den Stammeshäuptlingen während einer gemeinsamen kalten Abendmahlzeit.

»Wir werden unsere Leute in einer langen Linie auseinanderziehen müssen, um die Gegner daran zu hindern, von hinten an uns heranzukommen«, erklärte Ronan. »Letzteres müssen wir um jeden Preis verhindern, da wir ihnen sonst die Möglichkeit geben, uns einzukreisen.«

Die Gesichter der Häuptlinge waren finster. Neihle, der die Männer des Hirsch-Clans an Stelle von Arika führte, fragte: »Was ist mit ihren Pferden? Wenn auch nur einige wenige unserer Feinde an die Pferde herankommen und damit unsere Linie durchbrechen, dann wird wahrscheinlich Panik unter den Männern ausbrechen.«

»Darüber habe ich mir schon Gedanken gemacht«, sagte Ronan. Dann erzählte er ihnen, welche Lösung er für dieses Problem vorgesehen hatte. »Thorn und Mait können unsere Hengste zwischen die Stuten führen«, legte er dar. »Sechs Handvoll Hengste, glaube ich, werden mehr als ausreichen, um ein Chaos in der Herde zu veranstalten. Keiner wird ihr nahe genug kommen können, um sich ein Tier einzufangen.«

Unwar und Haras grinsten.

»Guter Einfall«, bemerkte Neihle knapp.

Der junge Matti nickte nur.

»Ich habe mir außerdem überlegt«, fuhr Ronan fort, »daß ich unsere Männer in der Form eines fliegenden Adlers aufbauen möchte. Ich will, daß mehr Männer an den beiden Flügeln sind als in der Mitte. Wenn die Mitte nicht standhält, dann wird das nicht so gefährlich sein, als würde die Abwehr eines der Flügel zusammenbrechen. Dem Feind wird es nicht leichtfallen, uns durch die Mitte kommend von hinten anzugreifen, wenn jedoch die Flügel nicht stark genug sind, dann werden wir sie nicht in Schach halten können.«

Schweigend versuchten sich die anwesenden Männer in ihren Köpfen ein Bild dessen zu machen, was Ronan eben beschrieben hatte.

»Wo willst du die einzelnen Stämme positionieren?« wollte Haras wissen.

»Der linke Flügel gehört den Männern des Büffels unter Haras; der rechte Flügel jenen des Leoparden unter Unwar.« Ronan wandte sich Neihle zu. »Onkel, ich würde die Männer des Hirsch-Clans gerne auf beide Flügel verteilen.«

Neihle nickte ernst.

»Du wirst die Hirsch-Männer auf der linken Seite führen«, sagte Ronan. Er zögerte einen winzigen Augenblick. »Und ich werde die Hirsch-Männer auf der rechten Seite führen.«

Neihle und Ronan blickten sich an. »Die Männer des Hirsch-Clans werden stolz sein, dir zu folgen«, sagte Neihle schließlich langsam und betont.

Nigak hob seinen Kopf, der auf Ronans Oberschenkel lag, und stellte seine Ohren auf, als wollte auch er diese Achtungsbezeugung bestätigen.

»Und die Mitte?« fragte Haras.

»Die Männer des Wolfes, angeführt von Bror, und die Männer des Fuchses und Bären, angeführt von Matti.«

Unwar kaute nachdenklich auf seinem Stück getrockneten Hirschfleisch herum und nickte dann zustimmend. Seine Augen unter den schweren Lidern blickten in die Runde. »Wir alle hier kämpfen für unser Zuhause, für unsere Frauen und für unsere

Kinder«, sagte er. »Vielleicht ist das nicht gerade der Ort, den ich für diesen Kampf ausgewählt hätte, aber nun sind wir hier. In dieser Nacht werden wir siegen oder sterben; es gibt keinen Mittelweg.«

Ronan blickte den Leoparden-Häuptling überrascht an. Von Unwar hatte er eine solche Gefühlsäußerung am wenigsten erwartet.

»Unwar sagt die Wahrheit«, stimmte Haras zu und senkte sein prächtiges Haupt.

Ein Vogel sang in der Stille, ein hoher, klarer, trillernder Klang im allmählich verblassenden Tag.

»Seht zu, daß ihr noch etwas Schlaf findet«, riet Ronan ihnen. »Wir werden in vier Stunden aufbrechen.«

35

Das Mondlicht tauchte die Welt in schimmernd leuchtendes Silber. In der Stille der Nacht nahmen annähernd zweihundert Männer ihre Speere und Schilde auf und folgten ihren Anführern. Noch immer schweigend stiegen sie die baumbestandenen Berge bis auf die Wiese hinab, auf der die Herren der Pferde in ihrem Lager schliefen.

Fenris hatte große Feuer aufschichten lassen, um etwaige Räuber davon abzuhalten, zum Trinken an den Fluß zu schleichen, und Ronan war sich sicher, daß Wachen sowohl an den beiden Feuern als auch um das Lager herum aufgestellt waren. Aber kein Warnruf erscholl aus dem Lager. Keiner der Posten hatte die Männer gesehen, die so vorsichtig die Hänge hinunterkamen.

Als sie beinahe in der Talsohle angekommen waren, formierten sich die Männer hinter ihren Anführern in der Aufstellung, die man ihnen angewiesen hatte. Als diese schnelle und stille Anordnung abgeschlossen war, bestanden der rechte wie der linke Flügel jeweils aus vier Reihen mehr als die Mitte, die sich lediglich aus den Männern des Wolfes unter Bror und den Überlebenden des Fuchs- und des Bären-Clans unter Matti zusammensetzte.

»Dir gebe ich die schwerste Aufgabe«, hatte Ronan zu Bror gesagt, als er ihn von seinen Plänen in Kenntnis gesetzt hatte. »Ich verlange von dir, die Mitte zu halten, und ich gebe dir dazu nicht genug Männer.«

Bror dachte jetzt an diese Worte, als er seinen Platz in der ersten Reihe einnahm und über seine Schulter auf die Männer hinter sich blickte. Heno grinste und hob seinen Speer leicht. Bror lächelte zurück und wandte sich wieder dem feindlichen Lager zu, das Herz plötzlich randvoll mit Liebe für diese Männer, die zusammen die Kameradschaft bildeten, die als der Wolf-Clan bekannt war.

Noch immer rührte sich nichts in dem Lager am Fluß, das von den flackernden Feuern so unheimlich beleuchtet wurde. Schweigen umhüllte die Welt. Bror konnte sich nicht erklären, wie Thorn und Mait die Pferde so still halten konnten, aber es gelang ihnen. Dann, aus der hintersten Ecke des rechten Flügels, erscholl Ronans Stimme. *»Jetzt!«*

Bror setzte sich laufend in Bewegung, und aus den Augenwinkeln heraus sah er, daß die Männer neben ihm ebenfalls losgelaufen waren. Hinter ihm würden die übrigen Männer den Rest des Hanges hinunterstürmen und dann ihren Platz in der Formation einnehmen.

Es waren etwa vierhundert Meter bis ins Lager der Pferdeleute. Die halbe Strecke hatten sie überwunden, als das Getrappel von Pferdehufen weiter unten im Tal Bror sagte, daß Thorn und Mait ihre Aufgabe erfüllt hatten.

Schreie waren nun aus dem feindlichen Lager zu hören, und das Feuer beleuchtete Männer, die aus ihren Schlaffellen aufstanden und ihre Speere ergriffen. Noch immer bewegten sich die Stämme des Bundes in geschlossener Formation vorwärts. Ronan wollte, daß sie zusammenblieben und sich nicht aufsplitterten, um im Lager nach einzelnen Opfern zu suchen. »Gebt ihnen Gelegenheit, zu uns zu kommen«, hatte er zu den versammelten Männern am Abend davor gesagt. »Sie sollen sich auf unsere Linien werfen. Laßt euch nicht dazu verführen, eure Linie zu verlassen!«

Bror sah nun, wie sich die Herren der Pferde hastig zu einer Schar gruppierten, die sich ihnen entgegenstellte. Von seinem Platz in der ersten Reihe aus konnte er eine tiefe Stimme Befehle brüllen hören. Dann lief ihnen die erste Gruppe der Feinde mit gesenkten Speeren entgegen, geradewegs auf die erste Reihe der Bergleute zu.

»Anhalten!« kommandierte Bror, hob seinen Schild hoch und legte die Lanze ein. Er sah den Mann, der direkt auf ihn zukam, und bereitete sich auf den Zusammenprall vor.

Die erste Welle der Pferdeleute rannte in die Linie des Bundes und ging zu Boden. Bror schob einen toten Körper mit dem Fuß aus dem Weg. Der Speer des Mannes war von seinem Schild abgeglitten. Bror grinste.

Urplötzlich hallte die Nacht wider vom Schreien eines Hengstes. Dem folgte schrilles Wiehern und das Trommeln von Hufen. Zu ihren Pferden kommen sie ganz bestimmt nicht mehr, dachte Bror fröhlich. Die Sorge sind wir los! Die Pferde sind fort.

Eine zweite Welle brach sich an der Linie des Bundes und wieder eine, und die Stämme hielten stand.

Die tiefe Stimme, die Bror schon zuvor gehört hatte, machte sich selbst über den Lärm der Pferde hinweg noch verständlich, und die Herren der Pferde formierten sich in besser organisierten Gruppen. Wieder griffen sie an, und dieses Mal stand hinter jedem Mann, den Bror tötete, ein neuer. Sie profitierten nun von ihrer Überzahl, und die Wucht des Angriffs zwang Bror zurück. Verzweifelt blickte er zu den beiden Flügeln und sah, daß sie hielten. Es war nur seine dünn besetzte Mitte, die zurückwich.

»Haltet aus!« brüllte Bror den Männern um sich herum zu. »Haltet aus!« Zwei Männer weiter sah er, wie es Dai gelang, einen Schritt nach vorne zu tun. Dann war Okal an seiner Seite. Bror selbst warf sich vor, und die Männer des Wolfes folgten ihm nach.

Die Herren der Pferde waren zahlenmäßig weit überlegen, aber ihre kürzeren Speere und das Fehlen von Schilden machten sie auf eine Weise verletzlich, wie es die Männer des Bundes nicht für möglich gehalten hatten. Auch waren sie nicht wie die Männer des Bundes darin geübt, eine gemeinsame Linie aufrechtzuerhalten und sich in ihr vorwärts zu bewegen. Unglaublich mutig warfen sie sich wieder und wieder in kleinen Gruppen vor mit dem Ziel, eine Bresche in die feindliche Linie zu schlagen und sie so zu zerbrechen. Aber die Bergstämme fühlten ihre eigene Überlegenheit, und obwohl sich die Auswirkungen der unbarmherzigen feindlichen Attacken auf ihre zahlenmäßige Unterlegenheit bemerkbar machte, gab ihnen der Anblick des Gemetzels, das sie bereits angerichtet hatten, die Kraft, durchzuhalten.

Der Kampf wogte weiter in dem mondhellen Tal.

Bror wußte nicht genau, wann es anfing, aber mit einem Mal wurde ihm klar, daß sich der Druck auf die Mitte vergrößert hatte. Es schien so, als ob der Feind schließlich doch noch die Schwäche an Ronans Aufstellung bemerkt hatte, und nun genau dort angriff.

Wütend warfen sich die Herren der Pferde wieder und wieder in die Mitte. Brors Arm, die Gelenke und die Schulter schmerzten von den Schlägen, die er immer wieder mit dem Schild abwehren mußte. Neben sich sah er, wie Cree in die Knie ging.

Der Mann, der ihn gefällt hatte, bückte sich schnell, um dessen Schild aufzuheben. Dann griff er Bror an.

Bror parierte die Schläge mit dem Schild, aber nun konnte er nicht mehr so leicht wie zuvor Vergeltung üben, da auch der andere sich mit einem Schild schützte. Bror blickte kurz in das unerbittliche Gesicht seines Feindes auf und erkannte Fenris.

»Uff«, murmelte er außer Atem.

Fenris rief seinen Männern etwas zu, und mit einem mächtigen Schlag zwang er Bror einen Schritt zurück. Bror spürte, wie die Reihe hinter ihm nachzugeben drohte.

»Haltet aus!« brüllte er wutentbrannt.

Aber schließlich wurde die Schwäche der Mitte doch ausgenutzt. Fenris drängte sich an Bror vorbei, und ein anderer Mann folgte dem Kain nach. Die Herren der Pferde hatten eine Bresche in die Linie geschlagen.

»Lauf«, hörte Bror Dai schreien. »Renn auf den Hügel, Bror. Dort können wir uns neu formieren!«

Bror erkannte, daß es keine Linie mehr gab, die er zusammenhalten konnte, und so folgte er Dais Rat und rannte.

Sobald er die schützenden Bäume am Fuß des Berges erreicht hatte, hielt Bror an und drehte sich um. Die meisten Männer hatten den Berghang schon vor ihm erreicht und warteten jetzt darauf, ob die Herren der Pferde wohl folgen würden. Bror hoffte verzweifelt, daß sie ihm diesen Gefallen tun würden.

Es wurde jedoch bald klar, daß sich Fenris nicht zu einer Verfolgung hinreißen ließ. Er hatte einen Keil zwischen Ronans beide Flügel getrieben und würde jetzt versuchen, diesen Vorteil für sich zu nutzen.

Das Ergebnis wird davon abhängen, wie erfolgreich die Bergstämme bisher gewesen sind, dachte Bror verzweifelt, als er seinen Männern zurief, sich neu zu formieren. Hatten sie genug von Fenris' Männern getötet?

»Sollen wir wieder angreifen?« fragte Matti begierig.

»Warte«, antwortete Bror, »laß uns erst herausfinden, wo Ronan uns am dringendsten braucht.«

Die Männer der Mitte warteten angespannt, während Bror Ausschau hielt, ob die Herren der Pferde noch stark genug waren, um einen der Flügel von hinten her anzugreifen.

Nichts geschah. Fenris schien all seine ihm verbliebenen Kräfte auf die Mitte konzentriert zu haben. Sie kämpften auf zwei Seiten, und ihre Zahl war ausreichend, um ihre Position zu halten. Die Schlacht wogte weiter, und keine der beiden Seiten schien die Kraft aufzubringen, um der anderen den Todesstoß zu versetzen.

Dann, während Bror noch beobachtete, löste sich das hintere Ende des rechten Flügels, umging den Gegner und griff ihn seinerseits von hinten an.

Ronan hatte die Herren der Pferde überflügelt!

Mit einem breiten Grinsen, das sein dreckiges, blutbesudeltes Gesicht spaltete, brüllte Bror seinen Männern zu, ihm zu folgen, und rannte vor, um seinem Häuptling zur Seite zu eilen.

Der Schock über den zusätzlichen Angriff von hinten war es, der die Herren der Pferde zur Aufgabe zwang. Viele der Gegner, die Brors Leute den Berg hinunterlaufen sahen, wußten nicht, daß die Mitte zusammengebrochen war, und dachten, es handle sich um Verstärkung. Voller Angst und Verwirrung drehten sich die Pferdeleute um und rannten.

Viele der Bergleute wollten ihnen hinterherjagen, aber Ronans Stimme, wie durch ein Wunder trotz des Tumultes weithin hörbar, befahl ihnen zu bleiben. Innerhalb weniger Minuten breitete sich Stille über die mit Körpern übersäte Ebene aus. Die Schlacht war vorbei. Bror dachte mit sprachloser Verwunderung: *Wir haben gewonnen.*

Bei Sonnenaufgang waren die Aufräumarbeiten noch in vollem Gange. Die Toten und Verletzten des Bundes waren bereits an einer Stelle zusammengetragen worden, und ihre Zahl belief sich auf unglaubliche einunddreißig Verwundete und achtzehn Tote. Die noch über die Ebene verteilten Körper gehörten den Herren der Pferde.

Es war Dai, der Ronan darüber informierte, daß sie Fenris gefunden hatten. »Er lebt«, berichtete Dai. »Er hat einen Schlag auf den Kopf abbekommen und ist an der Schulter verwundet. Offenbar hat sich einer seiner Männer über ihn geworfen, um ihn zu schützen. Damit war er erfolgreich. Jedenfalls lebt Fenris, und der andere Mann ist tot.«

»Wie schwer ist er verletzt?« fragte Ronan.

»Ich vermute, es war der Schlag auf den Kopf, der ihn gefällt hat. Die Schulterverletzung sieht nicht so ernst aus.« Dai wippte auf den Fersen. »Sollen wir ihn zu den anderen Gefangenen schaffen?«

Ronan hatte den Befehl gegeben, die verwundeten Pferdeleute von den Toten zu trennen. Diesmal verfuhr er anders als in der Schlucht, wo er die Verletzten gleich an Ort und Stelle hatte töten lassen. Seine Männer zogen letzteres vor.

Langsam nickte Ronan. »Und sieh darauf, daß seine Schulter versorgt wird. Ich möchte mit ihm sprechen, bevor wir irgend etwas anderes unternehmen.«

Dai schien etwas sagen zu wollen; dann aber zuckte er nur die Achseln und ging fort.

Bis zum Morgengrauen wußte man über den Verbleib aller Männer des Bundes Bescheid, nur Thorn und Mait waren nicht auffindbar.

»Sie waren beritten, um die Hengste zu treiben«, sagte Ronan, als ihm ihre Abwesenheit mitgeteilt wurde. »Ich würde mich nicht wundern, wenn die Panik der Pferdeherde auch ihre Pferde mit fortgerissen hätte. Sie werden den Weg zurück hierher finden, fürchte nichts.«

»Ich hoffe, du hast recht«, sagte Thorns Vater Rilik mit

besorgtem Gesichtsausdruck. »Hoffentlich ist er nicht abgeworfen und zertrampelt worden.«

»Nicht Thorn«, versuchte Ronan ihn zu beruhigen. »Der Junge kann hervorragend reiten.«

Rilik lächelte, aber Besorgnis war noch immer in seinen Augen zu erkennen.

Die Sonne stand als großer gelber Ball an einem hellen, blauen Himmel, als Ronan Fenris aufsuchte. Sigunas Vater. Seinen Feind.

Die verwundeten Pferdeleute waren im Schatten einiger kleiner Bäume gesammelt worden, die am Rande der Wiese standen, wo der Berghang begann. Achtundvierzig Verwundete, so hatte man Ronan mitgeteilt, hatten sie gezählt. Die Zahl der Toten lag bei über zweihundert. Ronans Plan hatte sich tatsächlich als effektiv erwiesen.

Als Ronan auf die Gefangenen zuging, saß der Kain aufrecht, mit dem Rücken gegen einen Baum gelehnt, den Kopf vornübergebeugt. Die Schulter seines Hirschlederhemds war mit getrocknetem Blut verkrustet. Er schien zu schlafen. Ronan hielt inne und musterte einen Augenblick lang die Gestalt vor sich.

Dies war der Mann, der für den Tod unzähliger Männer der verwandten Stämme verantwortlich war. Dies war der Mann, der unzählige Frauen der verwandten Stämme versklavt hatte. Es war ein merkwürdiges Gefühl, diesen Mann in einer solchen Situation zu sehen, verletzt und verletzbar und Ronans Gnade ausgeliefert. Ich sollte ihn hassen, sagte Ronan sich und ging ein paar weitere Schritte auf ihn zu. Er ist ein Mann, den ich hassen sollte.

»Fenris«, sagte er deutlich. Keine Antwort. Er wiederholte den Namen, und der zerzauste blonde Kopf bewegte sich. Der Kain hob seinen Kopf langsam, als ob er schmerzte, und blickte Ronan an. Er sagte etwas in einer Sprache, die Ronan nicht kannte.

»Kannst du mich überhaupt verstehen?« fragte Ronan ihn in der Sprache der verwandten Stämme.

Der andere nickte und stöhnte dann dumpf. Er fuhr mit der Zunge über den Mund, als wären seine Lippen zu trocken. »Ich verstehe ... ein bißchen«, sagte er mit einer tiefen Stimme, die nur wenig von ihrer Kraft eingebüßt hatte. Die Augen des Kain waren von einem dunklen Grau, nicht so hell wie die seiner Tochter. »Wer ... du?« wollte Fenris wissen.

Ronan antwortete: »Ich bin der Anführer ... der Kain ... dieser Männer.«

Fenris blinzelte ihn an, als ob er versuchte, ein scharfes Bild von ihm zu erhalten. Ronan sah, daß auf der linken Schläfe des Kain ein großer blauer Fleck war. Sein Kopf muß dröhnen wie die Trommel eines Schamanen, dachte Ronan. Er selbst hatte einmal einen solchen Schlag abbekommen, und die Kopfschmerzen hatten tagelang angehalten.

»Du willst ... was?« fragte Fenris.

Ronan starrte dem anderen Mann ins Gesicht. Trotz des Schmerzes, trotz der Verletzung, trotz der Niederlage gelang es Fenris noch immer, Autorität auszustrahlen. Und Ronan wurde klar, daß er keine Antwort auf die Frage des Kain wußte. Er wußte nicht, was er von Fenris wollte. Er wußte nur, daß er etwas wollte.

Weil er nicht wußte, was er sonst hätte sagen sollen, teilte er dem Kain mit: »Deine Tochter ist in Sicherheit.«

Fenris zog verständnislos die Stirn in Falten.

»Siguna«, erklärte Ronan, »Sie ist bei uns.«

Langsam begriff der Kain. »Siguna! Siguna ist lebt?«

Ronan nickte. »Meine Männer haben sie im Wald gefangengenommen. Sie ist in Sicherheit.«

Ronan hätte geschworen, in Fenris' Gesicht kurz Freude aufleuchten zu sehen. Dann preßte er die Lippen zusammen. »Sie deine Frau?«

»Nein!« Aus irgendeinem Grund, den er selbst nicht kannte, war es Ronan sehr wichtig, Fenris klarzumachen, daß seine Tochter in Sicherheit und unberührt war.

»Sie ist keines Mannes Frau«, sagte er, »sie ist sicher.« Dann, als Fenris ihn noch immer verständnislos anstarrte, verbarg Ronan seine Hände hinter dem Rücken. »Kein Mann hat sie berührt«, wiederholte er. »Das ist nicht unsere Art.«

»Kein Mann berührt«, wiederholte Fenris, und sein Mund wurde um eine Winzigkeit weicher. »Ist gut, Siguna ist lebt.« Er bewegte seinen Kopf, um auf die Männer um ihn herum zu blicken, und sein Gesicht verzerrte sich vor Schmerz. »Du töten uns«, sagte er einfach.

»Du hast meine Leute erschlagen«, erwiderte Ronan mit barscher Stimme. »Du hast viele, viele Männer erschlagen.«

»Ja.«

»Warum?«

Fenris seufzte, und seine grauen Augen hoben sich, um Ronans zu begegnen. »Ich weiß nicht«, antwortete er. Er sah aufrichtig verwirrt aus, aber ob die Ursache hierfür Ronans Frage oder seine eigene Unfähigkeit war, eine Antwort auf sie zu finden, war nicht zu erkennen.

Wieder blickte Ronan dem Kain in die Augen, und auf einmal begriff er, daß ein geheimnisvolles Band zwischen diesem Mann und ihm bestand. In seinem Herzen hatte er dies schon immer gefühlt; jetzt aber erkannte er es auch mit seinem Verstand.

Ich kann ihn nicht töten, dachte Ronan. Ich weiß nicht warum, aber ich kann es nicht.

Seine schwarzen Augenbrauen waren zusammengezogen, als ob er Fenris' Schmerz in seinem eigenen Kopf spüren könnte. Er sagte: »Wir werden dich nicht töten.«

Der Gesichtsausdruck des Kain war zweifelnd, aber dann veränderte sich seine Miene langsam. »Ist wahr?« fragte er erstaunt.

»Ja, das ist wahr.«

Fenris schwieg, versuchte offensichtlich, eine Erklärung für diese erstaunliche Nachricht zu finden. Er blickte hinaus über die leichenübersäte Ebene, auf die Überreste seiner Niederlage. »Tote Männer«, sagte er gestikulierend, »verbrennen.«

Ronan war entsetzt. Die verwandten Stämme begruben ihre Toten mit Ehrfurcht. »Feuer?« sagte er, um sicherzugehen, daß er richtig verstanden hatte.

»Ja. Zu viele Tote. Gefährlich. Verbrennen.« Der Kain, erkannte Ronan in einer Mischung aus Verblüffung und unwilliger Hochachtung, gab Befehle. Wieder fuhr Fenris mit der Zunge über seine rissigen Lippen.

»Ich werde einen Mann mit Wasser schicken«, brachte Ronan abrupt hervor, drehte sich auf den Fersen um und ging.

Fenris hat recht, dachte Ronan, als er die Ebene durchquerte. Es waren zu viele tote Pferdeleute, um sie alle zu begraben. Er konnte sie auch nicht viel länger so liegen lassen, oder die Wiese würde bald von Aasfressern übersät sein. Er würde dem Rat des Kain folgen und sie verbrennen.

Nachdem er zu dieser Entscheidung gekommen war, fiel sein Blick auf den Jungen mit dem Pferd, der in einiger Entfernung den Fluß entlangging. Er hob seine Hand, um seine Augen vor dem grellen Morgenlicht zu schützen. Ein Junge führte ein Pferd. Sonnenlicht brach sich auf glattem schwarzen Haar. Mait.

Ronan sank das Herz. Wo war Thorn? Seine Beine setzten sich in Bewegung, und dann begann er zu laufen.

Als die Entfernung zwischen ihm und Mait abnahm, sah Ronan zum ersten Mal, daß Mait nicht deshalb zu Fuß ging, weil sein Pferd lahmte. Sondern, weil sein Pferd eine andere Last trug. Unbewußt wurde Ronans Schritt langsamer. Er wollte nicht sehen, was er auf Frosts Rücken zu sehen befürchtete.

Mait nahm nun erstmals den herankommenden Häuptling

wahr und hielt an. Als Ronan ihn erreichte, sah er, daß das Gesicht des Jungen tränenüberströmt war. Er blickte zu dem Pferd, über dessen Rücken ein schmaler Körper hing, mit schlaff herabbaumelnden Armen und Beinen. Sah den wirren braunen Haarschopf.

Er fühlte sich, als hätte ihn jemand in den Magen geschlagen.

»Was ist geschehen?« fragte er Mait heiser. »Ist er gefallen?«

»Nein«, antwortete Mait. »Wir wurden zwar von der panischen Flucht der Herde mitgerissen, aber wir sind beide auf unseren Pferden geblieben. Es geschah, nachdem wir uns aus der Herde herausgelöst hatten und auf dem Rückweg waren.« Mait hob eine Faust, um sich die Augen zu reiben, eine kindliche Geste, die unerträglich eindringlich war. »Wir kamen durch den Wald oberhalb des Flusses. Thorn ritt voran.« Er schluckte hörbar. »Einer der geflohenen Pferdeleute muß uns gesehen und sich auf die Lauer gelegt haben. Er sprang Thorn an, stieß ihn von Eichel herunter und stieg selbst auf. Thorn versuchte, nach Eichels Zügeln zu greifen, und der Mann ... der Mann ...« Mait brach in Tränen aus.

Ronan legte dem Jungen einen Arm um die Schulter und drückte ihn an seine Brust. »Er hat Thorn seinen Speer durch den Leib gerannt«, schluchzte Mait. »Er hat ihn durchbohrt und ist davongaloppiert. Ich bin von Frost runtergesprungen und zu ihm gerannt, aber ... aber ... ach, Ronan, er war schon tot!«

Ronan hielt Mait weiter an seine Brust gedrückt und starrte mit brennenden Augen auf den schlaffen Körper, der über dem Pferderücken lag. Er hatte Thorn unter anderem deshalb zum Treiben der Pferde ausgewählt, um ihn aus dem Kampf herauszuhalten. Und statt dessen hatte er den Jungen in den Tod geschickt.

Ich bin so schlau, dachte er mit nagender Bitterkeit. Und mit meiner ganzen Schlauheit habe ich Thorn getötet.

Mait schien sich wieder unter Kontrolle zu bekommen, und

Ronan nahm seinen Arm von der Schulter des Jungen. »Wenn er dem Mann doch bloß Eichel überlassen hätte«, sagte Mait elend. »Wenn er doch bloß nicht nach dem Halfter gegriffen hätte!«

Ronan nickte. Dann nahm er Frosts Zügel auf. »Komm«, forderte er Mait auf, »wir werden jetzt besser Rilik suchen gehen.«

36

Der größte Teil der Frauen des Bundes wartete bei der Großen Höhle auf Nachrichten vom Ausgang des Kampfes, aber die kleinere Gruppe, die sich in der Siedlung des Hirsch-Clans aufgehalten hatte, als die Männer von dort ausgezogen waren, war dort geblieben. Sie waren lediglich durch neun junge Frauen des Hirsch-Clans verstärkt worden, deren Aufgabe es war, Vili zu bewachen und ihn daran zu hindern, zu seinem Vater zurückzukehren.

Vili war skeptisch, als er herausgefunden hatte, daß er ungefesselt unter der Bewachung von Frauen verbleiben sollte. Aber so war es gekommen. Die Männer hatten ihre Pferde bestiegen, waren aus der Siedlung geritten und hatten ihn in voller Bewegungsfreiheit zurückgelassen. Sie sind verrückt, dachte Vili, aber er war nicht so dumm, ihnen seine Meinung mitzuteilen.

Die Entscheidung der Männer verwirrte ihn noch mehr, als er die Frauen sah, die ihn bewachen sollten. Sie waren junge Mädchen in Sigunas Alter! Die Männer hatten sie zu der Höhle geführt, ihnen Vili gezeigt und waren dann aufgebrochen. Dieser schwarzhaarige Häuptling wird diesen Männern die Herzen herausreißen, wenn er herausfindet, was sie getan haben, dachte Vili.

Die erste Gruppe der Bewacherinnen setzte sich aus drei Mädchen zusammen, die alle mit Speeren oder Wurfspießen und Wurfhölzern ausgerüstet waren. Es war Nachmittag. Er würde warten, bis es dunkel war, entschied Vili. Er würde das Risiko des Wolfes und der beiden Hunde auf sich nehmen müssen, aber die Mädchen würden ihm keinerlei Schwierigkeiten machen.

Er stand in der Höhle, nur knapp hinter dem Eingang, und beobachtete sie. Es sind hübsche Mädchen, dachte er, Mädchen, die besser zur Arbeit im Zelt eines Mannes eingesetzt werden sollten, als hier unbeaufsichtigt mit Männerwaffen herumzuspielen. Wie dumm diese Bergleute sein mußten!

Eines der Mädchen, eine langbeinige, schwarzhaarige Schönheit, bemerkte, daß er sie beobachtete. Sie sagte irgend etwas zu den anderen Mädchen, die darauf lachten.

Ihr Lachen verärgerte Vili keineswegs. Er war zu sehr damit beschäftigt, seinen Blick am Körper des schwarzhaarigen Mädchens hinauf- und hinuntergleiten zu lassen. Er spürte, wie sein Phallus sich zu heben begann. Ich hätte nicht übel Lust, dieser da zu zeigen, was für eine Waffe ein richtiger Mann führen kann, dachte er. Er ging langsam zum Höhleneingang und lehnte sich dort an den Fels an, während er das Mädchen weiterhin frech mit den Augen abtastete.

Die drei Mädchen hatten sich ihm zugewandt, als er zum Höhleneingang gekommen war. Er erkannte plötzlich, daß alle drei ihre Speere auf ihn richteten.

»Zurück«, sagte das schwarzhaarige Mädchen bestimmt und machte mit ihrer freien Hand eine Geste, die illustrierte, was sie von ihm wollte.

Er grinste. »Ich will hier«, sagte er in ihrer Sprache.

»Zurück«, sagte das Mädchen wieder, und als er sich noch immer nicht in Bewegung setzte, trat sie vor. Er kreuzte seine Arme lässig über der Brust, die rechte Schulter an der Felswand abgestützt, die Augen auf den Speer gerichtet. Wenn sie nahe genug herankäme, dann würde er zupacken...

»Auaah!« Er faßte mit der rechten Hand nach seinem linken Oberarm und starrte das Mädchen an. Der Speer hatte sich so schnell bewegt, daß ihm keine Zeit geblieben war, um zu reagieren.

»Zurück«, verlangte sie wieder. Er spürte, wie warmes Blut unter seinen Fingern hervorquoll. Langsam, die Augen auf das vollkommen ruhige Mädchen fixiert, zog sich Vili in die Höhle zurück.

Wütend und mit finsterem Gesicht zog er sein Hemd über den Kopf und starrte seinen Arm an. Er sah, daß es keine ernste Wunde war. Aber sie tat weh! Er biß die Zähne zusammen und blickte wild auf den Höhleneingang. Dafür wird sie mir zahlen, schwor er sich. Er hatte nichts anderes als sein Hemd, um die Blutung zu stillen, also drückte er es zusammengeballt auf die Wunde.

Ein wenig später trat Siguna mit Wasser und ein paar Stücken Hirschleder in die Höhle. »Wie geht es deinem Arm, Vili?« fragte sie.

Er war jetzt nackt bis zu den Hüften, denn sein blutiges Hemd war nun nicht mehr tragbar. »Er tut weh«, antwortete er wütend. »Und mir ist kalt.«

»Ich werde dir ein anderes Hemd beschaffen, nachdem ich mich um die Wunde gekümmert habe«, versprach Siguna. Sie stellte ihren kleinen Wassertopf auf einem Fels ab. »Komm hierher ins Licht des Eingangs.«

Vili wollte nicht, daß das schwarzhaarige Mädchen sah, wie wirkungsvoll sie ihn verletzt hatte, aber er wußte, die Wunde mußte behandelt werden, oder sie würde sich entzünden. Er stapfte zu seiner Schwester und gestattete ihr, die Verletzung zu begutachten.

»Sie ist nicht so schlimm«, stellte sie fest. »Ich werde sie auswaschen und die Kräuter auflegen, die Nel mir gegeben hat, und sie sollte dann gut heilen.«

»Was für eine Art Frauen sind diese Mädchen?« wollte Vili wissen. »Sie hat mich angegriffen! Ich stand dort ganz ruhig, und sie hat mich einfach angegriffen.«

»Lara hat gesagt, sie hätte dir befohlen, in die Höhle zurückzugehen, und du hast es nicht getan«, stellte Siguna richtig. Ihr Kopf war über die Wunde gesenkt, die sie versorgte, und er knirschte mit den Zähnen, damit dieses Mädchen... Lara... nicht die Befriedigung haben würde, ihn stöhnen zu hören. »Ich habe dir von den Mädchen des Hirsch-Clans erzählt, Vili. Sie können mit ihren Waffen umgehen. Sie jagen wie die Männer. Unterschätze sie nicht, oder sie werden dich wieder verletzen.« Sie hatte die Verletzung ausgewaschen und legte nun die Kräuter auf.

Vili schwieg, bis Siguna fertig war; dann sagte er hochmütig: »Ich hatte gerade nicht aufgepaßt.«

Siguna wickelte ein Stück Hirschleder um die Wunde und befestigte es mit zwei Lederriemen.

»Siguna«, sagte Vili jetzt mit leiser und dringlicher Stimme, »was geht hier vor?«

Siguna machte den letzten Knoten. »Das darf ich dir nicht sagen«, antwortete sie.

»Diese Männer sind nicht weggelaufen, sie haben sich auf einen Kampf vorbereitet, das habe ich deutlich erkannt.«

Siguna blickte auf, seufzte und nickte dann. Vili blickte sie finster an. »Er wird meinen Vater nicht wieder in einer Falle fangen wie in der Schlucht. Bragi und ich haben all das Land am Fluß entlang ausgeforscht.«

»Ich weiß.«

»Siguna«, seine Stimme wurde noch leiser, »du mußt mir helfen zu fliehen.«

Ihre grauen Augen blickten unglücklich. »Das kann ich nicht.«

»Warum nicht? Es gibt nichts, was ich meinem Vater sagen könnte, was er nicht schon von Bragi weiß«, gab Vili vernünftig zu bedenken.

»Es besteht noch immer die Hoffnung, daß Bragi es nicht zurück zu Vater geschafft hat.«

Vili schnaubte verächtlich. »Er saß auf Feuerwind. Natürlich ist er zurückgekehrt.«

»Er könnte einen Unfall gehabt haben«, erwiderte Siguna.

»Red kein dummes Zeug«, brummte er ungeduldig.

Sie hörten, wie die Mädchen am Eingang auflachten, und Vili und Siguna schwiegen, um zuzuhören.

»Ich kann es nicht, Vili«, sagte Siguna bedauernd. »Du weißt zuviel. Du weißt, daß die Stämme diese Siedlung verlassen haben. Du weißt, daß sie sich auf einen Kampf vorbereitet haben. Ich kann dich nicht freilassen, damit du diese Nachricht meinem Vater bringst.«

Um seine zusammengepreßten Lippen bildete sich eine feine weiße Linie. »Dieser schwarzhaarige Häuptling muß ja wirklich ein toller Hengst sein, wenn er dich derart unterworfen hat«, sagte er gemein.

Instinktiv hob Siguna die Hand und schlug ihn ins Gesicht. Das laute Klatschen schallte durch die Höhle. »Du weißt gar nichts über ihn!« preßte sie zwischen den Zähnen hervor. Ihr Atem ging rasch, und ihre Hände waren zu Fäusten geballt.

Er reagierte ohne zu überlegen. Sein Arm schoß vor, um sie an der Schulter zu packen, die Faust hob sich, um den Vergeltungsschlag zu führen.

Vom Eingang her hörten sie einen warnenden Ruf und das Laufen von Füßen. Vilis Kopf schoß herum.

»Faß sie nicht an!« Das Mädchen sagte die Worte langsam und deutlich genug, damit er sie verstand. Ihr Speer zielte direkt auf sein Herz.

Einen Moment lang zögerte Vili. Ich könnte Siguna als Dekkung benutzen, dachte er. Vielleicht gelingt mir sogar die Flucht. Aber noch bevor er den Gedanken zu Ende geführt hatte, lockerte sich bereits sein Griff an Sigunas Arm. Was würde sein Vater sagen, wenn er erführe, daß Vili seine Freiheit mit dem Leben seiner Schwester bezahlt hatte? Er trat zurück und ließ Siguna los.

Sie machte ein paar Schritte von ihm fort, doch dann blieb sie stehen und hob den Kopf. Sein Gesicht war teilnahmslos. Überraschend sagte sie: »Es tut mir leid, Vili.«

Das Mädchen mit dem Speer paßte auf, bis Siguna aus der Höhle hinaus war. Es war wieder das schwarzhaarige Mädchen. Vili wartete bewegungslos darauf, daß auch sie gehen würde. Statt dessen verharrte sie an ihrem Platz und ließ ihre Augen genauso forsch über seinen nackten Oberkörper gleiten, wie er zuvor ihren Körper angestarrt hatte.

Vilis Arm pochte. Er machte sich mehr Sorgen um seinen Vater und den Stamm, als er sich eingestehen mochte. Er war gerade von einem Mädchen verletzt und von einem anderen geschlagen worden. Er hatte genug.

»Willst du Sex?« sagte er, benutzte das Wort, das er von den Frauen der verwandten Stämme gelernt hatte. Er machte eine rüde Geste. »Komm. Ich geb es dir.«

Zu seinem Erstaunen ging das Mädchen nicht fort. Statt dessen lächelte sie und gab ihm eine Antwort, die er nicht verstand. Er blickte finster drein und schüttelte den Kopf. Ihr Lächeln vertiefte sich. Sie war beeindruckend hübsch. Langsam sagte sie: »Bist du gut?«

Sein Unterkiefer fiel herab.

»Du siehst gut aus«, sagte sie und ließ ihren Blick erneut ohne jede Scham über seinen Oberkörper und seine Schultern wandern, bevor sie seine Hüften betrachtete und dann tiefer glitt.

Was waren das nur für Frauen?

Sie lachte erfreut über den Ausdruck auf seinem Gesicht, leckte sich verlockend über die Lippen und ging dann davon. Sehr langsam.

Ein paar Minuten später kam ein anderes Mädchen herein und warf ihm ein Hemd zu. Vili zog es an und legte sich nieder, entschlossen zu schlafen.

Ein Tag verging, und dann noch einer und noch einer. Es war fast Zeit zum Abendessen am vierten Tag, als Kasar und Dai mit Neuigkeiten von der Schlacht in die Siedlung des Hirsch-Clans geritten kamen.

»Wir haben gesiegt«, waren Kasars erste Worte, als er von seinem Pferd sprang, nur damit sich Beki sofort in seine Arme warf.

Eken befand sich in der Großen Höhle, deshalb war Dai weniger abgelenkt und konnte Nel und den anderen Frauen, die sofort herbeigelaufen waren, einen umfassenderen Bericht dessen geben, was sich vor zwei Nächten auf der Wiese am Goldfluß ereignet hatte.

Laute Ausrufe der Erleichterung von allen Umstehenden begleiteten seine Geschichte.

Es war Nel, die schließlich fragte: »Wen haben wir verloren, Dai?«

Eine angespannte Stille überfiel die Frauen, die mit dem Wunsch an seinen Lippen hingen, er möge nicht die Namen ihrer Männer nennen.

Dai begann mit den anderen Stämmen. »Vom Leoparden-Clan« begann er ernst und zählte eine Reihe von Namen auf.

Nachdem er auch die übrigen Stämme durch hatte und man eine ohnmächtige Frau hatte tragen müssen, sagte Nel wieder mit fester Stimme: »Und vom Wolf-Clan?«

Dais Gesichtsausdruck war sehr streng, als er sich in dem kleinen Kreis von Frauen umblickte, die noch übrig waren. »Wir sind ein kleiner Stamm«, begann er, »und deshalb spüren wir jeden Tod um so stärker.«

»Wer?« fragte Nel wieder, ein bißchen weniger energisch als zuvor.

»Cree und Mitlik sind tot«, sagte Dai. »Okal und Heno sind verletzt worden, aber die Schamanen glauben, daß sie genesen werden.« Er blickte in ein junges Gesicht ihm gegenüber und sagte: »Es tut mir so leid, Yoli.«

Sie hob entsetzt die Hand an den Mund. »Doch nicht Lemo?«

Unglaublich sanft sagte er: »Doch, Yoli.«

»Doch nicht tot? Dai, sag mir, daß er nicht tot ist!«

»Ich wünschte, ich könnte dir das sagen«, seufzte Dai unglücklich. »Oh, wie ich wünschte, ich könnte dir sagen, daß er noch am Leben ist!«

Yoli gab einen kleinen Laut von sich wie ein Tier und schien in sich zusammenzusinken. Beki eilte zu ihr, um ihr einen Arm um die Schultern zu legen und sie zu stützen. »Nicht Lemo«, rief Yoli mitleiderregend. »Es kann nicht wahr sein. Nicht Lemo.«

»Beki«, bat Nel leise, »bring Yoli in ihre Hütte und gib ihr etwas Tee.«

Beki nickte. »Komm mit, Yoli«, murmelte sie lockend. »Komm mit mir mit und erlaube mir, mich um dich zu kümmern.« Wie betäubt ließ sich Yoli von ihr fortführen.

»Es fehlt noch einer«, sagte Kasar finster, nachdem die beiden Frauen außer Hörweite waren. Er blickte Siguna an. »Wir haben auch Thorn verloren.«

Ein Aufschrei des Schmerzes war zu hören, aber er kam von Nel. Siguna hatte den Kopf gesenkt, sagte jedoch nichts. Sie war darauf vorbereitet gewesen, diese Worte zu hören, hatte gewußt, daß sie sich von Thorn verabschiedete, als sie ihn unten am Fluß geküßt hatte, nachdem sie den Schatten des Todes über ihm gesehen hatte. Jetzt starrte sie mit trockenen Augen auf die Erde und hörte zu, als Kasar berichtete, wie es geschehen war.

Düsteres Schweigen senkte sich über die kleine Gruppe, die glückliche Nachricht vom Sieg war wirksam von der Botschaft des Todes überschattet worden.

»Wir haben mehr Männer verloren, als all die anderen Stämme«, klagte Berta.

»Der Wolf-Clan war in der Mitte positioniert, und dort gab es die meisten Toten«, sagte Dai.

Eines der müden Pferde bewegte seinen Kopf auf und ab, und Nel ergriff sein Halfter und streichelte ihm die Nase.

Sigunas Stimme drang versuchsweise in die neuerliche Stille vor. »Mein Vater?« fragte sie. »Weißt du, was mit meinem Vater geschehen ist?«

Sie blickten sie mit feindseligen Augen an.

»Er lebt«, antwortete Dai. »Er ist verletzt, aber am Leben. Ronan hat uns angewiesen, diesmal die verletzten Pferdeleute einzusammeln, und Fenris war unter ihnen.« Ohne Zweifel war das eine Entscheidung gewesen, die Dai nicht gutgeheißen hatte.

Siguna senkte ihren Kopf.

»Offensichtlich habt ihr einige der Pferde wieder eingefangen«, sagte Nel zu den beiden Männern, und ihre Hand lag noch immer auf der Schnauze von Dais Pferd.

»Ja. Wir hatten natürlich Maits Hengst, und Ronan hatte drei weitere zurückgehalten. Wir haben einen ganzen Tag damit zugebracht, nach unseren auseinandergetriebenen Hengsten und auch nach den Stuten zu suchen. Ronan schickte Kasar und mich zu euch, nachdem wir eine erste Gruppe eingefangen hatten. Die Männer waren noch dabei, die übrigen Pferde aufzustöbern, als wir aufbrachen, um euch Nachricht zu bringen.«

»Ihr seid lang und hart geritten«, sagte Nel, »kommt, und wir werden euch etwas zu essen geben.«

Siguna blieb, wo sie war, während der Rest der Gruppe in Richtung der Hütten davonging; dann machte sie selbst sich schnell auf den Weg zu der Höhle, wo Vili festgehalten wurde. Die Mädchen des Hirsch-Clans waren vor der Höhle in einer Gruppe versammelt und unterhielten sich leise, als Siguna wortlos an ihnen vorbei direkt in die Höhle ging.

Vili saß mit überkreuzten Beinen auf dem Boden und warf gelangweilt kleine Steine in einen Kreis, den er in die Erde geritzt hatte Sein Kopf fuhr hoch, als Siguna eitnrat.

»Wir haben verloren«, sagte sie. »Aber Vater ist am Leben.«

Eine ganze Reihe widersprüchlicher Gefühle zog durch das Gesicht ihres Bruders. Dann sagte er: »Das glaube ich nicht. Wir waren doppelt so viele wie sie. Es ist unmöglich, daß wir geschlagen wurden.«

Siguna setzte sich neben ihn auf den Boden. »So ist es abgelaufen«, begann sie und wiederholte den Bericht, den sie von Dai gehört hatte.

»Im Namen des Donnerers!« rief Vili, als sie zu Ende war. »Ist Vater einer von denen, die fliehen konnten?«

Siguna schüttelte den Kopf. »Dai sagte, er sei einer der Verletzten gewesen, die sie vom Feld getragen haben.«

Vilis Augen irrten zu dem Kreis in der Erde und den Steinen, mit denen er sich zuvor beschäftigt hatte. Er preßte seine Lippen zusammen. »Dann haben sie ihn also.«

»Ja.«

»Wie schwer ist er verletzt?«

»Ich weiß es nicht. Dai hat es nicht gesagt. Er hatte gerade die Namen ihrer Erschlagenen genannt und war nicht in Stimmung, meine Fragen über Vater zu beantworten.«

Keiner von beiden schien zu bemerken, daß die Nachricht vom Ausgang der Schlacht Sigunas innere Einstellung verändert hatte.

»Wie viele unserer Männer sind tot?«

»Mehr als zweihundert, haben sie gesagt.«

»Das ist mehr als die Hälfte von uns!« rief Vili ungläubig.

»Ja.«

Vili, ein wirkliches Kind seines Volkes, fragte als nächstes: »Was wird mit unseren Pferden geschehen?«

»Ich weiß es nicht. Dai und Kasar haben erzählt, Ronan versuchte, so viele von ihnen wie möglich wieder einzufangen.«

Schweigend und blicklos starrten die beiden auf die Steine in dem Kreis.

»Er hat alle Verwundeten getötet, die wir in der Schlucht zurückgelassen haben«, überlegte Vili laut. »Warum hat er das nicht auch dieses Mal getan?«

»Ich weiß es nicht.«

Vili atmete schwer. »Ich kann die Vorstellung nicht ertragen, daß Vater in den Händen der Feinde ist!« sagte er wild und schlug mit der rechten Faust wieder und wieder in seine linke Handfläche.

»Ronan wird ihm nichts tun«, versicherte Siguna.

Vili warf ihr einen finsteren Blick zu.

»Sieh doch, wie sie dich behandeln«, erinnerte sie ihn. »Sie sind kein gewalttätiges Volk.«

Vilis Zorn auf ihre Ignoranz wuchs. »Zweihundert Erschlagene, und du sagst, sie seien nicht gewalttätig?«

»Wir haben ihnen den Kampf aufgezwungen«, beharrte Siguna. »Du weißt, daß das die Wahrheit ist, Vili.«

Vili schob seinen Unterkiefer vor und machte die Vertiefung in seinem Kinn noch sichtbarer. Er zog die Stirn in Falten und begann in unbewußter Imitation seines Vaters mit den Fingern an diesem Spalt in seinem Kinn herumzuspielen. Tränen schossen Siguna in die Augen. »Auch ich kann den Gedanken nicht ertragen, daß Vater dort draußen verletzt und hilflos liegt«, flüsterte sie gebrochen. Sie brach in Schluchzen aus, so wie nur jemand weint, der an Tränen nicht gewöhnt ist.

Vili wandte sich ihr zu, sein Gesicht verzerrt vor Schmerz. Dann mit einem Mal, streckte er seinen rechten Arm aus und zog sie an sich. Siguna verbarg ihr Gesicht an der Schulter ihres Bruders und weinte. Nach einer Weile legte Vili seine Stirn auf ihren Scheitel und ließ seine eigenen Tränen langsam in ihr weiches, silbriges Haar fallen.

Eine halbe Stunde später saßen Bruder und Schwester in düsterem Schweigen beieinander, die Köpfe gesenkt und die Schultern einander berührend, als Arika die Höhle betrat.

Die beiden blonden Köpfe hoben sich zur gleichen Zeit, und die Verwandtschaft, die anhand ihrer Gesichtszüge nicht feststellbar war, wurde nun durch ihre vollkommen gleichartige Bewegung unmittelbar sichtbar.

»Herrin!« brachte Siguna überrascht hervor. Sie rückte nicht von ihrem Bruder ab.

Arika sah sofort, daß sie in Gefahr war, Siguna zu verlieren. Sie ließ ihre Augen nur kurz über die Gestalt des gutaussehenden Jünglings gleiten, der sie aus schmalen grauen Augen anstarrte, dann sagte sie zu Siguna, was zu sagen sie gekommen war. »Ich habe mit Dai gesprochen, und er hat mir gesagt, daß Fenris nicht schwer verletzt wurde. Er hat eine Schulterwunde; was ihn jedoch zu Boden streckte, war ein Schlag auf den Kopf. Einer eurer Männer wurde über dem bewußtlosen Körper deines Vaters liegend gefunden. Er hat ihn ganz offensichtlich beschützt.«

»Surtur«, sagte Siguna sofort. »Es muß Surtur gewesen sein.«

Sie drehte den Kopf und wiederholte Arikas Botschaft für Vili.

Selbst im Licht der schlecht beleuchteten Höhle konnte Arika sehen, wie dem Jungen die Farbe in die Wangen schoß. Er sagte etwas, und Siguna nickte.

»War Surtur... und der Mann, der meinen Vater beschützt hat... war er am Leben?«

Arika schüttelte den Kopf.

Bruder und Schwester blickten einander an. Vili ergriff als nächster das Wort. »Was ihr machen jetzt?«

»Das weiß ich nicht.« Arika blickte Siguna an. »Ich kenne Ronans Pläne nicht, und ich glaube, ich sollte sie herausfinden. Ich werde zu den Männern am Goldfluß gehen. Du und dein Bruder, wollt ihr euch mir anschließen?«

37

Am nächsten Morgen verließen Siguna und Vili gemeinsam mit Nel und Kasar die Siedlung. Alle vier ritten auf den Stuten, mit denen Nel vor einiger Zeit die Schilde transportiert hatte. Arika hatte sich entschieden, ihnen zu Fuß zu folgen, begleitet von jenen Mädchen des Hirsch-Clans, die Vili bewacht hatten.

»Ich habe Hoffnungen für Siguna«, hatte Arika nach ihrem kurzen Gespräch mit Siguna und Vili in der Höhle gesagt. »Es ist jedoch notwendig, daß sie ihren Vater sieht.«

Nel hatte die Herrin nicht zu genaueren Erklärungen gedrängt, da Arikas Wünsche in dieser Sache nur ihren eigenen entsprachen. Statt dessen war Nel mit Kasar und den beiden ihr Anbefohlenen beim ersten Morgenlicht des folgenden Tages aus der Heimstätte geritten.

Vili war beeindruckt von den Reitkünsten der beiden Frauen in seiner Begleitung. Er wußte natürlich, daß Siguna reiten konnte, aber er hatte sich selbst nie wirklich eingestanden, wie gut sie ein Pferd beherrschte. Und die andere, die sie Nel nannten...

»Du reitest gut«, sagte er widerwillig zu ihr, nachdem er ihr in schnellem Galopp über eine offene Wiese gefolgt war.

Sie schenkte ihm ein freundliches Lächeln. »Eure Stuten reiten sich anders als unsere Pferde«, bemerkte sie. »Man braucht eine Weile, um sich an sie zu gewöhnen.«

Vili verstand nur einzelne ihrer Worte, und er blickte Siguna hilfesuchend an. Sie übersetzte.

Er war sofort interessiert. Nichts konnte Vilis Aufmerksamkeit leichter erringen, als ein Gespräch über Pferde. »Wie anders?« wollte er wissen.

»Eure Pferde haben eine andere Gestalt«, erklärte Nel. »Hier« – und sie wies auf die Schultern ihrer Stute – »und hier« – sie zeigte auf die Beine. »Ihre Beine sind kürzer.«

»Kürzer?« Er mochte nicht, was er da hörte.

»Verglichen mit den Beinen unserer Pferde« – Nel bemühte sich, dies besonders ruhig zu sagen. »Du wirst es selbst sehen. Ich werde dir unsere Hengste zeigen, sobald wir das Lager meines Mannes erreichen.«

Siguna übersetzte.

Vili nickte. »Ich verstehe«, sagte er. Seine Lippen kräuselten sich. »Kürzer. Huh.«

Nel lächelte.

Die Sonne war im Begriff, hinter dem Horizont zu verschwinden, als Nel und ihre Gruppe den Rand des Tals erreichten und auf die weite Wiese blickten, durch die der Goldfluß gemächlich auf seinem langen Weg zum Meer floß. Am Ufer des Flusses dehnte sich ein großes Lager, und weiter unten im Tal graste eine Pferdeherde im letzten Licht der untergehenden Sonne.

»Unsere Pferde«, rutschte es Vili heraus.

»Wo sind unsere Männer?« fragte Siguna Kasar eindringlich.

Kasar hob schützend eine Hand über seine Augen und blickte in die Sonne. »Im Lager bei unseren Männern, glaube ich. Kommt.« Kasar trieb seine Stute vorwärts an den Rand des Hügels. »Wir werden es bald sehen.«

Ronan und Fenris hatten eine Weile miteinander gesprochen, und beide empfanden die Sprachbarriere, die sie trennte, als frustrierend und zeitraubend. Aus diesem Grund konnten sie nur über einfache Dinge und Gedanken miteinander sprechen, und sie versuchten sich über die Zukunft von Fenris' Stamm zu einigen – ein Thema, das in keiner Weise einfach war.

Zuerst hörten sie Sigunas Stimme, die ein Wort rief, das Ronan nicht kannte. Er sah, wie Fenris beim Klang ihrer Stimme den Kopf hob, sah den Ausdruck auf dem Gesicht des Kains. Fenris war gerade rechtzeitig aufgestanden, um seine Tochter in die Arme zu schließen.

Siguna sagte das gleiche Wort wieder und wieder, als sie sich an ihn klammerte. Das Wort, so erkannte Ronan, mußte *Vater* bedeuten.

Ronan hatte gerade mit Freude festgestellt, daß er jetzt jemanden zum Übersetzen haben würde, als ein junger Mann zu ihnen trat. Auch er rief das bewußte Wort.

Der Kain blickte über Sigunas Kopf hinweg. »Vili«, rief er und streckte seine Hand aus. Der Junge riß die Hand seines Vaters an seine Stirn in einer Geste, die sowohl Unterwerfung als auch Liebe andeutete, und sagte etwas, das Ronan nicht verstand.

Ronan dachte: Wie ist Vili hierhergekommen? Er legte die Stirn in Falten, drehte sich um und sah Nel auf sich zukommen, wie immer von ihren Hunden gefolgt. Die Welle von Freude und Erstaunen, die ihn bei ihrem Anblick überrollte, wogte durch sein Herz. Sein Stirnrunzeln wich einem Lächeln, und er rief ihr zu: »Bist du gekommen, um dich zu vergewissern, daß ich deine Pferde nicht mißhandle?«

»Ja«, erwiderte sie. Noch ein paar Schritte, und sie hatte ihn fast erreicht. »Warum sonst würde ich hierherkommen?« Sie warf sich glücklich in seine ausgebreiteten Arme.

Es war Siguna, die die familiäre Wiedersehensfreude als erste unterbrach, indem sie sich leicht von Fenris zurückzog, um ihm ins Gesicht zusehen. »Geht es dir gut?« fragte sie wild, die Augen auf die vielfarbige, große Prellung gerichtet, die seine rechte Schläfe zierte.

»Es geht mir gut«, antwortete er. Er blickte vom Gesicht seiner Tochter in das seines Sohnes. »Ihr habt es schon gehört? Wir sind geschlagen worden.«

»Ja, man hat es uns mitgeteilt«, antwortete Vili trübsinnig.

»Das ist alles, was übrig ist.« Fenris wies mit der Hand auf die Männer, die sich hinter ihm am Flußufer zusammendrängten.

»Es ist schwer vorstellbar«, sagte Vili, »so viele Männer tot.« Sein Blick kehrte in das Gesicht seines Vaters zurück. »Was ist mit deiner Anda, Vater?«

Fenris beantwortete Vilis unausgesprochene Frage. »Bragi hat überlebt. Er hat einige Verletzungen davongetragen, aber die Medizinmänner sagen, er würde überleben.«

Vilis Gesicht leuchtete kurz auf.

»Sie haben uns überrascht«, erklärte Fenris. Sein Kopf drehte sich zu Ronan. »Er ist schlau, dieser Schwarzhaarige. Er hat in der Nacht angegriffen. Er hat mich überrascht.«

»Aber was wird jetzt geschehen, Vater?« wollte Siguna wissen. »Was wird Ronan mit dir tun?«

»Wir haben gerade darüber gesprochen, als ihr eingetroffen seid«, antwortete Fenris. »Dir ist ihre Sprache immer leicht gefallen, Siguna. Es ist gut, daß du da bist. Du kannst uns helfen, einander zu verstehen.«

Noch immer im Arm ihres Vaters«, sagte Siguna zu Ronan gewandt: »Mein Vater möchte, daß ich für euch übersetze.«

Ronan nickte. »Ich selbst hatte den gleichen Gedanken, als ich dich sah. Wir haben den halben Nachmittag miteinander geredet, haben aber kaum Fortschritte gemacht.«

»Du wirst ihn nicht töten!« sagte Siguna schnell.

Ronans Gesicht war gleichgültig. »Wenn ich ihn hätte töten wollen, Siguna, dann müßte ich das wohl kaum mit ihm besprechen.«

Mit Würde sagte sie: »Ich freue mich, wenn ich bei eurem Gespräch helfen kann.«

»Danke.«

Nel fiel energisch ein. »Ich meine, wir sollten erst essen, bevor ihr eure Unterhaltung beginnt.«

Ronan glitt mit der Hand unter ihre Haare und legte sie auf ihren Nacken. »Habt ihr ein paar Kräuter zum Kochen mitgebracht?« fragte er hoffnungsvoll.

Sie lächelte ihn an und schüttelte den Kopf. »Ich habe nur Heilkräuter dabei.«

Er seufzte.

Als Siguna dem scherzhaften Wortwechsel zwischen Nel und Ronan zuhörte, fiel ihr ein Stein vom Herzen. Ronan würde mit ihrem Vater verhandeln. Es würde kein weiteres Gemetzel geben. Fenris war in Sicherheit. Ein zitterndes Lächeln glitt über ihr Gesicht, und sie fragte betont heiter: »Wer kocht für meinen Vater?«

»Die gleichen Männer, die auch für uns kochen«, antwortete Ronan verdrießlich. »Frag ihn, wie er das Essen findet.«

Siguna wandte sich Fenris zu, ihr Gesicht strahlte. »Ronan möchte wissen, wie du das Essen findest, Vater.«

Der Kain sah erstaunt aus. »Wie ich das Essen finde?«

»Ja. Er vermißt die Hand einer Frau bei der Zubereitung.«

Fenris grinste unvermittelt. »Da hat er recht«, sagte er zu seiner Tochter. Er blickte Ronan an und nickte. »Die Hand einer Frau fehlt unübersehbar.«

»Es muß doch irgend etwas entlang dieses Flusses wachsen, was wir dazu benutzen können, um ihre Speisen zu würzen«, meinte Nel zu Siguna. »Komm mit, und wir schauen uns um.«

»Also gut«, stimmte Siguna zu. Sie wandte sich an Fenris. »Nel und ich werden nach ein paar Kräutern für euer Essen suchen. Wir sind bald zurück.«

Fenris blickte von seiner Tochter zu Nel, dann zu Ronan und wieder zurück zu seiner Tochter. Er schüttelte verwirrt seinen Kopf. »Das ist gut«, sagte er. Dann schaute er wieder Ronan an.

Ronan meinte: »Wir reden hinterher.« Und er machte eine Geste des Essens. Alle Belustigung war aus seinem Gesicht verschwunden.

Fenris nickte. »Ja«, antwortete er in der Sprache der verwandten Stämme. »Wir reden.«

»Was hast du mit ihnen vor?« wollte Nel wissen.

Sie hatten ihre Mahlzeit beendet und gingen nun langsam am Fluß entlang auf die Stutenherde zu. Statt ihre Frage zu beantworten, sagte Ronan: »Die Männer halten mich für verrückt, weil ich sie nicht alle erschlagen habe. Ich hatte eine Auseinandersetzung mit den Häuptlingen deswegen. Neihle war auf meiner Seite und schließlich auch Haras.«

Sie schob ihre Hand in seine und umfaßte seinen Daumen.

»Ich habe versucht, ihnen zu erklären, daß es bei dem Kampf in der Schlucht etwas anderes war«, fuhr er fort. »Damals hatte ich keine Wahl. Wir waren noch immer in Gefahr. Ich konnte es mir nicht leisten, Gefangene zu machen, und es war menschlicher, die Verwundeten zu töten, als sie den Hyänen zu überlassen, die sie bei lebendigem Leibe verspeist hätten. Aber dieses Mal... dieses Mal haben wir sie erledigt.«

Nel einzige Antwort bestand darin, seine Hand an ihre Wange zu drücken.

»Ich habe immer daran gedacht, was du zu mir gesagt hast, als wir Vili gefangen haben«, sagte er, einem plötzlichen Bedürfnis folgend. »›Wenn wir so handeln wie sie, dann sind wir nicht besser als sie‹, hast du gesagt.« Seine Brauen zogen sich wie im Schmerz zusammen. »Mein Herz sagt mir, daß du recht hast, Nel. Wenn ich all diese Männer töte, dann bin ich nicht besser als sie, die den Fuchs- und den Bären-Clan vernichtet haben.«

Der Fluß war rot vom Licht des Sonnenuntergangs. Auf der anderen Seite war eine kleine Herde Hirsche zum Ufer gekommen, um zu trinken. Auf ihrer Seite kreisten ein paar Raben über einem großen Haufen Steine. Ronan sagte, den Blick auf die Steine gerichtet: »Wir haben ihre Toten verbrannt und begraben, was übrig war. Ich habe die Steine darüber aufschichten lassen, um die Aasfresser davon abzuhalten, sich an dem Grab zu vergehen.«

Nel stieß hörbar die Luft aus. »Wie werden die Toten dann ihren Weg in die Unterwelt finden, wenn sie verbrannt worden sind?«

»Fenris hat mir geraten, es so zu machen. Es waren seine Männer.«

Eine Weile gingen sie schweigend weiter. Dann bemerkte Nel: »Sie sind ein merkwürdiges Volk.«

»Ja.«

Nel fragte ein zweites Mal: »Was wirst du mit ihnen tun?«

»Ich habe mir überlegt, sie in den Norden zurückzuschicken, Nel, und dort anzusiedeln. Es gibt keinen Grund anzunehmen, warum sie nicht ein Leben wie wir führen können, ein Leben, wo sie Tiere und nicht Menschen jagen.«

»Zurück in die gefrorene Tundra?« entsetzte sich Nel.

Der Himmel im Westen mischte sich in schwarzen und roten Streifen; dagegen hob sich Ronans Profil wie ein Scherenschnitt ab. »Nein«, beschwichtigte er sie. »Ich habe an das Land gedacht, wo der Goldfluß ins Meer mündet. Es war einmal das Land von verwandten Stämmen, ich weiß. Aber es sind nur noch wenige von ihnen dort übrig. Es ist ein gutes Jagdgebiet, Nel. Der Eulen-Clan lebte dort sehr zufrieden, bis die Herren der Pferde über sie hergefallen sind.«

Nel nickte bedächtig. »Es gibt nur ein Problem. Wie kannst du sichergehen, daß sie dort bleiben? Wie kannst du sicher sein, daß sie nicht zu neuen Raubzügen aufbrechen, sobald du ihnen den Rücken zugekehrt hast?«

Ein unglaublich unversöhnlicher Ausdruck ergriff von Ronans falkenhaftem Gesicht Besitz. »Ich werde ihre Pferde behalten.«

Nel blieb stehen. Ihre Finger spannten sich um seinen Daumen und zwangen ihn so dazu, sich zu ihr umzuwenden. Der rote Himmel hinter ihm umgab seinen Kopf wie ein Heiligenschein. »Ihre Pferde behalten?« wiederholte sie.

»Überleg doch, Nel«, sagte er. »Es waren die Pferde, die diesen Männern zu ihrer außergewöhnlichen Beweglichkeit verholfen haben. Die Pferde waren ihre furchterregendste Waffe. Nimm ihnen die Pferde weg, und sie werden wie jeder andere beliebige Stamm.«

Eine kleine Brise kam vom Fluß herüber, zerzauste sein schwarzes Haar und blies ihm ein paar einzelne Strähnen über die Wange. Nel wandte ein: »Sie können neue Pferde zähmen, Ronan. Sie haben die Begabung dafür.«

»Vielleicht. Aber es wird sie sehr viel Zeit kosten, wilde Pferde einzufangen und zu zähmen. Sie haben kein Tal wie wir.«

Ein nachdenkliches Schweigen entstand. »Damit hast du recht«, stimmte Nel zu. Sie nickte zweimal und wiederholte dann nachdenklich: »Du hast recht.«

In einer gemeinsamen harmonischen Bewegung drehten sie sich um und gingen den Weg zurück, den sie gekommen waren. »Was soll aus ihren Frauen werden?« erkundigte sich Nel, nachdem sie ein paar Schritte gegangen waren.

»Die gefangenen Frauen der verwandten Stämme bleiben bei uns. Sie werden in jedem unserer Stämme willkommen sein oder aber in den nördlichen Stämmen, wenn sie dort Verwandte haben, zu denen sie zurückkehren können.«

Nel lächelte ihn an. »Das ist ein guter Plan«, sagte sie. »Seit ich von den Gefangenen erfahren habe, habe ich mir den Kopf darüber zerbrochen, was wir mit ihnen machen könnten, und du hast die Antwort gefunden. Es gelingt dir immer.«

»Ich muß natürlich Fenris' Zustimmung erlangen.«

Nel sagte: »Er wird keine andere Wahl haben.«

Der Kain brauchte nicht lange, um zu dem gleichen Schluß zu kommen wie Nel. Er stimmte Ronans Bedingungen zu.

»Sie werden unsere Pferde behalten?« fragte Vili entsetzt, als er am folgenden Morgen von den Bedingungen des Friedensschlusses hörte. »Aber ohne unsere Pferde werden wir nicht anders sein als alle anderen!«

»Das genau ist es, was er erreichen will«, erklärte Fenris seinem Sohn müde. »Er will uns jede Möglichkeit nehmen, weiterhin über sein Land zu reiten.«

»Vater!« Vilis graue Augen glitzerten. »Wir brauchen doch nur so zu tun, als zögen wir in den Norden. Dann kommen wir wieder zurück und stehlen uns unsere Pferde.«

»Ronan hat schon daran gedacht, Vili. Er gibt uns Männer mit, um uns zu begleiten.«

»Er erwartet von uns, daß wir die ganze Länge des Flusses zu Fuß gehen?«

»Ja.«

»Es wird Winter sein, bevor wir die Gegend erreichen, von der er spricht!«

Fenris zuckte mit den Schultern. Nach einer Minute des Schweigens fügte er hinzu: »Außerdem nimmt er uns unsere weiblichen Gefangenen weg.«

Vili knurrte: »Das ist empörend.«

Der Kain hob eine zerzauste blonde Augenbraue. »Ich staune noch immer darüber, daß wir am Leben sind, Vili. Denke ein wenig mehr darüber nach, mein Sohn. Wenn dieser Ronan ein Mann wie ich wäre, dann wären wir schon alle vor ein paar Tagen Opfer der Flammen geworden.«

Vili schaute finster drein, traf auf den ruhigen Blick seines Vaters und senkte die Augen. Als er sie wieder hob, sah er mit Erstaunen, daß Siguna auf sie zukam, mit Arika an ihrer Seite.

»Im Namen des Donnerers«, murmelte er, »was will *die* hier?«

»Vater«, sagte Siguna, »dies ist die Herrin des Hirsch-Clans, die dich kennenzulernen wünscht.«

Fenris blickte seine Tochter fragend an. »Herrin? Was ist eine Herrin?«

»Der Hirsch-Clan hat einen weiblichen Häuptling«, erklärte Siguna. »Und so wird sie genannt: Herrin.«

Fenris sagte nichts, richtete lediglich seine unergründlichen grauen Augen auf Arikas Gesicht. Sie begegnete seinem Blick unnachgiebig und bemerkte: »Das ist also dein Vater, Siguna.«

Fenris betrachtete weiter die Frau, die vor ihm stand. Arikas alternde Haut konnte nicht die Schönheit ihrer Züge verbergen, und ihr Blick war von einer unglaublichen Rücksichtslosigkeit. Ganz langsam begann Fenris zu lächeln. »Ein weiblicher Häuptling«, murmelte er weich.

Siguna öffnete die Lippen, um die Bemerkung zu übersetzen, aber er legte ihr seine Hand auf den Arm, um sie daran zu hindern. Fenris sprach Arika direkt an. »Du bist Kain?«

Arika senkte ihr Haupt bestätigend. »Ja. Ich bin Kain.«

Fenris sah seine Tochter an. »Wahrhaftig«, sagte er, »dieses Volk hört nicht auf, mich in Erstaunen zu versetzen.«

Vili stand am Ufer und blickte mit brennenden Augen auf die Pferdeherde, die am unteren Ende der Wiese graste. Während er noch hinüberschaute, kam ein Reiter auf einem grauen Pferd aus dem Schatten der Berge geritten und hielt auf die Pferdeherde zu. Es war Ronan auf seinem jungen Hengst.

Das Pferd war wunderbar, das mußte Vili zugeben – größer als ihre eigenen, mit einer langen, fließenden Mähne und nicht der kurzen, bürstenartigen, die Vili kannte. Die Erregung des Hengstes nahm zu, als er die Stuten witterte, aber Ronan gelang es, ihn in gleichmäßigem Galopp vorwärtszutreiben.

Im Namen des Donnerers, dachte Vili, das ist ein Pferd!

Eine weibliche Stimme erklang hinter ihm, und Vili drehte sich um und sah das schwarzhaarige Mädchen des Hirsch-Clans hinter sich stehen. Er sah sofort, daß sie unbewaffnet und allein war.

Sie starrten einander an, und Vili stellte überrascht fest, daß ihre Augen gar nicht braun waren, wie er immer angenommen hatte, sondern dunkelblau. Er machte eine Geste mit der Hand und fragte bissig: »Wo Speer?«

Sie zuckte die Schultern. »Ich brauche ihn nicht.«

Sie ist sehr hübsch, dachte er, und sein junger männlicher Körper war sofort erregt. Es war lange her, seit er zuletzt bei einer Frau gelegen hatte. Seine Augen wurden schmal, und er blickte sie grüblerisch an. Warum hatte sie ihn aufgesucht?

Sie lächelte ihn in aller Offenheit an. »Du siehst gut aus«, sagte sie. Sie musterte ihn von oben nach unten. »Nun zeig mir, wie gut du bist.«

Er blinzelte. Hatte er sie mißverstanden? Sie hielt ihm eine Hand hin. »Komm«, sagte sie. »Ich nehme dich.«

Vili zögerte keinen Moment. Er ergriff ihre Hand und ließ sich von ihr vom Lager fort und hin zu einem der Berghänge führen. Ihre Hand war schwielig wie die eines Jungen. Er hörte jemanden hinter ihnen etwas rufen, und sie drehte sich um und entgegnete etwas. Als sie wieder nach vorn blickte, lachte sie.

Sie kamen rasch voran und gelangten bald in den Schutz des Berges und der Bäume. Vili fühlte, wie das Blut in seinen Adern pochte. Es kam ihm flüchtig in den Sinn, daß sie vielleicht irgendwo eine Waffe verborgen haben könnte, um ihn zu töten.

Es war ihm egal, wenn er sie nur vorher besitzen konnte.

Sie hatten den Fuß des Berges erreicht. Sie ließ seine Hand los und begann zu klettern, dem Pfad folgend, den die Männer ein paar Nächte zuvor auf ihrem Weg ins Tal genommen hatten. Vili folgte ihr.

Nachdem sie etwa ein Viertel des Weges den Hang hinauf erklommen hatten, erreichten sie auf einer Art Absatz im Berg eine kleine Lichtung, die von Kiefern und Birken geschützt war. Das schwarzhaarige Mädchen wandte sich ihm zu. »Mein Name ist Lara«, sagte sie.

Er wies auf seine Brust. »Vili.«

»Du bist sehr… –« und sie benutzte ein Wort, das er nicht kannte. Er legte die Stirn in Falten.

»Hübsch«, wiederholte sie. Er zuckte ungeduldig mit den Schultern, noch immer nicht verstehend. Er wollte sich nicht unterhalten. Er griff nach ihrem Arm und zog sie an sich. Sie gab bereitwillig nach, nahm sein Gesicht in beide Hände, um seinen Kopf zu sich herunterzuziehen.

Als Vili sie küßte, ließ er seine Hände ihren Körper hinauf- und hinuntergleiten. Sie rieb sich an ihm. Er stöhnte, und mit einer schnellen Bewegung warf er sie zu Boden und legte sich auf sie. Rittlings auf ihren Hüften sitzend, begann er, sich seine Hose herunterzureißen.

»Nein, nein, nein, nein«, sagte Lara. Sie war ein wenig außer Atem, weil er sie so hart zu Boden geworfen hatte, doch ihre Augen glänzten. Er starrte sie an, wie sie so unter ihm lag. Was meinte sie mit ›nein‹? Sie war verrückt, wenn sie glaubte, daß er jetzt aufhören würde.

»Langsam«, sagte sie ihm. »Das ist schöner. Schau, so.« Sie öffnete die Bänder ihrer Bluse, griff nach seiner Hand und schob sie unter das Leder, so daß er ihre nackte Brust berührte. Seine Hand schloß sich, und er spürte die aufgerichteten Knospen ihrer Brust gegen seine Handfläche. Sie lächelte. »Ja«, flüsterte sie heiser, »so ist es gut.« Bar jeder Angst bedeutete sie ihm, sich neben sie zu legen, und zu seinem eigenen Erstaunen tat er, was sie verlangte.

Die nächste Stunde war eine Offenbarung für Vili. Er hätte sich niemals träumen lassen, daß Paarung mehr sein konnte als der einfache Akt! Geschweige denn, daß eine solchermaßen verlängerte Qual die Quelle solch köstlicher Freuden sein konnte.

Beim ersten Mal konnte er sich nicht lange zurückhalten, aber das zweite Mal dauerte und dauerte und dauerte. Lara wußte von Fertigkeiten, die Vili entschlossen war, in Zukunft jeder Frau beizubringen, bei der er lag. Und er verspürte eine derartig große Verzückung, als er sah, daß Lara durch seine Berührung genauso heiß und erregt wurde, wie er sie noch niemals zuvor erfahren hatte. Er hatte nicht gewußt, daß Frauen so empfinden konnten. Das war eine eindeutige Verbesserung im Vergleich mit all den kurzen und einsamen Momenten der Freude, die er bei früheren sexuellen Begegnungen genossen hatte.

Als es schließlich vorbei war und Vili auf dem Rücken lag und in den blauen Himmel über ihm starrte, dachte er an die Frauen seines Vaters, und wie sich ihr Gesichtsausdruck veränderte, wenn der Kain einmal in ihre Richtung blickte. Vili hatte immer angenommen, es läge daran, daß sein Vater so stark wie ein Hengst war. Nach seiner neuen Erfahrung vermutete er, daß die Ursache doch eine andere sein mußte.

38

Ein entsetzliches Chaos brach unter den im Lager der Herren der Pferde zurückgelassenen Frauen aus, als sie von der Niederlage ihrer Männer erfuhren. Die erste Nachricht erreichte sie durch jene Männer, die unverletzt vom Schlachtfeld hatten fliehen können. Totale Niederlage – so hieß es allgemein. Drei Viertel der Männer tot oder sterbend auf dem Schlachtfeld zurückgeblieben. Keiner wußte, was die Bergleute mit jenen tun würden, die sie gefangengenommen hatten.

Die Frauen wußten nicht, wie sie sich verhalten sollten. Frauen und Mütter wurden fast wahnsinnig, weil sie nur wenig über das Schicksal ihrer Männer und Söhne in Erfahrung bringen konnten. Die gefangenen Frauen sahen einen Hoffnungsschimmer am Horizont, daß sie vielleicht freigelassen würden, jetzt, da ihre Herren tot oder geschlagen waren. Aber keine wußte, was sie tun sollte.

Zwei Tage nach seinem Gespräch mit Fenris sammelte Ronan eine Reihe von Männern um sich und ritt mit ihnen und Siguna den Goldfluß entlang nach Süden in das Lager der Pferdeleute, um den wartenden Frauen mitzuteilen, wie über ihre Zukunft entschieden worden war.

Kara versammelte sich mit den übrigen Frauen und Kindern auf der Ebene am Fluß und hörte Siguna zu. Siguna stand etwas erhöht auf einem Schlitten und nannte die Namen der Männer, die den Kampf überlebt hatten und in Gefangenschaft geraten waren. Als allererstes hatte sie Fenris' Namen genannt, und danach hatte Kara nicht mehr hingehört.

Name folgte auf Name, Frauen schrien vor Freude auf, wenn sie den ihres Gefährten oder Sohnes hörten. Als der letzte genannt war, breitete sich ein schauriges Schweigen unter den Frauen aus. Diejenigen, die vergeblich auf die Nennung eines geliebten Namens gewartet hatten, standen wie zu Statuen erstarrt da.

»Nicht alle Ungenannten sind tot«, sagte Siguna in dieses eisige Schweigen hinein. »Manche sind auch entkommen, aber ich habe ihre Namen nicht.«

Bei diesen Worten begann eine Frau neben Kara hörbar zu weinen. Jemand beruhigte sie, und die Stille war wieder so lastend wie zuvor.

»Was soll mit den überlebenden Männern geschehen? Was wird mit uns geschehen?« Es war Teala, Fenris' Frau und Vilis Mutter, die jene Frage aussprach, die alle interessierte.

»Der Anführer der Bergleute wird euch diese Fragen beantworten«, kündigte Siguna an, und sie gab dem schwarzhaarigen Mann, der neben ihr zu ebener Erde stand, ein Zeichen. Er sprang mit leichter Anmut neben Fenris' Tochter auf den Schlitten.

»Fenris und ich haben uns geeinigt«, begann er in der Sprache der verwandten Stämme. Er hatte einen ungewöhnlichen Akzent, aber Kara fiel es nicht schwer, ihn zu verstehen. Siguna übersetzte, damit auch die Frauen der Herren der Pferde wußten, was beschlossen worden war.

Kara lauschte seinen Worten mit Erleichterung und wachsender Verwunderung. Es würde kein Massaker geben. Keine weitere Versklavung von Frauen. Der ganze Stamm der Eindringlinge würde einfach in den Norden abgeschoben werden, und damit sie dort auch blieben, wurden ihnen die Pferde fortgenommen.

»Ich weiß, es gibt eine große Zahl gefangener Frauen aus den verwandten Stämmen unter euch«, sagte der schwarzhaarige Mann. »Unglücklicherweise kommen viele von euch aus Stämmen, die nicht mehr existieren. Diejenigen von euch, die Eltern oder Verwandte in anderen Stämmen haben, sind frei, sich ihnen anzuschließen. Sollten sich einige von euch entschließen, die Männer dieser Bergstämme zu nehmen und bei ihnen leben zu wollen, so sind sie willkommen.« Er machte eine Pause, und sein Gesicht war plötzlich sehr ernst. »Egal welche Entscheidung ihr trefft«, sagte er, »ihr sollt wissen, daß keine Frau der verwandten Stämme weiterhin dazu gezwungen ist, in den Zelten der Männer zu dienen, die ihre Väter und Männer ermordet haben.«

Schweigen breitete sich aus. Siguna hatte sich nicht die Mühe gemacht, den letzten Satz zu übersetzen.

Als der Anführer seine Rede beendet hatte, erhoben sich nach und nach weibliche Stimmen in der Sprache der verwandten Stämme.

»Ich werde zu meinen Eltern in den Pferde-Clan zurückkehren«, rief eine Frau hinter Kara aufgeregt.

»Und ich zum Stamm des Marders«, fiel eine andere ein.

»Sowohl der Stamm meines Gefährten als auch der meines Vaters wurde vernichtet«, sagte eine dritte Stimme bitter. »Ich nehme an, ich werde wohl hier in den Bergen bleiben.«

»Was ist mit unseren Kindern?« rief eine Frau laut. »Viele von uns haben Kinder von den Männern dieses Stammes. Werden unsere Kinder mit uns willkommen sein?«

»Ein Kind gehört zu seiner Mutter«, antwortete der schwarzhaarige Mann ein wenig erstaunt. »Natürlich sind eure Kinder willkommen.«

Kara legte ihre Hand auf ihren leicht vorgewölbten Bauch. Sie wußte schon seit mehr als einem Mond, daß bei ihr ein Baby unterwegs war.

Wenn sie zu ihrem Vater zurückkehrte, würde er sie mit einem Mann verheiraten, der wie ihr erster war. Zum ersten Mal in vielen, vielen Monden dachte Kara an diesen ersten Mann zurück. Er ist nicht wirklich schlecht gewesen, überlegte sie. Er hatte nie jemanden ermordet, niemals anderen Menschen wissentlich Schaden zugefügt. Er war nicht wie Fenris gewesen.

Er war ein besserer Mann als Fenris, sagte sie sich. Jeder einzelne Mann von den verwandten Stämmen war besser als der Kain. Es wäre zu einem Massaker gekommen, hätten die Herren der Pferde den Kampf für sich entschieden. Daran muß ich denken, prägte Kara sich ein. Sie grub die Nägel in die Handflächen und atmete ungleichmäßig ein.

»Dann wirst du uns also bald verlassen.« Kara drehte sich um und blickte in Tealas Gesicht. Die Frau des Kains schien nicht so zufrieden mit den Aussichten, wie Kara es erwartet hätte. Teala hatte sich ihr gegenüber nie aktiv feindselig verhalten, aber Kara wußte, die Frau lehnte sie als die Favoritin des Kains intensiver ab als jede andere Frau in Fenris' Zelt.

Kara sagte: »Ja. Ich werde fortgehen.«

Tealas blaue Augen sahen sie matt an. Der Wind vom Fluß blies ihr ein paar lose Strähnen in die Stirn. »Ich hatte große Angst in meinem Herzen, aber mit dem Stamm wird alles gut werden, solange der Kain nur am Leben ist.« Ihr Mund zog sich zusammen, als spüre sie einen plötzlichen Schmerz. »Es wird schwer für ihn werden«, sagte sie, »sehr schwer.«

Zum ersten Mal nahm Kara die grauen Fäden in Tealas sonst blonden Zöpfen wahr. Ihr fiel auch auf, wie verhärmt und bleich ihr Gesicht war. Sie runzelte die Stirn und fragte besorgt: »Geht es dir nicht gut, Teala?«

Teala warf ihr einen knapp bemessenen Blick zu und antwortete nicht. Statt dessen sagte sie: »Für mich war es keine Überraschung, Siguna zu sehen. Sie ist die Sorte Mädchen, die man niemals leicht los wird.«

Kara wandte weich ein: »Der Kain muß sehr glücklich gewesen sein, sie wiederzusehen. Er mochte sie immer besonders gerne.«

»Sie wird nicht bei ihm bleiben«, verkündete Teala. »Die nicht. Er wird sich dem Neuen allein stellen müssen...« Abrupt drehte sich Fenris' Frau um und ging davon.

Später, als die Frauen ihren persönlichen Besitz zusammensuchten und auf eine Handvoll Schlitten luden, fragte Kara eine der Steppenfrauen, die schon seit vielen Jahren bei Fenris war, ob es Teala gut gehe.

»Nein«, war die knappe Antwort. »Sie ist schon seit einiger Zeit krank. Ich glaube nicht, daß sie unser neues Zuhause noch kennenlernen wird.«

Von Karas Lippen kam ein Geräusch der Trauer.

»Ihr Sohn lebt«, bemerkte die andere Frau bitter. »Ich würde mit Freuden mein Leben geben, wenn ich von meinem Sohn das gleiche sagen könnte.«

Kara dachte an das eifrige Gesicht des Jungen, welcher der

zweite Sohn Fenris' war, und sie spürte die Trauer seiner Mutter auf sich lasten.

Die Männer spannten die Stuten vor die beladenen Schlitten und brachen mit den Frauen und Kindern den Goldfluß hinauf auf. Zu Fuß kamen sie langsamer voran, und sie brauchten zwei Tage, bis sie das Lager des Bundes und ihrer Gefangenen auf der halbmondförmigen Wiese erreichten.

Ronan gab das Signal, und der Zug hielt am Ufer des Flusses an. Eine Gestalt löste sich aus dem überfüllten Männerlager und kam heran. Karas Herz tat einen Sprung in ihrer Brust, als sie Fenris erkannte. Er blieb ein wenig abseits von dem Zug der Frauen stehen und wartete auf den schwarzhaarigen Häuptling, der schon auf dem Weg zu ihm war.

Kara musterte den Kain intensiv, um sich zu vergewissern, daß er wirklich wohlauf war. Sein einer Arm schien ein wenig steifer, aber im übrigen sah er unverändert aus. Kara beobachtete, wie die beiden Männer einander begrüßten und ein Gespräch begannen. Dann wandte sich der Kain um und gab seinen wartenden Männern ein Zeichen. Sofort liefen sie auf den Zug der Frauen zu.

Kara, die keinen Mann oder Sohn hatte, der zu begrüßen und zu bejubeln war, zog sich an den Rand des Geschehens zurück, um nicht im Weg zu stehen. Fenris und Ronan standen Seite an Seite und sahen zu, wie Männer und Söhne und Väter ihre Frauen und Mütter und Kinder wiederfanden. Karas ganze Aufmerksamkeit war jedoch auf Fenris konzentriert.

Er blickte zu Teala und Vili hinüber, sein Gesicht eine undurchdringliche Maske. Sie bemerkte, wie sein Blick suchend über die Gruppe der Frauen von den verwandten Stämmen schweifte. Als seine Augen die ihren fanden, war sie vorbereitet.

Über die Entfernung hinweg blickten sie einander an. Sein Ausdruck blieb unverändert. Dann glitt sein Blick langsam weiter.

Die Männer der verwandten Stämme trennten ihre Frauen von denen der Herren der Pferde, unterhielten sich freundlich mit den früheren Gefangenen, die sie nun in Obhut nahmen.

»Die meisten von uns kommen aus Stämmen, die weit im Norden dieser Berge gesiedelt haben«, sagte ein Mädchen, nachdem sie alle in einem eigenen Lager versammelt waren. »Wie werden wir zu unseren Familien zurückkommen?«

Ein hübsches, braunhaariges Mädchen mit ungewöhnlich grünen Augen antwortete sanft: »Wir werden Reiter zu allen verwandten Stämmen schicken, um die Nachricht von eurer Rettung zu überbringen und eure Verwandten zu bitten, euch bei der Großen Höhle abzuholen und nach Hause zu bringen.«

»Nach Hause!« sagte eine junge Frau in einem Seufzer, der tief aus ihrem Herzen kam. »Ich kann es kaum fassen, daß es doch noch wahr wird!«

Der Tag ging zur Neige, die Sonne verschwand hinter dem Horizont, und die Frauen und Kinder ließen sich zum Schlafen nieder. Am nächsten Tag würde der beträchtlich dezimierte Stamm der Herren der Pferde seinen Weg nach Norden antreten, begleitet von einer berittenen und bewaffneten Gruppe des Bundes, die sichergehen würde, daß sie ihr Ziel auch erreichten.

Kara tat die ganze Nacht kein Auge zu. Der Gedanke an Fenris Gesichtsaudruck ließ sie nicht los. Ruhig. Resigniert. Gezeichnet von Schmerz, der nichts mit körperlichem Unwohlsein zu tun hatte. Er hatte eine riesige Zahl seiner Männer verloren. Zwei seiner Söhne waren tot. Er würde noch mehr seiner Kinder verlieren, wenn ihre Mütter ihn verließen, um zu ihren Stämmen zurückzukehren. Aus irgendeinem Grund stieg das Bild, wie Fenris einmal mit einem seiner kleinen Söhne auf den Schultern einem Ringkampf zugesehen hatte, immer wieder in ihr auf.

Er wird sich dem Neuen allein stellen müssen.

Die Männer, die uns in ihre Obhut genommen haben, sind sehr freundlich, sagte sich Kara wieder und wieder. Vergiß das nicht, befahl sie sich. Sie überlassen uns Frauen die Wahl, etwas, was in Fenris' Welt ein Ding der Unmöglichkeit wäre.

Kara stand im Morgengrauen auf und ging durch den dünnen Nebel zum Ufer des Flusses, wo der Zug der Herren der Pferde aufbruchbereit war. Ronan hatte ihnen die vorübergehende Nutzung von Pferden zum Ziehen der Schlitten gestattet, und einige der kleineren Kinder und ernsthaft verletzten Männer würden ebenfalls auf den Schlitten neben dem Hausrat und den Zelten transportiert werden. Zehn bewaffnete und berittene Männer, geführt von einem Riesen namens Bror, wie Kara von Ronan gehört hatte, machten sich fertig, um den geschlagenen Stamm zu begleiten.

Fenris war wie der Rest seiner Männer zu Fuß. Kara spürte einen Stich in ihrem Herzen, ihn so zu sehen. Fenris ohne sein Pferd! Wie würde er das ertragen?

Sie hatten sich bereits in Bewegung gesetzt, als Fenris sich umsah und sie bemerkte. Sie stand da, mit angehaltenem Atem, und starrte ihn an. Gerade in diesem Augenblick durchdrang die Sonne den Morgennebel und warf ihr Licht auf Fenris' struppiges blondes Haar. Sie sah, wie sich neben seinen Augen die kleinen Lachfältchen bildeten, die sie so liebte. Sie sah, wie er lächelte und eine Hand hob. Seine Lippen bewegten sich, formten ein Wort. »Komm.«

Sie machte einen Schritt und einen zweiten. Dann rannte sie. Er hatte die Arme geöffnet, und sie lag an seiner Brust, preßte sich mit ihrem ganzen Körper an ihn. Hier war ihr Platz, hier gehörte sie hin.

Arika spürte, wie sich die Stimmung im Bundeslager änderte, sobald die Pferdeleute außer Sichtweite um die Biegung des Flusses waren. Die Angelegenheit hier war beendet; es war Zeit, sich dem Leben nach der Schlacht zuzuwenden, Zeit für die Stämme, nach Hause zurückzukehren.

Als sie jedoch zu Neihle sagte, die Männer des Hirsch-Clans sollten ihre Vorbereitungen treffen, um das Tal zu verlassen, da warf ihr Bruder ihr einen merkwürdigen Blick zu. »Die Männer haben miteinander geredet, Arika«, sagte er, »und es gibt da etwas, was sie mit dir besprechen wollen.«

Arika wurde sofort wachsam. »Worum handelt es sich?«

Neihle hob beide Hände. »Laß uns ein bißchen von den anderen Stämmen abrücken. Dies ist eine Angelegenheit, die nur den Hirsch-Clan betrifft.«

»Also gut«, stimmte Arika steif zu. »Wo?«

»Hier entlang«, sagte Neihle, und zum ersten Mal fiel Arika die Gruppe von Männern des Hirsch-Clans auf, die sich im Gras am Fuße des Berges niedergelassen hatten. Langsam ging sie neben ihrem Bruder her, und trotz ihres ruhigen Gesichtsausdrucks war ihr Herz voller Besorgnis. Ihre Besorgnis nahm nicht ab, als sie erkannte, daß nicht nur die jungen Männer, sondern auch eine repräsentative Anzahl der älteren sie erwarteten. Als sie die ernsten Männergesichter noch einmal musterte, schien es in der Tat so, daß alle Anführer der einzelnen Altersgruppen hier versammelt waren.

»Wir grüßen dich, Herrin«, murmelten die Männer respektvoll, als sie in ihre Mitte trat.

Arika nickte kühl.

»Setz dich bitte«, forderte Neihle sie auf, und einer der Männer breitete eine Hirschfelldecke für sie aus. Sie sind vorbereitet, dachte Arika düster. Sie setzte sich.

Die Männer blickten Neihle an. »Herrin«, begann er. Sein Gesicht und seine Stimme waren ernst. Er saß ihr gegenüber, auf der anderen Seite des Kreises. Er suchte ihre Augen und hielt ihrem Blick stand. »Die Männer des Hirsch-Clans möchten Ronan dazu einladen, sich dem Stamm wieder anzuschließen.«

Ihre schmalen Nasenflügel zitterten leicht. Sie hatte geahnt, daß es etwas mit Ronan zu tun haben mußte. »Warum?« fragte sie.

»Wenn Ronan zu uns zurückkehrt, dann wird auch Nel wieder bei uns sein, und es ist unser Wunsch, Nel als unsere nächste Herrin zu haben, wenn du nicht mehr bist.«

Arika ließ sich von Neihles weicher, vernünftiger Stimme nicht beirren. Ihre Augen wurden schmaler, ihre Stimme eisig. »Es gehört nicht zu den Angelegenheiten der Männer dieses Stammes, die nächste Herrin zu benennen.«

Neihles Blick wurde unsicher. Arika wußte, daß sie ihren Bruder kontrollieren konnte; sie hatte es immer getan. Sie sah zu den anderen Männern.

Tyr sagte bestimmt: »Wir wollen, daß Nel unsere Herrin ist, das ist wahr. Aber wir wollen auch Ronan als unseren Häuptling haben. So halten es alle anderen Stämme, die der Großen Erdmutter folgen: Der Mann der Herrin ist der Häuptling des Stammes. Und so wollen wir es auch im Hirsch-Clan halten.«

Ronans engster Freund hatte Arikas größter Angst Ausdruck verliehen. Arika straffte sich, zog den Mantel ihrer Autorität enger um sich und bereitete sich auf den Kampf vor. »Wer bist du, daß du dir zu bestimmen anmaßt, was im Hirsch-Clan zu geschehen hat? Ich bin die Herrin, die Stimme der Göttin. Ich bin diejenige, die für den Stamm spricht.«

Tyrs dunkle blaue Augen blickten unerschrocken. »Wir sind die Männer des Stammes, Herrin«, antwortete er fest. »Wir sind die Kämpfer. Wir sind die Jäger. Wir wollen einen der unseren zum Anführer, und wir wollen Ronan.«

Sie hatte immer gefürchtet, daß die Männer eines Tages versuchen würden, ihre Macht durchzusetzen. Das war der Grund gewesen, warum sie ihren Sohn beiseite geschoben und schließlich verbannt hatte. Und sie erkannte jetzt mit verzweifelter Bitterkeit, daß alles umsonst gewesen war.

»Nein«, sagte sie dennoch.

»Wir haben dir einmal erlaubt, ihn zu vertreiben«, entgegnete Tyr. »Wir alle wußten, daß Morna gelogen hatte.« Er beugte sich ein wenig vor, um ihre Aufmerksamkeit zu erzwingen. »*Du* wußtest, daß Morna gelogen hatte, Herrin. Und dennoch hast du ihn vertrieben. Und Schande über uns, aber wir haben dich nicht daran gehindert. Aber damit ist jetzt Schluß. Ronan ist ein Mann des Hirsch-Clans. Er ist ein Mann, auf den der Stamm stolz sein kann, und wir verlangen, daß er einen ihm angemessenen Platz unter uns einnehmen kann.«

Arika hatte einen beißenden Geschmack im Mund.

»Du bist nicht mehr jung, Herrin«, versuchte Erek sie zu überzeugen. »Wir brauchen jemanden, der deinen Platz übernimmt, wenn du nicht mehr bist. Nel ist die Urenkelin von Elen. Wer könnte besser geeignet sein als sie?«

Arika öffnete den Mund, um Siguna vorzuschlagen, und schloß ihn wieder. Bei der augenblicklichen Stimmung war es mit Sicherheit das Schlimmste, was sie tun konnte, eine Außenseiterin vorzuschlagen. »Es gibt viele Mädchen im Hirsch-Clan, die meinen Platz einnehmen könnten«, gab sie statt dessen zu bedenken.

»Es gibt keine wie Nel«, sagte Neihle.

Natürlich war es nicht Nel, gegen die sie etwas hatte. Sie alle wußten das.

Gänse schwammen auf dem Fluß. Arika beobachtete sie, kleine schwarze Tupfen auf dem goldenen Wasser. Sie konnte sie nur an ihrem typischen Schnattern erkennen. Meine Augen sind auch nicht mehr das, was sie einmal waren, dachte sie. Es war die Wahrheit. Sie wurde alt.

Ronan hatte gewonnen. Die Männer versuchten sie durch ihr Gerede über Nel abzulenken, aber Arika wußte genau, was geschehen würde. Ronan würde die Führung des Stammes übernehmen, und Nel würde es zulassen.

»Wann habt ihr das mit Ronan besprochen?« fragte sie verbittert. In ihrer Frage schwang die unausgesprochene Unterstellung mit, daß es hinter ihrem Rücken geschehen war.

Tyr sah in keiner Weise beschämt aus. »Das haben wir nicht.«

Es dauerte einen Moment, bevor Arika die Worte begriff. »Ihr habt es nicht mit ihm besprochen?«

»Wir wollten zuerst mit dir reden, Arika«, erklärte Neihle.

»Das ist freundlich von euch«, antwortete sie mit eisiger Höflichkeit. Ihr Bruder wenigstens hatte den Anstand, beschämt dreinzublicken. »Wann wolltet ihr mit Ronan sprechen?« fügte sie hinzu.

Sie blickten einander an.

»Hole ihn«, wies sie Tyr an. Sie sollen es jetzt gleich tun, dachte sie. In meiner Gegenwart. Ich will es ihnen so schwer wie nur irgend möglich machen.

Nach einem Moment des Zögerns stand Tyr auf und ging in Richtung des Lagers davon.

Auch Ronan hatte Pläne für die Zukunft geschmiedet. Ja, Unwar und er waren gerade dabei, ein Gespräch zu beenden, als Tyr auf Ronan zutrat und um seine Gegenwart bat.

»Natürlich«, stimmte Ronan höflich, wenn auch etwas abgelenkt zu, da er im Geiste noch mit der Unterhaltung beschäftigt war, die er soeben beendet hatte. Er nickte dem Häuptling des Leoparden zu und drehte sich zu Tyr um.

»Wir brauchen Nel auch«, sagte Tyr.

Damit errang er Ronans Aufmerksamkeit. Er blickte Tyr an, mit einer senkrechten Falte zwischen seinen schmalen Augenbrauen. »Möchtest du mir sagen, worum es geht?« fragte er freundlich.

Tyr schüttelte den Kopf. »Du wirst es gleich erfahren.«

»Nel ist bei den ehemaligen weiblichen Gefangenen«, sagte Ronan.

»Warte hier«, schlug Tyr vor, »ich werde sie schnell holen.«

Ronan kreuzte die Arme über der Brust und blickte zu den Gänsen auf dem Fluß hinüber. Seine Gedanken kehrten wieder zu dem Gespräch mit Unwar zurück. Es war besser gelaufen, als er zu hoffen gewagt hatte. Dann dachte er über seine Pläne für die Zukunft nach.

Ein Hund jaulte vor Schmerz auf. Ronan wandte sich um und sah Sinta entrüstet zu Nel aufblicken.

»Sie ist mir vor die Füße gelaufen!« verteidigte sich Tyr. »Ich habe sie nicht gesehen.«

Nel tätschelte dem Hund tröstend den Kopf. »Sie versucht mir immer nahe zu sein, Tyr, und sie ist langsamer geworden, wegen der Jungen, die sie in ihrem Bauch trägt. Es tut mir leid. Ich hätte dir sagen müssen, daß du auf sie achten mußt.«

»Diese verrückten Hunde«, bemerkte Ronan, als Sinta sich an Nels Knie drückte. »Nigak ist viel zu intelligent, von seiner Würde ganz zu schweigen, um sich treten zu lassen.«

»Das ist wahr«, gab Nel gerechterweise zu. Hinter Tyrs Rükken warf sie Ronan einen fragenden Blick zu. Er zuckte mit den Schultern, um anzudeuten, daß auch er nichts wußte, und die beiden gingen neben Tyr einher.

Ronan war vollkommen überrascht, als er Arika bei den Männern sah. Was ist hier im Gange? fragte er sich.

Die Männer des Hirsch-Clans saßen in einem Kreis und wiesen auf den Platz, den sie für Ronan und Nel geschaffen hatten. Verwundert und auch ein wenig beunruhigt setzte Ronan sich auf die freie Stelle und schaute Arika an.

Aber es war Neihle und nicht Arika, der das Wort ergriff. Er mußte sich zweimal wiederholen, bevor Ronan begriff.

Uff, dachte er. Er starrte in wortloser Verblüffung in die Männergesichter vor ihm. Es waren Gesichter, die er gut kannte. Menschen, mit denen er aufgewachsen war. Seine Augen fielen auf Arika und hielten inne.

Auch sie blickte ihn an, mit stolz erhobenem Kopf und hell funkelnden Augen. Es war der Augenblick ihrer Niederlage, und beide wußten es. Sie hatte nie mehr wie eine Anführerin ausgesehen.

Die Gänse flogen nun vom Fluß auf. Der ganze Himmel schwirrte und wirbelte vor lauter Gänsen, und die für ihre Art typischen Rufe schallten durch das Tal.

Er hörte sich selbst fragen: »Was soll aus meinem Stamm werden, dem Wolf-Clan?«

»Ich bin sicher, daß sie jetzt wieder in ihren ursprünglichen Stämmen willkommen sind«, vermutete Neihle. »Schließlich ist es hauptsächlich dem Wolf-Clan zu verdanken, daß diese Berge vor der Zerstörung bewahrt wurden.«

»Diejenigen deiner Leute, die der Göttin folgen, sind uns willkommen«, fügte Erek großzügig hinzu.

Sie schwiegen. Die Stille wurde nur von den lauten, gellenden Schreien der Gänse unterbrochen. Ronan verfolgte sie mit den Augen, bis sie in Richtung der zerstörten Siedlungen des Fuchs- und des Bären-Clans verschwanden.

»Nun?« sagte Tyr.

Ronan wandte sich zu Nel, die so still an seiner Seite saß. Was soll ich tun? fragte er sie mit den Augen. Was möchtest du, daß ich tun soll?

Sie erwiderte ernst seinen Blick und legte ihm dann eine schmale Hand auf sein Knie. Mit dem leichten Druck ihrer Hand teilte sie ihm mit, daß sie ihm die Entscheidung überließ.

Das war es, wonach er sich schon immer gesehnt hatte, Häuptling des Hirsch-Clans zu sein. Selbst als Junge, tief in den verborgensten Winkeln seines Herzens, hatte er sich bereits danach gesehnt. Als er sein Zuhause hatte verlassen müssen, wie ein Aussätziger, ein Verstoßener, da hatte er sich geschworen, dereinst als Häuptling zurückzukommen. Das war sogar teilweise der Grund für ihn gewesen, Nel zu heiraten, denn durch sie hatte er gehofft, die Sehnsucht seines Herzens stillen zu können.

Welche Ironie – jetzt, wo die Erfüllung seines Traums Wahrheit werden sollte, bedeutete ihm all das nichts mehr. Mehr noch, er wollte es nicht mehr. Es fiel ihm ein Stein vom Herzen, als er erkannte, daß er endlich frei war von seiner Mutter.

Er legte seine warme Hand auf ihre schmalen Finger. Er sagte: »Ich habe bereits entschieden, den Wolf-Clan nicht zurück in das Tal des Wolfes zu führen. Dort ist nicht genug Platz für die zusätzlichen Menschen, denn die Überreste des Fuchs- und des Bären-Clans werden sich uns anschließen. Wir werden die alten Siedlungen dieser beiden Stämme in Besitz nehmen. Diese Lösung wird auch für den Leoparden-Clan annehmbar sein. Ich habe mich bereits darum gekümmert. Unwar hat uns willkommen geheißen.«

Es herrschte absolute Stille. Selbst der Krach der Gänse war verklungen. Nels Hand drehte sich, und ihre Finger verflochten sich mit seinen.

»Dann wirst du nicht mit uns zurückkommen?« fragte Neihle schließlich.

»Nein, Onkel. Ich habe bereits einen Stamm, für den ich verantwortlich bin. Ich kann ihn jetzt nicht im Stich lassen.«

Wieder senkte sich Schweigen über die Runde. Dann sagte Arika: »Ich bin stolz auf dich, mein Sohn.«

Ronan lächelte sie zutiefst belustigt an. »Ich habe keinen Zweifel daran, daß du stolz auf mich bist, Mutter«, erwiderte er. »Keinerlei Zweifel.«

Epilog

Ein Jahr danach

Sie standen Schulter an Schulter an der Stelle, wo sich der Durchgang weitete und den Blick in das Tal freigab. Die Szene vor ihren Augen war hell erleuchtet durch die strahlende Nachmittagssonne: der spiegelglatte See; das dichte, üppige, schneegenährte Gras, lodernd, voller wilder Blumen; die umschließenden Felswände, in deren Rissen und Spalten überall Blumen blühten. Weit entfernt, jenseits der Felswand, überragten die schneebedeckten Gipfel des Altas das Bild, schimmernde weiße Brücken zwischen Himmel und Erde.

Nigak drängte sich an Ronan vorbei und trottete in die Wiese. Dann schoß er mit weit ausgreifenden Sprüngen wie der Wind davon, hinunter in das Tal.

Nel lachte weich. »Er ist zu Hause.«

»Mama«, piepste ein kleines, helles Stimmchen aus dem Tragegestell auf Ronans Rücken. »Igak!«

»Er kommt zurück, Culen«, versprach Nel. »Nigak kommt immer zurück.«

»Die Hütten sehen nicht so aus, als ob sie jemand angerührt hat«, murmelte Ronan, und Nel folgte seinem Blick. Gemeinsam schritten sie voran, jeder ein Pferd führend und gefolgt von Sinta und Leir.

Weißfuß wieherte aufgeregt, als ihm klar wurde, wo er war. Die Pferdeherde war in der Mitte des Tals, aber Nel konnte sehen, wie Impero beim Klang dieses Wieherns den Kopf hob.

»Ich hatte fast vergessen, wie wunderschön es hier ist«, flüsterte sie.

»Der schönste Ort auf der Welt«, sagte er.

Nel seufzte.

Sie gingen zu ihrer alten Hütte, und Nel nahm Culen aus dem Tragegestell und stellte ihn auf die Füße. Eine Gruppe der Männer des Wolfes waren im letzten Herbst in das Tal gekommen, um die Besitztümer des Stammes zu holen, die sie zurückgelassen hatten, aber weder Ronan noch Nel waren hier gewesen, seit sie vor einem Jahr ausgezogen waren, um gegen die Herren der Pferde zu kämpfen.

Culen tappte zwischen den Hütten umher. Er ging bereits seit zwei Monden und war schon recht sicher auf den Beinen. Sinta und Leir folgten ihm, wehmütig den vertrauten Gerüchen mit der Nase am Boden folgend.

Ronan nahm den alten Wassertopf auf, der sich noch in der Hütte befand, und ging, um Wasser aus dem See zu holen.

Nel löste die Bänder an den Schlaffellen und breitete sie über den Hüttenboden aus, nachdem sie aus ihrem Inneren das sorgsam verpackte Kochgeschirr entnommen hatte. Sobald Culen den Kochtopf sah, kam er angerannt und rief: »Hungrig, hungrig.«

»Ich weiß, Liebling, ich weiß. Mama wird gleich etwas kochen.«

Sie konnten hören, wie Ronan draußen den Pferden Wasser gab.

»Durst«, stellte Culen fest und machte sich entschlossen auf den Weg zur Tür. Er rief: »Dada, Durst.«

»Dann komm mit mir hinunter zum See, und wir werden dir etwas zu trinken geben«, antwortete Ronan. Und Culen tappte davon.

Allein gelassen blickte Nel auf die übriggebliebenen Früchte und Körner, die sie in ihrem Kochtopf aufbewahrt hatte. Ronan wird uns etwas zu essen besorgen müssen, dachte sie. Vielleicht einen Fisch aus dem See. Fisch konnte Culen schon gut kauen.

Die meisten Kinder der verwandten Stämme bekamen bis zu ihrem dritten Lebensjahr nichts anderes als Muttermilch, aber Nel hatte angefangen, Culen normal zu ernähren, sobald er ein paar Zähne hatte. Sie hatte herausgefunden, daß er gut essen konnte, wenn sie ihm seine Früchte zerdrückte und sein Fleisch vorkaute. Tatsächlich glaubte sie sogar, daß es gut für ihn war. Er war größer als die meisten Kinder seines Alters, hatte früher angefangen zu gehen und zu sprechen.

Sie ging zum Eingang der Hütte, um hinauszusehen. Ronan hatte Culen auf seine Schultern gehoben, und der kleine Junge saß dort in stolzer Reiterpose und überblickte das Gelände wie ein Häuptling. Nel lächelte in sich hinein.

Ich bin froh, daß wir uns für diesen Ausflug entschieden haben, dachte sie. Es ist gut, ein wenig für sich zu sein. Zu Hause ist es so schwer, etwas Ruhe und Abgeschiedenheit zu finden.

Sie wiederholte ihren Gedanken später am Abend vor Ronan, als Culen schon schlief und die beiden nach draußen gegangen waren, um ein Feuer für die Nacht zu entzünden.

»Ich weiß«, sagte er. Er wandte sich von dem prasselnden Feuer ab und kam zu ihr herüber. Als sie dann gemeinsam auf das Feuer blickten, meinte er: »Je größer der Stamm wird, desto mehr beansprucht er unsere Zeit.«

»Mir fehlen die Tage hier im Tal«, sagte sie weich. Sie lachte. »Erinnerst du dich noch an die ganze Aufregung wegen des Rituals, das die Pferde rufen sollte?«

»Hmhmm.« Er schien belustigt.

»Das Leben war damals einfacher«, sagte sie.

»Hier in diesem Tal könnten wir niemals die große Anzahl

von Pferden halten, die wir jetzt haben«, legte er dar. »Das weißt du. Du warst sogar diejenige, die sich immer darüber beklagt hat, wie schwer es ist, Hengste zu halten.«

»Ich weiß. Die Pferdehaltung ist ohne Zweifel leichter geworden, jetzt, wo wir nur noch die Stuten der Pferdeleute haben und Wolke, um sie zu decken. Außerdem scheint Wolke nicht von Weißfuß und Frost beeinträchtigt, so wie Impero es wäre.«

»Wolke würde sich an den Hengsten stören, wenn wir sie frei laufen ließen. Aber so lange wir sie in einer eigenen Einzäunung halten, fühlt er sich nicht bedroht.«

»Die anderen Stämme scheinen gut mit den Pferden klarzukommen, die wir ihnen gegeben haben.«

»Sie werden es schon lernen«, bemerkte Ronan.

Nel lehnte ihre Wange an seine Schulter. »Das Tal löst in mir soviel Erinnerungen an Thorn aus«, seufzte sie.

Sie spürte, wie er erstarrte. Sie wußte, daß er sich für Thorns Tod verantwortlich fühlte. In diesem letzten Jahr hatte sie immer wieder versucht, ihm klarzumachen, daß er sich nicht die Schuld geben durfte, aber er hörte nicht auf sie. Schließlich hatte sie begriffen, daß es gerade dieses unerbittliche Verantwortungsgefühl war, was Ronan zu einem so guten Häuptling machte.

»Er hat eine Lücke im Stamm hinterlassen«, sagte Ronan. »Und sie ist noch immer spürbar.«

»Ja.«

Trotz des Feuers war die Nachtluft kühl, und sie drückte sich dichter an seine Wärme.

»Komm herein, Nel«, flüsterte er.

Im Inneren zeigte ihnen das Licht der einen Steinlampe, daß Culen friedlich zwischen Sinta und Leir schlief.

Ronan lächelte. »Ich befürchte manchmal, daß Culen aufwächst und glaubt, er selbst sei auch ein Hund.«

Nel kicherte.

In der Hütte war es wärmer, und die Luft dort roch noch leicht nach dem Fisch, den Nel zuvor geröstet hatte. Sie setzte sich auf ihr Schlaffell und begann, ihren Zopf zu öffnen. Ronan ging zu dem Wassertopf und schöpfte sich Wasser zum Trinken heraus. Sie beobachtete ihn, als er seinen Kopf zurücklegte, betrachtete das Spiel der Muskeln in seinem starken, braunen Hals, als er schluckte. Er war fertig mit Trinken, zog sein Hirschlederhemd über den Kopf und ging es an einem Haken an der Wand aufhängen.

Und dennoch – trotz all meiner Klagen ist es ein gutes Jahr für uns gewesen, dachte Nel. Der Schmerz über die Vertreibung aus seinem Stamm, den Ronan seither immer im Herzen getragen hatte, war nun geheilt. Er konnte seiner Mutter jetzt mit nicht mehr Emotion begegnen, als er für Haras oder irgendeinen anderen Häuptling aufbrachte. Beim letzten Frühlingstreffen hatte er dies bereits unter Beweis gestellt.

Und auch ihre Wunde der Kinderlosigkeit war verheilt. Sie hatte jetzt Culen. Ironischerweise hatte sich Mornas haßerfülltes Vermächtnis zu einem stärkenden Element ihrer Beziehung entwickelt, statt zu einem zerstörenden. Jedesmal, wenn sie Ronan dabei beobachtete, wie er Culen aus der Mitte der Hunde aufhob und das vor Freude kreischende Kleinkind auf seine Schultern hob, überkam sie eine Welle des Glücks und der Dankbarkeit.

Ronan hatte sich fertig ausgezogen und kam nun auf bloßen und leisen Sohlen zu ihr. Nel schüttelte ihr Haar aus und öffnete die Schnüre am Ausschnitt ihrer Bluse.

»Du bist heute abend langsam, kleine Elritze«, bemerkte er, kniete sich vor ihr nieder und zog ihr eigenhändig die restlichen Kleider aus.

Zusammen streckten sie sich auf den Schlaffellen aus, und er küßte sie, ließ seine Finger zärtlich über ihre Brüste gleiten. Der vertraute Schmerz der Leidenschaft baute sich in ihr auf, und als seine Zunge zwischen ihre Lippen fuhr, da öffnete sie ihren Mund für ihn, versank tief in seiner Berührung, überließ ihren Körper vollkommen seinem Liebesspiel.

»Nel.« Seine Stimme klang wie ein Brummen. Sein Mund war überall zugleich, und ihr Körpeer bebte und bebte, bäumte sich ihm entgegen, suchte ihn, brauchte ihn.

»Komm in mich, Ronan«, flüsterte sie. »Jetzt. Komm jetzt.«

Die Zeit des zärtlichen Spiels war vorbei, und als er in sie eindrang, sie ganz und gar ausfüllend, da schloß sie sich um ihn, hielt ihn fest, bewegte sich mit ihm im Rhythmus des ältesten Rituals der Menschheit.

Am nächsten Tag gingen sie in Begleitung von Culen, Nigak und den Hunden das Tal hinauf zu der Höhle, die Thorn zu der seinen gemacht hatte.

Nach der Helligkeit draußen kam es ihnen in der Höhle sehr dunkel vor, und Ronan zündete die beiden Steinlampen an, die sie mitgebracht hatten. Nigak und die beiden Hunde rollten sich draußen in der Sonne zusammen, und Culen verkündete nach einem Blick in die klamme Dunkelheit der Höhle, daß er bei den Tieren bleiben wolle.

Nel zögerte. »Es wird ihm nichts geschehen, Nel«, versicherte ihr Ronan. »Es gibt keine wirklichen Raubtiere in dem Tal, ganz gewiß keine, mit denen Nigak nicht fertig wird.«

»Also gut«, gab Nel nach, und die beiden hoben ihre Lampen und betraten zusammen das Innere der Höhle.

Sie war sehr klein, in keiner Weise jener heiligen Höhle von Thorns Büffel-Clan vergleichbar. Diese Höhle bestand nur aus zwei Räumen, einem kleineren äußeren und einem größeren inneren, und dieser innere war es, wo Thorn seine Arbeit getan hatte.

Ronan spürte, wie ihm der Atem stockte, als er erkannte, was auf den Wänden dargestellt war: das Leben im Tal, gezeichnet mit schwarzem Pech und ausgefüllt in Ockertönen. Dort war ein Steinbock, der mit einem Vorderbein im Schnee nach Gras scharrte; dort ein Schaf, friedlich daliegend, die Augen nur Schlitze vor lauter Befriedigung, während es wiederkäute. Und Pferde. Überall auf den Wänden verteilt waren Pferde.

»Schau nur«, rief Nel, »hier ist Weißfuß! Und Eichel!«

»Ja, und da ist Impero, der seine Stuten bewacht.«

Nach einer Weile gingen sie langsam links herum weiter, und sie erkannten, daß Thorn die rechte Wand den Tieren vorbehalten, aber auf der hinteren ein anderes Thema gewählt hatte.

»Ronan«, sagte Nel. »Sieh nur, wie er Berta gezeichnet hat.«

Ohne Zweifel war es Berta mit ihrem glatten schwarzen Haar und ihren großen braunen Augen. Es war ein Porträt nur von Kopf und Schultern, und Thorn hatte das kleine heimliche Lächeln eingefangen, das sooft ihre Lippen umspielte.

Thorn hatte sein Versprechen gehalten, wie Ronan sah, und nur die Stammesmitglieder abgebildet, die sich damit einverstanden erklärt hatten. »Hier bist du, Nel«, wies er sie hin.

»Ja.«

Langsam gingen sie die Rückwand entlang; dann wandten sie sich der Wand auf ihrer Linken zu. Die anderen Wände waren uneben gewesen, und Thorn hatte sie dort bemalt, wo es ihm am einfachsten möglich war. Die linke Wand aber war sehr glatt, und als er seine Steinlampe hob, entdeckte Ronan, daß auf ihr nur ein einziges, sehr großes Bild zu sehen war.

»Oh...« Das war Nels kleiner Ausruf, als sie neben Ronan trat und das Bild erblickte.

Es war eine Darstellung von Ronan und Wolke, ein Bild von ihren beiden Gesichtern, das des Hengstes gerade ein wenig höher als jenes des Mannes, so als stände das Pferd neben der Schulter des Mannes. Gemeinsam schienen sie in die Ferne zu sehen, nach irgend etwas Ausschau zu halten.

Ronan betrachtete Wolkes Gesicht. Geschwungen, ebenmäßig und männlich, die Augen weit auseinander liegend, die Ränder der dünnen, leicht beunruhigt flackernden Nüstern ein wenig nach außen gestellt, war sein Pferd so lebendig erfaßt, daß es fast zu atmen schien. Ronan fühlte, wie ihm die Tränen in die Augen stiegen.

Thorn, dachte er. *Thorn.*

»Ihr seht euch ähnlich«, wunderte sich Nel. »Warum ist mir das noch nie aufgefallen? Du und Wolke, ihr seht euch ähnlich.«

Ronan versuchte den Kloß in seinem Hals herunterzuschlukken. Er betrachtete sein eigenes Bild. »Sagst du mir gerade, daß ich wie ein Pferd aussehe, kleine Elritze?«

»Euer Ausdruck ist der gleiche«, erklärte Nel. »Sieh doch. Sicherlich kannst du selbst erkennen, was Thorn hier dargestellt hat.«

»Ja«, gab er einen Moment später zu. »Wir sehen wie arrogante Maulhelden aus, wir beide.«

Er spürte, wie sich ihr Arm um seine Taille legte. Er mußte Nel nie sagen, was er fühlte, sie wußte es immer.

»Er hätte nicht sterben dürfen«, sagte Ronan heiser.

»Was er in dieser Höhle dargestellt hat, wird bleiben«, tröstete ihn Nel. »Noch lange nach meinem und deinem Tod, Ronan. Noch lange, nachdem der Wolf-Clan nur noch eine Erinnerung ist, werden diese Höhle und Thorns Bilder weiter existieren.«

Er dachte darüber nach, versuchte sich vorzustellen, was viele Jahre später geschehen würde, wenn fremde Menschen diese Höhle betreten würden, wenn sie diese Bilder an den Wänden sähen.

»Er hat nur aus Liebe zum Malen gezeichnet«, sagte Ronan. »Er hat es nicht für irgendeine Jagdzeremonie getan oder aus irgendeinem anderen Grund; nur aus reiner Freude daran.«

»Mein Herz sagt mir, daß man es in den Darstellungen sehen kann.«

Eine kleine Stimme drang aus dem äußeren Raum bis zu ihnen. »Mama?«

Nel gab einen kleinen erschrockenen Laut von sich und ging hastig in Richtung Ausgang. »Ich komme schon, Culen. Bleib bitte, wo du bist.«

»Dada wo?« hörte Ronan das Kind fragen.

»Er kommt gleich.«

Mit einem letzten Blick auf das Bild an der Wand drehte sich Ronan um und ging, um sich seiner Familie anzuschließen.

Dank

Meine Dankbarkeit möchte ich insbesondere gegenüber zwei Freunden ausdrücken, die mir von unschätzbarer Hilfe beim Schreiben der *Herrin der Pferde* waren.

Zunächst danke ich meiner Lektorin Edith Layton Felber, die mir den Weg durch ein Chaos von Ideen und Figuren zu diesem Roman gewiesen hat.

Und dann möchte ich auch Elsa meine Anerkennung nicht versagen, meiner wunderschönen braunen Vollblutstute, deren Schatten hinter allen Pferden dieses Buches steht.

7987 Bestseller-Verlag